DARYL GREGORY
Die erstaunliche Familie Telemachus

Buch

Einst war die Familie Telemachus, deren Mitglieder angeblich übersinnliche Fähigkeiten besitzen, eine der berühmtesten Familien Amerikas, bis sie bei einer Fernsehshow als Bande von Betrügern bloßgestellt wurde. Zwanzig Jahre nach dem Showdesaster leben Patriarch Teddy und seine drei Kinder Irene, Buddy und Frankie ziemlich banale Leben. Doch dann entdeckt Irenes Sohn Matty, 14, dass er eine ungewöhnliche Fähigkeit besitzt. Wird es dem Jungen gelingen, die Familie aus ihrer Lethargie zu reißen und ihr zu neuem Stolz zu verhelfen?

Autor

Daryl Gregory wurde für seine Romane, Erzählungen und Comics vielfach ausgezeichnet. Er lebt in Oakland, Kalifornien.

Daryl Gregory

Die erstaunliche Familie Telemachus

Roman

GOLDMANN

Die Originalausgabe erschien unter dem Titel
»The Spoonbenders« bei Alfred A. Knopf, a division of Penguin
Random House LLC, New York.

Sollte diese Publikation Links auf Webseiten Dritter enthalten,
so übernehmen wir für deren Inhalte keine Haftung, da wir uns
diese nicht zu eigen machen, sondern lediglich auf deren Stand
zum Zeitpunkt der Erstveröffentlichung verweisen.

Verlagsgruppe Random House FSC® N001967

1. Auflage
Taschenbuchausgabe Mai 2019
Wilhelm Goldmann Verlag, München,
in der Verlagsgruppe Random House GmbH,
Neumarkter Str. 28, 81673 München
Copyright © der Originalausgabe 2016 by Daryl Gregory
Copyright © der deutschsprachigen Ausgabe
by Eichborn Verlag in der Bastei Lübbe AG
Copyright © 2017 by Bastei Lübbe AG, Köln
Umschlaggestaltung: UNO Werbeagentur, München
nach einem Design von U1berlin/Patrizia Di Stefano
unter Verwendung von Motiven von Getty Images
mb · Herstellung: kw
Druck und Bindung: GGP Media GmbH, Pößneck
Printed in Germany
ISBN: 978-3-442-48909-1
www.goldmann-verlag.de

Besuchen Sie den Goldmann Verlag im Netz

»Man könnte meinen, dass das, was diese Dinge bewirkt,
nicht will, dass man sie beweist.«

– URI GELLER

1995

JUNI

1

Matty

Zum ersten Mal verließ Matty Telemachus seinen Körper im Sommer 1995, als er vierzehn Jahre alt war. Vielleicht ist es zutreffender zu sagen, dass sein Körper ihn hinauswarf, sein Bewusstsein auf einem Geysir aus Lust und Scham in die Luft katapultierte.

Als es geschah, kniete er gerade in einer engen Kammer, eine schwitzige Hand gegen die kreidige Gipskartonwand gedrückt, das rechte Auge auf Höhe der Öffnung einer nicht angeschlossenen Steckdose. Auf der anderen Seite der Wand waren seine Cousine Mary Alice und ihre dicke blonde Freundin. Janice? Janelle? Vermutlich Janelle. Die Mädchen – beide zwei Jahre älter als er, im zweiten Highschooljahr, *Frauen* – lagen nebeneinander mit aufgestützten Ellbogen auf dem Bett, die Köpfe ihm zugewandt. Janelle trug ein mit Pailletten besetztes T-Shirt, aber Mary Alice – die ein Jahr zuvor verkündet hatte, nur noch auf den Namen »Malice«, *Bösartigkeit*, zu hören – trug ein übergroßes, rotes Flanellhemd, das ihr von den Schultern hing. Sein Blick wurde von dem aufklaffenden Kragen des Hemdes angezogen und folgte der Wölbung ihrer Haut in die Schatten hinein. Er war sich ziemlich sicher, dass sie einen schwarzen BH trug.

Sie sahen sich ein Schuljahrbuch an und hörten Musik über Mary Alice' Discman, indem sie sich einen Schaumstoffkopfhörer teilten wie eine Wünschelrute. Die Musik war für Matty nicht zu hören, doch selbst wenn, war es wahrscheinlich keine Band, die *er* kannte. Jemand, der sich selbst Malice nannte, würde niemals Popmusik tolerieren. Einmal hatte sie ihn dabei erwischt, wie er Hootie & the Blowfish summte, und die Verachtung in ihrem Blick hatte ihm die Kehle zugeschnürt.

Sie schien ihn grundsätzlich nicht zu mögen, obwohl es Beweise dafür gab, dass sie es einmal getan hatte: das Weihnachts-Polaroid einer vierjährigen Mary Alice, die seinen weißen Kleinkindkörper in ihre braunen Arme schloss. Doch in den sechs Monaten, seit Matty und seine Mom zurück nach Chicago und in Opa Teddys Haus gezogen waren, hatte er Mary Alice praktisch jede zweite Woche gesehen, und sie hatte kaum ein Wort mit ihm gesprochen. Er versuchte, genauso cool zu sein wie sie und so zu tun, als sei sie nicht im Raum. Dann ging sie an ihm vorbei, ihr Geruch nach Kaugummi und Zigaretten streifte ihn, und der rationale Teil seines Gehirns kam von der Straße ab und krachte gegen einen Baum.

Vor lauter Verzweiflung stellte er für sich selbst drei Gebote auf:

1. Wenn deine Cousine im Zimmer ist, versuch nicht, ihr in den Ausschnitt zu gucken. Das macht man nicht.
2. Vermeide lüsterne Gedanken an deine Cousine.
3. Unter keinen Umständen darfst du dich selbst berühren, während du lüsterne Gedanken an deine Cousine hegst.

Heute Abend waren die ersten beiden Gebote bereits in Flammen aufgegangen, und das dritte stand kurz davor. Die Erwachsenen (außer Onkel Buddy, der das Haus eigentlich gar nicht mehr verließ) waren allesamt zum Abendessen in die Stadt gefahren, offenbar in irgendein schickes Restaurant, denn Mom hatte ihren Bewerbungsrock an, Onkel Frankie sah aus wie ein Immobilienmakler, mit seinem Jackett über dem Golfhemd, und Frankies Frau, Tante Loretta, hatte sich in einen lavendelfarbenen Hosenanzug gequetscht. Opa Teddy trug natürlich Anzug und Den Hut (für Matty war es immer Der Hut). Doch sogar diese Uniform war für den Anlass aufgewertet worden: mit goldenen Manschettenknöpfen, einem edlen Taschentuch, das aus seiner Brusttasche lugte, und seiner nobelsten, diamantenbesetzten Armbanduhr. Sie würden so spät zurück sein, dass Frankies Kinder hier übernachten sollten. Onkel Frankie rührte ein paar Liter Goji-Go!-Beerensaft an, platzierte feierlich einen Zwanzigdollarschein neben dem Krug und wandte sich an seine Töchter. »Ich will Wechselgeld«, sagte er zu Mary Alice. Dann zeigte er mit dem Finger auf die Zwillinge. »Und ihr beide versucht, nicht das verdammte Haus abzufackeln, alles klar?« Polly und Cassie, sieben Jahre alt, schienen ihn nicht gehört zu haben.

Streng genommen hatte Onkel Buddy die Aufsicht, doch alle Kinder wussten, dass sie den Abend für sich hatten. Buddy lebte in seiner eigenen Welt, auf einem Planeten mit hoher Anziehungskraft, den er nur unter großen Anstrengungen verlassen konnte. Er arbeitete an seinen Projekten, hakte die Tage des Kühlschrankkalenders mit pinkem Buntstift ab und sprach mit so wenigen Menschen, wie er nur konnte. Er machte noch nicht einmal dem Pizzaboten auf; Matty war es, der mit dem Zwanziger zur Tür ging und die zwei Dollar Wechselgeld sehr vorsichtig mitten auf dem Tisch platzierte.

Mithilfe einer perfekt getimten Choreografie gelang es Matty, Janelle-den-Eindringling und die Zwillinge auszumanövrieren und sich den Platz neben Mary Alice zu sichern. Er saß das ganze Abendessen hindurch an ihrer Seite, sich jedes Zentimeters hyperbewusst, der seine Hand von ihrer trennte.

Buddy nahm sich ein Stück Pizza und verschwand wieder im Keller. Das schrille Jaulen der Bandsäge war das Einzige, was sie in den nächsten Stunden von ihm hörten. Buddy, ein Junggeselle, der sein gesamtes Leben mit Opa Teddy in diesem Haus verbracht hatte, fing immerzu neue Projekte an – riss etwas ab, zimmerte etwas zusammen, tackerte über etwas drüber –, aber brachte nie eines zu Ende.

Genau wie das halbfertige Zimmer, in dem sich Matty gerade versteckte. Bis vor Kurzem waren dieses und das Nachbarzimmer Teil eines provisorisch ausgebauten Dachgeschosses gewesen. Buddy hatte zwar die alte Wärmedämmung entfernt, durch Trennwände Kammern geschaffen, Lampen angeschlossen, in beiden Zimmern Betten aufgestellt – dann aber etwas anderes angefangen. Diese Hälfte des Dachgeschosses war eigentlich Mattys Zimmer, doch die Kammer darin war zum Großteil mit alten Kleidern belegt, die nicht ihm gehörten. Buddy schien die alten Kleider und die Steckdosen dahinter vergessen zu haben.

Matty jedoch hatte sie nicht vergessen.

Janelle blätterte eine Seite des Jahrbuchs um und lachte. »Ooh! Dein *Lover!*«, sagte sie.

»Halt's Maul«, sagte Mary Alice. Ihr dunkles Haar hing auf eine Weise vor ihren Augen, die ihn umhaute.

»Du willst das dicke Ding in den Mund nehmen, gib's zu!«, sagte Janelle.

Mattys Oberschenkel verkrampften, aber er würde sich jetzt keinen Zentimeter bewegen.

»Halt die Fresse«, sagte Mary Alice. Sie stieß ihrer Freundin vor die Schulter. Janelle rollte sich lachend gegen sie, und als die Mädchen sich wieder aufrichteten, war das Flanellhemd von der Schulter seiner Cousine gerutscht und entblößte einen schwarzen BH-Träger.

Nein: einen *dunkel-lila* BH-Träger.

Gebot Nr. 3, Du sollst dich nicht selbst berühren, begann zu glimmen und zu qualmen.

Zwanzig fieberhafte Sekunden später wölbte sich Mattys Rücken, als würde ein heißer Draht daran reißen. Ein ozeanisches Getöse füllte seine Ohren.

Plötzlich hing er in der Luft, die Bolzen der schrägen Decke nur Zentimeter von seinem Gesicht entfernt. Er schrie, doch er hatte keine Stimme. Er versuchte, sich von der Decke abzustoßen, doch er stellte fest, dass er auch keine Arme hatte. Eigentlich überhaupt keinen Körper.

Nach einem Moment wanderte sein Blick, doch er schien keine Kontrolle über diese Bewegung zu haben; eine Kamera, die von ganz allein schwenkte. Der Boden des Zimmers drehte sich in sein Sichtfeld. Sein Körper war aus der Kammer gekippt und lag ausgestreckt auf dem Holzboden.

So sah er aus? Dieser schwabbelige Bauch, dieses picklige Kinn?

Die Augen des Körpers öffneten sich flackernd, und einen schwindelerregenden Moment lang war Matty zugleich Beobachter und Beobachteter. Der Mund des Körpers klappte erschrocken auf, und dann –

Es schien, als hätte jemand plötzlich die Fäden durchtrennt, die ihn in der Luft hielten. Matty stürzte hinab. Der Körper schrie: ein helles, mädchenhaftes Kreischen, das er als extrem peinlich empfand. Und dann krachten Bewusstsein und Fleisch ineinander.

Er sprang wie ein Flummi in seinem Körper herum. Als er sich wieder beruhigt hatte, blickte er durch seine Augen an die Decke, die sich jetzt in angemessener Entfernung befand.

Aus dem Nachbarzimmer kamen laute Schritte. Die Mädchen! Sie hatten ihn gehört!

»Alles okay! Alles okay!«, rief er. Er warf sich in die Kammer hinein.

Irgendwo lachte die Blonde. Mary Alice stand in der Tür zur Kammer, die Hände in die Hüften gestemmt. »Was machst du da drin?«

Er sah zu ihr auf. Die untere Hälfte seines Körpers war mit Frauenkleidern bedeckt, das oberste Kleid war orange gestreift und sah stark nach Siebzigerjahren aus.

»Ich bin gestolpert«, sagte er.

»Aha ...«

Er machte keinerlei Anstalten aufzustehen.

»Was ist?«, fragte Mary Alice. Sie hatte eine Veränderung in seinem Gesichtsausdruck bemerkt.

»Nichts«, sagte er. Ihm war gerade ein übler Gedanke gekommen: Das sind Oma Mos Kleider. Ich habe gerade die Kleider meiner toten Großmutter entehrt.

Er stützte sich auf einen Ellbogen und versuchte, es bequem aussehen zu lassen, so als habe er gerade entdeckt, dass zwanzig Jahre alte Kleider sich perfekt als Bettwäsche eigneten.

Mary Alice setzte an, etwas zu sagen, doch dann fiel ihr Blick auf die Wand hinter ihm, direkt oberhalb seiner Schulter. Sie kniff die Augen zusammen. Durch reine Willenskraft schaffte Matty es, sich nicht umzudrehen und zu prüfen, ob sie die leere Steckdose ansah.

»Alles klar«, sagte sie. Sie trat einen Schritt zurück.

»Klar«, sagte er. »Danke. Alles gut.«

Die Mädchen verließen das Zimmer, und er drehte sich sofort um und verdeckte das Loch in der Wand mit dem orangefarbenen Kleid. Dann machte er sich daran, die Kleider und Mäntel wieder aufzuhängen: einen taillenlangen Kaninchenfellmantel, ein paar knielange Röcke, einen karierten Regenmantel. Eines der letzten Stücke befand sich in einer Reinigungshülle aus durchsichtigem Plastik. Es war ein langes, silbern schimmerndes Kleid, und bei seinem Anblick klingelte es tief in Mattys Gedächtnis.

Ah, dachte er. Stimmt. Das hatte Oma Mo auf dem Video an. *Dem* Video.

Onkel Frankie hatte Matty das Video vier Jahre zuvor an Thanksgiving gezeigt. Frankie hatte eine Menge Rotwein getrunken, hatte losgelegt, sobald seine Frau, Loretta, die Gläschen mit dem Krabbencocktail ausgepackt hatte, und seine Sätze waren immer *nachdrücklicher* und *dringlicher* geworden. Er ereiferte sich über einen Kerl, der *Der Sagenhafte Archibald* hieß und der *alles* ruiniert hatte.

»Überleg mal, was wir hätten haben können«, sagte Frankie. »Wir hätten Könige sein können.«

Irene, Mattys Mom, lachte, was Frankie veranlasste, sie finster anzustarren. »Könige wovon?«, fragte sie.

Irene und Matty waren am Vorabend aus Pittsburgh angereist, und am Morgen hatten sie festgestellt, dass Opa Teddy nur den Truthahn gekauft hatte, sonst aber fast nichts; er erwartete, dass seine Tochter den Rest des Festmahls herbeizauberte. Jetzt, da sie das Essen hinter sich gebracht hatten, war der Tisch ein Schlachtfeld: zerstörter Kürbiskuchen, Reste von *Rice Krispies Treats*, sämtliche Weinflaschen leer. Matty war das letzte Kind, das noch auf seinem Stuhl saß. Er hatte es schon immer gemocht, bei den Erwachsenen zu sitzen. Die meiste Zeit hielt er sich unter dem Radar, sagte nichts, in der Hoffnung, dass sie ihn vergaßen und anfingen, interessante Dinge zu erzählen.

»Dieser talentbefreite Stümper konnte es bloß nicht ertragen, uns gewinnen zu sehen«, sagte Frankie.

»Nein, er war ein talentierter Mann, ein talentierter Mann«, sagte Opa Teddy vom Kopfende des Tisches aus. »Brillant sogar. Aber kurzsichtig.« Wie immer war er der bestgekleidete Mensch im ganzen Haus. Glänzend schwarzer Anzug, rosa Hemd, wilde Paisley-Krawatte, so breit wie eine Forelle. Opa zog sich immer so an, als wolle er zu einer Hochzeit oder Beerdigung, außer früh morgens oder kurz vorm Schlafengehen, wenn er herumlief, als wäre er ganz allein im Haus: ärmelloses Unterhemd, Boxershorts, schwarze Socken. Er schien überhaupt keine »Sportklamotten« oder »Arbeitskleidung« zu besitzen, was daran liegen mochte, dass er niemals Sport trieb oder arbeitete. Aber er war reich. Irene sagte, sie wisse nicht, woher das Geld komme, aber Matty stellte sich vor, dass er es alles beim Pokern gewonnen hatte. Opa Teddy, so hieß es, war der größte Falschspieler aller Zeiten. Er brachte Matty *Seven Card Stud* bei und saß stundenlang mit ihm am Küchentisch, bis Matty keine Pennys mehr übrig hatte. (Opa Teddy spielte immer um Geld und gab es nach dem Spiel niemals zurück. »Ein Messer kann man nicht an einem Schwamm schärfen«, sagte er immer, ein heiliges Gebot, an das Matty glaubte, ohne es komplett zu verstehen.)

»Archibald war ein notwendiges Übel«, sagte Opa Teddy. »Er war die Stimme der Skepsis. Hätte deine Mutter es ihm gezeigt, hätte das Publikum uns dafür geliebt. Wir hätten mit der Nummer in die Stratosphäre schießen können.«

»Er war böse«, sagte Frankie. »Ein verdammter Lügner und Betrüger! Der würde nicht mal zur Kommunion gehen, ohne die Hostie einzustecken.«

Opa Teddy gluckste. »Das ist doch alles Schnee von gestern.«

»Der war einfach nur neidisch«, sagte Frankie. »Er hat unsere Begabungen gehasst. Er wollte uns zerstören.«

Matty hielt es nicht mehr aus. Er musste einfach fragen. »Was hat der Typ denn getan?«

Frankie beugte sich über den Tisch und sah Matty direkt in die Augen. »Was er *getan* hat?«, sagte er mit tiefer, vor Emotion erstickter Stimme. »Er hat Oma Mo umgebracht, das hat er getan.«

Matty durchfuhr es eiskalt. Es war nicht bloß diese dramatische Aussage; es war der elektrische Schock, von seinem Onkel wahrgenommen zu werden. Gesehen zu werden. Onkel Frankie war immer nett zu Matty gewesen, aber er hatte nie so mit ihm geredet, als würde Matty wirklich eine Rolle spielen.

»Können wir bitte über was anderes reden?«, fragte Irene.

»Er hat sie umgebracht«, sagte Frankie. Er lehnte sich wieder zurück, behielt Matty aber fest im Blick. »Genau so, als hätte er ihr eine Pistole an den Kopf gehalten.«

Mattys Mom runzelte die Stirn. »Du glaubst das wirklich, stimmt's?«

Frankie drehte den Kopf und starrte sie an. »Ja, Irene. Ja, das glaube ich.«

Loretta stand auf. »Ich geh eine rauchen.«

»Ich komme mit«, sagte Opa Teddy. Er erhob sich vom Tisch, strich seine Manschetten glatt und nahm ihren Arm.

»Du sollst nicht rauchen, Dad«, sagte Irene.

»Loretta raucht«, sagte er. »Ich rauche mit.«

Onkel Frankie winkte Matty. »Komm, es wird Zeit, dass ich dir was zeige.«

»Ich spüle nicht allein ab«, sagte Irene.

»Lass dir von Buddy helfen.« Er schlug seinem Bruder auf die Schulter – ein bisschen zu fest, fand Matty. Buddys Augenlider flackerten, doch sein Blick ging unverändert ins Leere. Er hatte die Angewohnheit, ganz ruhig dazusitzen und dabei immer mehr in sich zusammenzusacken, als würde er sich langsam in Pudding verwandeln.

»Lass ihn in Ruhe«, sagte Irene.

Buddy reagierte nicht. Seit er den Kuchen aufgegessen hatte, befand er sich wieder einmal im Trancezustand, starrte ins Nichts und lächelte nur manchmal vor sich hin oder formte mit dem Mund lautlos ein paar Worte. Sein Schweigen war Matty ein Rätsel, und die Erwachsenen sprachen nicht darüber, ein doppeltes Schweigen, das undurchdringlich für ihn war. Mattys Mom gab ihm nur Varianten von »So ist er halt« zur Antwort. Einmal hatte Matty den Mut aufgebracht, Opa Teddy zu fragen, wieso Buddy niemals redete, und der sagte: »Da musst du ihn selbst fragen.«

Frankie führte Matty ins Wohnzimmer, vor dessen Wand ein riesiger Schrankfernseher geparkt war wie ein Chrysler. Sein Onkel ließ sich davor schwer auf seinen Hintern fallen – wobei er sein Weinglas hochhielt und es schaffte, den Großteil des Weins nicht zu verschütten – und öffnete eines der Schrankfächer.

»So muss das sein«, sagte Frankie. Auf einem Regalboden stand ein Videorekorder, darunter lag ein Stapel VHS-Kassetten. Er nahm eine davon heraus, betrachte den Aufkleber und warf sie beiseite. So arbeitete er sich voran. »Ich hab Dad eine gegeben«, murmelte er vor sich hin. »Oder Buddy hat sie weggeschmissen, der Bekloppte – hey. Jetzt aber.«

Es war eine schwarze Kassettenhülle mit orangenen Streifen. Frankie nahm die eingelegte Videokassette aus dem Rekorder und schob die aus der Hülle hinein.

»Das ist unsere Geschichte«, sagte Frankie. Er schaltete den Fernseher ein. »Das ist unser Erbe.«

Auf dem Bildschirm drückte ein Supermarktangestellter wie verrückt auf einem Paket Klopapier herum. Frankie drückte die Play-Taste des Videorekorders, und nichts passierte.

»Du musst auf Kanal drei schalten«, sagte Matty.

»Ja, klar.« Der Drehknopf des Fernsehers fehlte, sodass nur der nackte Metallstift zu sehen war. Frankie griff nach der Nadelzange, die Opa Teddy auf dem Schrank verwahrte. »Das war mein erster Job. Opas Fernbedienung.«

Die Bilder wirkten so verschwommen wie etwas, das noch aus dem Antennenfernsehen aufgenommen worden war. Ein Moderator in Anzug und Krawatte saß in einer engen Kulisse, hinter ihm eine leuchtend gelbe Wand. » ... und sie haben das Publikum im ganzen Land begeistert«, sagte er gerade. »Begrüßen Sie mit mir *Teddy Telemachus und Seine Erstaunliche Familie!*« Matty konnte die Großbuchstaben förmlich hören.

Der aufgezeichnete Applaus klang metallisch. Der Moderator stand auf und ging zu einer offenen Bühne, auf der seine Gäste verlegen herumstanden, einen guten Meter hinter einem Holztisch. Vater, Mutter und drei Kinder, allesamt in Anzügen und Kleidern.

Opa Teddy sah ziemlich genauso aus wie immer, bloß jünger. Gepflegt und voller Energie, den Hut nach hinten geschoben, wie ein Reporter von früher, der kurz davorstand, gleich die wahre Geschichte auszupacken.

»Wow, ist das Oma Mo?«, fragte Matty, obwohl es niemand sonst sein konnte. Sie trug ein glänzendes, silbriges Abendkleid, und sie war die Einzige aus der Familie, die aussah, als gehörte sie auf eine Bühne. Nicht nur, dass sie hollywoodmäßig schön war – denn das war sie, mit kurzem, dunklem Haar und großen Augen wie eine Ingenue der 1920er-Jahre. Es lag an ihrer Ruhe, ihrem Selbstvertrauen. Sie hielt die Hand eines niedlichen Onkel Buddy im Kindergartenalter. »Sie ist so jung.«

»Das war ein Jahr vor ihrem Tod, also war sie, so, dreißig«, sagte Frankie.

»Nein, ich meine, im Vergleich zu Opa Teddy.«

»Ja, na ja, da hat er sich schon was Frisches geangelt. Du kennst ja deinen Großvater.«

Matty nickte wissend. Er kannte seinen Großvater tatsächlich, aber nicht auf die Art, von der Onkel Frankie gerade sprach. »Oh ja.«

»Das hier ist die beliebteste Nachmittagssendung im ganzen Land, okay?«, sagte Frankie. »Mike Douglas. Millionen vor den Fernsehern.«

Auf dem Bildschirm zeigte der Moderator die verschiedenen Gegenstände auf dem Tisch: Blechdosen, Besteck, ein Stapel weiße Umschläge. Neben dem Tisch stand eine Art Mini-Glücksrad, das gut einen Meter hoch war, doch statt Zahlen waren zwischen den Speichen Bilder zu sehen: Tiere, Blumen, Autos. Mattys Mutter, Irene, musste ungefähr zehn oder elf Jahre alt gewesen sein, auch wenn das grüne Samtkleid sie älter aussehen ließ. Genau wie ihr besorgter Blick. Matty war überrascht, dass dieser schon in ihrem so jungen Gesicht zu sehen war. Fest gepackt hielt sie den Arm ihres jüngeren Bruders, eines drahtigen, unruhigen Jungen, der sich aus seinem Anzug und der Krawatte herauswinden zu wollen schien.

»Bist du das?«, fragte Matty. »Du siehst nicht sehr glücklich darüber aus, da zu sein.«

»Ich? Du hättest mal Buddy sehen sollen. Das wurde so schlimm, dass – aber dazu kommen wir noch.«

Maureen – Oma Mo – antwortete gerade auf eine Frage des Moderators. Sie lächelte verschämt. »Also, Mike, ich weiß nicht, ob ›Gabe‹ das richtige Wort ist. Ja, ich denke, wir haben ein gewisses Talent. Aber ich glaube, dass jeder Mensch zu dem fähig wäre, was wir tun.«

Als sie »jeder Mensch« sagte, sah sie Matty an. Sie sah nicht die Kamera an oder das Publikum, das zu Hause saß und zusah – nur ihn. Ihre Blicke trafen sich, über eine Lücke von Jahren und elektronischer Verzerrung hinweg. »Oh!«, machte er.

Onkel Frankie warf ihm einen Blick zu und sagte: »Pass auf. Gleich bin ich dran.«

Opa Teddy erklärte dem Moderator, wie wichtig es sei, unvoreingenommen an die Sache heranzugehen. »In der richtigen, positiven Umgebung ist alles möglich.« Er lächelte. »Sogar Kinder können das.«

Der Moderator ging ungelenk neben Frankie in die Hocke. »Sag mal den Leuten, wie du heißt.«

»Ich kann mit meinen Gedanken Sachen bewegen«, sagte er. Vor Frankies Füßen war eine Linie aus weißem Klebeband zu sehen. Alle außer dem Moderator standen hinter dieser Linie.

»Ach, das kannst du!«

»Er heißt Franklin«, sagte seine Schwester.

Der Moderator hielt ihr sein Mikrofon hin. »Und du bist?«

»Irene.« Sie klang reserviert.

»Hast du eine besondere Fähigkeit, Irene?«

»Ich kann Gedanken lesen, sozusagen. Ich merke, wenn –«

»Wow! Willst du jetzt meine Gedanken lesen?«

Oma Mo legte Irene eine Hand auf die Schulter. »Willst du's versuchen, Schatz? Wie fühlst du dich?«

»Gut.« Sie sah nicht so aus, als fühle sie sich gut.

Teddy schaltete sich ein und erklärte, dass Irene ein »menschlicher Lügendetektor« sei, »eine Wünschelrute für die Wahrheit, könnte man sagen! Nehmen wir mal diese Karten hier –« Er langte zum Tisch hinüber.

»Ich hole sie«, sagte Mike Douglas. Er griff nach einem großen Stapel übergroßer Spielkarten.

»Arschloch«, sagte Onkel Frankie.

»Was?«

»Pass auf«, sagte Frankie.

Auf dem Bildschirm sagte Teddy. »Das sind ganz normale Spielkarten. Und jetzt, Mike, mischen Sie bitte die Karten und wählen Sie eine aus, die Sie dann in die Kamera halten, für die Zuschauer zu Hause. Aber zeigen Sie sie nicht Irene.«

Mike Douglas ging zu einer der Kameras und hielt eine Karo-fünf vor die Linse. Er alberte ein bisschen damit herum.

»Das ist Ihre Gelegenheit, ein kleines Mädchen anzulügen«, sagte Teddy. »Stecken Sie die Karte zurück in den Stapel. Sehr gut, Mike, sehr gut. Ein wenig mischen … wunderbar. Jetzt strecken Sie bitte die Hand aus. Ich werde jetzt Karten ausgeben, unver-deckt. Alles, was Sie tun müssen, ist, Irenes Fragen zu beantwor-ten. Und keine Sorge, sie fragt immer dasselbe, und es ist eine ganz einfache Frage.«

Opa Teddy legte dem Moderator eine Karte in die Hand. Irene sagte, »Mr Douglas, ist das Ihre Karte?«

»Leider nein, junge Dame.« Er blickte gespielt finster in die Kamera.

»Das ist wahr«, sagte Irene.

»So einfach ist das«, erklärte Opa Teddy dem Moderator. »Sie können Ja oder Nein sagen, ganz wie Sie wollen.« Er legte eine weitere Karte in seine Hand, und noch eine. Mike sagte bei jeder neuen Karte Nein, und Irene nickte. Dann sagte Mike: »Das ist meine.«

»Sie lügen«, sagte Irene.

Mike Douglas lachte. »Erwischt! Es war nicht die Pik-Dame.«

Weitere Karten wurden ausgegeben. Mike sagte jedes Mal »Nein«, doch bei der zehnten schüttelte Irene den Kopf.

»Das ist Ihre Karte«, sagte sie.

Der Moderator drehte seine Handfläche zur Kamera: Die oberste Karte war die Karofünf. Dann wandte er sich an Oma Mo. »Was antworten Sie, wenn jemand sagt, Ach, das sind doch gezinkte Karten? Die haben dem Mädchen beigebracht, sie zu erkennen?«

Oma Mo lächelte, kein bisschen verärgert. »Die Leute sagen alles Mögliche.« Sie hielt immer noch Buddys Hand. Er war so klein, dass sein Kopf nur knapp im Bild war.

Der Moderator griff in seine Jacketttasche und holte einen Umschlag hervor. »Ich habe hier ein paar Bilder mitgebracht. Jedes davon ist eine einfache geometrische Form. Du hast diesen Umschlag noch nie gesehen, richtig?«

Irene sah besorgt aus – allerdings hatte sie bereits von Anfang an besorgt ausgesehen.

»Bereit?«, fragte der Moderator. Er zog eine Karte aus dem Umschlag und sah sie sich konzentriert an.

Irene warf ihrer Mutter einen Blick zu.

»Einfache geometrische Formen«, sagte der Moderator.

»Sie brauchen Ihr nichts vorzusagen«, sagte Oma Mo.

»Sag mir, ob ich lüge«, sagte der Moderator. »Ist es ein Kreis?«

Irene runzelte die Stirn. »Äh ...«

»Oder ein Dreieck?«

»Das ist nicht fair«, sagte Irene. »Sie dürfen mir keine Fragen stellen, Sie müssen –«

Onkel Frankie drückte einen Knopf, und das Bild fror ein. »Achte auf die Schüssel da.« Er zeigte auf eine kleine, halbrunde Metallschüssel. »Da ist Wasser drin. Alles klar?«

»Klar«, sagte Matty.

Frankie drückte auf Play. Auf dem Bildschirm sah Irene wütend aus. »Er macht es nicht richtig. Ich kann nicht Ja oder Nein sagen, wenn er ständig –«

Aus dem Off war Opa Teddys scharfe Stimme zu hören. »Frankie! Warte, bis du dran bist!«

Die Schüssel auf dem Tisch schien zu erzittern, und dann vibrierte der gesamte Tisch.

Die Kamera schwenkte zum kleinen Frankie. Er saß im Schneidersitz auf dem Boden und starrte auf den Tisch. Die Besteckteile klapperten, und die Schüssel fing an, hin und her zu wackeln.

»Vorsicht«, sagte Opa Teddy. »Sonst –«

Die Schüssel neigte sich ein Stückchen weiter, und Wasser schwappte über den Rand.

» … verschüttest du's«, brachte Opa Teddy den Satz zu Ende.

»Heiliger Strohsack!«, sagte der Moderator. »Wir sind gleich wieder da.« Eine Band spielte, und dann kam die Werbung.

»Das warst du, Onkel Frankie?«, fragte Matty. »Cool.«

Frankie war in Rage. »Hast du die Scheiße mit den Bildern gesehen? Das war auch Archibalds Idee, der wollte uns am Arsch kriegen. Hat Douglas gesagt, dass wir nicht unser eigenes Material verwenden dürfen und ihm diese Zener-Karten gegeben.«

Matty wusste nicht, inwiefern das die Kraft seiner Mutter hätte beeinträchtigen sollen. Er wusste, dass man sie nicht anlügen konnte, genau wie er wusste, dass Opa Teddy lesen konnte, was in verschlossenen Umschlägen steckte, und dass Onkel Frankie mit seinen Gedanken Dinge bewegen konnte, und dass Onkel Buddy, als er klein war, die Ergebnisse von Spielen der Chicago Cubs hatte vorhersagen können. Dass sie übernatürliche Fähigkeiten hatten, war einer der Telemachus-Familienfakten derselben Kategorie wie die Tatsache, dass sie halb griechisch und halb irisch waren, Cubs-Fans und White-Sox-Hasser, und katholisch.

»Es wird noch schlimmer«, sagte Frankie. Er spulte die Werbung vor, verpasste das Wiedereinsetzen der Sendung, spulte zurück und dann noch einige Male hin und her. Oma Mo und Buddy standen nicht mehr auf der Bühne. Opa Teddy hatte den Arm um Irene gelegt.

»Da sind wir wieder, mit Teddy Telemachus und Seiner Erstaunlichen Familie«, sagte der Moderator. »Maureen musste sich um einen kleinen Familiennotfall kümmern –«

»Das tut mir leid«, sagte Teddy lächelnd. »Buddy, unser Jüngster, ist ein bisschen nervös geworden, und Maureen musste ihn beruhigen.« Er sagte das, als wäre Buddy noch ein Baby gewesen.

»Ist es okay, wenn wir weitermachen?«, fragte der Moderator.

»Natürlich!«, sagte Teddy.

»Was war mit Buddy?«, fragte Matty seinen Onkel.

»Gott, der hatte einen Zusammenbruch, hat geheult und geschrien. Deine Oma musste mit ihm hinter die Bühne gehen, damit er sich wieder einkriegt.«

Die Hand des Moderators lag auf der Schulter des jungen Frankie. »Vor der Unterbrechung schien der kleine Franklin hier – na ja, wie würden Sie es nennen?«

»Psychokinese, Mike«, sagte Opa Teddy. »Frankie hatte schon immer ein Talent dafür.«

»Der Tisch hat wirklich gewackelt«, sagte der Moderator.

»Das ist nicht ungewöhnlich. Ein Abendessen kann dadurch ziemlich aufregend werden, Mike, wirklich aufregend.«

»Das kann ich mir vorstellen! Und jetzt, bevor wir weitermachen, möchte ich Ihnen einen besonderen Gast vorstellen. Bitte begrüßen Sie den bekannten Magier und Autor, *Den Sagenhaften Archibald.*«

Ein kleiner, glatzköpfiger Mann mit einem absurden schwarzen Zwirbelbart trat ins Bild. Teddy schüttelte enttäuscht den Kopf. »Das erklärt einiges«, sagte er. Der glatzköpfige Mann war noch kleiner als Opa Teddy.

»Schön, Sie wiederzutreffen, Mr Telemachus«, sagte Archibald. Sie gaben einander die Hand.

»G. Randall Archibald ist nicht nur ein weltberühmter Magier«, verkündete Mike Douglas, »er ist auch Skeptiker und Entlarver übernatürlicher Phänomene.«

»Das erklärt einiges«, sagte Teddy noch einmal, diesmal lauter.

Der Moderator schien ihn nicht zu hören. »Wir haben ihn gebeten, uns beim Aufbau dieser Tests für die Familie Telemachus zu helfen. Sehen Sie diese Linie?« Die Kamera fuhr zurück, um den kompletten Verlauf des weißen Gaffertapes zu zeigen. »Es war Mr Archibalds Idee, Teddy und seiner Familie nicht zu erlauben, das Besteck anzufassen oder sich dem Tisch überhaupt zu nähern.«

»Vielleicht ist Ihnen aufgefallen«, sagte Archibald zum Moderator, »dass Irene keine Schwierigkeiten hatte, die Karten zu erkennen, die Teddy Ihnen zur Verfügung gestellt hat. Aber als Sie die Zener-Karten nahmen – zu denen Teddy keinen Zugang hatte und die er nicht berühren durfte! –, druckste sie nur noch herum.«

»Stimmt nicht, stimmt nicht!«, sagte Teddy. »Mike hat es falsch gemacht! Und schlimmer noch, jemand voller Negativität hat für Störsignale gesorgt. Schwere Störsignale!«

»Sie meinen, meine bloße Anwesenheit reicht aus, damit ihre Kräfte nicht mehr wirken?«, fragte Archibald.

»Wie gesagt, Mike«, sagte Teddy, »man muss im Kopf komplett unvoreingenommen sein, damit diese Fähigkeiten funktionieren.«

»Oder komplett leer«, sagte Archibald. Mike Douglas lachte.

Archibald wandte sich zufrieden ans Publikum. »Während sich Irene *so sehr* konzentrierte, hatten wir eine Kamera auf ihren Vater gerichtet. Mike, können wir den Zuschauern an den Geräten einmal zeigen, was wir aufgenommen haben?«

Teddy wirkte schockiert. »Machst du dich über meine Tochter lustig? Machst du dich über sie *lustig*, du Pimpf?« Das von einem Mann, der kaum fünf Zentimeter größer war.

»Ich mache mich nicht über sie lustig, Mr Telemachus, aber möglicherweise verhöhnen Sie die Fähigkeit des Publikums, sich –«

»Lassen Sie uns meine Frau holen«, unterbrach ihn Teddy. »Maureen Telemachus ist ohne Zweifel die beste Hellseherin der Welt. Mike, können Sie sie holen lassen?«

Der Moderator sah zur Seite und schien jemandem zuzuhören.

Dann sagte er zu Teddy. »Ich höre gerade, dass sie verhindert ist. Ich sage Ihnen was, wir schauen uns jetzt das Band an, und dann gucken wir, ob sie nach der nächsten Unterbrechung wieder dabei sein kann.«

»Ich denke, Ihnen wird da etwas höchst Interessantes auffallen«, sagte Archibald. Er hatte eine prahlerische Art zu reden, betonte jeden einzelnen Konsonanten. »Während alle von dem kleinen Mädchen abgelenkt waren, fing der Tisch an, sich zu bewegen und zu zittern.«

»So war's«, sagte Mike Douglas.

»Aber wie kam es dazu? War es *Psychokinese* ... oder etwas ein wenig *Boden*ständigeres?«

Der Bildschirm zeigte die Bühne Minuten zuvor, aber mehr von der Seite, von knapp hinter der Familie. Zuerst war die Kamera auf den Moderator und Irene gerichtet, doch dann schwenkte sie auf Teddy. Er hatte die Linie aus Gaffertape überschritten und den Fuß gegen das Tischbein gedrückt.

Archibald sprach über das Playback hinweg. »Das ist ein alter Trick. Man hebt den Tisch leicht an und schiebt den Rand der Sohle unter das Tischbein.«

Teddys Fuß bewegte sich kaum, wenn überhaupt, doch der Tisch erzitterte eindeutig. Dann erschienen wieder Archibald und der Moderator auf dem Bildschirm. Teddy stand am Rand, blickte zur Seitenbühne und verzog frustriert das Gesicht.

»Ich kann Ihnen zeigen, wie man das macht«, sagte Archibald zum Moderator. »Ganz ohne übernatürliche Psi-Kräfte.«

Mike Douglas wandte sich an Opa. »Was sagen Sie dazu, Teddy? Ohne besondere Kräfte?«

Teddy schien ihn nicht zu hören. Sein Blick war auf etwas jenseits der Bühne gerichtet. »Wo verda—« Er verkniff sich den Fluch. »Wo ist meine Frau? Kann sie bitte jemand herholen?«

Irene packte Opa Teddy peinlich berührt am Arm. Sie zischte ihm etwas zu, das die Mikrofone nicht erreichte.

»Gut«, sagte Opa Teddy. Er rief Frankie zu sich. »Wir gehen.«

»Wirklich?«, sagte Archibald. »Was ist mit Maureen? Ich würde sie sehr gerne –«

»Nicht jetzt, Archibald. Deine, äh, Negativität hat es unmöglich gemacht.« Dann, an den Moderator gewandt: »Ich hätte wirklich mehr von Ihnen erwartet, Mike.«

Teddy und seine Kinder traten von der Bühne ab – sehr würdevoll, wie Matty fand. Mike Douglas sah verdutzt aus. Der Sagenhafte Archibald wirkte überraschend enttäuscht.

Onkel Frankie drückte den *Eject*-Knopf, und der Bildschirm füllte sich mit Rauschen. »Verstehst du, was ich meine?«

»Wow«, sagte Matty. Er wollte die Unterhaltung unbedingt am Laufen halten und hatte Angst, dass Frankie es leid wurde und aufhörte zu erzählen. »Also ist Oma Mo nicht mehr auf die Bühne zurückgekehrt?«

»Yep. Zu ihrem Teil der Nummer kam es nie. Das hätte Archibald das Maul gestopft, ganz klar, aber sie hatte keine Gelegenheit dazu. Bei Buddy wurde es immer schlimmer, und dann sind wir alle gegangen.«

»Okay, aber ...«

»Aber was?«

»Wieso hat sie das umgebracht?«

Frankie starrte ihn an.

Oh-oh, dachte Matty.

Frankie kämpfte sich auf die Füße.

Matty sprang ebenfalls auf. »Tut mir leid, ich weiß nur nicht –«

»Weißt du, was die Chaostheorie ist?«, fragte Frankie.

Matty schüttelte den Kopf.

»Schmetterlinge, Matty. Ein Flügelschlag und –« Er vollführte eine ausladende Geste, mit der sein beinahe leeres Glas in sein Blickfeld gelangte. Er trank es aus. »Verdammt.« Sein Blick war auf das Fenster gerichtet, das auf die Straße hinausging, und vielleicht hatte er etwas Neues an den alten Häusern entdeckt.

Doch das Einzige, was Matty sah, war das Spiegelbild seines Onkels, dessen glänzendes Gesicht wie ein Geist über seinem Körper schwebte.

Frankie sah auf ihn herab. »Was hab ich gesagt?«

»Äh, Schmetterlinge?«

»Richtig. Du musst Ursache und Wirkung betrachten, die gesamte Kette der Ereignisse. Erst mal war damit unsere Nummer kaputt. Was die Öffentlichkeit angeht, sind wir danach so gut wie tot. Auftritte werden abgesagt, der beschissene Johnny Carson macht sich über uns lustig.«

»Carson«, sagte Matty, mit aufgesetzter Verbitterung. Jeder in der Familie wusste, dass Carson Opa Teddys Umschlagtrick geklaut hatte.

»Sobald sie uns isoliert hatten, waren wir leichte Beute«, Frankie sah mit strenger Miene auf ihn herab. »Überleg mal, Junge.« Er blickte zum Esszimmer hinüber; Mattys Mom war in die Küche gegangen, und es war niemand zu sehen, doch Frankie senkte trotzdem die Stimme. »Neunzehndreiundsiebzig. Der Höhepunkt des Kalten Krieges. Die berühmtesten Psi-Spezialisten, die es auf der Welt gibt, werden in der *Mike Douglas Show* in Verruf gebracht, und nur ein Jahr später stirbt deine Großmutter, eine Frau mit solch immenser Macht, einfach so?«

Matty öffnete den Mund, schloss ihn wieder. Immense Macht? Frankie nickte langsam. »*Oh* ja.«

Matty sagte: »Aber Mom —« Frankie hob eine Hand, und Matty sprach im Flüsterton weiter. »Mom hat gesagt, sie ist an Krebs gestorben.«

»Klar«, sagte Onkel Frankie. »Eine gesunde Frau, Nichtraucherin, stirbt an Gebärmutterkrebs, mit einunddreißig Jahren.« Er legte Matty die Hand auf die Schulter und beugte sich zu ihm herunter. Sein Atem roch nach Kool-Aid. »Hör zu, das muss unter uns bleiben, ja? Meine Mädchen sind zu jung, um mit der Wahrheit fertigzuwerden, und deine Mom – du siehst ja, wie *die* reagiert. Für den Rest der Welt ist deine Großmutter eines natürlichen Todes gestorben. Kannst du mir folgen?«

Matty nickte, obwohl er nicht wirklich folgen konnte, angefangen damit, wieso man dieses Geheimnis ihm anvertrauen konnte, aber nicht Mary Alice, die zwei Jahre älter war als er. Lag es vielleicht daran, dass sie keine geborene Telemachus war? Sie war Lorettas Tochter aus erster Ehe. Machte das einen Unterschied? Er wollte fragen, doch Frankie hielt erneut die Hand hoch.

»Hinter dieser Geschichte steckt noch mehr, Matthias. Mehr, als ich dir jetzt gefahrlos anvertrauen kann. Aber eines sollst du wissen.« Er war so bewegt, dass ihm fast die Stimme versagte, seine Augen waren feucht.

»Ja?«, sagte Matty.

»Du stammst von wahrer Größe ab«, sagte Onkel Frankie. »Du hast Großes in dir. Und kein Handlanger der amerikanischen Regierung kann –«

Matty sollte nie erfahren, was Onkel Frankie als Nächstes sagen wollte, denn in diesem Augenblick ertönte aus der oberen Etage ein lauter Schlag. Mary Alice schrie: »Feuer! Feuer!«

»Gottverdammt«, sagte Frankie leise. Er kniff die Augen zusammen. Dann rannte er die Treppe hinauf und brüllte alle an, sie sollten sofort mit dem Brüllen aufhören. Matty folgte ihm ins Gästeschlafzimmer, das zugleich eine Art Hauswirtschaftsraum war, vollgestellt mit Kisten und Wäschekörben. Der gefütterte Bezug des Bügelbretts brannte, und inmitten der Flammen stand das Bügeleisen. Das schwarze Steckerkabel hing seitlich herab, nicht eingestöpselt. Die dreijährigen Zwillinge standen Händchen haltend in einer Ecke und betrachteten mit großen Augen die Flammen; weniger verängstigt als erstaunt. Mary Alice hielt eines von Buddys riesigen Hemden vor sich, als wollte sie sich so gegen die Hitze schützen, obwohl sie wahrscheinlich überlegte, damit die Flammen zu ersticken.

»Mein Gott, bring Cassie und Polly hier raus«, sagte Frankie zu Mary Alice. Er sah sich im Zimmer um, fand nicht, wonach er suchte, und sagte dann: »Alle raus!«

Die Zwillinge rannten in den Flur, doch Mary Alice und Matty blieben im Türdurchgang stehen, zu gebannt, um den Raum ganz zu verlassen. Frankie ging neben dem Bügelbrett in die Hocke und hob es an den Beinen hoch, das Bügeleisen darauf balancierend. Er trug es auf sie zu, als wäre es eine riesige Geburtstagstorte. Mary Alice und Matty hetzten vor ihm her. Er stieg konzentriert die Treppe hinunter, obwohl ihm die Flammen ins Gesicht schlugen. Das beeindruckte Matty enorm. Mary Alice öffnete ihm die Haustür, und Frankie marschierte zur Einfahrt, wo er das Bügelbrett auf die Seite fallen ließ. Das rauchende, teilweise geschmolzene Bügeleisen schlug zweimal auf und blieb dann auf der Gleitsohle liegen.

Tante Loretta trat um die Ecke des Hauses, dicht gefolgt von Opa Teddy. Dann stürzte Mattys Mom durch die Haustür nach draußen, im Schlepptau die Zwillinge. Die gesamte Familie stand jetzt im Vorgarten, bis auf Buddy.

»Was ist passiert?«, fragte Loretta Frankie.

»Ja was wohl?«, sagte Frankie. Er drehte das Bügelbrett auf den Kopf, doch noch immer schossen an den Rändern Flammen empor. »Schnapp dir die Teufelsbraten und Mary Alice. Wir fahren nach Hause.«

Noch Monate später bekam Matty die Videoaufnahme nicht mehr aus dem Kopf. Sie schien eine Nachricht aus einer weit entfernten Vergangenheit zu sein, ein bebilderter Text, der die Geheimnisse seiner Familie enthielt. Er wollte seine Mutter unbedingt danach fragen, doch zugleich wollte er sein Versprechen an Onkel Frankie einhalten. Er begnügte sich damit, seiner Mutter indirekte Fragen zur *Mike Douglas Show* oder zu Oma Maureen oder der Regierung zu stellen, doch sie blockte jedes Mal ab. Sogar, als er versuchte, sich langsam an das Thema heranzuschleichen –

»Mann, wie es wohl ist, im Fernsehen zu sein?« –, schien sie sofort zu merken, worauf er hinauswollte, und wechselte das Thema.

Als er und seine Mutter das nächste Mal in Chicago waren, konnte er die Kassette im Fernsehschrank nicht finden. Onkel Buddy erwischte ihn dabei, wie er die Hüllen durchsuchte, jede einzelne Kassette einschob und vorspulte, um zu sehen, ob Mike Douglas nicht doch plötzlich nach der Hälfte des Bandes auftauchte. Sein Onkel zog die Stirn kraus und schlurfte aus dem Zimmer.

Matty würde die Kassette niemals wiederfinden. Beim darauffolgenden Thanksgiving schien sich Frankie nicht mehr zu erinnern, ihm die Aufnahme je gezeigt zu haben. An allen Feiertagen saß Matty am Esstisch und wartete darauf, dass die Erwachsenen anfingen, über die alten Zeiten zu sprechen, doch seine Mutter hatte eine Art Verbot gegen dieses Thema verhängt. Wenn Frankie etwas Vielversprechendes aufbrachte – irgendeine Bemerkung über Oma Mo oder den »Psi-Krieg« –, erntete er von Mom einen Blick, der die Raumtemperatur sinken ließ. Die Besuche wurden seltener und gezwungener. In zwei Jahren kam Frankies Familie an Thanksgiving gar nicht, manchmal blieben Matty und seine Mom zu Hause in Pittsburgh. Das waren schreckliche Wochenenden. »Du hast eine melancholische Ader«, erklärte sie ihm. Wenn dem so war, dann wusste er, woher er sie hatte; er kannte keinen melancholischeren Menschen als seine Mutter.

Es stimmte, dass er für ein Kind ungewöhnlich nostalgisch war, auch wenn das, wonach er sich zurücksehnte, eine Zeit vor seiner Geburt war. Ihn ließ das Gefühl nicht los, dass er die große Show verpasst hatte. Der Zirkus hatte zusammengepackt und die Stadt verlassen, und als er eintraf, war da nichts mehr außer einem Feld mit plattgetretenem Gras. Doch manchmal, vor allem, wenn Mom sich gut fühlte, war er plötzlich voller Zuversicht, wie der Prinz einer abgesetzten Königsfamilie, der sich seines Anspruchs auf den Thron sicher war. Dann dachte er, früher waren wir mal *Erstaunlich*.

Doch dann verlor seine Mutter wieder einmal ihren Job, und sie mussten wochenlang Macaroni and Cheese essen, und dann dachte er, *früher* waren wir mal Erstaunlich.

Und dann, als er vierzehn Jahre alt war, verlor seine Mutter den besten Job, den sie je gehabt hatte, sie zogen bei Opa Teddy ein, und bald darauf fand er sich in einer Kammer voller Kleider seiner toten Großmutter wieder und erholte sich von dem Interessantesten, was ihm je widerfahren war. Das Gefühl, sich blamiert zu haben, war abgeklungen, was in seinem Körper Raum für andere Empfindungen hinterließ, eine vibrierende Mischung aus Angst, Erstaunen und Stolz.

Er hatte seinen Körper verlassen. Er hatte zweieinhalb Meter über dem Boden geschwebt. Das rief nach irgendeiner Form von Zeremonie.

Er überlegte einen Moment, dann hob er das silberne Kleid am Kleiderbügel hoch und sprach zu ihm. »Hey, Oma Mo«, sagte er, so leise, dass Mary Alice und ihre blöde Freundin ihn nicht hören konnten. »Heute bin ich –«

Er wollte sagen, »Heute bin *ich* Erstaunlich«. Es wäre ein ergreifender Moment, von dem er eines Tages seinen Kindern erzählen würde. Er war der junge Bruce Wayne, der schwor, seine Eltern zu rächen, er war Superman, der versprach, sein kryptonisches Erbe zu bewahren, ein jüdischer Junge, der tat, was auch immer jüdische Jungs an ihrer Bar-Mizwa taten.

Dann bemerkte er den Schatten in der Tür.

Es war Onkel Buddy. Er hielt einen Hammer in der einen und ein Klammergerät in der anderen Hand. Sein Blick wanderte langsam von Matty zur Kleiderkammer, dann wieder zu Matty –

und dem Kleid. Seine Augen weiteten sich minimal. Würde er gleich lächeln? Das hätte Matty nicht ertragen können.

»Ich wollte es gerade zurückhängen!«, sagte Matty. Er warf ihm das Kleid entgegen und rannte los, wild entschlossen, seinem Onkel zu entkommen, dem Zimmer, und seinem Körper.

2
Teddy

Teddy Telemachus hatte es sich zum Ziel gesetzt, sich mindestens einmal am Tag zu verlieben. Nein, verlieben traf es nicht ganz; sich in die Liebe hineinzustürzen passte besser. Zwei Jahrzehnte nach Maureens Tod bestand die einzige Möglichkeit, sein leeres Herz weiterhin schlagen zu lassen, darin, ihm regelmäßig Starthilfe zu geben. An Sommerwochenenden spazierte er über den Clovers Gartenmarkt auf der North Avenue oder wanderte durch den Wilder Park, in der Hoffnung auf emotionale Defibrillation. An Wochentagen jedoch setzte er auf Supermärkte. Der Jewel-Osco war der nächstgelegene und zum Einkaufen vollkommen ausreichend, doch für Herzensangelegenheiten bevorzugte er Dominick's.

Sie fiel ihm ins Auge, als sie sorgfältig die Bioregale durchstöberte, einen leeren Einkaufskorb am Arm; Erkennungszeichen einer Frau, die ihre Zeit mit etwas füllen will, nicht ihren Einkaufswagen.

Sie war vielleicht Mitte vierzig. Ihr Stil war auf trügerische Art simpel: ein einfaches ärmelloses Top, Caprihose, Sandalen. Würde ihr jemand ein Kompliment machen, würde sie behaupten, einfach irgendetwas angezogen zu haben, aber andere Frauen wüssten es besser. Teddy wusste es besser. Diese Kleider waren maßgeschneidert, um leger *auszusehen*. Die schnörkellose Ledertasche, die neben ihrer Hüfte baumelte, war eine Fendi. Die Sandalen waren ebenfalls italienisch. Doch was ihm einen Schauer durchs

Herz jagte, war der perfekt abgestimmte Farbton ihrer rot lackierten Zehennägel.

Deshalb kaufte er bei Dominick's ein. Ging man an einem solchen Dienstagnachmittag in einen Jewel, traf man dort alte Frauen in ballonseidenen Trainingsanzügen, die auf Sonderangebote aus waren und Suppendosen ins Licht hielten, hypnotisiert von *Portionsgröße* und *Preis pro 100 Gramm*. In einem Dominick's, vor allem in den schickeren Vororten, in Hinsdale oder Oak Brook, konnte man Frauen mit Klasse treffen, Frauen, die sich mit Accessoires zu schmücken wussten.

Er schob seinen leeren Wagen nah an sie heran und tat so, als studiere er das Angebot an traditionell hergestelltem Honig.

Sie hatte ihn nicht bemerkt. Sie trat einen Schritt vom Regal zurück und stieß gegen ihn, und er ließ das Kunststoffhonigglas fallen. Es passierte beinahe versehentlich; seine steifen Finger waren an diesem Tag besonders störrisch.

»Das tut mir leid!«, sagte sie.

Sie bückte sich und er sagte, »Oh, das brauchen Sie nicht –«, und beugte sich gleichzeitig hinab, sodass sie fast mit den Köpfen aneinanderstießen. Beide lachten. Sie war schneller beim Honigglas und ergriff es mit einer Hand, an der ein Ehering mit großem Diamanten prangte. Sie roch nach Sandelholzseife.

Er nahm das Glas übertrieben förmlich entgegen, was sie wiederum zum Lachen brachte. Ihm gefiel, wie ihre Augen inmitten dieser freundlichen Fältchen leuchteten. Er schätzte ihr Alter auf fünf- oder sechsundvierzig. Das war gut. Er hatte sich eine feste Regel gesetzt, gegen die er nur selten verstieß: sich nur in Frauen zu verlieben, deren Alter mindestens die Hälfte seines eigenen plus sieben Jahre betrug. Aktuell war er zweiundsiebzig, was hieß, dass das Objekt seiner Zuneigung mindestens dreiundvierzig sein musste.

Ein junger Mann hätte sie nicht für schön gehalten. Er hätte die Oberschenkel einer reiferen Frau gesehen und dabei ihre perfekt geformten Waden und zarten Fesseln übersehen. Er hätte sich auf die markante, römische Nase konzentriert, und dabei wären ihm die leuchtend grünen Augen entgangen. Er hätte die Streifen an ihrem Hals bemerkt, als sie beim Lachen den Kopf schief hielt, und es dadurch verpasst, eine Frau zu schätzen, die sich ganz dem Moment hinzugeben vermochte.

Kurz gesagt, junge Männer waren Idioten. Hätten sie überhaupt den Funken gespürt, als sie ihn berührte, so wie er es getan hatte? Ein paar Finger an seinem Ellbogen, zart und scheinbar beiläufig, als wollte sie sich abstützen.

Er verbarg sein Vergnügen und setzte einen überraschten, besorgten Blick auf.

Sie nahm die Hand von seinem Arm. Sie war bereit, ihn zu fragen, ob etwas nicht stimme, doch dann zog sie sich zurück, vielleicht, weil ihr wieder einfiel, dass sie sich überhaupt nicht kannten. Also sprach er zuerst.

»Sie machen sich Sorgen um jemanden«, sagte er. »Jay?«

»Wie bitte?«

»Oder Kay? Nein. Jemand, dessen Name mit ›J‹ beginnt.«

Ihre Augen weiteten sich.

»Bitte, ich muss mich entschuldigen«, sagte er. »Es ist jemand, der ihnen sehr nahesteht. Das geht mich nichts an.«

Sie wollte fragen, wusste aber nicht, wie sie es formulieren sollte.

»Na gut«, sagte er und hielt das Honigglas hoch. »Danke, dass Sie das aufgehoben haben, auch wenn der Inhalt ganz sicher nicht so süß ist wie Sie.« Diese letzte Portion Schmalz wurde mit der genau richtigen Menge Selbstironie serviert, um noch als Flirt durchzugehen.

Er schlenderte davon, ohne sich umzusehen. Spazierte durch einen Gang und betrat dann den offenen Bereich der Obst- und Gemüseabteilung.

»Mein ältester Sohn heißt Julian«, sagte sie. Er sah auf, als habe er sie nicht kommen gesehen. Ihr Korb war immer noch leer. Nach einem kurzen Augenblick nickte er.

»Er hat eine Lernschwäche«, sagte sie. »Es fällt ihm schwer, sich zu konzentrieren, aber seine Lehrer scheinen das nicht ernst zu nehmen.«

»Keine leichte Angelegenheit«, sagte er. »Wirklich nicht leicht.«

Doch sie wollte gar nicht über den Jungen reden. Ihre Frage hing zwischen ihnen in der Luft. Schließlich sagte sie: »Woher wussten Sie von ihm?«

»Ich hätte nichts sagen sollen«, sagte er. »Es ist nur so, als Sie meinen Arm berührt haben –« Er neigte den Kopf. »Manchmal habe ich Eingebungen. Bilder. Aber das heißt nicht, dass ich alles aussprechen muss, was mir durch den Kopf geht.«

»Wollen Sie mir erzählen, Sie sind eine Art Hellseher?« Es war deutlich zu erkennen, dass sie nicht an so etwas glaubte.

»Das Wort hat einen schlechten Ruf«, sagte er. »Diese Hellseher im Fernsehen, mit ihren neunhundert Zahlen? Das sind Hochstapler und Scharlatane, meine Liebe. Betrüger. Allerdings ...« Er lächelte. »Ich muss zugeben, dass auch ich Sie in einem Punkt hinters Licht geführt habe.«

Sie hob eine Augenbraue, ermunterte ihn weiterzusprechen.

Er sagte: »Ich brauche diesen Honig gar nicht.«

Ihr tiefes, kehliges Lachen war ganz anders als Maureens – Mos hatte wie die Glocke einer Ladentür geklungen –, doch er genoss es trotzdem. »Das war mir klar«, sagte sie.

»Wie es aussieht, haben Sie auch einiges gefunden.«

Sie sah auf den Korb an ihrem Arm, dann stellte sie ihn auf dem Boden ab. »In dieser Mall gibt es ein Diner«, sagte sie.

»Das hab ich auch gehört.« Er hielt ihr die Hand hin. »Ich bin Teddy.«

Sie zögerte, fürchtete vielleicht einen weiteren Stromschlagmoment übersinnlicher Intuition. Dann gab sie nach. »Graciella.«

Teddy konvertierte im Sommer 1962 zur Kirche der Liebe auf den Ersten Blick, an dem Tag, an dem er jenen Seminarraum der University of Chicago betrat. Ein Dutzend Menschen befand sich in diesem Raum, und sie war die Einzige, die er sah, eine junge Frau im Spotlight, die mit dem Rücken zu ihm dastand, als würde sie sich jeden Moment umdrehen und anfangen, in ein Mikrofon zu singen.

Maureen McKinnon, neunzehn Jahre alt. Sie haute ihn um, ohne ihn auch nur anzusehen.

Ihren Namen kannte er natürlich noch nicht. Sie stand zehn Meter von ihm entfernt und sprach mit der Sektretärin, die hinter dem Dozentenschreibtisch am anderen Ende des großen Seminarraumes saß, der in diesem pseudo-gotischen Gebäude nicht mehr als ein Zimmerchen darstellte. Diese Höhle des Akademischen machte ihn nervös – er hatte sich nie von den zwei üblen Jahren auf einer katholischen Highschool erholt –, doch diese junge Frau war ein Licht, von dem er sich gerne leiten ließ. Er schlenderte den Mittelgang hinunter, ohne sich der Bewegung seiner Füße bewusst zu sein, und sog sie auf: eine zierliche, schwarzhaarige Elfe in einem ausgestellten Kleid, olivgrün mit dazu passenden Handschuhen. Oh, diese Handschuhe. Sie zog sie Finger für Finger aus, jedes einzelne Zupfen brachte sein Herz zum Schwingen.

Die Sekretärin reichte ihr einen Stapel Formulare. Die junge Frau drehte sich um, den Blick auf das oberste Blatt gerichtet, und lief fast in ihn hinein. Erschrocken sah sie auf, und damit war es um ihn geschehen: blaue Augen unter einem schwarzen Pony. Welcher Mann wäre dagegen gefeit?

Sie entschuldigte sich, während er den Hut zog und darauf bestand, dass es sein Fehler gewesen sei. Sie sah ihn an, als würde sie ihn kennen, was ihn zugleich erregte und verunsicherte. Hatte er sie irgendwann einmal übers Ohr gehauen? Diese süße, schwarzhaarige Irin hätte er sicher nicht vergessen.

Er meldete sich bei der Sekretärin an, einer Frau um die fünfzig, die das leuchtend rote, aufgebauschte Haar einer jüngeren Frau trug – offensichtlich eine Perücke. Sie reichte ihm seinen Formularstapel, und er schenkte ihr ein breites Lächeln und ein »Danke, meine Liebe«. Es konnte nie schaden, sich mit der Sekretärin gut zu stellen.

Er setzte sich an einen Tisch ein Stück hinter der jungen Frau in dem olivfarbenen Kleid, damit er sie beobachten konnte. Er nahm an, dass sie wegen derselben Zeitungsannonce hier war, die auch ihn zum Campus geführt hatte:

TESTPERSONEN FÜR STUDIE ZU
PSI-PHÄNOMENEN GESUCHT.

Darunter, in kleinerer Schrift:

$ 5 HONORAR FÜR AUFNAHMEBEFRAGUNG, $ 20 PRO TAG FÜR DIEJENIGEN, DIE FÜR DIE LANGZEITSTUDIE AUSGEWÄHLT WERDEN. ZENTRUM FÜR FORTGESCHRITTENE KOGNITIONSWISSENSCHAFT, UNIV. OF CHICAGO

Er ging davon aus, dass es sich bei der Studie um den üblichen Universitätsquatsch handelte, der die beiden Arten von Menschen ausnutzte, die auf eine solche Annonce reagieren würden: die Verzweifelten und die Geblendeten. Diese vier Gehirnakrobaten da, in ihren Hemdsärmeln und Latzhosen, die sich lachend über ihre Tische beugten und sich gegenseitig anstachelten? Die brauchten die Knete. Der Student mit dem Maulwurfgesicht, dem billigen Anzug und dem wippenden Knie, den fettigen Haaren und der dicken Brille: Der war von der Vorstellung geblendet, etwas Besonderes zu sein. Der schwarze Typ in Hemd, Krawatte und Sonntagsschuhen: verzweifelt. Und das alte Ehepaar, das sich gegenseitig beim Ausfüllen der Unterlagen half? Beides.

Teddy war wegen des Geldes hier. Aber was war mit der jungen Frau? Was war ihre Geschichte?

Teddy sah immer wieder zu ihr hinüber, während er seine Unterlagen ausfüllte. In den ersten paar Formularen wurden demografische Informationen abgefragt, von denen er sich mehrere ausdachte. Erst einige Blätter später wurde es interessant, als sie anfingen, Wahr-oder-falsch-Fragen zu stellen wie »Manchmal weiß ich, was andere Menschen sagen werden, bevor sie es sagen«. Und: »Uhren und elektronische Geräte stellen manchmal in meiner Gegenwart die Arbeit ein«, zwanzig Fragen später gefolgt von »Kaputte Uhren und elektronische Geräte funktionieren manchmal in meiner Gegenwart plötzlich wieder«. Der reine Blödsinn. Er füllte schnell alles aus, trug sein Klemmbrett nach vorne und gab es der Sekretärin mit der roten Perücke zurück.

»War das alles?«, fragte er.

»Der Fünf-Dollar-Scheck wird an die Adresse geschickt, die Sie im Formular angegeben haben«, sagte sie.

»Nein, ich meine, was ist mit dem Rest der Studie? Wie geht es jetzt weiter?«

»Ach so. Sie werden kontaktiert, sollte man sich für Sie entscheiden.«

Er lächelte. »Ich glaube, sie werden mit mir reden wollen.«

»Das entscheidet Dr. Eldon.«

»Wer ist das?«

Das schien sie ein wenig zu irritieren. »Das hier ist sein Projekt.«

»Ach! Moment. Ist er groß, eher kräftig, mit Einsteinfrisur und einer großen, eckigen Brille?«

Treffer. Das spürte er. »Haben Sie den Herrn Doktor bereits kennengelernt?«, fragte sie.

»Nein, nein. Es ist bloß … na ja, als ich die Formulare ausfüllte, hatte ich immer wieder dieses Bild vor Augen. Von jemandem, der sich sehr dafür interessiert, was heute hier passiert. Es kam immer wieder, deshalb habe ich angefangen, ein bisschen zu zeichnen. Darf ich?« Er streckte die Hand nach dem Klemmbrett aus, das er ihr gerade zurückgegeben hatte. Er blätterte ein paar Seiten zurück. »Ist er das?«

Teddy war kein Künstler, doch für seine Zwecke reichte sein Zeichentalent aus. Es war sogar hilfreich, wenn man nicht zu gut war, zu akkurat. Was er gezeichnet hatte, war kaum mehr als ein Kreis, der an ein dickes Gesicht erinnerte, zwei Quadrate für die Brille und ein wildes Gewirr aus Haaren darüber.

Die Sekretärin sah ihn mit diesem Blick an, den er so mochte, Verwirrung, die mit dem Fahrstuhl ganz langsam in Richtung Staunen unterwegs war.

Er senkte die Stimme. »Und das Verrückte ist: Ich sah mich in einer Sitzung mit ihm. Er, ich und die Dame da —« Er nickte in Richtung der jungen Frau mit dem olivfarbenen Kleid und dem schwarzen Haar und den blauen Augen. »Wir alle sitzen um einen Tisch herum und lächeln.«

»Ach«, sagte die Sekretärin.

»Deshalb muss ich unbedingt an dieser Studie teilnehmen«, sagte er ernst. »Solche Sachen passieren mir andauernd.«

Er erwähnte nicht, dass ihm solche Sachen normalerweise in Bars passierten, wenn es um ein paar Dollar ging. Betrunkene um Fünfer zu erleichtern war nicht schwer, aber leben konnte man davon nicht. Es war höchste Zeit, die Nummer weiterzuentwickeln.

Als er die Annonce in der *Sun-Times* gesehen hatte, war ihm klar gewesen, dass der erste Schritt darin bestehen musste, die Echtheit seines Könnens von echten Wissenschaftlern bescheinigen zu lassen. Er hatte seine Hausaufgaben gemacht, bevor er dort aufkreuzte: ein Besuch in der Bibliothek der U of C; ein paar Fragen zum Zentrum für fortgeschrittene Kognitionswissenschaft; einmal durchs Fakultätsverzeichnis blättern, um sich ein Foto von Dr. Horace Eldon anzusehen; und voilà. Ein bald-schon-übersinnlicher Geistesblitz, einschließlich Kritzelei. Der letzte Teil, die

41

junge Frau in seine vorausahnende Vision miteinzubeziehen, war spontan improvisiert gewesen.

Er verließ den Seminarraum, ohne ein weiteres Wort zu der jungen Frau zu sagen. Trotzdem wusste er, mit unerklärlicher Gewissheit, dass sie sich wiedersehen würden.

Graciella war eine Frau, die Lust hatte zu reden. Während ihre Kaffees vor ihnen dampften, stellte er Fragen, und sie antwortete ausführlich, was sie selbst zu überraschen schien; sie wirkte auf ihn wie eine angespannte Frau, die normalerweise reserviert war und sich gerade vor ihrer inneren Aufsichtsperson drückte.

Sie war, wie er vermutet hatte, Hausfrau – oder vielmehr, angesichts der Größe mancher Häuser in Oak Brook, dem Vorort, in dem sie wohnte, *Villa*frau –, deren Hauptaufgabe darin bestand, die Leben ihrer drei schulpflichtigen Söhne zu organisieren, darunter das Sorgenkind Julian. Ihre Tage wurden komplett von deren Bedürfnissen bestimmt: Fußballtraining, Mathenachhilfe, Taekwondo.

»Klingt anstrengend«, sagte er. »Das allein zu machen.«

»Man gewöhnt sich dran«, sagte sie, über die Frage hinweggehend, die ganz offensichtlich mitschwang. »Ich bin der Fels.« Sie hatte noch immer nicht ihren Ehemann erwähnt. »Aber warum erzähle ich Ihnen das alles? Ich muss Sie langweilen.«

»Ich versichere Ihnen, Sie sind das am wenigsten Langweilige, was ich seit Monaten erlebt habe.«

»Erzählen Sie von sich«, sagte sie entschieden. »Woher kommen Sie, Teddy? Wohnen Sie hier in der Nähe?«

»Gleich die Straße hoch, meine Liebe. In Elmhurst.«

Sie fragte ihn nach seiner Familie, und er erzählte ihr von seinen erwachsenen Kindern, ohne die Enkel zu erwähnen. »Nur drei, zwei Jungs und ein Mädchen. Meine Frau war irisch-katholisch. Wäre sie nicht gestorben, hätten wir bestimmt ein Dutzend, wenn nicht mehr.«

»Ach, das tut mir leid«, sagte Graciella.

»Sie war die Liebe meines Lebens. Sie starb, als die Kinder noch klein waren, und ich habe sie allein großgezogen.«

»Das war damals vermutlich ungewöhnlich«, sagte sie.

Bei ihr klang es, als sei es vor ewig langer Zeit gewesen. Das war es wohl auch, doch er wollte nicht, dass sie sich allzu lang mit dem Altersunterschied zwischen ihnen beschäftige; das machte keinen Spaß. »Schwierig, klar, sehr schwierig«, sagte er. »Aber man tut, was man tun muss.«

Sie nickte nachdenklich. Er hatte gelernt, eine solche Stille nicht vorschnell zu füllen. Er sah, dass ihr die Rolex an seinem Handgelenk auffiel, doch statt diese zu kommentieren, sagte sie: »Ich mag Ihren Hut.«

Er hatte ihn an den Rand des Tisches gelegt und geistesabwesend die Krone gestreichelt, während sie sich unterhielten. »Das ist ein Borsalino«, sagte er. »Der beste aller –«

»Ach, ich kenne Borsalino.«

»Natürlich tun Sie das«, sagte er vergnügt. »Natürlich tun Sie das.«

»So«, sagte sie. Endlich kam sie zur Sache. »Machen Sie was Psi-Mäßiges.«

»Das ist nichts, was man einfach so anschalten kann«, sagte er. »An manchen Tagen fällt es mir leicht, kinderleicht. An anderen …«

Sie zog eine Augenbraue hoch, ermunterte ihn wieder. Sie konnte mit einer Augenbraue einiges anstellen.

Er schürzte die Lippen. Dann nickte er, als sei er zu einer Entscheidung gekommen. Er zog eine Papierserviette aus dem Spender und riss sie in drei Teile.

»Ich möchte, dass Sie drei Dinge aufschreiben, die Sie sich für Ihre Familie erhoffen.«

»Was meinen Sie?«

»Nur zwei Worte, zwei Worte auf jedes Stück Papier, so etwas wie ›mehr Geld‹. Nennen wir sie Wünsche.« Er bezweifelte, dass sie sich Geld wünschen würde. Das war eindeutig nicht ihr Problem. Sie öffnete ihre Handtasche, um nach einem Stift zu suchen, und er reichte ihr den, den er in seiner Jacketttasche bei sich trug. »Lassen Sie sich Zeit. Schreiben Sie kräftig, in Großbuchstaben – mit Leidenschaft. Das ist wichtig.«

Graciella biss sich auf die Lippe und starrte auf den ersten Schnipsel. Es gefiel ihm, dass sie es ernst nahm. *Ihn* ernst nahm. Als sie zu schreiben begann, drehte er sich um und blickte über die leeren Plastiknischen hinweg. Es war Nachmittag, die Zeit, zu der nichts los war.

»Fertig«, sagte Graciella.

Er bat sie, jeden der Schnipsel in der Mitte zu falten und dann noch einmal. »Achten Sie darauf, dass ich auf keinen Fall lesen kann, was Sie geschrieben haben.« Er drehte den Borsalino um, und sie warf die Papierschnipsel hinein.

»Jetzt kommt es auf Sie an, Graciella. Sie müssen sich auf das konzentrieren, was Sie geschrieben haben. Stellen Sie sich die Dinge auf dem Papier vor – alle drei Wünsche.«

Sie sah zur Decke hinauf. »In Ordnung.«

Hinter ihm öffnete sich die Tür, und sie war für einen Augenblick abgelenkt. Ein Mann in einem schwarzen Mantel setzte sich an einen Tisch schräg gegenüber. Er saß direkt hinter Graciellas linker Schulter, das Gesicht von ihnen abgewandt. Gott im Himmel, dachte Teddy.

»Konzentrieren Sie sich«, sagte er – genauso an sich selbst gerichtet wie an sie. »Haben Sie alle drei?«

Sie nickte.

»Gut, sehen wir mal, was wir da haben.« Er schüttelte die drei Schnipsel aus dem Hut und ordnete sie in einer Reihe auf dem Tisch an. »Nehmen Sie den ersten und legen Sie ihn in meine Hand. Nicht öffnen. Legen Sie einfach ihre Hand darauf.«

Ihre Handflächen lagen aufeinander, dazwischen das Papier.

»Graciella«, sagte er. Sie sah ihm in die Augen. Sie fand das Ganze aufregend, ja, wirkte aber auch nervös. Schien sich vor dem zu fürchten, was sie geschrieben hatte. Vor dem, was gleich laut ausgesprochen werden würde.

»*Schule*«, sagte er. »*Neue* Schule.«

Ihr entfuhr ein überraschtes Schnaufen.

»Das betrifft vermutlich Julian«, sagte er. »Sie hatten sich also doch schon entschieden, was?«

»Das war zu einfach«, sagte sie. »Ich habe Ihnen ja schon von ihm erzählt. Das könnten Sie erraten haben.«

»Möglich«, sagte er. »Gut möglich. Und doch –« Der Mann hinter Graciella hustete. Er war massig, mit einem Bürstenschnitt, der sich wie grauer Rasen über die Speckrollen in seinem Nacken zog. Teddy versuchte, ihn zu ignorieren. Er faltete den Zettel auf und las. »›Neue Schule‹. Ein guter Wunsch.«

Er legte das Papier zur Seite und bat sie, den nächsten Schnipsel zu nehmen. Wieder bedeckte sie seine Handfläche. Seine Finger berührten ihr Handgelenk, und er konnte ihren Puls spüren.

»Hmm. Dieser ist schwieriger«, sagte er.

Ihre Hand zitterte. Wovor hatte sie solche Angst?

»Das erste Wort ist ›keine‹«. Er schloss die Augen, um sich zu konzentrieren. »Keine ... Kaninchen?«

Sie lachte. Erleichtert jetzt. Er hatte also nicht den Schnipsel erwischt, der ihr Sorgen bereitete.

»Sagen Sie's mir«, sagte sie.

Er sah sie an. »Ich sehe ›Keine Kaninchen‹. Ist das ein Code? Moment.« Seine Augen weiteten sich in gespielter Überraschung. »Sind Sie schwanger?«

»Was?« Sie lachte wieder.

»Vielleicht haben Sie Angst, dass das Kaninchen sterben könnte.«

»Nein! Ich will unbedingt, dass sie sterben. Die haben meinen kompletten Garten aufgefressen.«

»Es geht ums Gärtnern?« Er schüttelte den Kopf. »Sie brauchen größere Wünsche, meine Liebe. Vielleicht jetzt. Stecken Sie diesen an mein Hutband. Hier. Lassen Sie mich ihn nicht berühren.«

Sie steckte den Zettel vorne ans Band. »Wie machen Sie das?«, fragte sie. »Konnten Sie das schon immer?«

Der Mann hinter ihr schnaubte. Er studierte mit großem Gewese die Plastikspeisekarte.

»Ich muss mich konzentrieren«, sagte Teddy. Er setzte den Borsalino auf, doch hielt seine Finger vom Hutband fern. »Ja. Das ist eindeutig ein größerer Wunsch.«

Der Mann lachte.

»Mein Gott«, sagte Teddy. »Könntest du dich mal zusammenreißen?«

Der Mann drehte sich um. Graciella warf einen Blick nach hinten, dann sagte sie zu Teddy: »Kennen Sie beide sich?«

»Leider«, sagte Teddy.

»Destin Smalls«, sagte der Mann und hielt ihr die Hand hin.

Sie weigerte sich, ihm die Hand zu geben. »Sie sind Polizist, oder?«

Bamm! Teddys Herz ging auf wie ein geknackter Safe.

»Ich arbeite für die Regierung«, sagte Smalls.

»Ist das eine Falle?«, fragte Graciella. »Geht's hier um Nick?«

»Wer ist Nick?«, fragte Smalls Teddy.

»Mein Ehemann«, sagte Graciella.

»Ich habe keine Ahnung, warum er hier ist«, sagte Teddy zu Graciella. »Ich hab den Kerl seit Jahren nicht gesehen.«

»Lassen Sie sich nicht reinlegen«, riet Smalls ihr. »Das nennt man den Umschlagtrick. Eine alte Masche, fast so alt wie er selbst.«

Es tat weh, dass er ihn vor dieser jüngeren Frau bloßzustellen versuchte. Doch zum Glück schien sie Smalls gar nicht zuzuhören. »Ich muss los«, sagte Graciella. »Die Jungs kommen bald.«

Teddy stand mit ihr auf. »Ich entschuldige mich für meinen Bekannten hier.«

»Es war mir eine Freude, Sie kennenzulernen«, sagte sie zu Teddy. »Glaube ich jedenfalls.« Sie ging zur Tür.

Teddy sah Smalls finster an, dann sagte er: »Graciella, nur eine Sekunde. Eine Sekunde.« Sie war so nett, auf ihn zu warten.

»Der letzte Wunsch«, sagte er, so leise, dass Smalls es nicht hören konnte. »Ging es da um Sie? Muss man sich um Sie Sorgen machen?«

»Um mich muss man sich keine Sorgen machen«, sagte sie. »Ich bin der Fels.«

Sie marschierte über den Parkplatz. Er hatte so viele Fragen. Die beiden Worte, die sie auf den letzten Papierschnipsel geschrieben hatte, lauteten NICHT SCHULDIG.

Zu Teddys Verdruss setzte sich Destin Smalls auf Graciellas Platz.

»Immer noch mit der Carnac-Nummer unterwegs, Teddy?«

»Du siehst aus wie der Pförtner des Todes«, sagte Teddy. Es war vier Jahre her, dass er den Agenten zuletzt gesehen hatte, doch er sah aus, als sei er doppelt so schnell gealtert. Eine harte Zeit. So lief es immer. Ein Körper konnte ein Jahrzehnt lang standhalten, das Weihnachtsfoto sah genauso aus wie die zehn zuvor, und dann – Rumms – holten die Jahre dich ein und machten dich platt wie ein Bulldozer. Die letzten Reste seiner Football-Star-Attraktivität waren von Alter und Kohlenhydraten aufgezehrt worden. Jetzt war er ein kantiger Kopf auf einem großen, rechteckigen Körper, eine Mikrowelle auf einem Kühlschrank.

»Dir muss klar sein, dass du über die First Base nie hinauskommen wirst«, sagte Smalls. »Du bist ein alter Mann. Die reden mit dir, weil du keine Gefahr darstellst.«

»Im Ernst, deine Haut hat eine schlimme Farbe. Woran liegt das? Sackkrebs? Leberschaden? Ich hab dich schon immer für einen heimlichen Säufer gehalten.«

Die Kellnerin kam zurück. Falls es sie überraschte, dass eine attraktive Vorstadtdame durch einen siebzigjährigen Agententypen ersetzt worden war, dann ließ sie es sich nicht anmerken.

»Kaffee für meinen Freund hier«, sagte Teddy.

»Nein danke«, sagte der. »Wasser mit Zitrone, bitte.«

»Ich vergaß, dass er Mormone ist«, sagte Teddy. »Könnten Sie bitte darauf achten, dass das Wasser entkoffeiniert ist?«

Sie starrte ihn einen Moment lang an und ging dann ohne ein Wort.

»Ich nehm alles zurück. Mit deinem Charme kriegst du sie immer noch rum«, sagte Smalls. »Und, was machen die Hände?«

»Es gibt gute Tage und schlechte«, sagte Teddy.

»Gut genug für den Umschlagtrick«, sagte Smalls.

Teddy ging nicht darauf ein. »Also, was treibt dich nach Chicago? Ist es dir in D.C. zu heiß geworden?«

»Die versuchen, mich rauszudrängen«, sagte Smalls. »Sie machen Star Gate dicht. Haben meine Mittel komplett zusammengestrichen.«

»Star Gate läuft immer noch?« Teddy schüttelte den Kopf. »Ich kann nicht glauben, dass sie euch nicht längst aus dem Tempel gejagt haben.«

»Der Kongress stampft jedes einzelne Projekt unter dem SG-Schirm ein. Zu viel Gegenwind von den Medien.«

»Du meinst, überhaupt zu viel Medienaufmerksamkeit.« Teddy lehnte sich zurück, fügte sich entspannt in das altbekannte Gestichel. »Ihr konntet doch noch nie ertragen, dass jeder ehrliche Bericht euren absoluten Mangel an Ergebnissen erwähnen musste.«

»Du weißt so gut wie ich, dass —«

Teddy hielt die Hand hoch. »Abgesehen von Maureen. Aber außer ihr hattet ihr nichts.«

Die Kellnerin kam mit dem Wasser und der Kaffeekanne zurück. Sie füllte Teddys Becher auf und verschwand wieder.

»Auf Maureen«, sagte Smalls und hob sein Glas. »Auf ewig jung.«

»Maureen.«

Nach einer Weile sagte Teddy: »Tut mir leid wegen des Jobs. Keiner will der sein, der das Licht ausmacht.«

»Das ist ein Verbrechen«, sagte Smalls. »Ein strategischer Fehler. Glaubst du, die Russen hätten SCST dichtgemacht?«

»Wieso nicht? Die haben doch ihr ganzes Land dichtgemacht.«

»Das Ex-KGB schmeißt noch immer den Laden. Es ist keine fünf Jahre her, da haben wir erfahren, dass das Landwirtschaftsministerium uns bei der Entwicklung einer Mikroleptonen-Kanone voraus war.«

»Gott, ihr versucht immer noch, eine zu bauen? Wie viel Regierungsknete habt ihr schon dafür rausgehauen?«

»Das ist geheim.«

»Aber irgendwer im Kongress weiß Bescheid, richtig? Kein Wunder, dass sie euch den Laden dichtmachen. Außer dir glaubt keiner an Fernwahrnehmung und Psychokinese.«

»Apropos, hält sich Frankie von Casinos fern?«

»Lass Frankie aus dem Spiel.«

Smalls nahm kapitulierend die Hände hoch. »Und wie geht's ihm? Und Buddy und Irene?«

»Denen geht's gut«, log Teddy. Frankie lieh sich ständig Geld bei ihm, Irene war depressiv, und Buddy – Gott, bei Buddy wurde es jeden Tag schlimmer. Ein stummer Einsiedler. Vor ein paar Monaten hatte er plötzlich angefangen, das Haus auseinanderzunehmen, wie jemand, der nur einen halben Zaubertrick beherrschte. *Sehen Sie, Ladies and Gentlemen, wie ich diese Armbanduhr zertrümmere! Gut, und jetzt werde ich, verdammt … wie ging das noch mal?* »Buddy ist ein richtiger Handwerker geworden«, sagte Teddy.

»Was du nicht sagst. Und die Enkel? Wie viele hast du inzwischen?«

49

»Dreieinhalb«, sagte Teddy.

»Einhalb?« Smalls guckte überrascht. »Ist Irene wieder schwanger?«

»Gott, ich hoffe nicht. Nein. Ich meinte Lorettas Tochter, Mary Alice.«

»Das kannst du nicht machen. Solche Abstufungen vornehmen. So was wie Stief-Enkel gibt es nicht.«

»Du bist nicht den ganzen Weg nach Chicago gekommen, um nach meinen Enkeln zu fragen«, sagte Teddy. »Nein, falsch. Genau deshalb bist du hier, richtig?«

Smalls zuckte mit den Schultern. »Gibt es bei einem von ihnen ... irgendwelche Anzeichen?«

»Ich dachte, die machen dein Programm dicht, Agent Smalls.«

»Noch ist es nicht tot.«

»Gut, solange es nicht tot oder am Leben ist, lass die Kinder aus dem Spiel. Das war die Abmachung, die du mit Maureen und mir getroffen hast. Und für unsere Enkel gilt das doppelt.«

»Die Abmachung hat zwei Seiten«, sagte Smalls. »Du sollst dafür sorgen, dass sie nicht in Schwierigkeiten geraten.«

»Du meinst, dafür sorgen, dass sie ihre großen, verheerenden Kräfte nicht für das Böse einsetzen.«

»Oder überhaupt.«

»Gott, Smalls. Von den Enkelkindern kann keines auch nur die Speisekarte lesen, wenn sie nicht direkt vor ihm liegt. Außerdem ist der Kalte Krieg vorbei.«

»Und trotzdem ist die Welt gefährlicher denn je. Ich brauche – *wir* brauchen – Star Gate und Menschen wie Maureen.«

Teddy war es nicht gewohnt, Smalls verzweifelt zu sehen. Doch ein verzweifelter Regierungsagent, selbst einer, der kaum noch eine Rolle spielte, konnte nützlich sein. »Gut«, sagte Teddy. »Gib mir deine Nummer.«

Die plötzliche Kapitulation überraschte Smalls. Er brauchte einen Moment, um eine Visitenkarte aus seiner Brieftasche zu ziehen. Darauf stand nur Smalls' Name und eine Nummer. Vorwahl D.C.

»Die haben dir den Flug bezahlt, nur damit du zehn Minuten mit mir redest? Ich dachte, sie hätten dir die Mittel gestrichen.«

»Vielleicht dachte ich ja, dass es das wert sein würde.«

»Als ob du sie überzeugen könntest –« Teddy sprach nicht weiter. Smalls' Stirnrunzeln sagte ihm, dass er ins Schwarze getroffen hatte. Teddy lachte. »Du hast dein eigenes Sparschwein dafür geplündert? Junge, du musst für die Rente sparen. Was sagt denn Brenda dazu?«

Smalls strich mit dem Daumen über sein Wasserglas.

»Oh Mann«, sagte Teddy. »Tut mir leid. Sie war eine gute Frau.«

»Ja. Nun.« Er stand auf und steckte den Papierschnipsel ein. »Du und ich haben bessere Frauen abbekommen, als wir verdient haben.«

□

Wäre nach dem Tag, an dem er Maureen McKinnon zum ersten Mal sah, nichts weiter geschehen – hätte Dr. Eldon seine Zeichnung nie gesehen und seine Bewerbung nicht für die Teilnahme an der Studie markiert; hätte er nicht auch Maureen ausgewählt; hätte Teddy sich nicht, ein paar Wochen später, an ihrer Seite wiedergefunden – nun, vielleicht wäre ihr Zauber dann verflogen.

Zunächst jedoch musste er allein bei Dr. Eldon vorsprechen. Zwei Wochen nach der ersten Befragung war Teddy zum Campus geladen worden, um über »seine Begabung« zu reden, und fand sich im merkwürdig angelegten Büro des Doktors wieder, einem gebogenen L, in das Stützbalken, Rohre und Leitungen hineinragten.

»Ich sehe einfach Dinge«, sagte Teddy. Er machte keine große Sache daraus. »Vor allem auf Papier. Beim Schreiben oder Zeichnen konzentrieren sich die Leute besonders, und das lässt es mich deutlicher erkennen.«

Dr. Eldon nickte und notierte etwas auf seinem Block. Eldon war mindestens zehn Jahre älter und fünfundzwanzig Kilo schwerer als auf dem bereits wenig schmeichelhaften Foto im Fakultätsverzeichnis. »Meinen Sie, Sie könnten mir das, äh, einmal demonstrieren?«, fragte der Doktor. Seine Stimme war leise und ernst, er klang beinahe unterwürfig.

»Okay, klar«, sagte Teddy. »Ich denke, ich fühle mich stark genug, um es zu probieren. Haben Sie einen Zettel für mich?« Natürlich hatte er. »Zeichnen Sie drei Dinge, die man sich leicht vorstellen kann. Etwas Bekanntes oder eine einfache Zeichentrickfigur oder geometrische Formen, was immer Sie wollen.«

Teddy stand auf, trat ein paar Schritte vom Tisch zurück und drehte sich weg. »Ich halte mir die Augen zu«, sagte er. »Sagen Sie mir einfach, wenn Sie fertig sind.«

Dr. Eldon zog vor Konzentration die Stirn kraus, dann zeichnete er seine erste Figur. Teddy konnte nicht glauben, wie gut es lief. Er war sich sicher gewesen, dass Eldon darauf bestehen würde, seine eigenen Tests durchzuführen, unter verschiedensten Laborbedingungen, doch stattdessen ließ er Teddy komplett freie Hand. Das war *einfacher* als die Arbeit in Bars, wo die Opfer ihm immer in den Ärmel guckten – oder in seine hohle Hand, in der er jetzt gerade einen winzigen Spiegel hielt, mit dem er den Forscher beobachten konnte. Eldon kam nicht auf die Idee, sich zu fragen, warum jemand, der ihm den Rücken zuwandte, sich außerdem noch die Augen zuhalten musste.

Als der Professor fertig war, ließ Teddy den Spiegel zurück in seine Tasche rutschen und bat ihn, die Zettel zu Quadraten zu falten.

»Ich werde es nicht der Reihe nach machen«, sagte Teddy. »Ich gehe einfach durch die Bilder, so wie sie mir kommen, und Sie sagen mir, ob ich völlig danebenliege oder nicht.«

52

Teddy drückte das erste Papierquadrat gegen die Vorderseite seines Hutes. Gab vor, sich zu konzentrieren. Dann legte er den Zettel beiseite und nahm den nächsten, dann den nächsten, und jedes Mal wand er sich und kniff die Augen fest zusammen.

»Ich empfange Bilder«, sagte Teddy. Das Erste, was Dr. Eldon gemalt hatte, war ein Micky-Maus-Gesicht. Typisch. Wenn man jemanden bat, »eine einfache Zeichentrickfigur« zu malen, war diese die erste, die ihnen einfiel. Auch die anderen Zeichnungen waren naheliegend. Die zweite war eine Pyramide. Und die dritte ein Flugzeug.

»So viele Dinge«, sagte er. »Ich sehe einen Vogel, der über einen Berg fliegt. Nein, es ist ein Dreieck. Ein dreieckiger Berg? Und ein großer Kreis, vielleicht der Mond? Nein, da ist mehr als ein Kreis. Die liegen irgendwie übereinander, und der Vogel …« Er schüttelte den Kopf, als wäre er verwirrt. »Der Vogel ist … aus Metall? Ah!« Fast schnippte er mit den Fingern. »Es ist ein Flugzeug. Ein Dreieck und ein Flugzeug. Aber was sind das für Kreise?« Er tippte sich an die Stirn. »Da sind zwei Kreise hinter einem mittleren. Wie die olympischen Ringe, nur nicht so viele, ja? Es kommt mir so vertraut vor, so …«

Teddy ließ sich in seinen Stuhl zurücksinken, als würde er sich geschlagen geben. Dr. Eldon starrte ihn an, das Gesicht verkrampft, so sehr bemühte er sich, sein Vergnügen zu verbergen.

»Tut mir leid, Doc«, sagte Teddy. »Mehr hab ich nicht anzubieten.«

»Das ist schon in Ordnung«, sagte der Professor sanft. Dann: »Sie waren sehr gut.«

»Wirklich?«

Dr. Eldon reichte ihm die Zettel, und Teddy tat so, als sei er genauso erstaunt, wie der Forscher es war. »Micky Maus! Na klar!«

Dr. Eldon grinste zufrieden. »Also, wären Sie bereit, weiter mitzumachen?«

Teddy konnte beinahe das Ka-Plink einer Registrierkasse hören. Er antwortete nicht sofort. »An den meisten Tagen muss ich arbeiten«, sagte er entschuldigend. »Ich kann es mir nicht leisten, mir allzu oft frei zu nehmen.«

Eldon sagte: »Alle Teilnehmer an der Studie werden ein Honorar erhalten.«

»Genug, um einen Tag ohne Arbeit auszugleichen?«

»Ein beträchtliches Honorar.«

»Na, das klingt doch gut«, sagte Teddy.

Dr. Eldon sagte: »Ich fürchte, wir müssen jetzt Schluss machen; es warten noch andere Teilnehmer. Wenn Sie rausgehen, könnten Sie dann, äh, die nächste Person reinschicken?« Dann, mit einem ironischen Lächeln, das er sich nicht verkneifen konnte: »Ich glaube, Sie können sich denken, wer das ist.«

Teddy stellte sich dumm, obwohl sich das Herz in seiner Brust zusammenzog. »Verzeihung? Ist das Teil des Tests?«

»Sie hatten Beatrice gegenüber – das ist meine Sekretärin – erwähnt, dass Sie das Bild einer jungen Frau gesehen haben, die sich mit mir trifft.«

»Ach, stimmt!«, sagte Teddy. »Ist sie da draußen?« Er war stolz, wie fest seine Stimme war. »Nach wem soll ich fragen?«

Dr. Eldon warf einen Blick auf eine Namensliste, die vor ihm auf dem Schreibtisch lag. Bis auf die letzten drei waren alle bereits abgehakt. »Sie heißt Maureen McKinnon.«

Dies war das erste Mal, dass er ihren Namen laut ausgesprochen hörte. Ihm gefiel, wie er klang. »Kein Problem, der Herr.« Er beugte sich über die Liste, als müsse er sich den Namen noch einmal ansehen. »Miss McKinnon. Alles klar.«

Er ging durch den Flur zum Seminarraum zurück, demselben Raum, in dem er zwei Wochen zuvor die Bewerbungsformulare ausgefüllt hatte. Vor seinem Gespräch war es dort leer und düster gewesen, doch jetzt saßen drei Menschen dort: der schwarze junge Mann, mit derselben Krawatte und vielleicht demselben Hemd, der weiße Maulwurftyp mit den Fetthaaren und die Frau seiner

Träume. Sie saß in der ersten Reihe, die Beine unter einem blauen Rock mit gelben Punkten übereinandergeschlagen. Ein eleganter gelber Schuh, wie ein Balletschläppchen, wippte nervös.

Der schwarze Mann saß einige Reihen weiter hinten, doch der Maulwurftyp hockte direkt neben ihr und redete eifrig auf sie ein. Wie hätte es auch anders sein sollen? Kaum sitzt ein Mädchen allein in einem Raum, und sofort schmeißt sich irgendein Pickelgesicht an sie heran.

Der Junge hielt einen kupferfarbenen Schlüssel in der Hand und sagte: »Das ist alles Konzentrationssache. Es geht darum, seinen Willen aufzuzwingen.«

»Was machst du da?«, fragte Teddy Maureen. Den Jungen ignorierte er.

Sie blickte auf und lächelte. »Er versucht, einen Schlüssel zu verbiegen.«

»Mit meinen Gedanken«, sagte der Typ.

»Was du nicht sagst! Heißt du Russell Trago?«

»Das stimmt, ja.«

Teddy hatte den Namen auf der Liste gesehen und geraten, dass dieser hier Russell war. Womit der Schwarze Clifford Turner heißen musste. »Du bist dran, Russell. Viel Glück da drin.«

»Okay! Danke.« Er legte den Schlüssel auf den Tisch und sagte zu Maureen: »Denk dran, was ich gesagt habe. Du musst deinen Willen aufzwingen.«

Teddy ließ sich auf den Platz fallen, den der andere freigegeben hatte, und griff nach dem Schlüssel. Komisch, dass er ihn nicht eingesteckt hatte. Normalerweise gab man seine Requisiten nie aus der Hand. »Immer noch gerade«, sagte er.

»Er hatte gerade erst angefangen«, sagte Maureen.

»Wirklich schade; es sah faszinierend aus, sehr faszinierend. Ich bin übrigens Teddy. Teddy Telemachus.«

»Ich bin –«

»Nicht sagen. Mary. Nein. So was wie Mary, oder Irene ...«

55

Vor ihr auf dem Tisch lagen ein Stift und ein Blatt Papier – die Einladung von Dr. Eldon. Wenn es sein musste, könnte er das Blatt benutzen. Vielleicht die Drei-Wünsche-Nummer für sie aufführen. »Warte, heißt du Maureen?«

»Was ein schlaues Kerlchen«, sagte sie. Er mochte das Leuchten in ihren Augen. »Russell ist gar nicht dran, oder? Die haben dich rausgeschickt, um mich zu holen.«

»Ah. Du bist zu klug für mich, Maureen McKinnon.«

»Was musstest du machen?«

Er erzählte ihr von dem Zeichnungen-Ratespielchen, verzichtete jedoch darauf zu erklären, wie er es gemacht hatte – und wie leicht es gewesen war.

»Die schienen ziemlich begeistert zu sein, als ich das Erste genannt habe«, sagte er. »Ich dachte, es sei ein Dreieck, aber es sollte eine Pyramide sein.«

»Ach. Tatsächlich?« Sie kam ihm ein bisschen *zu* überrascht vor.

»Was denn? Glaubst du, der alte Trago ist der Einzige, dessen Kräfte die der Sterblichen übersteigen?«

»Das nicht«, sagte sie. »Es ist nur –«

Er nahm den Schlüssel und sagte: »Lass es mich mal versuchen.«

»Du kannst auch Schlüssel verbiegen?«

»Unter anderem«, sagte er. Er schloss die Faust um das Metall. »Aber ich brauche dabei vielleicht deine Hilfe.« Er schob seinen Tisch näher an sie heran. »Es geht nicht darum, seinen Willen aufzuzwingen. Du musst den Gegenstand *bitten*, sich zu verbiegen. Der Gegenstand will dir zuhören. Du musst nur denken, verbieg dich ... verbieg dich ... Und weißt du, was dann passiert?«

»Ich hoffe, ›explodieren‹ steht nicht zur Auswahl«, sagte sie.

Er lachte. »Nur, wenn du ihn anschreist. Du musst sehr freundlich fragen.«

Es war ein einfacher Trick. Er hatte den Schlüssel gleich in seine linke Hand wandern lassen. Als er den Tisch verrückte, hatte er die Schlüsselspitze unter die Tischplatte geschoben und ihn nach unten gedrückt. Er war nicht stark verbogen, nur um zwanzig oder dreißig Grad, doch auch die besten Zaubertricks haben einst klein angefangen.

»Sehen wir mal, wie weit wir sind«, sagte er. Er rieb seine geschlossene Faust, wodurch er den Schlüssel wieder in die rechte Hand schieben konnte. Er ließ die Spitze des Schlüssels zwischen Daumen und Zeigefinger herausragen.

»Jetzt sag es«, sagte Teddy. »*Verbieg dich.*«

»Verbieg dich«, sagte Maureen.

»Bitte verbieg dich«, sagte er.

»*Bitte* verbieg dich«, sagte sie.

Er schob den Schlüssel langsam nach oben, zwischen Daumen und Zeigefinger, und ließ mehr und mehr davon hervortreten, bis man erkennen konnte, dass er verbogen war.

»Oh nein«, sagte Maureen.

»Was denn?«

»Jetzt könnte es schwierig werden, wieder ins Haus zu kommen.«

»Ist das *dein* Schlüssel?«

»Ich dachte, das wäre dir klar —«

»Ich dachte, das wär seiner! Du hast dem Typen deinen einzigen Haustürschlüssel zum Rumspielen gegeben?«

»Ich dachte ja nicht, dass er tatsächlich was damit anstellen würde«, sagte sie.

Das fanden sie beide urkomisch. Sie lachten noch, als Russell Trago mit verletzter Miene zurückkam. Maureen nahm die Hand vor den Mund. Trago schien zu merken, dass sie auf seine Kosten lachten.

»Die sagen, sie wollten Maureen sehen«, sagte er. Dabei schaute er zu Teddy.

»Oh«, sagte Teddy. »Tut mir leid. Mein Fehler.«

Maureen rutschte von ihrem Stuhl und hielt die Hand auf. Er drückte ihr den krummen Schlüssel in die Handfläche.

»Was ist passiert?«, fragte Trago. Seine Augen wurden groß. »Hab ich ihn verbogen?«

Teddy salutierte, als sie ging. »Mach sie fertig, Maureen McKinnon.«

Sie hatte den Stift und das Blatt Papier dagelassen. Sie hatte es gefaltet, vielleicht, um es vor Trago zu verbergen, als er neben ihr gesessen hatte. Teddy faltete es auseinander. Darauf waren drei Zeichnungen:

Pyramide.

Flugzeug.

Micky Maus.

»Heiliger Strohsack!«, rief Teddy.

Er ging die üblichen Methoden durch, doch er musste eine nach der anderen ausschließen. Ja, er hatte ihr von der ersten Zeichnung erzählt, aber nicht von den anderen beiden. Bei der Entfernung zu Dr. Eldons Büro war es unmöglich, dass sie sie belauscht hatte. Außerdem war Trago während Teddys Gespräch die meiste Zeit bei ihr gewesen und hatte versucht, ihren verdammten Haustürschlüssel zu verbiegen, mit Clifford Turner als Zeugen. Teddy kannte keine Methode, mit der sie seine Zeichnungen hätte sehen können, von so weit weg.

Es gab nur eine mögliche Erklärung. Maureen McKinnon, neunzehn Jahre alt, war die verdammt noch mal beste Betrügerin, die ihm je untergekommen war.

Als Teddy vom Diner nach Hause fuhr, dachte er über erstaunliche Zufälle nach. Er glaubte nicht daran, sofern er sie nicht selbst arrangiert hatte. Doch wie ließ sich erklären, dass er Graciella, der interessantesten Frau, mit der er seit Jahren gesprochen hatte, genau an dem Tag begegnet war, an dem Destin Smalls zurück in sein Leben spazierte? Genau wie Graciella witterte er eine Falle, doch es war nicht Smalls, der sie gestellt hatte. Nicht sein Stil. Der Agent bewegte sich so geradlinig wie ein rechtschaffener Ochse.

Teddy stellte seinen Buick in der Garage ab, trat durch die Seitentür und blieb wie angewurzelt stehen. Im Garten war ein Loch, und Buddy stand bis zu den Oberschenkeln darin und grub noch tiefer.

»Buddy!«

Sein Sohn sah neugierig zu ihm auf. Sein Oberkörper war nackt, was ihn noch fetter aussehen ließ.

»Was zur Hölle tust du da?«

Buddy sah auf das Loch, dann wieder zu Teddy.

»Ein gottverdammtes Loch mitten im Garten!«

Buddy sagte nichts. Natürlich nicht. Buddy hatte beschlossen, Marcel Marceau zu sein.

»Schütt's wieder zu.« Er deutete hektisch auf die Erdhaufen um sie herum. »Schütt's *auf der Stelle* wieder zu.«

Buddy sah weg. Gott im Himmel. Der Junge war mal so talentiert gewesen. Hätte sie alle reich machen können, einfach dadurch, dass er herumsaß und mit seinen Buntstiften Zahlen aufschrieb. Jetzt hatte er sich in einen gottverdammten Golden Retriever verwandelt und buddelte Löcher im Garten.

Teddy schlug die Hände über dem Kopf zusammen und marschierte ins Haus. In der Spüle stand Geschirr, doch zumindest waren noch alle Geräte intakt. Im Wohnzimmer saß Matty mit geschlossenen Augen im Schneidersitz wie ein Swami auf dem Sofa.

»Und was zur Hölle tust *du* da?«

Mattys Augen klappten auf. »Was? Nichts!« Dann: »Nachdenken.«

»Das machst du ganz toll.« Teddy legte den Borsalino auf die Ablage. »Wieso bist du nicht in der Schule?«

Der Junge sprang auf. »Schule ist aus.«

»Was?«

»Der letzte Tag war nur ein halber Schultag. Jetzt sind Sommerferien.« Er war pummelig, blass wie Maureens Seite der Familie, klein wie Teddys. Armer Bastard. Im Wortsinne. Seine Mama war pleite, und sein Papa war schon vor Jahren abgehauen.

»Und jetzt?«, fragte Teddy.

Matty blinzelte ihn an.

»Bist du jetzt ständig hier?«

»Äh ...«

Wie hatte er so die Kontrolle über sein Haus verlieren können? *My home is my castle* am Arsch. Eher eine Art Flüchtlingslager. Er nahm den Stapel Post vom Tisch und begann, die Umschläge durchzusehen. Rechnung, Rechnung, Werbung. Schon wieder eine von diesen Computer-CDs. America Online. Jeden Tag kam so eine, manchmal sogar zwei an einem Tag.

»Räum doch mal die Küche auf«, sagte Teddy. »Wir kochen, wenn deine Mom nach Hause kommt.« Das war das Beste daran, dass Irene wieder hier wohnte. Als Teddy und Buddy allein gelebt hatten, gab es dreimal die Woche was vom Chinaimbiss. Das oder Omelett.

Matty ging an ihm vorbei, und Teddy hielt ihm die Hand hin, einen Fünfdollarschein zwischen den Fingern. »Warte, Junge. Kannst du einen Fünfer klein machen?«

Matty schob die Hände in die Taschen. Zu schnell und zu offensichtlich, aber daran konnten sie noch arbeiten. »Ich weiß nicht, Mister. Ich guck mal.« Ein kleines, verräterisches Grinsen. Auch daran würden sie noch arbeiten müssen. »Ja, ich glaub schon.« Rupfte den Fünfer aus Teddys Fingern, begann, ihn zu falten.

»Hey, ich hab gesagt, ich brauch Kleingeld«, sagte Teddy, der den barschen Kunden spielte.

»Aber ich mach ihn ja klein, warten Sie.« Teddy hatte ihm auch die Sprüche beigebracht. Matty faltete den Geldschein vorsichtig auf und spannte ihn zwischen den Händen auf. »Wie wär's damit?«

Der Fünfer hatte sich in einen Zweidollarschein verwandelt.

»Lass ihn ein bisschen knallen«, sagte Teddy. »Wie ein Handtuch. Lass es sie hören. Und hör auf zu grinsen. Das verrät dich.« Der Junge nickte, dann ging er in die Küche, ohne ihm den Fünfer zurückzugeben. Zumindest das hatte er verinnerlicht: niemals das Geld zurückgeben.

Teddy sah auf den letzten Umschlag im Stapel und spürte einen Nadelstich im Herzen. Er erkannte die Handschrift, die eleganten, schnellen Bewegungen. Man konnte von der katholischen Schule halten, was man wollte, aber diese Nonnen wussten genau, wie man jemandem Schreibschrift beibrachte. Oberhalb der Hausadresse stand einfach nur »Teddy«. Ohne Absender.

Er warf den Rest der Post auf den Tisch und ging dann die Treppe hinauf zu seinem Schlafzimmer, wobei er den Umschlag betrachtete und sich mit jedem Schritt schwerer fühlte.

Gottverdammt, Maureen.

Er betrat sein Schlafzimmer und schloss die Tür hinter sich. Wie immer war er versucht, den Brief ungeöffnet zu lassen. Doch wie immer konnte er sich nicht zurückhalten. Er schlitzte den Umschlag auf und las, was sie geschrieben hatte. Dann öffnete er den kleinen Safe in seinem Wandschrank.

Darin lag, im Fach über dem Samttablett, das seine Uhren enthielt, ein Stapel älterer Umschläge. Früher hatte er jede Woche einen bekommen. Dann alle paar Monate. Den letzten vor etwas mehr als vier Jahren.

Er hielt sich den Umschlag unter die Nase. Sog die Luft ein. Konnte nichts riechen außer dem alten Papier. Dann warf er ihn zu den anderen und schloss die Tür.

3

Irene

Es gibt keine bessere Methode, die Sehnsucht nach dem Zuhause der eigenen Kindheit abzutöten, als wieder dort einzuziehen. Sie war in ihrem acht Jahre alten Ford Festiva zurück nach Chicago gekrochen, auf dem Beifahrersitz ihr pubertierender Sohn, dem es aus sämtlichen Poren spross und dampfte, hinterm Auto ein Anhänger, in den ihr gesamter Besitz gestopft war: eine Matratze und ein Boxspringbett, ein Sofatisch aus Holzfurnier, zwei stabile Küchenstühle und zwei Dutzend feuchte Kartons, auf denen ERNIEDRIGUNG und ENTTÄUSCHUNG stand.

Sie war einunddreißig Jahre alt. Sie hatte es nicht geschafft, Fluchtgeschwindigkeit zu erreichen, und die Bruchlandung war brutal.

Es hatte ein paar Weihnachten gegeben, damals, als es in Pittsburgh noch beinahe okay gelaufen war, da war es ihr warm ums Herz geworden, wenn sie um die letzte Kurve fuhr und in ihre alte Nachbarschaft einbog und das blassgrüne Haus sah, dessen Hecken von dicken roten und grünen Glühbirnen erleuchtet waren, und das kleine quadratische Fenster im ersten Stock, in dem ihr Zimmer lag. Hinter dem Haus ragte die riesige Trauerweide empor, und wenn sie deren nackte Winteräste sah, dachte sie an den fünfjährigen Buddy dort oben, furchtlos in den Jahren, bevor ihre Mutter starb, wie er in den höchsten Ästen hin und her schaukelte.

Jetzt führte der erste Anblick des Hauses, wenn sie von der Arbeit kam, dazu, dass sich ihr Herz aus so etwas wie Verzweiflung heraus zusammenzog. Sie kam von einer Neun-Stunden-Schicht bei Aldi zurück, mit schmerzenden Füßen und einem vor Langeweile benebelten Kopf, und stellte, wieder einmal, fest, dass das Haus eine Falle war.

In letzter Zeit war es eine sich im Bau befindliche Falle gewesen, und heute bestand da keine Ausnahme. Sie konnte nicht einmal in der Einfahrt parken, weil dort Holz gestapelt lag. Verärgert stellte sie das Auto auf der Straße ab und ging durch den Vordereingang ins Haus. Im Flur standen drei weiße Kartons von unterschiedlicher Größe, die mit schwarzen Kuhflecken bedruckt waren.

»Mom!«, brüllte Matty. Er stürzte sich förmlich die Treppe hinunter. »Ist das unserer? Hast du den gekauft?«

»Ich weiß nicht mal, was das ist.«

»Ein Gateway 2 000! Und ein Monitor. Und ein Drucker, glaub ich.« Er hockte neben dem größten Karton. »Der hat ein eingebautes Modem, und einen *Pentium*.« Die Haare an seinem Hinterkopf waren verfilzt und fettig.

»Nicht anfassen. Vielleicht müssen wir's zurückgeben. Wie lange hast du geschlafen?«

»Äh, ziemlich lange.«

»Hast du geduscht?«

»Klar.«

Sie sah ihn streng an.

»Ich meine, *noch* nicht. Ich wollte gerade, als der Computer –«

»Du bist vierzehn, Matty. Du kannst nicht wie ein Höhlenmensch rumlaufen.« Und er hätte wissen sollen, dass er sie nicht belügen konnte. Hatte er gehofft, sie könnte einmal so abgelenkt sein, dass es ihr nicht auffallen würde?

»Kann ich ihn mir nicht mal ansehen?«, fragte Matty.

»Wo ist dein Opa?«

63

»Hinten, der telefoniert. Mit jemandem, der Smalls heißt? Tiefe Stimme. Wollte Opa sprechen.«

»*Destin* Smalls?«

Matty zuckte mit den Schultern. Sie ging in Richtung Küche und Hinterausgang.

»Ich verspreche, ich mach die Verpackung nicht kaputt«, sagte er.

»Du öffnest *gar nichts*«, antwortete sie.

Auf der Terrasse saß Teddy auf einem Gartenstuhl und las Zeitung, die Beine übereinandergeschlagen, die Schuhe auf Hochglanz poliert. Trotz der Hitze trug er sein Jackett. Es roch nach Zigarettenrauch, doch es war keine Zigarette zu sehen. Seine linke Hand lag gespielt lässig auf der Aluminiumlehne des Stuhls, das Funktelefon neben ihm auf dem Beton.

»Wieso ruft Destin Smalls dich an?«, fragte Irene.

Teddy sah nicht von seinem Artikel auf. »Das geht dich nichts an.«

»Wird er dich festnehmen?«

Das brachte ihn dazu, die Zeitung sinken zu lassen. Es war die *Tribune*, was merkwürdig war. Sie waren eine *Sun-Times*-Familie. »Mach dich nicht lächerlich«, sagte Teddy. »Der ist so gut wie im Ruhestand.«

»Warum ruft er dann an?«

»Alte Freunde melden sich, Irene. Das ist normales menschliches Verhalten.«

»Seit wann ist er dein Freund?«

»Mein Gott.« Er nahm die Zeitung wieder hoch – ließ sie sofort wieder herabsinken. »Und könntest du mal diese Kisten aus dem Flur entfernen? Ich hätte mir um ein Haar den Hals gebrochen.«

»Das sind nicht meine. Hat Buddy einen Computer bestellt?«

»Wer zur Hölle weiß schon, was Buddy so treibt.«

»Woher sollte er denn das Geld dafür haben? So was kostet, na, zweitausend Dollar.«

»Zweitausend? Für einen Computer? Was macht man damit?«

»Man kann im Internet surfen«, sagte Matty. »Oder seine Hausaufgaben machen.« Er stand plötzlich in der Tür, eifrig wie ein junger Hund.

»Ich lasse nicht zu, dass du den ganzen Tag hier herumsitzt und Computerspiele spielst«, sagte sie.

»Können wir Onkel Buddy fragen, ob wir die Kisten aufmachen dürfen?«, fragte Matty.

»Was gibt's zum Abendessen?«, fragte Teddy.

»Ich koche heute nichts«, sagte Irene.

»Ich hab dich auch nicht darum gebeten.«

»Das klang aber ziemlich danach. Ich bin schon beschäftigt, mit Tortebacken.«

»Torte? Wieso willst du – ah. Maureens Geburtstag.«

»Buddy dreht durch, wenn wir ihn nicht feiern.«

»Hab ich gesagt, ich will nicht feiern? Natürlich will ich das.«

»Gut, Frankie und Loretta kommen nämlich auch.«

»Hey, vielleicht hat Buddy den Computer als Geburtstagsgeschenk gekauft«, sagte Matty.

»Für seine tote Mutter«, sagte Irene.

»Ist doch Buddy«, sagte Matty berechtigterweise.

»Du backst die Torte, ich kümmere mich ums Abendessen«, sagte Teddy, als sei das seine Idee gewesen. »Ich hatte an Pizza gedacht.«

»Du hasst Pizza«, sagte Irene.

»Nein, ich hasse Pizza nicht. Ich habe bloß hohe Ansprüche. Früher bin ich oft zu diesem Restaurant in Irving Park gefahren. Das gehörte Nick Pusateri. Der hat so eine knusprige Kruste hingekriegt, die beim Beißen knackte wie ein gottverdammter Cracker. Die hab ich euch immer mitgebracht.«

Irene hatte das ganz vergessen. Er hatte die Pizza immer auf einer Pappplatte transportiert, von hauchdünnem weißem Papier umhüllt, ohne Karton drumherum. Wenn man das Papier aufriss, stieg einem köstlicher Dampf ins Gesicht.

»Er hatte einen Sohn, Nick junior«, sagte Teddy. »Nicht der Hellste. Hat es irgendwie zum Immobilienentwickler gebracht und hat jetzt Geld.«

»Was du nicht sagst«, sagte sie.

»Letzte Woche bin ich bei Dominick's dieser Frau begegnet. Hatte sie noch nie gesehen. Sie heißt Graciella, hat drei Kinder. Und rate mal, wer ihr Mann ist?«

»Wenn es nicht Nick junior ist, bist du ein grottiger Geschichtenerzähler.«

»Ich frag mal Onkel Buddy«, sagte Matty und verschwand im Haus.

»Kleine Welt, oder?«, sagte Teddy. »Gottverdammte kleine Welt.« Er legte die Zeitung zur Seite und stemmte sich aus dem Gartenstuhl. »Ich bin zum Abendessen wieder da.« Er setzte seinen Hut auf und justierte den Winkel. Er trat gerade durch das Seitentor, als Matty angesprintet kam. Der Junge war einmal ums komplette Haus gerannt.

»Buddy sagt, ich darf ihn auspacken!«, sagte Matty.

»Das hat er gesagt?«, sagte Irene.

»Na ja, ich hab ihn gefragt, und er hat genickt.«

»Gut. Du kannst ihn im Keller aufbauen – sobald du geduscht hast. Und du installierst nicht das Internet!« Er rannte zurück ins Haus.

Sie sah zu, wie ihr Vater – extrem langsam – rückwärts aus der Garage fuhr. Sie fragte sich, wie viele Jahre noch blieben, bis sie ihm den Autoschlüssel wegnehmen mussten. Es war klar, dass sie die Entscheidung allein würde treffen müssen. Buddy bekam nichts mehr mit, und Frankie stand immer noch zu sehr im Bann der Legende von Teddy Telemachus, als dass er diese Maßnahme ergreifen würde.

Sie hob die Zeitung auf, in der Teddy gelesen hatte. Eine Schlagzeile war mit schwarzem Stift markiert: PROZESSAUFTAKT PUSATERI-MAFIAMORD. Sie las den ersten Absatz, dann den zweiten.

»Verdammt«, sagte sie.

»Was ist?«, fragte Matty hinter ihr.

»Dein Großvater gibt sich mit Mafiosi ab«, sagte sie. »Wieder mal.«

»Echt?« Er klang enthusiastischer, als ihr lieb war. Sie blickte auf und sah, dass er nur mit einem Handtuch bekleidet war.

»Unten ist das Wasser abgedreht«, erklärte er. Matty und Irene benutzten die Dusche im Keller und überließen das obere Bad Dad und Buddy.

»Nimm die andere«, sagte sie und ging lesend in die Küche.

Nick Pusateri jr. wird vielleicht selbst als Zeuge zu seiner Verteidigung aussagen, wie seine juristischen Berater am Montag verkündeten. Damit setzen sich die seit Wochen andauernden Spekulationen fort, ob Pusateri, dem der 1992 verübte Mord an dem Geschäftsmann Richard Mazzione aus Willowbrook vorgeworfen wird, vor Gericht aussagen wird. Pusateri gilt als hochrangiges Mitglied der Chicagoer Mafia, und er ist der Sohn des vermutlichen Bosses Nick Pusateri sr. Die Staatsanwaltschaft ist darauf aus, noch weitere Mitglieder der Organisation auf die Anklagebank zu bringen.

Sie las den Artikel zu Ende und warf die Zeitung in den Müll. Mörder, Mafiosi und der beschissene Destin Smalls. Was auch immer ihr Vater gerade tat, es gefiel ihr nicht.

Der Tod ihrer Mutter war der Orientierungspunkt, anhand dessen Irene durch ihre Erinnerungen navigierte. Zwischen dem Tag, an dem sie Destin Smalls zum ersten Mal begegnet war, und Maureens Tod vergingen nur sieben Monate. Es war Anfang Februar gewesen, der Morgen, an dem Irene ihre Mutter weinend vorgefunden hatte.

Irene konnte sich nicht erinnern, wieso sie nach oben gegangen war, um nach ihr zu sehen. Es war ein Schultag, vielleicht wollte sich Irene also beschweren, dass Buddy oder Frankie sich nicht fertig machten. Als sie die Tür zum Schlafzimmer ihrer Eltern aufstieß, sah sie ihre Mutter auf der Bettkante sitzen, die Handflächen auf die Oberschenkel gelegt, die Augen geschlossen. Die Tränen hatte feine Linien auf ihre Wangen gezeichnet.

Der Anblick hatte etwas Obszönes. Nicht nur, dass ihre Mutter fast nie weinte; die Tränen fielen unaufhörlich, und sie machte keine Anstalten, sie wegzuwischen oder zu verbergen. So nackt hatte sie ihre Mutter noch nie gesehen.

Vielleicht schnappte Irene nach Luft; irgendetwas veranlasste ihre Mutter, die Augen aufzureißen. Und noch immer wischte sie sich die Tränen nicht weg. Sie sah Irene kurz an, doch dann richtete sich ihre Aufmerksamkeit wieder auf etwas anderes, etwas in ihrem Inneren.

Irene sagte: »Lässt du dich von Dad scheiden?«

Ihre Mutter schien einen Augenblick zu brauchen, um die Worte zu erfassen. »Was?« Dann: »Wieso fragst du mich das?«

Es gab so viele Gründe, die Irene hätte aufzählen können. Der Umstand, dass Dad inzwischen auf dem Sofa im Keller schlief. Dass er, wenn er aufwachte, schweigend durchs Haus pirschte und bei jedem bisschen Lärm, das die Kinder machten, finster guckte, sie anschnauzte, *Mein Gott, spielt doch draußen!* Er war kein Säufer, entschied Irene später, nachdem sie ein paar kennengelernt hatte, doch er hatte den Tunnelblick eines Alkoholikers, das offen Verwundete eines Süchtigen. Das war der Winter, in dem Dad einen Autounfall gehabt und wochenlang Bandagen an den Händen getragen hatte, der Winter nach dem Sommer der *Mike Douglas Show* und der öffentlichen Erniedrigung der Familie. Irgendwie sorgte er dafür, dass sich das Haus so klein anfühlte wie eines dieser Hotelzimmer, in dem sie abgestiegen waren, als sich die Erstaunliche Familie Telemachus auf Tour befand.

»Du hast nicht Nein gesagt«, sagte Irene, als hätte sie einen Trick durchschaut.

Wut blitzte im Gesicht ihrer Mutter auf, schier und leidenschaftlich. Ihre Hände hatten sich nicht bewegt, doch Irene fühlte sich, als sei sie geschlagen worden. Einen langen Augenblick lang sagte keine von beiden etwas.

Irene bemerkte, dass Buddy hinter ihr aufgetaucht war. Sein sechster Geburtstag stand bevor, doch er sah jünger aus, ein großer Babykopf auf einem dürren Körper, kein Anzeichen dafür, dass er eines Tages der Größte von ihnen sein würde.

Endlich wischte sich ihre Mutter eine Wange mit den Fingerknöcheln ab. »Du bist ein schlaues Mädchen, mit großem Talent, und ich liebe dich.« Sie stand auf. Ihr Mund war ein gerader Strich. »Aber du musst lernen, dich zu benehmen. Und nein, ich lasse mich nicht von deinem Vater scheiden.«

Sie ging aus dem Zimmer und die Treppe hinab. Irene folgte ihr, und Buddy kam schweigend hinterher. Ihre Mutter nahm den Wintermantel von der Garderobe und zog ihn an.

»Wohin gehst du?«, fragte Irene. Es war noch nicht einmal acht Uhr morgens.

»Zur Arbeit. Bring Buddy zur Bushaltestelle. Sorg dafür, dass Frankie aufsteht.«

»Du hast einen *Job*?« Irene war außer sich, dass man ihr nichts davon erzählt hatte.

»Weck deinen Vater nicht auf.« Ihre Mutter öffnete die Haustür. Die Kälte rauschte herein und umkreiste Irenes nackte Beine wie ein wilder Hund.

Draußen war alles grau in grau, Schneeflocken hingen in der Luft, die Welt als Bleistiftskizze. Ihre Mutter ging auf eine schwarze Limousine zu, die in der Einfahrt stand und deren Auspuff Wölkchen ausstieß. Ein Mann in einem langen Mantel stieg auf der Fahrerseite aus. Er sagte etwas zu ihrer Mutter, das Irene nicht hören konnte, und öffnete die Beifahrertür für sie. Er berührte ihren Rücken, als sie um ihn herumtrat, und schloss die Tür hinter ihr. Dann drehte er sich um und sah Irene in der Tür stehen, und Buddy, der sich an ihren Beinen festhielt.

»Ihr beiden erkältet euch noch!«, sagte er freundlich. Er hatte ein kantiges Kinn und war groß, doppelt so groß wie ihr Vater. Und sah doppelt so gut aus. Sein schwarzes Haar war so präzise gescheitelt wie das einer Ken-Puppe.

Irene schloss die Tür – und ging sofort zum Panoramafenster, dessen Vorhänge sie zur Seite schob. Das Auto rollte rückwärts aus der Einfahrt und hinterließ dabei Spuren, die ihr Vater ganz sicher bemerken würde, wenn er aufwachte. Doch nein: Als sie Buddy eine halbe Stunde später zur Bushaltestelle brachte, hatte der Schnee sie bereits verschwinden lassen.

Eine Frage der Etikette, die sich nur in der Familie Telemachus stellen konnte: Wer soll die Kerzen auf der Torte einer verstorbenen Frau auspusten? Früher durfte Buddy das tun, doch dann bettelten Cassie und Polly um diese Ehre, und nicht einmal Buddy konnte den Zwillingen etwas ausschlagen, wenn sie in den Süß-Modus schalteten.

»Zeigt, was ihr draufhabt, Mädels«, sagte Irene zu den Zwillingen. Auf der Torte waren sieben Kerzen. Es hätten zweiundfünfzig sein müssen, doch Irene wagte es nicht, in der Nähe der Mädchen so viel Feuer zu machen. Also fünf gelbe, eine für jedes Jahrzehnt, und zwei rote für die restlichen Jahre. Buddy sah ängstlich zu, bis jede einzelne Kerze ausgepustet war.

Maureen Telemachus war vor einundzwanzig Jahren gestorben, in genau dem Alter, in dem Irene jetzt war. Das ist das letzte Jahr, in dem ich noch eine Mutter habe, dachte Irene. Von jetzt an ist sie jünger als ich.

Kaum jemand sagte etwas, während sie aßen. Loretta, die normalerweise fröhlich war, wirkte kleinlaut. Buddys Schweigen war nicht überraschend, aber Teddys schon. Er hatte die Pizza mitgebracht – zwei von Giordano's, dick wie Motorradreifen, nicht die knusprige Sorte, von der er vorher so geschwärmt hatte –, doch er verriet nicht, wo er in den zwei Stunden noch gewesen war, seit er das Haus verlassen hatte. Er war abgelenkt und stocherte in seinem Stück Torte herum, als wisse er nicht genau, was das sein sollte.

Frankies Schweigen dagegen war aggressiv, gepfeffert mit Grunzlauten, die danach schrien, dass jemand ihn endlich fragte, was los sei. Irene wusste es bereits. Zwei Wochen zuvor hatte Frankie sie und Dad ins Pegasus zum Essen bestellt, auf Frankies Kosten, wie er sagte, weil er ihnen *fantastische Neuigkeiten* mitzuteilen hatte. Erst als sie mit dem Essen fertig waren, rückte er damit heraus. Seine *fantastischen Neuigkeiten* waren, dass Teddy und Irene in den Vertrieb von etwas namens UltraLife einsteigen konnten, von dem er behauptete, es handele sich um *die am schnellsten wachsende Netzwerk-Marketing-Gesellschaft der Vereinigten Staaten.*

Im Pegasus hatte Teddy gesagt, »Und mit diesem Netzwerk-Marketing –«

»Meint er Schneeballsystem«, hatte Irene gesagt.

Dieser Kommentar hatte den Rest des Abends mehr oder weniger ruiniert. Und für Frankie offenbar auch den Rest des Monats. Doch wieso hatte er geglaubt, er könne Irene oder Teddy davon überzeugen, in einen so offensichtlichen Schwindel zu investieren? Irene war pleite, und Teddy hatte zwar jede Menge Geld (aus Quellen, die er nicht benennen wollte), weigerte sich aber, seine Kinder zu finanzieren. *Er selbst* war arm aufgewachsen und hatte sich aus eigener Kraft aus der Armut herausgekämpft, was seiner Meinung nach der ultimative Test evolutionärer Tauglichkeit war. Wie oft hatte er seinen Kindern gesagt: Leih nie jemandem Chips, der sich nicht selbst ins Spiel einkaufen kann.

Irene machte ihren Vater für Frankies betrügerisches Wesen

verantwortlich. Dad hatte seinen Kopf mit Geschichten von Spielern und Gangstern gefüllt, von großen Plänen und Betrügereien, Schwindlern und Exhäftlingen. Auf Tour hatte er den achtjährigen Frankie auf ein Hotelbett gesetzt und ihm gezeigt, wie ein *False Cut* ging. (Irene allerdings nicht, nicht einen einzigen Kartentrick. Das war nichts für Mädchen.) Er hatte Frankie permanent gesagt: »Du wirst es weit bringen, mein Junge!« Und Frankie saugte es in sich auf. Er verbrachte Stunden mit dem – vergeblichen – Versuch, Bleistifte und Kleingeld und Büroklammern schweben zu lassen. Als die Familie fürs Fernsehen gebucht wurde, träumte Frankie von einer Solokarriere als Headliner in Vegas, obwohl er über keinerlei Psychokinese-Fähigkeiten oder Zaubereitalent verfügte. Erst bei Moms Beerdigung ließ er eine Spur davon erkennen, und da war es bereits zu spät, um ihre Nummer noch zu retten.

Nachdem Mom gestorben war, gab es keinen Erwachsenen mehr, der den Karren lenkte. Teddy verschloss die Augen und weigerte sich, das Steuer zu übernehmen. Frankie wurde zum ungezähmten Halbstarken, und Buddy wurde, na ja, Buddy.

Matty sagte: »Wir haben einen Computer.«

Er sah Mary Alice, die neben ihm saß, dabei nicht an, doch sie war es, die er ansprach. Sie schien es nicht zu bemerken. Sie starrte auf ihr ungegessenes Stück Torte, als handele es sich um eine stehen gebliebene Uhr.

Frankie sah Irene mit zusammengekniffenen Augen an. »Ihr könnt euch einen Computer leisten?«

»Ich hab ihn nicht gekauft. Das war Buddy.«

»*Buddy?*«

»Ich hab ihn unten aufgebaut«, sagte Matty. »Falls, äh, irgendjemand ihn sehen will.«

Frankie drehte sich zu seinem Bruder um. »Was zur Hölle willst *du* mit einem Computer?«

Buddy suchte Augenkontakt mit Irene; ein klassischer Buddy-Blick: verwirrt und voller Trauer, wie ein Cockerspaniel, der endlich seinen größten Feind vernichtet hatte und jetzt feststellen musste, dass alle wütend waren und Partei für das Sofakissen ergriffen.

»Er hat ihn für Matty gekauft«, sagte Irene, obwohl sie sich da keineswegs sicher war. »Er wird's ihm zurückzahlen, sobald er einen Job hat.«

»Ach ja?«, sagte Matty.

»Er kann nicht den ganzen Tag herumsitzen«, sagte Teddy. Das war das Erste, was er seit der Torte gesagt hatte. Danke, Dad.

»Ich könnte Onkel Buddy helfen«, sagte Matty.

»Ha«, machte Frankie. »Hast du mal gesehen, wie er arbeitet? Es wundert mich, dass ihn noch kein Stromschlag umgebracht hat. Bleib auf Abstand, Junge. Schlimm genug, dass Buddy sich selbst umbringen wird.«

Buddys Augen wurden groß.

»Das sagt man nur so«, warf Loretta freundlicherweise ein.

»Nein, er arbeitet bei mir«, sagte Frankie.

»Für die Telefonfirma?«, fragte Irene.

»Als mein Lehrling.«

Loretta sagte: »Vielleicht solltest du nichts versprechen, bevor du —«

»Mir schreibt keiner vor, wer in meinem Wagen mitfährt«, sagte Frankie. »Die Sache ist entschieden. Montag fängt er an.«

Irene lag auf der Decke, erschöpft, aber nicht imstande, ihren Kopf auszuschalten. Als sie am Abend ins Bett gegangen war, war sie wie bewusstlos zusammengesunken und in einen zweistündigen, traumlosen Schlaf gefallen, bevor sie in die wache Welt zurückgeholt wurde, ihre Gedanken wie Algen um einen Angelhaken gewickelt.

Mit anderen Worten: das Übliche. Mitten in der Nacht war sie hellwach, und ihr Verstand absolvierte in rasendem Tempo die All-Star-Tour ihrer peinlichsten Momente und größten Fehlentscheidungen. Die Tour konnte in jedem Jahrzehnt Halt machen und die verschiedensten Figuren aus ihrer Vergangenheit präsentieren, von Freundinnen aus der Mittelstufe bis zu Fremden, deren Namen sie nie gekannt hatte. Sie erinnerte sich an eine Unterhaltung oder, was häufiger geschah, einen Streit und versuchte verzweifelt, ihr damaliges Selbst dazu zu bringen, etwas Schlaueres zu sagen, etwas Netteres oder auch gar nichts. Das Verhalten der Damals-Irene widersetzte sich jedoch starrsinnig jeder Einflussnahme.

In letzter Zeit war die Tour immer wieder zur katastrophalsten Zeit ihres Lebens zurückgekehrt: dem letzten Jahr in Pittsburgh. In dieser Zeit hatte sie ihren Traumjob verloren (oder zumindest den besten Job, den sie sich mit ihrem Associate Degree erhoffen durfte) und war zur Angeklagten geworden. Es hatte sie finanziell und emotional kaputt gemacht. Matty hatte sie mehr als einmal dabei erwischt, wie sie am Küchentisch saß und einen Stapel Rechnungen und Mahnungen mit hasserfüllten Tränen durchnässte. Wodurch sie sich nur noch schlechter fühlte. Ein Kind sollte die Geldsorgen seiner Mutter nicht mitansehen müssen. Das machte das Kind zu einem Ersatzelternteil, mit der vollen Verantwortung, jedoch ohne jede Macht. Das wusste sie aus eigener Erfahrung.

Sie zog ihren Morgenrock über und ging in den Flur. Das Haus war still, bis auf Buddys Schnarchen. Ihr übliches Mittel gegen Schlaflosigkeit bestand darin, zu lesen, bis ihr das Buch aus der Hand fiel, doch wenn der Schlaf so vollkommen unerreichbar schien, tat sie Buße für ihr Wachsein, indem sie irgendeine lästige Arbeit verrichtete: den Kühlschrank auswischen, über ihre Ausgaben Buch führen, das Ablaufdatum jeder einzelnen Konserve in Dads Vorratskammer überprüfen. (Erschreckendster Fund: Eine Dose Kidneybohnen, die ihre Mutter fünfundzwanzig Jahre zuvor gekauft hatte.) In manchen Nächten stand Irene gefährlich nah davor, in eines von Buddys Renovierungsprojekten einzusteigen.

Nichts davon schien ihr in dieser Nacht hilfreich. Sie ging

nach unten und schlich durch die Zimmer im Erdgeschoss, ihre Augen weiteten sich im Dunkeln. Oberflächen fingen irregeleitetes Licht ein und sahen auf einmal merkwürdig aus. Gegenstände bebten vor unterdrücktem Bewegungsdrang, warteten nur darauf, dass sie wegsah. Jeder Stuhl und jeder Tisch wurde zu einem argwöhnischen Tier. Keine Angst, dachte sie. Ich bin's nur.

Irene hatte bei der Beerdigung ihrer Mutter nicht nur begriffen, dass sie die Position ihrer Mutter als alleinverantwortliche Erwachsene geerbt hatte, sondern auch, dass sie sich seit dem zehnten Lebensjahr auf diese Aufgabe vorbereitet hatte. Sie war diejenige gewesen, die Buddys Wutanfälle abfing. Sie war diejenige gewesen, die Wasser auf Frankies Bett gekippt hatte, damit er aufstand und zur Schule ging. (Das hatte sie nur zweimal tun müssen, aber es hatte funktioniert.) Vor allem wusste sie, wie sie Dad davon abhalten konnte, ihr in die Quere zu kommen. Sie hasste diesen Job, aber insgeheim war sie stolz darauf. Sie wusste genau, wenn sie nicht das Steuer übernommen hätte, wären sie alle die Klippe hinabgestürzt.

Es dauerte bis zu dem Winter nach ihrem Highschool-Abschluss, dass jemand ihr auf dem breiten Rücksitz der Green Machine, ihrer Familienkutsche, die Frage stellte, auf die sie schon ihr ganzes Leben gewartet hatte. Lev Petrovski, halbnackt und schön und trotz des Frostes jenseits der Fensterscheiben schwitzend, drückte seine Stirn gegen ihre und flüsterte: »Aber wer kümmert sich um dich, Irene?«

Dies war keine Aussage, deren Wahrheitsgehalt sie bemessen konnte. Es war eine Frage, und ihr Herz brüllte die Antwort heraus: *Du*, Lev. Das machst du.

Was für ein dummes, dummes Mädchen sie doch war.

Bei ihrer zweiten Runde durchs Erdgeschoss fiel ihr ein schwaches, flackerndes Licht auf, das aus dem Keller kam. Sie ging die Treppe hinab und sah, dass Matty den PC angelassen hatte. Bunte Linien fuhren im Zickzack über den Bildschirm.

Sie setzte sich an den Schreibtisch (ein verbeulter Koloss, der einmal in Frankies und Buddys Kinderzimmer gestanden hatte) und drückte eine Taste. Eine blaue Fläche erschien, und Icons schossen wie quadratische Blumen hervor. Es war eine neue Version von Windows, und alles wirkte glänzender und irgendwie aufdringlicher als das, was sie bei ihrem alten Job verwendet hatte. Damals hatte sie als die Computerexpertin des Büros herhalten müssen, nicht, weil sie tatsächlich über technische Expertise verfügt hätte, sondern weil sich ihr direkter Vorgesetzter jeglicher technologischen Verantwortung entzog. Irene fiel es damals zu, die elektronischen Mails auszudrucken (wie hätten die Partner sie sonst lesen sollen?) und zum Guru in Sachen WordPerfect und Lotus 1-2-3 zu avancieren.

Sie bückte sich, um nach dem Ausschaltknopf des Computers zu suchen, und sah, dass Matty ihn bereits mit der Telefonbuchse verbunden hatte. *Mom, der hat ein eingebautes Modem!*

Irene stand auf, ohne das Gerät auszuschalten. Die kleine Uhr auf dem Bildschirm zeigte 00:32 Uhr an.

Sie ging nach oben und fand den Stapel Post, der sich in den letzten Tagen angesammelt hatte. Darunter waren fünf AOL-CDs, und jede versprach 50 STUNDEN GRATIS! Na ja, dachte sie, wenn es eines gab, das sie zur Genüge hatte, dann waren das freie Stunden.

Ein paar Minuten später quiekte das Modem so laut, dass es jeden im Haus hätte wecken müssen – so kam es ihr jedenfalls vor; die Nacht ließ das Haus zugleich größer und kleiner wirken, als es am Tag war. Bald füllte sich der Bildschirm mit bunten, rechteckigen Schaltflächen: »Nachrichten«, »Clubs & Hobbies«, »Finanzen«, »Entertainment«. Und diese: »Bekanntschaften«, mit einem Bild von zwei Männern und zwei Frauen, die sich lachend in den Armen lagen. Ihr Mauscursor schwebte darüber, dann rutschte er davon, in Sicherheit. Wer waren diese Menschen? Warum zur Hölle waren sie so glücklich? Und wieso sollte sie sie treffen wollen?

Sie sah sich anderswo um, las Nachrichten, mit denen sie sich nicht beschäftigt hätte, wenn nicht der Reiz des Neuen gewesen wäre, sie auf dem Bildschirm zu sehen, und durchstöberte den Bereich »Wissen«, für den Fall, dass dort etwas zu finden sein könnte, das für Matty hilfreich war. Es war so, wie durch das Haus zu laufen, nur, dass alles leuchtete und blinkte und pixelig war.

Irgendwann jedoch kehrte sie zur Schaltfläche »Bekanntschaften« zurück. Sie starrte sie an, zehn, fünfzehn Sekunden lang. Dann klickte sie.

Jetzt hatte sie eine Seite mit »Chat Room Listen« vor sich, die sie mit weiteren Online-Metaphern konfrontierte, die es zu entschlüsseln galt. Sie konnte chatten (womit tippen gemeint war), in einem Raum, der gar nicht existierte, mit Menschen, die sie nicht sehen konnte. Die Anzahl an Kategorien war überwältigend: Freunde, Schwul & Lesbisch, Marktplatz ... Liebe. Beinahe konnte sie verzweifeltes Zetern hinter dem Bildschirm hören. *Magst du mich? Findest du mich witzig? Ja klar, ich trainiere mehrmals die Woche ...*

Nein. Nichts. Nada. Sie würde nicht zu einem dieser einsamen Menschen werden, die die ganze Nacht wach blieben und sich die Augen vor dem Computermonitor verdarben. Sie meldete sich ab, schaltete den PC aus und ging nach oben, um irgendeine Schublade zu suchen, die sie aufräumen konnte.

Es dauerte zwei Tage, bis Matty es bemerkte. Er fing sie an der Haustür ab, als sie von der Arbeit nach Hause kam. Seine Stimme überschlug sich vor Entrüstung. »*Du hast AOL installiert?*« Dann: »*Ohne es mir zu sagen?*«

Irene wurde rot. »Das war ein Experiment. Wir werden nicht dafür bezahlen, also vergiss es.«

»Ich bezahle! Frankie gibt mir einen Job.«

»Frankie erzählt viel, wenn der Tag lang ist. Und selbst wenn du dafür bezahlen könntest, würde ich dir AOL nicht erlauben.«

»Wovor hast du Angst? Das ist doch nur das Internet!«

»Das Internet besteht aus Menschen«, sagte Irene. »Schrecklichen Menschen.« Sie war ein weiteres Mal online gewesen und hatte schnell begriffen, dass die AOL-Oberfläche nicht viel mehr als eine bunte Picknickdecke war, die über einen brodelnden Pfuhl aus Sex geworfen worden war. Sie würde ihm nicht verraten, wie viel Zeit sie damit verbracht hatte, in diesen abscheulichen Abgrund zu starren. Matty war in einem Alter, in dem jedes versaute Wort wie Kerosin war, das man auf einen bereits brennenden Schritt goss.

In der letzten Woche war das Unausweichliche geschehen. Lange nachdem er sich ins Bett begeben hatte, war sie mit einer Ladung Wäsche in sein Zimmer gegangen und hatte ihn starr auf der Matratze vorgefunden, die Hand an sich gelegt und an die Decke starrend. Sie sagte hastig »'tschuldigung!« und ging rückwärts aus dem Zimmer – bis ihr im Nachhinein auffiel, dass er nicht einen Muskel bewegt hatte, sich nicht einmal zugedeckt hatte. War er vor Schreck erstarrt?

Sie klopfte an der Tür. »Matty? Geht's dir gut?« Dann: »Natürlich geht's dir gut, das ist okay, das ist ganz natürlich.« Er antwortete nicht. »Ich weiß, das ist dir peinlich, aber du musst mir jetzt unbedingt antworten.«

Sie öffnete die Tür einige Zentimeter, ohne hineinzusehen. »Matty?« Sie hörte einen schweren Schlag.

»Matty?«

»Ich bin hier«, rief er. »Alles gut!«

Ich bin hier? Sie ließ ihn allein und sagte sich, dass sie später mit ihm darüber reden würde. Sie hatte ihn bereits einem Sex-Aufklärungsgespräch unterzogen, das ihn beschämt hatte und verstummen ließ. Weiter wollte sie nicht gehen. Dafür waren Väter da.

Nur nicht Mattys. Lev Petrovski war irgendwo in Colorado, so hatte sie gehört, und lebte in den Wäldern, wo das Postsystem so primitiv war, dass Kindesunterhaltszahlungen von dort leider nicht verschickt werden konnten. Offenbar.

Manchmal hatte sie Angst, dass ihr Sohn etwas von Levs Schlüpfriger-Aal-DNA geerbt haben könnte. Als Matty älter wurde, lernte er, ihren Fragen auszuweichen, genau wie sein Vater, dem es mit der Kunstfertigkeit eines *Jeopardy!*-Champions gelungen war, jede Antwort als Frage zu formulieren. Als sie von Lev wissen wollte, was er vom Heiraten hielt, antwortete er: »Cool! Wann stellst du's dir vor?« Als sie Zweifel daran äußerte, dass er es ernst meinte, erwiderte er: »Hey, Baby, weißt du nicht, dass wir zusammengehören?« Dann, später, berührte er ihren Bauch und sagte: »Freust du dich nicht total auf das Baby?«

Sie wusste nicht, ob sie Lev unbewusst beigebracht hatte, so mit ihr zu reden, oder ob er instinktiv gewusst hatte, dass dies die beste Methode war, um unter ihrem Radar zu bleiben. So oder so machte seine Beherrschung dieses Spiegeldialekts ihn zum einzigen Freund, den sie ertragen konnte, und für eine Weile zum einzigen Mann, dem sie vertraute. Vielleicht hatte sie sich von den wenigen Malen verleiten lassen, die er seine Gefühle direkt ausgesprochen hatte, in der Anfangszeit ihrer Beziehung. Nur wenn sie miteinander schliefen, ließ er sich zu klaren Aussagen hinreißen. »Ich will dich«, sagte er, wenn seine Hand unter ihrem Hemd hinaufrutschte. »Ich brauche dich.« Und dann, wenn er kurz davor war zu kommen: »Ich liebe dich.«

Irenes Fähigkeiten erlaubten ihr keinen Zugriff auf die Wahrheit; sie wusste nur, ob jemand glaubte, was er gerade sagte, oder eben nicht. In jenem Augenblick sagte Lev die Wahrheit. Und das ermöglichte es Irene, sich selbst zu belügen.

In ihrer vierten Nacht vorm Monitor wurde sie zu ihrem ersten Privatchat eingeladen.

Sie war nicht im Liebes-Chatroom, als es passierte, Gott sei Dank. Dort hatte sie an ihrem zweiten Abend angefangen. Innerhalb von Minuten war sie von zwei verschiedenen Personen gefragt worden: »A/S/L?« Sie hatte nicht die geringste Ahnung, was das bedeuten sollte; *American Sign Language?* Am nächsten Tag hielt sie nach der Arbeit bei Waldenbooks an und erfuhr in *AOL for Dummies,* dass man sie nach Alter/Geschlecht/Aufenthaltsort fragte. Sie fand das unfassbar unhöflich, bis ihr auffiel, dass ein Mann, der sie in einer Bar ansprach, ihren Aufenthaltsort sofort wusste und mit ziemlicher Sicherheit ihr Alter und ihr Geschlecht einschätzen konnte. Genauso würde sie dort wissen, ob sie sich gerade mit einem Mann oder mit einem Zwölfjährigen mit Trenchcoat und angeklebtem Schnurrbart unterhielt. In jener zweiten Nacht im Liebes-Chatroom führte sie gerade eine ausgesprochen nette, wenn auch nicht fehlerfreie Unterhaltung mit RICHARD LONG, als dieser tippte, »ALSO LUTSCH DU JETZ MEIN SCHWANZ?????«

Danach besuchte sie den Liebes-Chatroom kein weiteres Mal.

Irgendwann entdeckte sie einen Bereich für alleinerziehende Eltern, der von echten Erwachsenen bevölkert zu sein schien, denn sie unterhielten sich über Dinge, für die sich kein Teenager interessieren würde: Scheidungsvereinbarungen; Versicherungsprämien; ob Hausarrest eine größere Strafe für den Elternteil darstellt als für das Kind; Schlaflosigkeit. Doch nach ihren Erfahrungen in anderen Chatrooms wartete sie dennoch darauf, dass, sagen wir mal, BUCKEYEFAN21 sie bat, ihre Brustwarzen berühren zu dürfen.

Zum ersten Mal in ihrem Leben konnte sie nicht erkennen, ob jemand sie bewusst anlog. In dieser zweidimensionalen Textwelt waren die »Bekanntschaften« nicht viel mehr als Ausschneidepuppen, mit Namen auf den Gesichtern.

Und trotzdem. Sosehr sie sich auch bemühte, sich nicht von diesen Kreaturen ans Flachland locken zu lassen, nach nur wenigen Tagen fiel es ihr schwer, sich einige Ausgewählte darunter nicht als Menschen aus Fleisch und Blut vorzustellen. LAST DAD STANDING, zum Beispiel, klang auf überzeugende Weise wie ein geschiedener, etwas einsamer Mann, der irgendeinen Bürojob hatte und sich um eine Tochter im Grundschulalter kümmerte.

Er wohnte in der Mountain-Zeitzone und ging daher meist genauso spät abends online wie sie. Sie freute sich darauf, dass er auftauchen würde, denn er war einer der wenigen Menschen, die vollständige Sätze schrieben und ihre Witze verstanden. Es war eine solche Erleichterung, nicht nach jeder sarkastischen Stichelei »:)« tippen zu müssen – und sie stichelte gerne.

Dann, heute Nacht, nachdem sie erwähnt hatte, dass sie sich gestresst fühlte, schlug er vor, dass sie einen privaten Chat starten könnten. Es war ein bisschen so, wie gefragt zu werden, ob sie mit hinter die Sportplatztribüne kommen wolle, zum Knutschen. War sie die Sorte Mädchen, die für private Chats zu haben war? Wie ging so etwas überhaupt? Im Ernst, wie startete man einen privaten Chat?

> IRENE T: Du musst mir sagen, was ich tun soll. Ich hab das noch nie gemacht.
> LAST DAD STANDING: Ich werde ganz vorsichtig sein.

Keine Smileys – und doch wusste sie, dass es als Witz gemeint war. Nur ein Witz.

Nach ein paar Klicks hatte sich nichts geändert, außer dem Titel des Chat-Fensters, doch sie stellte überrascht fest, dass sich der Kellerraum gemütlicher anfühlte, wie eine kleine Sitznische in einem überfüllten Restaurant. Um sie herum war *America online*, doch Irene und ihr neuer Freund saßen dicht zusammengekauert und unterhielten sich leise.

Sie beschloss, ihm zu erzählen, wie sie ihr Leben in Pittsburgh ruiniert hatte.

> LAST DAD STANDING: Klar, aber was für eine Vollkatastrophe war es genau?
> IRENE T: Wie alle großen Vollkatastrophen begann es mit »Alles lief großartig, bis ...«

LAST DAD STANDING: Ha! Die Geschichte kenn ich.

IRENE T: Ich hatte einen ziemlich guten Job. Mehr Geld als je zuvor.

LAST DAD STANDING: Was für ein Job?

IRENE T: Ich habe für einen Finanzdienstleister gearbeitet.

LAST DAD STANDING: Das wird dann wohl eine Firma sein, die Finanzdienstleistungen anbietet.

IRENE T: Ersetze das Wort »Dienstleistungen« durch »Abzocke«, dann hast du's.

LAST DAD STANDING: Oh. Das ist ... wie lautet noch gleich das Wort, das mir gerade nicht einfällt? »Schlecht.«

Sie lachte. Laut. Bedeutete das, dass sie jetzt LOL tippen sollte? Mit irgendeinem Zeichen-Smiley?

IRENE T: Sehr, sehr schlecht. Das fiel mir bloß nicht auf, weil alles, was ich bis dahin gemacht hatte, noch schlimmer war.

Nachdem ihr Sohn zur Welt gekommen war, hatte sie im Haus ihres Vaters festgesessen und Jobs gehabt, mit denen sie kaum die Kinderbetreuung finanzieren konnte. Assistant Manager bei Burger King. Schichtleitung bei Hot Topic. Night Manager/Kassiererin bei Dollar General. Lev war längst abgehauen, von dieser Seite kam also keinerlei Unterstützung. Erst kurz vor Mattys Einschulung sah sie ein bisschen Licht am Horizont, und ihr gelang die Flucht. Sie landete nur deshalb in Pittsburgh, weil die Freundin einer Freundin bereit war, ihr ein Zimmer unterzuvermieten. Sie nahm verschiedene Einstiegsjobs an. Sie konnte mit Geld umgehen, wie jeder Chef, für den sie arbeitete, früher oder später feststellte. Sie lernte, ein Hauptbuch zu führen, und arbeitete sich, als der PC ins Spiel kam, in Lotus 1-2-3 und in Datenbanken wie Paradox ein.

Sie mochte die Ehrlichkeit der Zahlen. Das Auf-null-Stellen von Schulden und Krediten, das klare Richtig-oder-falsch des Abstimmungsprozesses. Ein ordentlich geführtes Hauptbuch war etwas Wunderbares.

Matty wurde in dem Jahr zwölf, in dem es ihr endlich gelang, einen Fuß in die Tür der besser bezahlten Büroarbeit zu bekommen. Sie wurde Sekretärin mit »leichten Buchhaltungsaufgaben« bei Haven Financial Planning, einer winzigen Firma am Rande der Stadt, und als sie als fünfte Angestellte dort anfing, wusste sie nichts von der Finanzwelt oder über irgendeines der Instrumente, mit denen sich Geld verstecken ließ, mit denen man es für sich arbeiten lassen, es schützen oder umleiten konnte. Als Haven sie feuerte und gerichtlich gegen sie vorging, wusste sie nicht nur, wie man diese Instrumente handhabe, sondern auch, wie das Unternehmen sie dazu einsetzte, die eigenen Kunden von ihrem Bargeld zu trennen.

Natürlich waren es die Lügen, die sie zum Nachdenken und schließlich zu Fall brachten. Nicht das beiläufige Geflunker; es überraschte sie nicht, wie die Gesellschafter der Firma, Jim und Jack, alten Kunden erzählten, wie toll sie aussahen, wie sie hässlichen Damen Komplimente über ihr Haar machten, wie sie Dummköpfen zu ihrem Geschäftssinn gratulierten. Es waren die tiefer greifenden, ins Geld gehenden Lügen, die ihr Bauchschmerzen bereiteten. Eine von Irenes Aufgaben bestand darin, das Unterzeichnen zu beschleunigen, indem sie den Stapel Dokumente mit Dutzenden gelber HIER UNTERSCHREI-BEN-Aufklebern versah. Während die Kunden unterzeichneten, trieben die Gesellschafter sie auf einer Welle aus Ermunterung, Versprechen zukünftiger Erträge und zuversichtlich klingender Ratschläge voran. Und Irene war klar, dass Jim und Jack sich den Arsch ablogen.

LAST DAD STANDING: Woher wusstest du, dass sie logen?

IRENE T: Weibliche Intuition.

LAST DAD STANDING: Ha. Passten die Zahlen nicht zusammen oder so?

IRENE T: Ich wusste nicht genug, um sagen zu können, was die Zahlen ergeben sollten. Deshalb fing ich an, die Unterlagen zu lesen.

Diese eingeschränkte Vollmacht, zum Beispiel. Bei Jim und Jack klang es immer wie eine Formalität, doch eigentlich bestand darin der Schlüssel zum Ganzen, weil sie Haven erlaubte, das Geld der Kunden in »Special Situation Investments« zu stecken. Die vorrangige SSI, die bis zu 40 Prozent des Geldes in Anspruch nehmen konnte, war selbst eine Investmentgesellschaft, die andere Unternehmen finanzierte, die in der Regel als Technologieunternehmen beschrieben wurden, deren Wert jeden Augenblick »explodieren« würde. (»Haben Sie mal vom Internet gehört, Mrs Hanselman? Das ist eine Riesensache.«) Jedes Mal, wenn Haven Geld in diese SSI transferierte, zweigte Haven einen Teil davon als Gebühr ab. Die »Technologieunternehmen«, in die diese SSI investierte, waren jedoch nichts anderes als Investmentgesellschaften, die ebenfalls von Haven kontrolliert wurden.

LAST DAD STANDING: Und was hat Haven davon?

IRENE T: Jim und Jack bekamen jedes Mal einen Anteil, wenn sie Geld von einer Marionettenfirma zur nächsten schoben.

LAST DAD STANDING: OH.

IRENE T: Das war eine Blutsaugermaschine. Mit jeder Transaktion wurde dem Konto des Kunden ein bisschen mehr Geld abgezapft – bis nichts mehr übrig war.

LAST DAD STANDING: Aber wie haben sie das den Kunden erklärt, wenn sie versuchten, ihr Geld zurückzuholen?

IRENE T: Sie haben einfach gesagt, Ja Mensch, das tut uns aber leid, diese Investition war leider nicht erfolgreich. Aber wir haben da noch diese ANDEREN, die absolut großartig sind.

LAST DAD STANDING: Die ebenfalls Marionetten waren?

IRENE T: Du begreifst schnell.

LAST DAD STANDING: Sag mir, dass du diesen Arschlöchern ordentlich die Meinung gegeigt hast.

IRENE T: Das war mein erster Fehler.

Sie war zu Jack gegangen, dem minimal Zugänglicheren der beiden Gesellschafter, und hatte ihn mit Unterlagen zu den Partnerschaften und Transaktionen konfrontiert, die sie ihren größten Kunden aufgedrängt hatten. Jack erklärte, dass sie das alles *natürlich* verwirren musste, das sei *kompliziertes Zeug*, und, Ach Mensch, sie hatte ja nicht einmal einen Collegeabschluss, oder? Das Wichtigste sei, sich keine Sorgen zu machen, Haven handele *selbstverständlich* nur im Sinne der Kunden.

LAST DAD STANDING: Was für ein Penner. Er hat dir einfach ins Gesicht gelogen?

IRENE T: Kennst du diese römischen Springbrunnen, mit einem Neptungesicht, dem das Wasser aus dem Mund sprudelt?

LAST DAD STANDING: Ja …

IRENE T: Genau so war das, nur mit Lügen.

Irene hatte es nicht geschafft, ihre Abscheu zu verbergen, denn plötzlich war ein stumpfes Funkeln in Jacks Augen zu erkennen gewesen. Diesen Blick hatte sie bei Männern schon häufiger gesehen, im Gesicht von Korrektoren und Schichtleitern und Abzeichenträgern aller Art: *Willst du die Sache wirklich angehen? Bist du bereit, es mit mir aufzunehmen, du Schlampe?*

Diesen Augenblick spielte sie auf ihrer All-Star-Tournee wieder und wieder ab, und jedes Mal versuchte sie, ihr damaliges Ich dazu zu bringen, mit einem Lächeln zu sagen, »Danke, dass du dir die Zeit genommen hast, mir das zu erklären, Jack«, und ihren gut bezahlten Job zu behalten, bis sie etwas anderes gefunden hätte.

LAST DAD STANDING: Und was hast du ihm wirklich gesagt?

IRENE T: So etwas wie: Fick dich, du beschissener Lügner.

LAST DAD STANDING: Du bist meine Heldin!

IRENE T: An der Stelle hätte ich aufhören sollen.

LAST DAD STANDING: Es kommt noch mehr?

IRENE T: Na ja, er nannte mich Fotze, bla bla bla, und ich hab ihm eine gelangt.

LAST DAD STANDING: WOW! Das ist so cool!

IRENE T: Und an der Stelle hätte ich wirklich aufhören sollen.

LAST DAD STANDING: Es kommt NOCH MEHR?

IRENE T: Ich verließ sein Büro, ging zu meinem Schreibtisch und fing an, Kunden anzurufen. Ich riet ihnen, sich einen Anwalt zu nehmen.

LAST DAD STANDING: Oh.

IRENE T: Genau. Noch ein großer Fehler: mir nicht selbst einen genommen zu haben.

Sie erzählte ihm den Rest der Geschichte: vom ersten Brief von Jacks und Jims Anwalt, in dem ihr »tätlicher Angriff« dokumentiert wurde, von den vergeblichen Versuchen, einen kompetenten Rechtsanwalt zu finden, der sie verteidigen würde, vom raschen Dahinschmelzen ihrer winzigen Ersparnisse. Von dem Tag, an dem sie plötzlich obdachlos geworden war.

Sie beschrieb detailliert jede traurige, erniedrigende Wendung, doch es gab ein Detail, das zu erwähnen ihr zu peinlich war: ihren

Nachnamen. Sie hätte es nicht ertragen, wenn er zurückgeschrieben hätte: »Telemachus? Da klingelt irgendwas. Du bist aber nicht mit dieser Familie von übersinnlichen Irren verwandt, oder? Ha ha!«

Nein. Kein Klingeln. Gar nichts. Schon das »T« in ihrem Nicknamen machte sie nervös.

Weil sie sich nicht traute, ihm ihren Namen zu verraten, glaubte sie, kein Recht zu haben, ihn nach seinem zu fragen. Das fühlte sich auf merkwürdige Weise rein an. Sie waren Wesen, die aus Worten bestanden, die durch die Kabel hindurch miteinander in Kontakt traten, ohne solche Ablenkungen wie Namen oder Gesichter oder Mundgeruch oder unmodische Kleider. Ohne Körper.

IRENE T: Ich muss jetzt ins Bett.
LAST DAD STANDING: Oh Gott! Es ist schon so spät bei dir.
    Tut mir leid.
IRENE T: Danke fürs Zuhören.
LAST DAD STANDING: Gute Nacht, Irene. Bis später in meinen Träumen.

Oh. In ihrer Brust wallte etwas auf.

Dann verließ er den Chatroom, und sie saß allein im Dunkeln und starrte den letzten Beitrag an, so kryptisch wie die Nachricht in einem Glückskeks. Hatte er mit ihr geflirtet? War es bloß eine Zeile aus irgendeinem Lied? Was wollte er damit sagen?

Sie wusste es nicht. Sie las es wieder und wieder, suchte nach Hinweisen. Der Computer mit seinem viel gerühmten Pentium-Prozessor war auch keine Hilfe; eine Brieftaube zu befragen wäre aufschlussreicher gewesen. All ihre gewohnten Werkzeuge, mit denen sie Menschen beeinflussen konnte, vor allem Männer, waren ihr genommen worden.

Es war einfach wunderbar.

4

Frankie

Wo zur Hölle war die Socke?

Er zog die Kommodenschublade ganz auf. Fuhr mit der Hand über die hintere Wand. Die Schublade war vollgestopft mit weißen Baumwollsocken und einigen farbigen Strümpfen, jedes Paar zu Bällen zusammengerollt. Er suchte nach einer einzelnen weißen Socke, die einen rosa Stich hatte, seit sie mit den Kleidern der Zwillinge in die Waschmaschine geraten war. Er bewahrte sie genau dort auf, in der hinteren rechten Ecke. Und jetzt war sie weg.

Er fing an, Socken zu entrollen und auf den Teppich zu werfen.

»Was machst du da?«

Loretta, die plötzlich in der Tür stand, ließ ihn zusammenschrecken.

»Ich suche nach Socken«, sagte er.

»Du hast Socken an.« Sie musterte ihn, wie er halb angezogen in seiner Baumwollunterhose dastand.

»Andere Socken«, sagte er gereizt. »Waren die Kinder an meinen Sachen?«

»Deinen *Sachen?*« Ihre Augen verengten sich zu Schlitzen. Wusste sie von seinem Versteck? Oder war sie einfach nur typisch Loretta? Sie konnte das, plötzlich auf kalt umschalten. Als stelle sie das ganze Unterfangen infrage – die Ehe, die Kinder, die Hypothek, alles.

Er hob die Hand. »Ich mein ja nur –«

»Keiner interessiert sich für deine Unterwäsche«, sagte sie. »Deine Schwester ist da.«

»Was?«

»Im Wohnzimmer. Mit Matty.« Sie starrte ihn an. »Sein erster Arbeitstag. Vergessen?«

»Sag ihnen, ich bin gleich da«, sagte Frankie.

»Denk an deine Hose«, sagte sie.

Er drückte die Tür zu, dann riss er die Schublade aus der Kommode und kippte den Inhalt auf das Bett. Endlich fand er die blassrosa Socke – doch sie war ausgerollt. Und verdächtig flach.

Er griff hinein und fischte die Scheine heraus. Vor allem Zwanziger, aber auch eine Handvoll Fünfziger und zwei Hunderter. Schnell zählte er nach und kam auf ein paar Hundert Dollar weniger als die dreitausend, die er dort versteckt hatte. Verzweifelt begann er, von Neuem zu zählen.

Aus dem Wohnzimmer brüllte Loretta: »Frankie! Kommst du?«

»Moment noch!« Jetzt hatte er sich verzählt. Aber spielte es überhaupt eine Rolle? Er hatte deutlich weniger, als er heute brauchen würde – mit einem Hunderter mehr säße er auch nicht weniger in der Scheiße. Er zog sein gelbes Arbeits-Polohemd und seine Hose an, faltete das Bargeld und schob es in seine Hosentasche.

Bevor er das Schlafzimmer verließ, betrachtete er sich in dem Ganzkörperspiegel, der an der Tür hing. Der Spiegel-Frank sah schrecklich aus. Auf seiner Stirn standen Schweißperlen.

»Nimm das Leben an«, sagte er zu seinem Spiegelbild. Er versuchte, sich das jeden Tag zu sagen. »Nimm das UltraLife an.«

Im Wohnzimmer hüpften die Zwillinge herum und wetteiferten um Mattys Aufmerksamkeit. Loretta und Irene steckten in der Ecke verschwörerisch die Köpfe zusammen. Frankie schüttelte Matty die Hand und achtete darauf, dass Irene es sah. »Bereit für die Arbeit?«, fragte er den Jungen.

»Ich glaube schon«, sagte Matty. »Ich meine, ja, bin ich.«

»Ist das wirklich kein Problem?«, fragte Irene Frankie. Dieser skeptische Tonfall. »Hast du das mit deinem Vorgesetzten geklärt?«

»Ich entscheide, wer in meinem Wagen mitfährt«, sagte Frankie.

»Wenn er nämlich nicht darf —«

»Ich hab gesagt, es ist in Ordnung, Irene.« Er legte Matty eine Hand auf die Schulter. »Und wenn du hart arbeitest, kann ich dich vielleicht den Rest des Jahres in Teilzeit weiterbeschäftigen.«

»Echt?«, fragte Matty. Loretta und Irene sahen ihn mit zwei unterschiedlichen Nuancen von Zweifel an.

Frankie überlegte zurückzurudern, dann dachte er: Wieso eigentlich nicht? Frankie würde den Jungen zur Not aus eigener Tasche bezahlen. Matty würde es ganz sicher guttun. Der Junge brauchte einen Mann in seinem Leben. Ein männliches Vorbild.

»Wenn du hart arbeitest«, sagte Frankie, »garantier ich's dir.« Die Zwillinge hingen an Mattys Armen und versuchten, ihm *was zu erzählen*. Frankie ging auf die Knie und drückte die Mädchen an sich.

»Cassie, Polly. Guckt mich mal an.« Gott, waren sie süß. »Ihr seid heute ganz vorsichtig, okay?«

»Das sagst du immer«, sagte Polly.

»Denn wenn ihr nicht vorsichtig seid, wird Mom euch voneinander trennen, klar? Wir wollen nicht, dass das, was beim letzten Mal passiert ist, noch mal passiert, klar?«

»Wieso nimmst du *uns* nicht mit zur Arbeit?«, wollte Cassie wissen.

»Wenn ihr größer seid«, sagte er. Dabei dachte er, Du dicke Scheiße, das wär die Vollkatastrophe. Er küsste sie auf die Wangen und bat sie noch einmal, vorsichtig zu sein. »Bereit, Matthias?«

Matty sah mit großen Augen in die andere Richtung. Die Tür zum Keller war aufgegangen, und da stand Mary Alice, halb wach, mit nichts als einem langen schwarzen T-Shirt an und finsterem Blick. Die Tochter ihrer Mutter, ganz klar.

»Vampirella erwacht«, sagte Frankie.

»Hi, Malice«, sagte Matty.

Sie stapfte durch den Flur zum Badezimmer, ohne ein Wort.

»Malice?«, sagte Frankie. »Jetzt hat sie dich also so weit.« Matty stand der Mund offen. »Krieg dich wieder ein, Junge. Wir müssen den diem carpen.« Er gab Loretta einen Abschiedskuss und forderte Matty auf, Irene einen Kuss zu geben. »Man muss immer seine Frauen küssen«, sagte er. »Für den Fall, dass man nicht zurückkommt.«

»Ein bisschen arg finster«, sagte Irene.

Im Transporter war es nicht gerade ordentlich. Frankie ließ den Jungen den Beifahrersitz freiräumen: eine Rolle Cat5-Kabel, drei Toshiba-Telefone, deren Kabel verwirrt waren wie die Schwänze eines Rattenkönigs, ein Admin-Handbuch, ein halbes Dutzend Kisten UltraLife Goji-Go!-Gojibeeren-Saftpulver. »Wirf den Scheiß einfach nach hinten.« Der hintere Teil des Wagens stand voller UltraLife-Kisten. Loretta hatte keine Ahnung, wie viele davon er hier drin lagerte. Hoffte er.

Der Einsatzort war draußen in Downers Grove, einem der westlichen Vororte. Sie fuhren auf der Route 83 nach Süden, und Frankie kurbelte das Fenster herunter, während er sich eine Zigarette ansteckte. Er hatte Bauchschmerzen. Der Batzen Bargeld in seiner Hosentasche brannte wie eine radioaktive Ladung. Es würde ein schrecklicher Tag werden, aber er musste Matty gegenüber den Schein wahren.

Nach einer Weile sagte der Junge: »Onkel Frankie? Wann hast du angefangen –«

Er brachte den Satz nicht zu Ende. Frankie sah ihn an. Der Junge sah nervös aus. »Wann hab ich womit angefangen?«, fragte Frankie.

Matty schluckte. »Nichts.«

»Pass auf, ich sag dir, wie das hier laufen muss. Wenn du in meinem Wagen mitfährst, heißt das, du bist mehr als nur ein Teil der Familie, du bist mein Partner. Partner können sich alles erzählen. Ich renn nicht gleich zu deiner Mutter. Das bleibt alles unter uns. Also, raus damit. Wann hab ich angefangen ... mit ...«

»Dem Telefongeschäft?«, sagte Matty schließlich.

»Dem Telefongeschäft«, wiederholte Frankie. Gut, wenn der Junge es so wollte. Sollte er erst mal warm werden. »Du weißt, dass ich früher eine eigene Installationsfirma hatte, ja? Bellerophonics, Inc. Verstehst du? Bell, Telefon und dann noch die griechische Geschichte.«

»Äh ...«

»Bellerophon? Der größte aller griechischen Helden? Der auf *Pegasus* geritten ist?«

»Klar, klar.«

»Ich hatte zwei Leute unter mir, die haben's nicht gerafft. Aber du und ich, Matthias, wir stammen von Helden ab. Helden und Halbgöttern.«

»Und was ist passiert?«, fragte Matty. »Mit Bellerophonics?«

»Ich hab alles, was ich hatte, in das Unternehmen gesteckt, und noch ein bisschen mehr. Okay, viel mehr. Dann hat mich das Unternehmen in den Abgrund gerissen. Jetzt muss ich für diese Penner von Bumblebee arbeiten. Das ist schon okay. Ein sicheres Gehalt. Irgendwie muss man den Speck ja auf den Tisch bringen und die Familie vor den Wölfen beschützen.«

»Weil die den Speck riechen können«, sagte Matty.

»Darauf kannst du wetten«, sagte Frankie. »Vor allem, wenn man den Wölfen eine beschissene Tonne Speck schuldet.« Die Augenbrauen des Jungen gingen nach oben, und Frankie begriff, dass er zu viel gesagt hatte. Also Themenwechsel. »Weißt du, was eine PBX ist?« Natürlich nicht. Frankie erzählte ihm von der Anlage, an der sie heute arbeiten würden: einhundertzwanzig Apparate und dazu ein separates Voicemail-System. Er versuchte ihm zu vermitteln, was für eine große Chance dies darstellte. »Gott, wenn *ich* mit dreizehn an so Sachen rangekommen wäre.«

»Vierzehn.«

»Pass gut auf, kapier die Technologie und du bist ein gefragter Mann«, sagte Frankie. »Dann steht dir eine sichere Karriere bevor.« Frankie sah den Gesichtsausdruck des Jungen.

Matty erlaubte sich ein leises Lächeln. »Das Showgeschäft ist es nicht gerade.«

Frankie lachte. »Ach, darum geht's hier?«

»Opa Teddy –«

»Opa Teddy hatte in seinem ganzen Leben keinen richtigen Job.«

»Ich weiß!«, sagte Matty. »Ist doch toll, oder?«

»Ich erzähl dir mal was über deinen Großvater. Bevor er verheiratet war, vor seiner Arthritis, da hat er sich jeden Pokertisch unter den Nagel gerissen, an den er sich gesetzt hat. Wie verbirgt man seine Karten vor Teddy *Fucking* Telemachus? Ganz einfach: gar nicht. Aber das reicht nicht immer, okay? Wie dieses eine Mal, in Cincinnati, glaube ich, oder Cleveland, in einer dieser ›C‹-Städte jedenfalls. Opa Teddy ist bei so einem großen, das ganze Wochenende dauernden Texas-Hold'em-Turnier dabei, mit ein paar Haien und einem Wal.«

Der Junge nickte, obwohl er kein Wort verstand.

»Wal«, sagte Frankie. »Das ist ein Opfer mit zu viel Geld und ohne den nötigen Verstand, um das Becken rechtzeitig zu verlassen. Jedenfalls macht Teddy das Übliche, er greift das Geld ab, aber nicht zu viel. Er will die Fische nicht verschrecken. Nur geht dem Wal nach gut dreißig Stunden Spielzeit das Geld aus, und jetzt beäugen sich die Haie gegenseitig. Um das klarzustellen, die Typen, die noch übrig sind, das sind keine netten Typen, verstehst du? Die nehmen ihn in die Zange. Für sie ist Teddy bloß so ein Wicht, der neu in der Stadt ist, die kennen ihn nicht, aber egal. Dein Opa hatte Eier aus Stahl. Beim Gehen hat's gescheppert.

Teddy weiß genau, dass zwei der anderen am Tisch die ganze Zeit schon wie bekloppt beschissen haben. Die arbeiten als Team, verraten sich gegenseitig ihre Karten, schicken praktisch Liebesbriefe hin und her. Teddy kam zu seinem Geld, aber er ließ die Jungs immer im Glauben, dass sie alles im Griff hatten. Und bis dahin hatte sich ja auch alles um den Wal gedreht, klar? Aber jetzt denken sie, dass *Teddy* der Wal ist. Er ist der beschissene Touri, er ist keiner von ihnen, also schießen sie sich auf ihn ein. Und weil Teddy Teddy ist, sieht er genau, dass sie jeden Trick anwenden, den es gibt, zum Beispiel den ›bottom deal‹, und geben die unterste Karte zuerst aus – dabei haben diese Typen nicht mal den ›second deal‹ beherrscht, bei dem wird die zweite Karte zuerst ausgeteilt, nicht die oberste, das waren keine Könner wie Teddy –, und die fangen an, sich gegenseitig ganz offen in die Karten zu gucken. Die wollen ihn provozieren. Aber was soll er machen? Wie gesagt, das sind keine netten Typen. Die lassen ihn nicht einfach aufstehen und mit ihrem Geld abhauen.«

Er sah zu Matty hinüber. Der Junge hörte gebannt zu.

»Stell dir die Szene vor«, sagte Frankie. »Die Anspannung im Raum. Denn die drei Typen, die außer Teddy noch übrig sind, die sind nicht alle untereinander befreundet. Ich meine, irgendwie hängen sie alle miteinander zusammen, aber – du weißt, was ich mit zusammenhängen meine? Ist auch egal. Da gibt es böses Blut. Der Kerl, der nicht mit im Team ist, der für sich allein arbeitet, der hasst die beiden anderen. Teddy weiß das. Aber Teddy spielt immer noch das Opfer, und das Einzige, worin sich die anderen drei Typen einig sind, ist, dass sie zuerst Teddy ausnehmen wollen. Also bleibt er dabei und wartet auf seine Chance, aber er wird bei jeder Hand plattgemacht.«

»Aber er kann ihre Karten lesen«, sagte Matty.

»Natürlich. Er liest ihre Hände, als würden sie Cue Cards hochhalten. Aber diese beiden Arschlöcher, die beiden, die als Team zusammenarbeiten? Die geben sich selbst unschlagbare Hände. Nicht jedes Mal derselbe Typ, die wollen ja nicht, dass der Dritte was mitbekommt, aber sie machen im Grunde, was sie wollen. Jetzt könnte Teddy einfach alles zurückgeben. Er könnte eine Hand nach der anderen verlieren und froh sein, mit dem Leben davonzukommen. Aber wir reden hier von Teddy Telemachus.«

»Nie das Geld zurückgeben«, sagte Matty.

»So sieht's aus. Teddy denkt sich also, die einzige Möglichkeit, lebend und mit seiner hart verdienten Kohle da rauszukommen, ist es, der Last Man Standing zu sein. Er muss diese Typen gegeneinander ausspielen. Er muss das Zweierteam so übel Scheiße bauen und den dritten Typen so offensichtlich bescheißen lassen, dass sie sich gegenseitig an die Gurgel gehen. Sobald die Scheiße losgeht, kann sich Teddy sein Geld schnappen und abhauen.

Er kann nicht beim Ausgeben die Hände manipulieren, das ist zu offensichtlich. Also wartet er, und wartet, und endlich kommt seine Chance. Einer vom Team gibt, und plötzlich hat der Kerl zwei Asse auf der Hand. Und sein Partner gegenüber? Der kriegt auch ein Paar Asse. Sie können es nicht fassen. Sie fangen an, den Pot in die Höhe zu treiben. Bis zum Flop sind schon zehn Riesen im Pot. Zehntausend Dollar, Matty. Und als sie die Karten aufdecken und die beiden Partner ihre Asse zeigen, weißt du, was da passiert?«

Der Junge wusste es nicht.

Frankie grinste breit. »Jeder von den beiden hat ein beschissenes Pikass.«

Jetzt lachte Matty, das gefiel ihm.

»Zwei Pikass!«, sagte Frankie. »Der Kerl, der nicht zum Team gehörte, dreht komplett durch! Und Teddy kann er nicht die Schuld geben, denn der hat nicht mal ausgegeben! Zack, die anderen gehen aufeinander los, und Teddy verschwindet, die Taschen so voller Geld, dass ihm beim Laufen die Scheine rausfallen.«

»Und wie hat er das gemacht?«, fragte Matty. »Wie hat er die Hand manipuliert, ohne selbst zu geben?«

»Er ist Teddy *Fucking* Telemachus. Ganz einfach.«

»War das Telepathie?«, fragte Matty.

»Was?«

»Ich meine, hat er sie ein Pikass sehen lassen, obwohl es eigentlich, keine Ahnung, ein Kreuzass war?«

»Verdammt, was redest du da?«

»Teleportation?«

»Mein Gott, Matty, nein. Das hat er beim Cut gemacht. Sie haben ihn die Karten abheben lassen, und da hat er – wieso guckst du so?«

»Er hat aber … gewisse Kräfte, oder?«

Oh mein Gott. Der Junge machte ein Gesicht, als hätte er gerade irgendwas mit Beinen verschluckt.

»Natürlich!«, sagte Frankie. »Aber er ist ein Leser. Das ist sein Ding. Er kann nicht einfach Sachen teleportieren oder den Verstand der Leute benebeln. Jeder hat sein eigenes Talent.«

»So wie deine Psychokinese«, sagte Matty.

»Genau, ja.«

»Und Moms Ding. Und Onkel Buddys –«

»Hör mir bloß mit Buddy auf, was der Schwachkopf früher an Talent hatte – ist auch egal. Der Punkt ist …«

Was war der Punkt? Irgendwann hatte Frankie aus den Augen verloren, was er dem Jungen eigentlich hatte erklären wollen. Irgendwas mit Lohn. Aber Scheiße, was hatte Frankie ein regelmäßiges Einkommen je gebracht, außer seine Seele aufzuzehren? Nach dem Niedergang von Bellerophonics und nachdem er sich mit den Wölfen eingelassen hatte, war ihm nur noch eine große Chance geblieben, sich alles zurückzuholen. Sich das Freilos zu schnappen. Und der bescheuerte Buddy hatte es versaut. Jetzt saß er, mit Zinsen, so tief in den Schulden, dass der regelmäßigste Gehaltsscheck der Welt ihn nicht mehr retten konnte.

»Onkel Frankie? Alles okay?«

»Was, mit mir? Ja klar.« Er schwitzte wieder, sein Magen brannte wie ein Backofen, und das Geld in seiner Tasche strahlte zusätzliche Hitze aus. Das waren zwei Monatsraten Hypothek.

»Ich denk nur gerade über heute nach, Matty. Heute steht viel an.« Er sah zu dem Jungen hinüber. Wieder dieser Blick. »Was ist, Partner?«

Matty holte tief Luft. »Aber es ist doch echt, oder? Du kannst Sachen mit dem Verstand bewegen?«

»Es verletzt mich, dass du überhaupt fragst«, sagte Frankie.

Er war einmal ein *Pinball Wizard* gewesen, ein Zauberer am Flipperautomaten. Die White-Elm-Rollschuhbahn in der Roosevelt Road, die war sein Revier. Er verbrachte Stunden in einer alten Garderobe, die zur Automatenspielhalle umfunktioniert worden war. Darin war nur für drei Geräte Platz, zwei Flipper und einen brandneuen Asteroids-Automaten. Die meisten wollten Asteroids spielen, konnten nicht genug davon kriegen. Frankie nicht. Mit sechzehn betrachtete er sich bereits als Automaten-Purist. Videospiele waren nicht *real*. Das waren Fernseher, bei denen jedes Spiel exakt gleich war, egal, wo man es spielte.

Flipper dagegen waren lebendig. Hatten Persönlichkeit. Das gleiche Spiel konnte in zwei verschiedenen Spielhallen komplett anders sein; die Flipperhebel hart oder schwammig, die Federn tilt-freudig oder träge. Derselbe Automat konnte die Laune wechseln, am einen Tag mürrisch sein und am nächsten hilfsbereit.

Der eine der beiden Flipperautomaten in der Rollschuhbahn, All-Star-Basketball, war langweilig, mit schlaffen Bumpern und einem Thema, das ihn kaltließ. Er sprach ihn überhaupt nicht an. Doch der Royal Flush, das war sein Baby. Am oberen Ende des Spielfeldes stand eine diagonale Reihe von Kartenzielen – Herzass, zwei Könige, drei Damen, zwei Buben und eine Herz-Zehn –, die er mit Leichtigkeit abschießen und so Full House und Drillinge und manchmal, wenn er gut drauf war, sogar die viele Punkte bringende Kombination erreichen konnte, nach der der Automat benannt war.

Lonnie, der Geschäftsführer der Rollschuhbahn, machte ihm gerne Druck. »Scheiße, ich sollte dich rausschmeißen. Du steckst einen Quarter rein und blockierst das Ding den ganzen Tag.«

Es stimmte. An manchen Tagen war es, als wäre die Macht mit ihm, dann konnte er die Stahlkugel ewig lang im Spiel halten, und sie lief flüssig und warm wie Quecksilber. Die Hebel erwischten die Kugel, wo immer er wollte, warfen die Karten für ihn um – Ass, König, Dame –, und die Punkteanzeige ratterte und ratterte. Selbst an einem schlechten Tag war er noch verdammt gut. Nach der Schule – und im Sommer den ganzen Tag – bearbeitete Frankie den Flush, während Buddy, dessen Dauerbabysitter er war, in einer Ecke saß und ihm beim Spielen zusah.

Im zweiten Highschooljahr war die Schule zu einem mühsamen Albtraum geworden. Deshalb gönnte er sich Ende Oktober, an einem der letzten warmen Tage des Herbstes, einen freien Tag. Er fuhr mit dem Rad den halben Weg bis zur Highschool, bog dann zur Rollschuhbahn ab und rauchte hinter dem Gebäude den Rest eines Joints, während er darauf wartete, dass die Bahn öffnete.

Um Punkt zwölf ging er zur Tür und traf dort auf Lonnie, der das Gesicht verzog, weil bloß ein Flipper-Freak da war und kein zahlender Kunde. Der Mann war Alkoholiker, mit einem Gesicht wie kaputter Straßenbelag und einer Laune, die so unberechenbar war wie das Chicagoer Wetter. Mit einem Grunzen ließ er Frankie ein.

Die Automaten waren eingestöpselt und surrten, Asteroids spielte gerade sein Demo ab. Frankie strich mit den Fingerspitzen über das verkratzte Glas des Royal Flush, prüfte den Plunger. Er steckte einen Quarter in den Münzschlitz.

Nach dreißig Minuten war er immer noch bei der ersten Kugel. Er suchte in seiner Tasche nach den Zigaretten und dem Feuerzeug, dann steckte er sich eine an.

»Was zur Hölle?«, sagte Lonnie. Der Geschäftsführer stand hinter ihm und starrte den Flipperautomaten an.

Der linke Flipperhebel hatte die Kugel gerade nach oben geschossen, einmal über die Joker-Rampe. Doch Frankies Hände waren währenddessen mit Zigarette und Feuerzeug beschäftigt gewesen.

»Hast du ihn kaputt gemacht?«, fuhr Lonnie ihn an. »Was hast du gemacht?«

»Ich hab gar nichts gemacht!«, sagte Frankie. Hinter ihm fiel die Kugel klackernd in den Drain und beendete seinen magischen Lauf.

»Du hast daran rumgeschraubt, stimmt's?«

»Keine Ahnung, wovon du redest«, sagte Frankie.

»Hau bloß ab«, sagte Lonnie. »Du hast Hausverbot.«

»Was?«

»Raus! Sofort!«

»Das kannst du nicht machen.«

Lonnie baute sich drohend vor ihm auf. Er war dünn, aber groß, einen guten Kopf größer als Frankie.

Frankie weigerte sich zu rennen. Er spazierte nach draußen, mit geradem Rücken und eiskaltem Nacken, wie ein Mann, der weiß, dass eine Pistole auf seinen Kopf gerichtet ist. Er stieg auf sein Rad und fuhr davon. Als er zu Hause war, legte er die Stirn gegen die Hauswand. Ihm war übel, er fühlte sich nackt. Er hatte nie jemanden sehen lassen, wie er Dinge bewegte. Nicht, seit Mom tot war.

Der Einsatzort war ein dreigeschossiges Gebäude nördlich der Sixty-Third Street, ein medizinisches Forschungsunternehmen. Zwei weitere Bumblebee-Transporter standen auf dem Parkplatz.

»Ich zeig dir nachher mal die Kuh«, sagte Frankie.

»Die haben eine Kuh?«, sagte Matty.

»Du wirst es echt nicht glauben.«

Frankie griff nach seiner Werkzeugtasche und ließ den Jungen einen Stapel Goji-Go!-Kartons mitnehmen. Die Empfangsdame drückte den Öffner für die Tür hinter ihr, um sie in das eigentliche Gebäude einzulassen, doch er ignorierte es.

Nimm das Leben an, sagte er sich. Er trat lächelnd auf ihren Schreibtisch zu. »Lois, das ist mein Neffe, Matthias. Er hilft mir heute ein bisschen. Matty, stell mal kurz die Kartons ab.« Frankie öffnete einen der Kartons und holte zwei Zwei-Liter-Kanister heraus. »Das ist das Zeug, von dem ich erzählt habe.«

»Oh, schon okay«, sagte Lois. »Du brauchst mir nicht – oh.« Er schob ihr die Kanister zu. Sie war Mitte fünfzig, freundlich, mit einem runden Gesicht.

»Ich trink das Zeug hier jeden Morgen, Lois. Ein Löffel auf ein Glas Wasser. Der Löffel ist mit dabei. Manche sind süchtig nach Kaffee, aber Gojibeeren sind eine Superfrucht, voll mit Antioxidantien. Hab ich dir schon von Li Qing Yuen erzählt?«

»Der, der so alt geworden ist?«, sagte Lois.

»Zweihundertsechsundfünfzig, Lois. Das ist Rekord, ganz offiziell. Der hat sich von Gojibeeren ernährt, hat nichts anderes gegessen. Du glaubst gar nicht, wie gut die für deine Haut sind.«

»Ich weiß nicht, eigentlich mach ich –«

»Normalerweise kostet der Kanister dreißig Dollar. Das klingt erst mal nach viel, aber mit einem Kanister kannst du hundertzwanzig Portionen anmischen. Hab ich schon gesagt, dass du das auch in Milch rühren kannst?«

»Ich habe kein Geld bei mir«, sagte sie.

Er verkniff sich, das Gesicht zu verziehen. »Kein Problem«, sagte er. »Ich vertraue dir. Stell den Scheck einfach auf meinen Namen aus. Telemachus schreibt sich wie ›Telefon‹, dann ›m-a-c-h-u-s‹.«

Die ganze Arbeit für dreißig verfickte Dollar. Gott im Himmel.

Danach führte er Matty endlich nach unten zur Telefonanlage. Dave, sein Chef, kauerte vor dem Steckfeld und drückte neue Kabel ein. Die Abnahme sollte am nächsten Tag sein, und sie hingen dem Zeitplan hinterher.

»Wo warst du?«, fragte Dave, schon jetzt schlecht gelaunt.

»Komm schon, du weißt genau, dass ihr gerade erst angefangen habt«, sagte Frankie. »Matty, stell die Kartons in die Ecke. Dave, das ist mein Neffe, Matty. Er ist mein Azubi in diesem Sommer.«

»Armer Junge«, sagte Dave, aber er lächelte dabei. Schüttelte Matty die Hand. Er war eigentlich ganz in Ordnung. »Wie alt bist du, Matty?«

»Er ist dreizehn«, sagte Frankie. »Aber wirklich reif für sein Alter.«

»Vierzehn«, sagte Matty.

»Soll ich mich um die Prozessorsache kümmern?«, fragte Frankie.

»Mach ich schon«, sagte Dave. »Hugo und Tim sind im Erdgeschoss. Denen kannst du helfen.«

Typisch. Dave saß im Raum mit der Anlage, montierte Kabel und war nicht bereit, seine Position zu räumen. Auf dem Weg nach oben sagte der Junge: »Kannst du mich Matt nennen?«

»Was?« Junge, der sah so ernst aus. »Okay. Also Matt. Aber du musst mich Frank nennen. Nicht Onkel Frankie. Abgemacht?«

Frankie fand die Männer, die gerade dabei waren, einen großen Konferenzraum zu verkabeln. »Jungs, das ist mein Neffe, *Matt*. Matt, das hässliche Arschloch da ist Tim. Der Mexikaner ist Hugo. Leih ihm bloß kein Geld.«

Matty sah aus, als wäre er in Schockstarre verfallen. Hugo streckte dem Jungen die Hand entgegen. »Dieser Hurensohn ist dein Onkel? Bei Gott, ich hoffe für dich, dass du adoptiert bist.«

»Echt jetzt, da müssen wir drüber reden«, sagte Tim zu Matty. »Bei den Genen …«

»Fickt euch«, sagte Frankie. Sie wandten sich lachend ab.

Frankie ging mit dem Jungen auf die andere Seite des Raumes. Matty flüsterte: »Ist alles in Ordnung?«

»Was denn, mit denen? Denen geht's gut. Du bist jetzt auf der Arbeit. Die labern Scheiße, da musst du sofort kontern. Jetzt guck mal hier.« Aus einem Bohrloch ragten zwei Kabel heraus, deren Enden sich in farbige Drähte aufteilten. »Das weiße Kabel ist Sprache, das blaue Daten.« Er packte das Ende des weißen Kabels. »Siehst du diese vier Drähte da drin? Die Analogen hatten früher drei oder vier Paare, aber diese neuen digitalen Telefone brauchen nur zwei. Wir verlegen sie trotzdem alle, denn wenn irgendwann mal weitere Buchsen gebraucht werden, muss man keine neuen Kabel verlegen.«

Der Junge nickte. Frankie war sich ziemlich sicher, dass er es nicht verstanden hatte. Dann sagte Matty: »Aber sind das nicht alles Daten?«

»Was?«

»Du hast gesagt, das sind digitale Telefone, also ist auch die Sprache digital, oder nicht?«

»Schlaues Kerlchen! Du hast es verstanden.« Frankie reichte ihm einen Schraubenzieher. »Gut, du schließt jetzt diese RJ11-Buchse an.«

Der Junge hielt den Schraubenzieher wie einen Eispickel. Armer Bengel. Er war vermutlich ohne ein einziges Werkzeug im Haus aufgewachsen. Das kam davon, wenn man ohne Vaterfigur auskommen musste!

»Oh nein«, sagte Hugo. Er stand auf und betrachtete stirnrunzelnd das Ende seines weißen Kabels.

»Was ist denn passiert?«, fragte Tim mit übertrieben aufgesetzter Stimme.

»Mir ist der Sig-Nalton ausgegangen«, sagte Hugo. »Matt, kannst du mir mal helfen?«

Frankie sah Hugo streng an.

Hugo reichte Matty einen Schlüsselbund und sagte: »Lauf mal zu meinem Wagen – das ist der, der direkt beim Eingang steht – und hol mir eine Kiste Sig-Nalton.«

»Wie sieht das denn aus?«, fragte Matty.

»Die liegen im Regal hinten im Wagen. Wenn du sie siehst, weißt du's.«

Der Junge eilte davon. Hugo und Tim hielten ihr Lachen zurück, bis er den Raum verlassen hatte. »Sig-Nalton«, sagte Tim. »Immer wieder schön.«

»Jungs«, sagte Frankie. »Er ist noch ein Kind.«

Hugo sagte: »Jetzt komm, Frankie – ist er Teil der Truppe oder nicht? Den muss man einarbeiten.«

Ein paar Minuten später kam Matty zurück. Er sah verwirrt aus. Hugo und Tim machten ernste Gesichter. »Tut mir leid«, sagte Matty. »Ich hab's einfach nicht gefunden.«

»Die Kisten sind in einem Karton, der ungefähr so groß ist«, sagte Hugo.

Tim brach fast zusammen. Matty sah ihn an und runzelte die Stirn.

»Lass gut sein«, sagte Frankie.

»Nein«, sagte Matty. »Ich guck noch mal.« Er rannte hinaus, bevor Frankie ihn aufhalten konnte.

Zwei Minuten später war Matty wieder da. »Ich glaube, ich hab's gefunden.« Er trug einen kleinen Karton auf der Hand. Er ging zu Hugo, sagte, »Ist es das?«, und hielt ihm den Karton hin.

Hugo warf Frankie einen Blick zu, fast ein Augenzwinkern, dann klappte er den Karton auf. »Lass mal sehen –« Er brach in Gelächter aus. Tim trat hinzu, sah hinein und lachte sich ebenfalls kaputt.

»Okay, okay«, sagte Frankie. »Was ist los?«

Matty ging mit ernster Miene zu ihm. Frankie beugte sich über den Karton. Er war leer, bis auf Mattys Hand, die er durch den Kartonboden gesteckt hatte. Mit erhobenem Mittelfinger. Frankie lachte, und Mattys Miene entspannte sich zu einem Grinsen.

»Ich mag den Jungen!«, sagte Hugo.

»Seht ihr?«, sagte Frankie. »Ein Telemachus lässt sich nicht verarschen.«

○

Nachdem Lonnie ihm Hausverbot erteilt hatte, betrat Frankie die Rollschuhbahn nicht mehr, auch wenn er sich nicht wirklich von ihr fernhielt. Er fing an, vorbeizufahren und auf dem Parkplatz nach Lonnies Chevy Monza Ausschau zu halten. Endlich kam ein Nachmittag, an dem Lonnies Auto nicht dort stand. Frankie sollte zu Hause sein und auf Buddy aufpassen, doch er stellte sein Fahrrad neben dem Gebäude ab – ohne es am Fahrradständer anzuschließen, für den Fall, dass er schnell würde abhauen müssen – und ging hinein. In der umfunktionierten Garderobe hingen die üblichen Typen rum.

Dann sah er es. Der Royal Flush war weg.

Frankie zeigte auf den Videospielautomaten, der seine Stelle eingenommen hatte. Irgendein neues Spiel, das er noch nie gesehen hatte. »Wo ist der Royal Flush?«

Keiner reagierte.

»Ich habe gesagt, wo zur Hölle ist der Royal Flush?«

Ein jüngerer Typ mit Brille meldete sich zu Wort: »Lonnie hat gemeint, er ist kaputt.«

Frankie fuhr herum. Der Junge nahm die Hände hoch. »Er hat gesagt, du hast ihn kaputt gemacht. Den All-Star hat er auch zurückgeschickt.«

Frankie war sprachlos.

Er drängte sich durch den Pulk von Spielern zu dem neuen Videospielautomaten. Schubste den Jungen zur Seite, der gerade davor stand. Er starrte auf den Bildschirm – den Farbbildschirm – und den blöden Scheißjoystick.

»Was ist ein beschissener Pac-Man?«

Frankie wollte auf den Bildschirm einschlagen. Er wollte ihn mit purem psychokinetischem Hass in Stücke reißen. (Nicht, dass das funktioniert hätte. Wenn er so aufgeregt war, passierte nie etwas. Außerdem konnte er vor den Augen dieser Idioten gar nichts tun.)

Frankie drängte sich aus der Garderobe und steuerte auf den Ausgang der Rollschuhbahn zu. Er erreichte den Parkplatz, als Lonnie gerade aus seinem Auto stieg.

»Du hast ihn *weggenommen*«, sagte Frankie. Seine Stimme klang erstickt.

»Was?«, sagte Lonnie verdutzt. Dann verstand er. »Den Flipper?«

Frankie trat drei Schritte auf ihn zu, mit geballten Fäusten.

Lonnies Hand lag noch immer auf der Autotür. Er stand dahinter wie hinter einem Schild. »Der war kaputt.«

»Das hättest du nicht tun sollen«, sagte Frankie. Zwischen ihnen waren noch gut vier Meter.

»Fick dich, du kleiner Spacko«, sagte Lonnie. »Du hättest ihn nicht kaputt machen sollen! Willst du dich prügeln oder was?« Er knallte die Autotür zu und ging auf Frankie zu.

Ein Jahr später würde Frankie einen Schub machen und fast zehn Zentimeter wachsen. Später, nach seinem zwanzigsten Geburtstag, würde er fast 25 Kilo zulegen und kräftig werden. Ein paar Mal würden ihn Fremde in Bars fragen, ob er einmal Ringer gewesen sei, und dann würde er mit den Schultern zucken und sie anlügen: »Ich war nicht schlecht. Hab's bis zu den State-Meisterschaften gebracht.« Doch jetzt, in diesem Augenblick war er bloß ein Teenager mit dünnen Armen.

Direkt vor ihm blieb Lonnie stehen. »Du kannst nicht die Geräte beschädigen und einfach wieder hier reingelatscht kommen.« Sein Atem roch fruchtig, nach Alkohol. Er schubste Frankie mit beiden Händen, sodass dieser nach hinten taumelte. »Du hast verficktes *Hausverbot*.«

Frankie wollte unbedingt zuschlagen, doch er fürchtete sich

vor dem, was eine halbe Sekunde später geschehen würde. Er spürte bereits, wie die Faust des Mannes ihn am Kinn erwischte.

Lonnie schubste ihn noch einmal, und Frankie nahm die Hände hoch und drehte den Kopf zur Seite. »Was ist dein Problem?« Lonnie schubste ihn erneut. Frankie prallte gegen die Mauer, und Lonnie packte ihn am Kragen seiner Jacke. »Du Scheißbetrüger.«

Lonnies Stimme schien von weit weg zu kommen, die Silben gingen in einem umfassenden Getöse unter. Frankie spürte, dass sein Körper sich darauf vorbereitete, etwas zu tun, doch er wusste nicht, was es war. Irgendetwas Schreckliches. Er spürte es in seinen Händen, wie warmer Stahl, der gleich ins Rollen kommen würde.

Lonnie ächzte vor Schmerz und trat einen Schritt zurück. »Was zur Hölle?« Seine Stimme klang verändert. Er wischte sich den Mund ab und sein Handrücken war blutverschmiert. Er starrte Frankie an, jetzt voller Angst. Frankie hatte seine Hände nicht bewegt.

Eine neue Stimme brüllte: »Lass ihn sofort in Ruhe!«

Irene, in ihrer Burger-King-Uniform, und dahinter der zwölfjährige Buddy, dessen Gesicht zu einer Miene verzogen war, die für Fremde konzentriert wirken mochte, aber eigentlich tiefe Besorgnis ausdrückte. Frankie hatte das Auto weder heranfahren gesehen noch gehört.

Irene trat zwischen Lonnie und Frankie. »Was hast du gemacht?«, fragte Irene Frankie. Sie war sauer auf *ihn*.

»Ich ruf die Bullen«, sagte Lonnie. In seinem Mundwinkel war Blut.

Irene fuhr herum. »Nein, das tust du nicht.«

Lonnie richtete sich auf. »Ich ruf sie jetzt sofort an.«

»Du bist betrunken«, sagte Irene.

»Bin ich nicht.«

Frankie dachte, Versuch nie, Irene anzulügen.

106

Sie sagte: »Es ist mitten am Tag, du bist betrunken und verprügelst einen Jugendlichen. Du bist gerade mit dem Auto gekommen, richtig?«

Lonnie sah zu seinem Monza zurück. Jetzt war er verwirrt.

»Willst du eine Anzeige wegen Trunkenheit am Steuer?«, fragte Irene. »Pass bloß auf.« Sie zeigte auf Frankie. »Steig ein. Ich komm zu spät zur Arbeit.«

»Fahrt einfach«, sagte Frankie leise. Beschämt. Er wusste, ohne hinzusehen, dass alle anderen vom Eingang der Rollschuhbahn aus zusahen. »Ich bin mit dem Rad da.«

»Steig in das verdammte Auto«, sagte Irene und klang dabei wie Dad. »Ich hatte dir doch gesagt, du sollst auf Buddy aufpassen. Ich weiß nicht, was zur Hölle du hier draußen zu suchen hast.«

Sie stolzierte zum Auto zurück, einem großen, grünen Ford LTD mit rostender Türverkleidung. Sie hatte den Motor angelassen. Frankie ging zur Beifahrertür, doch Buddy schob sich vor ihn, sodass sie zu dritt vorne saßen.

»Wie hast du mich gefunden?«, fragte er.

»Buddy hat gesagt, du wärst hier«, antwortete sie. Ihre Stimme klang jetzt nicht mehr so hart. »Er hat gesagt, du würdest etwas Schreckliches tun.«

Buddy schien sie nicht zu hören. Er starrte nach vorne, durch die Windschutzscheibe. Zwölf Jahre alt, nichts als Ellbogen und Knie. Dann schmiegte er sich, mit heißen Wangen, an Frankies Arm.

○

Während der zweiten Nachmittagspause rauchte Frankie eine Zigarette, um seine Nerven zu beruhigen, und Matty sah ihm dabei zu. In seiner Tasche schmorte das Bargeld. Er hatte Mitzi gesagt, dass er es gegen Mittag abliefern würde. Stattdessen war er mit dem Jungen zu Steak-and-Shake gefahren.

»Du bist echt schnell«, sagte Matty, »beim Buchsenanschließen.«

»Ich mach das schon 'ne Weile«, sagte Frankie. »Das lernst du auch.«

»Nein, ich meine im Vergleich zu Hugo und Tim. Die haben zusammen so was wie drei Büros geschafft, und du alleine vier. Trotz der Rauchpausen.«

»Nicht alleine. Du hast mir doch geholfen.«

Das ließ der Junge nicht gelten. Sie gingen zum Gebäude zurück und Matty fragte: »Gibt's hier wirklich eine Kuh?«

»Die Kuh! Stimmt!« Er ging mit dem Jungen in den Keller.

Eine der Wissenschaftlerinnen saß dort und tippte auf einer Computertastatur herum. Sie blickte auf und sagte: »Wie schon gesagt, ich habe kein Interesse an Gojibeeren.«

»Da machen Sie einen Fehler. Angesehene Studien haben bewiesen –« Plötzlich verlor er jegliche Lust am Verkaufsgespräch. »Ist auch egal. Ist es okay, wenn ich meinem Neffen Ihre Hoheit zeige?«

Sie sah Matty an. Schien zu dem Schluss zu kommen, dass er kein Chaot war. »Nicht anfassen. Aber gucken kannst du.«

Frankie führte den Jungen durch eine Doppeltür, eine Rampe hinab und in einen Raum, der vermutlich einmal als Garage vorgesehen gewesen war, bevor jemand entschied, dass das, was sie wirklich brauchten, ein fensterloser, fabrikartiger Stall war: Betonboden, große Abflüsse und vier in Stahl eingefasste Viehboxen. Die einzige Bewohnerin, gleich in der ersten Box, war eine 900-Kilo-Barzonakuh namens Princess Pauline.

»Ist sie krank?«, fragte Matty. Sie war durch Kabel mit einem Schaltkasten aus blauem Metall verbunden.

»Nee, komm näher.« In Princess Paulines Flanke, direkt hinter den Vorderbeinen, war eine dreißig Zentimeter breite Plexiglasscheibe eingesetzt worden. Dahinter pulsierte Fleisch. »Siehst du das in dem Loch da? Das ist ihr Herz.«

»*Heiliges Rindvieh.*«

»Ich weiß, das ist – hey! Witzig.«

Matty beugte sich vor, um besser durch die Stangen hindurch-sehen zu können. »Warum haben sie das gemacht?«

»Das ist ein künstliches Herz. So was stellen sie hier her.«

»Und die wollen es einfach … beobachten?« Der Junge fand es nicht ekelhaft, sondern faszinierend.

Frankie legte ihm eine Hand auf die Schulter. »Wissenschaft, hä?«

Sie sannen einen Augenblick lang über dieses Wunderwerk ei-nes Tierversuchs nach. Princess Pauline schenkte ihnen keinerlei Beachtung.

»Mit mir ist was passiert«, sagte Matty leise. »Vor ein paar Wo-chen.« Er kniff die Augen zusammen, als würde ihm etwas weh-tun. Frankie hatte denselben besorgten Blick schon sein ganzes Leben lang bei Irene beobachten dürfen.

»Wir sind Partner«, sagte Frankie. »Du kannst mir alles erzäh-len.«

»Ich weiß, aber …«

»Geht's um Mädchen?«

Der Junge wurde rot – dann schien er sich über sich selbst zu ärgern, weil er sich schämte. »Es hat mit Mädchen zu tun«, sagte Matty. »Vor ein paar Wochen hab ich …« Wieder dieses schmerz-verzerrte Gesicht.

»Raus damit.«

»Ich hab an ein Mädchen gedacht. Niemand, den du kennst. Und da ist was passiert.«

Hinter dem Jungen schwang die Doppeltür auf, und da stand Dave und guckte genervt. »Frank! Ich brauche deine Hilfe!«

Frankie wollte sagen, Halt's Maul, Dave, das hier ist wichtig. Aber er brauchte diesen Job.

Im Telefonanlagenraum hatten sich alle um die Toshiba-Pro-zessoreinheit versammelt. Der Laptop war mit dem Diagnoseport verbunden. »Was ist los?«, fragte Frankie.

»Die Hälfte der Telefone im Erdgeschoss ist tot«, sagte Hugo. »Der Laptop kann uns nicht sagen, woran es liegt.«

»Vielleicht braucht ihr mehr Sig-Nalton«, sagte Matty.

Dave sah ihn an. »Was?«

»Nichts«, sagte Frankie. »Habt ihr die Karten überprüft?«

»Der Laptop sagt, die funktionieren alle. Kannst du nicht einfach machen, was du so machst?«

Der gesamte Trupp sah ihn an. »Gut.« Er begann, die Karten zu überprüfen und sicherzustellen, dass sie richtig eingesteckt waren. Alle Kontrolllämpchen leuchteten, doch das hieß nur, dass sie mit Strom versorgt waren; es konnte trotzdem sein, dass die Schaltplatten nicht richtig funktionierten.

Die ersten sechs Karten, die er überprüfte, schienen in Ordnung zu sein. Dann berührten seine Fingerspitzen den Rand von einer der unteren Karten.

Er zog die Karte aus dem Steckplatz. »Diese hier«, sagte er.

Die anderen hatten gelernt, seine Einschätzungen nicht infrage zu stellen.

Inzwischen war es an der Zeit, Feierabend zu machen. Frankie packte seine Werkzeuge ein und marschierte mit Matty zum Parkplatz hinaus. Kurz bevor sie den Transporter erreichten, packte er den Jungen an der Schulter.

»So. Diese Sache«, sagte Frankie, um ihre Unterhaltung aus dem Kuh-Raum wieder aufzugreifen. Er hatte sich genau überlegt, was er sagen würde. Als ein Mann, der auf einer Insel voller Töchter festsaß, war er auf diesen Augenblick nicht wirklich vorbereitet, aber an wen sollte sich Matty sonst wenden? »Das Erste, was du wissen musst, ist, dass es total normal ist. Mir ist dasselbe passiert, als ich dreizehn war.«

Matty machte den Mund auf, um etwas zu sagen, dann klappte er ihn wieder zu.

»Das ist nichts, worüber man sich Sorgen zu machen braucht«, sagte Frankie. »Das ist ein Grund zum Feiern. Und ich weiß genau, wo wir das machen.« So, als wäre ihm das in diesem Augenblick eingefallen. Als hätte er eine Wahl.

Mitzi's Tavern füllte sich gerade erst mit dem Feierabendpublikum – sofern man das Wort »Publikum« auf das Dutzend Jammergestalten anwenden konnte, die auf ein Bier und einen Kurzen hier zusammenkamen, bevor sie ihren Ehefrauen entgegentraten. Die Deko war Später Müllhaldenstil: Sitznischen aus aufgeplatztem Vinyl, auf alt gemachte Neonschilder, Tischplatten aus Furnier, schwarz geflecktes Linoleum, bei dem achtzig Prozent der Flecken erst im Laufe der Zeit hinzugekommen waren. Ein Ort, der deutlich besser wirkte, wenn das Licht gedimmt war und man unter Alkoholeinfluss stand. Frankie liebte es.

»Dein Opa hat mich früher hierher mitgenommen«, erklärte Frankie. »Hier trinken echte Männer. Wenn du jemals an der Bar in 'nem Ruby Tuesday sitzt, setzt's was.« Er deutete auf einen leeren Barhocker. Matty stellte den UltraLife-Karton auf den Tresen und hopste auf den Hocker.

»Keine Kinder«, sagte Barney. Er war hier schon immer der Barkeeper gewesen – gehörte zum Inventar des Gebäudes. Frankie hatte ihn nie gemocht. Er war ein großer Scheißkerl, fast einsneunzig. Sein Kopf bestand zu neun Zehnteln aus Kiefer, ein Gesicht wie ein Erdrutsch.

»Wir bleiben nur eine Minute«, sagte Frankie. »Barney, das ist mein Neffe, Matthias. Kannst du ihm 'ne Limo geben? Er hat heute Geburtstag.«

»Wie alt bist du?«, fragte Barney den Jungen.

»Kommt drauf an, wen man fragt«, sagte Matty leise.

»Mitzi im Büro?«, fragte Frankie. Er nahm den Karton vom Tresen und ging zum hinteren Ende des Raumes.

»Erst klopfen«, rief Barney ihm nach.

Erst klopfen. Oh Mann. Seit wie vielen Jahren kam er schon hierher? Frankie rüttelte am Drehknauf der Bürotür. »Klopf klopf«, sagte er.

Es kam keine Antwort, also öffnete er die Tür. Mitzi saß hinter ihrem Schreibtisch und telefonierte. Sie grüßte ihn mit einem Kopfschütteln, aber protestierte nicht, als er sich setzte. Er fing an, den Karton auszupacken.

»Du kennst den Deal«, sagte Mitzi ins Telefon. »Freitag, kein Wenn und kein Aber.« Sie sah missbilligend zu, wie immer mehr weiße Plastikflaschen auf ihrem Schreibtisch aufgereiht wurden. Mitzi war älter als Barney, doch während dem Barkeeper stirnabwärts überschüssiges Fleisch vom Körper hing, schrumpfte Mitzi mit jedem Jahr, wurde immer trockener und härter, wie Dörrfleisch.

Dann ins Telefon: »Enttäusch mich nicht, Jimmy.« Sie legte auf. »Was soll das werden?«

Frankie lächelte. »Du hast letzte Woche gesagt, dass du einen verstimmten Magen hast. Das hier ist das UltraLife-Programm für die gesunde Verdauung. Diese hier –« Er griff nach der größten Flasche. »Das ist Aloe-Konzentrat, original Gojibeerengeschmack, plus andere natürliche Zusatzstoffe. Man mischt es einfach mit Wasser oder Pepsi, egal, und es beruhigt den Magen. Das hier ist Ultra Philofiber, eine Mischung aus Ballaststoffen und Acidophilus, perfekt bei Durchfall oder Verstopfung.«

»Bei beidem?«, sagte Mitzi.

»Es wirkt auf die Bakterien in deinem Darm ein, also stärkt es ihn gegen beides. Und das hier –«

»Ich will nichts kaufen, Frankie.«

»Ich will dir nichts verkaufen. Das ist ein Geschenk.«

»Ach, Frankie. Ich brauch keine Geschenke – ich will das, was du mir schuldest. Wo warst du? Du hast gesagt, du würdest mittags kommen.«

»Tut mir leid. Mein Boss ist ein A-Loch.«

»Bringst du mir heute, was du mir am Freitag geschuldet hast?«

Es war höchst ungewöhnlich, dass einem Kunden ein Wochenende extra eingeräumt wurde. Frankie bis Montag zu geben war eine Gefälligkeit, und das wusste er. Er legte das Bargeld auf den Tisch. »Ich sag dir gleich – es ist ein bisschen dünne.«

Mitzi verzog keine Miene. Sie nahm das Geld, warf es in eine Schreibtischschublade und schob diese zu. Hinter ihr, auf dem Boden, stand ein schwarzer Safe von der Größe eines Minikühlschranks. Sobald Frankie weg war, würde sie es dort deponieren. Sie hatte ihn noch nie in seiner Anwesenheit geöffnet, doch er verbrachte viel Zeit damit, über diesen Safe nachzudenken.

»Du gerätst gerade ein bisschen in Rückstand, Frankie.«

»Ich weiß, ich weiß.«

»Da bin ich mir nicht so sicher. Wenn ich die heutige Zahlung mitrechne – wie viel waren das?«

»Zweitausendneunhundert«, sagte er.

»Dann stehst du bei achtunddreißigtausend, fünfhundertfünfundsiebzig.« Ohne jedes Zögern, die Zahl war einfach da in ihrem Kopf. Bei jedem Besuch gab sie ihm den neuen Gesamtstand mit, und jede Woche fiel er ein Stückchen weiter zurück.

»Der Durchbruch steht kurz bevor«, sagte er. »Mein UltraLife-Vertrieb bringt viel ein.«

»Vertrieb«, sagte Mitzi monoton. Sie schüttelte den Kopf. »Ich möchte nicht, dass du in Schwierigkeiten gerätst, Frankie.«

»Bin ich nicht. Werd ich nicht.«

Doch natürlich war er es längst. Er hatte Schulden beim Outfit. Mitzis Bruder hatte das Sagen in den nördlichen Vororten. Viel schlimmer konnte es kaum noch kommen.

»Es würde deinen Dad umbringen«, sagte sie. »Wie geht's ihm?«

Er zwang sich zu einem Lächeln. »Tot ist er noch nicht. Aber die Beerdigungsklamotten hat er schon an.«

Sie lachte, ein Geräusch wie ein Windstoß, der in trockenes Laub fuhr. »Gott, der hatte Stil. Kein Vergleich mit den Neandertalern, mit denen ich groß geworden bin. Bestell ihm schöne Grüße.«

Frankie stand auf. Er fühlte sich wacklig, als hätte man ihm einen Schlag auf den Kopf verpasst. Vielleicht fühlte sich Erleichterung so an. Er sollte sich freuen. Eine weitere Zahlung geschafft, eine weitere Woche, um den Karren aus dem Dreck zu ziehen.

»Ach, Frank?«

Sofort spürte er diese Eiseskälte im Nacken. Er drehte sich um.

»Welche nehme ich zuerst?«

»Was? Ah.« Er zeigte auf die große Flasche. »Aloe nimmst du jeden Tag, spritz es einfach in Wasser. Philofiber und die Morgenrezeptur nimmt du immer morgens. Dann gibt es noch die Abendrezeptur, die nimmst du, äh, …«

»Jeden Abend?«

»Ganz genau. Das bringt dich in null Komma nichts wieder auf Vordermann.«

Matty nippte an einem schmalen Glas und sah auf den stumm geschalteten Fernseher, der in einer Ecke hing. Frankie hatte vorgehabt, sich zu dem Jungen zu setzen und ein Old Style oder zwei in sich hineinzukippen, doch jetzt war er nicht mehr in der Stimmung.

»Komm, Matty. Ich bring dich nach Hause.«

»Oh, okay.« Enttäuscht. Er stellte das Glas ab und wischte sich den Mund ab. Barney sah Frankie finster an. Beim nächsten Mal sollte er dem Mann etwas mitbringen. Vielleicht eine Dose von der rückfettenden Gesichtscreme. Oder besser einen Eimer von der rückfettenden Gesichtscreme.

Sie waren bloß drei Kilometer von zu Hause entfernt – von Teddys und Buddys Zuhause, und jetzt auch Irenes und Mattys. Wenigstens hatte Frankie sein eigenes Haus. Bezahlte seine Rechnungen selbst. Hielt den Ball im Spiel. Gab es Rückschläge? Natürlich. Neunzig Prozent aller kleinen Betriebe gehen vor die Hunde. Die Banken wenden sich von dir ab. Das Scheißblatt wendet sich. Game over. Aber was tust du dann? Du besorgst dir einen weiteren beschissenen Quarter, leihst dir einen, stiehlst einen, und machst einfach weiter.

»Onkel Frankie?«

Sie waren fast zu Hause. Er war wie auf Autopilot gefahren. Er bog in das Wohnviertel ein, und Matty sagte: »Ich muss dir was erzählen. Es ist wichtig.«

Frankie bremste vor dem Stoppschild ab. Weil die Kreuzung leer war, schaltete er den Transporter auf Parken. »Du brauchst dich nicht zu bedanken. Du hast heute gute Arbeit geleistet. Betrachte dich als angestellt für den ganzen Sommer.«

»Danke«, sagte Matty. »Das Geld können wir gebrauchen.«

Das stimmte. Irene war total pleite. »Und wieso guckst du jetzt immer noch so?«

»Mir ist vor ein paar Wochen was passiert.«

»Ich sag doch, Junge, das ist total –«

»Nein, nicht das«, sagte Matty entschieden. »Es war etwas Unglaubliches.«

Der Junge erzählte ihm, was geschehen war, und wie er es später noch mehrere Male selbst herbeigeführt hatte. Hinter ihnen kamen Autos angefahren, und Frankie winkte sie vorbei, weil er ihn nicht unterbrechen wollte.

Dann sagte er: »Du liegst also da und meditierst sozusagen –«

»Genau«, sagte Matty. »Das ist es, Meditieren.«

»Und dann passiert es. Du schwebst durch die Gegend und kannst in andere Räume sehen.«

»Ja.«

Frankie kam eine Idee – oder vielmehr, er sah das warme Leuchten, das andeutete, dass bald der Kopf einer Idee am Horizont auftauchen würde. Schließlich fragte er: »Weiß deine Mom davon?«

»Nicht wirklich«, sagte Matty. »Ich meine, nein. Sie hat mich beim Meditieren erwischt, aber mehr nicht. Du bist der Erste, dem ich davon erzähle.«

»Das ist gut«, sagte Frankie. »Das bleibt unter uns.«

115

JULI

5
Buddy

Auf der Uhr steht 07:10, doch diese Information reicht nicht ansatzweise aus. Die Luft ist stickig, und der Bettbezug fühlt sich feucht an, also ist es vermutlich Sommer. Aber welches Jahr? Das ist ein Rätsel, das sich vom Bett aus nicht lösen lässt.

Er tapst nach unten in die Küche, und da sitzt der Teenager Matty, der sich ein Stück gebutterten Toast in den Mund stopft. Das ist ein wichtiger Hinweis. Dies ist wahrscheinlich das Jahr, in dem Matty und Irene wieder zu Hause eingezogen sind. Das Jahr, in dem er die Arbeiten am Haus vornimmt. Das Jahr des Zap.

Er sagt zu sich selbst: Ich bin siebenundzwanzig Jahre alt, und Maureen Telemachus ist seit einundzwanzig Jahren tot.

Matty dreht sich um, als er den Raum betritt, hustet, der Toast bleibt ihm im Hals stecken, als wäre er überrascht, ihn hier zu sehen. »Morgen, Onkel Buddy«, sagt er schließlich. Er wendet schnell den Blick ab, verschämt. Aber wieso?

Der Junge schüttet sich einen großen Becher Kaffee ein. Buddy kann sich nicht erinnern, wieso Matty schon so früh wach und angezogen sein sollte, doch dann fällt ihm auf, dass er ein gelbes Bumblebee-Polohemd trägt, und erinnert sich, dass sein Neffe in diesem Sommer für Frankie arbeitet. Zumindest den ersten Teil des Sommers.

Matty wirft ihm einen Blick zu, sieht sein Stirnrunzeln, und sagt: »Der ist nicht für mich. Der ist für Frank.« Dann: »Ich soll ihn Frank nennen, wenn wir bei der Arbeit sind.«

Buddy nickt. Matty fällt es schwer, ihm in die Augen zu sehen.

»Hey, da ist sein Wagen. Ich muss los.« Matty bleibt an der Haustür stehen. Ohne ihn wirklich anzusehen, sagt sein Neffe: »Danke noch mal, dass ich den Computer benutzen darf. Das ist wirklich nett von dir.«

Buddy denkt, Den hab ich nicht für dich besorgt. Andererseits, es scheint seine Pläne nicht zu gefährden, wenn er dem Jungen erlaubt, ihn zu benutzen.

Er geht zum Kalender und prüft das Datum. Achter Juli. Sämtliche Tage sind mit einem x markiert, in einem ganz besonderen, fast schon lilafarbenen Pink. Einen langen Augenblick lang kann er sich nicht an das Picknick am vierten Juli erinnern, dann kommt ihm ein Bild von einem Feuerwerk, das Prasseln und die Explosionen. Sie waren zur Arlington Rennbahn gefahren, um es sich anzusehen. Das war in diesem Jahr, da ist er sich ziemlich sicher. Gott weiß, es kann nicht das nächste Jahr sein. Er markiert den heutigen Tag mit einem x. Dann blättert er, wie es seine Angewohnheit ist, durch die nächsten Monate, bis zum Ende des Sommers. Der Labor Day ist im selben Pinkton umkringelt. Jedes Mal, wenn er es sieht, sticht ihm die Angst ins Herz.

4. September 1995, 12:06 Uhr. Der Moment, in dem die Zukunft endet. Der Tag, an dem alles schwarz wird.

Zap.

Erst vor wenigen Monaten wurde er sich dieses Datums bewusst. Er wachte auf und stellte fest, dass die Zukunft verschwunden war. Jahrelang hatte er sich durch die Tage geschleppt, mit den Händen vor den Augen, und sich vorgestellt, dass ihn früher oder später ein von der Straße abgekommener Lastwagen oder eine Lungenembolie aus dieser Welt katapultieren würde.

Aber das hier, dieser hässliche Stumpf, dieses so komplizierte Verderben. Er hätte sich nie ausgemalt, dass es einmal *so* enden würde. Gangster und Regierungsagenten. Kugeln und brennende Autos. Die Knarre an seinem Kopf. Alles so schrecklich dramatisch.

Doch wenn es nur sein eigener Untergang wäre, der da auf ihn wartete (egal, wie befremdlich und entsetzlich), würde er einfach wieder die Augen schließen und sich von der Zeit davontragen lassen. Doch es gibt noch andere Menschen, an die er denken muss.

»Mein Gott, Buddy!«, sagt Irene wütend.

Er dreht sich verwirrt um.

»Zieh dir was an!«

Ah. Irene mag es nicht, wenn er nackt herumläuft. Das kommt ihm unfair vor, weil er dauerhaft hier wohnt und sie nur vorübergehend. Außerdem hat sie auch nicht viel mehr an als er, nur eine kurze Laufhose und ein T-Shirt von einer Bank in Pennsylvania.

»Was?«, sagt sie. »Wenn du was sagen willst, sag es.«

Doch er weiß nicht, was er sagen soll. Das ist das Problem bei vielen der zukünftigen Erinnerungen. Wenn er sich nicht erinnert, was er gesagt haben wird, dann weiß er nicht, was er sagen soll. Als schubste ihn jemand ohne Textbuch auf die Bühne. Besser, nichts zu sagen, als das Risiko einzugehen, alles zu verändern.

Irene sieht ihn finster an und nimmt die Hand hoch, um sich die Augen zuzuhalten. »Ich geh laufen«, sagt sie.

Das ist neu, da ist er sich ziemlich sicher. Irene hat nie viel trainiert. Auch wenn es wahrscheinlich eine gute Idee ist. Sie sieht älter aus als sonst. Klar, er verbringt viel Zeit damit, sich an die junge Irene zu erinnern, deshalb überraschen ihn diese Alterswechsel manchmal. Doch er fragt sich, ob nicht all die Nächte, die sie heimlich am Computer verbringt, ihren Tribut einfordern.

Er lässt die Kalenderblätter los und geht die Treppe hinauf in sein Zimmer. In der obersten Kommodenschublade liegt zwischen seiner Fruit-of-the-Loom-Unterwäsche versteckt ein bunter Damenschal. Er faltet ihn auseinander. Darin liegt eine goldene

Medaille. Na ja, eher gold lackierter Edelstahl, aber für ihn trotzdem kostbar. Darauf steht DAS MÄCHTIGSTE MEDIUM DER WELT. Die Frau, die sie ihm umgehängt hat, war die frühere Trägerin dieses Titels. Sie forderte nichts von ihm, nahm ihm kein Versprechen ab, und doch spürte er die Verantwortung, die auf ihm lastete.

Jetzt, wo er darüber nachdenkt (aber er denkt ja immer darüber nach, das Datum schwebt immer über allem) – sie ist am 4. September gestorben. Ist es Ironie des Schicksals, dass der Tag, an dem die Zukunft endet, der Jahrestag ihres Todes ist? Oder ist es bloßer Zufall? Gibt es so etwas wie Zufall überhaupt?

Nachdem sie weg war, redete er sich ein, dass er ihre Aufgaben mit Tapferkeit, Ehrfurcht und Kraft angehen würde. Und eine Weile lang tat er das auch. Doch dann, nachdem er seine große Liebe getroffen und wieder verloren hatte, gab er auf. Er hörte auf, am Horizont nach Feuer Ausschau zu halten. Und was für ein Fehler das war. Dieses letzte Ereignis, das Zap, wird tiefe Wunden hinterlassen. Er braucht nicht zu *sehen*, was darauf folgen wird, um zu wissen, was seine Familie erwartet: Jahre des Jammers; ein Tal der Tränen.

Er reibt sich mit der Hand über das unrasierte Kinn, versucht, sich zu konzentrieren. Er hat noch so viel zu erledigen, wenn er sie retten will. Aber womit anfangen?

Ah, genau. Erst mal was anziehen.

Er ist vier Jahre alt, und Maureen Telemachus lebt, also ist er noch nicht das Mächtigste Medium der Welt, sondern einfach nur Buddy. Er liegt auf dem Bauch im Wohnzimmer und baut aus Tinkertoy- und Lincoln-Log-Klötzen eine Falle für Frankies GI Joe. Joe steht auf einer zehn Zentimeter hohen Plattform. Buddy drückt gegen einen Stützbalken, und Joe fällt um, bevor die Falltür sich öffnet. Die Actionfigur lässt sich so schwer im Gleichgewicht halten.

»Guckst du das überhaupt?«, fragt Dad genervt. Er hat ihm nur deshalb erlaubt, so lange aufzubleiben, weil Buddy gefleht hat, sich das Spiel ansehen zu dürfen. Dad liegt hinter ihm im Fernsehsessel ausgestreckt und guckt zwischen seinen Füßen hindurch auf den Fernseher und auf Buddy und sein Bauwerk. »Drei gehen raus, drei sind *out*, verdammt«, sagt Dad.

»Tut mir leid«, sagt Buddy.

»Das braucht dir nicht leidzutun«, sagt Dad. »Weißt du, warum ich euch Kinder zu Cubs-Fans erziehe?«

Buddy schüttelt den Kopf.

»Jeder Schwachkopf kann Fan einer Mannschaft sein, die gewinnt«, sagt Dad. »Aber um für die Verdammten zu sein, braucht man Charakter. Man geht hin, sieht seinen Jungs dabei zu, wie sie vorbeischlagen und krachend untergehen – jeden verdammten Spieltag. Glaubst du, Jack Brickhouse ist ein Optimist? Nein, mein Herr. Er klingt vielleicht glücklich, aber innen drin stirbt er. Für einen verdammten Optimisten ist im Wrigley Field kein Platz reserviert. Man feuert sein Team an und feuert es an, und die verlieren trotzdem. Da lernt man, wie die Welt funktioniert, Junge. Klar, starte ruhig mit Hoffnung und Träumen in den Frühling, aber in dem Universum, in dem wir leben, wirst du rein rechnerisch spätestens am Labor Day aus dem Rennen sein. Verlass dich drauf.«

Buddy versucht, sich etwas einfallen zu lassen, damit sein Vater sich besser fühlt, doch das Einzige, woran er in diesem Augenblick denken kann, ist, dass die Cubs einmal die Braves geschlagen haben, ein Team, das Dad hasst, und zwar mit riesigem Vorsprung. »Elf zu null«, sagt Buddy.

»Leg dich wieder hin«, sagt Dad. »Du bist im Bild.«

»Ein Massaker«, sagt Buddy.

»Okay, wie wär's damit – hol mir doch mal ein Bier.«

123

Buddy springt auf, rennt in die Küche, und da ist sie, das Mächtigste Medium der Welt. Lebendig. Er kann nicht anders, als sich vor Dankbarkeit an ihre Beine zu klammern. Mom hat bereits eine Dose Old Style geöffnet. »Bitte sehr«, sagt sie. »Halt den König bei Laune. Dann ab ins Bett.«

Zwei Abende später ist Buddys Projekt schon weiter fortgeschritten. Jetzt sind auch Legosteine im Spiel und Holzreste aus der Garage. Eine von Reenies Barbies hat sich zu GI Joe gesellt. Dad hockt sich neben ihn. »Hey, Buddy. Was baust du da?«

Buddy freut sich, es ihm erklären zu können. Er zeigt ihm den ersten Teil der Falle, lässt Joe und Barbie gemeinsam in die Kiste stürzen, und Dad lässt ihn noch ein wenig weiterreden, bevor er ihn unterbricht und sagt: »Das ist toll, Kleiner. Aber ich muss dich was anderes fragen.« Buddy bemerkt, dass er eine Zeitung in der Hand hält. »Weißt du, was die Cubs heute gemacht haben?«

Buddy hat keine Ahnung.

»Sie haben die Atlanta Braves geschlagen. Elf zu null. Elf zu null.« Dad zeigt ihm die Schlagzeile, die aus nur einem Wort besteht. »Massaker.«

Buddy erinnert sich an diesen Augenblick, daran, dieses lange Wort auf der Zeitungsseite zu sehen. Er kann das Wort nicht lesen, aber er erinnert sich daran, es zu kennen, und das ist fast so, wie es zu lesen.

»Du lagst goldrichtig, Buddy.« Sein Vater hockt immer noch neben ihm. Das macht er sonst nie. »Ich will, dass du ganz genau überlegst. Kennst du noch andere Baseballergebnisse?«

Buddy nickt aufgeregt. Es gibt nichts, was er mehr will, als seinem Dad all das zu sagen, was ihn glücklich machen wird.

»Und …«, sagt Dad.

Buddy versucht, sich an Baseballergebnisse zu erinnern, doch es kommt nichts.

»Versuch nicht zu sehr daran zu denken«, sagt sein Vater. »Was immer dir einfällt.«

Er versucht an eine Zahl zu denken. »Eins zu null?«, fragt Buddy.

»Okay, gut! Wer spielt, Buddy?«

»Die Reds«, sagt Buddy. »Und die Cubs. Die Cubs gewinnen.«

Dad seufzt. »Das ist das Ergebnis des Spiels, das wir gesehen haben«, sagt er. »Versuch an eins zu denken, das –« Er unterbricht sich. Mom ist jetzt im Zimmer und blickt auf die beiden herab.

»Was macht ihr da?«, fragt sie.

»Nichts«, sagt Teddy. »Buddy zeigt mir nur, was er gerade baut.«

Buddy befestigt gerade eine Stahlplatte an der Kellerwand, als er sich plötzlich an etwas erinnert. Diese Erinnerung – ein Bild bloß, ein mentaler Schnappschuss vom Zap-Tag – bedeutet, dass alles, was er in den letzten Tagen gemacht hat, noch einmal neu gemacht werden muss. Die drei riesigen Rechtecke aus Stahl, die er ausgeschnitten hat, haben die falsche Größe, er wird sie beschneiden oder wegschmeißen müssen.

Die Originalgröße der Rechtecke ging auf seine Erinnerung an die Platten zurück, die am Zap-Tag die Kellerfenster bedeckten, und er hatte sie so geschnitten, dass er sie an der Wand festschrauben konnte. Doch jetzt hat er sich erinnert, dass das Fenster früher am Tag unverdeckt war. Das heißt, dass die Stahlplatte hoch- und runtergehen muss, wie eines dieser Gitter, mit denen in der Innenstadt die Geschäfte gesichert werden. Das ist viel komplizierter.

Er will schreien. Aber er tut es nicht.

Sein Fluch, und sein Segen, ist, dass seine Erinnerung so löchrig ist. Alles, an das er sich erinnert, ist eine Tatsache. Unveränderbar. Die Zukunft, das hat er begriffen, als er sechs Jahre alt war, lässt sich genauso wenig beeinflussen wie die Vergangenheit.

Doch es gibt ein Schlupfloch. Wenn irgendein zukünftiges Ereignis schrecklich *erscheint*, gibt es da vielleicht etwas, an das er sich *nicht* erinnert, das seine Wahrnehmung des Geschehenden verändern könnte.

Sagen wir, er erinnert sich an einen Mann in einem blutbefleckten Hemd. Muss es wirklich Blut sein? Vielleicht ist es bloß ein besonders übler Ketchupfleck. Mit dieser Wissenslücke bewaffnet ist es Buddys Pflicht, eine Schüssel mit Ketchup zu füllen und den Mann damit zu bewerfen. Dass er sich nicht erinnern kann, den Ketchup geworfen zu haben, spielt keine Rolle. Solange er sich nicht erinnert, den Ketchup *nicht* geworfen zu haben, hat er alle Freiheiten.

Seine Aufgabe ist es, sich Geschichten auszudenken. Die bestmögliche Interpretation für die Fakten herauszukriegen, an die er sich erinnert, und dann alles zu einem glücklichen Ende zu bringen – und wenn das nicht möglich ist, dann zum am wenigsten tragischen Ende.

Doch was, wenn er sich an etwas Wichtiges nicht erinnern kann? Was, wenn der Ketchupwurf den Mann so aufregt, dass er einen Herzinfarkt erleidet? Um jeden bekannten Moment herum türmt sich das Unbekannte auf. Indem er handelt, oder nicht handelt, könnte er alles zerstören. Jede Lücke in seiner Erinnerung könnte eine tödliche Löwengrube oder ein schützender Fuchsbau sein.

Wenn er sich dann doch einmal an etwas Neues erinnert, verändert das die Bedeutung dessen, was er bereits wusste (oder zu wissen glaubte). Ein loses Bild, das in seinem Bewusstsein aufsteigt, fügt der Kette ein weiteres Glied hinzu, und schon ergibt sich zwischen scheinbar unzusammenhängenden Ereignissen eine Beziehung von Ursache und Wirkung. Er darf nichts unbeachtet lassen. Alles könnte wichtig sein, alles könnte mit dem Zap-Tag zusammenhängen. Schlimmer noch, er selbst ist Teil der Gleichung. Jedes Wort, das er sagt, jede Handlung, die er ausführt, könnte das glückliche Ende verderben oder es erst ermöglichen.

Er hat einmal ein Sachbuch mit dem Titel *Chaos* gefunden, das einer Beschreibung dessen sehr nah kam, wie es ist, unter diesen Bedingungen zu leben und zu arbeiten. Er bat Frankie, es zu lesen, weil er hoffte, sein Bruder würde Buddys Lage dadurch besser verstehen, doch Frankie dachte, Buddy wollte, dass man es ihm *erklärte*. Frankie begriff die Auswirkungen der Chaostheorie nicht und verstand daher auch nicht die Frage, die Buddy umtrieb: Wie kann jemand sinnvoll handeln, wenn das Resultat dieser Handlung jederzeit außer Kontrolle geraten und irreparablen Schaden anrichten kann?

Das Mächtigste Medium der Welt jedoch kann es sich nicht leisten, die Hoffnung aufzugeben. Ja, seine Erinnerungen sind unvollständig, eine schreckliche Grundlage. Ja, seine einzigen Baupläne sind aus Nebel gemacht. Doch als ihm diese Medaille verliehen wurde, versprach ihm niemand, dass es ein einfacher Job werden würde. Was soll's also, wenn er die Stahlplatten umsetzen muss? Was soll's, wenn er sie morgen wieder umsetzen muss? Er muss mit den Informationen auskommen, die er hat.

Er fängt an, die oberen Schlüsselschrauben zu lösen, bereut jetzt, dass er sie so fest angezogen hat, dann bereut er sein Bereuen. Falls es so etwas wie eine Spirale des Todes gibt, dann ist dies eine. Konzentrier dich einfach auf deine Aufgabe, denkt er. Auf beide Aufgaben: die hier vor ihm und seine größere Verantwortung der Familie gegenüber. Doch es gibt so vieles, was er noch nicht getan hat, und jetzt bleibt nur noch so wenig Zeit. Er hat immer gedacht, er würde nach Alton zurückkehren. Er würde in die Hotellobby spazieren, und sie würde an der Bar sitzen, wie damals, als er sie das erste Mal sah, und eine Zeitschrift lesen, mit übergeschlagenen Beinen, ein hochhackiger Schuh vom Fuß baumelnd und zappelnd wie ein Köder am Haken. Sie würde zu ihm aufblicken, lächeln und sagen: »Wird auch Zeit, dass du kommst.«

Er reißt die Schraube mit einem Quietschen aus dem Holz. Ist wütend auf sich selbst. Er kennt den Unterschied zwischen Fantasie und Erinnerung. Er weiß, dass dies niemals geschehen wird. Der vierte September steht bevor, und er wird seine wahre Liebe nie wiedersehen.

Buddy ist dreiundzwanzig, als er Frankie erklärt, dass sie ein Schiff besuchen müssen.

»Du Wichser«, sagt Frankie.

»Was?« Diese Reaktion hat er nicht vorausgesehen.

»Du sprichst ewig nicht mit mir, quälst mich mit deinem Schweigen, und das Erste, was du mir zu sagen hast, ist, dass du auf ein beschissenes Schiff willst?«

»Das ist nicht irgendein Schiff«, sagt Buddy. »Das ist ein Casino.«

Das weckt Frankies Interesse. »Wo?«

»Es eröffnet in sechs Monaten. Auf dem Mississippi.«

Frankie neigt den Kopf. Er hat die Arme verschränkt, weil es in der Garage kalt ist. Und vielleicht bleiben sie deshalb verschränkt, weil er argwöhnisch ist. »Was hast du gesehen, Buddy?«

Buddy erzählt ihm von der *Alton Belle*, dem ersten Casinoschiff mit einer Lizenz in Illinois. Voller Münzautomaten und Spieltischen, genau wie in Las Vegas.

»Spieltische?«, fragt Frankie.

»Roulette«, sagt Buddy.

Das Wort hängt in der Luft. Schließlich schüttelt Frankie den Kopf und sagt: »Nein. Nein! Du weißt, dass ich diesen Scheiß nicht mehr machen kann.« Wenn Frankie nervös wird, geht nichts mehr. Nur wenn er sich selbst vergisst, weiß er wieder, wer er ist.

»Ich habe Chips gesehen«, sagt Buddy.

»Chips?«

»Stapelweise Chips.«

»Vor *mir?*«

»Massenweise«, sagt Buddy.

Jetzt geht Frankie hin und her, auch wenn nicht viel Platz ist, bei all dem Schrott und den Geräten: eine Schneefräse (defekt) und ein Rasenmäher; ein Stapel Holz für eine nie gebaute Hütte; eine Bandsäge, eine Gefriertruhe, Schlitten und Fahrräder und Mülleimer und Moms alte Gartenwerkzeuge. Frankie ist hergekommen, weil Buddy nicht zu Frankie fahren kann (oder sonst irgendwohin). Und sie sind draußen in der Garage, weil Buddy nicht will, dass Dad hört, was sie sagen.

Obwohl es hier drin kalt ist, kommt Frankie beim bloßen Gedanken daran ins Schwitzen. Er ist pleite, sein Geschäft steht vor dem Scheitern, und in letzter Zeit hat sich alles Bargeld in seinen Händen in Luft aufgelöst. »Wann hast du wieder angefangen, Dinge zu sehen? Ich dachte, das sei vorbei.«

Buddy zuckt mit den Schultern.

»Mein Gott«, sagt Frankie. Er setzt sich auf eine Kühlbox. Steht wieder auf. Lässt Buddy alles wiederholen, was er gesehen hat.

Buddy ergänzt Details, kehrt schnell zu den Chips-Stapeln zurück. »Die denken, es ist nur eine Glückssträhne«, sagt er. »Aber du bist es.«

»Ich«, sagt Frankie.

»Nur du.«

»Scheiße«, sagt Frankie. Er geht wieder hin und her. »Ich glaub, ich kann das nicht. Ich bin eingerostet, Mann. Total aus der Übung.«

»Dann musst du üben. Wir fahren in sechs Monaten.«

»Ich brauche viel mehr Informationen«, sagt Frankie. »Alles, was du hast.«

»Keine Sorge«, sagt Buddy. »Ich komme mit dir.«

»Du verlässt das Haus«, sagt Frankie skeptisch. »Um in ein Casino voller Menschen zu fahren.«

»Ich muss in Alton sein«, sagt Buddy, und das ist die Wahrheit. Denn dort wird er seine große Liebe treffen.

Teddy sieht mit genervter Miene zu, wie Buddy die Späne zusammenfegt. »Mein Gott, was soll das werden? Ein Bunker?« Eine der Stahlplatten ist fertig, mit einem Schwerlastscharnier fixiert. Bald wird er einen Hebel montieren, mit dessen Hilfe sich die Platten nach oben wegklappen lassen.

»Kannst du mir auch sagen, warum?«, fragt Teddy.

Er zuckt mit den Schultern.

»Nein, verdammt. Du kannst mich nicht einfach so blöd angucken. Was zur Hölle baust du da?«

Buddy macht tief in seiner Kehle ein Geräusch, ein ersticktes Stöhnen.

»Ich ertrag das nicht, Buddy. Ich. Ertrag. Das. Nicht. Das war mal ein Haus, in dem menschliche Wesen leben konnten.« Teddy beginnt, die Schäden aufzuzählen, die Räume, die sein Sohn abgerissen und unfertig zurückgelassen hat. Und dann noch dieses Riesenloch im Garten! Wofür zur Hölle war das?

Er kann nichts anderes tun, als zu warten, bis sein Vater müde wird. Sie beide wissen, wie es enden wird: Teddy wird aus dem Raum stürmen, und Buddy wird sich wieder an die Arbeit machen. Es ist ihm ein Rätsel, wieso Dad dem Projekt nicht einfach den Riegel vorschiebt. In seiner gesamten Erinnerung findet sich keine Erklärung dafür, warum sein Vater ihn nie aus dem Haus geworfen oder ihm Gewalt angedroht hat.

»Okay, wie wär's damit«, sagt Teddy. »Sag mir einfach, wann es vorbei ist. Kriegst du das hin? Guck mich an, Buddy. Guck mich an. Wann hörst du damit auf?«

Buddys Lungen ziehen sich in seiner Brust zusammen. Er öffnet den Mund, um zu sprechen, und schließt ihn schnell wieder. Wie soll er das erklären?

Nach zehn Sekunden schmerzhaften Schweigens knurrt Teddy und zieht sich auf die übliche Weise zurück.

Buddy sitzt auf der geschlossenen Toilette und denkt nach. Er hasst es, alle wütend zu machen, auch wenn es in ihrem eigenen Interesse ist. Ein paar Jahre lang, vor Moms Tod, hat er seinem Vater jedes Cubs-Ergebnis verraten, an das er sich erinnern konnte. Einmal hat er mit Buntstift sämtliche Zahlen einer zukünftigen Ziehung der Lotterie von Illinois aufgeschrieben, doch er schrieb eine 6 statt einer 9, und sein Vater gewann gar nichts. (Vielleicht, so fiel ihm später ein, erinnerte sich Buddy auch daran, wie er die Zahlen in der Zukunft schrieb, sodass seine Erinnerung eine korrekte Nachstellung seines Fehlers war. Diese Dinge waren so schwierig zu entwirren.)

Irgendwie erfuhr Mom von der Lotterie. Sie wurde so wütend, dass sein Vater aufhörte, ihn um Vorhersagen zu bitten. Dem kleinen Buddy war dieses Verbot ein Rätsel, vor allem, weil er auf der Bühne noch immer das Glücksrad bedienen durfte. Doch erst bei der *Mike Douglas Show* verstand er, wie gefährlich die Zukunft sein konnte.

Buddy ist fünf Jahre alt, und Mom lebt. Da ist sie, und so groß, sie hält seine Hand und sieht mit blauen Augen auf ihn herab. Ihr silbernes Kleid funkelt wie magisch im Bühnenlicht. »Wir sind im Fernsehen, Buddy«, sagt sie. Doch es kommt ihm überhaupt nicht wie Fernsehen vor. Es ist genauso wie auf den Bühnen all der Theater, in denen sie aufgetreten sind. Es gibt sogar ein Publikum. Im Fernsehen sollte es kein Publikum geben, oder?

Mom sagt: »Wenn Mr Douglas kommt, kannst du deinen

Drehtrick zeigen.« Das Glücksrad hat Speichen, die ein klackerndes Geräusch machen, und auf jedem Abschnitt des Rads ist ein anderes Bild zu sehen: Ente, Clown, Feuerwehrauto. Die Leute applaudieren immer, wenn es auf dem Bild stehen bleibt, das er vorhergesagt hat, und das ist beinahe jedes Mal so. Das Rad zu drehen macht ihm am meisten Spaß, mehr als zu sagen, wo es stehen bleiben wird.

Er macht sich gerade bereit, das Rad zu drehen, als ihn eine Erinnerung wie ein Schlag vor den Kopf trifft. Er erinnert sich, wie seine Schwester seine Hand hält, während sie am Rand eines Grabes stehen und auf einen Sarg blicken. Den Sarg ihrer Mutter. Plötzlich fällt die glänzende Kiste in das Loch, viel zu schnell, und die Leute schreien auf. Im Fernsehstudio schreit Buddy mit ihnen, ein wortloser Schrei der Angst.

Mom sagt: »Buddy! Buddy!« Sie geht in die Hocke und sagt ihm, er brauche keine Angst zu haben. Doch natürlich hat er Angst, denn jetzt rollt eine große, alles unter sich begrabende Welle der Erinnerung über ihn hinweg: der Sagenhafte Archibald kommt auf die Bühne und bezeichnet sie als Betrüger. Doch Mom ist nicht da, um ihren großen Trick zu zeigen, und deshalb landet sie in einem Sarg.

Mom, die lebt, sagt: »Kannst du aufhören zu weinen?«

Das kann er nicht, weil die Erinnerungen immer noch kommen, und jetzt erinnert er sich an die Nacht, Monate in der Zukunft, in der Mom in der Küche stürzt und sich am Kopf verletzt. Er erinnert sich an die Medaille, die sie ihm um den Hals hängt. Und er erinnert sich daran, wie er sich schick macht, um sie im Krankenhaus zu besuchen, und an den fallenden Sarg, und daran, wie Irene ihm die Hand drückt.

So schnell kommen die Erinnerungen, zack zack zack, vom dramatischen Auftritt des Sagenhaften Archibald bis zum Sarg, der im Dunkeln verschwindet. Wenn eines dieser Ereignisse eintritt, geschehen sie alle.

Der fünfjährige Buddy weiß nicht, wie er den Tod seiner Mutter unwahr machen kann. Was kann er bei seiner Größe tun, in seinem Alter? Er hat Erinnerungen daran, groß zu sein, groß genug, um auf Frankie hinabzusehen, seinen Vater zu überragen, und er will sofort dieser riesige Mann sein. Dann könnte er aufhören zu weinen, und die Zukunft könnte anders verlaufen.

»Mein Gott«, zischt Teddy. Sie sind in der Werbepause. Dad weiß es nicht, aber der Sagenhafte Archibald wird gleich auf die Bühne treten, und Mom wird sterben. Buddy bricht auf dem Boden zusammen, und der Mann mit dem Kopfhörer tritt erschrocken einen Schritt zurück. »Bringt ihn hier raus«, sagt Dad.

Buddy ist in Tränen aufgelöst und schlaff. Er kann nur an das Loch in der Erde denken, das seine Mutter verschluckt. Sie trägt Buddy auf ihrer Hüfte hinaus, und er lässt sie auch dann noch nicht los, als sie in der Garderobe angelangt sind. Er weint immer noch, er kann nicht aufhören.

Er hat noch nicht gelernt, sich Geschichten auszudenken. Wäre er älter, wäre er klüger, könnte er sich irgendetwas Schlaues ausdenken, um den Sarg zu erklären und seine Mutter am Leben zu halten. Doch er hat zu viel Angst und keine Kontrolle über seinen Körper. Er hat versagt.

Buddy ist siebenundzwanzig Jahre alt, aber er fühlt sich älter. Viel älter. Vielleicht ist er auch nur hungrig.

Er macht sich ein Fleischwurst-Sandwich und isst es, an die Spüle gelehnt, dann trinkt er gleich ein großes Glas Carnation Instant Breakfast hinterher. Er liebt diese kalkigen Rückstände in der Kehle. Eine ganze Mahlzeit in einem Glas! Perfekt für den *Precog*, der bei Kräften bleiben muss.

Er mag es, wenn das Haus so leer ist, wenn Irene bei der Arbeit und Matty mit Frankie unterwegs ist, und Dad – na ja, nicht einmal das Mächtigste Medium der Welt weiß, was Dad mit seiner Zeit anstellt. Er erinnert sich nur, wozu er selbst da ist. Nicht wie Mom, die alles zu wissen schien, überall. Sie war nicht ohne Grund so lange Trägerin dieses Titels. Ja, manchmal fühlt er sich wie ein Betrüger oder wie der Ersatz-Champion, so wie Scottie Pippen nach Michael Jordans Rücktritt, oder Timothy Dalton. Er tut, was er kann, mit dem Talent, über das er verfügt.

Manchmal jedoch ist es, als würde das Talent über *ihn* verfügen. Zum Beispiel hat er sich gerade erinnert, mit Miss Poppins eine Runde durch die Nachbarschaft gedreht zu haben, ein Spaziergang, der in fünf Minuten beginnen wird. Theoretisch könnte er versuchen, die Erinnerung zu ignorieren und zu Hause zu bleiben, doch das Risiko kann er nicht eingehen. Alles könnte mit dem Zap verknüpft sein, selbst das Gassigehen mit einem Hund. Oder das Klauen einer Zeitung. Vor Kurzem erinnerte er sich plötzlich daran, eine *Chicago Tribune* von der Veranda eines Nachbarn zu stehlen. Nicht nur das, sondern er erinnerte sich auch konkret daran, eine Schlagzeile mit schwarzem Filzstift zu umkringeln und die Zeitung dann so hinzulegen, dass sein Vater sie sehen musste. Wieso eine *Tribune?* Wieso diesen Artikel? Er weiß es immer noch nicht. Soldaten müssen ihre Befehle nicht verstehen.

Außerdem gefällt ihm manchmal, was das Schicksal ihm aufgetragen hat. Mit Miss Poppins Gassi zu gehen gefällt ihm auf jeden Fall. Zu Hause zu bleiben würde heißen, sich ins eigene zukünftige Fleisch zu schneiden. Und wofür? Um sich die Illusion eines freien Willens zu bewahren? Schwachsinn. Die Pflicht verspeist den freien Willen zum Frühstück.

Draußen ist die Luft schwül, doch er muss zugeben, dass es herrlich ist. Frankie zieht ihn immer damit auf, dass er das Haus nicht verlässt, aber natürlich stimmt das nicht. Er geht ständig raus, wenn er sich daran erinnert, dass er es soll. Und er liebt dieses kleine Viertel, in all seinen verschiedenen Phasen: jene Zeiten, in denen es so viele freie Grundstücke wie Häuser gibt und das

Gras voller Nattern ist; und diese anderen Zeiten, in denen die Mini-Villen anstelle der heruntergekommenen Ranch-Häuser aus dem Boden schießen; die langen, beständigen Zeiten dazwischen. Er spürt eine Verbundenheit mit den Bäumen in seiner Straße; die Wohlwollende Bruderschaft der Geduldigen Bewacher. Sie denken langfristig.

Zwei Häuser weiter klopft er an die Fliegengittertür und ruft: »Ich bin's.« Im Haus bellt Miss Poppins aufgeregt, ein winziges, elektrisches Kläffen, und dann ist der kleine Fellknäuel an der Tür und scharrt am Fliegengitter.

»Ich hab mich gefragt, ob unsere kleine alte Dame hier vielleicht rausgehen möchte«, sagt er.

Er fühlt sich sicher, wenn er mit Mrs Klauser spricht. Ihre Tage sind so geregelt und die Unterhaltungen mit ihr so begrenzt, dass wenig Gefahr für Nebenwirkungen besteht. Sie bittet ihn herein, und er schiebt sich durch die Tür, damit der Hund nicht nach draußen läuft.

Mrs Klauser sitzt in ihrem Lieblingsstuhl, der Fernseher läuft. »Was macht dein Projekt?«, fragt sie. »Ich konnte die Kreissäge bis hierher hören.«

»Alles gut«, sagt er und nimmt den Hund an die Leine.

»Und deinem Vater geht es gut?« Mrs Klauser ist derzeit gebrechlich, und diese Gebrechlichkeit macht sie zurückhaltend. An anderen Tagen ist sie voller Energie und sehr direkt. Im Jahr nach dem Tod seiner Mutter hat Mrs Klauser zweimal die Woche für die Familie Telemachus gekocht. Niemand hatte sie darum gebeten. Sie sah den Bedarf und handelte.

»Sehr gut«, sagt Buddy. »Bis später.«

Miss Poppins beruhigt sich, sobald sie draußen sind, und trottet eifrig voraus. Nach wenigen Minuten hockt sie sich und macht einen gesitteten Haufen, den er mit einem zu diesem Zweck mitgebrachten Plastikbeutel aufhebt und entsorgt. Sie setzen ihren Spaziergang fort, beide perfekt aufeinander abgestimmt.

Die Hündin kennt ihre übliche Route durch die Nachbarschaft. Heute jedoch, nach der Hälfte des Weges, überrascht Buddy sie, indem er zwischen zwei Häusern hindurchgeht, eine Abkürzung zu ihrem Block. Auch für ihn ist es eine Überraschung. Er erinnert sich nicht daran, das er es tun würde, bis er schon fast abgebogen ist.

Miss Poppins stellt sich souverän auf den neuen Weg ein. Hunde leben im Augenblick. Manchmal wünscht er sich, selbst ein Hund zu sein.

Ein silberner Transporter parkt ein paar Häuser von seinem Haus entfernt. Er erinnert sich an diesen Transporter. In einem Monat wird er kurz mit dem Fahrer des Wagens sprechen, einem Schwarzen, den Buddy noch aus Kindertagen kennt. Wochen später, am Zap-Tag, wird der Fahrer das Haus betreten. Ist es derselbe Fahrer, der auch jetzt hinterm Steuer sitzt? Buddy sieht nicht durch die Windschutzscheibe, um es zu überprüfen, denn er erinnert sich nicht daran, das zu tun. Es ist *möglich*, zu dem Transporter zu gehen, die Tür aufzureißen und die Männer anzuheischen, was sie hier wollen, aber es ist nicht ratsam. Die Konsequenzen wären katastrophal. Er geht an dem Fahrzeug vorbei, an seinem Haus vorbei, bis zu Mrs Klausers Haustür.

»Sie war ein braves Mädchen«, lässt er sie wissen.

»Hat sie ihr Geschäft gemacht?«

»Oh ja«, sagt er. Dann erinnert er sich an etwas. Etwas Wichtiges. »Sie sollten überlegen, sich einen Welpen zuzulegen.«

»Oh, nein, Miss Poppins reicht mir voll und ganz.«

»Überlegen Sie sich's«, sagt Buddy. »Die Gesellschaft würde ihr bestimmt gefallen.«

Er geht nach Hause, ohne einen Blick auf den Transporter zu werfen.

6
Matty

»Das hier ist Knochen«, sagte Polly. Oder vielleicht auch Cassie. Er hatte die Zwillinge noch nie auseinanderhalten können. »Und das hier ist Speedy.«

»Ein ironischer Name für eine Schildkröte«, sagte Matty. Die Zwillinge hatten kein Interesse an Ironie oder überhaupt an Kommentaren. Sie wollten bloß, dass er auf dem hustensaftrosafarbenen Teppich in ihrem Zimmer saß, während sie seinen Schoß mit kleinen Stofftieren beluden.

Das andere Mädchen – Cassie oder Polly – holte weitere Tiere aus der breiten Schublade, die unter dem Gestell ihres Hochbetts verschwand. »Das ist Zip, die Katze, und Quak und Valentino« – sie sprach es »tein-o« aus – »und Zwicker und ... Quiekie.«

Dieses letzte, ein mit Körnern gefülltes Schwein, legte sie in seine Hand. Auf dem herzförmigen Anhänger stand der Name (Quiekie das Schwein) und der Geburtstag (23. April 1993). Die Anhänger unversehrt zu lassen – von denen die meisten, wie bei dem Schwein, piratenmäßig im Ohr steckten – war eindeutig wichtig, genau wie Hardcore-Nerds ihre *Star Wars*-Actionfiguren nicht aus der Originalverpackung nahmen. »Quikie das Schwein ist ein bisschen sehr offensichtlich«, sagte er.

»Das ist Tintie«, sagte der erste Zwilling und warf ihm einen Plüschoktopus in den Schoß. »Und das sind Goldie, Schnauber, Nip und ... Ally der Alligator.«

»Ally der Alligator? Da haben sie ja nicht mal versucht, sich was einfallen zu lassen«, sagte er. »Außerdem ist er eindeutig tot.«

»Der ist nicht tot!«, sagte eines der Mädchen verärgert.

»Klar ist er das – die haben ihm doch seine Marke an den Zeh geheftet.« Sie starrten ihn an. Er sagte: »Eines Tages versteht ihr den Witz, und dann werdet ihr *la-ha-hachen*.«

Das war einer von Opa Teddys Lieblingssprüchen, doch die Mädchen lachten nicht. Die Zwillinge sahen einander stirnrunzelnd an, und dann sagte eine von ihnen zu Matty: »Es war ein *Unfall*.«

»Die lagen oben auf dem Fernseher«, sagte die andere.

»Wie jetzt?«, fragte Matty.

Eine Stimme sagte: »Ein paar von den Dingern sind verbrannt, als der Fernseher explodiert ist.« Malice stand plötzlich in der Zimmertür der Zwillinge. Sie trug eine abgeschnittene Jeans und ein weißes T-Shirt, auf dem BOWIE NOW stand, in handgemalten Buchstaben. »Es war tragisch. Wusstest du, dass da nur Plastik rausläuft, wenn die Viecher brennen? Das sind nicht mal richtige Körner.«

»Sei still, Mary Alice!«, brüllte der eine Zwilling, und gleichzeitig sagte der andere: »Hau ab, Mary Alice!«

»Sie reden nicht gerne über den Großen Beanie-Brand von vierundneunzig«, sagte Malice.

»Wir sagen's Mom!«, sagte die eine von ihnen, und die Zwillinge rannten raus. Malice sah Matty an und erwischte ihn dabei, wie er ihre Beine musterte – vor allem die weißen Innentaschen, die unten aus ihrer Shorts herauslugten. Dieses Aufblitzen weißen Stoffes war unerklärlich, unerträglich sexy.

Gebot Nr. 1 (*Guck ihr nicht in den Ausschnitt. Das macht man nicht*) benötigte einen Zusatz: Guck ihr auch nicht auf die Beine.

»Du bleibst also über Nacht«, sagte Malice.

»Genau.« Er stand auf, was kleine Stofftierkörper zu Boden stürzen ließ.

»Wieso?«, fragte Malice.

»Wieso?« Das war eine Frage, die nicht einmal seine Mutter gestellt hatte. Und warum hatte sie eigentlich nicht gefragt? Es gab keinen vernünftigen Grund, wieso Matty bei Onkel Frankie übernachten sollte – jedenfalls keinen, über den er reden konnte. Als Frankie sie fragte, ob er bei ihnen schlafen könne, ließ sie ihn ohne weitere Fragen gehen. Jetzt, wo er darüber nachdachte, kam ihm das höchst merkwürdig vor.

»Dein Dad dachte, es könnte lustig werden«, sagte Matty schließlich.

»Lustig«, sagte sie skeptisch. »Mit *uns* abzuhängen.«

»Er hat gesagt, wir bestellen beim Chinesen.«

»Ooh, dann nehm ich alles zurück. Beim Chinesen bestellen ist die reinste Koksorgie.«

Er lachte – zu laut – und versuchte, die Bilder auszublenden, die ihm durch den Kopf schossen. »Ja, na ja. Hast du schon mal mit Onkel Buddy Fernsehen geguckt?«

»Gutes Argument«, sagte sie. »Wir sehen uns beim Chow mein.«

Sie ging davon. Gegen sämtliche Regeln und Zusätze verstoßend sah er ihr nach.

Verglichen mit Opa Teddys Haus war Frankies Haus *laut*. Weniger in Bezug auf die tatsächliche Dezibelzahl (Onkel Buddys Bauprojekte machten reichlich Lärm); es war eher eine Art emotionale Lautstärke. Tante Loretta brüllte die Zwillinge an, Onkel Frankie brüllte Malice an, die Zwillinge brüllten, um zu brüllen. So eingepfercht, wie sie es in diesem Zwei-Schlafzimmer-Ranch-Haus waren, gab es keinen Raum, in dem das Gebrüll verklingen, und keinen Ort, an dem Matty sich hätte verstecken können.

Nach all den Jahren, in denen er allein mit seiner Mom gelebt hatte, und weiteren sechs Monaten in einem Haus, in dem kaum jemand sprach, empfand Matty den Krawall als nervenzerfetzend. Er fühlte sich wie der neue Rekrut in einem Kriegsfilm, der bei jedem Schuss der Artillerie zusammenschreckte.

Nur Malice war still, auch wenn ihr finsterer Blick jeden außer die Zwillinge sofort zum Schweigen brachte. Bevor der Rest der Familie mit dem Abendessen fertig war, verschwand Malice in ihrer Kellerhöhle. Alle anderen zogen ins Wohnzimmer um, wo der Fernseher bis zu einer Lautstärke aufgedreht wurde, durch die die blechernen Sitcom-Lacher bedrohlich wirkten. Cassie und Polly, die sich freuten, dass man Matty ihr Zimmer zugeteilt hatte, bauten zwischen der Couch und Onkel Frankies Fernsehsessel eine Kissenburg, in der sie die Nacht verbringen wollten.

Tante Loretta verließ in regelmäßigen Abständen den Raum, um auf der Terrasse hinterm Haus zu rauchen. Als sie wieder einmal weg war, sah Frankie zu ihm herüber und sagte: »Und? Meinst du, du bist so weit?«

»Ich werd's versuchen«, sagte Matty.

Um zehn, nach einer mit Lachern gespickten Folge von *Echt super, Mr Cooper*, klatschte Onkel Frankie in die Hände und sagte: »Schlafenszeit, Ladies!« Sie protestierten, doch Tante Loretta trieb die Mädchen ins Badezimmer und wieder zurück. Onkel Frankie brachte Matty ins Mädchenzimmer. Der Stofftierzirkus war noch nicht weggeräumt worden.

»Ich mach dir mal frische Luft«, sagte Onkel Frankie. Er löste die Verriegelung des einzigen Fensters und versuchte, den Rahmen nach oben zu schieben, doch der bewegte sich nicht. »Normalerweise lassen wir – uff, bisschen fest – die zu, wegen Erdgeschoss und Vergewaltigern.« Er rammte seinen Handballen von unten dagegen, und das Fenster bewegte sich quietschend um ein paar Zentimeter. »Na also. Aber du kommst klar, oder?«

»Ich denke schon«, sagte Matty.

Onkel Frankie trat näher zu ihm. »Ich hab ein Schild in die Garage gelegt«, sagte er leise. »Ich hab sogar das Licht angelassen.«

Matty nickte.

»Ein einfacher Drei-Wort-Satz«, sagte Frankie.

»Gib mir keine Tipps«, sagte Matty.

»Stimmt. Guter Einwand. Das muss ein echter Test sein.« Frankie sah ihm in die Augen, sagte »Viel Glück, Matty«, und schloss die Tür hinter sich.

»Matt«, sagte er leise.

Er öffnete seinen Rucksack und zog sich schnell die Sporthose und das T-Shirt an, die er mitgebracht hatte. Auf keinen Fall würde er nur in seiner Unterwäsche schlafen. Er machte das Licht aus und kroch unter die pinke Decke des unteren Bettes. Seine Füße berührten das Fußende. Das obere Bett war besorgniserregend dicht an seinem Gesicht.

Er drehte sich um und sah sich in dem Zimmer um, das erstaunlich gut beleuchtet war. Es gab zwei Nachtlichter, und die Decke war, wie sich jetzt herausstellte, mit im Dunkeln leuchtenden Stern-, Planeten- und Kometenaufklebern übersät. Die Herde knochenloser Tierchen schien auf einer Mini-Savanne verteilt zu sein. Das Zimmer wurde wärmer. Der Fensterspalt war ein Briefschlitz, durch den schwüle Luft ins Haus drang.

Er schloss die Augen. Holte tief Luft.

Konzentrier dich, Matt.

Er ballte die Fäuste, ließ wieder locker.

Er wusste, dass er aus seinem Körper herauskonnte. Der schwierige Teil – der Teil, an dem er seit einem Monat mit mäßigem Erfolg arbeitete – bestand darin, es zu tun, ohne sich selbst zu berühren. Er würde niemals auf eine Bühne gehen können, wenn die einzige Methode, seine Kräfte zu aktivieren, darin bestand, sich vor dem Publikum einen runterzuholen. Onkel Frankie hatte ihm gesagt, dass sie mit seinen Fähigkeiten viel Geld verdienen könnten, wenn er übe, und Matty hatte sich die Rückkehr der

Erstaunlichen Familie Telemachus ausgemalt, in der Hauptrolle Matthias Telemachus, Astralreisender. Zunächst würden sie mit der Nummer in kleineren Theatern auftreten, bis sie langsam immer bekannter würden und schließlich der große Durchbruch live im Fernsehen folgte. Alles, was er tun musste, war das Astralreisen zu üben. Und nicht an seine Cousine zu denken. Und ihre abgeschnittene Jeans.

Gebot Nr. 2. Vermeide lüsterne Gedanken an deine Cousine.

»Scheiß drauf«, sagte er laut. Er versuchte, an jemand anderes zu denken, irgendeine andere Frau. Wie wär's mit Elle Macpherson?

Doch plötzlich gelang es ihm nicht mehr, sich ein deutliches Bild des Supermodels vor Augen zu rufen. Wieso hatte er seine Ausgabe der *Sports Illustrated – Swimsuit Issue* nicht eingepackt? (Nicht das komplette Heft. Er hatte im Waldenbooks in der Monroeville Mall in Pittsburgh ein paar der guten Seiten aus der 1994er-Ausgabe herausgerissen, was das Verbrecherischste war, das er in seinem ganzen Leben getan hatte, und sie seitdem sorgsam gehütet.)

Eine halbe Stunde später war er immer noch fest in seinem Körper verankert. Die Luft war zu drückend, und das Stockbett ein Sarg. Er stieß die Decke von sich und kroch auf den krausen Teppich hinab, wo er die Plüschtiere zur Seite schieben musste. Er rollte sich unter dem geöffneten Fenster auf den Rücken, streckte den künstlichen Sternen seine Arme und Beine entgegen und wartete darauf, dass sich bewegende Luftmoleküle seine Haut streiften.

Nichts. Und wieso war der Teppich so hart? Hatten die Mädchen hier Limo oder so was verschüttet? Und wieso hatte man die Sterne nicht in den tatsächlichen Konstellationen angebracht? Das wäre wenigstens lehrreich gewesen.

Sei ruhig, wies er sein Gehirn zurecht. Denk an Elle Macpherson. Doch alles, woran er denken konnte, waren diese Rechtecke aus Taschenstoff, weiß vor Malice' braunen Oberschenkeln. Es war verrückt. Es war bloß Stoff. Stoff, den man normalerweise nicht sah, klar, aber es war ja keine *Reizwäsche*. Es gab keinen Grund, wieso ein paar Zentimeter Baumwolle sein Herz zum Stillstand bringen sollten.

Er zwang seine Hände von sich weg und krallte sich im Teppich fest.

Gebot Nr. 3. Unter keinen Umständen darfst du dich selbst berühren, während du lüsterne Gedanken an deine Cousine hegst.

Die Regel wäre einfacher zu befolgen gewesen, wenn es kein so zuverlässiger Weg zu einer AKE gewesen wäre. (Was für Außer-KörperlicheErfahrung stand, auch bekannt als Astralreise, was mit Hellsehen und Fernwahrnehmung vergleichbar war, bloß dass noch ein Körper mit dranhing. Er hatte sich einiges dazu angelesen.) In den letzten paar Wochen war es ihm ein Dutzend Male gelungen, seiner eigenen Haut zu entkommen. Meist kam er kaum bis zu seiner eigenen Zimmerdecke, doch zweimal, angetrieben von der Fantasievorstellung, ein nicht näher bestimmter Notfall hätte ihn gezwungen, im selben Bett wie Mary Alice zu übernachten, hatte er sein Bewusstsein weit aus dem Haus hinausgetrieben, sodass er imstande war, wie ein Drachen über dem Dach zu schweben.

Er hatte Onkel Frankie von jedem seiner Erfolge berichtet, ohne auf Malice' Anteil daran einzugehen, und die Fehlschläge erwähnte er gar nicht. Frankie hatte besonders großes Interesse daran, sicherzustellen, dass Matty sich die Reisen nicht bloß einbildete – schließlich sah ein Dach aus wie jedes andere. Daher dieser Test. Alles, was Matty tun musste, war zu atmen, sich zu entspannen und nicht an weißen Baumwollstoff zu denken.

Ein Dutzend Tiere beobachtete ihn misstrauisch aus gläsernen Augen. Mein Gott, war es heiß hier.

Irgendwo polterte eine Klimaanlage. Wahrscheinlich in Lorettas und Frankies Schlafzimmer. Kein Wunder, dass Malice im Keller schlief. Er hatte sie beinahe vor Augen, wie sie da unten auf dem alten Schlafsofa lag. Wie ein Bein unter der Decke herausguckte, sie einen Arm über die Augen gelegt hatte. Er stellte sie sich von Dunkelheit umgeben vor, doch wie ein Mädchen auf der Bühne vom Scheinwerferlicht der schirmlosen Lampe erfasst, die auf dem Milchflaschenkasten stand, der ihr als Nachttisch diente. Ihr Arm bewegte sich weg von ihrem Gesicht, und Überraschung! Ihre Augen waren geöffnet, sie war nicht aufgewacht, sondern hatte in dieser Nacht eindeutig noch gar nicht geschlafen; nein, sie hatte gewartet. Sie drehte sich zu dem Nachttisch um, sah auf einen kleinen Digitalwecker, der dort stand, und kletterte aus dem Bett. Sie trug immer noch das weiße Bowie-T-Shirt, doch anstelle der Cutoffs trug sie eine schwarze Jeans. Sie hob ein rotes Flanellhemd vom Boden auf und zog es über, ohne es zuzuknöpfen, dann bückte sie sich, um sich ihre Turnschuhe zuzubinden. Sie eilte zu der Tür, die zur Hintertreppe führte, drehte am Türschloss und verschwand. Sie schlich sich heimlich raus!

Er öffnete die Augen. Er hatte geschlafen, und jetzt klopfte sein Herz vor geträumter Aufregung. Aber vielleicht war es gar kein Traum gewesen. Er sprang auf und sah aus dem Fenster.

Da war Mary Alice, die schnellen Schrittes über den Rasen lief, zur Straße. Sie trug ein rotes Hemd und schwarze Jeans.

»Mary Alice«, zischte er. Sie hörte ihn nicht. Etwas lauter sagte er: »*Malice.*«

Sie wirbelte herum, als hätte sie ein Schuss getroffen.

»Ich bin's«, flüsterte er, so laut er konnte.

Sie erstarrte für einen Augenblick, dann trat sie näher an sein Fenster heran und sah zu ihm auf. »Ich weiß, dass du das bist«, flüsterte sie zurück. »Was willst du?«

Er drückte von unten gegen das Fenster. Es gelang ihm, den Rahmen noch ein paar Zentimeter weiter nach oben zu schieben. »Wo willst du hin?«

»Geh ins Bett, Matty.«

Matt, dachte er. »Warte. Ich komme raus.«

»Nein. Bleib –«

Doch er stand schon nicht mehr am Fenster. Er zog hektisch die Sporthose aus und zwängte sich in die Jeans, ein Manöver, das mit viel Gehopse und Getaumel verbunden war. Dann schnappte er sich seine Turnschuhe und öffnete vorsichtig die Tür. Wenige Meter weiter war Frankies und Lorettas geschlossene Schlafzimmertür. Die Klimaanlage ächzte stur vor sich hin. Matty schlich den Flur entlang, die Schuhe in den Händen.

Im Wohnzimmer war die Kissenburg eingestürzt, und die Zwillinge lagen wie bewusstlos in den Polyestertrümmern. Er stieg über sie hinweg und schloss die Haustür auf.

Malice war nicht mehr da.

Er überquerte den Rasen, das Gras feucht an seinen nackten Füßen, und sah sich auf der Straße um. Nichts.

Er konnte es nicht glauben. Sie hatte ihn einfach stehen lassen!

Trotzdem – er hatte eine AKE gehabt! Ohne sich selbst zu berühren! Auch wenn er wieder an Malice gedacht hatte, das war also ein Problem.

Und noch ein Problem: Wie sollte er zurück ins Kinderzimmer der Zwillinge kommen?

Er ging leise um das Haus herum, einen Schuh wie eine Waffe in jeder Hand. Er hörte nichts außer dem Ächzen und Rattern der Klimaanlage, das aus Frankies und Lorettas Schlafzimmer drang. Er erreichte die Rückseite des Hauses, wo das aus dem Garagenfenster scheinende Licht einen gelben Schimmer über den Garten warf. Die Schaukel der Zwillinge hockte wie eine riesige Spinne im Halbschatten.

Er setzte sich auf die oberste Stufe der Kellertreppe und zog

seine Schuhe an. Malice hatte natürlich die Tür hinter sich zu-
gezogen, aber wenn sie nicht abgeschlossen hatte, konnte er
auf diesem Weg zurück ins Haus. Nur wollte er jetzt gar nicht
mehr zurück ins Haus. Wieso hatte Malice nicht auf ihn warten
können? Kein Zweifel, *sie* hatte jetzt Spaß auf ihrer Spritztour
durch die nördlichen Vororte. Er dagegen war hellwach und
wusste nicht, wohin mit sich. Er konnte spazieren gehen, doch
Onkel Frankies Gegend war ungemütlicher als Opa Teddys. Die
Autos waren älter und rostiger, die Häuser aus beigen Backstei-
nen waren schmaler und standen enger beieinander. Hier war
Maschendrahtzaun ein beliebtes Element der Landschaftsgestaltung. Dieser Block war vermutlich sicherer als der, den er in
Pittsburgh zurückgelassen hatte, doch hatte er dort immerhin
genau gewusst, welche Menschen böse waren, welche böse aussahen, aber es nicht waren, und welche Menschen nett aussahen,
aber Arschlöcher waren.

Dann erinnerte er sich, was in der Garage war. Er ging zum
Nebeneingang und trat ein. Er brauchte nur wenige Sekunden,
um die weiße Tafel zu finden, die auf der Motorhaube von Lorettas Toyota Corolla lag. Darauf stand, in dicker schwarzer Schrift:
NUTZE DEN TAG.

Das war nicht bloß irgendein Satz. Frankie sagte bestimmt
dreimal am Tag »Carpe diem«. Aber was war mit der Nacht? Was
sollte ein Vierzehnjähriger mit der Nacht anfangen?

Als er aufwachte, dröhnten Cartoons aus dem Wohnzimmer.
Seine Blase war randvoll, und er musste dringend aufs Klo. Er
sah im Flur nach links und nach rechts und trippelte, weil die
Luft rein war, ins winzige Badezimmer hinüber. Es war wie eine
wandschrankgroße Version eines Ein-Dollar-Ladens, vollgepackt
mit Shampoofläschchen und Badespielzeug und duftenden Kerzen. Als er den Toilettendeckel anhob, klapperten die UltraLife-
Badeprodukte, die schwankend auf dem Wasserkasten standen.

Wie konnten sich bloß fünf Personen – sechs, wenn man ihn mitzählte – ein einziges winziges Bad teilen?

Als er ins Wohnzimmer kam, fielen die Zwillinge zur Abwechslung einmal nicht über ihn her; der Fernseher nahm ihre gesamte Aufmerksamkeit in Anspruch. In der Küche saß Onkel Frankie am Tisch und las die *Sun-Times*, vor sich einen mit getrocknetem Eigelb verschmierten Teller. In der Mitte des Tisches lag ein Haufen Zigarettenstummel in einem Plastikaschenbecher, doch Tante Loretta war nirgends zu sehen. Genausowenig wie Malice. Er stellte sich vor, dass sie sich noch vor Morgengrauen zurück in ihren unterirdischen Bau geschlichen hatte.

»Du siehst aus wie ein Mann, der jetzt erst mal einen ordentlichen Kaffee braucht«, sagte Onkel Frankie. Er war mächtig stolz auf Mattys neue Kaffeesucht. Es war eine unvermeidliche Folge dessen, Teil des Trupps zu sein, denn Kaffee war im Grunde alles, was sie tranken. Matty hatte mit einem Einsteiger-Gebräu angefangen, das man als *Gezuckerte Milch – jetzt mit feinem Kaffeegeschmack!* hätte bewerben können, und war dann nach und nach zu einer dunkleren Mischung übergegangen. In sechs oder sieben Jahren wäre er dann wohl in der Lage, seinen Kaffee schwarz zu trinken.

Onkel Frankie wartete (ungeduldig, wie Matty fand), während er sich sein Getränk anrührte. »Und?«, fragte Frankie. Er zog bedeutungsvoll eine Augenbraue hoch. »Irgendwas?«

»Ja«, sagte Matty. »Ich denke schon.«

»Du *denkst* schon?«

Matty schämte sich. »Ich meine, ja, aber ...« Er nippte an der Tasse, um Zeit zu gewinnen. »Manchmal ist es schwer zu sagen, ob ich mir nur einbilde, was ich da sehe, oder ob ich's wirklich sehe.«

Sein Onkel runzelte die Stirn, deshalb erklärte Matty, was er meinte. »Also, ich bin letzte Nacht gereist, definitiv, aber –«

»Heilige Scheiße! Wohin? Wie weit bist du gekommen?«

»Äh, nur ums Haus herum. Aber ich war irgendwie müde, deshalb dachte ich, na ja, was, wenn ich einen Teil davon nur geträumt habe?«

»So darfst du nicht denken! Es gibt immer zwei Erklärungen für das, was passiert. Die, auf die sich skeptische Leute einigen können, und die richtige, die, die du in deinem Herzen kennst. Die Zweifler werden sagen, oh, du hast das mit dem Fuß bewegt, oh, du hast in die Karten geguckt, du hast es dir *eingebildet*. Das darfst du nicht an dich heranlassen. Du musst an dein Talent glauben, Matty, und dann musst du rausgehen und ... und ...«

»Den Tag nutzen?«

Frankie sah ihn verblüfft an. »Was hast du gesagt?« Dann brach er in schallendes Gelächter aus. »Verdammte Scheiße, was hast du gerade gesagt?« Jetzt lachte auch Matty. Frankie wischte sich eine Träne aus dem Auge. »Du Bastard. Schiebst das einfach so ein! Du hast ein Wahnsinns-Pokerface, Junge!«

Matty schämte sich zu sehr, um die Sache richtigzustellen. Und schließlich war ihm in der letzten Nacht die Astralreise gelungen. Dass er versucht hatte, Malice zu folgen, tat im Grunde nichts zur Sache.

»Ich hätte nicht gedacht, dass du so schnell für den nächsten Schritt bereit bist«, sagte Frankie. »Musst du heute wieder nach Hause?«

»Na ja, ich sollte wahrscheinlich –«

»Ich denke nämlich, du musst noch eine Nacht bleiben.«

»Okay«, sagte Matty schnell.

»Trink den Kaffee aus«, sagte Frankie. »Dann gehen wir zu Phase zwei über.«

Zu Phase zwei gehörte es offensichtlich, jedes Vorstadtpfandhaus aufzusuchen, das es gab – wozu, das wollte Frankie nicht verraten. Er befahl Matty, im Bumblebee-Transporter zu bleiben, ging in das Geschäft und kam Minuten später zurück, verärgert, dass er nicht gefunden hatte, wonach er suchte. Dann fuhren sie weiter, quer durch das lückenlos zersiedelte Chicagoland, eine einzige Stadt aus ineinandergreifenden Einkaufsstraßen, die in willkürlichen Abständen mit WILLKOMMEN IN-Schildern dekoriert war, jeweils gefolgt von auf trotzige Weise ländlich klingenden Namen – River Forest, Forest Glen, Glenview – und genug Tälern und Hainen und Ulmen und Eichen darin, um ganz Mittelerde zu füllen. Die Flachlandbewohner waren besonders erpicht darauf gewesen, jede kleine Bodenwelle mit dem Namen »Heights« oder »Ridge« zu versehen. Der arme Hobbit konnte einem leidtun, der versuchte, in der Stadt Mount Prospect etwas zum Erklimmen zu finden.

Im Transporter sprach Onkel Frankie mit Matty, als wäre er ein Erwachsener – um genau zu sein, als hätte Frankie vergessen, dass er fast noch ein Kind war. Auf den Fahrten zur Arbeit und zurück lernte Matty viel über das Telefongeschäft, das Autofahren in der Stadt (»nie blinken, wenn du die Spur wechselst, dann sind sie nur vorgewarnt«), Netzwerk-Marketing, griechische Mythologie und Politik. Frankie hielt Monologe, zum Beispiel darüber, dass Bürgermeister Bilandic die Wahl von '79 nicht deshalb verloren hatte, weil es ihm nach den Stürmen nicht gelungen war, den Schnee wegzuräumen, sondern weil er wie ein Weichei aussah, als er sich dafür entschuldigte, während Jane Byrne eindeutig die härteste, kompromissloseste Frau von ganz Chicago war. (»Kennst du das, wenn's manchmal zu kalt ist, um zu schneien? Genau so war Jane Byrnes Gesicht.«)

Es gab jedoch auch einige Themen, die Matty gerne ausgelassen hätte. Er hätte lieber nicht gewusst, dass Frankie in seiner ersten Nacht mit Tante Loretta »den krassesten Sex« seines Lebens gehabt hatte. »Ein ganz anderes Niveau, als hätte ich davor Little League gespielt, und plötzlich kommt sie mit ihrem 145 km/h-Fastball an.« Er mochte sich nicht vorstellen, wofür der Fastball in dieser Metapher stand.

Am besten war es, wenn Matty ihn dazu bringen konnte, von

der Zeit zu erzählen, in der Teddy Telemachus und Seine Erstaunliche Familie auf Tour gewesen waren. Doch vielen von Frankies Geschichten über ihre Karriere im Showgeschäft fehlten die Details, und die Details, die es gab, wiederholten sich oft. Das leuchtete ein, weil Frankie damals noch ein kleines Kind gewesen war, und trotzdem war es unbefriedigend. Noch enttäuschender war für Matty die nach und nach einsetzende Erkenntnis, dass die glorreiche, farbenfrohe Ära, die in seiner Vorstellung von so großer Bedeutung war, bei genauerem Hinsehen nicht einmal ein ganzes Jahr gedauert haben konnte.

Heute jedoch wollte sein Onkel über Matty reden. Er konnte nicht aufhören, sich die Möglichkeiten auszumalen, die sich aus Mattys Fähigkeit ergaben, und die Wundertaten zu beschreiben, die Oma Mo vollführt hatte. Sein Onkel war ganz hibbelig vor lauter nervöser Aufregung, und mit jedem Halt schien er unruhiger zu werden. »Es geht nicht nur darum, Dinge zu sehen, die weit weg sind, Matty. Es geht ums Konkrete. Es geht ums *Fokussieren*. Genau wie beim Telefontrick – hab ich dir schon mal vom Telefontrick erzählt?«

Das hatte er, doch Matty wurde es nie leid, davon erzählt zu bekommen. »Das war meistens der Höhepunkt der Show, klar? Mom war hinter der Bühne, und Dad rief jemanden aus dem Publikum auf und bat ihn, Einzelheiten über sein Zuhause aufzuschreiben, was er im Kühlschrank hatte, irgend so'n Scheiß. Das kam dann in einen Umschlag. Dann kam Mom raus, setzte sich neben die Person und fing an zu reden. Die Leute kamen aus dem Staunen nicht mehr raus, Matty. Sie konnte ihnen alles über ihr Leben erzählen, Dinge, die nur sie wissen konnten. Sie brauchte sie nicht mal zu berühren!«

»Und was war mit dem Telefon?«, erinnerte ihn Matty.

»Okay, also manchmal – ich bin nie dahintergekommen, warum sie es manchmal gemacht hat und manchmal nicht – sagte sie, Ich sehe, Sie haben jemanden zu Hause zurückgelassen. Diese

Person sitzt jetzt zu Hause und guckt Fernsehen. Es ist ein Mann, richtig? Ein Mann mit rötlichem Haar – oder eine blonde Frau, egal. Und dann brachte Dad ihr das Telefon und sie ließen den Ton über die Lautsprecher laufen, damit alle mithören konnten, und Mom sagte, Wie wär's, wenn ich mal für Sie zu Hause anrufen würde? Und *zack*, hat sie die Nummer gewählt, ohne sie danach gefragt zu haben.« Frankie schüttelte vor erinnertem Erstaunen den Kopf. Er schwitzte, obwohl die Klimaanlage des Transporters auf Hochtouren lief. »Totale Begeisterung, Matty. Wenn der Typ oder die Tante ans Telefon ging, genau wie sie es vorhergesagt hatte? Die Leute sind durchgedreht. Hätte sie das im Fernsehen gemacht, hätte der Sagenhafte Archibald wie ein Idiot dagestanden, und wir wären weltberühmt gewesen.«

»Mike Douglas!«, sagte Matty.

»Der auch. Der Sack hat Archibald in die Hände gespielt.«

Endlich erwähnte jemand die Fernsehsendung. Seit das Video verschwunden war, hatte Matty schon befürchtet, sich das Ganze nur eingebildet zu haben. »Aber wieso ist sie nicht wieder rausgekommen?«, fragte er.

»Buddys Schuld. Er hat dafür gesorgt, dass sie nicht wieder auf die Bühne ging, und damit war die Nummer für alle Zeiten hinüber. Niemand hat gesehen, wie toll sie war. Wie toll wir waren.«

»Aber die Regierung wusste es, oder?«, fragte Matty. »Sie hat für sie gearbeitet?«

»Wer hat dir von der Regierung erzählt?«, Frankie fuhr jetzt sehr schnell und wechselte die Spuren, ohne in den Spiegel zu schauen. »Das ist streng geheim.«

»Du hast ein paar Mal davon erzählt.«

»Stimmt. Hör gut zu, Matthias. Deine Großmutter, Maureen McKinnon Telemachus ...«

»Ja?«

»Die war eine Spionin. Vielleicht die beste Spionin aller Zeiten.« Er sah zu Matty herüber. »Nein, nicht lachen, mein Freund.«

»Ich lache nicht«, sagte Matty. Das stimmte. Doch Mom sagte, ihr Bruder sei ein Schwätzer, und manchmal befürchtete Matty, dass Frankie eher an einer guten Geschichte als an absoluter Faktentreue interessiert war. Allerdings war Mom ausschließlich an absoluter Faktentreue interessiert und an sonst gar nichts, egal wie gut es war. »Und?«, sagte Matty. »Hatte sie eine Knarre?«

»Was? Nein. Sie war eine *parapsychologische* Spionin.«

»Okay …«

»*Fernwahrnehmung*«, sagte Frankie. »Wir reden hier von zielgerichteter Langstreckenhellseherei. Die besten Medien des ganzen Landes wurden rekrutiert, um sowjetische Anlagen zu finden und zu lokalisieren, Sachen, die die Satelliten nicht entdecken konnten. Raketensilos, Atom-U-Boote, Laborbunker, allen möglichen Scheiß.«

Laborbunker?, wunderte sich Matty.

»Die Roten haben das auch so gemacht«, sagte Frankie. Er wischte sich die Handfläche an der Hose ab, dann wechselte er die Hand am Steuer und wischte sich die andere ab. »Die hatten ihre eigenen Medien, die unsere blockieren sollten. Klassischer Kalter Krieg, Matty. Allerhöchste Risikostufe.«

»Wow«, sagte Matty.

»Aber das ist alles vorbei«, sagte Frankie. »Die Mauer ist weg, und wir haben gewonnen. Das ist die Neue Weltordnung. Und so, wie ich das sehe, wird es höchste Zeit für die Friedensdividende. Scheiße.« Er hatte beinahe die Ausfahrt verpasst und riss das Steuer herum. Matty klammerte sich am Armaturenbrett fest. Hinter ihnen hupte jemand, und Frankie zeigte ihm den Finger, obwohl der Fahrer es unmöglich sehen konnte. »Die Frage, die du dir stellen musst, ist folgende«, sagte Frankie. »Wie hoch ist der *Marktwert* deiner Fähigkeiten?«

»Klar. Genau.«

»Du sagst, du willst deiner Mom helfen, richtig?« Er hatte Frankie gebeichtet, dass er sich Sorgen um sie machte. »Dann ist

152

das hier deine Chance. Deine Ausbildung bei mir, das ist alles super, ein bisschen Geld auf die Hand, jedes bisschen hilft. Aber das ist *nicht spielentscheidend*. Das rettet deine Mom nicht vor diesem Scheißjob, und dich bringt's nicht aufs College. Du willst doch aufs College, oder?«

»Denke schon.« Er fand, er konnte es mal probieren, wenn es mit dem Showgeschäft nichts werden sollte.

»Es ist nur so, dass du nicht ohne Vorbereitung da rangehen kannst. Du kannst dich nicht an deine große Chance machen, wenn du nicht absolut bereit dazu bist. Ich hatte mal meine Chance. Dein Onkel Buddy – na ja, lass es mich so sagen, dein Onkel hat mich hängen lassen. Aber daran bin ich selbst schuld. Ich war übermütig, glaubte alles, was er mir erzählte. Dachte, wir haben's im Sack, sichere Nummer, und da wird man leicht nachlässig. Ich hab nicht genug geübt. Bei dir werden wir denselben Fehler nicht noch mal machen.«

Frankie fuhr vor einem Geschäft namens »Aces of Pawn« rechts ran und parkte neben einem Hydranten. »Wenn ein Bulle kommt, fahr weg.«

»Aber –«

Frankie sprang aus dem Wagen. »Zwei Minuten, höchstens!«

Matty schaltete das Radio auf WXRT, doch mit den Gedanken war er bei dem, was Frankie über seine »große Chance« gesagt hatte. Er stellte sich vor, wie er ins Zimmer seiner Mom marschierte, ihr ein Bündel Bargeld in die Hand drückte und sagte: »Pack deine Sachen. Wir ziehen aus.« Stellte sich die Erleichterung in ihrem Gesicht vor. Nachem sie ihren Job in Pittsburgh verloren hatte, fing sie an, ihre Verzweiflung vor ihm zu verbergen. Nicht, dass sie direkt fröhlich gewesen wäre – sie war nie eine dieser Brady-Bunch-Moms gewesen –, doch sie tat all seine Fragen über Jobs und Geld mit gelangweilter Miene ab, als wäre die Erklärung, wieso der Strom abgedreht worden war, zu uninteressant, um sich damit zu befassen. Zurück in Opa Teddys Haus zu ziehen hatte ihre Angst nicht gelindert, und eine Weile lang war sie sogar schlimmer geworden. Erst in den letzten paar Wochen hatte sich die dunkle Wolke ein wenig verzogen. Zweimal war er jetzt schon zum Frühstück nach unten gegangen und hatte sie dabei erwischt, wie sie ein Lied pfiff. *Ein Lied.*

Trotzdem, sie waren pleite, und er wusste es. Sein Job als Telefoninstallationsazubi reichte einfach nicht. Frankie hatte recht. Er musste punkten. Und zwar richtig.

Gut fünfzehn Minuten später pochte Frankie gegen die Hecktür des Transporters, und Matty stieg aus. Frankie schob eine Sackkarre, auf der ein schwarzer Würfel lag, von rund 45 Zentimetern Seitenlänge – ein Safe. Matty öffnete die Hecktür. Irgendwie gelang es Frankie, das Ding ins Fahrzeug zu hieven. Ihm lief der Schweiß.

»Ich brauche einen Safe zum Trainieren?«, fragte Matty.

Frankie grinste. »Du musst fürs echte Leben üben. Der nächste Teil wird dir gefallen.«

Sie fuhren ein paar Kilometer, bis zu der Bar, in der sie an seinem ersten Arbeitstag gewesen waren – Mitzi's Tavern. Frankie parkte rückwärts ein. Matty wollte aussteigen, doch Frankie sagte: »Warte. Wir beobachten bloß.«

»Was denn?«

»Dein Ziel.«

Matty begriff plötzlich, was Frankie vorhatte. »Du willst, dass ich, äh, in ihren Safe gucke?«

»Nein! Was soll das denn bringen? Ich will, dass du die *Kombination* ihres Safes herausbekommst.«

»Aber wie –«

»Immer ein Schritt nach dem anderen. Ich bring's dir bei. Ich habe einen Plan.«

»Ich kann doch keine Bar ausrauben!«

»Du raubst gar nichts aus – das mach ich. Und das da, Matty, ist nicht bloß eine Bar. Dieser Laden ist das Hauptquartier von

Miese Scheiße Incorporated. Im Hinterzimmer hat Mitzi einen Safe voller Geld, das sie vielen hart arbeitenden Leuten abgeknöpft hat. Weißt du, was Straßensteuer ist?«

Matty war zu schockiert, um auch nur so zu tun, als wüsste er es.

»Schutzgeld. Für den Schutz durch sie und ihren Bruder. Jede Bar, jeder Puff und jede Bodega muss zahlen. Tust du das nicht, machen sie dir das Leben schwer. Die machen dir sogar den Laden dicht. Glaub mir, nachdem ich Bellerophonics eröffnet hatte, haben sie sich sofort eine dicke Scheibe vom Braten abgeschnitten.«

»Wieso nimmt die Polizei sie nicht fest?«

»Du bist ja putzig.«

»Ich mein ja nur.«

»Das hier ist Chicago, Matty.«

»Das erklärt gar nichts.«

»Das ist ein Zitat. Oder eine Paraphrase. Guckst du keine Filme?« Er holte tief Luft. »Mitzis Bruder, Nick senior, ist der Boss der größten Crew des gesamten Outfit. Organisiertes Verbrechen. Sie sagen den Leuten, wenn ihr uns nicht bezahlt, machen die *unorganisierten* Verbrecher mit euch, was sie wollen. Und zu dir sagen sie, wir sind die Hunde, die die Wölfe fernhalten. Und weißt du, warum die Leute zahlen und sie nicht verpfeifen? Weil es *funktioniert*. Wenn irgendein zweitklassiger Schläger daherkommt und sich über einen geschützten Laden hermacht, wird er von Nick Pusateri senior erledigt.«

»Also sind sie *nicht nur* schlecht«, sagte Matty.

Frankie blinzelte, dann versuchte er es noch einmal. »Das ist nicht alles, was sie machen. Außerdem sind sie Kredithaie. Sie verleihen Geld zu überhöhten Zinssätzen, und wenn du nicht zahlst –«

»Wieso gehen die Leute nicht zur Bank?«

»Weil eine Bank gar nicht mit ihnen reden würde. Kredithaie verleihen Geld an Menschen, denen keine Bank was geben würde.

Zum Beispiel an Unternehmer, die zwar über einen dynamischen Businessplan verfügen und eine klare Vision der Zukunft ihrer Branche haben, die aber dennoch wegen irgendeiner Formsache abgewiesen werden, zum Beispiel, sagen wir mal, wegen Bonitätsproblemchen oder weil die passenden Sicherheiten fehlen.«

»Also sind Kredithaie was Gutes, oder?«, fragte Matty. »Sonst würden diese Leute ja gar keinen Kredit bekommen.«

»Richtig, bloß – pass auf. Das sind Soziopathen. Weißt du, was ein Soziopath ist? Kein Gewissen. Die würden ein Kätzchen erwürgen, wenn es ihnen zwei Dollar schuldet. Denen ist nur eine Sache wichtig – ihr Geld. Denen ist es egal, ob du krank bist oder ob dein Geschäft pleitegeht und du kein Einkommen mehr hast, sie fordern einfach nur ihr Geld zurück.« Frankie nickte in Richtung der Bar. »Jetzt pass auf.«

Ein großer, massiger Mann sperrte gerade die Eingangstür auf. Es war der Barkeeper, der Matty die Limo eingeschenkt hatte. »Zehn Uhr, pünktlich wie der Teufel. Das ist Barney. Der arbeitet so ziemlich von Anfang bis Ende. Als Erstes geht er zu dem Keypad hinter dem Eingang und schaltet den Alarm aus. An der Hintertür gibt es noch so ein Keypad.«

»Die Nummer soll ich auch rausfinden?«

»Du lernst dazu. Außerdem möchte ich, dass du einen Blick hinter den Tresen wirfst. Ich weiß, er hat da hinten einen Baseballschläger, und vielleicht auch eine – na ja, guck einfach mal nach, wenn es sich ergibt.«

»Du glaubst, er hat eine Pistole?«

»Darum brauchst du dich nicht zu kümmern. Komm schon, warum guckst du so?«

Matty realisierte, dass er gerade an Kätzchen dachte. »Gibt es nicht jemand anderen, den wir bestehlen könnten?«

»Das wäre unethisch«, sagte Frankie.

Barney ging hinein und schloss die Tür. »Die machen erst in

einer Stunde auf«, sagte Frankie. »Mitzi kommt am Nachmittag und haut gegen zehn oder elf wieder ab.« Er begann, den Grundriss der Räume auf die Rückseite einer Tastee-Freez-Tüte zu zeichnen, angefangen mit dem für Gäste zugänglichen Bereich, an den sich Matty von seinem Besuch dort erinnern konnte. Dann kamen Mitzis Büro, eine winzige Küche und ein Vorratsraum und eine Besenkammer. Hinter den beiden Toiletten war ein Notausgang, der in eine Seitengasse führte.

»Da ist das zweite Keypad. Und hier –« Er zeichnete ein x auf die Rückwand des Büros. »Hier steht der Safe, direkt hinter dem Schreibtisch. Du musst sie beobachten, so lange wie möglich, und die Kombination herauskriegen.«

»Und was dann?«

»Den Rest überlässt du mir.«

An diesem Nachmittag verließ Matty Frankies Garage, schloss die Tür hinter sich – und blieb stehen. Malice saß auf der hinteren Treppe zum Haus. Sie sah von ihrem Buch auf und musterte ihn misstrauisch.

»Will ich wirklich wissen, was ihr da macht, du und Frank?«, fragte sie.

»Nichts Besonderes, wir machen bloß ... also ...« Er spürte, wie sein Gesicht heiß wurde. »Garagensachen.« Sie sah unglaublich cool aus, in einem schwarzen Tanktop und schwarzer Jeans – vielleicht einer anderen als letzte Nacht. Ihm fiel plötzlich auf, dass er nicht eine einzige schwarze Jeans besaß, und vielleicht nie besitzen würde.

Gott, jetzt starrte sie ihn an wie einen Vollidioten. Reiß dich zusammen, Matty. *Du weißt noch gar nicht, wozu du imstande bist.*

»Und was hast *du* so gemacht?«, fragte er, sämtliches Testosteron zusammennehmend. »Mitten in der Nacht?«

»Hast du's Frank erzählt?«, fragte sie.

»Natürlich nicht!«

Sie dachte darüber nach.

»Gern geschehen«, sagte er schließlich.

»Du bist sauer auf mich.«

»Du hättest wenigstens zwei Sekunden oder so warten können.«

»Du warst aber nicht eingeladen.«

»Dann lad mich doch ein.« Das war mit Abstand das Mutigste, was er je zu einem Mädchen gesagt hatte. Und sofort rügte er sich dafür: Sie ist kein Mädchen, sie ist deine Cousine.

Nicht blutsverwandt, hielt er dagegen.

Halt's Maul.

»Vielleicht nächstes Mal«, sagte Malice.

»Ich übernachte heute noch mal hier«, sagte er, beinahe so, als handelte es sich um eine Frage.

»Was? Wieso?«

Er machte den Mund auf, klappte ihn wieder zu.

Sie lachte und hob die Hand. »Ah, schon klar. *Garagensachen*.«

»Also heute Nacht?«, fragte er und dachte bei sich: der zweitmutigste Mädchen-/Cousinen-Satz aller Zeiten. Eine neue Liste.

Sie warf einen Blick auf die Garage hinter ihm. »Du sagst Frank nichts davon?«

»Es verletzt mich, dass du überhaupt fragst«, sagte er.

Matty hatte nicht damit gerechnet, wie schwierig es sein würde, ein zweites Mal aus dem Kinderzimmer zu entkommen. Es war in der Nacht zuvor so einfach gewesen, doch heute schien es, als würde niemand jemals einschlafen. Die Zwillinge fingen an, zu kreischen und sich zu schlagen, sodass Loretta aufstehen und sie trennen musste, und fünfzehn Minuten später stapfte Onkel Frankie ins Bad und wieder zurück. Matty horchte auf all diese Geräusche im unteren Bett liegend, die Decke bis zum Kinn gezogen, um zu verbergen, dass er vollständig angezogen war – nur für den Fall, dass jemand hereinplatzen und nach ihm sehen könnte.

Malice hatte ihm gesagt, er solle um elf Uhr bereit sein. Doch um zehn vor waren die Zwillinge im Wohnzimmer wieder wach. Jetzt lachten sie, statt sich zu streiten, doch auch so waren sie ein Hindernis. Das Haus war dermaßen klein, dass sie ihn auch dann hören würden, wenn er durch die Küche zu gehen versuchte. Das Fenster war also seine einzige Option.

Er rollte sich aus dem Bett und stieg auf die Spielzeugkiste. Er schob den Fensterrahmen so hoch, wie er konnte – ganz öffnen ließ es sich noch immer nicht. Um das zu schaffen, bräuchte er so etwas wie Onkel Buddys Vorschlaghammer. Dann nahm er das Fliegengitter ab und stellte es auf den Boden.

Machst du das wirklich, Matty?

Ja, tue ich. Und ich heiße Matt.

Er steckte Kopf und Schultern durch das Fenster. Draußen war die Straße menschenleer und von Malice nichts zu sehen. Über den Dächern war der Mond in eine Decke aus Wolken gehüllt. Vermutlich sollte er für die zusätzliche Dunkelheit dankbar sein.

Das drängendste Problem waren die zwei Meter bis zum Boden, und die scharfkantigen, künstlichen Lavasteine, die Onkel Frankie zur Landschaftsgestaltung ausgestreut hatte. Der Fensterspalt war zu eng, als dass er seine Knie hindurchschieben konnte, deshalb würde er den Spiderman machen müssen – mit dem Kopf voran.

Er lehnte sich aus dem Fenster, dann streckte er die Arme aus und stemmte die Hände gegen die Mauer. Er schob seine Hüfte über die Fensterbank, drückte sich mit den Händen ab, brachte langsam einen Oberschenkel durch und stemmte sein Knie seitlich gegen den Rahmen. Dann verlagerte er sein Gewicht und schob das andere Bein nach vorne –

»Jetzt mach schon«, sagte Malice.

Er kippte nach vorn und krachte auf die Steine. Sofort kämpfte er sich auf die Beine. Malice stand da, aufgetaucht wie aus dem Nichts, die Hände in die Hüften gestemmt. »Nichts passiert!«, sagte er. »Nichts passiert!«

»Nicht so laut«, sagte sie.

Sie marschierte los, und er beeilte sich, mit ihr Schritt zu halten. »Also, wo gehen wir hin?«, fragte er. Sie antwortete nicht. Vor ihnen wartete ein Auto an einem Stop-Schild. Eine der hinteren Türen öffnete sich, ein Mädchen sprang heraus und winkte ihnen zu. »*Chica Chica Chica!*«, rief das Mädchen. »Ooh, und ihr kleines Hundchen, Matty!« Aus den offenen Fenstern wummerte der Bass.

Es war Janelle, das blonde Mädchen, das mit Malice in Opa Teddys Haus übernachtet hatte, während seiner ersten AKE. Er überlegte, ihr zu sagen, dass er Matt genannt werden wollte, doch dann stieß Malice ihn bereits auf den Rücksitz, die Mädchen setzten sich neben ihn, und sie fuhren los, in einem Sturm aus Rauschen und Klavier und einem Rapper, der »*Watch your step, kid*« rief.

Er beschloss, dies nicht als Warnung der Stereogötter zu verstehen.

Vorne saßen zwei schwarze Jungs, die die volle Wucht des Lärms abbekamen. Der am Steuer war groß, sein Haar gegen die Decke gedrückt. Der auf dem Beifahrersitz drehte sich um und sah sie über die Rücklehne hinweg an.

»Hallo, kleiner Mann!«, brüllte er gegen die Musik an.

Malice stellte sie als die Tarantula Brothers vor, woraufhin beide Jungs sich kaputtlachten. Auch Matty lachte, weil er nervös war, und dann war er sauer auf sich selbst, dass er nervös war. Dann fiel ihm auf, dass sich sein Versäumnis, Hallo zu sagen – oder überhaupt irgendetwas – in peinliche Stille verwandelt hatte.

»Er ist gerade aus dem Fenster gefallen«, erklärte Malice.

Sie fuhren durch Norridge, oder verließen es gerade; im zersiedelten Chicagoland ließ sich das unmöglich sagen. Malice war lockerer und fröhlicher, als er sie je gesehen hatte; sie ließ sich ständig gegen Janelle fallen, und alle vier – alle bis auf Matty – schienen eine Sprache zu sprechen, die ausschließlich aus Insiderwitzen, Sex-Slang und dem Wort »Fuck« bestand. Nach und nach bekam er ein paar Dinge mit. Der Fahrer hieß Robbie und der Beifahrer Lucas; Malice war in Kim Gordon von Sonic Youth verknallt; und Robbie war vor Kurzem von seinem Vater (der Pfarrer war, vielleicht auch Diakon) unter Hausarrest gestellt worden, weil er Wu-Tang Clan gehört hatte.

»RZA kommt aus Pittsburgh«, sagte Matty, erleichtert, dass er auch etwas zur Unterhaltung beitragen konnte.

»Du hörst Wu-Tang?«, fragte Malice. Es gefiel ihm, wie erstaunt sie klang.

»Die sind cool«, sagte Matty, ohne ihre Frage zu beantworten. Dass RZA aus Pittsburgh kam, war Basiswissen an seiner Junior Highschool, und es war zugleich alles, was er über den Rapper und die Gruppe wusste.

Irgendwann machten sie bei einem Burger King halt. Malice und Janelle teilten sich eine Portion Pommes, einmal sogar eine einzelne Pommes.

»Fuck, Ladies«, sagte Lucas. »Warum macht ihr nicht gleich ein bisschen rum, für die Leute hier?«

»Halt die Fresse«, sagte Malice. »Mike ist da.«

Ein Pick-up war auf den Parkplatz gerollt.

»Warum gehst du dann nicht deinen Freund begrüßen?«, sagte Lucas.

Malice hielt sich eine Pommes wie eine Zigarette vor den Mund und sagte: »Das will ich tun.« Sie stolzierte quer über den betonierten Picknickbereich zu dem Truck hinüber. Niemand war ausgestiegen.

»Ist das wirklich ihr Freund?«, fragte Matty Robbie, der Theorie folgend, dass ein Pfarrerssohn weniger bedrohlich sein musste.

»Sagen wir mal, die beiden treffen sich regelmäßig«, sagte Robbie.

»Ist was Chronisches!«, sagte Lucas und schmiss sich weg vor Lachen.

Malice stand auf der Fahrerseite des Pick-ups, zum Fenster vorgebeugt, die Arme im Fahrzeug. Dann zog sie sie zurück und steckte sich etwas in die Tasche ihres Hemdes. Sie wechselte noch ein paar Worte mit dem Fahrer, dann kam sie zu ihnen zurück. Lächelnd. »Alles klar«, sagte sie.

Die fünf stiegen wieder in Robbies Auto und fuhren los. »Kmart?«, frage Lucas.

»Nein!«, sagte Janelle. »Priscilla's!«

»Nicht schon wieder die Scheißschaukeln«, stöhnte Lucas. »Die erwischen uns noch.« Doch Minuten später kletterten sie über einen Zaun und rannten über eine breite Wiese bis zu einem Spielplatz im Schatten eines gefängnisartigen Gebäudes: der St. Priscilla's Academy. Janelle und Malice rannten zu den Schaukeln, während die Jungs sich auf das verrostete Karussel setzten.

»Diese Mädchen sind verrückt«, sagte Lucas. Er hielt sich eine Zigarette vor den Mund und beugte sich vor. Robbie steckte sie ihm an. »Fah-rückt.«

»Voll verrückt«, sagte Matty wenig einfallsreich. Das eine Mädchen saß jetzt auf dem Schoß des anderen, und sie versuchten, auf einer Schaukel zu schaukeln. Er kam nicht darüber hinweg, wie anders Malice war, wenn sie mit ihren Freunden zusammen war. Sie war *glücklich*. Robbie sagte: »Machen wir das jetzt oder was?«

Was machen?, dachte Matty, doch er folgte der Gruppe in die Schatten der Academy-Mauern. Malice holte eine Zigarette aus ihrem BH. Nein, keine Zigarette.

»Ihr könntet auch ab und zu mal bezahlen«, sagte Malice.

»Als wär's dein Geld«, sagte Lucas, und alle lachten, sogar Matty, obwohl er keine Ahnung hatte, worüber.

Matty hatte schon einmal geraucht, in der achten Klasse, draußen vor einem CoGo, und hatte außer einem leichten Schwindel keinerlei Wirkung festgestellt. Diesmal inhalierte er selbstbewusst, und dann hustete er unangenehm lange. Dies löste kein Gelächter aus, wie er befürchtet hatte, sondern Besorgnis, Mitleid und viele

Tipps zur richtigen Technik. Immer wieder reichten sie ihm den Joint, damit er es noch einmal versuchen konnte. »Behalt's in der Lunge«, sagte Janelle. »Genau so.«

Malice klopfte ihm auf den Rücken, nachdem es ihm gelungen war, kontrolliert und gleichmäßig auszuatmen.

»Wie fühlst du dich?«, fragte Robbie.

»Gut«, sagte Matty. »Das ist guter Stoff.« Alle lachten sich kaputt – doch diesmal hatte er das Gefühl, dass sie mit ihm lachten. Er streckte sich auf dem kühlen Beton aus und starrte zu der blanken Außenmauer der Schule und dem schwarzen Himmel darüber empor. Die Wolkendecke war aufgerissen und gab den Blick auf helle Sterne frei.

Er hatte keine Ahnung, ob es wirklich guter Stoff war, denn er konnte keinerlei Effekt feststellen. Vielleicht war er immun dagegen. Vielleicht gehörte er zu einer besonderen Minderheit in der Bevölkerung, die eine angeborene Resistenz gegenüber der Wirkung von Marihuana besaß. Ein Mutant. Ein nüchterner Mutant. Ein nüchterner, dicker, kalkweißer, langweiliger Mutant. Captain Beige.

Gott, wie er seinen Körper hasste. Es war fah-rückt, dass er dieses Ding ständig mit sich herumschleppen musste. Welchen Vorteil hatte es, ein Verstand zu sein, der in diesem toten Gewicht festhing – oder diesem *sterbenden* Gewicht, das war's, eine schlabbrige Masse, die schon jetzt alt wurde, in der latente Krebsherde vor sich hin blubberten, in der jede Zellwand jederzeit wie eine billige Butterbrottüte zerreißen und die Chemikalien zurück in den Boden sickern konnten. Wenn die Menschen schon in etwas gefangen sein mussten, wieso dann nicht in einem Roboterkörper, der aus etwas Verlässlichem gemacht war, etwas Festem, so wie diese Mauer da. Gott, dieses *Mauerhafte*, wie es über ihm emporragte, wie es den Nachthimmel da oben hielt, eine schwarze Decke, die mit Sternaufklebern gespickt war. Wenn er nicht so gefangen wäre, könnte er diese Wand mit seinen Geisterfingern hochklettern, ganz einfach, als würde er sich, schwerelos, über den Boden eines Swimmingpools ziehen, und dann könnte er oben auf der Mauer sitzen und auf den Schulhof hinabblicken, der so klein geworden war wie ein Kinderzimmer, das Gras so knallig grün wie Teppichboden.

Sein Körper lag da, fett und regungslos wie ein Beanie Baby, doch Malice und ihre Freunde tanzten, lachten, *lebten*. Malice und Janelle wirbelten einander mit halbherzigen Square-Dance-Moves herum, während Robbie und Lucas sangen: »You-ooh-ooh, why you wanna give me a run-around.« Doch es gab noch so viel mehr, jenseits dieses Hofes. Der Himmel öffnete sich immer weiter, wie der Deckel einer Kiste, er lockte ihn, und Matty folgte ihm hinauf. Unter ihm erstreckte sich die Vorstadtlandschaft in alle Richtungen, Verandalampen und Straßenlaternen so klein wie Glühwürmchen, und dazwischen wanden sich die Highways, doppelte Flüsse aus Lichtern, auf der einen Seite weiß, auf der anderen rot, die zwischen der Stadt und dem Tiefland der Vorstädte dahinflossen. Er lachte in sich hinein, stellte überrascht fest, dass er glücklich war, sehr glücklich, so glücklich, wie er es seit dem Umzug nach Illinois nicht mehr gewesen war. In der Ferne erwarteten ihn die Türme von Chicago wie Frauen in pailletten-besetzten Abendkleidern, und sie alle blickten zu ihrer Königin auf, dem Sears Tower. Hallöchen, die Damen! Wie geht's denn so? Vielleicht sollte er –

Plötzlich spürte er, wie er durch die Luft gerissen wurde. Die Welt um ihn herum verschwamm – und dann war plötzlich Malice direkt vor seinem Gesicht.

»Krieg dich wieder ein«, sagte sie lachend. »Wenn du weiter so rumschreist, werden wir noch alle festgenommen.«

Dann ließ sie ihn los, und er fiel auf den Rasen zurück, kichernd. Er war jetzt wieder in seinem großen, schlabbrigen Körper. Aber das war nicht schlimm. Er hatte einen anderen Weg entdeckt, um ihm zu entkommen.

7
Teddy

Die Liebe kann einen Mann zur Verzweiflung bringen. Nachdem er seine knappen Möglichkeiten ausgeschöpft hatte – zwei Telefonbücher, eine misstrauische Telefonistin, eine nutzlose, nichts einbringende, aber fast filmisch romantische Fahrt durch Oak Brook –, sah er sich schließlich gezwungen, Destin Smalls um Hilfe zu bitten.

Bei ihrem letzten Gespräch hatte der Agent ihn angerufen, um Teddy wegen der übersinnlichen Aktivitäten seiner Nachkommen zu nerven. *Möglicherweise* hatte Teddy dabei durchklingen lassen, dass er Smalls für eine neugierige, paranoide Dramaqueen hielt. Jetzt war es Teddy, der sich meldete, und der andere hatte Oberwasser.

»Du bist verrückt geworden«, ließ ihn Smalls wissen.

»Es ist doch nur ein kleiner Gefallen«, erwiderte Teddy. »Lächerlich für einen Mann mit deinen Verbindungen.«

»Wofür um alles in der Welt brauchst du die?«, fragte Smalls.

»Kannst du sie besorgen oder nicht?« Und wenige Stunden später stand Smalls vor seiner Haustür – überraschenderweise jedoch in Begleitung.

»Mein Gott«, sagte Teddy. »*Den* schleppst du hier an?«

G. Randall Archibald – kleiner, kahler und zwirbelbärtiger denn je – streckte ihm die Hand entgegen. »Freut mich, dich wiederzusehen, Teddy.«

»Der Sagenhaft Nervige Archibald. Gott, du siehst aus wie der Typ auf der Pringles-Dose, nur mit weniger Haaren.«

»Und du ziehst dich immer noch an wie ein Statist in einem Al-Capone-Film.«

»Sagt die weiße Billardkugel mit dem Kaiser-Wilhelm-Bart.« Zu Smalls sagte er: »Hast du sie dabei?«

Der Agent hielt einen Zettel hoch. »Erst will ich reden.«

»Natürlich willst du das«, seufzte Teddy. Er führte sie auf die hintere Terrasse. Die Männer ließen sich ungelenk auf Klappstühlen nieder. Archibald musterte das Loch im Garten und fragte: »Vergrabt ihr eine Leiche?«

Teddy ignorierte ihn und nickte in Richtung des Zettels, den Smalls noch immer in der Hand hielt. »Und?«

»Sag mir erst, was du damit vorhast«, sagte Smalls.

»Du hast die Dame verjagt, bevor wir unsere Unterhaltung zu Ende führen konnten.«

»Wieso rufst du sie dann nicht einfach an? Ich kann dir ihre Telefonnummer geben.«

»Die nehm ich auch. Aber ich würde ihr lieber eine Karte schicken. Das macht man als Gentleman so.« Teddy griff in den Keramikblumentopf, der unter dem Fenster stand, und zauberte einen Plastikbeutel hervor, der seinen Geheimvorrat enthielt: eine Packung Marlboro und ein Bic-Feuerzeug.

»Sie ist verheiratet, Teddy.«

»Das weiß ich.« Er steckte sich eine Zigarette an und inhalierte genussvoll. »Willst du eine?«

Smalls tat gar nicht so, als sei das Angebot ernst gemeint. »Archibald?«

»Nein danke. Hatte vor ein paar Jahren ein wenig mit Krebs zu schaffen.«

»Was für Krebs?«

»Prostata.«

»Du sollst sie ja nicht mit dem Arsch rauchen.«

»Mir reicht schon, was bei dir rauskommt«, sagte Archibald.

»Können wir bitte beim Thema bleiben?«, sagte Smalls. »Der Ehemann dieser Frau steht wegen Mordes vor Gericht.«

»Unschuldig, bis zum Beweis seiner Schuld«, sagte Teddy. »Ich will ihr ja nur helfen.«

Smalls beugte sich vor, den Zettel wie einen Köder in der Hand. »Zwei Bedingungen. Erstens, ich hab dir das hier nie gegeben.«

»Und?«

»Ich will, dass du ehrlich zu mir bist.«

»Du willst wissen, was mit den Kindern ist.«

»Nein, ich – ist was passiert?«

»Ich hab's dir jetzt schon zweimal erklärt, bei keinem der Enkel tut sich irgendwas. Nichts, null, nada.«

»Was ist mit dem Jungen?«, fragte Archibald.

»Matty?« Zum Glück war der Junge nicht im Haus, sondern mit Frankie bei der Arbeit. »Keine Chance. Sein Papa war ein talentfreier Polacke. Gegen solche Gene muss man sich erst mal durchsetzen.«

»Kein Vergleich mit deinen strammen griechischen Genen«, sagte Smalls.

»Was soll das, Smalls?« Teddy warf einen Blick zur Tür, um sicherzugehen, dass Buddy nicht aufgetaucht war.

Der Agent zog die Augenbrauen hoch. »Sie wissen es immer noch nicht?«

»Mein Gott. Das geht dich nichts an.«

»Alles klar, lassen wir die Kinder erst mal außen vor«, sagte Smalls. »Ich habe noch eine Frage.«

»Weißt du, wir hätten diese ganze Unterhaltung auch am Telefon führen können, dann hättest du nicht den ganzen Weg mit diesem Westentaschen-William-Howard-Taft hierher fahren müssen.«

»Das hier ist wichtig«, sagte Smalls. »Ich will, dass du –«

»Und wie seid ihr überhaupt so schnell hierhergekommen?«, fragte Teddy. »Habt ihr auf der Raststätte übernachtet?«

167

»Könntest du verdammt noch mal eine Sekunde lang versuchen, mich nicht zu unterbrechen?«

»Es gibt keinen Grund, Kraftausdrücke zu verwenden«, sagte Teddy. Archibald gluckste.

Smalls holte tief Luft. Dann sagte er mit leiserer Stimme: »Wie schon gesagt, Star Gate wird dichtgemacht.«

»Und ich wette, Archibalds Geldbeutel trägt schon Trauer.«

»Es sind nur noch zwei Agenten übrig«, sagte Smalls. »Erinnerst du dich an Clifford Turner? Er hat in dieser Gegend einen gewaltigen plötzlichen Anstieg von paranormaler Energie wahrgenommen.«

Teddy lachte. »Cliff? Der ist nett, könnte aber nicht mal einen Sessel wahrnehmen, wenn er selbst drin säße.«

»Teddy, das ist wichtig. Wir versuchen, dir zu helfen.«

»*Mir* zu helfen?«

»Zumindest deinen Kindern. Was, wenn die Russen von diesem plötzlichen Anstieg mitbekommen haben? Was, wenn sie ihre Aufmerksamkeit jetzt in diesem Augenblick auf diese Gegend hier richten?«

»Und nach meinen Kindern suchen?«

»Nein«, sagte der Agent. »Nach der nächsten Maureen.«

Teddy lachte.

»Nur weil der Kalte Krieg vorbei ist, heißt das noch lange nicht, dass die Welt deshalb auch sicherer geworden wäre«, sagte Smalls. »Tatsächlich ist die Instabilität so groß, dass Bedrohungen von allen —«

»Destin. Bitte.«

»Was?«

»Bist du schon mal auf die Idee gekommen, dass du dir diese ganzen Spiongeschichten nur ausgedacht haben könntest, weil du Angst vor der Pensionierung hast?«

»*Ausgedacht?*«

»Archibald geht's nur ums Geld. Aber du, du brauchst das aus anderen Gründen. Die schicken dich in Rente, du hast die Liebe deines Lebens verloren, deine Träume sind gestorben –«

»Redest du gerade über mich?«

»Dein Leben ist also nicht so gelaufen, wie du dachtest. Du hast die Welt nicht verändert. Na und? Es war trotzdem gut. Und jetzt bleibt dir nur noch eins.«

Smalls hob eine Augenbraue.

»Akzeptier die Mittelmäßigkeit«, sagte Teddy. »Das ist mein Rat an dich, mein Freund. Pass deine Standards an. Freunde dich mit der Drei-Minus an. Vergiss das Ribeye und bestell den Burger.«

Smalls starrte ihn lange an; jetzt war er sauer, aber behielt seine Wut für sich. *Gottverdammt*, es machte aber auch zu viel Spaß, den alten Agenten aufzuziehen. Genau wie früher. Archibald als Zuschauer zu haben war das i-Tüpfelchen.

Endlich sagte Smalls: »Ich wünschte, ich würde mir das alles nur ausdenken, Teddy. Die Welt wird mit jedem Tag gefährlicher. Unsere Feinde sitzen nicht mehr in U-Booten und Bombern. Es geht nicht um Raketensilos, auch wenn der Gedanke an eine zersplitterte Sowjetunion mich nachts nicht schlafen lässt, bei Gott. Nein, unsere Feinde sind Fanatiker mit Düngemittelbomben. Wie können wir uns vor einem zweiten Oklahoma City schützen? Wie kann gewöhnliche Geheimdienstarbeit zwei Männern in einem Auto auf die Spur kommen?«

Ah, Reden. Smalls mit dem kantigen Kinn liebte nichts mehr, als große Reden zu schwingen.

»Gibst du mir jetzt die Adresse oder nicht?«, fragte Teddy.

Smalls reichte ihm den gefalteten Zettel. Teddy betrachtete ihn, ohne ihn aufzuklappen. Er dachte, Archibald würde das zu schätzen wissen.

»Sie wohnt also wirklich in Oak Brook«, sagte Teddy.

Smalls wirkte überrascht.

»Gut geraten«, sagte Archibald.

Smalls stand auf. »Ich meine es ernst, Teddy«, sagte er. »Es steht viel auf dem Spiel.«

Archibald sagte: »Eine zweite Maureen könnte den Unterschied machen.«

»Es gibt keine zweite Maureen«, sagte Teddy und steckte den Zettel ein. »Und keine nächste Maureen, genau wie es vor ihr keine gab. Sie war einzigartig. Das Rosen-Ass.«

Er hatte nie jemanden getroffen, der raffinierter betrügen konnte als Maureen, und die Krönung war der Foto-Gag, den sie am letzten Tag in Dr. Eldons Labor abzog. Es war die dritte oder vierte Oktoberwoche 1962. Die Bäume auf dem Campus leuchteten, und die Luft hatte diesen bernsteinfarbenen Schimmer eines Herbstnachmittags angenommen. Aber vielleicht war es auch nur das Bühnenlicht der fehlerhaften Erinnerung. Auch wenn es grau und bewölkt gewesen wäre, hätte sein Verstand einen goldenen Schleier über diese letzte Episode hemmungsloser Spielerei gelegt, bevor ihm Dr. Eldons Programm unter den Füßen weggerissen und alles plötzlich ernst wurde.

Und es war tatsächlich ein Spiel. Einige Monate nach Beginn der Experimente waren nur noch Clifford, Teddy und Maureen übrig, und sämtliche wissenschaftlichen Verhaltensregeln waren komplett außer Kraft gesetzt. Sie zeigten ihr Können zwar immer noch in einer »kontrollierten Umgebung«, einem Beobachtungsraum mit einem Einwegspiegel, hinter dem ein Assistent saß und sie filmte. Doch in diesem Beobachtungsraum ging es alles andere als kontrolliert zu. Teddy hatte Dr. Eldon dazu gebracht, seine ursprünglichen Testpläne zugunsten eines »improvisierten Ansatzes« zu verwerfen. Cliff bestritt seine Sitzungen weiterhin allein, doch Maureen und Teddy absolvierten die Sitzungen immer gemeinsam (eine weitere Abweichung von den Regeln, die Teddy vorgeschlagen hatte, mit dem Hinweis, dass die Psi-Aktivität stärker zu sein schien, wenn sie im selben Raum waren) und taten, was auch immer ihnen in den Sinn kam. »Wozu haben Sie heute Lust?«, fragte Dr. Eldon, und dann schlug Teddy (meistens war es Teddy) irgendein neues Experiment vor, das er natürlich extra vorbereitet hatte.

Kurzum, die Insassen hatten die Kontrolle über das Irrenhaus übernommen.

Wer sich mit solchen Gaunereien nicht auskannte, mochte denken, dass Wissenschaftler besonders schwer zu betrügen seien, doch das Gegenteil war der Fall. Jeder vor dem Namen stehende Buchstabe brachte eine zusätzliche Dosis unangebrachten Selbstvertrauens mit sich. Träger eines Dr.-Titels glaubten, dass die Fachkenntnis in einem Bereich – der Neurowissenschaft zum Beispiel – sie grundsätzlich in allen Bereichen klüger machte. Die Überzeugung, selbst nur schwer hinters Licht zu führen zu sein, war die eine Eigenschaft, die allen armen Trotteln gemein war. Und wenn diese Trottel die Ergebnisse *wollten*, die man ihnen lieferte – wenn sie sich bereits die Veröffentlichungen und den Ruhm ausmalten, der auf den Nachweis paranormaler Fähigkeiten folgen würde? Alles wäre anders gelaufen, wenn Eldons Karriere davon abgehangen hätte, Teddy und Maureen zu entlarven, anstatt ihre Fähigkeiten zu bestätigen. Verdammt, alles, was der Mann hätte tun müssen, war, einen Zauberer zu engagieren, der sie bei der Arbeit beobachtete, und schon wären sie mit ihrem Psi-Latein am Ende gewesen.

Na ja, Teddy jedenfalls. Bei Maureen war er sich nicht so sicher. Es verblüffte ihn, wie sie ihn regelmäßig übertraf, obwohl er doch die Tricks vorbereitet hatte. Er übte die ganze Woche lang Bleistiftlesen, kam ausgestattet mit präparierten Umschlägen, die Taschen voller leerer Zettel und Blankokarten – und Maureen schüttelte wie nebenbei eine hellseherische Glanztat aus dem Ärmel, die ihn vom Hocker haute.

»Du machst mich fertig«, erklärte er ihr. »Total fertig.«

Sie lachte. Ach, er liebte dieses Lachen. Sie spazierten durch einen unwahrscheinlich sonnigen Innenhof und genossen die Pause, nachdem sie Dr. Eldon und den unsichtbaren Assistenten einige Stunden lang fasziniert hatten.

»Du bist es, der sie fertigmacht«, sagte Maureen. »Du hast doch Dr. Eldons Gesicht gesehen, als du alle drei Wünsche erraten hast.«

Der Morgen war vor allem Teddys Show gewesen. Er hatte mit einer Streichholz-Vorhersage angefangen, gefolgt von seiner Lieblingsnummer mit dem Hut und den Zetteln. Der Doktor war *tatsächlich* angemessen beeindruckt gewesen.

»Ach, das?«, sagte er. »Das war bloß der Umschlagtrick.«

»So nennst du das?«

»Einer der ersten Tricks, die ich gelernt habe. In unserem Viertel gab es einen Jungen, der nichts anderes tat, als den ganzen Tag Zauberbücher zu lesen und am Wochenende verprügelt zu werden. Winziges Kerlchen. Ich hab ihn davor bewahrt, dass ihm die Birne eingeschlagen wurde, und er hat mir gezeigt, wie es geht.«

»Und wie funktioniert er nun?«, fragte sie. »Der Umschlagtrick.«

»Das Schwierigste ist, den ersten Zettel in der Hand zu verstecken. Der Rest ist Vorauslesen.«

»Ich habe nicht gesehen, dass du irgendwas in der Hand versteckt hast«, sagte sie. »Du hast die Zettel nicht mal angefasst, nur als du sie dir an die Stirn gehalten hast. Es sei denn …«

»Das war, als ich –«

»Scht, lass mich überlegen«, sagte sie. »Es war nicht, als Dr. Eldon sie zu Quadraten gefaltet und sie in den Hut geworfen hat – das hat er allein getan. Und als du die Nachrichten auf den Tisch geschüttet hast, hattest du nur die Krempe des Huts in der Hand. Deine Finger haben sich dem Tisch nicht genähert.«

»Soll ich's erklären?«

»Warte mal, Freundchen. Also, als die Quadrate auf dem Tisch lagen, hat Eldon sie berührt – du hast ihn gebeten, sie in Form eines Dreiecks anzuordnen –, aber du nicht. Nein, das einzige Mal, dass du sie berührt hast, war, als du sie dir an die Stirn gehalten hast – und da hättest du sie nicht lesen können.«

»Oh, meine liebe irische Rose, ich habe viele Nächte mit Kartenspielen verbracht, und ich weiß trotzdem nie, wann du bluffst. Ich weiß, dass du viel komplexere Tricks auf Lager hast als das, was ich dem alten Mann gezeigt habe.«

»Mr Telemachus«, sagte Maureen mit dieser gespielten Strenge, die ihm Gänsehaut bereitete. »Ihre Tricks sind es, die hier gerade untersucht werden. Das Falten – das erscheint mir recht verdächtig. Wieso diese kleinen Quadrate?«

Er setzte an zu antworten, doch sie hob die Hand. »Du weißt schon, was eine rhetorische Frage ist, oder? Versuch mal, eine einzige Minute lang still zu sein.«

Sie gingen schweigend weiter. Die Menschen, an denen sie vorbeiliefen, waren zumeist Studenten, viel jünger als Teddy, und die meisten waren Männer. Er beobachtete, wie sie Maureen heimlich ansahen, und dachte, Jepp, Jungs, die Dame gehört zu mir. Wenn sie ihn das doch nur laut hätte sagen lassen! In der Öffentlichkeit erlaubte sie ihm nicht, ihre Hand zu halten oder seinen Arm um sie zu legen. Ihre Mutter, behauptete sie, würde darüber empört sein, als hätte ihre Mutter Augen in der gesamten Stadt. Maureen hatte ihm nur zweimal erlaubt, sie zu küssen (und ja, auch ein bisschen mehr), beide Male in der stockfinsteren Abstellkammer des Universitätsgebäudes.

»Das Schütteln des Hutes«, sagte Maureen schließlich.

Er lachte.

»Ich habe recht!«, sagte sie. »Das ist das einzige Mal, dass ich deine Finger gleichzeitig mit den Zetteln im Hut gesehen habe.«

»Auf frischer Tat ertappt«, gab er zu.

»Und da schnappst du dir eines der Papierquadrate«, sagte sie.

»Und tausche es gegen mein eigenes aus, ja.«

»Wo kam deins her? Wann hast du es gefaltet?«

Er öffnete seine Hand. »Hierher.« Ein gefaltetes Quadrat aus Papier lag in seiner Handfläche. »Ich habe immer ein paar davon dabei.«

»Immer? Du läufst mit Papier in der Hose herum – ich meine, in deinen Taschen?«

»Und noch ein paar anderen Dingen. Es funktioniert nur, wenn der Trick vorbei ist, bevor das Publikum merkt, dass er begonnen hat. Vorbereitung ist alles.«

»Das klingt mühsam.«

»Und du? Du improvisierst einfach?« In all der Zeit, die sie allein miteinander verbracht hatten – was nicht viel war, nur die wenigen Minuten während der Pausen und die paar weiteren, nachdem die Experimente für den Tag beendet waren –, hatte sie ihm keinen einzigen Hinweis auf ihre Technik gegeben. Eine derartige Geheimnistuerei war ihm bis dahin nur bei verbitterten, paranoiden Falschspielern untergekommen.

»Woher weißt du, was du auf deinen Zettel schreiben musst?«, fragte sie, noch nicht bereit, sich vom Thema ablenken zu lassen.

»Auf meinem steht gar nichts. Der ist leer.«

»Aber wieso –?«

»Warte. Wenn ich die Zettel auf den Tisch schütte, sind zwei davon die des Opfers, und einer ist meiner.«

»Ich mag's nicht, wenn du Dr. Eldon Opfer nennst.«

»Scht«, sagte er, im selben Ton, in dem sie ihn vorher zurechtgewiesen hatte. »Ich weiß, welcher Zettel meiner ist, weil ich einen kleinen Knick reingemacht habe. Kaum zu sehen, solange man nicht danach sucht.«

»Deshalb nimmst du Quadrate – damit dein kleiner Betrüger sich da einschmuggeln kann.«

»Und damit das Opfer – Verzeihung, der ehrwürdige Geschädigte – nicht zufällig sieht, dass einer der Zettel leer ist.«

»Aber wieso das Dreieck?«

»Weil ich, während alle zusehen, wie er die Quadrate herumschiebt, mit einer Hand den ersten Zettel auffalten kann. Ich habe nur einen Blick, um zu lesen – deshalb lass ich ihn nur zwei Worte aufschreiben. Und jetzt folgt der Moment, der für den Trick entscheidend zu sein scheint, aus Sicht des Publikums.«

Er sprach nicht weiter. Er befolgte einen Rat, den ihm sein erster Zauberlehrer gegeben hatte: egal ob Publikum oder eine Frau, lass sie immer darum bitten.

Doch natürlich funktionierte das bei Maureen nicht. »Deshalb das Vorauslesen«, sagte sie. »Du hast einen vor der Stirn, aber tust nur so, als würdest du ihn lesen – stattdessen nennst du uns den anderen, den du vorher gelesen hast.«

»Du hast es verstanden«, sagte Teddy, nur ein wenig enttäuscht, dass er die Auflösung nicht selbst hatte verkünden können. »Und dann, wenn sie bestätigen, dass ich richtiglag, falte ich den Zettel auf, nicke wissend, zerknülle ihn lässig und werfe ihn in den Hut zurück.«

»Und schon hast du gelesen, was der nächste Wunsch ist.«

»Man muss dem Publikum immer einen Schritt voraus sein«, sagte Teddy.

»Und der letzte Zettel auf dem Tisch ist leer«, sagte sie. »Das ist schlau.« Sie hakte ihren Arm in seinen ein, und sein Blut begann zu sprudeln wie Wasser in einem Wasserkocher. Sie spazierten weiter.

»Was, wenn sie sich die Zettel anschließend ansehen?«, fragte Maureen. Er konnte sie über das Dröhnen in seinen Ohren hinweg kaum hören. »Dann sehen sie, dass einer leer ist.«

»Ah, den werfe ich nie hinein. Ich werfe den ersten Zettel rein, ordentlich zerknittert, und den leeren stecke ich ein.«

»Sie haben flinke Finger, Mr Telemachus.«

Wenn es Herrlicheres gab, als Arm in Arm mit einer schönen Frau zu spazieren, dann nur, mit einer Frau zu spazieren, die noch dazu mit einem flirtete. Er dachte an die drei Wünsche des Professors: »reparierter Backofen«, »Förderungsbewilligung« und »Veröffentlichungserlaubnis«. Wie langweilig! Gott, er hoffte, nie ein so kleinkariertes Leben wie Dr. Eldon führen zu müssen.

»Und jetzt verraten Sie mir Ihr Geheimnis, Miss McKinnon«, sagte er. »Wie haben Sie das mit dem Foto gemacht?«

Kurz vor der Pause hatte Dr. Eldon ihnen ein kleines Foto von einem Mann gegeben, der auf einer Parkbank saß. Das Bild war aus einiger Entfernung gemacht worden, doch mit seinem kleinen, dreieckigen Bart und den schlitzartigen Augenbrauen wirkte er wie ein Dick-Tracy-Bösewicht.

»Ich möchte, dass Sie sich auf diesen Mann konzentrieren«, sagte der Professor. Er saß über den Schreibtisch gebeugt da, Stift und Notizblock gezückt.

»Wer ist das?«, fragte Teddy.

»Das kann ich Ihnen nicht sagen«, sagte Dr. Eldon. »Das ist Teil der Prüfung.«

Was ungewöhnlich war. Der Professor hatte ihnen seit Wochen keinen von ihm selbst entwickelten Test mehr vorgelegt. »Ich möchte, dass Sie sich vorzustellen versuchen, wo dieser Mann jetzt ist.«

Teddy betrachtete das Foto eine halbe Minute lang, dann reichte er es an Maureen weiter.

»Hmm«, machte Teddy. »Ich sehe ... ein großes Gebäude. Eine Wohnung? Oder ein Bürogebäude?« Wenn Teddy zu einem *Cold Reading* gezwungen war, warf er einfach Worte in den Raum, bis das Opfer irgendeinen Hinweis lieferte. Diesmal jedoch schien der Professor es selbst nicht zu wissen. Er schrieb alles, was Teddy sagte, auf seinem Block mit.

»Es scheint eine Stadt an der Ostküste zu sein«, sagte Teddy. »Oder im Südosten? Ich sehe, dass die Sonne aufgeht –«

»Er befindet sich in einem U-Boot«, sagte Maureen.

Dr. Eldon blickte auf. »Verzeihung?«

Maureens Augen waren geschlossen. »Jetzt gerade. Er befindet sich in einem U-Boot, tief unter der Wasseroberfläche. In der Arktis, nicht weit vom Polarkreis.«

Der Professor sah zum Einwegspiegel hinüber, dann wandte er sich, förmlicher jetzt, wieder Maureen zu. »Vielleicht möchten Sie sich noch ein wenig weiter konzentrieren. Teddy, sehen Sie noch etwas anderes?«

Ihre Augen klappten auf. »Ich habe Ihnen gesagt, wo er ist«, sagte sie, bevor Teddy antworten konnte. Der Arzt seufzte und fing an, etwas in sein Notizbuch zu schreiben. »Kleiner Raum, gebogene Metallwände. Und über ihm eine Fläche aus Schnee und Eis, deshalb habe ich Arktis gesagt. Es könnte aber auch die Antarktis sein.«

»Gut«, sagte Dr. Eldon. Er schrieb all das widerwillig auf, wie jemand, der sein Geständnis unterzeichnen musste. »Arktis oder Antarktis. Noch etwas?«

Maureen schloss die Augen und öffnete sie wieder. »Jetzt ist er weg. Ich glaube, ich habe ihn verschreckt.«

»*Was?*«

»Er hat mich gesehen. Ich glaube, deshalb konnte ich ihn so leicht finden. Suchen Sie nach einem anderen Medium?«

»Nein, ich – jedenfalls nicht, dass ich wüsste. Können wir bitte weitermachen?« Er hätte sich freuen sollen, doch stattdessen wirkte er verstört. Nervös. »Teddy, was haben Sie gesehen?«

»Den Metallraum habe ich auch gesehen«, sagte Teddy. »Und mir ist der Unterschied zur Erdoberfläche aufgefallen. Ich dachte, es wäre weit oben, in einem Hochhaus oder so, aber tief unten würde auch passen.«

Teddy wagte es nicht, Maureen anzusehen, weil er fürchtete, dass sie ihn böse anstarren würde.

Dr. Eldon fuhr sich mit der Hand durchs Haar und forderte sie auf, eine Pause zu machen. Er sagte, sie würden in zwanzig oder dreißig Minuten weitermachen.

»U-Boot?«, sagte Teddy, als sie Arm-in-Arm spazierten. »Ein *U-Boot?*«

Sie verkniff sich ein Lächeln.

»Du musst zugeben, dass ist eine lächerliche Antwort«, sagte er.

»Du bist aber gleich mit aufgesprungen«, sagte sie gelassen.

»Du hast mir keine Wahl gelassen! Beim nächsten Mal, sag nicht so was Verrücktes. Zum Beispiel, dass er ebenfalls ein Medium ist. Sag was Wahrscheinliches, Naheliegendes, und vor allem was *Unbestimmtes*. Du kannst den Leuten nicht erzählen, dass das verlorene Medaillon ihrer Großmutter, keine Ahnung, auf dem Kilimandscharo ist, in der Hand von Winston Churchill.«

»Ach, Mr Telemachus«, sagte sie. »Wieso haben Sie kein Vertrauen in Ihre eigene Gabe?«

»Ich habe Vertrauen in meine Gabe. Dazu gehört, zu wissen, wann ich das Opfer die Details einfügen lassen muss.«

Sie schüttelte den Kopf. »Du bestehst einfach darauf, alles auf dem komplizierten Weg zu tun.«

Als sie in den Beobachtungsraum zurückkehrten, war Dr. Eldon nicht mehr da. Vor dem Schreibtisch stand, die Arme gerade am Körper anliegend, ein Mann in einem schwarzen Anzug. Sein Kopf schien ausschließlich aus einem kantigen Kinn und einem Bürstenschnitt zu bestehen.

Ein Bulle, dachte Teddy. Eindeutig ein Bulle.

»Wo ist der Doktor?«, fragte Teddy.

»Bitte, setzen Sie sich«, sagte der Mann.

»Und Sie sind?«, fragte Teddy. Er hatte nicht vor, sich zu setzen, genauso wenig wie Maureen.

»Ich bin Ihr neuer Vorgesetzter«, sagte er.

»Wie bitte?«, sagte Maureen.

»Vor vier Wochen ging der Mann auf dem Bild an Bord der K-159, eines Atom-U-Bootes der sowjetischen Nordflotte. Das Boot befindet sich auf einer dreimonatigen Reise, von der wir annehmen, dass sie unter der nördlichen Polkappe hindurchführen könnte.«

»Wer zur Hölle ist *wir*?«, fragte Teddy, obwohl er so langsam eine recht genaue Vorstellung davon hatte. Er hatte ein kaltes Gefühl im Magen. Einen trotteligen Professor um seine Fördergelder zu bringen war das Eine, aber das hier? Diese Leute konnten seine Vergangenheit überprüfen.

»Der Aufenthalt des Mannes auf dem U-Boot war streng geheim, nur eine Handvoll Menschen wusste davon. Na ja, eine Handvoll Menschen außerhalb Russlands.«

»Ich muss da was erklären«, sagte Teddy.

»Sei still«, sagte Maureen leise.

»Wir haben eine wichtige Aufgabe für Sie«, sagte der Fremde.

»Klar, klar«, sagte Teddy. Er tätschelte Maureens Arm und drehte sich um, um zu gehen. »Du machst das schon, Mädchen.«

»Für Sie beide.« Er hielt ihnen die Hand hin. »Mein Name ist Destin Smalls, und Ihre Regierung braucht Sie.«

Das Problem beim Älterwerden war, dass jeder Tag sich mit den Tausenden messen musste, die ihm vorausgegangen waren. Wie wunderbar müsste da ein Tag sein, um diesen Schönheitswettbewerb zu gewinnen? Es auch nur in die Finalrunde zu schaffen? Ganz egal, dass die Erinnerung das Spiel beeinflusste und die Makel der Mitbewerber wegretuschierte, während die Gegenwart ohne jede Hilfe ins Rampenlicht schlurfen musste, vernarbt von alltäglichen Sorgen und sonstigen Ärgernissen: Autoabgasen und plärrenden Radios und Fastfood-Verpackungen, die über den Gehsteig kullerten. Selbst ein Nachmittag wie dieser, den er wartend in einem schön angelegten Park verbrachte, unter einem Himmel so rein wie das Gewissen einer Nonne, war rappelvoll mit Unperfektheiten, die ihn für einen Platz unter den ersten zehn disqualifizierten. Wieso waren die Kinder auf dem Fußballplatz so fett? Wieso konnten die Leute ihre Hunde nicht an der Leine behalten? Wieso mussten diese Mütter so viel herumbrüllen?

Beim Warten juckte es ihn in den Fingern – er brauchte jetzt Karten. Vor dem Unfall war er nirgendwo hingegangen ohne zwei Kartenspiele in den Taschen. Er hatte endlose Stunden in Diners und Bars damit verbracht, sein Repertoire durchzuexerzieren – den *Second Strike*, den *Bottom Deal*, den *Greek Deal*, die Familie falscher Abhebemanöver und falschen Mischens. Der Trick bestand darin, es nicht wie einen Trick aussehen zu lassen. Sobald man irgendetwas tat, das aussah wie ein Move, bettelte man förmlich darum, verprügelt zu werden.

Heutzutage war er froh, dass er sich noch selbst das Hemd zuknöpfen konnte. Seine Hände waren zu Klauen geworden. Nach dem Unfall hatte es noch ein paar gute Jahre gegeben, in denen er dachte, es würde alles zurückkommen, seine Beweglichkeit würde wiederhergestellt werden, doch dann hatte die einsetzende Arthritis seine Finger mit einem Stottern versehen, mit dem er sich an keinen Pokertisch mehr wagte. Er fing an, Advil-Tabletten zu schlucken, um den Schmerz und die Schwellung zu lindern. Vor ein paar Jahren wachte er eines Morgens auf, und seine rechte Hand war wie abgestorben, als gehörte sie nicht zu ihm. Bis zum Frühstück hatte er wieder Leben in sie hineinmassiert, doch das Absterben kam immer regelmäßiger, und schließlich war auch die andere Hand betroffen gewesen. Posttraumatische Arthritis, nannte es der Arzt. Irgendwann, vielleicht schon bald, würde er morgens mit zwei Stöcken als Händen aufwachen, wie ein gottverdammter Schneemann.

Und doch, und doch könnte dieser Tag es am Ende bis auf Platz zwei schaffen. Denn in diesem Augenblick stieg die Frau, auf die er wartete, aus ihrem Mercedes E-Klasse-Kombi. Ihr jüngster Sohn war bereits hinten herausgesprungen und rannte in Richtung Fußballplatz. Sie rief ihn zurück (Adrian hieß er), drückte ihm eine Wasserflasche in die Hand und ließ ihn laufen.

Teddy atmete tief durch. Er fühlte sich genauso nervös wie beim ersten Mal, als er Maureen um ein Date gebeten hatte. Dann stand er von seinem Picknicktisch auf und nahm den Hut ab. Wie erhofft, reichte diese Bewegung aus, um ihren Blick auf sich zu ziehen.

Sie sah kurz weg, dann drehte sie sich wieder zu ihm um und kniff die Augen zusammen.

»Hallo, Graciella«, sagte er.

Sie antwortete nicht. Es war unmöglich, dass sie sich nicht an ihn erinnerte, oder doch? Er ging auf sie zu und war erleichtert, dass sie nicht in ihr Auto sprang und mit Vollgas davonfuhr.

»Spielt ein Enkel von Ihnen hier?«, fragte sie schließlich.

»Ich will ganz offen sein, meine Liebe. Ich bin nur hergekommen, um Sie zu sehen. Ich dachte, wir sollten uns unterhalten.«

»Wie haben Sie – sind Sie mir *gefolgt?*«

»So wie Sie das sagen, klingt es nicht sehr anständig«, sagte er.

»Ich werde mir jetzt das Spiel ansehen«, sagte sie. Sie öffnete die Heckklappe ihres Kombis und griff nach irgendetwas. »Einen schönen Tag noch, Teddy.« Das war eindeutig eine Abfuhr, doch alles, woran er denken konnte, war: Sie hat sich meinen Namen gemerkt!

»Es geht um Nick«, sagte Teddy.

Sie erstarrte, wie eine Dame, die eine Pik-Karte gezogen hatte, die ihren Diamond Flush durchkreuzte, jedoch entschieden war, die Hand zu Ende zu spielen. Er fühlte sich schrecklich, dass er sie hatte enttäuschen müssen. Falls sie noch irgendeinen Zweifel daran gehabt hatte, dass er von Nick junior und seinem Mordprozess wusste, dann war dieser hiermit beseitigt.

Sie richtete sich auf. »Ich rede nicht über meinen Mann. Nicht mit Ihnen, nicht –«

»Nick senior«, sagte Teddy.

»Was?«

»Es gibt ein paar Dinge über Ihren Schwiegervater, die Sie wissen sollten.«

Mehrere Emotionen huschten über ihr Gesicht, so schnell wie Wind, der über Wellenkronen fegt. Genauso schnell fand sie ihre Beherrschung wieder und sah ihn über ihre ausgeprägte römische Nase hinweg von oben herab an.

»Zum Beispiel?«, sagte sie.

»Ich kann Ihnen alles erklären. Hätten Sie was dagegen, wenn ich mir das Spiel mit Ihnen ansehe?«, fragte er.

Sie musterte sein Gesicht. Dann schüttelte sie den Kopf, nicht, weil sie seiner Bitte nachkommen wollte, sondern eher, weil sie sich damit abfand.

Achtjährige, die Fußball spielen, entschied Teddy, erinnerten an ein Rudel Border Collies, die ein einzelnes Schaf jagen, nur dass die Hunde mehr auf Teamwork setzen würden. Graciellas Sohn gehörte zu dem Teil des Mobs, der rote Hemden trug. Alle Jungs-Köter sahen jedoch gleich aus, und alle Mädchen-Köter mit Pferdeschwänzen sahen auch gleich aus, daher konnte er nicht mehr tun, als die Masse in zwei Gruppen von Nichtunterscheidbaren zu unterteilen.

»Gut gemacht, Adrian!«, rief Graciella. Teddy konnte nicht erkennen, was genau er gut gemacht haben sollte. Dafür fiel ihm auf, dass niemand von den anderen Eltern mit Graciella sprach. Sie bildeten ihre eigenen kleinen Grüppchen, unterhielten sich untereinander oder verfolgten mit einer so absoluten Konzentration das Spiel, dass sich ihre Blicke nie mit Graciellas – oder auch seinem – kreuzten.

»Sie haben also viele Freunde hier«, sagte Teddy.

Graciella schaute ihn von der Seite an. »Diese Leute sind nicht meine Freunde.«

»Angst vor der Frau des Gangsters, was?«

»Für die ist Nick längst verurteilt.«

»Aber Sie haben noch Hoffnung.«

Hätte sie einen blasseren Teint gehabt, wäre sie jetzt errötet, davon war er überzeugt. »Ich hätte das nicht schreiben sollen«, sagte sie. Sie meinte ihren dritten Wunsch: NICHT SCHULDIG. »Ich weiß nicht, was ich mir dabei gedacht habe, solche Dinge mit Fremden zu teilen.«

»Fremden? Ich bin ein harmloser alter Mann.«

»Da bin ich mir nicht so sicher«, sagte sie. »Die Harmlosen sind nicht so bemüht, Frauen im Supermarkt kennenzulernen.«

Er lachte. »Das ist wahr.«

»Sie wussten, wer ich bin, oder? Bevor Sie sich mir genähert haben.«

»Nein! Bei Gott, ich hatte keine Ahnung. Erst als ich einen Artikel über den Prozess sah, habe ich zwei und zwei zusammengezählt.«

Sie war nicht bereit, ihm zu glauben. Er fing an, sich zu erklären, doch dann schrien plötzlich mehrere Eltern in ihrer Nähe gleichzeitig; auf dem Platz passierte gerade offenbar etwas Aufregendes. Graciella stand auf, und er lehnte sich zurück und genoss es, sie dabei zu beobachten, wie sie den Kindern zusah. Dasselbe hatte er früher bei Maureen getan. Wenn sie mit ihrer Nummer auf Tournee waren, saßen sie oft an irgendeinem Pool, und sie passte auf, dass die Kinder (na ja, vor allem Buddy) nicht ertranken, und er sah ihr dabei zu. Gott, sie war so schön gewesen.

»Und woher kennen Sie Nick senior?«, fragte Graciella schließlich.

»Ich habe früher mit ihm Karten gespielt«, sagte Teddy, was nicht gelogen war. »Und manchmal habe ich meinen Kindern eine Pizza von ihm mitgebracht.«

»Von der Pizza habe ich gehört«, sagte sie. »Nick junior sagt, sein Vater habe ihn und seine Schwestern nicht im Restaurant essen lassen, aber manchmal hat er mitgebracht, was übrig war.«

»Das sieht ihm ähnlich«, sagte Teddy. »Ich habe gesehen, wie er Nick junior behandelt hat. Damals war es noch in Ordnung, seinen Kinder den Hintern zu versohlen. Sie zu schlagen sogar. Doch manchmal hat Nick senior – na ja, es würde mich nicht überraschen, wenn Ihr Mann ihn heute hasst.«

»Er hasst seinen Vater nicht«, sagte Graciella. So, wie sie das Wort betonte, klang es, als gebe es da noch verschiedene andere Optionen.

»Das ist gut, das ist gut«, sagte Teddy. »Väter und Söhne, das ist immer schwierig.« Er überlegte, was er sagen wollte. Er war froh, dass sie dieses Gespräch mit so vielen Nebengeräuschen führten, und ohne dass jemand allzu nah saß, und doch in Sichtweite vieler Menschen, denn so würde sie es sich zweimal überlegen, ihm eine runterzuhauen. Schließlich sagte er: »Ich habe in der Zeitung gelesen, dass Ihr Nick in den Zeugenstand treten wird. Dass er zu seiner eigenen Verteidigung aussagen wird.«

»Vielleicht. Wenn es nach seinem Anwalt geht.«

»Also nicht?«

»Ich werde nicht mit Ihnen darüber reden, Teddy.«

»Denn ich wäre schrecklich erleichtert, wenn er's nicht täte.«

Dies brachte sie dazu, eine Augenbraue zu heben.

»Sie wissen ja, was man sich so erzählt«, sagte Teddy. »Es wird viel spekuliert, was er sagen wird, und über wen er es sagen wird.«

»Mein Mann wird sagen, was immer er sagen will, um sich zu verteidigen.«

»Natürlich wird er das, natürlich wird er das, das ist absolut –«

»Warum zur Hölle interessiert es Sie, was er sagt?«

Verdammt. Er hatte sie wütend gemacht. »Graciella, bitte. Ich will Ihnen nicht zu nahetreten. Aber ich möchte Ihnen meinen Rat anbieten.«

»Sie wollen Ihren Rat anbieten«, sagte sie eisig. »Mir. Über meine Familie.«

Er stürmte voran. »Sagen Sie Ihrem Mann, er soll es nicht tun.« Sie öffnete den Mund, um zu widersprechen, und er sagte: »Vertrauen Sie mir. Ihr Mann will vielleicht nicht ins Gefängnis, aber wenn er *das* durchzieht, habe ich Angst vor dem, was Nick senior daraufhin tut.«

»Er wird gar nichts tun«, sagte sie. »Die Polizei beschützt meinen Mann.«

»Ich meinte Sie, Graciella.«

Sie starrte ihn an, und er konnte ihren Gesichtsausdruck nicht entschlüsseln. Furcht? Wut? Irgendein Mix aus beidem? Er redete weiter.

»Die Polizei kann Ihnen nicht helfen. Der Zeugenschutz wird Ihnen nicht helfen. Lesen Sie die Zeitung. Reggie Dumas, der Letzte, der gegen das Outfit ausgesagt hat, in den Achtzigern? Er war Teil von WITSEC. Zwei Jahre später fanden sie seine Leiche in seinem eigenen Garten – in Phoenix. Sie brauchten Jahre, aber sie haben ihn am Ende doch gekriegt, selbst da draußen in der Wüste.«

»Ich bin eine solche Idiotin«, sagte sie, kaum hörbar.

»Seien Sie nicht so streng mit sich«, sagte er. »Nicht jeder –«

»Sie arbeiten für ihn, richtig?«

»Wie bitte?«

Jetzt sah sie ihn an, ihr Mund ein gerader Strich. Dieser Mix bestand aus zwei Teilen Wut, einem Teil Furcht. »Geht's um die verdammten Zähne?«

»*Zähne?* Was für Zähne?«

Sie starrte ihn an.

»Graciella, bitte. Ich will Sie nur warnen. Ich glaube, Sie verstehen nicht, wozu Nick senior imstande ist.«

»Ach, sein Temperament kenne ich«, sagte sie.

»Sein Temperament? Ich habe ihn Dinge tun sehen. Wissen Sie, was mit Ablederung gemeint ist?« Er hob eine Hand. »Egal. Ich hätte das nicht erwähnen sollen. Der Punkt ist, Ihr Schwiegervater ist ein krankes A-Loch.«

»Sind Sie jetzt damit fertig, über meine Familie zu reden?«

»*Jetzt* ist es noch Ihre Familie. Doch wenn Ihr Mann seinen

Vater im Zeugenstand verrät, sind Sie nicht mehr Teil der Familie, jedenfalls nicht in Nick seniors Augen.«

Graciella stand auf. »Verschwinden Sie«, sagte sie.

Er schälte sich aus dem Sitz. »Bitte, ich bin nur gekommen, weil —«

»*Verschwinden* Sie.«

Jetzt sahen die anderen Eltern sie an – und damit auch ihn. Er rückte seinen Borsalino zurecht und senkte die Stimme.

»Sie haben keinen Grund, mir zu glauben«, sagte er. »Ich bin ein Betrüger und ein Lügner. Ich habe mein Geld damit verdient, Leuten ihr Bares abzutricksen. Aber ich verspreche Ihnen, ich sage die Wahrheit. Ich arbeite nicht für Nick senior. Ich bin nur gekommen, um zu helfen.«

Er hielt ihr eine Spielkarte hin. »Ich habe meine Nummer hier draufgeschrieben. Wenn Sie mich brauchen, rufen Sie an.«

Sie weigerte sich, die Karte zu nehmen. Er legte sie auf den Stuhl, fasste sich an den Hut und ging zu seinem Auto zurück. Hinter ihm auf dem Fußballplatz brach jemand in Geschrei aus, und Kinder in roten Hemden jubelten, während Kinder in grünen Hemden die Köpfe hängen ließen, oder andersherum.

In den Monaten, nachdem Maureen und er rekrutiert und nach Maryland gebracht worden waren, nahm ihre Liebe von ganz allein an Fahrt auf, wie ein bergab rollendes Fahrrad. Nicht nur, dass sie so viel Zeit miteinander verbrachten – sie arbeiteten in Fort Meade jeden Tag zusammen, nahmen denselben Bus zurück nach Odenton und kehrten in nebeneinanderliegende Wohnungen heim. Der Umzug selbst hatte Maureen verändert. Jetzt, da sie endlich dem Einfluss ihrer Mutter entkommen war, sagte sie, blühe sie auf. Sie lachte mehr, war nicht mehr so vorsichtig bei jedem Satz, den sie sagte, schien sich nicht mehr zu sorgen, was

Fremde auf der Straße darüber denken könnten, wenn sie Händchen hielten. Und nachts brannte Mo wie eine Petroleumfackel. Schon im Frühling ließen sie das Licht an, wenn sie miteinander schliefen.

Er hätte diese Monate gegen nichts in der Welt eingetauscht, doch er musste zugeben, dass die tägliche Routine ihn langweilte, sie gab ihm das Gefühl, einem geregelten Beruf nachzugehen, etwas, was er sich niemals zu tun geschworen hatte. Er musste auch zugeben, dass es für einen geregelten Beruf ziemlich schräg ablief. An den meisten Tagen bestand die Arbeit darin, auf der Couch zu liegen und zu reden, während ein anderes Medium seine »Beobachtungen« notierte. Anschließend überprüfte Smalls die Beobachtungen auf »Treffer«. Maureen und Teddy, die beiden Stars der Show, hatten ungefähr die gleiche Punktzahl, jedoch aus ganz unterschiedlichen Gründen. Maureens Beobachtungen waren höchst konkret, sodass ein Treffer von ihr wie eine unbestreitbare Tatsache daherkam. Teddys Antworten dagegen waren auf kunstvolle Weise vage, sodass es ihm beinahe unmöglich war, *komplett* danebenzuliegen.

Aus irgendeinem Grund hatte Smalls Clifford Turner, der tatsächlich über übersinnliche Fähigkeiten verfügte, nicht rekrutiert – und zwar, weil Turner schwarz war. Smalls hatte seinen Vorurteilen das Denken überlassen und hatte stattdessen zwei weiße Männer angeworben, jeder von ihnen eine an Selbstbetrug leidende Hohlbirne. Bob Nickles war ein ehemaliger Elektriker, der behauptete, Elektrizität aufspüren zu können; Jonathan Jones wiederum war ein junger Mann, der von zwei Stanford-Professoren »entdeckt« worden war, nachdem er in einer Reihe von Ratespielen sehr gute Ergebnisse erzielt hatte. Ihre wichtigsten Qualifikationen schienen (a) Glück zu sein, das inzwischen aufgebraucht war, und (b) ihr Golden-Retriever-hafter Enthusiasmus. Nickles und Jones plapperten unermüdlich, was auch immer ihnen einfiel, oft unbewusst über die Hinweise, die Smalls beim Stellen der Aufgabe hatte fallen lassen. Wenn er das Wort »Sand« irgendwo einfließen ließ, reichte das aus, um die beiden den ganzen Nachmittag lang Kamele und Araber heraufbeschwören zu lassen. Was Teddy ärgerte, war nicht, dass diese beiden Idioten tatsächlich glaubten, übersinnliche Erfahrungen zu machen, sondern dass auch Smalls das glaubte. An manchen Tagen stufte der Agent ihre Ergebnisse höher ein als Teddys oder Maureens.

Diese grenzenlose Leichtgläubigkeit schien sich durch sämtliche Ebenen der Regierung zu ziehen, befeuert durch die Angst vor den Russen. Die Sowjets steckten viel Geld in die Psi-Forschung, und die USA, so erklärte Smalls, hatten keine andere Wahl, als es genauso zu machen. Sämtliche Geheimdienstorganisationen und jeder einzelne Militärzweig finanzierten ihre eigenen Geheimprogramme. Einige von ihnen konzentrierten sich auf Gedankenkontrolle, andere auf Gedankenlesen. Smalls Team war für Fernwahrnehmung zuständig. Ihm war eine staubige Baracke des Stützpunktes zugewiesen worden, genügend Geld für eine Sekretärin, einen Junior-Agenten und vier Psi-Medien sowie so viel Büroausstattung, wie er bei INSCOM und anderen Abteilungen den Militärs abstauben konnte. Das Programm hatte keinen Namen, deshalb nannten es alle bloß »das Programm«.

Das Ärgerliche war, dass so wenig von dem ganzen Regierungsgeld, mit dem hier um sich geschmissen wurde, bei denen landete, die die eigentliche Arbeit erledigten – den Psi-Agenten. Maureen und Teddy bekamen nur Kleingeld. Als Teddy Smalls darauf hinwies, reagierte dieser mit einer Rede über Pflichten, den Schutz des eigenen Landes und die Bedrohung für die Demokratie an sich. Dass sie einen aufforderten, zum Wohle der Nation, der Firma oder der Kirche auf seinen gerechten Anteil zu verzichten, war eine weit verbreitete Masche, aber dass sie verlangten, man solle im Dienste irgendeiner abstrakten Philosophie bankrottgehen? Das war echt ein starkes Stück.

Das eigentliche Geld ging, wie Teddy schnell begriff, an Berater und Drittunternehmer. Ein typisches Beispiel: Am Morgen des Tages, an dem Teddy Maureen den Heiratsantrag machte, kamen sie an der Baracke an und fanden darin mehrere Arbeiter in orangen Overalls vor, die stapelweise elektronische Geräte aufbauten. Smalls rief die sieben Mitglieder seines Stabs in sein Büro. »Ich habe gute Neuigkeiten«, ließ er sie wissen. »Die Leitung ist sehr zufrieden mit den Ergebnissen, die wir bisher erzielt haben. Man hat uns unsere eigene Finanzierungslinie zugeteilt und einen offiziellen Codenamen. Ab heute heißen wir Aquädukt Amboss.«

»Wow!«, sagte Jones. »Was bedeutet das?«

»Es bedeutet gar nichts«, sagte Smalls. »Es war der nächste im Buch.«

»Welchem Buch?«

»Dem Buch der möglichen Codenamen.«

»Sie haben ein Buch mit bereits generierten Codenamen?«, fragte Teddy.

»Wenn man das nicht hat, suchen sich alle solche Namen wie ›Donnerschlag‹ aus. Was ich noch sagen wollte –«

Teddy hob die Hand. »Darf ich den Leuten sagen, dass ich Teil von AA bin?«, fragte er unschuldig.

»Sagen Sie niemandem, dass Sie Teil von irgendwas sind«, sagte Smalls.

»Können wir auch weiter ›das Programm‹ dazu sagen?«, wollte Bob Nickles wissen.

»Dann wissen sie, dass wir Teil von AA sind«, sagte Teddy. Nur Maureen und die Sekretärin lachten.

»*Was ich noch sagen wollte*«, wiederholte Smalls, verzweifelt darum bemüht, die Kontrolle über das Meeting zurückzugewinnen. Er lachte nie über Teddys Witze. Jeglicher Sinn für Humor war in Teddys Gegenwart durch seine Eifersucht außer Kraft gesetzt. Der arme Tölpel hatte sich in Maureen verguckt, konnte diese unrei-

189

nen Gedanken jedoch sich selbst nicht eingestehen und musste seinen Frust deshalb an ihrem charmanten, vorlauten Freund auslassen. Es spielte keine Rolle, dass die Beziehung zwischen Teddy und Maureen von der Dame selbst als streng geheim eingestuft worden war; Smalls spürte, was los war.

»Die Leitung hat außerdem einer Erweiterung des Programms zugestimmt«, sagte Smalls. »Wir werden Einstellungen vornehmen.«

Smalls hatte die Erlaubnis erhalten, Armeeangestellte zu testen und sie ins Programm einzuführen, wenn ihre Ergebnisse dem erwünschten »psychologischen Profil« entsprachen. Damit war, so vermutete Teddy, ein ausreichendes Maß an Leichtgläubigkeit gemeint.

»Wie werden sie getestet?«, fragte Maureen.

»Das ist eine exzellente Frage«, sagte Smalls. »Danke, Maureen.«

Gott steh uns bei, dachte Teddy.

Smalls gestikulierte in Richtung Tür. »Das ist der Mann, der Ihre Fragen beantworten kann.« Dort stand, die Hände hinter dem Rücken verschränkt, ein kleiner Mann in einem schwarzen Anzug. Sein Haar war oben sehr dünn, doch sein Zwirbelbart war dick, geölt und so spitz wie der eines Stummfilmbösewichts.

»Das ist G. Randall Archibald«, sagte Smalls. »Und er hat ein Gerät entwickelt, das die Psi-Forschung revolutionieren wird.«

»Was Sie nicht sagen«, sagte Teddy.

Der Mann mit dem Zwirbelbart inspizierte den Raum. »Mein Torsionsfeld-Detektor misst Psi-Fähigkeiten mit fünfundneunzigprozentiger Genauigkeit.«

»Fünfundneunzig komma sechs«, sagte Smalls. »Warum fangen wir nicht mit Ihnen an, Teddy?«

»Wie bitte?«, sagte Teddy. Er sah zu Maureen hinüber. Sie interessierte sich plötzlich sehr für ihre Schuhe.

»Gerade Sie haben doch nichts zu befürchten«, sagte Archibald im Tonfall eines Arztes, der eine gewaltige Sprize hinter seinem Rücken verbirgt. »Ein so mächtiges Talent wie Sie doch nicht.«

Nach Hause zu kommen verbesserte Teddys Laune überhaupt nicht. Buddy hockte im Wohnzimmer, schwitzend und verzweifelt, und versuchte, eine Lampe neu zu verkabeln. (Wieso? War sie kaputt? Wenn nicht, dann war sie es jetzt.) Frankie saß am Küchentisch, vor sich drei leere Bierflaschen, und nuckelte an der vierten.

»Was machst du hier, und was hast du mit meinem Bier gemacht?«, fragte Teddy.

»Ich hab Matty nach Hause gebracht. Ist ein toller Kerl. Guter Arbeiter, begeisterungsfähig und bereit, sich reinzuhängen. Nicht wie die meisten Jugendlichen.«

»Stimmt«, sagte Teddy. »Nicht so wie die, die in deinem eigenen Haus rumsitzen und Almosen erwarten.«

»Ganz genau.« Frankie trank sein Bier aus und stand auf, um sich ein neues aus dem Kühlschrank zu holen. »Ein richtiger Macher.« Unter dem Tisch stand ein Karton.

»Was zur Hölle ist das?«, fragte Teddy, der genau wusste, was für ein Karton das war.

»Ich hab dir Nachschub mitgebracht«, sagte Frankie.

»Nein.« Teddy schüttelte den Kopf. »Nein nein nein nein.«

»Du weißt, das Zeug tut dir gut. Da sind —«

»Antioxidantien drin! Mein Gott, ich weiß. Nimm's wieder mit, Frankie. Ich hab genug gottverdammte Antioxidantien, um einen Stier darin zu ertränken.«

»Wenn du einer meiner Downline-Vertreter wirst, wird es sogar noch billiger.«

»Wir haben schon darüber gesprochen. Das ist deine Masche, nicht meine.«

»Ich will ja auch nur, dass du mich einmal in deinem Leben ein bisschen unterstützt.«

»Einmal in meinem – hast du das gerade gesagt? *Einmal?*«

»Ich habe dich noch nie angeschnorrt«, sagte Frankie, alle geschichtlichen Fakten ignorierend. »Wir wissen alle, dass du reich bist –«

»Ich bin nicht reich.«

»– aber wenigstens wohne ich nicht hier, esse dein Essen und erwarte, dass du dich um mich kümmerst.«

Teddy öffnete den hohen Schrank und holte die Hendrick's-Flasche heraus. »Du sagst also«, sagte er, während er sich drei Finger breit in ein dickwandiges Glas einschenkte, »wenn ich dir nur noch eine Kiste abkaufe, dann war's das, und du bittest mich nie wieder um was?«

Frankie runzelte die Stirn. »Was ist los mit dir?« Er war Sarkasmus von Teddy nicht gewohnt, der bei diesen Feierabendtreffen in der Regel nur still zuhörte. Zwei- oder dreimal die Woche kam Frankie nach der Arbeit hierher, schwang Reden über pflanzliche Nahrungsergänzungsmittel oder Grundsteuer oder was auch immer ihm sonst in den Sinn kam oder ihm unter den Nägeln brannte, und um Teddys gesamte Heineken- und Ritz-Cracker-Vorräte zu verdrücken. Er hatte es nicht eilig, zu Loretta zu kommen, wahrscheinlich, weil er nicht dazu verdonnert werden wollte, auf die Zwillinge aufzupassen oder sie zum Gymnastiktraining zu fahren. Er redete dann so lange, bis das Bier oder Teddys Geduld aufgebraucht war. Dann klopfte Teddy seinem Sohn auf den Arm, stimmte dem zu, was auch immer er zuletzt gesagt hatte, und ging nach oben, um ein Nickerchen zu halten. (Auch wenn es weniger ein Nickerchen als ein Rückzug war.) Er hatte schon vor Jahren entschieden, dass es nichts brachte, sich mit dem Jungen zu streiten, und dass es genauso unmöglich war, seinem Gejammer Einhalt zu gebieten, wie Buddy zum Reden zu bringen. In der Theorie wäre Buddy der perfekte Schallschlucker für Frankies Blabla gewesen, doch seit der Sache auf dem Schiff konnten die Brüder einander kaum noch in die Augen sehen.

»Mir geht's gut«, sagte Teddy. »Sehr gut.« Er reichte Frankie sein Ginglas und nickte in Richtung des Kühlschranks. »Wo du gerade da stehst, tu doch mal ein bisschen Eis rein.«

Frankie tat ihm den Gefallen. Er drückte die letzten drei Eiswürfel in das Glas und stellte den leeren Behälter zurück ins Gefrierfach.

Mein Gott, dachte Teddy. Ich habe eine Familie von unzivilisierten Barbaren großgezogen.

»Also kaufst du die Kiste?«, fragte Frankie.

Teddy beugte sich vor. »Ich will dir eine Geschichte erzählen.«

»Ah.«

»Richtig, jetzt bin ich dran. Weißt du, was alle zu mir gesagt haben, als deine Mutter starb?«

Frankie hätte beinahe mit den Augen gerollt. »Dass du uns alle weggeben solltest.«

»Ganz genau! Dass ich euch alle in soziale Einrichtungen stecken sollte.«

»Oder zu Moms Familie.«

»Das hätte dir gefallen. Großgezogen von 'nem Haufen irischer Alkoholiker.« Frankie verzog das Gesicht, und Teddy sagte: »Das macht mich nicht zum Rassisten. Manche Iren saufen wie gottverdammte Fische. Die Mutter deiner Mom, Gott hab sie selig, war 'ne Abstinenzlerin, aber ihr Vater? Hardcore-Alki. Und ihr Bruder soff, bis er umfiel.«

»Ich dachte, Moms Bruder ist in der Highschool gestorben –«

»Stimmt auch.«

»– an Leukämie.«

»Alkoholbedingte Leukämie«, sagte Teddy. »Das sind deine Gene, Frankie, mein Junge. Pass auf dich auf.«

Plötzlich kam Buddy in die Küche gerannt, sah sich mit wild aufgerissenen Augen um und stürzte sich auf das Telefon. Es klingelte genau in dem Augenblick, als er den Hörer abnahm. Er starrte ihn eine Sekunde lang an, dann hielt er ihn Teddy hin.

»Hallo?«, fragte Teddy.

»Ihre Karte ist also eine *Zwei?*«

»Graciella«, sagte er. Er konnte sich ein Lächeln nicht verkneifen.

»Ich hätte gedacht, Sie würden mindestens ein Ass benutzen«, sagte sie.

Teddy ignorierte Frankies fragenden Blick und ging mit dem Telefon nach draußen. Verdammt, er brauchte ein Funktelefon mit so vielen Leuten im Haus. »Sehen Sie, wenn ich Ihnen ein Ass gegeben hätte, hätten Sie mich für einen Angeber gehalten«, sagte er. »Ich hätte eine Bildkarte nehmen können, aber da ist kaum Platz zum Schreiben. Aber die Zwei, na ja, die sieht vielleicht nicht nach viel aus, aber sie hat's in sich.«

»Also«, sagte Graciella. »Ablederung.«

»Ah. Wie gesagt, ich hätte es gar nicht erwähnen sollen.«

»Erzählen Sie's mir, Teddy.«

»Nicht am Telefon. Wie wär's mit dem Diner bei Dominick's?« Er verzichtete auf den Zusatz *Wo wir uns zum ersten Mal getroffen haben.*

»Da gibt es keine Bar. Ich brauche bestimmt einen Drink.«

»Ich weiß einen Laden«, sagte er.

»Ich habe die Babysitterin schon angerufen«, sagte sie.

Er ging zurück ins Haus und setzte sich auf seinen Platz. Nahm einen langen, bittersüßen Schluck von dem Hendrick's. Lehnte sich zurück.

Frankie sah ihn mit einem merkwürdigen Gesichtsausdruck an. »Was war das gerade?«, fragte er.

»Nichts, mein Junge. Nichts.«

»Du lächelst doch wegen irgendwas.«

Teddy ließ nachdenklich den Inhalt seines Glases kreisen.

Frankie nickte langsam. »Also …«

»Alles klar, alles klar«, sagte Teddy mit einem aufgesetzten Seufzen. »Einen Karton.«

□

Während der Busfahrt von Fort Meade nach Hause war Maureen sehr still, sie wirkte abgelenkt.

»Mach dir keine Sorgen«, sagte Teddy. »Diese Maschine bedeutet gar nichts.« Sie antwortete nicht. Denn natürlich bedeutete sie etwas, weil Smalls daran glaubte. Und wie sollte er auch nicht? Die Ergebnisse bestätigten all seine Vorurteile.

G. Randall Archibald hatte jeden Einzelnen von ihnen getestet. Sie fingen nicht mit Teddy an, weil Jonathan Jones unbedingt der Erste sein wollte. Archibald befestigte Elektroden an Armen und Schläfen des Jungen, dann schloss er ihn an den Turm aus elektronischen Geräten an – die zusammengenommen offenbar den Torsionsfeld-Detektor ergaben. Die Kisten summten und surrten und sonderten einen Geruch nach heißem Gummi ab. Archibald bat Jones, eine Fernwahrnehmungsübung vorzunehmen, und die anderen sahen angespannt zu, wie die Anzeigen der Maschine zuckten und ausschlugen. Anschließend schrieb Archibald Zahlen auf einen Block, brummte irgendetwas und rief dann Bob Nickles auf. Der Rentner erzielte ein ähnliches Ergebnis wie Jones.

Dann kam Maureen. Sobald sie die Augen schloss, um sich auf ein Ziel auf russischem Boden zu konzentrieren, knallten die Zeiger nach rechts wie die Tachonadel von Barney Oldfields Rekordfahrzeug.

Archibald wirkte erschrocken und murmelte, er müsse wohl das Gerät neu kalibrieren, doch Smalls beruhigte ihn. Seiner Einschätzung nach lag der Detektor absolut richtig.

Teddy war als Letzter an der Reihe. Archibald klebte die Elektroden auf Teddys Haut, schaltete die Maschine an ... und wartete. Die Zeiger bewegten sich nicht. Teddy machte einen Witz darüber, dass sie bei Maureen durchgebrannt sein mussten, doch niemand lachte, nicht einmal Maureen. Eine zweite Testrunde der gesamten Gruppe führte zu ähnlichen Ergebnissen: Jones und Nickles waren aktiv, aber schwach, Maureen war ein Kraftwerk und Teddy ein Blindgänger.

»Das ist die älteste Masche der Welt«, sagte Teddy, der immer noch versuchte, Maureen aufzuheitern, während der Bus sich rumpelnd Odenton näherte. »Dieser Kerl, Archibald? Der stopft sich die Taschen voll, auf Kosten der Regierung. Das ist auf jeden Fall der bessere Deal, als ein Medium zu sein. Der führt Smalls an der Nase herum. Es gibt kein besseres Opfer als einen Mann, der über Regierungsgelder verfügen kann.«

Maureen sagte noch immer nichts.

»Okay, funktioniert sie?«, fragte Teddy rhetorisch. »Vielleicht.« Das entsprach nicht der Wahrheit, aber es war nur zu ihrem Besten. »Bei dir lag sie jedenfalls richtig.«

Endlich sah Maureen zu ihm auf, und er stellte erschrocken fest, dass ihre Augen glänzten. Es machte ihn fertig, zu sehen, wie sie die Tränen zurückhielt. Schlimmer, als wenn sie hemmungslos geweint hätte. Sie sagte: »Glaubst du jetzt an mich?«

»Schätzchen, du fragst einen geborenen *Second-Deal*-Mann, ob er an übersinnliche Kräfte glaubt. Ich kenne jeden Trick, der je angewandt wurde. Und die, die noch nicht angewandt wurden? Sagen wir mal, ich weiß, dass ich auf die linke Hand achten muss, wenn jemand mit der rechten herumfuchtelt. Und Kleine, ich habe mir alles genau angesehen, was du seit letztem Sommer gemacht hast.«

Er seufzte. »Aber verdammt, ich komme dir einfach nicht auf die Schliche. Jeden Tag in Dr. Eldons Labor hast du mich auf die falsche Fährte geführt, mich verwirrt und verblüfft. Und dann ging's hierher, und ich dachte, jetzt kann ich sie endlich Tag für Tag beobachten, sie kann mich unmöglich jede einzelne Minute täuschen. Smalls vielleicht, aber nicht Teddy Telemachus. Und weißt du was? Ich hatte recht.«

»Was? Ich hab nie –«

»Du hast mich nie getäuscht, Maureen McKinnon, weil du es nie versucht hast. Du bist echt. Ich habe lange gebraucht, um daran zu glauben – es ist wider meine Natur. Ich will verdammt sein, wenn so eine blauäugige Schönheit aus Chicago mich zum Narren halten sollte. Aber du, du hast es drauf. Du bist ein waschechtes Medium. Und ich liebe dich.«

Sie lehnte sich in ihrem Vinylsitz zurück, und jetzt hatte sich eine Träne gelöst und lief ihre Wange hinab. Wieder war er verwirrt. War sie glücklich oder sauer? Er entschied sich für glücklich, denn die andere Möglichkeit hätte er nicht ertragen.

»Und was ist mit dir?«, fragte sie schließlich. »Liegt die Maschine bei dir richtig?«

»Das weißt du doch schon«, sagte er. »Ich habe dir von jedem Trick erzählt, den ich benutzt habe.« Alle bis auf zwei, dachte er. Dem, den er heute Morgen angewandt hatte, und dem, den er ihr noch zeigen würde. Er hatte es später vorgehabt, beim Abendessen, doch sie brauchte jetzt sofort ein bisschen Magie, in diesem Bus voller Soldaten und Sektretärinnen.

»Sieh dir diesen ganz gewöhnlichen Hut an«, sagte er und nahm seinen Fedora ab. »Da ist absolut nichts drin.«

Sie tupfte sich mit den Knöcheln der einen Hand die Augen trocken. »Nicht jetzt, Teddy.«

Er griff hinein. »Und doch erscheint etwas aus diesem Nichts.« Er hob die Hand und zeigte ihr das Ringkästchen aus schwarzem Samt, das er zwischen den Fingern hielt.

»Was tust du da?«, fragte sie.

»Es ist ein bisschen eng, aber ich werde versuchen, auf die Knie zu gehen.«

»Nein. Bitte.« Sie legte ihre Hand auf seine, drückte seine Finger gegen das Kästchen. »Ich muss dir etwas sagen.«

»Solange am Ende ein Ja kommt.«

»Es ist etwas passiert.« Ihr Gesicht war so ernst. »Nein. *Jemand* ist passiert.«

Ihm wurde bang ums Herz. »Ein anderer Kerl?«

»Oder ein Mädchen«, sagte sie. »Das werden wir erst nach einer Weile erfahren.«

»Oh«, sagte er. Dann: »Oh!« Dann: »Oh mein Gott!«

Sie sah ihn an, noch immer ohne zu lächeln. Sie wartete erst seine Reaktion ab. Er sagte: »Bist du sicher? Hast du mit einem Arzt gesprochen?«

»Das musste ich nicht«, sagte sie. »Ich kann es sehen.«

»*Was?*«

»Es sind nicht nur weit entfernte Dinge, Teddy.« Sie fasste sich an den Bauch. »Ich habe geguckt, und es war da.«

»Heiliger Bimbam«, sagte Teddy. Er atmete aus und starrte auf die Rücklehne vor sich, ohne sie zu sehen.

»Du kannst ihn zurücknehmen, wenn du willst«, sagte sie.

»Was?« Das Atmen fiel ihm schwer.

»Den Ring.«

Was redete sie da?

»Ich muss wissen, was du darüber denkst, Teddy. Ich kann nicht in deinen Kopf hineinsehen.«

»Was ich denke?« Er sah sie an. Seine Tränen und das helle Busfenster hinter ihr hatten ihr Gesicht in eine von einem Lichtkranz aus Sonnenschein umringte farbige Fläche verwandelt – einen Buntglasengel. »Ich denke, dieses Kind ist die großartigste Sache der Welt!«

»Willkommen in der Hala Kahiki Lounge«, sagte er zu Graciella. »Der besten Tiki-Bar in Chicagoland.«

Sie musterte die Wandverkleidung aus Bambus, die Fransenlampen, die grimassierenden Götter, die die Wände säumten. »Kann es sein, dass es die einzige ist?«

»Kann sein, kann sein. Aber tue niemals ein Etablissement ab, nur weil es seine Mitbewerber überdauert hat.« Patti, die Kellnerin, begrüßte ihn mit einem Kuss auf die Wange und brachte sie zu seinem üblichen Tisch. Er bestellte einen Rum, den sie aus Barbados einfliegen ließen. Graciella blieb bei Bourbon.

»Also?«, sagte sie bedeutungsvoll, als sie beim zweiten Drink angelangt waren.

»Das ist wirklich keine Geschichte für eine so gesittete Gesellschaft«, sagte er.

»Ich sitze den ganzen Tag im Gericht und höre mir schreckliche Geschichten an«, sagte sie. »Und jeden Abend rede ich mit meinem Scheidungsanwalt. Ich war schon lange nicht mehr in gesitteter Gesellschaft.«

»Du verlässt Nick junior?« Er bemühte sich, angesichts dieser Neuigkeit nicht zu glücklich zu klingen.

»Wenn's geht, ohne ihn umzubringen.« Sie winkte ab. »Deine Geschichte. Leg los.«

»Richtig.« Er schwenkte seinen Drink, überlegte, wo er anfangen sollte. »Ich habe dir erzählt, dass ich früher mit Nick senior Karten gespielt habe? Wir haben uns jede Woche mit ein paar Mann zu einem kleinen Spielchen bei ihm getroffen.«

»In der Pizzeria«, sagte sie.

»Nick hatte in der Küche einen großen Tisch stehen. Während wir spielten, machte er Pizza, öffnete Weinflaschen ...«

Graciella gab ihm mit zwei Fingern zu verstehen, die Sache zu beschleunigen.

»Also dann. Einer der Typen aus der Gruppe, nennen wir ihn Charlie, war einer von Nicks besten Freunden. Sie kannten sich schon seit Jahren, und Charlie arbeitete nebenbei ein bisschen für Nick. Nichts Gewalttätiges, aber auch nicht direkt legal. Diesen Deal hatten sie jahrelang, keine Probleme. Na ja, wir treffen also zu unserem Pokerabend ein und spüren sofort die Anspannung. Anscheinend hat Charlie Mist gebaut, und zwar so richtig. Ein Auftrag ging in die Hose, einer von Nicks Freunden wurde verletzt, und Charlie hatte einen Haufen Geld verloren, das, na ja, bestimmten Leuten gehörte –«

»Ich weiß, was das Outfit ist«, sagte sie.

»Natürlich, natürlich weißt du das. Und hast davon gehört, wie wichtig ihnen ihr Geld ist. Nick macht also Pizza für unsere Truppe, die Arme bis zu den Ellbogen in weißem Mehl, und fängt an, Charlie zu befragen, inwiefern genau er Mist gebaut hat. Charlie ist nervös, aber er gibt sich cool. Und Nick unterhält sich mit ihm, und während sie sich unterhalten, lässt Nick Teig durch den Teigroller laufen – weißt du, was das ist?«

Sie schüttelte den Kopf.

»Eine große Maschine, mit zwei Walzen wie Nudelhölzern, aber aus Metall, die plätten den Teig. Das geht ziemlich schnell. Und plötzlich packen zwei der Jungs am Tisch Charlie an den Armen und zerren ihn zu der Maschine.«

»Oh Gott«, sagte sie. Sie begriff.

»Beide Hände«, sagte Teddy. »Sie haben sie da hineingeschoben. Als Erstes brechen die Finger. Die Walzen bleiben am Handgelenk hängen, aber drehen sich weiter. Dann reißt die Haut ab, bis zu den Fingerspitzen hinunter.«

»Wie ein Handschuh«, sagte Graciella leise. Sie kippte den Rest ihres Drinks in sich hinein.

»Tut mir leid, dass ich dir das erzählen musste«, sagte Teddy. »Aber wenn ich an dich denke, und deine Jungs …«

»Nein, ist schon in Ordnung«, sagte sie. Sie guckte in ihr Glas, als würde es sich auf magische Weise von selbst füllen. »Mein Mann hat Rick Mazzione nicht umgebracht«, sagte sie.

»Das habe ich nie behauptet.«

»Er ist ein Idiot und ein Arschloch, und er mag viele andere Sachen angestellt haben – aber das nicht.«

Sie griff in ihre große Handtasche und holte einen grünen Behälter hervor, eine weiche, isolierte Lunchbox, die mit Zeichtrickfiguren bedruckt war. »Ich will dir etwas zeigen.« Sie öffnete den Reißverschluss des Behälters. Darin war ein blauer Gefrierbeutel, der eine Sandwichdose aus durchsichtigem Plastik enthielt. Sie schob ihm die Dose zu.

Er öffnete den Deckel, und darin waren ein halbes Dutzend grauer Kieselsteine. Nein, keine Kieselsteine.

»Rick Mazziones Zähne«, sagte sie. »Nick senior hätte die äußerst gerne.«

»*Wieso?*«

»Das ist eine lange Geschichte«, sagte sie und bestellte einen weiteren Bourbon.

8

Irene

Sie wartete 15 Meter entfernt von Gate C31, halb hinter einer Säule versteckt, während die Passagiere des Fluges 1606 ausstiegen. Sie fühlte sich wie ein Hund vor dem Supermarkt, eine dieser zappeligen Kreaturen, die vor den Glastüren angeleint sind und verzweifelt jedes menschliche Gesicht mit dem ihres Herrchens abgleichen: Bist du der, den ich liebe? Oder du?

Dann dachte sie: Oh Gott. Ich habe das Wort »liebe« gedacht.

Sie war nicht verliebt. Wie konnte man sich in ein AOL-Symbol verlieben, oder ein paar Hundert Bildschirmseiten Text? Die Erregung, die sie allerdings verspürte, wann immer ein Computer sie informierte, dass sie tatsächlich eine neue E-Mail bekommen hatte, war so real wie die Berührung eines geliebten Menschen.

Menschen kamen den Flugsteig hinabgeströmt. Es war noch sehr früh an Morgen, und viele der Passagiere waren zersaust und träge, als hätte sie ein Feueralarm geweckt; sie erreichten den Hauptkorridor und sahen nach links und nach rechts und wieder nach links, um sich zu orientieren, dann trotteten sie davon. Bei den Businessreisenden dagegen war *alles* businessmäßig, von ihren Businessjacketts bis zu den Businessröcken und den auf Hochglanz polierten Businessschuhen. Und sie kreuzten wie Businesshaie durch die Masse von Zivilisten.

Last Dad Standing – alias Joshua Lee – war einer dieser Businesstypen, ein Mann, der ständig quer durchs Land reiste, und zwar, ja, in der Business Class. Sie hatte jedoch schreckliche Angst, ihn nicht zu erkennen. Er hatte ein Foto von sich geschickt, auf dem er im Schatten einer Palme stand, doch ihr Schwarz-weiß-Tintenstrahldrucker hatte aus dem Bild eine kontrastarme Schmiererei gemacht, und sie hatte den Ausdruck zu Hause gelassen. Je mehr sie jetzt allerdings versuchte, sich das Bild vor Augen zu halten, desto mehr zweifelte sie an ihrer Erinnerung.

Und es gab noch einen Grund, warum es ihr solche Angst einjagte, ihn womöglich nicht zu erkennen. Nachdem sie sich gut eine Woche online hin- und hergeschrieben hatten, war es zu dieser Unterhaltung gekommen:

LAST DAD STANDING: Ich muss dir etwas sagen. Zwei Sachen, eigentlich.
IRENE T: Klingt nach was Ernstem.
LAST DAD STANDING: Erstens – meine Tochter ist chinesisch.
IRENE T: Toll! Ich wusste gar nicht, dass ihr adoptiert habt.
LAST DAD STANDING: Nicht wirklich.

Und sie dachte: *Nicht wirklich?* Was bedeutete das? Hatten sie sie gestohlen?

LAST DAD STANDING: Das bringt uns zur zweiten Sache. Ihre Eltern sind ebenfalls chinesisch.

Sie hätte beinahe zurückgeschrieben, »Natürlich sind ihre Eltern chinesisch.« Dann fiel der Groschen. Joshua *Lee.*

Die Scham durchströmte sie: rückwirkende, vorbehaltliche Scham. Hatte sie je etwas Schlechtes über Chinesen gesagt? Oder Asiaten im Allgemeinen? Sie ging im Kopf die Mitteilungen durch, die sie ausgetauscht hatten. Doch natürlich würde eine Rassistin sich nicht daran erinnern, etwas Unpassendes gesagt zu haben.

Dann schämte sie sich umso mehr, weil ihr auffiel, dass er auf ihre Antwort warten musste. Und sich vermutlich kaputtlachte. Was für ein Idiot, es ihr auf diese Weise mitzuteilen! Schnell schrieb sie zurück:

IRENE T: Habt ihr eurer Tochter schon erzählt, dass ihre Eltern Asiaten sind?

LAST DAD STANDING: Ha. Wir warten noch auf den passenden Augenblick, um es ihr zu sagen.

IRENE T: Mir offenbar auch.

LAST DAD STANDING: Bist du sauer?

IRENE T: Mir ist egal, was oder woher du bist.

LAST DAD STANDING: Das freut mich. Ich bin nämlich in Wirklichkeit eine 80 Jahre alte Oma aus Flagstaff.

IRENE T: Dann hör auf zu tippen und strick mir was.

Sie tauschten biografische Fakten wie Sammelkarten aus. Er war Nachkomme chinesischer Einwanderer in dritter Generation, sie ebenfalls auf der irischen Seite und die Nachfahrin in wer-weiß-wie-vielter Generation auf der griechischen (Dad war sehr vage, was seine Familiengeschichte betraf). Kulturell bestand die größte Kluft aus jener zwischen Südwesten und mittlerem Westen. (Sie ignorierten Mann vs. Frau sowie Höherer Angestellter vs. Geringverdienerin, und sie verzichtete darauf, normal vs. paranormal anzusprechen.)

Sie versuchte ihm zu erklären, dass seine Ethnie keine Rolle spielte, dass er sie nicht einmal hätte erwähnen brauchen, doch er sagte, natürlich hatte er das gemusst; es sei das Erste, was ihr auffallen würde, wenn sie sich gegenüberstünden …

… was sie jetzt gleich tun würden.

Der Strom aussteigender Passagiere nahm immer mehr ab und setzte schließlich ganz aus. Eine halbe Minute später kamen zwei Flugbegleiterinnen heraus, ihre Minikoffer hinter sich herziehend.

Wo war er? War er vorbeigegangen, ohne dass sie ihn bemerkt hatte? Oder war er gar nicht im Flugzeug gewesen?

»Irene?«, sagte eine Stimme.

Sie drehte sich um und sah in Joshua Lees lächelndes Gesicht. Natürlich erkannte sie ihn. Er war exakt er selbst.

Sie hob den Arm, als wollte sie ihm die Hand geben, doch dann fiel ihr auf, wie lächerlich das gewesen wäre. Sie beugte sich vor und umarmte ihn. Sein Brustkorb war fest. Und seine Hand an ihrem Rücken so real. Sein *Dasein* erschreckte sie.

»Das bist also du«, sagte er.

»Das bin ich«, sagte sie.

»So schön, dich —«

»Nein!«, sagte sie. »Du hast es versprochen.«

»Stimmt«, sagte er. »Keine Nettigkeiten.«

»Und keine Emotionswörter.« Sie verzog entschuldigend das Gesicht. »Ich weiß, es ist schräg.«

Er setzte an, etwas zu sagen, unterbrach sich jedoch. »Ist Hunger eine Emotion?«

»Ein Grenzfall«, sagte sie.

»Darf ich fragen, ob du Hunger hast? Möchtest du gerne etwas essen?«

»Das lasse ich durchgehen«, sagte sie.

»Ich habe nämlich dreieinhalb Stunden Zeit, bis mein Flieger geht, und ich will das Sandwich probieren, von dem du erzählt hast – das Combo.«

»Oh, das Combo schaffst du eh nicht. Außerdem dauert es eine halbe Stunde, bis wir bei meinem Auto sind, und bis zum Restaurant fahren wir noch mal zwanzig Minuten —«

»Das ist doch Zeit genug.«

Sie gingen in Richtung Ausgang, ihre Haut nur Zentimeter von seiner entfernt. Sie hatte so falschgelegen. Hunger war kein Grenzfall.

Eines Nachts hatte er im Chatroom erwähnt, dass er regelmäßig auf dem Weg nach New York durch Chicago kam und dort immer lange auf den Anschlussflug warten musste. Sie ignorierte die Andeutung. Er sprach es noch einige weitere Male an, und schließlich sagte er offen heraus, dass er in der nächsten Woche am Flughafen O'Hare zwischenlanden und sie gerne sehen würde. Sie versuchte ihm zu erklären, dass es unmöglich sei, und das führte zu einer längeren Diskussion über das, was er ihre »Vertrauensprobleme« und sie ihre »Realitätsprobleme« nannte.

LAST DAD STANDING: Warum hast du solche Angst, ich könnte dich anlügen?

IRENE T: Jeder lügt. Ich sage nicht, dass du ein schlechter Mensch bist. Ich lüge ständig. Ich werde dich anlügen!

LAST DAD STANDING: Du verstehst, dass ich damit ein Problem haben könnte.

IRENE T: Deshalb können wir uns ja auch nicht treffen. Ich kann es nicht ertragen, das persönlich zu erleben. Nicht bei jemandem, der mir wichtig ist.

LAST DAD STANDING: Siehst du? Ich bin dir wichtig! Ich gewinne.

IRENE T: Es sei denn, ich lüge. Aber das tue ich nicht. Siehst du, wie schön es ist, mir zu glauben?

Doch er gab nicht auf. Er zermürbte ihren Widerstand, bis sie sich schließlich bereit erklärte, ihn am Flughafen zu treffen, allerdings nur unter der Bedingung, dass er bestimmte Regeln befolgte.

IRENE T: Du darfst nicht sagen, Schön, dich zu sehen. Du darfst nicht sagen, Du siehst gut aus.

LAST DAD STANDING: Was, wenn du WIRKLICH gut aussiehst?

IRENE T: Spielt keine Rolle. Wenn du es einmal sagst, wirst du das Gefühl haben, es jedes Mal sagen zu müssen.

LAST DAD STANDING: Wo ist das Problem, wenn ich doch die Wahrheit sage? Wenn ich mich freue, dich zu sehen, dann will ich dir das sagen.

IRENE T: Sag es mir hier, wenn du musst. Aber nicht da draußen.

LAST DAD STANDING: Wo du mein großes, lügendes Lügnergesicht sehen kannst?

IRENE T: Es tut mir leid. Anders kann ich das nicht.

LAST DAD STANDING: Dann machen wir es so. Ich versuche es gerne mit absoluter Ehrlichkeit. Ungelogen.

Während sie zu Johnny's Red Hots fuhren und versuchten, die Stille zu füllen, ohne über ihre Konversationsregeln zu stolpern, begriff sie, was für einen schrecklichen Fehler sie begangen hatte. »Absolute Ehrlichkeit« war gar nicht das, was sie wollte; es war das, was sie bereits hatten, wenn sie online waren und im Dunkeln über ihre Tastaturen miteinander sprachen. Sie wollte etwas Unmögliches: Ohrenschützer, die sämtliche Unwahrheiten herausfilterten, aber den Rest von dem, was er sagte, durchließen.

Johnny's hatte gerade für die Mittagsgäste aufgemacht. Sie war nicht hungrig, doch aus Geselligkeit bestellte sie Pommes. Er nahm das Combo und trug es staunend zu ihrem Tisch.

»Ich kann nicht glauben, dass so was gesetzlich erlaubt ist. Man kann doch nicht einfach so einen Haufen Fleisch –«

»*Italian beef*«, sagte sie.

»*Italian beef* noch auf die Wurst packen.«

»*Italian Sausage.*«

»Genau, und dann lassen sie dich das einfach so *essen?*«

»In Chicago«, sagte sie, »wird Fleisch als Gewürz verwendet.«

Essen war ein sicheres Thema. Genauso wie das Wetter, der Verkehr, Flugreisen und alles andere, über das sie nicht reden wollten.

Sie wollte ihn fragen, ob er am Morgen genauso lang gebraucht hatte wie sie, um zu entscheiden, was er anzog; ob sie so aussah, so klang, wie er erwartet hatte; ob er so nervös war und sich so schwindlig fühlte wie sie. Doch all das kam nicht infrage, und es war ihre eigene Entscheidung gewesen. Als Joshua mit dem Combo fertig war (er schaffte es tatsächlich; mit dem letzten Stück des weichen Weißbrots saugte er den Fleischsaft auf und steckte sich das Ganze in den Mund, als wäre er in Süd-Chicago geboren), begriff sie, dass ihnen trotz der anstehenden Rückfahrt und dem Gang durch die Sicherheitskontrollen noch immer eine Stunde freie Zeit blieb, und dass sie nichts hatten, um diese Stunde zu füllen.

»Tut mir leid«, sagte sie. »Ich hätte das nicht tun sollen.«

»Wovon redest du? Ich freu mich –« Er hielt inne. Keine Gefühlsworte.

»Siehst du?«, sagte sie. »Ich bin verrückt.«

Er dachte einen Augenblick nach. Dann streckte er den Arm aus und legte seine Hand auf ihre.

»Dann reden wir eben nicht«, sagte er. »Wir sehen einander einfach nur an. Und später –«

»Später können wir alles online sagen«, sagte sie.

»Wie brave Online-Amerikaner«, sagte er, und sie lachte.

»Meine Hand kannst du aber ruhig weiter halten«, sagte sie.

»Ich sollte mir erst mal das Fett abwaschen.« Das war die Wahrheit.

Sie fuhren schweigend zurück, doch die Stille wurde vom Rauschen des Blutes, das sie durchströmte, übertönt. Da war etwas, was sie ihm sagen musste, bevor er ging, etwas, das ihrer Beziehung ein Ende setzen konnte, noch bevor sie richtig begonnen hatte. Nachdem sie sich durch die Metalldetektoren geschoben hatten, spazierten sie Hand in Hand durch das Terminal zu seinem Gate.

»Ich muss dir etwas über mich erzählen«, sagte sie. »Über meine Familie.«

»Ich weiß alles über die Erstaunliche Familie Telemachus«, sagte er.

Sie blieb stehen, ließ seine Hand los. »Echt?«

»Ich habe mich umgehört, und ein Freund von mir kannte sämtliche Geschichten über euch. Ich bin davon ausgegangen, du erwartest, dass ich mich schlaumache. Als du mir endlich deinen Nachnamen verraten hast, klang es so, als müsste man ihn kennen.«

»Das stimmt nicht.«

Er sah sie amüsiert an. »Lüge ich gerade?«

Das tat er nicht. Sie überkam eine brennende Furcht, wie die neunjährige Irene damals, als sie vor die Kameras trat.

»Und was denkst du darüber?«, fragte sie.

»Ohne Gefühlsworte zu benutzen?« Seine Stimme klang amüsiert, seine Augen blickten freundlich. Sie konnte nichts von der Verachtung erkennen, die sie befürchtet hatte.

»Stimmt«, sagte sie. »Die Regeln.« Sie hakte sich bei ihm ein, und sie spazierten weiter.

»Ich habe aber jede Menge Fragen«, sagte er.

»Lass uns nachher darüber reden.« Vor dem Monitor war alles ganz einfach, da zischten ihre Worte mühelos zwischen den Satelliten hin und her. Sie hatten über seine Scheidung gesprochen, ihre Beinahe-Heirat mit Lev, seinen stressigen Job und ihren Hirn tötenden. Vor allem hatten sie über ihre Kinder gesprochen. Er teilte sich das Sorgerecht für seine zehnjährige Tochter, Jun, und befürchtete, die Scheidung könne Auswirkungen auf sie haben. Irene klagte über Matty, den Meisterschmoller und -geheimnistuer, der übermäßig viel Zeit allein in seinem Zimmer verbrachte.

LAST DAD STANDING: Mach dir darüber keine Sorgen. Kinder sind so.

IRENE T: Du hast eine Tochter, die dir alles erzählt.

LAST DAD STANDING: Matty ist ein Junge und ein Teenager. Ich habe meinen Eltern nie irgendwas erzählt, und guck mal, was aus mir geworden ist. Geschieden, in Therapie ... Moment. Du solltest dir wirklich Sorgen machen.

IRENE T: Du bist in Therapie?

LAST DAD STANDING: War ich. Ich hab's zuletzt ein bisschen schleifen lassen.

IRENE T: Vielleicht sollte ich Matty einen Therapeuten besorgen. Wenn ich mit ihm rede, kommt es mir immer wie ein Kreuzverhör vor.

LAST DAD STANDING: Bitte um Erlaubnis, Teenager als gegnerischen Zeugen zu behandeln, Euer Ehren.

IRENE T: Ganz genau!

Die Geschichte ihrer Familie im Psi-Geschäft war das einzige Thema, das sie nicht anzusprechen gewagt hatte, und jetzt, da er es ans Licht gezerrt hatte, konnte sie nicht glauben, das Geheimnis so lange für sich behalten zu haben. Das Problem bei Leichen im Keller war, dass man erst dann wusste, wie viel Platz sie dort eingenommen hatten, wenn man sie endlich entsorgte.

Jetzt gerade wollte sie schweigend laufen, Arm in Arm mit einem gut aussehenden Mann, der aus unerklärlichen Gründen bereit war, ihren verrückten Forderungen nachzukommen, der sich von ihrer Vorgeschichte als gedankenlesendem Dreikäsehoch nicht abschrecken ließ.

Einem Mann, der sie gleich verlassen würde.

Sie und Joshua standen da, ohne zu sprechen, und als es Zeit wurde, an Bord zu gehen, beugte sie sich zu ihm vor. Er legte den Arm um sie.

Da bist du, dachte sie. Sein Geruch löste etwas in ihrem Gehirn aus, das sie an Sonnenschein und Holz und Salz denken ließ.

Die Sprechanlage plärrte. »Das ist meiner«, sagte er.

»Ich weiß«, sagte sie. Sie wollte seinen Arm nicht loslassen. Doch sie tat es. Wie es sich für Irene nun mal gehörte.

»Danke, dass du gekommen bist«, sagte er. »Dir die Zeit genommen hast.«

»Ich dachte mir, der Supermarkt kommt auch eine Weile ohne mich klar«, sagte sie.

»Ich lande am Donnerstag wieder in Chicago zwischen«, sagte er. »Vielleicht könnten wir das wiederholen? Ich komme nachmittags an, also könnten wir vielleicht, keine Ahnung, was trinken gehen. In irgendein nettes Lokal?«

»Tut mir leid, dass es so komisch war«, sagte sie.

»Es war überhaupt nicht komisch.«

Die Sprechanlage rief erneut seinen Abschnitt aus. Er warf einen Blick über die Schulter, und als er sich wieder umdrehte, sah er die Veränderung in ihrem Gesicht. Sie konnte es nicht verbergen.

»Oh, Irene.« Er dachte, sie sei traurig, ihn gehen zu sehen. Das war sie auch, doch das war nicht der Grund, warum sie mit den Tränen kämpfte.

Dann sah sie, wie er es begriff. »Scheiße«, sagte er leise.

Die erste Lüge stand zwischen ihnen in der Luft. Es war *tatsächlich* komisch gewesen. Total komisch. Und er hatte sich nicht getraut, es der verrückten Frau zu sagen, die hergefahren war, um ihn zu treffen.

»Es tut mir leid«, sagte er. »Ich meinte nicht –«

Er brach ab, bevor er die nächste Lüge aussprechen konnte. Denn er hatte es so gemeint, und er wusste, dass sie wusste, dass er es so gemeint hatte. Beide Lügen waren zu nichtig, um sich ihretwegen Sorgen zu machen. Es war nur so, dass sie die ersten waren, in einer unaufhaltbaren Lawine der Unwahrheiten und Halbwahrheiten und höflichen Lügen und offenen Täuschungen, die sich um sie herum auftürmen würden, bis sie ihn nicht mehr sehen konnte. Sie war schon einmal unter einer solchen Lawine begraben worden, und sie glaubte nicht, dass sie sich ein zweites Mal würde befreien können.

Als sie jung war, dachte sie, sie hätte das beste Talent in ihrer Familie erwischt. Niemand konnte sie übervorteilen. *Sie* konnte niemand hinters Licht führen. Während alle anderen als leichte Beute für Halsabschneider, Betrüger und Schurken aller Art durchs Leben wandelten, war sie mit Röntgenbrille und einem fest auf ihrer Schulter montierten Schwachsinnsdetektor bewaffnet. Sie war das Mädchen, das man nicht für dumm verkaufen konnte.

Aber bei Gott, war sie dumm gewesen.

»Ich muss los«, sagte sie.

»Irene, bitte. Ich will nicht, dass wir so auseinandergehen.«

»Ist schon okay«, log sie. »Ist okay. Ich kann nur nicht –«

Kann was nicht?, fragte sie sich selbst. Kann das nicht noch einmal. Kann noch nicht mal damit anfangen.

»Ich kann einfach nicht.« Und dann ging sie davon, bevor sie über weitere Worte stolpern konnte, seine oder ihre eigenen.

Sie fuhr langsam nach Hause, aus Sicherheitsgründen. Ihr seelischer Zustand war für den Chicagoer Verkehr nicht geeignet. Als sie endlich in die Einfahrt eingebogen war, saß sie lange Zeit da und starrte mit leerem Blick über das Lenkrad hinweg. Dann trat Buddy aus der Haustür, in Küchenschürze und Ofenhandschuhen. Er gab ihr winkend zu verstehen, ins Haus zu kommen.

»Ja, verdammt«, sagte sie.

Im Haus hing der Geruch warmer Kekse in der Luft – Macadamia-Kekse mit weißer Schokolade. Ein Dutzend davon lag bereits auf dem Abkühlgitter, und Buddy holte gerade ein zweites Blech aus dem Ofen.

»Die brauche ich alle«, sagte sie. Er nickte.

Mom hatte eigentlich Irene das Kochen beigebracht, doch die Rezepte hatte Buddy sich gemerkt. Er bereitete sie zu, jedoch nach seinem eigenen Zeitplan. Man konnte ihn nicht darum bitten, Moms Pfeffersteak zu machen oder die Bohnen- und Speck-Suppe oder die Macadamia-Kekse. Man musste warten, bis er Lust dazu hatte, und dann hoffen, dass man zur Stelle war, um etwas abzubekommen.

Auf der Arbeitsplatte lag Post. Sie sah den Stapel durch, eine an sie adressierte Rechnung befürchtend, doch das einzig Interessante war ein dicker Umschlag für Teddy, von ATI – Advanced Telemetry Inc. Er bekam diese Umschläge schon seit Jahren, jeden Monat. Er öffnete sie nie vor ihren Augen, und sie glaubte zu wissen, wieso.

Matty stand plötzlich in der Küchentür, noch immer in dem gelben Bumblebee-Shirt, das Frankie ihm gegeben hatte. »Was riecht hier so?«, fragte er.

Buddy schaltete den Ofen aus, schnappte sich drei halb abgekühlte Kekse und ging zur Hintertür hinaus. Das war das andere Problem bei seinen spontanen Kochaktionen; Saubermachen musste man selbst.

Auf dem Tisch lag eine Nachricht in der zittrigen Krakelschrift ihres Vaters: »Irene – Mittwoch Abendessen Palmer's. Zieh was Schickes an.«

»Was ist das denn?«, fragte Irene. Matty zuckte mit den Schultern und griff nach einem Keks. Sein Haar war zersaust, und sein Kinn zierten zwei Pickel, doch unter dem Babyspeck verbargen sich die Gesichtszüge seines Vaters. Der Junge wusste überhaupt nicht, wie gut er einmal aussehen würde.

»Die sind ziemlich unglaublich«, sagte Matty schließlich.

»Ich wollte gerade sagen, du hättest mal Oma Mos probieren sollen, aber Buddys sind vielleicht noch besser.«

»Hattest du ein Vorstellungsgespräch?«, fragte er.

»Was? Ach, der Rock.«

»Und das Make-up.«

»Ich trage immer Make-up.«

213

»Nicht seit Pittsburgh. Und, äh, das ist total verschmiert.«

Sie tupfte sich den Augenwinkel ab. »Es war kein guter Tag«, sagte sie. Sie setzte ein Lächeln auf, um ihn zu beruhigen. Er sah nicht überzeugt aus. »Wie war denn dein Tag? Benimmt sich Frankie?«

»Du hast meine Frage nicht beantwortet«, sagte er.

»Du auch nicht. Wie wär's damit – jeder eine. Du beantwortest meine, ich beantworte deine.«

»Als würdest du meine Fragen wirklich beantworten.«

Sie lachte. »Das werde ich!«

Er runzelte die Stirn, überprüfte die Abmachung auf Lücken. Teddy wäre stolz gewesen. »Alles klar«, sagte er. »Aber jeder nur drei Fragen.«

»Sie verhandeln hart, Mr Telemachus. Das war also deine erste Frage – ob ich bei einem Vorstellungsgespräch war?«

»Dann sagst du einfach Nein und fragst mich was. Also, kurze Antwort: Wo warst du?«

»Ich habe einen Freund getroffen.«

»War es der Typ, mit dem du dich am Computer unterhältst?«

»Woher weißt du –? Und das sind zwei Fragen.«

»Ich gebe beide dafür her, um das zu hören«, sagte er. »Und es war nicht schwer, dahinterzukommen. Du sitzt ständig vorm Computer. Ich dachte mir, dass es um einen Typen geht.«

»Ich könnte auch lesbisch sein«, sagte sie.

»Jetzt echt?«

»Er heißt Joshua.«

»Josh-u-a«, sagte er. »Josh. Der Joshinator.«

»Wie läuft's denn mit Frankie?«, fragte sie. Sie sah, dass er vom Tisch flüchten wollte.

»Ganz gut«, sagte er. Dann fiel ihm auf, dass es nicht der Wahrheit entsprach. »Es ist ... krass.«

»Wieso krass?«

»Zwei Fragen«, sagte er.

»Ich denke, die Antwort ist es mir wert.«

»Es ist ... keine Ahnung. Onkel Frankie erwartet sehr viel. Ich glaube, ich kann gar nicht alles, was er von mir erwartet.«

»Oh Gott, versucht er, dich in diese UltraLife-Geschichte hineinzuziehen?«

Matty sah sie verlegen an.

»Gott, du bist noch ein Kind. Es tut mir leid, Matty. Ich sage ihm, dass er dich aus der Sache raushalten soll.«

»Nein! Ich meine, er zieht mich da nicht mit rein. Es ist nur so, dass die Arbeit mit ihm anstrengend ist, weil er so ...«

»Intensiv ist?«, sagte Irene. »Und großspurig?«

»Genau«, sagte er. »Intensiv großspurig.«

»Ich hätte dich nicht dazu drängen dürfen, mit ihm zu arbeiten«, sagte sie. »Ich dachte bloß, es würde dir Spaß machen.«

»Du hast mich nicht dazu gedrängt. Ich will es machen, um ein bisschen Geld für dich zu verdienen –«

»Um Geld für *mich* zu verdienen?«

Er wurde rot. »Um Geld für uns zu verdienen, meinte ich.« Auch das war die Wahrheit.

»Schätzchen, das ist nicht dein Job«, sagte sie. »Das Geld verdiene ich. Du bist das Kind. Ich will nicht, dass du dasselbe durchmachst wie ich.«

Er sah sie mit großen Augen an. »Du meinst die Psi-Geschichten?«

»Nein, ich meine –« Sie wünschte, er würde ihre Vergangenheit im Showgeschäft weniger spannend finden. »Ich musste erwachsen werden, bevor ich so weit war. Als Mom starb, war ich erst zehn, und plötzlich war ich diejenige, die sich um Frankie und Buddy kümmern musste. Und auch um deinen Großvater.«

Matty nahm sich noch einen Keks und betrachtete ihn ausgiebig. »Frankie hat gesagt, Oma Mo war so mächtig, dass die Russen sie umbringen mussten.«

»Frankie glaubt an Verschwörungstheorien. Er sagt auch, der

Sagenhafte Archibald hätte sie getötet. Oder ist Archibald jetzt ein russischer Spion?«

»Ich weiß, aber ...«

»Aber was?«

»Sie war doch Spionin, oder nicht? Sie hat für die CIA gearbeitet?«

Sie hat für Destin Smalls gearbeitet, dachte Irene. »Sie arbeitete für die Regierung. Für welche Agency, das weiß ich nicht genau.«

»Also haben sie sie ... ausgebildet?«

»Was?«

»Ich meine, jemand wie sie, die hätten ihr doch beigebracht –«

»*Die haben ihr gar nichts beigebracht.*«

Irenes Wut kam so plötzlich wie der Schnitt einer Scherbe, wenn man barfuß lief. Da war irgendetwas, das sie vergessen hatte. Etwas bezüglich Destin Smalls. Doch die Erinnerung weigerte sich hervorzutreten.

»Mom?« Matty sah besorgt aus.

»Sie war ein Naturtalent«, sagte Irene. Sie räusperte sich. »Sie haben sie ausgenutzt, sie benutzt, und dann wurde sie krank. Kein großes Rätsel.«

Irene erinnerte sich an jenen Morgen, sieben Monate, bevor ihre Mutter starb, als Irene sie weinend auf der Bettkante hatte sitzen sehen. Dann hatte sie sich die Tränen weggewischt und war mit Destin Smalls davongefahren. Wenigstens diese Erinnerung war klar und deutlich.

»Wieso fragst du mich nach diesen Sachen?«, fragte Irene.

»Nur so«, sagte er. Eine Lüge.

»Hör auf. Da gibt's doch einen Grund.«

»Das ist unfair«, sagte Matty. »Du bist im Vorteil. Aber du kannst mich anlügen, und ich werd's nie erfahren.«

»Ich habe all deine Fragen wahrheitsgemäß beantwortet, so gut ich es konnte«, sagte sie.

Er verzog den Mund, so wie er es immer tat, wenn er nachdachte. Er plante seinen nächsten Zug. »Okay, dieser Joshua. Liebst du ihn?«

Sie wischte sich das Gesicht mit einer Serviette ab. »Ich habe ihn erst einmal persönlich getroffen«, sagte sie. »Heute morgen.«

Er lachte. »Das ist nun wirklich keine Antwort auf meine Frage.«

»Es spielt keine Rolle, ob ich ihn liebe«, sagte sie.

Eine Erinnerung löste sich aus der Dunkelheit: Destin Smalls und ihr Vater, die im Wohnzimmer stehen und sie ansehen.

»Es wird nicht funktionieren«, sagte sie. Sie erkannte eine zum Scheitern verurteilte Liebe, wenn sie sie sah.

Destin Smalls holte ihre Mutter jeden Morgen ab und setzte sie jeden Nachmittag wieder zu Hause ab. Sie fing an, die Ankunft seines Autos zu hassen, eines glänzenden Ungetüms mit einem Kühlergrill so breit wie die Barte eines Wals, und die Art, wie ihre Mutter aus dem Haus eilte, wenn es kam. Erwartungsvoll. Manchmal lachend. Nachmittags sah Irene durchs Fenster zu, wie ihre Mutter mit Smalls im Auto saß und redete und redete, wie sie ihre Rückkehr ins Haus immer weiter hinauszögerte, die Rückkehr zu ihren Kindern und ihrem Ehemann. Die Rückkehr zu ihren Pflichten.

Ihre Mutter schien erschöpft zu sein von dem, was sie den ganzen Tag mit Destin Smalls machte. Wenn sie zu müde war, um das Abendessen zuzubereiten, saß sie in der Küche, Buddy auf ihrem Schoß, und gab Irene Anweisungen, was sie wie zu kochen hatte. Nur in Notfällen stand sie selbst auf. Wenn Dad zum Essen aus dem Keller kam, überschüttete er Irene mit Lob. Sie übernahm die Arbeit gern, bis zu dem Tag, an dem sie ihrer Mutter erklärte, sie wolle lieber mit einer Freundin spielen.

»Jetzt wird nicht gespielt, jetzt wird Abendessen gemacht«, sagte ihre Mutter.

»Marcie wartet auf mich«, sagte die zehnjährige Irene. »Mach *du* doch das Abendessen.«

»Gib einfach das Hackfleisch in die Pfanne«, sagte ihre Mutter müde.

»Zuerst das Fleisch anbraten«, sagte Buddy. Er stand neben ihrem Stuhl und hatte seine Arme auf ihre Schultern gelegt.

»Richtig«, sagte ihre Mutter.

»Das ist unfair«, sagte Irene.

»Zuerst das Fleisch anbraten!«, brüllte Buddy. Er mochte es nicht, wenn jemand mit Mom stritt.

Im weiteren Verlauf des Sommers blieb ihre Mutter manchmal nicht einmal in der Küche, während sie kochte. Dann reichte Mom Irene bloß eine Rezeptkarte und ging hoch in ihr Schlafzimmer, um sich auszuruhen. Irene war es sogar lieber so.

Eines Morgens Ende Juli oder Anfang August war ihre Mutter noch im Bad, als Destin Smalls in seinem glänzenden Riesenauto vorfuhr. Irene beobachtete vom Wohnzimmer aus, wie sein großes, rechteckiges Gesicht wie ein blasser Fisch zur Windschutzscheibe schwamm und zum Haus aufsah. Ein paar Minuten später stieg er aus. Irene zog sich hastig vom Fenster zurück. Sein Umriss glitt über die Vorhänge, und dann drückte er den Klingelknopf.

Irene rannte die Treppe hinauf und klopfte an der Tür des Badezimmers. »Mom?«

Keine Antwort.

»Mom? Mr Smalls ist da.«

»Sag ihm, ich komme sofort«, sagte Mom. Ihre Stimme war brüchig vor gespielter Fröhlichkeit.

Als Irene ins Wohnzimmer zurückkehrte, öffnete Buddy gerade die Tür.

»Hallo, Buddy.« Smalls beugte sich vor und tätschelte ihm den Kopf. Buddy rannte aus dem Raum. Er konnte es nicht ausstehen, wenn ihn jemand berührte.

»Sie ist noch nicht fertig.« Irene zeigte auf den Sessel ihrer

Mutter, obwohl der ihres Vaters näher war. »Sie können sich da hinsetzen.«

Mr Smalls setzte sich auf den Polsterhocker ihres Vaters, den Blick auf die Treppe gerichtet, die zum Badezimmer führte – und auf die Treppe, die zum Keller führte, in dem ihr Vater schlief.

»Wie läuft's in der Schule, Irene?«, fragte Mr Smalls.

»Es sind Sommerferien«, sagte sie.

»Stimmt ja, stimmt.« Er warf einen Blick auf die Stufen, die in den ersten Stock hinaufführten.

»Sie kommt gleich«, sagte Irene.

»Ich dachte doch, ich hätte Stimmen gehört«, sagte ihr Vater. Teddy trat ins Zimmer. Er trug eine Pyjamahose und ein Unterhemd, und seine Wangen waren unrasiert. »Wie geht's dir, Destin? Wie läuft das Spionagegeschäft?«

»Schön, dich zu sehen, Teddy.« Destin stand auf und hielt ihm die Hand hin. Ihr Vater zögerte, dann nahm er sie. Er hatte die Bandagen erst wenige Monate zuvor abgenommen.

»Ich habe mich gerade mit Irene unterhalten«, sagte Mr Smalls. »Sie ist ja schon fast eine hübsche junge Dame.« Er sah auf Irene hinab und setzte ein falsches Lächeln auf.

»Sind Sie in meine Mutter verliebt?«, fragte Irene.

»Was?«, sagte Smalls.

»Ich sagte, sind Sie –«

»Natürlich nicht!«

Ihr Vater starrte sie an. Er wusste genau, was sie da tat.

Von oben war das Geräusch plätschernden Wassers zu hören, und dann das Öffnen einer Tür. Jedes dieser Geräusche wirkte ungewöhnlich laut. »Tut mir leid, dass ich so spät dran bin«, sagte ihre Mutter und blieb mitten auf der Treppe stehen. Sie runzelte die Stirn. Sah Dad an, dann Destin Smalls.

»Mr Smalls ist ein Lügner«, sagte Irene und verließ das Zimmer.

Als sie später in derselben Woche vom Aldi nach Hause kam, marschierte Teddy nervös im Wohnzimmer umher. »Wo warst du? Wir müssen um sechs da sein!«

Ach, richtig. Mittwoch Abendessen bei Palmer's, um seinen »Schatz« kennenzulernen. Irgendwie, irgendwann hatte Teddy angefangen, sich mit Frauen zu treffen. Sie glaubte zu wissen, warum Teddy wollte, dass Irene zu diesem Dinner mitkam, und sie hoffte, dass sie falschlag.

»Gib mir eine Minute, Dad. Es war ein langer Tag.«

»Zieh einfach das beste Kleid an, das du hast. Nein – das zweitbeste. Sie ist der Star, nicht du.«

Teddy trug natürlich bereits seinen teuersten Anzug, ein stahlblaues Modell mit dunkelblauen Nadelstreifen, und eine mit besonders vielen Diamanten besetzte Armbanduhr. Teddy Telemachus spielte niemals die zweite Geige. »Jetzt beeil dich!«, sagte er. »Ich will nicht, dass sie auf uns warten muss.«

Mit *sie* war sein »Schatz« gemeint. Er hatte noch immer nicht erklärt, wieso er unbedingt wollte, dass Irene sie in ein Restaurant begleitete.

»Gott, ist ja schon gut. Könntest du wenigstens eine Pizza für Matty in den Ofen schieben?«

»Ich kann doch nicht *kochen*«, sagte Teddy. »Nicht in diesen Sachen!«

»Ich bin mir ziemlich sicher, dass ich eine Fertigpizza in den Ofen schieben kann«, sagte Matty.

»Guter Mann«, sagte Teddy. »Aber nicht alles auf einmal essen, verstanden?«

»Verdammt, Dad!«, sagte Irene.

Sie ging nach oben, doch alles, woran sie denken konnte, war der Computer im Keller. Seit zwei Tagen hatte sie sich ihm vorsichtig genähert, als wolle sie über den Rand einer Klippe spähen, war jedoch jedes Mal zurückgewichen, bevor sie den Halt verlieren konnte. Doch eine halbe Stunde später war sie wieder da gewesen, wie um sich in Erinnerung zu rufen, dass der Sturz sie umbringen konnte.

Sie stellte sich einen Posteingang voller verwirrter Nachrichten von Joshua vor. Oder schlimmer noch, einen Posteingang ohne jede Nachricht von Joshua. Sich in den Chatroom einzuloggen kam nicht infrage. Denn dann würde sie sofort anfangen, sich mit ihm zu unterhalten, was zu dem Versprechen ihrerseits führen würde, ihn am Donnerstag am Flughafen zu treffen, und sobald sie ihm wieder direkt gegenüberstand, würde sich der ganze Prozess wiederholen, von der ersten Berührung über den Hormontsunami bis zu der plötzlichen Befürchtung, ihre Beziehung müsse unabwendbar scheitern. Das einzig Vernünftige war, diesen wagnerischen Zyklus schon im Keim zu ersticken. *Kill the Wabbit.*

Sie zog eines der Kleider an, die sie zur Arbeit getragen hatte, damals, als sie noch an einem Ort angestellt war, der keine Polyesterkittel vorschrieb. Kittel waren die offizielle Uniform derer, die sich auf der untersten Stufe der Karriereleiter zu halten versuchten; ein Fallschirm, der sich niemals öffnen würde. Joshua sagte, auch er mache sich Sorgen um Geld, doch bei ihm bestand keine Gefahr, in echte Armut abzurutschen.

Als sie aus dem Schlafzimmer kam, sah sie Teddy am Fuße der Treppe auf der Stelle wippen. »Geht das?«, fragte sie ihn.

»Ein bisschen langweilig«, sagte er. »Perfekte Wahl.«

Er fuhr und schimpfte die gesamte Fahrt über auf den Verkehr. Sie hatte ihn noch nie so nervös erlebt. »Also, wo hast du diese Frau kennengelernt?«, fragte Irene. »Hängst du in einem Altersheim rum, von dem du mir noch nichts erzählt hast?«

»Ich erzähl es dir, wenn wir da sind. Eine großartige Geschichte, großartig. Fast schon schicksalhaft.«

Erst um zehn nach sechs betraten sie das Restaurant. Dad suchte die Lobby und die Bar nach der rätselhaften Dame ab und stellte erleichtert fest, dass sie noch nicht eingetroffen war. Irene entschuldigte sich noch einmal dafür, dass sie sich ihretwegen verspätet hatten, doch er winkte ab.

»Reservierung für Telemachus, halb sieben«, informierte Teddy die Platzanweiserin.

»Halb *sieben?*«, fragte Irene.

»Ich wusste, dass du dich verspäten würdest«, sagte Teddy.

Ihr Tisch war bereit. Teddy hängte seinen Fedora an den bronzenen Hutständer, und Irene fand es überhaupt nicht überraschend, dass dort bereits ein halbes Dutzend Hüte hingen. Palmer's Steakhouse war Teddys Lieblingsrestaurant, weil die Rib-Eyes dick waren, die Drinks stark und die Preise günstig. Das Durchschnittsalter im Speiseraum sank niemals unter sechzig.

Dad positionierte Irene zu seiner Linken und reservierte den Platz rechts von sich für seinen Gast. Die Kellnerin schenkte ihnen Wasser ein, noch bevor sie ihre Stühle an den Tisch herangerückt hatten. Teddy mochte die Kellnerinnen, eine rein ukrainische Mannschaft mit markanten Wangenknochen, Kettenraucherlippen und tollen Beinen. Sie brachten die Teller und nahmen sie wieder weg, als handelte es sich dabei um eine olympische Disziplin. Im Palmer's stocherte niemand im Salat herum. Während man noch das letzte Schlückchen Suppe schlürfend hinunterschluckte, war der Suppenteller schon verschwunden, bevor man den Löffel ablegen konnte.

»*G and T?*«, fragte ihn die Kellnerin.

»Du kennst mich einfach zu gut, Oksana. Aber ich warte mit der Bestellung, bis meine Freundin da ist.«

»*Noch* eine Freundin, was?«

»Ich bin seine Tochter«, sagte Irene.

Die Kellnerin zuckte mit den Schultern und ging davon. Teddy lachte.

»Ich weiß nicht mal, was ich hier soll«, sagte Irene. »Wie heißt diese Frau?«

»Da ist sie.« Teddy stand auf und knöpfte sein Jackett zu. Er ging ihr entgegen und nahm ihren Arm.

Irene hatte durchaus erwartet, dass ihr Vater sich eine jüngere Frau aussuchen würde – jemanden Mitte sechzig vielleicht. Diese Frau jedoch schien an ihren frühen Vierzigern festzuhalten, mit Unterstützung von gutem Make-up, Tae-Bo und Geld. Für dieses kleine Schwarze hätte Irene einen kompletten Monatslohn opfern müssen. Was zur Hölle ging hier vor?

Dad eskortierte sie zu ihrem Tisch. »Graciella, das ist meine Tochter, Irene.«

Graciella. Der Name kam ihr bekannt vor. »Freut mich sehr«, sagte Irene und schüttelte ihr die Hand. Dann ging es nur noch darum, auf die erste Lüge zu warten. Drei … zwei …

»Ich würde ja sagen, dass mir Teddy schon *so viel* von Ihnen erzählt hat«, sagte Graciella. »Bloß hat er kein einziges Wort gesagt.«

Ehrlichkeit, gleich zum Einstieg. Sieh mal einer an.

Irene sagte: »Na ja, Dad hat mir bis gerade eben nicht mal Ihren Namen verraten.«

»Das überrascht mich nicht«, sagte Graciella. »Ich glaube, er spielt gerne den geheimnisvollen Mann mit Hut.«

»Ich habe einen Fehler gemacht«, sagte Dad im Scherz. »Das Essen ist vorbei. Schön, dass ihr beide euch kennengelernt habt.«

Die Kellnerin kam zum Tisch. »Getränke jetzt?«

»Oh ja«, sagte Irene. »Wir werden jede Menge Drinks brauchen.«

Das Essen lief mit Palmer'scher Effizienz ab, vorangetrieben von Oksanas flinken Händen. Die Unterhaltung schlängelte sich auf einem Fluss aus Alkohol zwischen den umherwirbelnden Tellern hindurch. Graciella war eine Trinkerin, und Irene ging ihr Tempo bereitwillig mit, während sie dahinterzukommen versuchte, wer diese Frau war und was sie mit ihrem Vater vorhatte. Wenn sie log, schien es meist aus Höflichkeit zu geschehen; die großen Lügen, vermutete Irene, bestanden in dem, was sie ausließ. Sie erwähnte Kinder und sagte, bei ihnen sei alles wunderbar (bei Kindern ist nie alles wunderbar), doch der Ehemann tauchte im Gespräch nicht auf – trotz des Eherings an ihrer Hand und eines Verlobungsdiamanten von der Größe eines Meteoriten.

Dad war zuvorkommend und beflissen – jedenfalls Graciella gegenüber; Irene musste ihre Drinks selbst bestellen. Dad lachte über alles, was die Frau sagte, berührte immer wieder ihren Arm, sprach Empfehlungen aus, als arbeite er für das Restaurant. Nachdem sie ihr Dessert bestellt hatten (»Der Lavakuchen ist umwerfend«, erklärte Teddy), entschuldigte sich Graciella und ging zur Toilette.

»Und?«, fragte Teddy. »Magst du sie?«

»Was zur Hölle soll das werden, Dad?«

»Beruhig dich. Ich weiß, es ist für Kinder nicht leicht, wenn ihr verwitweter Vater sich verliebt, aber ich hatte gehofft, du könntest –«

»Jetzt mal ganz langsam. Du bist in sie *verliebt?*«

»Das bin ich«, sagte er förmlich.

»Schläfst du mit ihr?«

»Das geht dich nichts an.«

»Dad, sie ist verheiratet.«

»Eine unkluge Wahl, und eine unglückliche. Nick Pusateri hat sie nicht verdient.«

»Wer ist Nick –?« Und dann fiel ihr ein, wo sie diesen Namen schon einmal gehört hatte. »Scheiße. Ist Graciella die Frau von diesem Mafioso?«

»Red nicht so abfällig. Das steht dir nicht.«

»Du bumst eine Gangsterbraut?!«

»Ich *bumse* sie nicht«, sagte Teddy. »Außerdem bin ich mir ziemlich sicher, dass sie sich in keiner Weise fleischlich für mich interessiert. Ich bin –«, er vollführte eine vage Geste mit drei Fingern, »– süß.«

»Und außerdem doppelt so alt wie sie.«

»Mach dich nicht lächerlich. Ich verliebe mich in niemanden, der nicht mindestens halb so alt ist wie ich, plus sieben Jahre. Absolutes Minimum.«

»Du *entscheidest* einfach, in wen du dich verliebst, ja?«

»Das solltest du auch mal probieren. Geh in einen Supermarkt – nicht diesen schrecklichen, in dem du arbeitest, ich empfehle Dominick's – und such dir einen fremden Menschen aus. Achte auf seine Schönheit. Achte darauf, wie er eine Melone hält. Hör zu, wie er mit dem Kassierer spricht. Und sag zu dir selbst: Ich liebe diesen Menschen.«

»Machst du das öfter?«

»Jeden Tag.«

»Du wirst noch festgenommen.«

»Das wäre es wert«, sagte er.

»Gut. Du bist ein emotionaler Teufelskerl. Ich sage ja nur, hättest du nicht versuchen können, jemand anderem als ausgerechnet Lady Macbeth die Hosen auszuziehen?«

»Lady Macbeth würde doch keine Hosen tragen.«

»Hör zu, Dad – du kannst nicht einfach so versuchen, die Frau eines Gangsters zu vögeln. Das ist Selbstmord.«

»Und du hörst mir nicht zu.« Er warf einen Blick in Richtung Toiletten, um sicherzugehen, dass Graciella nicht bereits zurückkam. »Es geht nicht um Vögeln und Bumsen und – seit wann redest du überhaupt so vulgär? Es geht nicht um Sex. Ich habe meinen Schwanz schon so lange nicht mehr benutzt, dass ich gar nicht mehr weiß, wo ich danach suchen sollte. Ich hab ihn 1979 gegen eine Packung Camel getauscht und nie zurückbekommen.«

»Ich möchte wirklich nicht mit meinem Vater über seinen Schwanz reden.«

»Irene, hier geht's darum, jemanden zu finden. Jemanden zu finden und sie oder ihn zum wichtigsten Menschen in seinem Leben zu machen – auch wenn es nur für kurze Zeit ist. Einen Tag! Sogar nur eine Stunde! Sag mir, was daran schlecht sein soll.«

»Schlecht ist, wenn der Ehemann dieses wichtigen Menschen dir in den Hinterkopf schießt.«

»Gutes Argument«, sagte er. Er beobachtete noch immer mit einem Auge den Ausgang der Toiletten.

»Warum bin ich hier, Dad? Ich bin der letzte Mensch, den du hättest mitbringen sollen, wenn du mit dieser Frau zusammenbleiben willst.«

»Sie kommt«, sagte Dad. »Ich muss nur eins wissen – magst du sie?«

Irene seufzte. »Irgendwie schon, ja.«

»Perfekt«, sagte er.

Und mit einem Mal begriff Irene, dass sie zu etwas überlistet worden war. Wozu, konnte sie jedoch beim besten Willen nicht sagen.

Durch die endlosen Stunden an der Kasse war ihr eine Tatsache des modernen Lebens klar geworden: Auch stumpfsinnige Arbeit kann den Kopf füllen, genau wie das Rauschen im Radio. Solange sie sich beschäftigte – solange sie mit der Linken Konserven die Rutsche hinabschob, während sie mit der Rechten eilig die Preise eintippte, Small-Talk betrieb, Bargeld einsortierte –, brauchte sie nicht darüber nachzudenken, welcher Tag es war, um welche Uhrzeit bestimmte Flugzeuge landeten oder dass sie einmal einsam und allein sterben würde.

»Bist du erkältet, Schätzchen?«, fragte Phyllis von der Nachbarkasse aus.

»Mir geht's gut«, log Irene.

Phyllis brummte missbilligend. Darin war sie meisterhaft.

Irene hatte sich vier Tage lang vom Computer ferngehalten – neuer Rekord, seit er geliefert worden war. Ihr Vater machte sich etwas vor, wenn er glaubte, man könne sich aussuchen, ob man sich verliebt, doch vielleicht war das Gegenteil der Fall: Vielleicht konnte man sich aussuchen, sich nicht zu verlieben. Alles, was sie tun musste, war, die Dosen Aldi-Cola zu zählen (22 Cent das Stück), die Einkäufe einzupacken und jeden einzelnen Kunden mit einem fröhlichen Auf Wiedersehen zu verabschieden.

»*Kill the wabbit*«, sagte Irene.

Die Kundin, eine Frau, die zwanzig Jahre zu alt war, um mit ihrem Vater auszugehen, sagte: »Wie bitte?«

»Nichts«, sagte Irene und hielt ihr den Kassenzettel hin, als sei er das Gewinnlos einer Lotterie. »Einen schönen Tag noch.« Und der nächste Kunde.

Doch auf dem Kassenband lag nichts. Irene blickte auf, und der nächste Kunde war ein Mann in einem Business-Anzug.

»Joshua? Was machst du –?«

Er hielt sich einen Finger an die Lippen.

Sie trat hinter ihrer Kasse hervor, schämte sich für ihre Polyester-Uniform, ihren einfachen Pferdeschwanz. Sie hatte nicht einmal Wimperntusche aufgetragen. »Du hättest nicht herkommen sollen.«

Ohne ein Wort zu sagen trat er ganz nah an sie heran. Hob die Augenbrauen. Wartete.

Scheiße. Er hatte recht. Keine weiteren Worte.

Sie zog sein Gesicht an ihres heran und küsste ihn.

9

Frankie

Wie zur Hölle halten sich Coaches davon ab, ihre Starspieler umzubringen?, fragte sich Frankie. Erst ist man begeistert von den Möglichkeiten, die sie einem eröffnen. Man fängt an, vom Ruhm zu träumen. Man hört schon die Begeisterung des Publikums. Doch dann wird man nach und nach von ihnen abhängig. Man braucht sie. Und irgendwann, nachdem man sie schon jahrelang trainiert hat, fangen die Stars an, am Coach zu zweifeln, eigene Ideen anzubringen. Und jedes Mal, wenn sie nicht das tun, worum man sie bittet, fühlt es sich an, als würden sie einem etwas wegnehmen. Den Ruhm stehlen.

»Pass auf, Matty. Du musst nichts anderes tun, als mir dabei zuzusehen, wie ich den Safe öffne, und mir dann die Kombination zu sagen. Wenn du nicht übst, wird das nie was. Vertrau mir. Ich hab das selbst schon erlebt.«

»Ich übe ja«, sagte Matty. Er saß auf dem Safe, hielt sich mit beiden Armen den Bauch und starrte auf den Boden der Garage. »Nur ... nicht, wenn du dabei bist.«

»Vertraust du mir nicht?«

»Du bist nicht das Problem. Ich kann es nicht vor anderen Leuten.«

»Woher willst du das wissen, wenn du's nicht versuchst? Ich glaube langsam, du hast doch nicht das Zeug dazu, Matty.«

»Ich bin schon sehr weit gekommen, Onkel Frankie. In den

letzten zwei Wochen. Ganz allein. Ich bin bereit, es mit Mitzi's Tavern zu versuchen.«

Frankie war verblüfft. »Jetzt sofort?«

»Heute Nacht. Oder morgen Nacht. Kommt drauf an.«

»Worauf?«

Der Junge wurde rot.

»Okay, alles klar«, sagte Frankie. »Mach, was du willst. Ich glaube an dich. Du bist mein Walter Payton, Matty. Ich weiß, du kannst das Ding für uns klarmachen.« Er rieb sich mit der Hand über das Gesicht. Er schwitzte wieder. Klang er vielleicht zu verzweifelt? »Sag mir einfach, wenn ich dir irgendwie helfen kann. Oder sonst was tun.«

»Ich brauche nur eine Sache«, sagte Matty.

Ja!

»Sag schon«, sagte Frankie.

»Ich brauche Geld«, sagte er. »Fünfzig Dollar.«

»Was? Wieso?«

»Bitte. Du kannst es von meinem Anteil abziehen.«

»Alles klar. Alles klar. Wenn mein Star Geld braucht, dann kriegt er Geld.«

Im Sommer 1991 verwandelte er ihre Garage in sein privates Bellagio. Er hatte sich ein echtes Rouletterad besorgt, das früher von der St. Mary's Gemeinde für ihren Vegas-Spendenabend verwendet worden war, sowie eine Filzmatte mit sämtlichen Zahlen darauf, und baute alles auf einem Tisch auf, der genau die richtige Höhe hatte. Er hatte sich sogar einen Karton Chips aus den Beständen seines Vaters geborgt, damit es sich richtig anfühlte. Dann drehte er, Stunde um Stunde, das Rad, ließ die Kugel rollen und versuchte, sie zu beeinflussen, genau wie er die Flipperkugel im Royal-Flush-Automaten der Rollschuhbahn gelenkt hatte.

Diese Kugel zu packen war jedoch viel schwieriger als bei der Flipperkugel. Zum einen war sie leichter, keine dreißig Gramm, und ein zu starker Schubs ließ sie schnell aus dem Rad fliegen. Schlimmer noch, sie bestand aus Plastik. Frankie hatte immer schon ein besseres Händchen für Metall gehabt.

Es wollte ihm nicht gelingen, den kleinen weißen Ball zu steuern. Er hüpfte über die Bünde, landete in irgendeinem zufälligen Nummernfeld ... und blieb dort liegen, ohne ihn zu beachten. »Fick dich«, sagte er zur Kugel. »Fick dich und deinen kleinen weißen Arsch.«

Er hätte sofort aufgegeben, hätte es da nicht Buddys Vision gegeben. Loretta war stinksauer, weil er so viel Zeit in der Garage verbrachte. Sie hatte zwei Kleinkinder im Haus, die mit jedem Tag wilder wurden. Sie konnten sich keine Zwillinge leisten, nicht mit seinem Gehalt. Bellerophonics lief schlecht, und er hatte sich Geld von den Pusateris geliehen, um den Laden am Laufen zu halten. Davon hatte er niemandem erzählt.

Er musste endlich gewinnen. Er brauchte Chips, und zwar stapelweise.

Wenn der Zukunfts-Frankie, Buddy zu Folge, einen Roulette-Tisch kontrollieren konnte, hieß das, dass der Gegenwarts-Frankie lernen musste, wie das ging, richtig? Doch es passierte nichts. Es war keine »harte Arbeit«, weil sich überhaupt nichts tat. Die Kugel wurde nicht langsamer, wenn er es wollte. Das verdammte Ding erzitterte nicht einmal in seiner Gegenwart.

»Fick dich!«, schrie er sie an. »Verfickter Scheiß-Plastikschrott!«

Er ging zu Buddy und erklärte ihm, die Sache sei vom Tisch. »Deine Vision ist Schwachsinn«, sagte er.

Buddy sagte nichts. Er saß auf der Gartenterrasse und machte sein Zeitungs-Ding, blätterte vor und zurück, runzelte die Stirn und schüttelte den Kopf, wie ein alter Mann, der nicht glauben konnte, was aus der Welt geworden war.

»Buddy, guck mich an. Hey.« Frankie hielt seine Hand vor

die Zeitungsseite. Buddy drehte ihm sein großes Gesicht zu. »Ich kann es nicht«, sagte Frankie.

»Du gewinnst garantiert«, sagte Buddy.

»Wenn ich garantiert gewinne, warum dann mühsam lernen, die Kugel zu steuern? Vielleicht gewinne ich ja durch Glück.«

Buddy schüttelte den Kopf. »Nein. Du fährst mich zum Casino. Du spielst zwei Stunden lang. Du hast stapelweise Chips. Das passiert nur dann, wenn du die Kugel kontrollierst, so wie du es früher in der Rollschuhbahn gemacht hast.«

»Es funktioniert nicht«, sagte Frankie. »Mit diesem blöden Scheiß-Plastikding kann ich das nicht.«

»Sei der Ball«, sagte Buddy.

»Das ist aus *Caddyshack*, verdammt noch mal«, sagte Frankie. Buddy hatte den Film dutzende Male gesehen.

»Liebe den Ball.« Buddy stand auf und faltete die Zeitung zusammen.

»Ja, und was, wenn ich mich entschließe, es nicht zu tun?«, fragte Frankie. »Deine Vision kann mich nicht zwingen.«

»Sei still«, sagte Buddy.

»Aber –«

Buddy fuhr herum und stieß ihm einen Finger gegen die Brust. »Sei still! Sei still! Sei still!« Drei wütende Stöße. Er war den Tränen nahe.

»Mein Gott«, sagte Frankie. »Schon gut. Ich versuch's ja.«

Er ging in seine Garage zurück, lauschte dem Klackern des sich drehenden Rades, dem klicketi-klicketi-klick der Kugel, während sie sich ihren Ruheplatz suchte. Nichts, was er tat, machte sie langsamer oder schneller oder ließ sie auf die Zahlen springen, die er wollte. »Mother*fucker!*«, brüllte er.

In der Vergangenheit war immer das Selbstbewusstsein sein Problem gewesen. Schon wenn ihm jemand bei der Arbeit zusah, reichte das, dass er nervös wurde und seinen Touch verlor. Und wenn diese Leute wollten, dass er scheiterte, wenn ihm ihre negative Ausstrahlung entgegenschlug wie beim verdammten Sagenhafte Archibald in der *Mike Douglas Show?* Game over.

Doch vielleicht war das hier gar nicht das Problem.

Liebe den Ball.

Frankie nahm die Roulettekugel, hielt sie sich vors Gesicht. Holte tief Luft.

»Ich möchte mich dafür entschuldigen, dass ich dich ›Motherfucker‹ genannt habe«, sagte er.

Er fing an, die Kugel ständig bei sich zu tragen. Er ließ sie in seiner Handfläche herumrollen, bis er spürte, dass sie die Temperatur seines Blutes angenommen hatte. Er polierte sie mit einem Ledertuch. Er sprach zu ihr, wie er zu den Zwillingen gesprochen hatte, als sie noch in Lorettas Bauch gewesen waren und er ihnen die Geschichte von Castor und Pollux erzählte.

Irgendwo auf der anderen Seite ihres Bauches sagte Loretta: »Wie hast du sie gerade genannt?«

»Castor und Pollux? Die größten Zwillinge der griechischen Mythologie?«

»Auf keinen Fall.«

Er hatte sie mit Freundlichkeit überzeugen müssen. Genau wie jetzt die Kugel. »Sag mir einfach, wohin *du* willst«, erklärte er der Kugel. »Nur so ungefähr.« Die exakte Zahl vorherzusagen, auf der sie landete, brachte den fünfunddreißigfachen Einsatz, doch ein solches Maß an Präzision war nicht erforderlich – und war zudem nicht die klügste Methode, das Casino auszunehmen. Er konnte auf eines der Dutzende setzen (etwa auf die Zahlen eins bis zwölf), was eine Auszahlungsquote von zwei zu eins brachte, ohne dass jemand Verdacht schöpfen würde. Wenn er sicherer wurde, könnte er auf eine Straße von drei aufeinanderfolgenden Zahlen setzen, für eine Auszahlungsquote von elf zu eins, oder auf einen Zwei-Zahlen-Split bei einer Quote von siebzehn zu eins.

Das Problem war natürlich, dass aufeinanderfolgende Zahlen auf dem Rad nicht nebeneinanderlagen. Die Eins und die Zwei, beispielsweise, befanden sich auf gegenüberliegenden Seiten des Rades. Es gab jedoch eine Wette, die sich für seinen Zweck anbot.

»Wie wär's denn hiermit«, schlug er der Kugel wie nebenbei vor, als sie kurz davor war, vom Rand in den Kessel abzurutschen. »Wieso landest du nicht im Basket?« *Basket* war eine Spezialwette, die bei den Zahlen Einzelnull, Eins, Zwei oder Drei eine Quote von sechs zu eins brachte – und die Einzelnull und die Zwei lagen direkt nebeneinander.

Er sah, wie die Kugel an Schwung verlor und über die Bünde sprang wie ein Banjospieler. Schließlich kam sie auf einer Zahl zu liegen, wie ein Ei auf einem Kissen.

Null.

Nachdem er ausgiebig gejubelt hatte und herumgehüpft war, nahm er die Kugel und küsste sie. »Danke, Kumpel«, sagte er. »Gute Arbeit.«

Er saß in seinem Transporter, einen halben Block von Mitzi's Tavern entfernt, und sah zu, wie Typen traurig guckend die Bar betraten und noch trauriger guckend wieder herauskamen, wie Büßer, die zur Beichte gingen und dort eintausend Ave-Maria auferlegt bekamen. Freitag war Zahltag – oder vielmehr, Rückzahltag. Viele dieser Männer schuldeten den Pusateris ihren gesamten Gehaltsscheck und hofften, dass sie einen kleinen Teil davon mit nach Hause nehmen durften.

Frankie war einer dieser Männer. Sein Problem war: Er hatte die Knete nicht. Wieder einmal.

Nicks Regel lautete: Bring mich nicht dazu, nach dir zu suchen. Selbst wenn man seine Zahlung nicht beisammenhatte, musste man also bei Mitzi aufschlagen, sich erklären, und die Bestrafung auf sich nehmen. Beim ersten Mal gab es ihre Ich-bin-nicht-sauernur-enttäuscht-Rede. Beim zweiten Mal – er wusste nicht, was beim zweiten Mal passierte. Aber er würde es gleich herausfinden.

Er überquerte die Straße wie ein Mann mit einem Sprengstoffgürtel um die Brust.

Innen war es so dunkel, dass er Barney hinter dem Tresen kaum erkennen konnte. Frankie nahm sich einen Hocker und wartete darauf, dass sich seine Augen an die Dunkelheit gewöhnten. »Ist sie zu sprechen?«, fragte er. Er wusste, dass sie es nicht war. Er konnte hören, wie Mitzi in ihrem Büro den Typen vor ihm anfuhr.

Barney sah nicht auf. Er schielte über seine Brille hinweg auf eine *Reader's Digest*-Ausgabe, was ihn irgendwie noch mehr aussehen ließ wie Drops, den Zeichentrickhund.

»Bud Light«, sagte Frankie.

Barney blätterte um. »So lange bleibst du nicht«, sagte er.

Frankie wollte widersprechen, doch dann entschied er, dass es nichts brachte, den Mann zu verärgern. »Auch wieder wahr«, sagte er.

Es gab einen Unterschied zwischen Frankie und dem armen Bastard, der gerade in die Mangel genommen wurde, sowie allen anderen Bastarden, die vor ihm hineingegangen waren: Frankie gehörte praktisch zur Familie. Teddy hatte früher für Mitzis Bruder gearbeitet, und Frankie ging schon in diese Bar, seit er Kind war. Mitzi mochte ihn. Diese Sympathie, dachte er, war ein Pfund, das ihm eine Gnadenfrist von mindestens einer Woche verschaffen könnte. Auch wenn Teddy nichts von dem wusste, was hier vor sich ging.

Die Tür zu ihrem Büro wurde geöffnet, und ein junger Kerl in enger Hose und noch engerem Hemd kam heraus. Ein großer Spaghettifresser, über 1,85, mit zu viel Gel in den Haaren. Ihm liefen Tränen über die Wangen. Er hastete zum Ausgang und verschwand im Tageslicht.

»Du bist dran«, sagte Barney.

Frankie rutschte langsam von seinem Hocker. Der Raum zog

sich in die Länge, und der Weg bis zur Tür wurde endlos weit. Seine Beine gingen gegen seinen Willen.

○

Die *Alton Belle* schwamm auf dem flachen Wasser des Mississippi wie eine mit Sternen verzierte Hochzeitstorte. Sie war ein mit Lichterketten behängter Nachbau eines Schaufelraddampfers aus dem neunzehnten Jahrhundert, der dank lauter Discomusik pulsierte und eine Mischung aus Vegas-Glanz und Mark-Twain-Romantik versprach. Frankie war so nervös, dass er glaubte, sich übergeben zu müssen.

Buddy jedoch bebte vor Vorfreude.

»Genau so hast du es gesehen, richtig?«, fragte Frankie. Sie waren noch nicht aus dem Auto ausgestiegen. Natürlich war Frankie die viereinhalb Stunden allein gefahren; Buddy hatte nie Autofahren gelernt.

»Genau«, sagte Buddy. »Das ist genau richtig.«

»Stapelweise Chips«, sagte Frankie.

»Stapelweise«, bestätigte Buddy.

Sie reihten sich in den Menschenstrom ein, der über den Landungssteg spazierte. Ihnen blieb eine halbe Stunde, bis das Schiff den Hafen verlassen und zu seiner ersten Tour des Abends aufbrechen würde; per Gesetz musste sich das Casino auf einem seetüchtigen und fahrenden Schiff befinden. Drinnen war es unfassbar laut, überall läuteten Glocken, als wäre jeder gottverdammte Spieler hier ein Gewinner, der die Münzen nur so aus dem Automaten schaufelte. Trotz all der Spiegel kam Frankie alles viel kleiner vor, als er es sich vorgestellt hatte. Jede noch so winzige Ecke war mit Münzautomaten vollgestellt, und gegen jeden dieser Münzautomaten schien sich ein alter Mensch zu lehnen, als handelte es sich um lebenserhaltende Gerätschaften.

»Wo müssen wir hin?«, fragte Frankie. Buddy schien ihn nicht zu hören. »Wo ist der Roulette-Tisch?«, fragte Frankie, diesmal lauter.

Buddy zuckte mit den Schultern. »Den Teil weiß ich nicht.«

»Moment, es gibt Teile, die du nicht weißt?«

»Hier lang«, sagte Buddy, Frankies Panik ignorierend. Der große Mann schob sich durch die Menschenmenge, Frankie im Schlepptau. Sie wollten zur Mitte des Schiffes, doch direkt geradeaus zu gehen war unmöglich; immer wieder mussten sie Reihen von Automaten ausweichen, die allesamt rasselnd, piepend und blinkend um ihre Aufmerksamkeit buhlten. Beinahe hätte man sich selbst weismachen können, man befände sich in einem winzigen Vegas-Casino – wäre da nicht das Publikum gewesen, von dem 80 Prozent Bauern aus dem mittleren Westen waren: John-Deere-Kappen und St. Louis-Cardinals-T-Shirts, Flip-Flops und Basketballshorts; es gab sogar Typen in Overalls. Wenn die Steuerzahler von Alton, Illinois, mit *High Rollern* gerechnet hatten, dann mussten sie sich auf eine Enttäuschung gefasst machen. Unter diesen Landeiern gab es keinen James Bond.

Buddy sah auf die Uhr und führte sie dann die große Treppe zum Deck A hinauf, wo eine Reihe Blackjack-Tische neben einem langen Craps-Tisch und zwei Roulette-Tischen stand. Frankie überreichte der Frau am Kassenschalter die Ersparnisse seines Lebens – zweitausendfünfhundert Dollar –, und sie gab ihm dafür eine niederschmetternd mickrige Menge Chips in einem Plastikkästchen. Die Gesamtheit seiner Hoffnungen und Träume war nicht einmal so groß wie eine Packung Pfadfinder-Kekse.

»Und was ist mit dir?«, fragte Frankie seinen Bruder.

»Mehr brauchst du nicht«, sagte Buddy.

»Sagt die Vision«, sagte Frankie.

»Richtig«, sagte Buddy.

Mit den Chips näherten sie sich den Tischen. »Welcher?«, fragte Frankie.

Buddy sah ihn stirnrunzelnd an.

»Welcher Roulette-Tisch?«, stellte Frankie klar.

Buddy musterte beide und zeigte dann auf den linken Tisch.

»Bist du sicher?«, fragte Frankie. »Denn du siehst nicht sonderlich sicher aus.«

Buddy sagte nichts.

Sie traten an den gewählten Tisch heran, Frankies Finger hielten das Chipskästchen fest umklammert. Nur ein anderer Gast stand dort. Die Croupière, eine große schwarze Frau, forderte zum Setzen auf. Frankie warf einen Blick auf das Rad und erstarrte. Sein Herz klopfte. Er packte seinen Bruder am Arm und zerrte ihn zurück in die Menschenmenge.

»Scheiße, was ist das denn?«, herrschte Frankie ihn an. Buddy wusste nicht, wovon er sprach. »Das Rad! Das ist zu groß!«

Buddy zuckte mit den Schultern.

»Und die Kugel ist auch größer!«, sagte Frankie. »Ich weiß nicht mal, wie schwer sie ist! Wieso hast du mir nicht gesagt, dass es die in verschiedenen Größen gibt?«

»Alles wird gut«, sagte Buddy.

»Scheiße, was bringt mir ein Wahrsager, der mir nicht sagen kann, wie ich verdammt noch mal reich werde?«

Buddy packte ihn an den Schultern. »Hör mir zu.«

»Was?«

»Stapelweise Chips. Hoch aufgetürmt. Das hab ich gesehen.«

Die Dampfpfeife ertönte, und der Boden bebte. Das Schiff hatte zu seiner ersten einstündigen Tour abgelegt.

»Jetzt gilt's«, sagte Buddy. »Genau jetzt.« Buddy war so *entschieden*. Und gesprächig. Er hatte kaum gesprochen, seit Mom tot war, und jetzt erteilte er Kommandos wie General Patton persönlich.

»Okay«, sagte Frankie. Er atmete tief durch. »Und du hast die Stapel wirklich gesehen, ja?«

»Sei still«, sagte Buddy.

Frankie trat an den Tisch heran, signalisierte aber nicht, dass er setzen wollte. Zwei weitere Spieler waren dazugekommen, eine Frau in einem tief ausgeschnittenen Tanktop und ihr grobschlächtiger Freund. Der Steinzeitmensch setzte zwei Zwanzig-Dollar-Chips auf Rot, und die Croupière rief die letzte Möglichkeit zum Setzen aus.

Dann drehte sie das Rad. Wenigstens das Geräusch war dasselbe wie beim Kirchenmodell in seiner Garage. Frankie ließ die weiße Kugel nicht aus den Augen, während sie durch den Kessel raste.

»Sei der Ball«, sagte Buddy.

Liebe den Ball, dachte Frankie.

Natürlich ließ ihn das Casino die Kugel nicht berühren. Er würde sich aus der Distanz mit ihr anfreunden müssen. »Wer ist ein braver Junge?«, murmelte er. »Du. Ja, du. Lande auf Schwarz für mich, okay? Schwarz, Schwarz, Schwarz ...«

Die Croupière warf ihm einen Blick zu, sah dann wieder auf den Tisch und rief, »Schwarz! Sechsundzwanzig!«

Der Steinzeitmensch grunzte. Frankie lächelte. »Braver Junge«, sagte er.

Fünfzehn Minuten später waren Frankie und die Kugel beste Freunde.

Mitzi saß hinter ihrem Schreibtisch, es war kaum etwas zu sehen außer ihrem verschrumpelten Gesicht und den Haaren darüber, fast wie ein Schrumpfkopf. »Was denn, keine Geschenke?«, sagte sie.

Frankie versuchte zu lächeln.

»Denn ich muss dir sagen, mit diesem philo-ultra-magischen Was-auch-immer läuft's bei mir wie ein Schweizer Uhrwerk.«

»Wirklich?« Er spürte Wärme, so groß wie ein Ei, weit oben in seiner Brust. Hoffnung, oder Sodbrennen, oder beides. »Nächstes Mal bringe ich was mit.«

»Und was hast du *diesmal* für mich?«, fragte sie.

Er machte den Mund auf, doch es kamen keine Worte. Er hob die Hände. Sie hingen für eine Sekunde in der Luft und kamen dann nervös auf seinen Knien zu liegen.

Mitzi wirkte nicht überrascht. Sie hatte es wahrscheinlich schon an seinem Gesicht abgelesen, als er durch die Tür getreten war.

»Du stehst bei vierundvierzigtausendfünfhundertundelf«, sagte Mitzi.

Gott, die Zinsen brachten ihn um. »Ich weiß«, sagte er.

»Und achtundsiebzig Cent.«

Wieder hoben seine Hände ab, doch sie kamen nicht weit und landeten unsanft. »Ich weiß, das ist viel Geld.« Er holte tief Luft. »Ich hab mich nur gefragt, ob du vielleicht –«

Sie schnitt ihm das Wort ab. »Ich kann nichts für dich tun, Junge. Du hast das verzapft. Und ich hab's nicht mehr in der Hand.«

»Ich dachte nur, vielleicht, keine Ahnung, weil wir uns schon so lange kennen, dass du vielleicht mit Nick senior reden könntest? Ein gutes Wort für mich einlegen?«

Mitzi starrte ihn an. »Ein gutes *Wort?* Was für ein Wort soll das sein? Abrakadabra?«

»Unsere Familien kennen sich schon ewig, oder? Teddy und Nick senior –«

»Du weißt einen Scheiß über Teddy und Nick.«

»Okay, klar, Dad hat mir nicht alles erzählt, immer brav die Klappe halten, schon klar. Ich frag nicht nach, und Dad ist ein Profi, der erzählt nichts. Ich dachte nur, wenn du deinen Bruder bittest, den Sohn eines alten Freundes –«

»Nein, Frankie. *Du* wirst mit Nick reden.«

»Was?«

»Und er ist gerade nicht aufgelegt für diese Scheiße. Schlechter Zeitpunkt. Liest du Zeitung?«

»Der Prozess«, sagte Frankie.

»Es heißt, Junior will gegen seinen eigenen Vater aussagen«, sagte sie. »Gegen die eigene Familie. Also, wenn du wirklich an die *guten alten Zeiten* appellieren willst, dann geh hin und probier's. Aber an deiner Stelle würde ich da nicht mit dem Hut in der Hand aufkreuzen – es sei denn, du hast mindestens zehn Riesen da drin.«

»Zehn?«

»Zehn ist das Minimum, wenn du nicht willst, dass Nick durchdreht. Bring zwanzig.«

»Wo soll ich zwanzigtausend herkriegen?«

»Dir fällt schon was ein«, sagte Mitzi.

Du kannst deinen Arsch drauf verwetten, dass mir was einfällt, dachte Frankie bei sich.

Später, wann immer die Leute über die beste Zeit ihres Lebens sprachen – ein Thema, das in den Bars, die er besuchte, regelmäßig zur Sprache kam, unter Leuten, deren Repertoire an schönen Zeiten nicht besonders üppig war – und Frankie an der Reihe war zu lügen, erzählte er von der Geburt seiner Zwillinge. Doch die hatte aus zwei Minuten schleimigem Staunen bestanden, nach achtzehn Stunden, in denen Loretta um sich geschlagen und geflucht hatte wie Linda Blair in *Der Exorzist*. Nein, die *beste* Zeit seines Lebens war die erste Stunde, die er im September 1991 am Roulette-Tisch des *Alton Belle*-Casinoschiffes verbracht hatte.

Als Erstes wettete er auf *Basket*, die Null-Eins-Zwei-Drei-Kombination. Die Croupière schaufelte seine Chips vom Tisch und legte einen Marker an ihre Stelle. Buddy stand hinter ihm, während die Kugel am Rand des Kessels entlangrollte, und als sie auf der Null landete, gluckste sein Bruder vor Vergnügen. Frankie konnte kaum an sich halten. Es konnte sogar sein, dass er triumphierend die Faust reckte. Er hatte bloß einhundert in Chips gesetzt, doch bei einer Quote von elf zu eins hatte er gerade ein Drittel seines Einsatzes zurückgewonnen.

»Lass dir Zeit«, sagte Buddy. Ein Ratschlag, der durch den Umstand untergraben wurde, dass Buddy andauernd auf seine Uhr sah.

Frankie beschloss, dass es zu riskant wäre, weiter mit denselben Zahlen zu gewinnen, also setzte er zweihundert auf das erste Dutzend. Die Zahlen Eins bis Zwölf waren auf dem Rad verteilt, und um zu gewinnen musste er es schaffen, dass die Kugel im richtigen Augenblick herabfiel; eine Zahl zu früh oder zu spät und er ging leer aus. Beim ersten Mal lag er eine Zahl daneben. Diesmal hatte er die Kugel gespürt, fast, als würde sie in seiner Handfläche herumrollen. Durch das größere Gewicht, fiel ihm auf, fühlte sie sich eher wie eine der Flipperkugeln an, zu denen er ein so gutes Verhältnis gehabt hatte.

»Es ist gut, wenn man ein paar verliert«, sagte Frankie zu Buddy. Sein Bruder nickte, überhaupt nicht besorgt.

Frankie setzte weitere zweihundert auf das Dutzend, dieselbe Wette wie zuvor, diesmal landete die Kugel auf der schwarzen Sechs. Zwei-zu-eins-Auszahlung, vierhundert Dollar.

Die Kugel liebte ihn. Wollte ihm gefallen. Sie wurde langsamer oder schneller, wenn er es wollte, hüpfte fröhlich über die Felder, die ihm nichts brachten und landete klackernd auf seinen Lieblingszahlen. Frankie hielt seine Einsätze klein, versuchte, keine Aufmerksamkeit zu erregen, doch der Drang, all seine Chips zum Beispiel auf die Doppelnull zu schieben, war fast unwiderstehlich.

Nach einer Stunde hatte Frankie dreiundfünfzigtausend Dollar in Chips angehäuft. Die Kellnerinnen hörten nicht auf, ihm Drinks zu bringen – er trank Gin Tonic, den Drink seines Vaters –, und eine Gruppe anderer Spieler hatte sich um den Tisch versammelt, um etwas von seinem Glück abzubekommen. Jeder versuchte, mit ihm zu spielen, der gesamte Tisch lag voller Chips. Wieso zur Hölle hatte er das hier nicht vorher schon probiert?, wunderte sich Frankie. Er hätte schon vor Ewigkeiten nach Reno ziehen sollen!

»Das ist ein tolles Geschenk, Buddy«, sagte Frankie. Ihm kamen die Tränen, so dankbar war er. Und vielleicht auch ein bisschen betrunken. »Vielen Dank.«

Buddy schien es unangenehm zu sein. »Das ist doch nichts.« Er schnappte sich einen Stapel Chips und fing an, sie in seine Hand abzuzählen.

»Was machst du da?«, fragte Frankie.

»Ich brauche die«, sagte Buddy. »Genau eintausendzweihundertundfünfzig Dollar.«

»Wofür? Warte – ist das auch ein Teil deiner Vision?«

»Auf jeden Fall«, sagte Buddy.

In weiter Ferne ertönte wieder die Dampfpfeife; das Schiff näherte sich dem Hafen. Die erste Tour war vorüber, und schon bald würde die nächste beginnen. Frankie wollte nicht, dass Buddy ihn allein ließ – er hatte gehofft, sein Bruder würde darauf achten, dass alles seinen Visionen entsprechend verlief. Doch eines musste Frankie zugeben: Den Roulette-Part hatte er unter Kontrolle. Und wenn Buddy Pläne in einem anderen Teil des Schiffes hatte, Automaten oder Craps, dann wollte Frankie ihn nicht davon abhalten. Keines der Spiele im Casino hatte seinem Bruder etwas entgegenzusetzen. Jeder Jackpot wartete darauf, dass er ihn knackte.

»Dann mach mal, Buddy«, sagte Frankie. Er reichte ihm weitere fünfhundert in Chips. »Mach sie platt.«

Buddy betrachtete die zusätzlichen Chips, dann legte er sie zurück auf den Tisch. »Ich habe, was ich brauche«, sagte er. »Spiel einfach weiter. Hör nicht auf.«

Die Croupière gab die Kugel ins rotierende Rad und bat um die Einsätze.

»Warte«, sagte Frankie zu Buddy. »Ich soll noch eine Stunde weitermachen, richtig? Wo finde ich dich dann?«

Buddy sah auf seine Uhr. »Ich finde dich«, sagte er und verschwand in der Menschenmenge.

Frankie gefiel das nicht, doch er ließ sich nichts anmerken. Und nach ein paar weiteren Partien war klar, dass seine Beziehung zur Kugel immer noch intakt war. Andere Spieler fingen an, seine Wetten zu kopieren, und er spürte, dass die Aufmerksamkeit der Leute nur ihm galt. Es war, als stünde er wieder mit der Erstaunlichen Familie Telemachus auf der Bühne, nur besser. Er war die Solo-Nummer. Der Closer. Der Star des Abends. Wenn ihn doch nur seine Mutter jetzt sehen könnte.

»Achtundzwanzig«, sagte Frankie. »*Straight up.*« Eine Zahl, bei einer Quote von fünfunddreißig zu eins.

Die Croupière warf ihm einen kurzen Blick zu, und Frankie spürte ihre Missbilligung. Fick dich doch, Lady!, dachte er. Ich bin hier, um zu gewinnen. Ich weiß das, die Leute wissen das.

Dann blieb die Kugel auf der Achtundzwanzig liegen, und rund um den Tisch brachen Gelächter und Applaus aus. Jemand klopfte ihm auf den Rücken. Die Frau neben ihm, eine pummelige Rothaarige mit freundlichen grünen Augen, kicherte und legte ihre Hand auf seinen Unterarm.

Bei der nächsten Runde sagte Frankie: »Noch mal das Gleiche«. Der Rothaarigen stockte der Atem. Sehr befriedigend. Unzählige Hände schoben Chips auf den Tisch, keiner wollte die Sause verpassen. Er brauchte kaum auf das Rad zu sehen, um zu wissen, wo die Kugel landen würde.

Die Jubelschreie brachen los wie Feuerwerksraketen.

Er unterdrückte den Drang, sich zu verbeugen. Vor ihm lag mehr Geld, als er je zu gewinnen geträumt hatte.

Ein Mann in einem dunklen Anzug mit einem goldenen Namensschild war hinter der Croupière aufgetaucht und flüsterte ihr etwas ins Ohr. Die Croupière nickte und trat vom Tisch zurück. Der Mann mit dem Namensschild winkte einen anderen Croupier heran, einen kräftigen weißen Mann.

Der neue Croupier bat zum Spiel. Frankie nahm einen kleineren Stapel, bloß tausend Dollar, und setzte auf Rot. Das hieß das Doppelte oder nichts, es war kaum richtiges Spielen, doch es verschaffte ihm Zeit, um nachzudenken. Diesmal versuchte er nicht, die Kugel zu kontrollieren, er ließ sie einfach, ohne Leine, im Kessel kreisen.

»Rot! Zweiunddreißig!«, sagte der Croupier. Wieder gewonnen. Der Teamleiter oder Aufpasser oder was auch immer er war hatte den Tisch nicht verlassen. Er beobachtete Frankie mit einer ausdruckslosen Miene, die alles bedeuten konnte.

Scheiße, dachte Frankie. Jetzt ließ ihn sogar der pure Zufall hängen. Er musste unbedingt verlieren, und zwar sofort. Er ließ den kleinen Stapel auf Rot und schob weitere tausend dazu. Die Zuschauer wirkten enttäuscht. Erst die Einzelzahlwette und dann so eine Zeitverschwendung?

Den Tisch durfte er nicht verlassen. Das würde die Vision zerstören. Und was würde dann passieren?

»Taschentuch, Champ?« Es war die Rothaarige.

Er hatte zu schwitzen begonnen. Er schwitzte wie Nixon im Fernsehduell mit Kennedy. Er nahm die Handvoll Kleenex und wischte sich die Augen damit ab. Die Kugel kreiste im Kessel, und er dachte, Schwarz Schwarz Schwarz Schwarz –

»Rot!«, sagte der neue Croupier. »Rot Sieben. Sieben Rot.«

»Fuck«, sagte Frankie.

»Was ist denn?«, fragte die Rothaarige.

»Sagen Sie eine Zahl«, sagte Frankie. Etwas zu spät schob er ein Lächeln hinterher.

»Ich glaube, das machen besser Sie«, sagte sie.

»Bitte. Irgendeine Zahl.«

»Einundzwanzig«, sagte sie.

»Sehr gut.« Frankie schob Fünftausend auf die Einundzwanzig, dann sah er angsterfüllt zu, wie der Croupier den Stapel durch einen Marker ersetzte. Der Teamleiter starrte ihn an. Frankie sah auf seine Uhr. Er brauchte nur noch fünf weitere Minuten durchhalten. Fünf Minuten! Dann würde er sich das Geld auszahlen lassen und verdammt noch mal von hier abhauen.

Die Rothaarige fasste seinen Arm umso fester, je langsamer die Kugel wurde. »Komm schon, Einundzwanzig!«, sagte sie.

»Gott, halt's Maul«, murmelte er.

»Was haben Sie gesagt?« Sie nahm ihren Arm weg.

»Nichts, nur –« Seine Augen waren auf die Kugel gerichtet. Durch monatelanges Training hatte er gelernt, die Geschwindigkeit einzuschätzen. Und er wollte verdammt sein, wenn diese Kugel nicht in der Gegend der Einundzwanzig landen würde: Neunzehn, Einunddreißig, Achtzehn, Sechs … und dann landete sie auf einer Zahl. Einundzwanzig.

»VERFICKTE SCHEISSE!«, brüllte Frankie.

Später wurde ihm klar, dass es ausgesehen haben musste, als wäre eine Bombe explodiert. Das Rouletterad flog drei Meter hoch in die Luft und segelte wie eine rotierende fliegende Untertasse davon. Die Kugel schoss ins Publikum. Sämtliche Chips auf dem Tisch – Frankies gewaltige Stapel, der Vorrat des Croupiers, die Gewinne jedes einzelnen Spielers am Tisch – explodierten in Richtung Decke und regneten wieder herab. Jeder Gast im Umkreis von fünfzehn Metern verwandelte sich in ein schreiendes, fieberhaft zuschnappendes Tier.

Die Rothaarige sah ihn schockiert an. »Was haben Sie getan?«, sagte sie.

Starke Hände fassten ihn unter den Armen. Zwei große Männer in dunklen Anzügen hatten ihn gepackt. »Hier lang, Arschloch«, sagte der eine von ihnen, und sie zerrten ihn auf eine Tür zu.

»Ich war das nicht!«, brüllte er. »Ich war das nicht!«

Als er Mitzi's Tavern verließ, dachte er über große Summen nach. Große Summen und einen möglichen Plan B. Wie zur Hölle sollte er zwanzigtausend auftreiben? Es gab nur eine Möglichkeit.

»Gottverdammt!« Er war in die Einfahrt eingebogen und hatte eine Reihe großer Plastikeimer gerammt, die jetzt umherkullerten. Weiter oben standen Säcke voll Zementmischung, daneben ein Stapel helles Bauholz und eine Pallette mit irgendetwas, abgedeckt mit einer Plane. Er setzte zurück und stellte das Auto am Straßenrand ab.

Buddy hockte neben der Haustür. Er hämmerte auf einer Form aus Holz herum, die er um die Betonstufe vor der Tür errichtet hatte. Frankie marschierte die Einfahrt hinab auf die Garage und die Rückseite des Hauses zu, ohne ihn zu beachten.

Buddy legte seinen Hammer zur Seite und stand auf. »Er ist nicht da.«

»Der Buddha spricht«, sagte Frankie. Dann: »Wer ist nicht da?«

Buddy sagte nichts.

Frankie ging auf ihn zu. Wie es aussah, wollte er eine Form bauen, um die Stufe neu zu gießen, die schon vor zehn Jahren abgesackt war. Aber wieso jetzt? Wieso überhaupt irgendwas? – in Buddys Fall. »Wieso interessiert es dich, wen ich suche?«, fragte Frankie. »Vielleicht suche ich ja Irene.«

Buddy sah ihn mit zusammengekniffenen Augen an. Dann fiel Frankie auf, dass Irenes Auto nirgendwo zu sehen war.

»Okay, gut«, sagte Frankie. »Wo ist Dad? Und verschon mich mit deinem scheiß Schulterzucken.«

Buddy stand ganz still da, ganz ausdrücklich *nicht* mit den Schultern zuckend. Nach dreißig Sekunden sagte er: »Alles wird gut.«

»Echt? Gut?« Frankie machte einen Schritt nach vorne, trat ihm zu nah. »So wie im Scheißcasino?«

Buddy blinzelte auf ihn herab.

Mein Gott, in diesem Augenblick wollte Frankie nichts mehr,

als ihm eine reinzuhauen. Doch er hatte seinem Bruder noch nie ein Haar gekrümmt. Als sie Kinder waren, war Buddy zu klein gewesen, um ihn zu schlagen, und dann, mit einem Mal, war er plötzlich viel zu groß. Doch egal wie groß er war, es brachte einfach nichts. Als würde man einen Golden Retriever boxen.

Buddys Blick wurde glasig, als liefe plötzlich in seinem Kopf eine Fernsehsendung.

Frankie schnippte mit den Fingern. »Hey. Spasti.«

Buddy fokussierte wieder Frankie. Er runzelte die Stirn.

»Wieso hast du's getan?«, fragte Frankie. »Komm. Rück einfach raus damit.« Buddy hatte ihm nie erzählt, wohin er mit seinem Stapel Chips verschwunden war. Hatte ihm nie erzählt, wieso er ihn überhaupt auf die *Alton Belle* gelockt hatte. Er hätte reich sein sollen, verdammt. Bellerophonics wäre gerettet worden, und er hätte jetzt keine Schulden beim verfickten Outfit und müsste sich, wenn er das nächste Mal den Schlüssel in die Zündung steckte, nicht fragen, ob sein Transporter in die Luft fliegen würde.

Buddy sagte: »Alles wird –«

»Ja ja ja«, sagte Frankie. »Klar, natürlich.«

AUGUST

10
Buddy

Das Mächtigste Medium der Welt ist seit einundzwanzig Jahren tot. Lang lebe das Mächtigste Medium der Welt.

Buddy fühlt sich jedoch überhaupt nicht mächtig. Die Strömung der Zeit macht mit ihm, was sie will. Er klammert sich verzweifelt an der Gegenwart fest, wird aber wieder und immer wieder in die Vergangenheit gezogen. Seine Erinnerung an die Zukunft war einmal genauso breit (und lückenhaft) wie seine Erinnerung an die Vergangenheit. Doch jetzt ist nur noch so wenig Zukunft übrig. Alles endet in einem Monat, am 4. September 1995, um genau 12:06 Uhr.

Zap.

Manchmal hat er schreckliche Angst, wenn er an diesen Tag denkt. Manchmal ist er nur traurig. Er wird so viel verpassen, doch was am meisten schmerzt, ist, dass er seine große Liebe nie wiedersehen wird.

Manchmal ist er aber auch dankbar. Zweifellos werden noch viele schreckliche Dinge passieren, nachdem plötzlich alles zu Ende geht, aber die muss er nicht immer und immer wieder mitansehen. Für die Zukunft wird er nicht mehr verantwortlich sein. Jemand anderes wird dann das Mächtigste Medium der Welt sein, und er wird sich endlich ausruhen können.

Der kleine Rest an Zukünftigkeit macht den Sog der Vergangenheit jedoch umso stärker. Er weiß, er darf nicht in der Vergangenheit leben, doch manchmal – zum Beispiel *jetzt gerade*, in diesem Bewusstseinsaugenblick – sehnt er sich danach, in einer anderen Zeit zu sein, in der es gerade kalt ist und Schnee vor dem Fenster liegt. Denn in diesem *Jetzt* ist es 35 Grad heiß, und der Schweiß läuft ihm die nackte Brust hinab. Er kniet gebeugt über die Stufe vor dem Haus und verlegt spalten- und reihenweise Keramikfliesen, und die Unterhose klebt an seinem Hintern. Er muss jede einzelne Fliese erst trocken platzieren, bevor er sie endgültig mit Zement fixiert.

»Ist das so richtig, wie du ihn haben willst?«, fragt eine Stimme. Ach, richtig. Matty – die vierzehnjährige Version – hilft ihm gerade. Er rührt in einem der großen Plastikeimer den Mörtel an.

Buddy nickt. Doch dann macht der Junge mit neuen Fragen weiter. Will alles über die Erstaunliche Familie Telemachus wissen. Wo sie aufgetreten sind, was die Leute über sie dachten. Buddy ignoriert ihn. Je weniger Matty weiß, desto besser. Jedenfalls glaubt Buddy, dass es so ist.

Matty redet weiter. Er will mehr über seine Großmutter erfahren. Was hat sie auf der Bühne gemacht? Hat sie wirklich für die Regierung gearbeitet? »Konnte Oma Mo ihren eigenen Körper verlassen?«, fragt er.

Diese Frage bringt Buddy dazu, sich zu dem Jungen umzudrehen und ihn stirnrunzelnd anzusehen.

»Ich meine«, sagte Matty. »Konnte sie, na ja, durch Wände gehen?«

Buddy starrt ihn an.

»Denn das wäre ziemlich praktisch, oder? Dann wäre sie die perfekte Spionin gewesen.«

Buddy nickt langsam.

»Wie weit, glaubst du, konnte sie reisen? Ich meine, wäre sie bis nach Russland gekommen? Frankie sagt, die Russen hatten auch Medien. Glaubst du, sie konnte überall hin, wo sie wollte?«

Buddy schüttelt den Kopf. Für sie gab es keine Grenzen, denkt er. Nichts konnte sie aufhalten, bis auf eines. Die Zeit.

Seine Mutter sitzt ihm gegenüber am Küchentisch. Draußen vor dem Fenster liegt Schnee, und bald wird sein Vater mit Pizza nach Hause kommen, und sein Bruder und seine Schwester werden hereinstürmen, mit nassen Jeans und vom Wind roten Gesichtern, weil sie mit den großen Kindern Schlitten fahren waren. Doch jetzt, in diesem Augenblick, sitzt er mit Papier und Buntstiften in der warmen Küche – und mit Mom. Sie hat ihr eigenes Projekt, liest wieder und wieder in einem Stapel Geschäftspapiere mit Geschäftszahlen darauf. Sie hat geweint, doch jetzt hat sie aufgehört zu weinen, weil sie seine Angst bemerkt hat.

»Zeig mal, was du da malst«, sagt seine Mutter.

Er will nicht. Es ist etwas Trauriges. Doch sie hat auch seine anderen traurigen Bilder gesehen, also nimmt er den Arm weg, und sie beugt sich vor. Es ist ein schwarzes Rechteck umgeben von Grün, bis auf ein paar Stellen Rot und Gelb. Sie sagt: »Sind das Blumen?«

»Die kann ich nicht gut«, sagt er.

»Och, *ich* finde schon«, sagt sie. »Und ich mag's, dass Blumen um mich rum sein werden. Das ist ein wirklich schönes Grab, Buddy.«

Monate sind seit der Fernsehsendung vergangen, in der alles schieflief. Mom spricht über seine traurigen Bilder, als wäre nichts dabei. Sie weint selten (zumindest vor ihm). Sie sieht sich an, was er heute gemalt hat, und sagt dann: »Wieso malst du mir nicht etwas aus der Zeit, in der du, sagen wir mal, zwölf Jahre alt bist?«

Er versucht, sich bis zum zwölften Lebensjahr zu erinnern, ein ganz schönes Stück. Er sitzt in einem Haus. Es ist Sommer, die Medaille hängt schwer und glatt vor seiner Brust. Er hat sich angewöhnt, sie heimlich unter den Kleidern zu tragen, wie Superman seinen Anzug. Frankie ist auch im Haus, er sieht groß und dünn und hart aus. Einer seiner Lieblings-Frankies. Buddy zeichnet ein weiteres Rechteck und Mom sagt: »Das wird aber nicht noch ein Grab, oder?«

Er schüttelt den Kopf. »Das ist ein Flipperautomat«, sagt er. »Frankie ist richtig gut im Flippern. Er spielt den ganzen Tag.«

»Oh«, sagt seine Mutter. »Das ist schön.« Sie ist nicht begeistert von dem Gedanken, das merkt er, aber sie weiß ja auch nicht, wie gut Frankie sein wird. »Und du bist auch da?«

»Ich gucke nur zu«, sagt er. Er zeichnet sich selbst neben dem Flipperautomaten, und einen Kreis, da, wo die Medaille sein wird.

»Weiß Dad davon?«, fragt sie. »Dass ihr beide eure Zeit in einer Flipperhalle verbringt?«

Er zuckt mit den Schultern. Er sieht, was er sieht. Gedanken lesen kann er nicht.

Sie nimmt eines der leeren Blätter und fängt an, darauf zu schreiben.

»Was machst du da?«, fragt er.

»Ich habe gerade geschrieben: ›Mit sechzehn wird Frankie ein sehr guter Flipperspieler sein‹.«

»Ah.«

»Ich möchte wissen, was ihr alle machen werdet«, sagt sie.

»Wenn du tot bist«, sagt er.

»Das ist wie ein Tagebuch der Zukunft«, sagt sie. »Du zeichnest, und ich schreibe Worte auf, aber im Grunde ist es dasselbe.«

»Es macht dich nicht traurig?«

Sie denkt darüber nach. »Manchmal.« Er mag es, dass sie ihn nicht anlügt. »Aber oft bin ich einfach nur froh, dass ihr alle zusammen aufwachst, dass ihr aufeinander aufpasst.«

Er denkt nicht gerne daran, dass Mom nicht mehr da sein wird, in der Zukunft. Doch seit der *Mike Douglas Show* weiß er, dass sie sie verlassen wird. Genau wie er weiß, dass Irene ein

Baby bekommen wird und dass das Baby zu einem Teenager werden wird, der Matthias heißt, und dass irgendwann er und Matthias braune Fliesen auf der Stufe vor der Haustür verlegen werden.

Plötzlich ist ihm schwindlig. Sein Kopf ist zugleich klein und groß. Sein Arm am Fenster ist kalt, doch er spürt die Sonne in seinem Rücken, spürt, wie ihm der Schweiß die Seiten hinunterläuft.

»Buddy?«, fragt Mom. »Buddy, sieh mich an.« Sie kommt auf seine Seite des Tisches und hockt sich vor ihn. Sie nimmt sein Gesicht und dreht es zu sich. »Bleib bei mir, Kleiner.«

Ja. Da ist sie. Mom ist hier. Sie lebt. Lebt.

Sie streicht ihm über das feuchte Haar. »Du schwitzt ja«, sagt sie.

Er drückt sich die Handfläche vors Auge. Er nickt.

»Sag mir, was das hier ist, Buddy«, sagt sie und zeigt auf die Zeichnung von ihm selbst.

»Das ist eine Medaille. Die hab ich die ganze Zeit getragen, dann.«

»Was ist das für eine Medaille?«

»Die, die du mir gleich zeigen wirst«, sagt er.

Ihre Augen weiten sich. Über ihren Tod zu reden hat sie nicht zum Weinen gebracht, doch dies schon. Dann lächelt sie, ein strahlendes, offenes Lächeln, und sagt: »Ach, *die* Medaille.«

Sie führt ihn nach oben in ihr Zimmer und öffnet eine Schublade. »Die hat man mir vor einer Weile gegeben, aber bald wird sie dir gehören.« Sie ist in einen Schal gewickelt, den sie nie trägt, weil er zu auffällig ist, zu bunt. Teddys Geschmack, nicht ihrer. Sie schlägt den Stoff auf, und das Gold leuchtet so hell wie ihr Lächeln.

»Du hast eine wunderbare Gabe«, sagt Mom. »Ich weiß, manchmal ist es nicht leicht. Ich weiß, du machst dir Sorgen. Aber ich weiß, dass du immer das Richtige tun wirst, weil du einfach ein gutes Herz hast.« Sie wartet, bis er ihr in die Augen sieht, und dann lehnt sie ihre Stirn gegen seine. »Hör mir zu«, flüstert sie. »Alles wird gut.«

+

Irene fährt mit offenen Fenstern vor, und er hört, dass sie zum Radio mitsingt. Selbst nachdem sie den Motor abgestellt hat, singt sie noch weiter: »B-a-and, on the run. Duut-du-du-du-duu.« Buddy liebt es, ihr zuzuhören. Als neun- und zehnjähriges Mädchen singt sie ständig, und als sie älter ist, kaum noch. Doch in den ersten Augustwochen 1995, direkt vor dem Ende, verwandelt sie sich in Maria von Trapp. Sie singt jedes Mal, wenn sie unter der Dusche steht. Sie summt, wenn sie das Abendessen zubereitet. Und wenn sie keine Laute von sich gibt, scheint sie sich zu einer Musik zu wiegen, die er nicht hören kann.

Sie sieht die neu geflieste Stufe zur Haustür, die nur noch gesäubert werden muss, und anstatt ihn anzuschreien oder zu fragen, worauf zur Hölle er jetzt wieder seine Zeit verschwendet, schüttelt sie nur den Kopf. »Buddy, das sind Innenfliesen.«

Matty sagt: »Und?«

»Das heißt, die werden im Winter höllisch glatt.«

»Die sind nicht glatt«, sagt Matty. »Probier mal.«

»Warte, bis es regnet«, sagt sie.

»Probier doch mal.«

Irene hört auf, sich zu beschweren. Sie tritt mit gespieltem Ernst auf die Stufe, beglückwünscht Buddy und Matty zu ihrer guten Arbeit und geht hinein, noch immer Paul McCartney vor sich hin summend.

Matty sieht ihn an. »Komisch, oder?«, sagt der Junge. »Wie gute Laune sie hat.«

Buddy zuckt mit den Schultern. Es wird Zeit, den Staub und die überschüssige Fugenmasse wegzuwischen. Und er hat vor Sonnenuntergang noch viel zu erledigen: Post, die er zustellen muss,

Leute, mit denen er reden muss, ein Essen, das er kochen muss. Was vergisst er gerade? Nicht die Kälte. An den Winter erinnert er sich. Nein, *jetzt*: Dad, der nach Hause fährt und fragt, was es zum Abendbrot gibt. Die Farbe des Schals seiner Mutter. *Nein*. Matty, der zur Tankstelle aufbricht, um Milch zu kaufen. Und was noch? Frankie, der vorbeikommt und nach Matty sucht. Wie sich die Medaille in seiner kleinen Hand anfühlt.

»Onkel Buddy?«, sagt Matty. »Alles okay?«

Buddy hält sich an dieser Stimme fest. Der vierzehnjärige Matty. Sie sind gerade mit dem Fliesen der Stufe zum Haus fertig geworden.

»Bist du sauer auf mich?«, fragt Matty.

Er schüttelt den Kopf. »Wir brauchen Milch.«

»Milch?«

»Fürs Abendessen.« Buddy öffnet die Haustür. »In der Küche liegt Geld.«

»Aber —«

Buddy hebt die Hand. Er hat bereits mehr gesagt, als ihm lieb ist. Worte sind gefährlich. Er geht nach oben und bleibt dort, nachdem er geduscht hat, sodass er nicht da ist, als Frankie ins Haus gestürmt kommt und nach Matty sucht. Doch der Junge ist weg, und so erzählt er stattdessen Teddy in seiner überlauten Stimme, dass seine UltraLife-Produkte weggehen wie warme Semmeln. Er listet die Zahlen auf, spricht von dem Anteil, der bei jedem Verkauf für ihn abfällt. Diesen Schwachsinn würde er bei Irene nie probieren. Doch auch sie ist nicht da. Wie immer sitzt sie im Keller vor dem Computer, wieder einmal online.

Somit ist nur Teddy da, um sich die Lügen anzuhören. Armer Teddy. Und armer Frankie, der sich schämt, weil er Teddy letzte Woche um einen Kredit gebeten hat und abgewiesen wurde. Natürlich. Frankie wollte nicht verraten, wofür er das Geld brauchte. Jetzt muss er jeden in Hörweite wissen lassen, dass er das Geld überhaupt nicht nötig hat – dass er große Pläne hat, eine todsichere Methode, um am Ende als Sieger dazustehen. Buddy denkt an den Tag im Casino, an die Chips, die vor seinem Bruder aufgetürmt waren, genau, wie er es versprochen hatte, und an die Roulettekugel, die genauso auf seinen Bruder hörte, wie es die Flipperkugel getan hatte. War es nicht genug, dass er Frankie diese Stunde der Glückseligkeit verschafft hatte? Klar, nur eine einzige Stunde, aber das ist mehr, als den meisten Menschen je vergönnt ist. Bei Buddy waren es nur fünfundvierzig Minuten.

Er ist dreiundzwanzig Jahre alt, als er seinen Bruder allein auf der *Alton Belle* zurücklässt, den Kilometer bis zum Days Inn läuft und ihr dort begegnet, der Frau seiner Träume. Tatsächlich träumt er schon seit Jahren von ihr.

Sie sitzt auf einem Barhocker, ein wenig von der Theke weggedreht, ihre gebräunten, nackten Beine sind übereinandergeschlagen. Eine Hand rührt träge mit dem Stäbchen in ihrem Drink. Und ah, diese pinken Fingernägel, dieselbe Farbe wie ihr Lippenstift. Das lange blonde Haar (eine Perücke, aber das spielt keine Rolle, nicht für ihn) leuchtet im Neonlicht des Budweiser-Schriftzuges in einem anderen Pinkton. Sein Herz schlägt einen Trommelwirbel und treibt ihn zu ihr. Schiebt ihn quer durch den Raum.

Die Bar ist fast leer. Das Hotel ist nur ein paar Blocks von der Anlegestelle der *Alton Belle* entfernt, doch es bietet keine der Attraktionen eines Casinos, und so früh am Abend ist noch niemand bereit, seine Sorgen zu ertränken. Und doch ist sie da und wartet. Fast so, als hätte *sie* eine Vision dieses Treffens gehabt.

Er ist bereit. Eine seiner Taschen ist vollgestopft mit Bargeld, ein kleiner Teil von Frankies Gewinn am Roulette-Tisch. (Frankie ist auf dem Schiff und amüsiert sich – noch. Buddy bereut bereits, was passieren wird, obwohl er nichts tun kann, um es zu verhindern.) In der anderen Tasche steckt eine Hotelschlüsselkarte. Sein Mund strömt Zimtfrische aus, dank der drei Altoids, die er auf dem Weg vom Schiff hierher gekaut hat.

Er setzt sich, einen Barhocker zwischen sich und ihr freilassend. Der Barkeeper ist nirgendwo zu sehen, und er weiß nicht, was er mit seinen Händen tun soll. Er greift blind in seine Tasche und legt einen Geldschein auf die Theke. Stellt überrascht fest, dass es ein Hunderter ist.

Die Frau sagt: »Guten Tag auf der *Belle* gehabt? Oder noch nicht da gewesen?«

Er lächelt. Sie ist dünn und braun gebrannt und vielleicht dreißig Jahre alt. Ihre Augen sind mit schwarzem Lidstrich umrandet.

»Ist mein Glückstag, heute«, sagt er.

»Oder vielleicht warst du einfach mal an der Reihe, was Schönes zu bekommen«, sagt sie.

Das ist es, was er sich selbst gesagt hat: War er nicht tatsächlich an der Reihe? Und doch klangen seine eigenen Worte hohl. Alles, was er über den Strudel von Vergangenheit und Zukunft weiß, sagt ihm, dass das Universum einem gar nichts schuldig ist, und selbst wenn, würde es die Schulden niemals begleichen. Er hat sich nie überzeugen können, dass ihm dieser Augenblick zustand, doch jetzt, da er die Worte von jemand so Schönem hört, will er sie glauben. Heute Abend ist *er* dran, nicht Frankie. Oh Gott. Der arme Frankie hat keine Ahnung, was ihm bevorsteht.

»Guck nicht so besorgt«, sagt sie. »Komm, setz dich ein bisschen näher.«

Wie kann er da nicht gehorchen? Er wechselt auf den nächsten Hocker.

»Verrat mir deinen Namen«, sagt sie. Er mag das Heisere in ihrer Stimme.

»Buddy.«

»Cerise«, sagt sie. Sie legt ihre Hand auf seine – und lässt sie dort. Sein Herz schlägt ihm bis zum Hals. Sie lächelt. »Du brauchst nicht nervös zu sein, Schätzchen. Du bist doch schon einundzwanzig, oder?«

Er nickt, unsicher, wo er hinsehen soll. Sie trägt ein enges, paillettenbesetztes Tanktop mit Spaghettiträgern und einen Minirock aus schwarzem Kunstleder, der kaum ihre Oberschenkel bedeckt. Er hat eine zukünftige Erinnerung von ihr in Unterwäsche – einem lindgrünen Tanga. Er muss unbedingt aufhören, an diesen lindgrünen Tanga zu denken.

Sie wirft einen Blick auf seinen Schoß. »Oh, du Armer«, sagt sie. »Ich glaube, du brauchst das volle Programm.«

Er greift wieder in seine Tasche, und sie sagt: »Nicht hier. Hast du fünfhundert Dollar?«

»Ich hab auch ein Zimmer hier«, sagt er. »Oben.« Eine Präzisierung, die vermutlich unnötig ist. Er bezweifelt, dass es Zimmer im Keller gibt.

»Worauf warten wir dann?« Sie trinkt den Rest ihres Drinks und nickt in Richtung des Geldscheins, der auf dem Tresen liegt. »Zwanzig sind genug, Süßer.«

Er holt das Bündel Scheine heraus und blättert sie durch. Irgendwann findet er endlich einen Zwanzigdollarschein.

Cerise gluckst und beugt sich zu ihm rüber. »Du solltest deine Scheine vielleicht nicht so offen zeigen. Wir sind zwar nicht in East St. Louis, aber trotzdem.«

»Du hast recht«, sagt er. Sie weiß nicht, dass er ihr alles geben wird, in einer Dreiviertelstunde.

Sie fahren mit dem Aufzug nach oben. Sie fragt nach der Zimmernummer, und er verrät sie ihr: »Drei zwei eins.« Sie führt ihn dorthin, ohne auf die Wegweiser zu achten, und während sie sich ihrem Ziel nähern, kommt ihm die Zimmernummer wie ein Countdown vor: drei ... zwei ...

Er öffnet die Tür. Sie wirft einen Blick auf den offenen Schrank, späht ins Bad hinein, und sagt: »Leichtes Gepäck, was?«

Zuerst versteht er diesen Kommentar nicht, dann denkt er, Stimmt. Kein Gepäck.

Sie stellt ihre Handtasche auf die Kommode neben dem Fernseher. Als sie sich zu ihm umdreht, ist sie überrascht. »Honey, du zitterst ja.« Dann versteht sie. Er kann es an ihrem Gesicht ablesen. Sie tritt auf ihn zu und berührt seine Wange. »Mach dir keine Sorgen«, sagt sie leise.

Doch der Grund, warum er sich in sie verliebt, ist das, was sie als Nächstes sagt. Die Worte hallen wie Glockengeläut vorwärts und rückwärts durch sämtliche Buddys hindurch, über alle Jahre hinweg: an einem Winternachmittag an einem kalten Fenster sitzend; im Hochsommer mit seinem Bruder streitend; am letzten Tag der Welt im Gras liegend.

Sie lächelt und sagt: »Alles wird gut.«

Buddy hockt neben seinem Bett. Er zieht eine Metallkassette darunter hervor, die mit einem Zahlenschloss gesichert ist. Er gibt die Kombination ein und nimmt das Schloss ab. In der Kassette sind mehrere weiße Umschläge, von einem roten Gummiband doppelt umfasst. Früher waren es einmal so viele Umschläge, dass das Gummiband sie kaum halten konnte. (Wobei es ursprünglich ein anderes Gummiband war. Dann wurde es alt und riss, und er musste eines finden, das exakt die gleiche Farbe und Dicke hatte.)

Sämtliche Umschläge sind an Teddy adressiert, bis auf einen blauen, auf dem Mattys Name steht. Diesen soll Buddy erst später zustellen. Er nimmt den obersten der Teddy-Umschläge und überprüft, ob auch das heutige Datum darauf steht. Es ist nur noch ein Brief an seinen Vater übrig. Seine Mission in Moms Auftrag ist beinahe erledigt. Vorsichtig bringt er das Schloss wieder an und versteckt die Kassette.

Den Umschlag unter dem Hemd verborgen, schleicht er nach

unten und versucht, außer Sichtweite der Küchentür zu bleiben, da Frankie dahinter Teddy noch immer die Ohren volljammert. Buddy stiehlt sich zur Haustür hinaus.

Wie in seiner Erinnerung parkt ein Transporter ein Stück die Straße hinunter. Ein silberner, der am 4. September wiederkommen wird.

Er legt den Umschlag in den Briefkasten und schließt ihn mit einem stillen Seufzer. Eine weitere geheime Verpflichtung, die bald erledigt sein wird.

Apropos Verpflichtung, denkt er, und dreht sich zu dem Transporter um. Der Mann am Steuer, ein grauhaariger Schwarzer, beobachtet ihn durch seine Sonnenbrille hindurch. Er denkt vermutlich, dass die Brille eine ausreichende Verkleidung ist. Schließlich sind sie sich erst einmal zuvor begegnet, auf Maureens Beerdigung, als Buddy sechs Jahre alt war. Buddy hebt freundlich die Hand, als würde er einen Fremden begrüßen, und tritt auf der Fahrerseite ans Fenster heran. Er macht eine kreisende Bewegung, und der Fahrer kurbelt das Fenster herunter. Auf der Rückbank des Transporters sitzt jemand, doch Buddy kann sein Gesicht nicht sehen. Er wird es erst am 4. September sehen.

Der Fahrer sagt: »Ja?«

Buddy hat eine exakte, klare Erinnerung an diesen Moment und erlebt es als Erleichterung, sich keine Gedanken darüber machen zu müssen, was er sagen soll. »Haben Sie einen Jugendlichen vorbeilaufen sehen?«

Der Fahrer verkneift es sich, einen Blick nach hinten zu werfen, zum Mann auf der Rückbank. Dann schüttelt er den Kopf.

Buddy sagt: »Ich habe meinen Neffen Matty zur Tankstelle geschickt, um Milch zu holen, und er müsste längst zurück sein. Das sind nur vier Blocks von hier, und ich werde langsam nervös.«

Der Fahrer sagt: »Wir haben ihn nicht gesehen.«

»Okay«, sagt Buddy. »Trotzdem danke.« Er dreht sich um und geht zurück zum Haus. Er ist stolz auf sich, weil er nicht nur den

Brief zugestellt, sondern auch die Unterhaltung mit dem Fahrer perfekt absolviert hat, mit allen Worten in der richtigen Reihenfolge.

Hinter ihm springt der Motor des Transporters an. Er wendet in drei Zügen und fährt davon.

»Alles wird gut«, sagt das Mächtigste Medium der Welt zu sich selbst. Er muss einfach nur weiter seine Aufgabe erledigen – bis es nicht mehr seine Aufgabe ist.

11
Matty

Matty brauchte einen Tag, um ein Krimineller zu werden, drei Wochen, um ein Psi-Superspion zu werden, und einen kurzen Spaziergang zur Tankstelle, um das Astralreisen für immer aufzugeben.

Sein Leben als Krimineller begann an dem Tag, an dem er sich die fünfzig Dollar von Frankie lieh. Matty hielt das Geld in der Faust, während er langsam die Kellertreppe zu Malice' Zimmer hinabstieg und leise ihren Namen rief. Jede Stufe machte ein Stückchen mehr vom Kellerraum sichtbar. Malice hauste in einem Schweinestall. Kleider lagen nicht bloß auf dem Boden verstreut, sie bedeckten ihn komplett, eine dreißig Zentimeter dicke Schicht aus Flannell, Jeans und T-Shirts. Es gab nicht viele Möbel – ein Bett, ein Bücherregal, einen grünen Sessel, den Milchflaschenkasten, der als Nachttisch diente, einen alten Fernseher –, doch jede Oberfläche war ein Jenga-Turm aus dreckigen Tupperware-Behältern, Essenskartons, CDs und Bechern. Unglaublich vielen Bechern.

Schließlich erreichte er das Ende der Treppe. Sie saß auf dem ausgeklappten Schlafsofa, von ihm abgewandt, Kopfhörer auf den Ohren, und balancierte ein Notizbuch auf den Knien.

»Malice?«, rief er.

Sie zog die Kopfhörer ab und fuhr herum. »Was? Scheiße!« Ihr Arm stieß gegen einen Stapel Bücher, auf dem ein Teller mit einem halb gegessenen Sandwich stand. Der Teller kippte und landete kopfüber in einem Haufen Kleider. Malice machte keine Anstalten, ihn aufzuheben. »Was machst du hier?«

»Tut mir leid! Ich wollte mich nicht anschleichen. Ich hab nur – wow.« Er hatte das Sandwich mit zwei Fingern hochgehoben und es sofort bereut. Diese Mahlzeit lag schon länger zurück. »Ich hab nur nicht gewusst, dass Mädchen so schlampig sein können.«

Sie kletterte aus dem Bett. »Du kannst jetzt gehen.« Sie trug eine kurze Laufhose und ein T-Shirt, auf dem NO EMPATHY stand.

»Mach ich.« Er legte das Sandwich und den Teller zurück auf den Bücherstapel. »Ich wollte dich um einen Gefallen bitten.«

»Du kannst nicht noch mal mitkommen.«

»Ah, ich wollte nicht – deshalb bin ich nicht –« Er schüttelte den Kopf. »Das war nicht meine Schuld.«

»Du verträgst gar nichts, Alter. Das war, als wärst du auf Acid gewesen. Du warst total weg, und dann hast du angefangen rumzuschreien.«

»Das war nicht meine Schuld!«, sagte er. Doch natürlich hatte er nicht erklären können, was das Highsein bei ihm ausgelöst hatte. Und bis zu dem Zeitpunkt, als er wieder zu sich kam und alle ihn anstarrten, war es eine der schönsten Nächte seines Lebens gewesen.

»Also«, sagte Malice. »Hat es dich ordentlich abgeschreckt?«

»Eigentlich nicht. Darüber wollte ich mit dir reden.«

Er sah sich nach einer Sitzgelegenheit um, doch sogar der Sessel war komplett vollgemüllt.

»Du gehst gleich wieder«, sagte Malice. »Was für ein Gefallen?«

»Ich will Gras kaufen.«

Sie lachte. Ein bisschen zu schrill, fand er.

»Von dir«, sagte er.

»Nein«, sagte sie. »Auf keinen Fall.«

»Ich brauch es wirklich«, sagte er.

»Du *brauchst* es? Okay, jetzt geb ich dir auf keinen Fall was. Du bist dreizehn.«

»Vierzehn.«

»Ich werde meinen Stiefcousin nicht grasabhängig machen. Außerdem glaub ich nicht, dass es das Richtige für dich ist —« Sie streckte die Arme aus, riss die Augen auf und zappelte herum. »Gaddiga-gaddiga-gaddiga.«

»So hab ich nicht ausgesehen.«

»Alter, noch viel schlimmer.«

Er öffnete seine Faust und zeigte ihr das Geld. »Hier.«

Sie betrachtete die Scheine, aber fasste sie nicht an. »Woher hast *du* vierzig Dollar?«

»Fünfzig.« Er hatte nicht vor, ihr zu erzählen, dass er es von ihrem Vater geliehen hatte. »Tu mir den Gefallen, und ich kann dir noch viel mehr Geld besorgen. Später.«

Ihre Augen weiteten sich. »Du Penner! Willst du dealen?«

»Was? Nein!«

»Verdammt, lüg mich nicht an, Matty.«

»Ich würde dich niemals anlügen. Ich bekomme einfach nur später mehr Geld. Und könnte dich dann bezahlen.«

»Wie viel?«

»Keine Ahnung. Sag du's mir.«

»Nein«, sagte sie. Dann: »Wie viel bekommst du später?«

Das war eine gute Frage. Wie viel Geld lag in Mitzis Safe? Wie groß war sein Anteil? Opa Teddy hätte sich für ihn geschämt, weil er das nicht im Vorraus geklärt hatte, Verwandtschaft hin oder her. »Ich weiß es nicht genau.«

»Ich will zweihundert«, sagte sie.

»Zweihundert Dollar?«

»Für den Kontakt. Wie eine Gebühr. So oder gar nicht.«

Er hatte keine Wahl. »Okay«, sagte er. »Zweihundert —«

»Drei«, sagte sie.

»Ach, jetzt komm!«

»Es spielt keine Rolle«, sagte Malice. »Ich glaub dir eh nicht.«

»Ich werde das Geld bekommen.«

Ihre Augen wurden schmal. »Gehört das zum Geheimprojekt?«

»Geheim-was?«

Sie nahm ihm die Geldscheine aus der Hand. »Ich kann diesen Erstaunliche-Telemachus-Scheiß nicht mehr hören«, sagte sie. »Ihr seid so was Scheißbesonderes, aber wenn was schiefläuft, schiebt ihr's einfach auf irgendeinen ›psychokinetischen Unfall‹.« Sie steckte sich das Geld unter den Gummibund ihrer Sporthose, eine Geste ohne jeden sexuellen Beigeschmack – für sie. »Es ist schon schwer genug mit Cassie und Polly im Haus, aber jetzt bringt Frankie dich auch noch mit her.«

»Wie bitte?« Matty konnte ihr wirklich nicht folgen. Was war denn mit den Zwillingen?

Malice hob den Kopf eines Keramikaffen an und zog einen Plastikbeutel heraus. »Das ist alles, was ich dahabe, aber ich kann mehr besorgen. Weißt du, wie man einen Joint dreht?«

Er schüttelte den Kopf.

»Diese Lektion ist im Preis inbegriffen.«

In dieser Nacht begann seine Entwicklung zum Psi-Superspion, in Frankies Garage. Es war in vielerlei Hinsicht genau wie Luke Skywalkers Training auf Dagobah, bloß war Frankie kein Yoda und hatte keine Ahnung, was sein Lehrling vorhatte. Der Jedi würde sich selbst trainieren müssen.

»Es muss hier draußen sein«, erklärte Matty. Sie bauten gerade aus zwei alten Babybettmatratzen – die einmal den Zwillingen gehört hatten – und ein paar Decken ein Bett auf dem Garagenfußboden. »Und keiner darf mir zusehen.«

»Und ich soll Loretta einfach sagen, dass du draußen in der Garage schläfst?«, fragte Frankie.

»Ich weiß, es ist merkwürdig«, sagte Matty. »Aber sie hat bestimmt schon merkwürdigere Sachen gesehen, oder?«

»Du hast ja keine Ahnung«, sagte Frankie. »Was brauchst du sonst noch?« Matty zögerte, und Frankie sagte: »Raus damit.«

»Ich wollte dich noch was fragen«, sagte Matty.

»Schieß los.«

»Wie viel ist da drin?«

»Im Safe?« Frankie zuckte mit den Schultern. »Na ja, das wirst du mir sagen können, oder nicht? Du wirst dich einfach –«, er fuchtelte mit den Fingern herum, »– umgucken.«

»Ah, klar«, sagte Matty. »Aber, na ja, grobe Hausnummer?«

»Hausnummer?«, fragte Frankie. »Eine scheißhohe Hausnummer, Matty. Hunderttausend, locker.«

»Hundert?«, seine Stimme klang schrill.

Frankie lachte. »Wir machen das nicht für Peanuts. Wir schlagen am Zahltag zu, Matty. Wir warten, bis die Kunden abgeliefert haben, und dann Bamm.«

Plötzlich kam Matty ein Gedanke: Bedeutete das, sie stahlen das Geld der Opfer? Vielleicht wäre es dann das Richtige, es ihnen zurückzugeben. Doch woher sollten sie wissen, wem wie viel zustand? Das konnte man nur, wenn man ein Kontobuch hatte, etwas, in dem sämtliche Namen und Adressen enthalten waren. Aber wenn sie alles zurückgaben, dann würde Frankie vielleicht bekommen, was ihm zustand, doch Matty würde leer ausgehen. Oder vielmehr, Mom würde leer ausgehen. Und er tat das alles ja für Mom, richtig?

Das Ganze war eine Frage des moralischen Timings. Ab welchem Zeitpunkt wurde das Eigentum unschuldiger Menschen zum unehrlich erworbenen Besitz von Verbrechern – sobald es im Safe landete? Vielleicht war es so wie beim Wunder der Transsubstantiation, nur andersherum. Eine Anti-Kommunion.

»Hallo, Matty?«, sagte Frankie. »Brauchst du sonst noch was?«

»Oh. Lass mich überlegen.« Er ging seine Ausrüstung durch: eine Karte von Chicago und Umgebung, auf dem Boden ausgebreitet und mit großen roten Pfeilen versehen, die den Weg von Frankies Haus zu Mitzi's Tavern markierten, zwei Dosen Cola in einer Styropor-Kühlbox, ein zweites Kissen mit einem My-Little-Pony-Bezug.

268

»Alles gut«, sagte er.

Aber stimmte das auch?

»Fast zehn Uhr«, sagte Frankie. »Wir legen besser los. Ich lass dich jetzt mal ... was auch immer du da machst.«

Frankie machte die Seitentür der Garage hinter sich zu. Matty griff in seine Gesäßtasche, um den Beutel herauszuholen.

Die Tür sprang auf. »Viel Glück«, sagte Frankie.

Matty stand sehr regungslos da.

Frankie setzte an, noch etwas zu sagen, schien es sich dann anders zu überlegen und machte die Tür wieder zu.

»Oh mein Gott«, sagte Matty zu sich selbst. Er wartete fünf Minuten, bevor er wieder nach dem Beutel sah. Schließlich holte er einen der drei perfekten Joints heraus, die Malice für ihn gedreht hatte (ihm selbst war es nicht gelungen), und zündete das Bic-Feuerzeug, das sie ihm geliehen hatte (»Alles im Service inbegriffen«, hatte sie gesagt.).

Bereit zum Abheben, dachte er. Zündung starten.

Doch er hob nicht ab. Minutenlang saß er auf seiner Babymatratzen-Abschussrampe, inhalierte und hustete, hustete und inhalierte, und sagte sich, dass alles gut werden würde, wenn er nur aufhörte, sich Sorgen zu machen. Und er hatte recht. Genau in dem Moment, da ihm auffiel, dass er sich keine Sorgen mehr machte, fiel ihm auf, dass er neben sich saß.

»Hey, schöner Mann«, sagte er. Sein Körper kicherte. Der Joint steckte zwischen seinen Fingern.

»Vielleicht solltest du den besser weglegen«, sagte er.

Sein Körper nahm einen letzten Zug und legte den Joint dann auf dem Betonboden ab.

»Ich bin gleich zurück«, sagte er. Er driftete durch die Garagenwand und schwebte einige Zentimeter über dem Rasen. Er überlegte, bei Malice vorbeizuschauen, doch er entschied sich dagegen. Das war etwas, was er sich abgewöhnen musste. Er konnte nicht Drogenabhängiger, Einbrecher *und* Perverser sein.

Das Fliegen jedoch war einfach nur gut. Er glitt über Onkel Frankies Dach und stieg langsam in die Bäume hinauf, dann über die Straßen, immer mehr an Höhe gewinnend, bis er wieder die Türme der Stadt sehen konnte, die in der Ferne funkelten. Luftmassen waren unter seinen Füßen, und er fand es nur ein wenig verstörend.

Er dachte, Wahrscheinlich gut, dass ich so high bin. (*High*. Ha.)

Sich zu bewegen kostete ihn keine Mühe; er hing am Faden seiner eigenen Aufmerksamkeit, wurde angezogen von allem, was ihm unter die Augen kam. Dieser hell erleuchtete Wasserturm an der I-294, der wie eine Rose bemalt war. Die Jets, die auf den Flughafen O'Hare zudonnerten. Schnell wie ein Blitz flog er neben den Fenstern eines Flugzeugs her, Zentimeter vom Gesicht einer gelangweilten, rothaarigen Frau entfernt, die aus dem Fenster starrte.

Matty formte seine Arme zu Flügeln. »Ich bin ein Astralflugzeug«, sagte er. In der Ferne lachte sein Körper; er spürte das Echo dieses Lachens.

»Konzentrier dich, Matt«, sagte er. Wo lag Mitzi's Tavern? Er hatte keine Ahnung. Und er konnte die Karte von Chicago nicht sehen, ohne wieder zur Garage zu rasen oder in seinen Körper zurückzukehren.

Apropos, wo war sein Körper?

Scheiße!

Er drehte sich panisch in der Luft, orientierunglos am nächtlichen Himmel. Unten umfassten Punkte aus Licht dunkle Rechtecke aus Dächern und Gärten. Welches davon war Frankies Haus? Beim einzigen Mal, als er sich so weit von seinem Körper entfernt hatte, war er in ihn zurückgesaugt worden, weil Malice ihm eine runtergehauen hatte.

Er begann, wahllos umherzufliegen und an Straßenschilder heranzuzoomen, während er versuchte, sich an die Karte von Chicago zu erinnern. Wieso hatte er sie nicht genauer studiert? Wieso hatte er nicht mit Frankie ausgemacht, dass er ihn aufwecken würde?

Sein Körper war sein Anker. Er hatte sich so weit von ihm entfernt, indem er verfolgte, was auch immer seine Aufmerksamkeit auf sich zog. Vielleicht musste er sich also einfach nur auf seinen Körper konzentrieren.

Er probierte, an seine Arme zu denken, seine Brust. Seinen Hals. Das Kitzeln des Rauches in seiner Lunge. Er hustete – und spürte, wie sich sein Körper bewegte. Das Geräusch des Hustens schien aus weiter Ferne zu kommen.

»Okay, Matty«, sagte er laut. Seine Stimme war jetzt deutlicher zu hören, und er näherte sich ihr durch das Netz von Straßen und Häusern. »Na also.«

Eine Minute darauf glitt er durchs Dach der Garage. Sein Körper sagte: »Beim nächsten Mal solltest du vielleicht nicht *ganz* so high sein.«

Bis zu Mitzi's Tavern schaffte er es erst zehn Tage später. Das größte Hindernis bestand darin, einen Ort und Zeitpunkt zum Rauchen zu finden. Er konnte nicht ewig bei Onkel Frankie bleiben. Opa Teddys Haus war jedoch zu voll und zu chaotisch. Der Keller kam nicht infrage; Mom hatte ihn zu ihrem zweiten Zuhause gemacht und saß dort unten, wann immer sie nicht bei der Arbeit war, um mit dem Joshinator zu chatten. Buddy konnte jederzeit in jeden anderen Raum geplatzt kommen. Und die Garage war zu riskant; Opa Teddy hatte eine Fernbedienung, und der Gedanke, dass das Tor sich öffnen könnte, während er bewusstlos auf dem Boden lag, jagte ihm eine Heidenangst ein.

Schließlich entschied er sich für eine Stelle hinter der Garage, zwischen zwei verwilderten Büschen. Wenn er im Schneidersitz saß und sich mit dem Rücken an die Garagenwand lehnte, war er unsichtbar, solange niemand direkt vor ihn trat. Er betrachtete es als sein Nest. Doch der einzige Zeitpunkt, um sich dort zu verstecken, war, wenn er mit der Arbeit mit Frankie fertig war und bevor seine Mutter von ihrer zurückkam.

Wenigstens war es einfacher, bei Tag zu reisen. Er prägte sich die Route von Opa Teddys Haus zu Mitzi's Tavern ein, und nach ein paar Malen gelang es ihm, innerhalb von Sekunden dorthin zu gelangen, solange er nicht mit seinen Gedanken abschweifte – im wahrsten Sinne des Wortes. Alles konnte ihn ablenken: Sirenen und Kirchenglocken, alte Damen und junge Mädchen, Tiere, vor allem Vögel, die *unglaublich* waren und überall zu sein schienen, wohin er seine Aufmerksamkeit richtete, eine Nation winziger, eifriger Beobachter, die Mattys Astralleib nicht nur sehen konnten, sondern ihn hungrig verfolgten.

An dieser letzten, leicht paranoiden Erkenntnis, begriff er später, war das Marihuana schuld. Die exakte Einstellung seines Cannabis-Konsums bereitete ihm Probleme. Zu viel und er kam nie bei der Bar an, zu wenig und er hatte kaum genug Zeit, um sich umzuschauen, bevor sein Körper wieder zu sich kam.

Und Zeit war ein Problem. Barney der Barkeeper betätigte die Alarmanlage der Türen nie tagsüber. Schließlich gelang es Matty, früh genug am Morgen dort zu sein, um ihn die Bar öffnen und den Code auf dem Ziffernfeld eingeben zu sehen: 4-4-4-2.

Frankie war außer sich vor Freude. Dann vergaß er die Freude fast augenblicklich wieder und fing an, sich wegen des Safes zu sorgen. Tage vergingen, ohne dass Matty ihm die Kombination beschaffen konnte. »Wo ist das Problem?«, fragte Frankie eines Nachmittags im Bumblebee-Transporter. »Sind doch nur drei Zahlen.«

»Wenn ich da bin, steht sie meistens gar nicht von ihrem Schreibtisch auf«, sagte Matty. »Ich habe sie erst zweimal den Safe öffnen sehen – und beim ersten Mal stand sie so dicht darüber gebeugt, dass ich die Zahlen nicht sehen konnte. Sie lag quasi auf dem Safe. Und als sie das zweite Mal zum Safe ging, versuchte ich, näher heranzukommen, aber habe es übertrieben. Ich ging direkt durch die Wand, und dann – zisch.«

»Zisch? Was heißt zisch?«

Matty spürte, wie sein Gesicht heiß wurde. »Ich war plötzlich … weit weg. Also, wirklich weit weg.«

»Was heißt das? Glenbard?«

»Über dem Wasser. Lake Michigan.«

»Oh Scheiße!« Frankie hatte es zu laut gesagt, deshalb senkte er seine Stimme. »Oh Scheiße.«

»Genau! Es hat mir irgendwie Angst gemacht. Ich bin in Panik geraten. Zum Glück hat –« Fast hätte er gesagt, dass die Wirkung des Grases nachgelassen hatte, doch das verkniff es sich. »Dann bin ich zu mir gekommen und war wieder zu Hause.«

»Okay, okay, das ist gut«, sagte Frankie. »Du wirst stärker. Du musst nur lernen, es zu kontrollieren. Das ist ein klassisches Telemachusproblem. *Zu* viel Kraft.«

Das gefiel Matty.

»Sag mir, was du brauchst«, sagte Frankie. »Sprich mit deinem Coach.«

Coach?, dachte Matty. Laut sagte er: »Ich glaube, ich muss wieder bei euch übernachten.«

»Wieso das?«

Ja, wieso. Weil er (a) die Hälfte des Grases geraucht hatte und Nachschub brauchte, wenn er weitermachen wollte; und weil er (b) eine Ausrede brauchte, um mit Malice abzuhängen. Der einzige Grund, den er Frankie nennen konnte, war jedoch (c): »Mom wird langsam misstrauisch, weil ich so viel Zeit allein verbringe.«

»Klar, natürlich wird sie das«, sagte Frankie. »Ich komme in ein paar Tagen zum Essen vorbei. Dann frage ich sie.«

»Danke, Onkel Frankie.«

»Na klar.« Er klopfte Matty auf die Schulter. »Das ist bloß ein weiteres Hindernis. Wie bei den zwölf Taten. Du weißt, was ich meine?«

»Klar. Herkules.«

»*Herakles*, Matty. Lern mal Griechisch. Das ist dein Erbe. Wir sind die Söhne von Göttern – mindestens von Halbgöttern. Wir stammen von *Helden* ab. Herakles, Bellerophon. Theseus –«

»Okay ...«

»Und was kann einen Helden aufhalten, wenn er sich etwas in den Kopf gesetzt hat?«

»Nichts?«, sagte Matty.

»Ganz genau.«

Dann bat ihn Onkel Buddy, zur Tankstelle zu gehen und Milch fürs Abendessen zu kaufen.

Diese einfache Bitte führte zu einem versuchten Kidnapping durch einen Pädophilen – zumindest sah es zunächst genau danach aus. Als er vier Jahre alt war, hatte ihm seine Mutter genau erklärt, wie es ablaufen würde, und es dann in regelmäßig Abständen wiederholt: Ein fensterloser Transporter würde neben ihm anhalten, und ein fremder Mann würde sich aus dem Fenster beugen und anbieten, ihm etwas *richtig Tolles* zu zeigen. Einen jungen Hund vielleicht. Oder einen Game Boy. Und was sollte Matty dann tun? Weglaufen natürlich. Weglaufen und Mom suchen.

Doch jetzt, da es tatsächlich geschah, stellte Matty fest, dass er auf dem heißen Gehsteig festgewachsen war, während der kalte Milchkanister in seiner Hand schwitzte. Der Täter, ein alter schwarzer Mann mit weißem Haar, lehnte sich aus dem Fenster auf der Fahrerseite eines silbernen Transporters und sagte: »Hey, Matty. Hast du einen Moment?«

Und was tat Matty? Er lächelte unsicher und sagte: »Äh ...«

»Destin Smalls möchte sich mit dir unterhalten.«

Smalls? Der Typ, mit dem Opa Teddy telefoniert hatte?

»Er ist ein Freund deines Großvaters. Und deiner Großmutter, Maureen.«

Kein junger Hund. Nur ein phänomenal verlockendes Stichwort. Und zugleich das Stichwort, sofort davonzulaufen. Doch stattdessen sah Matty zu, wie der Mann ausstieg und vorne um den silbernen Transporter herumging. Er bewegte sich steif, als hätte er eine kaputte Hüfte. Dann forderte er Matty mit einem Wink auf, ihm zu folgen.

Matty gehorchte. Es erschien ihm unhöflich, es nicht zu tun. »Auch für mich war sie eine Freundin«, sagte der Fahrer und streckte ihm die Hand entgegen. »Clifford Turner. Es war mir eine Ehre, mit ihr zu dienen.«

Mit ihr zu dienen? Oh Mann, dachte Matty. Die Regierungsgeschichte. Es war alles echt.

Cliff zog die Schiebetür des Transporters auf, was den gleichen Effekt hatte, als würde ein Zauberer einen Vorhang zur Seite ziehen und plötzlich ein … riesiger weißer Mann in einem blauen Anzug zum Vorschein kommen, der sich in den Pilotensitz hinter dem Fahrer gezwängt hatte.

»Matt. Freut mich, dich persönlich kennenzulernen. Ich bin Agent Destin Smalls.« Seine Stimme war tief und fest. Und er hatte ihn Matt genannt. Er deutete auf den freien Sitz neben seinem. »Komm rein. Es ist klimatisiert.«

Okay, *das* kam direkt aus dem Handbuch für Pädophile. »Ich habe Milch gekauft«, sagte Matty.

»Das sehe ich.«

»Ich meine, meine Familie wartet auf mich«, sagte Matty. »Die werden nach mir suchen.«

»Es dauert keine Minute. Ich wollte mich nur vorstellen.«

Matty sah Cliff an. »Es passiert nichts«, sagte der Mann. »Versprochen.«

Matty stieg ein und stellte den Milchkanister auf den Teppichboden. Cliff schob die Tür von außen zu, sodass sie eingeschlossen waren.

Der hintere Teil des Transporters, die Ladefläche, lag größtenteils im Dunkeln, doch blinkten und surrten dort elektronische

Geräte. Die Klimaanlage (die sich tatsächlich angenehm anfühlte) war vermutlich notwendig, damit all diese Geräte funktionierten.

Smalls sah seine Blicke. »Das ist Hightech-Zeugs. Hoch entwickelte Telemetrie.«

»Was kann man damit machen?«

»Es hilft uns, begabte Personen zu finden, Matt. Personen wie ...«

Matty versuchte, ein entspanntes Gesicht zu wahren.

» ... deine Großmutter.«

»Ach echt?«, sagte Matty. Es kam eine Oktave höher heraus, als er es wollte.

»So ist es. Wie viel hat dein Großvater dir erzählt? Wusstest du, dass Maureen Telemachus die wichtigste Agentin war, die wir im Kalten Krieg hatten?«

Klassischer Kalter Krieg, hatte Frankie gesagt. *Allerhöchste Risikostufe.*

»Kuba? Maureen war da«, sagte Smalls. »Die Straße von Gibraltar? Sie hat uns gesagt, was passiert ist, als die USS *Scorpion* explodierte und unterging. Das waren angespannte Zeiten. Beide Seiten hatten eine solche Angst voreinander, es bestand die reale Gefahr eines Weltuntergangs. Unser Job – der Job deiner Großmutter – war es, herauszufinden, wo die Russen ihre Raketen aufbewahrten, und sie im Auge zu behalten. Das Worst-Case-Szenario war, wenn der Feind glaubte, ungestraft zuschlagen zu können.«

Matty wusste nicht, was er sagen sollte, also sagte er »Wow«. Er war sich ziemlich sicher, dass dies die wichtigste Unterhaltung seines Lebens war, und er wollte nicht, dass sie zum Erliegen kam, nur weil er das Meiste von dem, was Agent Smalls sagte, nicht verstand. Die Kubakrise sagte ihm etwas, doch der Rest war ihm ein einziges Rätsel.

»So ist es. Und die Kommunisten hatten ihr eigenes Psi-Kriegsprogramm. Wir waren ständig auf der Hut vor übersinnlichen Angriffen.«

»Also, Oma Mo und die Russen, haben die sich einen Kampf geliefert?«, fragte Matty.

»Einen Kampf?«

»Psychisch«, sagte Matty. »Also, auf der Astralebene.«

»Wo hast du denn das her? Aus Comics?«

»Nein«, sagte Matty verlegen. Wäre seine Mom da gewesen, hätte sie gewusst, dass er log. Telepathische Duelle hatte er direkt von den X-Men.

»Du liegst nicht weit daneben. Die Begabten können einander wahrnehmen. Zum Beispiel Cliff da draußen. Der hat in dieser Gegend Aktivitätsausschläge festgestellt.«

Matty spürte sein Herz in der Brust pochen. Cliff hatte ihn *entdeckt?* Matty konnte sich nicht mehr auf die Unterhaltung konzentrieren; seine Panik machte ihn taub. Wussten sie, was er mit Onkel Frankie vorhatte? Würden sie ihn an die Polizei ausliefern?

Smalls jedoch redete weiter. »Du musst wissen, dass deine Familie etwas Besonderes ist«, sagte er in vertraulichem Tonfall. »Nicht nur deine Großmutter. Auch deine Onkel, Buddy und Frankie, verfügten früher über Fähigkeiten. Deine Mutter genauso.«

Matty stellte sich dumm. »Das war bloß Schauspielerei. Eine Bühnennummer. Sie wurden entlarvt.«

»Wirklich?«, fragte Smalls. »Vielleicht. Aber vielleicht sind sie auch einfach nur nicht mehr aufgetreten. Die Frage, die sich mir natürlich stellt, ist, ob dir irgendwelche *neuen* Aktivitäten aufgefallen sind. Vielleicht bei deinen Cousinen?«

»Was denn?«

»Es könnte alles Mögliche sein«, sagte Smalls. »Die Fähigkeit, Gegenstände zu bewegen. Wasser unter der Erde aufzuspüren. Dinge aus weiter Ferne zu sehen.«

»Davon weiß ich nichts«, sagte Matty. Gott sei Dank verfügte Smalls nicht über die Fähigkeit seiner Mutter.

Agent Smalls lächelte. »Ich bitte dich nur, die Augen offen zu halten. Kannst du das für mich tun?«

Matty dachte: Will er, dass ich meine eigene Familie ausspioniere?

»Die Bedrohung für Amerika ist nicht mit dem Kalten Krieg zu Ende gegangen, Matt. Nicht im Geringsten. Die Sowjetunion ist tot, doch die Russen haben immer noch ihre eigenen Medien, das kannst du mir glauben. Wie viele weitere Regierungen haben sonst noch Psi-Spione? Wie viele Randgruppen und terroristische Organisationen? Schlimmer noch, wie viele dieser bösen Akteure versuchen, begabte Amerikaner *abzuwerben?*«

Smalls brachte diesen Satz mit alttestamentarischem Ernst vor. Oder zumindest mit dem Ernst eines alten Hollywood-Bibelfilms. Matty lehnte sich zurück. Die Milch hatte er vergessen.

»Das wäre schlecht«, sagte Matty.

»Nicht nur das, diese ausländischen Mächte könnten beschließen, dass sie es sich auch nicht leisten können, dass *wir* diese Leute einstellen. Sie könnten beschließen, die Psi-Kräfte zu neutralisieren.«

»Sie meinen, sie zu *töten?*«

Er schüttelte den Kopf. »Ich bin mir sicher, das wird nicht passieren«, sagte er, auf eine Art, die nahelegte, dass genau das passieren konnte. »Aber es gibt noch andere Methoden, um Psi-Kräfte zu neutralisieren. Es gibt Geräte, die diese Fähigkeiten ganz einfach auslöschen können.« Er schnippte mit den Fingern. »Als würde man das Licht ausschalten.«

Oh Gott, dachte Matty. Er würde *mich* neutralisieren.

Smalls griff in die Innentasche seines Jacketts, und Matty klammerte sich an die Lehnen seines Sitzes. Als die Hand des Agenten wieder hervorkam, hielt sie eine Visitenkarte. »Ich bin auf deiner Seite, Matt. Ich will deine Familie beschützen. Ich will ihnen helfen. Dein Großvater will nicht, dass ich mit irgendeinem von euch rede, weil er glaubt, dass ihr zu jung seid, um zu verste-

hen, wie wichtig das ist. Ein weiterer Telemachus könnte in die
Fußstapfen deiner Großmutter treten. Die Nation würde erleichtert aufatmen.«

Matty sah sich die Karte an und steckte sie dann in die Tasche
seiner Jeans.

»Wenn ich irgendetwas tun kann, melde dich einfach«, sagte
Smalls.

Als Matty aus dem Transporter stieg, hatte er das Gefühl, dass viel
Zeit vergangen war, obwohl es sich nur um Minuten gehandelt
hatte. Die Sonne schien in einem anderen Winkel. Die Bäume
flüsterten verschwörerisch miteinander. Selbst der Milchkanister
kam ihm schwerer vor, als wäre er mit einer geheimen Bedeutung
aufgeladen.

Cliff schüttelte ihm noch einmal die Hand. »Hat mich gefreut,
dich kennenzulernen, Matty.«

»Ich ... ja.«

»Irgendwann möchte ich dir mal erzählen, was deine Großmutter für mich getan hat. Sie hat mich auf eine ihrer Fernrei-
sen mitgenommen, das ging weit über alles hinaus, was ich allein
schaffen konnte. Das war eine der eindringlichsten Erfahrungen
meines Lebens.«

»Das wär toll«, sagte Matty. Es sei denn, Destin Smalls schaltet
mich aus wie eine Lampe.

Er ging nach Hause. Er war sich sicher, dass seine Familie all
diese neuen Erkenntnisse wahrnehmen würde, die sein Inneres
zum Kochen brachten, aber nein: Opa Teddy sah kaum von seiner Zeitung auf, während auf der anderen Seite des Tisches Onkel Frankie, verschanzt hinter einem Wall aus leeren Bierflaschen,
irgendetwas über den Van-Allen-Gürtel erklärte. »Klar, Roboter
könnten am Gürtel vorbei zum Mond kommen, aber Menschen?«
Mom war am Herd beschäftigt. Nur Onkel Buddy, der an der
Arbeitsplatte stand und Zwiebeln und grüne Paprika hackte, sah

ihm in die Augen. Matty, der sich plötzlich schämte, stellte die Milch in den Kühlschrank. Doch bevor er in sein Zimmer flüchten konnte, bat ihn Mom, den Tisch zu decken.

Er war gezwungen, Teller und Gläser vom Schrank ins Esszimmer zu tragen und immer wieder hin- und herzulaufen, wie eine Ente am Schießstand.

Matty ging zu seiner Mutter und fragte leise: »Isst Onkel Frankie auch mit?«

»Weiß ich nicht. Frag ihn.«

»Kannst du das machen?«

Mom sah Matty stirnrunzelnd an, als wollte sie fragen: Was hast du für ein Problem? Dann sagte sie über die Schulter hinweg: »Frankie, isst du was oder nicht?«

»Du musst für mich nichts extra machen«, sagte Frankie.

»Gott, es ist genug Pasta da. Ja oder nein?«

Er seufzte übertrieben. »Ich würde schon gerne. Aber Loretta und die Mädchen warten auf mich.« Er stand auf, trank den letzten Schluck aus seiner Flasche und stellte sie auf den Tisch.

»Gern geschehen«, sagte Opa Teddy.

Frankie hob zum Abschied die Hand. »Hey, Matty, hilf mir mal, was aus dem Auto holen.«

Matty erstarrte.

»Komm«, sagte Frankie, der sich schon in Bewegung gesetzt hatte. »Ihr anderen, genießt die feine Mahlzeit. Bei mir gibt's wahrscheinlich wieder Makkaroni mit Käse.«

Matty zögerte, dann folgte er seinem Onkel nach draußen zur Einfahrt.

»Und, ist heute was passiert?«, fragte Frankie.

»Nichts ist passiert«, sagte Matty.

»Keine Reise? Kein Besuch in der Bar?« Er war so ungeduldig. So verzweifelt. »Wir brauchen unbedingt die Kombination.«

»Ich kann das nicht«, sagte Matty.

»Was? Was ist los? Hat deine Mom was gesagt?«

»Nein, das ist es nicht. Ich glaube nur einfach nicht –«

»Selbstvertrauen. Ich wusste es.« Er legte Matty die Hand auf die Schulter und beugte sich vor. »Ich kenn das. Ich weiß, wie es ist, an sich selbst zu zweifeln. Du musst einfach weitermachen.«

»Ich meine, ich kann das nicht machen, niemals.« Er versuchte, Frankie in die Augen zu sehen, doch es gelang ihm nicht. Er konzentrierte sich auf das rechte Ohr seines Onkels. »Ich bin raus. Ich gebe auf.«

»Gibst auf?« Seine Stimme war so laut. »Scheiße, was redest du denn?«

Matty wusste nicht, was er noch sagen sollte. Die Regierung ist hinter mir her? Sie verfolgen mich? Sie können mich *auslöschen?* Frankie würde ihm jeden einzelnen Einwand ausreden.

»Du kannst nicht aufgeben«, sagte Frankie. »Du bist ein Telemachus. Wir geben nicht auf!«

»Ich weiß, ich weiß.« Doch war nicht das Aufgeben das, wofür sie vor allem anderen bekannt waren? Die Erstaunliche Familie Telemachus war von der Bühne in die Mittelmäßigkeit abgetreten. Frankie hatte dem Ganzen schon vor Jahren am Thanksgiving-Tisch seinen Segen gegeben: Wir hätten Könige sein können.

»Tut mir leid«, sagte Matty. Ihm kamen die Tränen. Er wollte nicht vor seinem Onkel heulen. »Tut mir leid.«

Frankie redete weiter, er versuchte es mit schnellen Kombinationen aus Schmeicheln und Klagen und Flehen, wie ein Bantamgewichtler am Sandsack. Matty steckte die Schläge ein, nicht imstande zu sprechen, nicht imstande sich zu bewegen. Er wollte sich in Luft auflösen. Er wollte oben aus seinem Kopf herausschweben und seinen Körper wie eine Tüte voll feuchtem Gras in der Einfahrt zusammensacken lassen. Doch genau das würde er nie wieder tun können.

12

Teddy

Die Liebe wartete im Briefkasten auf ihn, wie eine lauernde Klapperschlange. Ein schlichter weißer Umschlag. Er wusste, um was es sich handelte, noch bevor er seinen Namen in Maureens rasiermesserscharfer Kursivschrift sah, und im Nu stieg ihm das alte, süße Gift ins Herz.

Oh, meine Liebe, dachte er. Du machst mich fertig, noch aus dem Grab heraus.

Die Briefe kamen jetzt wieder regelmäßiger, und er hatte keine Ahnung, warum. Nach ihrem Tod waren sehr viele gekommen, dann immer weniger, sodass er jahrelang glaubte, es würden keine weiteren mehr folgen. Doch dies war schon der zweite in diesem Sommer. War das ein Zeichen, dass es dem Ende entgegenging? Er wurde *tatsächlich* langsam alt. In den Todesanzeigen fanden sich lauter zähere Männer als er, jüngere Männer, die von Schlaganfällen und Prostatakrebs und Herzinfarkten dahingerafft wurden. Der Stress, den diese Briefe auslösten, reichte aus, um auch ihn zu erledigen. Mo würde ihn am Briefkasten umbringen.

»Alles in Ordnung?«, fragte Irene. Sie stand beim Auto, gut sechs Meter entfernt. Zu weit weg, um die Handschrift auf dem Umschlag zu erkennen.

»Papiergeschosse«, sagte er. Er steckte den Umschlag in seine Jacketttasche. Er würde ihn sich später ansehen. »Direkt ins Hirn.«

»Wieso kriegst du sonntags Post?«

Jedem anderen gegenüber hätte er behauptet, sie sei falsch zugestellt worden und ein Nachbar müsse sie vorbeigebracht haben – doch dies war Irene. Seine einzige Möglichkeit war es, der Frage komplett auszuweichen. »Lass uns fahren«, sagte er. »Graciella wartet.«

Irene machte keine Anstalten, ins Auto einzusteigen. »Wir haben eine Abmachung, ja? Wenn ich mitkomme, passt du für mich, egal, was passiert, auf Matty auf.«

»Ja, ja.«

»Vier Tage, von Donnerstag bis Sonntag.« Er hatte den Fehler begangen, ihr die Schlüssel zu geben, damit sie schon mal die Klimaanlage anschalten konnte, und jetzt hielt sie sie als Faustpfand zurück. Sie stand neben der Fahrertür und trommelte mit einer Hand aufs Dach. Der Gedanke daran, was ihre Ringe mit dem Lack anstellen konnten, ließ ihn zusammenzucken. Sie sagte: »Und diesmal passt du wirklich auf ihn auf.«

Sie erinnerte ihn immer an das eine Mal, als er den zweijährigen Matty babysitten sollte. »Er ist ein Teenager, kein Kleinkind mehr«, sagte er. »Wenn er diesmal ein Glas Gin trinkt, dann mit Absicht.«

Irene ächzte, doch sie gab ihm die Schlüssel.

Sie schaffte es, bis zur dritten Ampel still dazusitzen. Das war mehr, als er sich erhofft hatte.

»Vertraust du dieser Frau?«, fragte sie. Gemeint war Graciella.

»Und *du*? Du bist ein besserer Menschenkenner als ich.« Das war schließlich der Grund, weshalb er Irene immer wieder mitnahm.

»Sie benutzt dich«, sagte sie.

»Ich will, dass sie mich benutzt. Darum geht's doch bei Freundschaft, Irene.«

»Sie ist keine Freundin, wenn sie hinter deinem Geld her ist.«

»Geld? Welches Geld? Ich lebe von Sozialhilfe, Herrgott noch mal!«

»Dieses Auto ist ein Jahr alt. Du besorgst dir alle anderthalb Jahre ein neues.«

»Das ist einfach vernünftig. Neue Autos sind zuverlässig. Wenn du auf dem Skyway liegen bleibst, kann es gut sein, dass du nicht überlebst.«

»Und die Anzüge? Und die Uhren?«

Er atmete tief durch. Wie sollte er es ihr sagen, wenn sie doch jede Lüge riechen konnte? »Nur, weil ich mich nicht wie ein Landstreicher kleide, heißt das nicht, dass ich reich bin.«

»Ich weiß von ATI, Dad.«

Er tat so, als würde er sich im Seitenspiegel auf den Verkehr konzentrieren. »Was ist das noch mal?«

»Meine ganze Highschoolzeit lang kamen Schecks bei uns an, und auch heute noch.«

»Du liest meine Post?«

»Muss ich nicht. Ich sehe ja die Umschläge. Advanced Telemetry Inc. ist ein Elektronikunternehmen in Privatbesitz, aber in den Akten ist verdächtig wenig zu finden.«

»Du stellst Nachforschungen zu mir an?«

»Zu denen, Dad. Offenbar ist das eine Art Beratungsunternehmen.«

»Du schnüffelst zu gerne. Das ist deine größte Schwäche.«

»Über die du garantiert eine Liste führst. Also, Dad, was ist das? Bist du Berater? Ist das ein Überbleibsel von dem, was du und Mom gemacht habt?« Ihre Augenbrauen hoben sich. »ATI ist die Fassade, die Destin Smalls braucht, um dich zu bezahlen, richtig?«

»Mach dich nicht lächerlich.«

»Ich mache mir nur Sorgen, Dad. Das Geld ist mir egal, aber es gefällt mir nicht, dass diese Frau ihren Nutzen zieht aus einem ... aus dir.«

»Aus einem alten Mann. Sag es.«

»Nicht nötig. Ist doch offensichtlich, dass du senil geworden bist.«

»Sie braucht mein Geld nicht. Sie gehört zum Mob-Adel.«

»Was sind dann ihre Absichten? Du hast gesagt, sie hat kein romantisches Interesse an dir, also muss sie ja irgendwas anderes wollen. Warum grinst du?«

Es wärmte ihm das Herz, sein ältestes Kind über Absichten nachsinnen zu hören. Irene war schon immer das klügste seiner Kinder gewesen. Sie hatte Maureens Intelligenz und dazu eine große Portion von seiner Gerissenheit geerbt. Maureen dachte immer, dass Buddy das Genie der Familie sei, doch es war die kleine Irene, die über einen Ginsumesser-scharfen Verstand verfügte. Der menschliche Lügendetektor. Und deshalb brauchte er, wenn er Graciella helfen wollte, Irene an seiner Seite.

»Ich dachte, du magst sie«, sagte Teddy, bemüht, verletzt zu klingen – woran er sogar aus seiner Sicht scheiterte.

»Mögen hat damit gar nichts zu tun«, sagte sie. »Das hier ist geschäftlich.«

Er lachte bis zur nächsten Ampel.

»Wie viel zahlt dir ATI?«, fragte Irene. Sie ließ nicht locker, wie ein gottverdammter Terrier. »Über'n Daumen.«

»*Die* zahlen mir gar nichts«, sagte Teddy. »Egal ob Daumen oder Zeigefinger. Ich bezahle mich *selbst*.«

Sie gab ein skeptisches Geräusch von sich, obwohl sie wissen musste, dass er nicht log.

»Ich bin Miteigentümer«, sagte er. »Guck nicht so. Ich hatte die Idee, die Firma zu gründen. Als ich sah, wie die Regierung arbeitet, wie konnte ich da anders? Das ist der verrückteste Wirtschaftszweig, den es gibt. Lauter dünne Bäcker.«

»Du sagst das, als wär es ein Sprichwort.«

»Dünne Bäcker! ›Vertrau keinem dünnen Bäcker.‹ Natürlich ist das ein Sprichwort.«

»Und was hat das mit der Regierung zu tun?«

»Erlaube mir, es dir zu erläutern«, sagte er. »Die Leute, die *drin* sind, kriegen vom Kuchen nichts ab, aber sie kompensieren das, indem sie Kuchen aus dem Fenster werfen. Tonnen von Kuchen. Der militärisch-industrielle Komplex besteht ausschließlich aus Kuchenwerfern und Kuchenessern. In dieser Metapher steht Kuchen für Geld.«

»Lass uns ein Moratorium für Metaphern vereinbaren.«

»Ein Metatorium.«

»Und für Wortneuschöpfungen.«

»Der Punkt ist, Destin Smalls ist der leichtgläubigste Mensch auf diesem Planeten, und trotzdem konnte er Millionen in zweifelhafte Projekte fließen lassen. Der hat G. Randall Archibald unverschämte Summen für die durchsichtigsten Schwindeleien gezahlt. Torsionsfeldgeneratoren. Mikroleptonen-Kanonen, die nie richtig funktioniert haben. Ach, das macht dann bloß eine weitere halbe Million an Entwicklungskosten –«

»Oh Gott«, sagte Irene. »Es geht darum, sich mit Archibald zu messen. Immer noch. Schon wieder.«

»Es geht ums Geldmachen, schlicht und einfach«, sagte Teddy.

»Wusste Mom darüber Bescheid?«

Er setzte an zu antworten, doch dann überlegte er es sich anders.

»Also nein«, sagte Irene.

»Sie wusste davon«, sagte er. »Irgendwann.« Bevor Irene fragen konnte, sagte er: »Deine Mutter war in Geldsachen sehr konservativ, wirklich sehr konservativ. Sie mochte alles Spekulative nicht. Die Gründungskosten waren erheblich, und es dauerte sehr lange, sie wieder reinzuholen. Es hat mich sehr traurig gemacht, dass die Firma erst weit nach ihrem Tod anfing, unsere Investitionen wiedereinzuspielen.«

»Du kannst nicht ›unsere‹ sagen, wenn sie damit nicht einverstanden war.«

Und doch hat sie dafür bezahlt, dachte Teddy.

»Hilf mir, die Adresse zu finden«, sagte er. »Hunderteinunddreißig. Achte auf ein Maklerschild.«

Es dauerte nicht allzu lang. NG Group Realty. Der Parkplatz war leer, bis auf Graciellas Mercedes-Kombi. Er stellte sein Auto neben ihrem ab, und Irene legte eine Hand auf seinen Arm.

»Sag mir eins: Hat Graciella dich um Geld gebeten?«

»Nein«, sagte er. Die volle Wahrheit.

Irene schüttelte den Kopf. »Dann versteh ich's nicht.«

»Du stellst die falsche Frage«, sagte er. »Es geht nicht darum, was sie von mir bekommt, sondern darum, was ich von ihr bekomme.«

»Und zwar?«

Er konnte nicht lügen, nicht gegenüber Irene, doch er konnte wählen, welche Wahrheit er aussprach. Er überlegte, »Rache« zu sagen, doch das klang pathetisch. Er erwägte »Gerechtigkeit«, doch das war zugleich pathetisch und passte nicht zu ihm.

»Ich kann wieder ins Spiel einsteigen«, sagte er.

Eines der Dinge, die er in seinem Leben am meisten bereute, war, dass er Maureen nie von ATI erzählt hatte. Genauso sehr bereute er, dass sie selbst dahintergekommen war.

Er erinnerte sich an den Abend. Er war durch einen Schneesturm nach Hause gefahren und betrat das Haus wie der Große Jäger, der die beste Pizza von ganz Chicagoland vorzuweisen hatte. Maureen räumte die Blätter und Buntstifte vom Küchentisch, und die gesamte Familie saß im warmen Licht beisammen. Frankie erzählte aufgeregt von spektakulären Schlittenunfällen, was sie alle zum Lachen brachte, sogar Buddy. Wenn sie gemeinsam so eng beisammensaßen, war er am glücklichsten. Sie waren Verschwörer, glückliche Diebe, die ihre Beute aufteilten und lachten, während die banale Welt da draußen weiter ihr trostloses Dasein fristete. Es war fast so gut, wie gemeinsam auf der Bühne zu stehen.

Nach dem Essen steckte sich Teddy eine Zigarette an und sah

Maureen beim Spülen zu. Er war seinem Wesen nach kein Mann, der zur Zufriedenheit neigte, doch dies war verdammt nah dran. Dann fiel ihm, direkt neben seinem Ellbogen, der Stapel Papier auf, den Maureen vom Tisch auf die Arbeitsplatte gelegt hatte. Es waren nicht Buddys Ausmalbilder, wie er wegen der Buntstifte angenommen hatte. Es waren Rechnungen und Bankunterlagen. Er hob ein paar Seiten an und sah das rote Logo ihrer Hypothekenbank. Es war Teddys Aufgabe, sich um das Geld und die Hypothekenraten zu kümmern. Er hatte darauf bestanden.

Er ging die letzte Stunde im Kopf noch einmal durch, im Wissen, dass Mo sich diese Unterlagen angesehen hatte, bevor er heimgekehrt war. Plötzlich schien ihm ihr Lachen ein bisschen aufgesetzt, als wäre sie mit den Gedanken woanders gewesen.

»Willst du über irgendwas reden?«, fragte er.

Maureen drehte sich nicht um. »Gibt es denn etwas, über das wir reden sollten?«

Er kannte diesen unterkühlten Tonfall.

Rückblickend war es idiotisch von ihm gewesen, zu denken, dass sie nicht irgendwann dahinterkommen würde. Wie sollte ein Normalsterblicher etwas vor Maureen Telemachus verbergen? Er hatte sich bei den Familienersparnissen bedient, falls man den Ausdruck »bedient« für einen solchen Raubzug verwenden mochte, und er hatte außerdem eine zweite Hypothek aufgenommen.

»Sag mir, was du damit gemacht hast«, sagte sie. »Hast du wieder angefangen zu spielen?«

Sie dachte, er sei wieder auf die schiefe Bahn geraten. Ironischerweise war er tatsächlich wieder auf die schiefe Bahn geraten, jedoch nur, um das Geld zurückzuverdienen, das er mit ATI versenkt hatte.

»Was ich früher gemacht habe, war kein Glücksspiel«, sagte Teddy, dem es nicht gelang, seine Entrüstung zu verbergen. Damals war er ein sogar noch eitlerer Pfau gewesen als heute.

Ohne ihn anzusehen, gab Maureen klar zu erkennen, dass sie ihm diesen Schwachsinn nicht durchgehen lassen würde. Warum sollte sie auch? Sie hatte seit Jahren schon zu viel davon geschluckt.

»Ach, Teddy«, sagte Maureen. »Alles, was wir uns erarbeitet haben, schmeißt du einfach so weg.«

»Das tue ich ganz sicher nicht«, sagte er. »Ich *investiere* es. Das ist ein großer Unterschied.«

»Investierst es worein?«

»Ich erklär es dir«, sagte er. »Setz dich. Bitte.«

Sie trocknete ihre Hände ab und setzte sich ihm gegenüber an den Tisch, still wie ein strenger Richter.

»Mir hat sich eine Geschäftsgelegenheit eröffnet«, sagte er. »Ich hatte eine Idee für ein Unternehmen und einen Mitinvestor, der sie mit mir umsetzen wollte. Diese Firma würde einen kontinuierlichen Einnahmestrom erzeugen, doch zunächst war ein gewisses Startkapital notwendig, um das Ganze ins Rollen zu bringen. Kurzfristige Gründungskosten, langfristige Erträge.«

»Kontinuierlicher Einnahmestrom«, wiederholte sie.

»Ganz genau!«

»Hörst du dir eigentlich selbst mal zu?«, fragte sie leise.

»Ich will, dass *du* mir zuhörst«, sagte er in vernünftigem Tonfall. »Ich versuche, was zu essen auf den Tisch zu bringen. Was habe ich für eine Wahl? Alles andere, was ich versucht habe —«

»Die *Nummer* —«, sagte sie. Sie schüttelte den Kopf auf eine Art, die Jahre später ihr Echo bei ihrer Tochter finden würde. »Du bist immer noch wütend. Du kannst es nicht loslassen.«

»Wir hatten einen Plan, Mo. Alles hing davon ab, dass du auf die Bühne kommst, und du hast es nicht getan.« Teddy hatte schon vorher gewusst, dass Archibald ihren Auftritt unterbrechen sollte. Er hatte dem Skeptiker dann absichtlich etwas geliefert, das sich leicht aufdecken ließ, den alten Séance-Trick mit dem Fuß, etwas, das die Kameras aufnehmen konnten. Die Familie wurde nicht entlarvt; ihre Niederlage war die eigentliche Täuschung, die Vorbereitung für die große Wende. Mo sollte den Telefon-Gag vorführen und Archibald damit verblüffen. Dann hätte der berühmte Skeptiker im landesweit ausgestrahlten Fernsehen zugeben müssen, dass sie keine Betrüger, sondern echt waren, und damit wären sie gemachte Leute gewesen.

»Was sollte ich denn tun?«, fragte Teddy gereizt.

»Dir einen Job suchen«, sagte sie. »Einen richtigen Job.«

»Das hier ist besser als ein Job«, sagte er. »Das ist ein seriöses Unternehmen.«

»Du kommst mit Nick Pusateris Pizza nach Hause und willst mir was von Seriösität erzählen?«

»Das hier hat nichts mit ihm zu tun.« Was der Wahrheit entsprach. »Ich habe bloß Pizza geholt.« Was gelogen war. Er war bei den Pusateris gewesen, um über ihren nächsten Job zu reden. Doch das konnte er ihr nicht erzählen, denn er hatte ihr versprochen, nie wieder für diesen Mann, oder das Outfit, zu arbeiten.

»Dann erklär mir, was das für eine Investition ist«, sagte sie. »Kein Rumgedrucke. Keine Lügengeschichten. Sag mir ganz genau, mit wem du Geschäfte machst und was ihr da tut.«

»Ich kann nicht, Mo. Ich kann einfach nicht. Du musst mir vertrauen, dass ich das, was ich tue, für die Familie tue.«

»Vertrauen«, sagte sie verbittert.

Er nickte. »Das ist alles, was ich brauche. Ein bisschen Vertrauen.«

»Aber *mir* vertraust du nicht«, sagte sie. Ihre Lippen zitterten. »Deiner Frau.«

»Nicht, bevor es sich nicht ausgezahlt hat. Ich schwöre, dann wirst du verstehen, wieso ich —«

Frankie kam in die Küche geplatzt, gefolgt von Buddy. »Kannst du Plätzchen backen?«

»Ich bin keines deiner Opfer«, sagte Maureen. Sie suchte die Bankunterlagen zusammen und ignorierte die Jungs, die um ihre Aufmerksamkeit bettelten. Er sah ihr schweigend zu, im Glauben, ihr Streit sei beendet, und dann drückte sie ihm den Stapel in die Hand. »Nein, falsch«, sagte sie. »Ich war dein erstes Opfer.«

Am nächsten Morgen informierte ihn Maureen, dass sie Destin Smalls' Angebot angenommen hatte, für ein neues Regierungsprogramm namens Project Star Gate zu arbeiten. Und kurze Zeit später setzte Nick Pusateri Teddys Karriere als Falschspieler ein für alle Mal ein Ende.

Graciella schloss die Tür zum Büro von innen auf und ließ sie herein. Es gab keine Umarmungen – so eine war sie nicht –, doch sie schüttelte Irene die Hand. »Willkommen bei der NG Group.«

»Du bist das G?«, fragte Irene.

»Das N hat mich lieber im Dunkeln gelassen, obwohl ich auf dem Papier die Inhaberin war.«

»Und jetzt willst du tatsächlich die Inhaberin sein«, sagte Teddy.

»Jetzt muss ich es sein. Ich weiß nicht, wie viel von diesem Geschäft echt ist und wie viel bloß eine Fassade für die anderen Pusateri-Geschäfte. Ich weiß nicht mal, ob ich die einzige Inhaberin bin. Es würde mich nicht überraschen, wenn es noch ein paar stille Gesellschafter gäbe.« Sie führte sie durch ein leeres Großraumbüro – sonntags war keiner der Makler da – in ein enormes, mit Glasscheiben abgetrenntes Einzelbüro. Sie deutete auf den Computer und den massiven, beigefarbenen Monitor. »Nick junior hat mir das Passwort für das Buchhaltungsprogramm gegeben, aber ich habe keine Ahnung davon. Dein Vater sagt, du kennst dich gut damit aus.«

Irene warf ihm einen Blick zu und sagte dann zu Graciella, »Was suchst du genau?«

»Das Geld«, sagte Graciella, und Teddy lachte.

Irene machte sich an die Arbeit wie ein richtiger … Computermensch. Sie brachte die Maschine zum Laufen und tat die nächsten fünf Minuten nichts, außer zu grummeln und mit sich selbst zu reden, während ihre Augen den Bildschirm scannten und Graciella ihr über die Schultern schaute. Er hätte nie gedacht, dass seine telepathische Tochter Buchhaltung lernen würde, doch er musste zugeben, dass es angenehm war, ein Kind mit solch obskuren Fähigkeiten zu haben.

Teddy, der in einem dick gepolsterten Womb Chair versank, der offenbar dazu gedacht war, Kunden in einen Zustand kindlichen Urvertrauens zu versetzen, sah den Frauen so lange zu, wie er konnte, bevor ihn die Langeweile überkam. Er sah auf seine Rolex. Sie waren erst seit fünf Minuten hier. »Erzähl ihr von den Zähnen«, sagte Teddy zu Graciella.

»Ich glaube, sie ist beschäftigt«, sagte Graciella.

Irene sah auf. »Hast du Zähne gesagt?«

»Du lenkst sie ab«, sagte Graciella.

»Das ist entscheidend«, sagte Teddy. »Deshalb sind wir doch hier.«

»Zähne?«, wiederholte Irene.

»Ich will es von dir hören«, sagte Teddy zu Graciella. Dann, an Irene gewandt: »Sie sind der Beweis, dass Nick junior unschuldig ist.«

»Er ist nicht komplett unschuldig«, sagte Graciella. »Aber er ist der Vater meiner Kinder. An sie muss ich denken.«

»Zähne«, erinnerte sie Irene.

Graciella lehnte sich gegen das Fensterbrett, überkreuzte ihre langen Beine und runzelte die Stirn, als müsse sie entscheiden, wo sie anfangen sollte. Sie sah umwerfend aus, in einem engen grünen Rock und einer Bluse so orange wie Creamsicle-Eis, eine Kombination, von der er nicht gedacht hätte, dass sie funktionierte, die es aber ganz eindeutig tat. Ein weiterer Beweis dafür, dass Frauen mutiger waren als Männer.

»Das darf diesen Raum nicht verlassen«, sagte Graciella. Irene nickte und wartete, dass sie fortfuhr. Graciella sagte: »Du weißt, dass Nick junior wegen des Mordes an Rick Mazzione vor Gericht steht. Und du hast vielleicht gelesen, dass Nick senior ein Teil von Rick Mazziones Geschäft gehörte. Er hat es an sich gerissen, als Rick mit seinen Kreditzahlungen in Rückstand geriet. Rick hat versucht zu zahlen, doch die Schuld wurde nie als beglichen akzeptiert, und Rick fing an, sich offen darüber zu beschweren. Vielleicht war er wütend genug, um zur Polizei zu gehen. Vielleicht hatte er das schon getan. Also beschloss Nick senior, es herauszufinden.«

Irene nahm diese Informationen auf wie ein Profi. Kein mädchenhaftes Nach-Luft-Schnappen, keine ablenkenden Fragen. Doch sie wog eindeutig jeden einzelnen Satz genau ab. Das war der Grund, wieso Teddy wollte, dass Graciella die Geschichte erzählte. Hätte Teddy es getan, wüsste Irene bloß, dass Teddy glaubte, was die Frau ihm erzählt hatte. Bei Irene musste man immer das Problem mit den Geschichten aus zweiter Hand bedenken.

»An dieser Stelle kommt mein Mann ins Spiel«, sagte Graciella. »Nick senior sagte ihm, er solle Mazzione zu einem Treffen einladen und ihn dann zu einer Baustelle fahren. Sie fingen an, ihm … Fragen zu stellen. Nick senior gefielen die Antworten nicht, er wurde wütend. Er schlug Mazzione ins Gesicht.«

Irene nickte. »Zähne.«

»Der Schlag hat ein paar gelockert. Nicks Hand fing an zu bluten, was ihn nur noch wütender machte.«

»Er wird leicht wütend«, erklärte Teddy Irene.

»Den Eindruck hab ich auch langsam«, sagte Irene.

»Mein Mann sagt, dass Nick senior ein bisschen durchgedreht ist. Er fing an, Mazziones Zähne mit einer Kneifzange herauszuziehen. Alle seine Zähne. Bis auf die Backenzähne. Die Backenzähne hat er nicht gekriegt.«

Irene sah Teddy an. »Mit dem Typen warst du befreundet?«

»Geschäftlich befreundet«, sagte er. »Das ist was anderes.«

»Dann hat Nick ihn erschossen. Nicht mein Mann. Nick senior.«

»*Das* hat dein Mann dir erzählt?«

»Du glaubst mir nicht?«

»Ich glaube, dass du deinem Mann glaubst.«

Teddy musste beinahe lachen. Das Geschichten-aus-zweiter-Hand-Problem live in Aktion.

»Nick senior zwang meinen Mann, die Leiche zu vergraben«, sagte Graciella. »Als man sie Monate später fand, fehlten die Zähne, und sie waren nicht mehr am Tatort. Mein Mann hat sie mitgenommen. Er hat sie in einer Zigarrenschachtel in seiner Sockenschublade verwahrt.«

»Weil es total normal ist, menschliche Körperteile als Souvenir mitzunehmen«, sagte Irene.

»Mönche verwahren die Gebeine von Heiligen«, warf Teddy sachlich ein.

»Du musst ihn nicht verteidigen«, sagte Graciella. »Mein Mann ist nicht perfekt. Und er durchdenkt nicht immer, was er tut. Doch in diesem Fall war das gut.«

Irene zog eine Augenbraue hoch. »Weil ...«

»... Nick seniors Blut an Mazziones Zähnen klebt. Sie beweisen, dass er am Tatort war.«

»Und Juniors Aussage reicht da nicht aus?«, fragte Irene.

»Mein Mann wird nicht gegen seinen Vater aussagen. Das würde er nie tun. Aber *ich* werde die Zähne auf jeden Fall an die Staatsanwaltschaft übergeben. Ich habe der Polizei gegenüber bereits angedeutet, dass ich Beweise habe. Aber das könnte ein Fehler gewesen sein. Nick senior scheint zu wissen, dass ich etwas habe.«

»Man kriegt die Bullen nicht dazu, dichtzuhalten«, sagte Teddy. »Außerdem könnte Nick senior ein paar von ihnen gekauft haben.«

»Oder sehr viele«, sagte Graciella.

»Warum hast du's dann noch nicht getan?«, fragte Irene. »Sie übergeben. Um Nick senior zu belasten.«

»Weil das belastende Material vielleicht nicht ausreicht, und ich will mehr als nur seine Festnahme«, sagte Graciella. »Ich will Unabhängigkeit.«

Irgendwie funktionierte es, wenn Graciella pathetisch wurde, genau wie orange und grün. Wer hätte das gedacht?

»Ich will ein eigenes Leben, wenn mein Mann ins Gefängnis geht«, sagte Graciella. »Ich will ein sauberes Geschäft ohne Verbindungen zum Outfit. Und ich will, dass meine Jungs aufwachsen, ohne je wieder das Gesicht ihres Großvaters zu sehen. Im Tausch dafür würde ich ihm sogar die Zähne übergeben.«

Teddy beobachtete das Gesicht seiner Tochter. Sie hatte die Augen zusammengekniffen. Das war der Blick, mit dem Maureen ihn angesehen hatte, wenn er nach Alkohol stinkend nach Hause gekommen war. Verdammt, hatte Graciella sie angelogen – sie beide?

»Wie viele Kopierer gibt es in diesem Gebäude?«, fragte Irene.

»Drei«, sagte Graciella. »Einer ist ein Farbkopierer.«

»Ich brauche Kopien sämtlicher Steuererklärungen und alle Geschäftsunterlagen, die du finden kannst«, sagte Irene. »Ah, und leere Disketten. Jede Menge leere Disketten.«

Früher liebte er das Gefühl von Karten in seinen Händen. Es gab kein größeres Vergnügen, als mit einer Gruppe reicher Männer an einem Tisch zu sitzen, trinkend, rauchend und Lügengeschichten erzählend, und ihnen genau die Karten zu geben, die er in ihren Händen sehen wollte. Natürlich waren diese Männer nicht seine Freunde, sie konnten niemals seine Freunde sein. Das *zweit*größte Vergnügen war es, mit einer Gruppe von Männern an einem Tisch zu sitzen, trinkend, rauchend und Lügengeschichten erzählend, die ihn gut genug kannten, um ihn niemals die Karten geben oder ihn auch nur abheben zu lassen.

»Erzähl ihnen von Cleveland«, sagte Nick senior.

»Schon okay«, sträubte sich Teddy. Er war erst zwei Tage zuvor aus Ohio zurückgekehrt.

»Nein, wirklich. Jungs, diese Geschichte werdet ihr nicht glauben.« Die Jungs waren Charlie, Teppo und Bert, der Deutsche. Die Stammgäste. Ihr übliches Dienstagabendritual bestand darin, im Hinterraum von Nicks Restaurant zu sitzen und bis zum Morgengrauen Pizza zu essen und Canadian Mist zu trinken. Sie spielten, Teddy sah zu.

»Was ist in Cleveland passiert?«, wollte Charlie wissen. Er war nicht der Hellste, der gute Charlie. Es war ein Wunder, dass er gleichzeitig reden und Karten geben konnte.

»Nichts«, sagte Teddy. Er warf Nick einen Blick zu, der am großen Tisch gerade Pizzateig ausrollte. Das Beste daran, in der Küche zu spielen, war, dass Nick sie mit Essen versorgte. Das Schlimmste war, dass jedes Spiel ein Heimspiel für Nick war. »Ein paar Probleme bei einem Kartenspiel.«

»Jetzt komm, was hast du gemacht?«, fragte Charlie. Er lachte schon jetzt. Er war der offizielle Versager der Gruppe, eine Art Maskottchen, und hatte Nick schon fast so viel Geld gekostet, wie er ihm eingebracht hatte. Er merkte, dass Nick wütend war. Sie alle bewegten sich sehr vorsichtig, wenn er schlechte Laune hatte, aus demselben Grund, aus dem man behutsam mit Nitroglycerin umging.

»Sag's ihnen«, sagte Nick. Seine Hafenarbeiterarme waren bis zu den Ellbogen weiß vor Mehl. Er war ein kräftiger Mann und entschlossen, so kräftig zu bleiben, wie er es in den Fünfzigern gewesen war. Sein Haar war zu einer schwarz geölten Entenschwanzfrisur geformt, er trug dieselben Hemden und engen Hosen, die er als Teenager getragen hatte, und hörte im Radio den Oldiesender. Die Fixierung auf seine Jugend fing langsam an, lächerlich zu wirken, doch natürlich hätte ihm das nie jemand ins Gesicht gesagt. »Es war ein abgekartetes Spiel«, sagte Nick. »Ich habe Teddy in eine schwierige Situation gebracht.«

Teddy zuckte mit den Schultern. Er hatte nicht vor, sich vor diesen Typen bei Nick zu beschweren. »Wieso spielen wir nicht einfach Karten?«, fragte er.

»Also, ich habe Teddy runtergeschickt, um meinem Cousin Angelo zu helfen«, fuhr Nick fort. »Er hatte sich in ein Spiel mit ein paar New Yorkern reingeritten, Castellano-Typen.«

»Castellano«, sagte Charlie. »Scheiße, wieso?«

»Angelo war gezwungen, höflich zu bleiben«, sagte Nick. »Ich hab gesagt, verdammt, wenn du schon mit diesen Wichsern spielen musst, dann nehmen wir ihnen wenigstens ihr Geld ab. Ich hab ihm gesagt, ich schicke dir jemanden. Ich finanziere ihn selbst, zwanzig Riesen aus meiner eigenen Tasche. Ich hab gesagt, dieser Kerl ist der verdammt noch mal beste Kartentrickser, den es in diesem Geschäft gibt.«

Die anderen sahen Teddy an, der mit einem selbstironischen Lächeln reagierte.

Charlie lachte. »Die haben *dich* geben lassen?«

Teddy schüttelte den Kopf. »Ich hab den Wal gespielt.«

Nick sagte: »Ich hab ihm gesagt, zieh die verfickte Newman Rolie an. Zeig sie allen.«

Teddy trug sie auch jetzt. Eine 1966er »Paul Newman« Rolex Daytona mit einem Diamantenziffernblatt. Sie war fünfundzwanzigtausend wert, und das Ding würde noch weiter an Wert zulegen. Es war, als würde er mit einer Eigentumswohnung mit Seeblick am Arm herumlaufen. Teddy ließ die Hand unter den Tisch sinken. »Mein Job war es zu verlieren, vor allem gegen Angelo«, sagte Teddy. »Aber Angelo hatte Schwierigkeiten, mit den New Yorkern mitzuhalten.«

Nick schnaubte. »Aus gutem Grund, wie sich zeigte. Aber noch schlimmer, die New Yorker hatten zwei Mann Verstärkung im Nachbarraum, wo auch Angelos Jungs saßen. Alle bis an die Zähne bewaffnet.«

»Heilige Scheiße!«, entfuhr es Charlie.

»Aber erzähl ihnen, was das eigentliche Problem war«, sagte Nick.

Teddy verzog keine Miene, wollte Ruhe ausstrahlen. Gute Stimmung.

»Komm«, sagte Nick. Ein Befehl.

»Das eigentliche Problem«, sagte Teddy schließlich, »war, dass die New Yorker uns gemeinsam bekämpften. Sie gaben sich untereinander Signale und versuchten, Angelo und mich zu linken. Einer von ihnen hat sogar versucht, einen *bottom-deal* abzuziehen.«

»*Bei dir?*«, fragte Charlie. »Der hat versucht, den Trickser auszutricksen?«

»Na dann viel Glück«, sagte Teppo. Er war knapp einsfünfzig, keine fünfundsechzig Kilo schwer, doch Teddy hatte schon gesehen, wie er Männern, die doppelt so schwer waren, die Luftröhre zerquetscht hatte. »Und was hast du gemacht? Sie zurückbetrogen?«

»Natürlich«, sagte Teddy. »Aber beim Ausgeben konnte ich nicht viel machen, weil sie nicht wissen durften, dass ich reingeschmuggelt worden war. Aber ich konnte das Spiel auch nicht einfach weiterlaufen lassen, weil Angelo bei jeder einzelnen Hand Geld verlor.«

Bert, der Deutsche, grunzte in Anerkennung dieser Zwickmühle. Bert sprach fast nie. Er war noch gefährlicher als Teppo, und Nick gegenüber absolut loyal.

»Dich hat's auch gewurmt«, sagte Nick. »Gib's zu. Es hat dir nicht gefallen, dass diese Typen versuchten, ausgerechnet dich zu betrügen, Teddy Telemachus.«

»Natürlich war er sauer!«, sagte Charlie. »Wer wär das nicht?«

Halt bloß die Fresse, dachte Teddy.

»Stolz«, sagte Nick. »Langsam meldet sich der Stolz zu Wort.«

Teddy blickte auf und sah Nick direkt in die Augen. »Ja«, sagte Teddy. »Ein klein wenig Stolz.«

»Also musstest du sie fertigmachen«, sagte Nick.

Teddy nickte.

Teppo und Bert saßen jetzt still da. Sie spürten die Veränderung im Raum. Doch der bescheuerte Charlie sah abwechselnd zu Nick und zu Teddy und lachte. »Wie hast du's gemacht? Teddy? Wie hast du's gemacht?«

»Das wüsste ich auch gerne«, sagte Nick. »Irgendwie hat er die nächste Hand manipuliert, ohne selbst zu geben. Wie hast du das angestellt, Teddy?«

Teddy klopfte auf die Tischplatte. Er erinnerte sich an die letzte Hand des Spiels. Einer der New Yorker gab. Er schob Teddy die Karten zu, damit er abhob. Teddy hob ab wie ein Amateur, mit beiden Händen, und schob die Karten zurück zum Geber.

So viel Vorbereitung war in diese einfache Aktion geflossen. Teddy war mit sämtlichen Sätzen Spielkarten nach Cleveland gereist, die sie an diesem Abend benutzen würden. Einer war sauber, doch der Rest war so präpariert, dass er beim Geben mit den Fingern die Markierungen erkennen konnte. Außerdem hatte er noch zwei extra Sätze Karten, einen in seiner Jacketttasche, einen in einer Filztasche, die unter dem Tisch angebracht war, auf zwei unterschiedliche Arten vorsortiert.

Niemand bemerkte es, als er den Satz unter dem Tisch herauszog. Niemand bemerkte es, als er dreißig Sekunden später eine Karte aus dem Satz im Jackett borgte und sie in den Satz in seiner Hand schob. Und niemand bemerkte, dass der Satz, den er nach dem Abheben zurückschob, nicht der war, den man ihm gegeben hatte.

Nick wartete auf eine Antwort. Teddy zuckte mit den Schultern. »Spielt das eine Rolle?«

Nick lächelte. »Vermutlich nicht.«

»Okay, also, was ist passiert?«, fragte Charlie.

»Das weiß ich nur aus zweiter Hand, von Angelo«, sagte Nick. »Und der war durch das ganze Verbandszeug hindurch ziemlich schwer zu verstehen. Aber anscheinend war's unglaublich. Also, diese beiden bescheißenden Wichser aus New York, die stellen fest, dass sie unglaubliche Hände haben. Sie fangen an, sich gegenseitig zu überbieten, und Angelo ist zu blöd, um sich da rauszuhalten. Kurz darauf ist der Pot riesig, und alle sind noch dabei. Sie decken die Karten auf, und einer der New Yorker hat ein Straight, und der andere hat einen Vierling, alles Zweien. Verblüffend, oder? Aber jetzt kommt das Beste: Beide New Yorker haben die Pik-Zwei.«

Charlie lachte verwirrt. »Was? Heilige Scheiße!« Teppo und Bert jedoch lachten nicht. Teddy hatte bereits den Verdacht gehabt, dass die beiden die Geschichte schon kannten, und dieser Verdacht verwandelte seinen Bauch in Eis.

»Ihr könnt euch vorstellen, wie angepisst Angelo ist«, sagte Nick. »Selbst wenn's gut läuft, hat er nicht den kühlsten Kopf. Er fängt an rumzuschreien, und die New Yorker wissen, dass sie gerade jemand verarscht hat, und jetzt sind sie sauer. Die Schläger stürmen aus dem Nachbarraum herein, und dann geht die Scheiße richtig los.«

Jetzt sieht Nick Teddy an. »Eine Waffe wird gezogen. Angelo hält die Hand hoch und die Kugel schlägt durch seine Hand in seinen Kiefer ein. Die Ärzte glauben, dass der Kiefer gerettet werden kann, aber die Hand, na ja, die Hand ist im Arsch. Er wird jetzt mit links zuschlagen müssen.«

»Heilige Scheiße«, sagte Charlie. Er war nicht sehr einfallsreich, was das Fluchen anging.

»Ich habe ihn ins Krankenhaus gefahren«, sagte Teddy. »Ich habe mich bei ihm entschuldigt.«

Die Männer ließen das Ende der Geschichte sacken, als würden sie sich eine besondere Mahlzeit auf der Zunge zergehen lassen.

Dann zuckte Nick mit den Schultern. »Mir wär's lieber gewesen, du hättest mein Geld behalten.«

Teddy spürte sein Herz ein einziges Mal heftig in der Brust klopfen. Alle sahen zu Nick.

Er tat nicht einmal so, als würde er sich mit dem Teig beschäftigen. Er schaltete den Pizzaroller ein, und die zwei großen Zylinder nahmen jaulend Geschwindigkeit auf.

Bert, der Deutsche, legte eine fleischige Hand auf Teddys Arm und zog an ihm, damit er aufstand.

Doch Teddy konnte nicht aufstehen. Seine Beine hatten den Betrieb eingestellt. Säure brannte ihm in der Kehle.

Teppo und Bert zerrten ihn auf die Beine. Charlie sagte: »Was ist denn, Jungs?« Er war der Einzige im Raum, der nicht wusste, was gleich geschehen würde.

»Nimm die Uhr ab«, sagte Nick.

Nachdem sie zwei Stunden lang Unterlagen gewälzt hatte, erklärte Irene ihm und Graciella, dass zwei Dinge klar seien: Es war zu viel, um alles zu kopieren, und mit den Zahlen war definitiv etwas faul. Irene jedoch musste jetzt zu ihrer Schicht im Aldi.

»Wir nehmen die Sachen mit«, sagte Graciella. Sie vertraute nicht mehr darauf, dass die Unterlagen im Büro sicher waren, weil sie nicht wusste, wie viele Leute Schlüssel besaßen und wem gegenüber diese Leute loyal waren. Die einzige Lösung bestand darin, alles, was sie in die Finger kriegen konnten, einzupacken und es vom Gelände zu schaffen, damit die Frauen es in Ruhe durchsehen konnten. Sie luden den Kofferraum des Buick und die Ladefläche von Graciellas Kombi voll. Sie folgte Teddy und Irene zu Teddys Haus, wo Buddy und Matty ihnen beim Ausladen helfen mussten.

Es war eine merkwürdige Erfahrung für Teddy. Er hatte vorgehabt, Graciella von den Männern der Familie fernzuhalten, um sie nicht abzuschrecken. Doch sie schien Buddys Schüchternheit charmant zu finden und lachte über Mattys zaghafte Witze. Rückblickend leuchtete es ein: Graciella hatte selbst drei Jungs, und Buddy war ebenfalls noch ein Kind. Zum Glück war er ein Kind mit einem Hobby. Im Keller hatte er aus Restholz tiefe Regale gebaut. Die Aktenordner passten so perfekt hinein, als wären sie dafür gemacht.

Graciella sprach die Fensterläden aus Stahl nicht an, doch sie fragte, was es mit der großen Konstruktion auf sich hatte, die an der hinteren Wand des Kellerraums Gestalt annahm.

Buddy zog den Kopf ein und verschwand nach oben.

»Ich glaube, das sind Stockbetten«, sagte Matty.

»Frag besser nicht«, sagte Irene. Sie hatte den Aldikittel aus Polyester übergezogen. »Ich muss los. Graciella, ich mache morgen mit den Büchern weiter.«

»Ich kann dir gar nicht genug danken«, sagte Graciella. Sie ging auf Irene zu und nahm ihre Hand. »Wirklich. Das kann ich nicht. Aber ich will versuchen, es irgendwann wiedergutzumachen.«

Teddy dachte: Es hat gefunkt! Zwischen meinen Mädchen hat's gefunkt!

Graciella sagte, dass auch sie aufbrechen müsse, weil ihre Mutter inzwischen vermutlich keine Lust mehr habe, auf die Jungs aufzupassen. Teddy sagte: »Du kannst nicht gehen, ich brauche deine Hilfe. Ich habe viel zu viel Gin im Kühlschrank, eine Unmenge Tonic und einen Haufen Gurken.«

»Keine Limetten?«

»Das ist Hendrick's, meine Liebe. Gurkenscheiben, sonst nichts.«

»Ich denke, auch ich sollte in diesen schweren Zeiten meinen Beitrag leisten«, sagte sie.

Sie nahmen ihre Drinks mit nach draußen in die Augustsonne, und Graciella sagte: »Ihr habt Hängematten!«

»Wir haben Hängematten?« Hatten sie. Zwei mexikanische Hängematten, aufgehängt im Schatten zwischen den drei Eichen. Noch so ein Buddy-Projekt, dachte Teddy, finanziert von meiner Wenigkeit.

»Ich liebe Hängematten«, sagte Graciella. Sie ging um den

braunen Flecken Erde herum – Buddy hatte für das Wiederauf-
füllen des Loches genauso viele Erklärungen präsentiert wie für
das Ausheben – und ließ sich lachend in eine der Hängematten
sinken, wobei sie versuchte, ihr Getränk nicht zu verschütten.

Teddy trug einen der Gartenstühle herüber. »Ach, was willst
du denn damit?«, fragte sie. »Nimm doch die andere.«

»Ich bin kein Hängemattentyp«, sagte er. Er stellte den Stuhl
ihr gegenüber auf, zog sein Jackett aus und hängte es über die
Lehne. Dabei rutschte der weiße Umschlag auf die Sitzfläche
des Stuhls. Er hatte ihn ganz vergessen. Er hob ihn lässig auf und
steckte ihn in die Seitentasche des Jacketts. Graciella sah es, kom-
mentierte es aber nicht.

Gemeinsam nippten sie an ihren Drinks, während Graciella
nette Dinge über Matty, das Haus und den Garten sagte. Manches
davon mochte gelogen sein, doch das war ihm egal. Der Augenblick war so schön wie nur wenige, an die er sich erinnern konnte.
Ein warmer Tag im Spätsommer, eine schöne Frau in Orange und
Grün, wie eine tropische Blume, die in seinem Garten blühte, ein
kaltes Glas in seiner Hand. Es brachte ihn dazu, philosophische
Dinge sagen zu wollen. Er versuchte, einen Satz über das Alter,
bitteren Gin und süßes Tonic zu komponieren – das süße Tonic
der Jugend! –, doch er verlor den Faden, als Graciella erst den einen Schuh abstreifte, dann den anderen.

»Habe ich dir mal die Geschichte erzählt, wie meine Nummer
vom König der Late Night Shows gestohlen wurde?«

Sie lachte. »Ich glaube, daran würde ich mich erinnern.«

»Endlich! Ein unverbrauchtes Publikum«, sagte er. »Es war
1953, und ich, ein Highschoolkumpel, der zauberte, und L. Ron
Hubbard saßen in einer Kneipe in L.A.«

»Der Scientology-Typ?«

»Genau der. Wir sprachen darüber, wie leicht es ist, ein Opfer
um sein Geld zu erleichtern – vor allem eines, das unbedingt glauben wollte. Ich fing an, meinen Umschlagtrick zu zeigen –«

303

»Die Sache mit den drei Wünschen?«

»Und wieder ein Volltreffer, meine Liebe. Ich verwirre also die anwesenden Trinker, und anschließend stellt sich mir ein Junge aus Nebraska vor, gibt mir einen Drink aus und erzählt, dass er fürs Radio arbeitet, jedoch ursprünglich mal Zauberer war. Zauberei im Radio ist schwer, sage ich. Er bittet mich, ihm den Umschlagtrick zu zeigen, unter Kollegen. Nun bin ich nicht der Typ, der irgendeinem dahergelaufenen Wicht verrät, wie ich mein Geld verdiene, doch er lässt nicht locker und gibt mir ein Getränk nach dem anderen aus. Also denke ich, was soll's, einen Trick hat er sich verdient. Ich erkläre ihm die Nummer, und weißt du, was er mich fragt?«

»Keine Ahnung.«

»Wieso der Hut. Das ist seine Frage. Wieso der *Hut.* Ich sage, der Hut *ist* die Nummer! Nicht nur lenkt er die Zuschauer von den Händen ab; er zieht sämtliche Aufmerksamkeit auf sich! Der Hut ist das Theater, das komplette Schauspiel!«

»Das sehe ich auch so«, sagte Graciella.

»Und der Junge sagt: Vielleicht könnte er noch größer sein. Ich hätte ihm eine reinhauen können. Er verlässt die Bar, und als ich zehn Jahre später den Fernseher einschalte, was sehe ich da? Den Jungen, mit seiner eigenen Talkshow. Und womit bringt er die Leute zum Lachen? Mit meiner Nummer, und einem gottverdammten Turban auf dem Kopf!«

»Johnny Carson hat deine Nummer geklaut?«

»*Carnac the Magnificent*, von wegen«, sagte er.

Er liebte es, wie sie lachte. »Wie viel davon ist wahr?«, fragte sie.

»So viel, wie du willst«, sagte er. »So viel, wie du willst.«

Graciella fing an, auf ihn zu und von ihm wegzuschaukeln. Ihre Nägel waren pink.

»Schon mal von einem Typen namens Bert Schmidt gehört?«, fragte sie. »Sie haben ihn Bert, den Deutschen, genannt.«

»Den Namen könnte ich schon mal gehört haben«, sagte er.

»Er hat diese Woche gegen Nick junior ausgesagt.«

»Ha.« Er hätte nicht gedacht, dass Bert sich je gegen einen Pusateri stellen würde.

»Er sagt, er hat gehört, wie Nick junior damit angegeben hat, Rick Mazzione getötet zu haben.«

»Aber nicht Nick senior?«

»Nein.«

Vielleicht war Bert doch noch loyal gegenüber Nick senior. Lieferte der Vater wirklich seinen eigenen Sohn ans Messer? Oder war Nick junior so dumm gewesen, sich mit einem Mord zu brüsten, den er gar nicht begangen hatte?

»Sieht so aus, als wäre ich bald auf mich allein gestellt«, sagte Graciella. »Ich hoffe wirklich, Irene kriegt heraus, was bei der NG Group läuft.«

»Ich bin da absolut zuversichtlich«, sagte Teddy. »Sie hat ein Händchen für Zahlen. Eine Schande, dass sie nicht ihr eigenes Unternehmen hat.« Er lockerte seine Krawatte. »Aber bist du sicher, dass du wissen willst, was da läuft?«

Graciella machte ein überraschtes Geräusch.

»Sagen wir mal, NG ist tatsächlich nur eine Fassade«, sagte Teddy. »Würdest du es dann aus Prinzip dichtmachen und auf das Einkommen verzichten?«

»Wenn Nick senior mit drinhängt, dann ja.«

»Ich persönlich vermute, dass Nick senior bis zu seinem gottverdammten Hals mit drinhängt.«

Er hatte nie viel geschlafen. Rastloser Kopf, rastlose Finger. Doch nach dem Unfall (denn so nannte er es, als er mit bandagierten Händen aus dem Krankenhaus nach Hause kam, und das war auch, was Maureen den Kindern erzählte, obwohl Maureen selbst nicht daran glaubte) funktionierten weder Finger noch Kopf, und er fühlte sich beinahe außerstande, das Bett zu verlassen.

Oder, besser gesagt, die Couch. Er war nach seiner Heimkehr in den Keller umgezogen wie ein verletzter Hund, der sich in einer Höhle verkroch. Durch die Schmerztabletten war eine Stunde wie die andere, und im Keller konnte er zu jeder Tages- und Nachtzeit fernsehen oder schlafen. Die Jungs akzeptierten die neue Wohnsituation, ohne sie zu hinterfragen, obwohl Frankie einmal wissen wollte, ob er auch im Keller schlafen dürfe. Irene kam wiederholt zu seiner Couch und versuchte, ihn auszufragen, doch er wusste selbst in seinem tablettenbenebelten Zustand, dass es besser war, ihren Fragen auszuweichen, als zu versuchen, sie zu beantworten. Er öffnete die Augen, und da war sie und sah stirnrunzelnd auf ihn herab. Sie stellte ihm unverblümte Fragen wie: »Wieso schläfst du nicht in deinem Bett?« und »Wieso weint Mom?« Dann sagte er etwas wie: »Hier steht der Fernseher« oder »Jeder weint manchmal.« Was hatte er für eine Wahl? Die Wahrheit kam nicht infrage. Er konnte einer Zehnjährigen nicht sagen: »Ich habe deine Mutter angelogen, sie hintergangen und die Zukunft unserer gesamten Familie aufs Spiel gesetzt.« Der wahre Grund, wieso er in den Keller umgezogen war, war, dass er dort Maureens Gesichtsausdruck nicht ertragen musste, wenn sie ihn ansah. Er wollte im Dunkeln leiden und grübeln.

Er blieb den ganzen Winter bis in den Frühling hinein im Keller und schlief nur dann in einem Bett, wenn er für die Hand-OPs im Krankenhaus war. Jeden Morgen holte Destin Smalls Maureen ab und brachte sie in ein Regierungsbüro im Stadtzentrum. (Sie war für das Projekt so wichtig, dass man nicht von ihr verlangte, nach Washington DC umzuziehen. Fernwahrnehmung konnte schließlich auch aus der Ferne geschehen.) Am Nachmittag brachte Smalls sie zurück, wenn auch nicht immer pünktlich. Manchmal schaffte Mo – oder ihre neue Hilfsköchin, Irene – es nicht, das Essen vor sechs Uhr auf dem Tisch stehen zu haben. Manchmal war es kaum mehr als ein aufgewärmtes Verpflegungspaket: Makkaroni mit Käse, Bohnensuppe mit Speck oder das Lieblingsessen der Kinder – Frühstück am Abend.

Mo versuchte, mit ihm zu reden. Als das nichts brachte, versuchte sie, ihn dazu zu bringen, mit jemand anderem zu reden – Freunden, seinem Arzt, seinem Handchirurgen, oder »sonst irgendjemand, der helfen könnte« –, ohne das Wort »Psychiater« zu verwenden, von dem sie wusste, dass es ihn abschrecken würde. Männer seiner Generation gingen nicht zum *Seelenklempner*, erst recht nicht solche, die unbeschadet den Krieg überstanden hatten. Teddys Glück war vor allem darauf zurückzuführen, dass er die USA nie verlassen hatte. Er hatte an der Bürokratiefront gedient und seine Schreibmaschine mit Maschinengewehrgeschwindigkeit eingesetzt, während er sich nachts auf kühne Erkundungsmissionen in örtliche Bars begab und sich heftige Mann-gegen-Mann-Pokerschlachten lieferte.

Doch nach dem Unfall wusste er, dass sein Glück aufgebraucht war. Er fing an, seinen Körper als ein unzuverlässiges Fahrzeug zu betrachten, störungs- und pannenanfällig und so viel Schutz bietend wie ein Karton. Fühlte sich Mo genauso, wenn sie auf der Astralebene unterwegs war? Wusste sie, wie zerbrechlich diese Hülle war? Eines Tages stieg er aus dem Keller – auch bekannt als die Höhle des Selbstmitleids –, um sie zu fragen, wie es sich anfühlte.

Mo spülte. Sie schrubbte die billigen JC-Penney-Töpfe, die er nach ihrer Hochzeit gekauft hatte. Es war Sommer, Monate, nachdem sie ihm von der Diagnose erzählt hatte. Er erschrak, wie erschöpft sie aussah, wie blass.

»Wo warst du heute?«, fragte er. Er gab sich Mühe, gut gelaunt zu klingen. »Also. Da draußen.« Er hatte sie nicht nach ihrem Job gefragt, seit sie damit angefangen hatte.

»Du weißt genau, dass ich nicht darüber reden darf«, sagte sie ausdruckslos. Sie war zu müde, um verärgert klingen zu können.

»Ich habe auch eine Geheimhaltungs-Clearance, das weißt du.«

»Hattest.« Sie bewegte den Schwamm wie automatisch, als würde sie nicht sehen, was ihre Hände taten.

Er sagte: »Agent Smalls muss doch wissen, dass er eine Frau nicht davon abhalten kann, mit ihrem Mann zu reden.«

Sie blickte ihn an, und sie sah so traurig aus. »Ich war im Ozean«, sagte sie.

»*Im* Ozean?« Auf der Jagd nach U-Booten, dachte er. Smalls war besessen von U-Booten. »War es schön? Wie tief warst du?«

»Tief«, sagte sie. »Es war sehr schön.« Sie trocknete sich die Hände an einem Trockentuch ab. »Ich muss mit dir über etwas reden.«

Er wappnete sich. Er wusste, dass er sie im Stich gelassen hatte. Doch ihm fehlten die richtigen Worte, um sich zu entschuldigen. Oder um ihr zu erklären, was er von nun an anders machen würde. Er hatte keinen Plan. Was er hatte, waren zwei nutzlose Hände, eine Couch und ein Fernseher.

Sie setzte sich neben ihn. »Es geht um die Kinder«, sagte sie. Sofort spürte er die Erleichterung. »Ich will, dass du mir versprichst, dass du sie nie tun lässt, was ich tue. Lass sie niemals für die Regierung arbeiten.«

»Das verspreche ich gerne«, sagte Teddy. Buddy war nicht mehr in der Lage, irgendetwas vorherzusagen. Frankie konnte nicht mal eine Büroklammer verbiegen. Und Irene war zu ehrlich, um für die Regierung zu arbeiten.

»Das gilt auch für die Enkel«, sagte sie.

»Welche Enkel?«

»Irgendwann werden unsere Kinder Kinder haben.«

»Klar, aber —«

»Keine Einwände!«, brüllte Mo. Der Zorn schien aus dem Nichts zu kommen. Ihr Körper sah zu kraftlos aus, um einen solchen Lärm zu erzeugen, und jetzt war sie noch erschöpfter. Ihr schossen die Tränen in die Augen.

»Ich verspreche es«, sagte er. Er war gut darin, Dinge zu versprechen. Es fiel ihm leicht. »Du kannst dich auf mich verlassen«, sagte er.

☐

Er war gerührt, als Graciella in der Hängematte einschlief. Selbst als er ausgetrunken hatte, stand er nicht auf, um sich nachzuschenken, aus Angst, sie zu wecken. Er betrachtete sie eine Weile und schob dann seinen Borsalino nach hinten, um in die Blätter hinaufzublicken, die sich im Wind bewegten. Zwei Eichhörnchen flitzten über die höchsten Äste. Der Hut begann, von seinem Kopf zu rutschen, und als er an die Hutkrone fasste, erinnerte ihn das an den Brief.

Er holte ihn aus seiner Jacketttasche und betrachtete noch einmal seinen Namen in Maureens zackiger Kursivschrift. Dann hielt er sich den ungeöffneten Brief an die Krone seines Hutes, auf die traditionelle Art, nur für den Fall, dass Graciella ihm doch zusah. Dann öffnete er den Umschlag. Der Kleber war so alt, dass die Lasche beinahe von selbst aufplatzte. Darin war ein einzelnes Blatt raues Zeichenpapier. Er faltete es auf und grunzte überrascht.

Graciella regte sich, wachte aber nicht auf.

Er nahm den Umschlag und dachte: Fahr zur Hölle, Mo. Fahr zur Hölle, und Buddy genauso.

Die Buntstiftzeichnung war so grob, wie man es von einem Sechsjährigen erwarten würde. Inmitten eines grünen Feldes lagen zwei Figuren in einem Rechteck. Eine der Figuren trug ein Dreieck auf dem Kopf.

Oben rechts hatte Maureen eine Nachricht für ihn aufgeschrieben.

Mein Liebster. Buddy sagt, der mit Hut bist du und die neben dir ist »Daddys Freundin«. Er weiß nicht, wieso du in einem Grab liegst, falls es überhaupt ein Grab ist. Sei vorsichtig, Teddy.

Ich bin froh, dass du jemanden gefunden hast. Nein, das stimmt nicht ganz. Ich will froh sein. Ich werde froh sein. Während ich dies schreibe, bin ich sehr traurig, doch ich versuche, die langfristige Perspektive einzunehmen. Buddys Perspektive.

Was unseren Jungen angeht, bitte ich dich noch einmal – bitte komm ihm nicht in die Quere. Lass ihm Raum.

In Liebe
Maureen

13
Irene

»Nicht direkt Barbies Traumhaus«, sagte Irene. Sie und Graciella standen vor einem 1967er-Ranchhaus mit einem kniehoch überwucherten Garten, einer rissigen Einfahrt und einer Garage, die sich unter der Last der Schwerkraft bog. Ein *For Sale*-Schild lehnte gegen die Haustür, obwohl das Haus vor zwei Monaten verkauft worden war. Niemand war eingezogen, und vermutlich würde das auch nie jemand tun.

»Du sagst, die NG Group hat das verkauft?«, fragte Graciella.

»Ja. Frag mich mal, für wie viel.«

Graciella sah sie über den Rand ihrer Sonnenbrille hinweg an.

Irene sagte: »Eins-komma-zwei Millionen.«

Graciella blickte wieder auf das Haus. »Versteckt sich da drunter 'ne Ölquelle?«

Irene lachte. »Nein. Das ist eine ganz normale Bruchbude.«

»Dann ist mein Mann ein Maklergenie. Wer hat es gekauft?«

»Jetzt wird's interessant«, sagte Irene. »Ihr.«

»Die NG Group?«

»Nicht direkt. Aber letzten Endes, ja. Es ist jetzt wieder in eurem Bestand.«

»Und du kannst es kaum erwarten, mir zu erkären, wieso.«

»Stimmt.«

»Mach weiter. Ich wollte dich nicht unterbrechen.«

»Sagen wir, du hast eine Million in bar, deren Herkunft du

nicht erklären möchtest«, sagte Irene. »Du kannst das Geld nicht einfach zur Bank bringen – Banken sind verpflichtet, große Einzahlungen zu melden. Du gehst also zu einem freundlichen Maklerbüro und kaufst dir ein kleines Häuschen für deine Million. Doch eine Woche oder einen Monat später entscheidest du, dass du die Bude gar nicht haben willst. Also verkaufst du es der Firma zum selben Preis zurück, sie ziehen ihre Maklergebühr ab und überweisen den Rest auf dein Konto.«

»Und bei Hausverkäufen gucken Banken nicht so genau hin«, sagte Graciella.

»In der Praxis wird nicht an dieselbe Firma verkauft, von der man gekauft hat«, sagte Irene. »Es gibt eine Handvoll anderer Immobilienunternehmen, mit denen NG zusammenarbeitet, und die reichen sich das Geld und die Immobilien weiter wie Chips beim Poker – es ist erst dann echtes Geld, wenn es sich jemand auszahlen lässt.«

»Du meinst, wenn das Geld komplett sauber ist.«

»Du hast es.«

»Na verdammt«, sagte Graciella. »Ich besitze kein Immobilienunternehmen. Ich besitze eine Wäscherei.« Sie sah Irene an. »Und du grinst.«

»Tut mir leid, es ist nur –«

»Entschuldige dich nicht! Es macht dir Spaß. Da durchzusteigen. Wie sie die Leute betrügen.«

»Ich kann nicht anders«, sagte Irene. »Ich wurde von einem Falschspieler großgezogen.«

»Als ich Teddy das erste Mal traf, hab ich auf ein Wunder gehofft. Aber ich glaube, das eigentliche Wunder ist, dass ich deinem Vater überhaupt begegnet bin. Und dir. Schon lustig, was sich so alles ergibt, aus einem zufälligen Treffen. Das war nicht mal ein Supermarkt, in dem ich normalerweise einkaufe. Ich hatte einen Umschlag im Briefkasten, randvoll mit Coupons und Gutscheinen für diesen Dominick's-Supermarkt. Irgendein kleines Mädchen muss mir den geschickt haben – meine Adresse stand in pinkem Buntstift darauf.«

»*Was?*«

Irenes extreme Reaktion ließ Graciella die Stirn runzeln. »Weißt du irgendwas über pinke Buntstifte?«

»Nein, nein«, sagte Irene. Und dachte bei sich, *Buddy*. »Erzähl weiter.«

»Viel mehr war nicht. Ich entschied, das Geschäft mal auszuprobieren. Dann traf ich deinen Vater, und es stellte sich heraus, dass er meine Familie kannte. Schon irgendwie erstaunlich.«

»Kann man wohl sagen«, bemerkte Irene. Sie würde mit Buddy reden müssen und herausbekommen, was zur Hölle er vorhatte. Sie wechselte das Thema. »Wenn ich von meiner Reise zurück bin, werde ich bestimmt noch mehr über die Finanzen herauskriegen können.« Sie würde am nächsten Morgen nach Phoenix fliegen. Sie sprach immer nur von »meiner Reise«. Nicht »meine Reise nach Phoenix« oder »mein wichtiges Vorstellungsgespräch« oder »mein langes Wochenende voller heißem Sex«.

»Wann immer es dir passt«, sagte Graciella. »Ich sorge dafür, dass du für den Zeitaufwand bezahlt wirst.«

»Das brauchst du nicht. Dad hat mich gebeten zu helfen. Ich konnte mich nützlich machen, also –«

»Dein Vater ist wirklich reizend, aber er kann dich nicht verleihen wie einen Rasenmäher. Du hast sehr nützliche Talente, Irene, und du wirst dafür bezahlt werden.«

Mit Schrecken begriff Irene, dass Graciella nicht bloß nett sein wollte. Sie glaubte, dass sie die Wahrheit sagte.

Das war der große Haken an ihrer Fähigkeit, der Grund, warum sie so selten wirklich hilfreich war: Sie konnte nur erkennen, wenn jemand *wusste*, dass er log. Wenn er glaubte, was er sagte, war es ihr unmöglich zu bestimmen, ob es der Wahrheit entsprach oder nicht. Die wichtigste Lektion ihrer Kindheit bestand darin, dass Erwachsene, allen voran ihr Vater, einen Großteil des Schwachsinns, den sie hervorbrachten, tatsächlich glaubten. Als sie zehn war, ging sie zu ihm und sagte: »Mit Mom stimmt was nicht.«

Er saß auf der Couch im Keller, seinem Hauptquartier seit dem Autounfall, und sah sich die Cubs auf Channel Nine an. Er trug seine Standarduniform seit dem Unfall: Unterhemd, Bermudashorts, schwarze Anzugschuhe. Es war Mitte August, und in diesem Jahr war der Sommer durchgehend heiß, diesig und schwül. Der Keller war ein bisschen kühler als der Rest des Hauses – ein kleines bisschen.

»Mom geht's gut«, sagte er.

»Echt?«, fragte Irene. Erleichtert, ungläubig, glauben wollend. Heiße Tränen sammelten sich in ihren Augen.

»Du stehst im Bild«, sagte er.

Irene bewegte sich nicht vom Fleck. »Sie hat sich im Bad übergeben.«

Endlich sah er sie an.

»Heute Morgen«, sagte sie. »Und gestern Abend.« Mom hatte versucht, es leise zu tun, doch die Geräusche waren unmissverständlich.

»Aha«, sagte ihr Vater. Seine Hand fuhr hinauf und kratzte sein Kinn, vier zusammenstehende Finger. Durch den Unfall waren seine Hände zu Schaufeln geworden.

»Glaubst du, sie hat die Grippe?«, fragte Irene.

»Ich frage sie.«

»Wenn sie krank ist, sollte sie nicht arbeiten«, sagte Irene. »Du musst ihr sagen, dass sie zu Hause bleiben soll.«

Er lächelte fast. Wenn er tatsächlich gelächelt hätte, hätte sie ihn angeschrien. »Du magst Agent Smalls nicht, oder?«

Es war einen Monat her, dass Smalls versucht hatte, Irene anzulügen. Er liebte ihre Mutter. Die Tatsache, dass sie weiter jeden

314

Morgen in sein Auto stieg und weiter mit ihm arbeitete, war für Irene unerklärlich. Und dass ihr Vater ihre Mutter nicht davon abhielt, machte sie wütend.

»Was wirst du tun wegen Mom?«, fragte Irene.

»Wie gesagt, ich frage sie.« Irene dachte: Er glaubt wirklich, dass er das tun wird.

»Aber es geht ihr gut?«, fragte Irene noch einmal.

»Madlock ist dran«, sagte er müde.

Später machte sich Irene ans Kochen, wobei Buddy ihr die Zutaten für das Rezept ihrer Mutter diktierte. Es sollte Chop Suey geben, ein superfades Gericht, das ungefähr so chinesisch war wie Hackbraten. Als Mom nach Hause kam, machte sie keine Anstalten, das Kochen zu übernehmen, wie sie es normalerweise tat. Sie saß auf dem Stuhl, mit Buddy auf dem Schoß, und erklärte Irene, dass es ihr gut gehe.

»Wie war's bei der Arbeit?«, fragte Irene. Dies erschien ihr wie etwas, das ein Erwachsener sagen würde.

»Viel zu tun. Und was hast du heute gemacht, Mr Buddy? Hast du Bilder gemalt?«

So unterhielten sie sich über nichts, während das Hackfleisch in der Pfanne schmorte, bis Irene schließlich Frankie und ihren Vater zum Essen rief. Irene hatte nicht vor, ihre Mutter zu fragen, was los war. Sie hatte schreckliche Angst davor, sie könne die Wahrheit sagen.

Als sie sich an den Tisch setzten, war Frankie da, um sie abzulenken. Mit zehn Jahren war er eine echte Quasselstrippe; im Teenageralter würde er dauerhaft schlecht gelaunt sein, bevor ihn die Verzweiflung des mittleren Alters schließlich zu einem Dauerjammerer machte. Dies war der Sommer, in dem er im Bücherbus die *Enzyklopädie der Griechischen Götter und Helden* entdeckte und Dad immer wieder fragte, welchen davon die Telemachus-Familie anbeten sollte. Er war der Einzige, der Dad seit dem Unfall zum Lachen bringen konnte.

»Kein Heidentum«, sagte Dad. »Das wird eure Mom nicht dulden.«

Mom hatte den gehackten Sellerie und das Hackfleisch auf ihrem Teller herumgeschoben, ohne etwas davon zu essen. Wenn sie glaubte, dass sie niemand ansah, wurde ihr Gesicht ganz kalt, als müsse sie all ihre Energie für etwas anderes einsetzen. Doch Irene beobachtete sie.

»Bitte bleibt bei Christus und der Heiligen Jungfrau«, sagte Mom. Sie tupfte sich mit der Serviette die Lippen und rückte ihren Stuhl ab. »Entschuldigt mich einen Moment.« Sie war blass und schwitzte in der Hitze. Buddy vergrub das Gesicht in seinen Händen.

Mom stand auf und stützte sich dabei auf die Rückenlehne ihres Stuhls. Doch sie belastete die Lehne zu sehr, und der Stuhl kippte um. Sie stürzte zur Seite, und ihr Kopf schlug mit einem lauten Knall auf dem Linoleum auf.

Alle sprangen auf. Alle bis auf Buddy, der noch immer sein Gesicht in den Händen vergraben hatte. Mom war es peinlich. »Mir gehts gut, mir gehts gut, setzt euch bitte. Ich bin nur gestolpert.« Dad half ihr aus dem Zimmer und die Treppe hinauf ins Bad.

Erst viel später kehrte er an den Tisch zurück. »Mom ruht sich jetzt aus.« Er sah Irene an. »Alles wird gut werden.«

Lügner, dachte sie.

Es war sechs Uhr morgens, und Matty bot halbwach an, Irenes Tasche nach unten zum Auto zu tragen, um ihr anschließend eine gute Reise nach Phoenix zu wünschen. Sie wusste, er würde schon wieder schlafen, noch bevor sie die Einfahrt verlassen hatte, doch seinen Einsatz fand sie rührend.

»Es fühlt sich an, als würde ich dich den Wölfen überlassen«, sagte sie zu ihm.

»Aber es ist mein Wolfsrudel«, sagte er. »Wahuuu.«

Von seinen Witzen ließ sie sich nicht täuschen. Schon seit zwei Wochen, seit er bei Frankie gekündigt hatte, war Matty mürrisch und angespannt.

Von unten sagte Dad: »Wir sind schon zwanzig Minuten zu spät dran! Fahren wir oder nicht?«

»Ihr fahrt!«, sagte Matty.

»Noch eine Sekunde«, sagte Irene.

Sie wollte ihn nicht zurücklassen. Sie hatte bereits ein paar Wolfskinder großgezogen, ihre Brüder, und wusste um die Gefahren. War es ein Wunder, dass sie so sehr darauf aus war, einen Mann zu finden, der sich zur Abwechslung mal um sie kümmern würde?

»Also dieser Joshua«, sagte Matty. »Du *ziehst* aber nicht nach Arizona, oder?«

»Hast du dein Zimmer aufgeräumt, wie ich dich gebeten habe?« Sie hatte gelernt, Fragen auszuweichen, indem sie anderen dabei zusah, wie sie ihren auswichen. »Dachte ich's mir. Mach's heute Morgen, okay? Und komm her.« Bevor er sie davon abhalten konnte, zog sie ihn an sich und nahm ihn in den Arm. »Ich liebe dich, Matty. Vergiss nicht –«

Sie wich zurück und sah ihn skeptisch an.

»Was?«, fragte Matty.

Sie beugte sich vor und roch an seinem T-Shirt. Er versuchte, einen Schritt zurückzuweichen, doch sie packte ihn am Kragen. Schnüffelte an ihm.

»Heilige Scheiße«, sagte sie. Matty riss die Augen auf.

»Wir müssen los!«, rief Dad.

»Kiffst du?«, fragte sie.

Matty machte den Mund auf. Die Lüge erstarb, noch bevor sie an die Oberfläche kam.

»Jetzt gerade?«, fragte er.

»Oh Gott. Du kiffst. Du kiffst. Das tust du mir an, ausgerechnet jetzt, wo ich abreise?«

»Was tut er dir an?«, wollte ihr Vater wissen. Er stand unten vor der Treppe, einsatzbereit: mit Hut auf dem Kopf, zugeknöpftem Jackett und glänzenden Manschettenknöpfen. Er hätte einen exzellenten Limousinenchauffeur abgegeben, wäre er nicht so gereizt gewesen. »Er darf dieses Zimmer nicht verlassen«, sagte Irene. »Das ganze Wochenende lang.«

»Das *Zimmer?*«, rief Matty.

Dad sah sie an, dann Matty, dann wieder sie. »Und wie soll ich diese Inhaftierung durchsetzen?«

»Ganz einfach«, sagte Irene. »Du lässt ihn nicht aus den Augen. Tag und Nacht. Wenn er das Zimmer verlässt, versohlst du ihm den Hintern, bis er wieder reingeht.«

»Das klingt ganz gefährlich danach, als würdest du *mir* Stubenarrest erteilen«, sagte Dad.

»Mein Gott«, sagte Irene. »Versuch doch einmal, eine Autoritätsfigur zu sein.«

»Nicht meine große Stärke«, sagte Dad. »Jetzt komm, tu das nicht.« Sie war in Tränen ausgebrochen. »Wir sind jetzt schon spät dran.«

»Versprich es mir«, sagte sie.

»Okay, okay«, sagte Dad. »Ich versprech es. Und Matty verspricht es auch. Er wird dieses Zimmer nicht verlassen, außer für körperliche Bedürfnisse. Können wir jetzt los? Ich habe eine Frühstücksverabredung.«

»Ich verspreche es auch«, sagte Matty. Er wusste, sie würde es direkt von ihm hören wollen.

»Du hältst die Klappe«, sagte sie. Sie marschierte an ihm vorbei in Richtung seines Zimmers. Er folgte ihr, panisch protestierend.

»Wo ist es?«, fragte Irene. »Wo hast du es versteckt?« Sie trat die Tür zu seinem Zimmer auf. Der Fußboden war mit Kleidern übersät. Für ihre frisch für Drogen sensibilisierte Nase stank es nur so nach Marihuana. »Rück's raus. *Jetzt.*«

Jeder Teenager mit einer normalen Mutter würde sich in dieser

Situation dumm stellen. Es aussitzen. Doch Matty wusste, dass er sie nicht anlügen oder auf Zeit spielen konnte. Sie hatte ihn von Geburt an darauf trainiert, die Untrüglichkeit ihrer Instinkte zu akzeptieren. Er ging zu seiner Kommode, öffnete die dritte Schublade von oben und griff hinein. Er reichte ihr wortlos den Beutel. Zwei Joints, einer halb aufgeraucht.

»Wenn du den Flug verpasst«, sagte Dad aus der Tür, »bin ich nicht schuld.«

»Woher hast du das?«, fragte Irene.

Matty lief rot an. Puterrot, dachte sie, war die Farbe der Geschlagenen.

»Der Zug fährt ab«, sagte Dad. »Es geht los. Tschüssikowski!«

In der Pause, die ihm sein Großvater verschafft hatte, fand Matty ein paar hilfreiche Worte. »Ich hab's von jemandem gekauft, der ein bisschen älter ist.«

»Von wem?«, fragte Irene. »Wo? Ich will Namen!«

»Ich krieg es raus, wenn du weg bist«, sagte Dad. »Irene. Sieh mich an. Ich werde den Jungen zu deiner vollen Zufriedenheit ausfragen.«

Sie sah auf ihre Uhr. Wenn sie jetzt nicht fuhren, würde sie den Flug verpassen.

Sie heulte genervt auf.

Acht Stunden später heulte sie wieder, in einer anderen Tonlage.

»Mmhmm«, machte Joshua, irgendwo unterhalb ihres Bauchnabels.

Beide sprachen kein Wort. Das war genau das, was sie brauchte, und er gab es ihr. Haut und Schweiß und die dringlichen Bewegungen zweier Körper, frei von den Unterbrechungen eines Frontallappen, der Erfahrungen hektisch in Substantive und Verben und Adjektive verwandelte. Benannte. Sie brauchte die Sache selbst, Feuer und nicht »Feuer«, Hitze und nicht »heiß«. Sein Körper war ihr genug. Sie liebte, wie er roch, wie seine Haut schmeckte. Sie war vernarrt in die Feuchtigkeit in seinem Nacken. Seine harten, zum Reinbeißen einladenden Brustwarzen. Sie mochte sogar die kleine Speckrolle an seinem Bauch. Sie hatten drei Stunden in diesem Hotelzimmer verbracht, ohne mehr als eine Handvoll Sätze zu wechseln, und alles, was sie jetzt wollte, war, den Rest ihres Lebens in diesem primitiven, nonverbalen Zustand zu verbringen.

Doch natürlich war das unmöglich. Als sie Seite an Seite auf dem gigantischen Bett lagen, die Füße aneinandergedrückt, Händchen haltend, atmend, rutschte Irene ein genüssliches, erschöpftes »Fuck« heraus.

»Vergangenheitsform, Schatz«, sagte Joshua. »Wir werden ficken. Wir ficken. Wir haben gefickt.«

Genau das war der Haken. Sie wollte *ihn* genauso wie seinen Körper: jetzt, persönlich, nicht hinter einem Bildschirm, durch Satelliten voneinander getrennt. Doch der einzige Zugang zu seinem Kopf führte durch einen sirrenden Schwarm von Worten. Eine talentiertere Parapsychikerin hätte direkt hineingreifen und den Honig seiner Gedanken herausholen können, doch dazu war Irene noch nie in der Lage gewesen. Worte, blöde Worte waren immer noch notwendig.

»Ficken ist kein adäquater Name für das, was wir gerade getan haben«, sagte Irene. »Wir brauchen ein besseres Wort. Irgendwas Feierlicheres.«

»Ficklichkeiten?«, schlug er vor.

»Zelebratio«, sagte sie.

»Fun-Nilingus!«

Obwohl sie in Tempe waren, nur wenige Kilometer von seinem Haus entfernt, war er einverstanden gewesen, sich in einem Hotel zu treffen, genau wie sie es jedes Mal getan hatten, wenn er in O'Hare gelandet war. In Chicago hatte sie ihm ihr Haus nicht zeigen oder ihn ihrer Familie vorstellen wollen. Und jetzt, da sie quer durchs Land gereist war, um ihn zu sehen, wollte sie auch sein Zuhause nicht sehen. Weder die Möbel, die ohne Zweifel besser waren als ihre, noch die Kleider in seinem Schrank oder das Geschirr im Spülbecken. Auch das Zimmer seiner Tochter nicht. Wenn Irene erst sah, wie er wohnte, wenn sie seine Tochter kennenlernte, Jun, dann gab es nur zwei Möglichkeiten: Es würde sie abstoßen, sodass sie ihn ein bisschen weniger liebte, oder sie würde sich selbst in diesem Haus sehen und herziehen wollen. Keines dieser Ergebnisse konnte sie riskieren, noch nicht. Ihre Beziehung war im Gewächshaus von Hotel-Land erblüht. Warum es verkomplizieren?

Dabei strotzte diese Reise auch so vor Komplikationen.

»Musst du noch was kaufen gehen?«, fragte er sie. »Schuhe vielleicht? Oder ein Outfit?«

»Du findest, ich brauche ein neues Outfit?«

»Wenn wir beide das Gespräch hätten, bräuchtest du überhaupt nichts anzuziehen.«

»Beantworte die Frage.«

Er dachte einen Moment nach. »Du hast dich mal beklagt, dass deine Vorstellungsklamotten nicht mehr modisch sind.«

Gut ausgewichen, dachte sie. »Ich war bei Talbots, bevor ich herkam. Ich muss die Sachen noch aufhängen, bevor sie verknittern.«

Doch das Bett verließ sie noch immer nicht. Sie wollte nicht an das Vorstellungsgespräch denken. Er hatte es in seiner Firma für sie arrangiert, hatte ihren Lebenslauf an die Personalabteilung gegeben und dafür gesorgt, dass das Gespräch am Freitag stattfand, damit sie anschließend das ganze Wochenende für sich hatten. Das Ganze ärgerte sie, doch das konnte sie ihm nicht sagen. Er wollte nur helfen. Und wieso sollte sie es überhaupt ansprechen, falls sich tatsächlich herausstellen sollte, nachdem sie den Bewerbungsprozess durchlaufen hatte, dass diese Leute sie um ihrer selbst willen haben wollten, und sie dort arbeiten wollte? Was sämtliche sich in den Weg stellenden Unannehmlichkeiten übertrumpfte, war ihr verzweifelter Wunsch, ihrem derzeitigen Leben zu entfliehen. Ihr Vater ließ sich mit Gangstern ein, ihr Sohn kiffte, und sie war komplett pleite und stand für wenig mehr als den Mindestlohn an der Kasse eines Supermarktes.

Sie brauchte einen Volltreffer, der das Blatt für sie wendete. Sie brauchte einen Home-Run. Sie brauchte den Grand Slam unter den Sportmetaphern.

»Ich hab was für dich«, sagte Joshua. Er hüpfte vom Bett, und sie bewunderte seinen muskulösen Hintern in Aktion. Der Mann liebte es, nackt zu sein. Er war unbeschwert wie ein Kleinkind, sobald sie die Hotelzimmertür hinter sich schlossen, und das erlaubte auch ihr, ihre Befangenheit abzulegen. Die Ureinwohner von Hotel-Land kannten keine Scham.

Er holte etwas aus seinem Rollkoffer, versteckte es zunächst hinter seinem Rücken und hielt es ihr dann hin: ein in Geschenkpapier eingepacktes Paket, wenig größer als ein Hemdenkarton, mit einem grünen Band umwickelt. Als sie nicht sofort danach griff, bewegte er die Hüften und ließ seinen Penis vor ihr hin und her baumeln, und sie lachte.

Es war diese tief in seiner DNA verankerte Albernheit, die sie anzog, sie abstieß und wieder anzog. Sie war eine ernste Frau, die unter unernsten Männern aufgewachsen war; sie hatte es verdient, sich nicht mehr mit Blödmännern abgeben zu müssen, auch wenn sie so charmant waren. Online neckte er sie permanent, machte Witze und trat ihr mit Wutreden in Großbuchstaben zur Seite, die gegen jeden gerichtet waren, der sie am jeweiligen Tag geärgert hatte. Auf ihre Bitte hin, keine Worte zu benutzen, wenn sie sich trafen, setzte er stattdessen seinen Körper ein.

»Schöne Schleife«, sagte sie. »Selbst eingepackt?«

»Mr Johnson hat das Geschenkband für mich festgehalten.«

Sie riss das glänzende Papier auf und öffnete den Karton. Darin war eine Mappe aus schimmerndem, butterweichem braunen Leder. Auf dem Deckel waren ihre Initialen eingestickt.

»Da legt man seinen Lebenslauf rein«, sagte er. »Und guck: gelber Notizblock! Stiftschlaufe!«

»Das, und das edle korinthische Leder«, sagte sie. Sie zog sein Gesicht an ihres und stellte überrascht fest, dass ihr Tränen in den Wimpern hingen. Tränen, Irene? Echt?

»Ich weiß, du bist nervös«, sagte er. »Aber du wirst sie umhauen. Das weißt du, oder?«

Sie liebte ihn, wenn er glaubte, die Wahrheit zu sagen. Doch liebte sie ihn auch zu allen anderen Zeiten genug, wenn dem nicht so war? Sie kannten sich erst seit zwei Monaten, und schon wollte er, dass sie quer über den Kontinent flog, um bei ihm zu sein, seine Braut aus dem Internet. Er redete, als sei das Keine Große Sache. Ein hübsches Abenteuer. Ein Spaß. Er wusste nicht, wie schwer es für sie war. Hauptsächlich deshalb, weil sie es ihm nicht gesagt hatte.

Er packte sie am Arm. »Komm. Auf.«

»Was hast du vor?«

Sie hielt die Mappe an sich gedrückt, während er sie zum großen Spiegel zog. »Stell dich vor mich.« Er legte seine Hand auf ihre Schultern, hielt seine Wange neben ihre, und gemeinsam sahen sie in den Spiegel.

»Sprich mir nach«, sagte er. »Ich, Irene Telemachus, werde diesen Job bekommen.«

Sie kniff die Augen zusammen.

»Ich, Irene ...«, sagte er.

»Ich werde diesen Job bekommen«, sagte sie.

»Nicht zu mir. Sag es, damit du weißt, dass es wahr ist.«

Irene sah auf die nackte Frau im Spiegel, die die Mappe vor sich hielt, als wäre diese in der Lage, sie zu beschützen. »Die könnten sich glücklich schätzen, mich zu haben«, sagte sie.

Es war unmöglich zu sagen, ob Spiegel-Irene log. Sie gab nichts zu erkennen.

Joshua schob eine Hand unter die Mappe und zwickte eine ihrer Brustwarzen. »Verdammt richtig.«

Anfangs lief ihr Termin recht gut. Amber aus der Personalabteilung, ein Püppchen Mitte zwanzig, das nur aus Sommersprossen und positiver Einstellung bestand, zeigte ihr das Gebäude und vor allem das Großraumbüro, in dem Irene sitzen würde, sollte sie den Job bekommen. Ihr Schreibtisch wäre von mehr Fenstern umgeben als jeder andere Arbeitsplatz, den sie je hatte – abgesehen vom Burger King Drive-Thru. Alle lächelten und waren nett, und Amber schwärmte davon, wie *freundlich* die Arbeitsathmosphäre sei und wie *entspannt* und *cool* hier alle seien. Das Mädchen glaubte jedes einzelne Wort von dem, was es sagte. Und es traf eindeutig zu, dass der Dresscode sehr entspannt war. Alle trugen den Casual-Look des Südwestens: Polohemden und Khakihosen, Sommerkleider, sogar Shorts und Sandalen. Nur die obere Führungsebene schien überhaupt etwas mit Knöpfen zu tragen, und Irene kam sich wie eine steife Ostküstlerin vor, freudlos wie eine Missionarin.

Das eigentliche Gespräch fand in einem großen, verglasten Konferenzraum statt, mit einem Tisch in Surfbrettform. Amber stellte ihr Bob vor, ihren potenziellen Chef, sowie Laurie und Jon, ihre potenziellen Kollegen. Die beiden hatten dieselbe Jobbezeichnung, obwohl Laurie sagte, dass sie schon vier Jahre länger dort arbeite.

Bob erläuterte ihr das Tagesgeschäft einer Unternehmensberatung, die verschiedenen Klienten, für die sie arbeiteten, die Experten in ihrem Team und welche Art von Mensch sie suchten, um ihre »Familie« zu ergänzen. Jon und Laurie steuerten weitere Einzelheiten bei. Jeder von ihnen machte sich die Mühe zu erwähnen, wie sehr er oder sie Joshua mochte, Joshua sei toll, blitzgescheit sei er, dieser Joshua.

Schließlich war es Zeit für die Befragung. Die anderen öffneten ihre Dossiers, taten so, als würden sie Irenes Lebenslauf lesen, und verstummten.

Irene widerstand dem Drang, ihre Ledermappe zu öffnen. Das Monogramm kam ihr jetzt wichtigtuerisch und lächerlich vor.

»Also, Irene«, sagte Bob, der Boss. »Ich sehe hier gar keinen Uniabschluss.« Als wäre ihm das gerade erst aufgefallen.

»Nein«, sagte sie, »aber ich habe Erfahrung in Buchhaltung, Rechnungswesen und, na ja, Geldverwaltung.«

»Gut ...«, sagte Jon. Dann verzog er entschuldigend das Gesicht. »Aber Sie wissen schon, dass Sie für diese Stelle mindestens einen Bachelorabschluss brauchen? In Wirtschaftswissenschaften, Buchhaltung oder irgendeinem verwandten Fach?«

»Das habe ich gelesen«, sagte Irene. »Aber wir – ich war mir nicht sicher, ob das ein Ausschlusskriterium ist.« Joshua hatte sie ermutigt, sich trotzdem zu bewerben.

»Hmm«, machte Bob.

Ein weiterer Moment des Schweigens, als müssten sie erst einmal ihre gerade begrabenen Hoffnungen betrauern.

»Was ist mit tertiärer Ausbildung?«, fragte Bob. »Vielleicht Kurse an einer Schule mit kaufmännischem Schwerpunkt?«

Glaubte er, sie hätte es nicht in ihrem Lebenslauf erwähnt, wenn sie welche belegt hätte? »Ich habe vor, meine Ausbildung sobald wie möglich fortzusetzen«, sagte sie.

»Das könnte schwierig werden«, sagte Jon und sah sie sorgenvoll an. »Ich meine, wenn Sie in Vollzeit hier arbeiten und sich um Ihren Sohn kümmern müssen.«

Irene hatte ihren Sohn nicht erwähnt, und auch in ihrem Lebenslauf stand nichts von ihm.

»Irgendwelche Erfahrungen im Umgang mit Buchhaltungssoftware?«, fragte Laurie.

»Ich kann mit Tabellen umgehen«, sagte Irene. »Die Firma, für die ich zuletzt gearbeitet habe, benutzte ein selbstgestricktes System, das vor allem papierbasiert war.«

»Aldi benutzt ein Papiersystem?«, fragte Jon mit gespieltem Erstaunen.

Arschloch, dachte Irene. Er wusste genau, dass sie nicht von Aldi sprach.

»Wir haben etwas, das ein *bisschen* komplexer ist«, sagte Bob. Jon lachte ein Arschkriecherlachen. Sogar Laurie kicherte.

Das Gespräch wurde immer schlimmer. Sie begriff, dass sie sich nur deshalb darauf eingelassen hatten, weil sie Joshua einen Gefallen tun wollten, und jetzt wollten sie es absolut deutlich machen, dass sie nicht hierher gehörte, niemals hierher gehören würde. Amber aus der Personalabteilung stellte nicht eine Frage, doch sie schrieb und schrieb und schrieb in ihr Notizheft, wie eine Fünfjährige in der Kirchenbank.

Irene wurde heiß. Sie behielt jedoch ein Lächeln im Gesicht. Sprach mit fester Stimme.

Zehn Minuten oder eine Stunde später, je nachdem, ob man auf der kränkenden oder der gekränkten Seite des Tisches saß, sagte Amber endlich etwas. Sie lächelte und sprach die obligatorischen Segensworte: »Haben Sie noch Fragen an uns?«

Irene erinnerte sich, wie sie auf der Bühne gestanden hatte, gegen das blendende Licht anblinzelnd, und ins Dunkle blickte, wo Fremde darauf warteten, dass sie versagte. Sie war so dankbar gewesen, als Archibald sie entlarvt und Mom der Nummer ein Ende gesetzt hatte. Sie konnte es nicht mehr ertragen, beurteilt zu werden.

Amber sagte: »Gut, wenn es also nichts mehr –«

»Es gibt da noch eine Tätigkeit, die ich zu erwähnen vergessen habe«, sagte Irene. Die Gruppe sah sie ausdruckslos an. Mit den Gedanken waren sie bereits beim nächsten Termin, beim nächsten Kandidaten. »Als ich ein kleines Mädchen war, trat meine Familie mit einer paranormalen Nummer auf. Teddy Telemachus und Seine Erstaunliche Familie. Ich weiß, es klingt verrückt, aber wir waren eine Zeit lang berühmt. Wir sind durchs Land getourt. Einmal waren wir sogar im landesweit ausgestrahlten Fernsehen.«

Laurie sagte: »*Paranormale* Nummer?«

Bob, der Boss, sagte: »Klingt interessant, aber ich weiß nicht, ob das relevant ist für –«

»Lassen Sie es mich erklären«, sagte Irene. »Jeder von uns hatte ein Talent. Mein Bruder konnte mit seinen Gedanken Dinge bewegen. Meine Mutter war Hellseherin. Und ich war der menschliche Lügendetektor.« Sie lächelte, und Laurie erwiderte das Lächeln automatisch, obwohl die nackte Panik aus ihren strahlenden Augen sprach. »An einem Punkt der Vorführung holte mein Vater jemanden aus dem Publikum und erzählte ihnen von meiner Fähigkeit. Alles, was sie tun mussten, war zu versuchen, mich anzulügen, ohne erwischt zu werden. Das konnte etwas ganz Einfaches sein, wie dass sie ein Kreuzass in der Hand hielten und mir erzählten, es sei ein Pikass. Oder sie nannten mir ihr Alter oder ihr Gewicht. Dann bat mein Vater sie, zwei Wahrheiten und eine Lüge aufzuschreiben – genau wie bei dem Partyspiel.

Manchmal wurde es richtig interessant. Wenn wir das passende Publikum hatten, ließ mein Vater sie peinliche Dinge aufschreiben, Dinge, die ein bisschen pikant waren. Bei einigen dieser Sätze wusste ich nicht einmal, was sie bedeuteten. Ich war erst zehn. Aber wissen Sie was?«

Jetzt hatte sie ihre Aufmerksamkeit. Es war über zwanzig Jahre her, dass sie auf der Bühne gestanden hatte, doch sie wusste immer noch, wie es ging.

»Ich lag nie falsch«, sagte Irene. »Nicht ein einziges Mal.«

Bob und Jon sahen einander an. Laurie sagte: »Nicht ein einziges Mal? Was war der Trick dabei?«

»Das ist einfach etwas, was ich konnte. Immer noch *kann*.«

Bob lächelte ungewiss, nicht sicher, ob sie es ernst meinte. »Na ja, nur schade, dass wir kein Kartenspiel dahaben.«

»Stimmt«, sagte Jon. Er griff in seine Hosentasche und holte eine Vierteldollarmünze hervor. Er warf sie in die Luft, fing sie und versteckte sie in der Hand. Dann warf er einen Blick darauf.

Irene wartete.

»Kopf«, sagte Jon.

»Nein, falsch.«

Jon lachte. »Erwischt. Noch mal.«

Bob sagte: »Wir müssen weitermachen. Wenn Sie keine Fragen mehr haben, denke ich, wir können −«

»Ich habe noch ein paar Fragen«, sagte Irene.

Bob holte tief Luft. »Klar, natürlich. Schießen Sie los.«

Sie tat so, als würde sie in ihre Unterlagen schauen. »Alles, was Sie mir erzählt haben, klingt so, als sei dies das perfekte Unternehmen«, sagte Irene. »Hat jemand von Ihnen sich, sagen wir mal, in den letzten sechs Monaten nach einer Stelle bei einem anderen Unternehmen umgesehen?«

Niemand antwortete, bis Amber aus der Personalabteilung sagte: »Ich glaube nicht, dass das eine Frage ist, die −«

»Natürlich nicht«, sagte Bob.

»Ich nicht«, sagte Jon.

Laurie schüttelte den Kopf. »Ich habe vor, noch sehr lange hier zu sein.«

»Aha«, sagte Irene, als müsse sie sich das durch den Kopf gehen lassen. »Bob und Laurie sagen die Wahrheit, aber Jon ...«

Ambers Augen weiteten sich.

»Wo haben Sie sich beworben?«, fragte Irene.

Jon lächelte ein wenig gezwungen. »Ich weiß nicht, wovon Sie reden.«

»Sehen Sie, das ist auch gelogen«, sagte Irene. »Bob, wussten Sie, dass Jon hier nicht glücklich ist?«

Bob blinzelte verwirrt. Das Gespräch hatte eine dramatische Wendung genommen, und er hatte Probleme zu folgen.

»Ist auch egal, nächste Frage«, sagte Irene. »Bob, zahlen Sie Frauen und Männern für die gleiche Arbeit gleich viel?«

»Selbstverständlich«, sagte Bob.

Das war eine Lüge, doch diese Frage war nur die Vorbereitung für den entscheidenden Fastball. Sie sagte: »Wie sieht es bei Jon und Laurie aus? Beide sind *Assistant Manager*, aber Laurie ist schon länger hier. Verdient sie mehr als Jon?«

Laurie beugte sich vor und stützte die Ellbogen auf den Tisch. Eine Frau, die die Antwort bereits kannte.

»Ich muss Sie warnen«, ließ Irene Bob wissen. »Ich liege nie daneben.«

»Wer *sind* Sie?«, fragte Bob.

»Das werte ich als Nein.« An Laurie gewandt sagte sie, »Ich glaube, ich würde mir einen neuen Job suchen. Oder Jons übernehmen, wenn er geht. Vergessen Sie nur nicht, sein Gehalt zu verlangen.«

Sie nahm die wunderschöne Ledermappe und stand auf. Ihr war schwindlig, doch sie fiel nicht. Erlaubte sich nicht zu fallen.

»Es war mir wirklich eine Freude, Sie kennenzulernen«, sagte sie. Keiner von ihnen war ein menschlicher Lügendetektor, doch sie war sich sicher, dass sie ihre Aussage richtig deuten würden. Sie ging, ohne auf den Applaus zu warten.

Sechzehn Stunden später wartete Teddy am Flughafen O'Hare im Auto auf sie. »Ich muss schon sagen«, sagte er. »Ich bin froh, dass du dich entschieden hast, früher nach Hause zu kommen.«

Irene starrte durch die Frontscheibe, während sie den Flughafen hinter sich ließen. Sie wollte nicht reden. Sie hatte sich aus Hotel-Land verabschiedet und ins Exil begeben, doch die Wortlosigkeit wollte sie mit sich nehmen.

»Ich brauche deine Hilfe bei einer Sache. Etwas, das Graciella helfen wird. Du kannst Graciella gut leiden, oder? Ihr zwei scheint wirklich einen Draht zueinander gefunden zu haben.«

Dad hatte nicht gefragt, warum sie einen Tag früher zurückgekehrt war, und schien nicht zu bemerken, dass sie ein Wrack mit eingefallenen Augen war. Doch warum sollte sie das überraschen? Vor ihrer Abreise hatte er sie nicht gefragt, wieso sie nach Arizona flog oder wen sie dort traf. Er hatte ihre Nervosität und ihre Aufregung nicht wahrgenommen, und jetzt war er blind für ihren Kummer. Das Einzige, was ihn an der Reise interessiert hatte, war, wann sie begann und wann sie endete, und das nur, weil er wissen wollte, wie lange er für Matty verantwortlich sein würde.

Mein Vater ist ein Narzisst, dachte sie. Das war kein neuer Gedanke. Sie hatte es bereits als Zehnjährige gelernt: Wenn man nicht Teil der Nummer ist, ist man Teil des Publikums.

Er nahm die falsche Ausfahrt von der North Avenue, und sie sah ihn an.

»Eine Sache noch«, sagte er.

»Bring mich einfach nach Hause«, sagte Irene. Sie war in letzter Zeit zu oft mit ihrem Vater im Auto unterwegs gewesen und wäre es am liebsten nie wieder.

»Ich habe dir geholfen, jetzt hilf du mir«, sagte er. »Ich brauche dich in der nächsten halben Stunde unbedingt an meiner Seite.«

»Wen willst du diesmal übers Ohr hauen?«

»Ich will einfach nur etwas Nettes für eine Frau tun.« Seine gespielte Empörung war wenig überzeugend.

»Klar. Alles nur für Graciella. Sieh dich mal an. Du kannst ja vor Vorfreude kaum stillsitzen.«

»Ich helfe eben gerne«, sagte er.

Sie machte ein abfälliges Geräusch.

»Was?«, fragte er. »Wieso machst du das?«

»Mein Gott, Dad. Ich kann nicht glauben, dass wir das immer noch tun. Ich bin eine erwachsene Frau, und ich bin immer noch – ist auch egal.«

»Was tun? Bitte, klär mich auf.«

»Ich habe den Großteil meines Lebens damit verbracht, darauf zu warten, dass du mich wahrnimmst.« Sie schüttelte den Kopf. »So eine Zeitverschwendung.«

»Dich wahrnehmen? Wie hätte ich dich jemals *nicht* wahrnehmen können? Du warst doch diejenige, die mich jedes Mal böse ansah, wenn ich etwas getan hab, das deine Mutter nicht getan hätte.«

»Siehst du? Du hast genau einen Satz gebraucht, und schon bist du wieder das Opfer.«

»Jetzt machst du schon wieder so ein Gesicht.«

»Bist du mal auf die Idee gekommen, mich zu fragen, wieso ich einen Aufpasser für Matty brauchte?«

»Ich bin sicher, es war wichtig.«

»Unfassbar.«

»Wenn du es mir erzählen wolltest, hättest du's getan! Tut mir leid, dass ich deine Privatsphäre respektiere. Da ist die Bar.«

»Bar? Wir gehen in eine Bar?«

»Um ganz genau zu sein, ist es eine Taverne. Erinnerst du dich nicht mehr? Früher habe ich dich manchmal mit hierher genommen.«

»Du hast mich nie mit hierher genommen. Das war wahrscheinlich Frankie.«

»Kann sein, kann sein.«

Er stellte das Auto auf dem Parkplatz ab, der der Tür am nächsten und zufällig ein Behindertenparkplatz war. Irene wollte protestieren, doch er beruhigte sie. »Das ist legal, ganz legal. Mach mal das Handschuhfach auf.«

Sie fand das Behindertenschild und zog es mit zwei Fingern heraus, als handelte es sich um einen toten Fisch oder eine geladene Pistole. Dad rollte mit den Augen und hängte das Schild an den Rückspiegel. »Komm rum und hilf mir aus dem Wagen.«

»Was?«

»Hilf mir beim Reingehen.«

»Hilf dir doch selbst!«

»Verdammt, Irene, das ist eine einfache Bitte. Halt meinen Arm fest, als könnte ich kaum alleine laufen. Hilf mir beim Hinsetzen, umsorg mich –«

»Mein Gott, warum?«

»Ich kann es nicht erklären, noch nicht. Aber sei versichert –«

»Ich bin sicher, es ist wichtig«, gab Irene seinen Satz an ihn zurück.

»Ja! Auf jeden Fall!« Für Sarkasmus war er taub. »Denk dran, ich bin ganz schwach.«

»-sinnig«, sagte Irene, laut genug, dass er es hören konnte.

Auf dem Weg zur Eingangstür führten sie eine geriatrische Pantomime auf. Teddy stellte konzentriert einen Fuß vor den anderen und hielt sich dabei an ihrem Arm fest. Er war ziemlich gut darin. Irene konnte sich die Hüftprothese beinah vorstellen.

»Mit einem Gehstock wär's noch überzeugender«, flüsterte er ihr zu. »Vielleicht so einer mit drei Gummifüßen?«

Sie konnte nicht fassen, dass sie dabei mitmachte.

»Das ist der traurigste Gehstock von allen«, fuhr er fort. »Man kann nicht mal so tun, als wäre es eine modische Entscheidung. Fred Astaire hat nie mit einem Dreifuß getanzt.«

Irene öffnete die Tür für ihn, und er hinkte hinein. Innen war es düster, und es roch nach schalem Bier und billigem Reinigungsmittel.

»Das Übliche, Teddy?«, sagte eine riesige, unscharfe Form hinter dem Tresen.

Teddy schmunzelte. Zu Irene sagte er: »Zwanzig Jahre her, dass ich hier war, und Barney weiß immer noch, was ich trinke.« Irgendwie gelang es ihm, seine Stimme zittriger klingen zu lassen, als bräuchte selbst sie einen Dreifuß.

»Lass uns an die Bar setzen«, sagte Teddy zu Irene. Außer ihnen war niemand da. Vielleicht war es sogar für die Säufer zu früh an einem Samstag.

»Sicher, Dad«, sagte sie emotionslos. »Ich hol dir einen Hocker.«

»Für sie nichts«, sagte Teddy zum Barkeeper. »Ihr nehmt seit 1962 denselben Lappen. Sie hat nicht die nötigen Antikörper dafür.«

»Ich nehme ein Bier«, sagte Irene. »In der Flasche.« Barney nickte. Er war ungefähr so alt wie Teddy, aber hatte dreimal so viel Masse.

»Und, wie läuft der Laden?«, fragte Teddy. Er ließ seine Stimme noch ein wenig zittriger klingen, ein alter Mann, der sich bemühte, heiter zu klingen. Sie begannen über Menschen zu reden, die Irene nicht kannte und, so hoffte sie, niemals kennenlernen würde.

Irene sah Spiegel-Irene zu, wie sie einen Schluck aus ihrer Bierflasche nahm. Diese Frau lebte in einem Alternativuniversum namens Arizona, mit einem Mann, der sie liebte.

Als sie von dem Vorstellungsgespräch zurückkehrte, hatte Joshua sehen können, wie aufgewühlt sie war – anders als ihr Vater war er kein Narzisst – und drängte sie zu antworten. Überhaupt zu sprechen. Sie konnte nicht erklären, warum sie so wütend geworden war, und konnte deshalb auch nicht erklären, wieso sie den Konferenzraum fast abgefackelt hätte. Sie konnte ihm nicht sagen, wie wütend sie auf ihn war.

»Tu mir nie wieder einen Gefallen«, sagte sie und fing an zu packen.

Er versuchte den ganzen Weg zum Flughafen hindurch, mit ihr zu reden, redete auch noch, als sie ihr Ticket umtauschte. Er übernahm sogar die Umtauschgebühr, während er immer wieder fragte. »Was meinst du denn damit?« Als würde sie eine andere Sprache sprechen.

Erst das Gate hielt ihn auf. »Du wirst Arizona nie verlassen«, sagte sie. Ihre Wut war in Trauer umgeschlagen und hatte sie in ein heulendes Wrack verwandelt. »Du kannst nicht weg, wegen des gemeinsamen Sorgerechts. Und ich kann einfach nicht von den Krumen leben, die du mir hinwirfst. Für mich gibt es hier keine Zukunft.«

Wie sollte sie es erklären? Sie liebte ihre gemeinsame Zeit im Hotel-Land, doch das war kein Ort, an dem man für immer bleiben konnte. Es war das Klügste, ihn jetzt loszulassen.

»So«, sagte Dad zu dem Barkeeper. »Ist Mitzi schon da?«

Barney nickte über Teddys Schulter hinweg. Eine Frau ungefähr im Alter der beiden Männer kam mit ausgestreckten Armen auf Teddy zu. »Ja, was hat denn die Katze da angeschleppt?«, sagte sie.

»Die Katze ist meine Tochter«, sagte Teddy mit einem Grinsen.

»Und du bist ein alter Fuchs.« Mitzi küsste ihn auf die Wange. An Irene gewandt sagte sie: »Jetzt fühle ich mich alt. Dein Vater hat immer von dir erzählt.«

»Freut mich sehr«, sagte sie zu Mitzi.

»Sie ist so eine gute Tochter«, sagte Teddy. »Fährt mich überallhin.«

»Es ist gut, eine starke Frau an seiner Seite zu haben«, sagte Mitzi.

»Apropos starke Frauen«, wandte sich Teddy an Irene. »Wenn du ein Vorbild suchst, hier ist eins. Mitzi hat diesen Laden durch gute und schlechte Zeiten geführt.«

»Charmeur«, sagte Mitzi. Sie war ein dürrer Vogel von einer Frau, mit einem finkenhaften Funkeln in den Augen. Mitzi sagte: »Du verkaufst aber nicht auch dieses UltraLife-Zeug, oder?«

»Was ist das?«, fragte Dad. Die Verwirrung war nicht gespielt.

»Frankie hat es mal mitgebracht«, sagte Mitzi. »Aber wegen dem Zeug ist bei mir tatsächlich verdammt noch mal wieder alles in Ordnung.«

Irene sah ihren Vater kritisch an. Ging es bei diesem Besuch vielleicht gar nicht um Graciella, sondern um Frankie? Aber nein, Teddy wusste gar nicht, wovon Mitzi sprach.

»Also ist Frankie hier gewesen?«, fragte Teddy.

»Oh ja«, sagte Mitzi. »Jede Woche. Fast jede. Ein paar Mal hat er's nicht geschafft.«

Dad wirkte erschrocken. »Ich entschuldige mich, wenn der Junge dir das Zeug aufgedrängt hat. Frankie ist einfach dermaßen begeistert davon.«

Mitzi sagte: »Willst du mit in mein Büro kommen und darüber reden?«

Dad zögerte, dann sagte er: »Wir können vor Irene reden. Sie weiß alles über Frankies Geschäft.«

Eine dreiste Lüge. Irene hatte keinen Schimmer, was da vor sich ging. Es beruhigte sie nicht, dass auch Teddy keine Ahnung zu haben schien.

»Na dann«, sagte Mitzi skeptisch. Sie nahm den Hocker neben Teddy. Jetzt saßen sie alle da, von der Theke abgewandt. Barney war in ein Hinterzimmer verschwunden.

»Also. Frankies Besuche«, sagte Dad. »Um wie viel geht's da?«

»Du weißt, ich behandele solche Zahlen normalerweise vertraulich.«

»Wie viel, Mitzi?«

»Stand gestern, neunundvierzigtausend, vierundsiebzig Dollar und vierundzwanzig Cent.«

Irene begriff mit einem Mal, was diese Zahlen bedeuteten. Dad war genauso schockiert, seinem starren Gesichtsausdruck nach zu urteilen.

Mitzi sagte: »Ich habe ihn gebeten, dich nicht mit hineinzuziehen. Er wird nächste Woche mit Nick reden. Die finden eine Lösung.«

Scheiße, dachte Irene. Schlimme Szenen aus Dutzenden von Gewaltfilmen flimmerten ihr durch den Kopf. Sie stellte sich vor, wie ihr Bruder versuchte, sich aus der Patsche zu reden, so wie er sich immer aus allem herauszureden versuchte. Er hatte nie begriffen, dass man den Mund nicht aufmachen sollte, wenn man dabei war zu ertrinken.

»Nein«, sagte Dad. »Ich rede mit Nick.« Irene sah ihren Vater an. Noch vor einem Augenblick hatte er nicht gewusst, dass Frankie Schulden hatte, und jetzt tat er gegenüber Mitzi so, als wisse er nicht nur über die Situation Bescheid, sondern als habe er bereits begonnen, einen Plan in die Tat umzusetzen. Teddy Telemachus, der Weltklasse-Bluffer. Dieses Pokerface machte ihn zum Einzigen in der Familie, der Geheimnisse vor ihr bewahren konnte. Das

335

und der Umstand, dass er seine Worte genauso bedacht austeilte wie seine Karten.

»Du willst mit Nick reden?«, fragte Mitzi. »Das ist vielleicht keine so gute Idee.«

»Die Chance, dass dein Bruder das Geld von mir bekommt, ist viel größer, als dass er es von Frankie kriegt«, sagte Teddy.

»Darum geht's nicht, und das weißt du auch.«

»Das ist mein Sohn, Mitzi. Bitte. Mach es möglich.«

Irene sagte kein Wort, bis sie wieder im Auto saßen. Er ließ sie fahren, um den Schein zu wahren.

»Was zur Hölle war das denn?«, fragte sie.

»Ich bin genauso überrascht wie du.«

Das war die Wahrheit. Er hatte den Bluff beendet, jetzt, da sie die Bar verlassen hatten.

»Ich wollte einen Termin mit Nick, weil ich mit ihm über Graciella reden will. Aber *das?*«

Trotzdem wollte sie ganz sichergehen, dass sie das Gleiche verstanden hatten. »Frankie schuldet dem Mob fünfzigtausend«, sagte sie.

»Scheint so.«

»Das erklärt, warum er Bellerophonics so lange ohne Aufträge am Laufen halten konnte.«

»Er kam ständig zu mir und wollte Geld«, sagte Dad. »Beim dritten Mal habe ich ihm erklärt, ich sei blank und er solle den Laden dichtmachen – für jemand anderen arbeiten und tatsächlich Geld verdienen. Ich hätte nicht gedacht, dass er so blöd ist, zum gottverdammten Nick Pusateri zu gehen. Wenn man Kinder großzieht, geht's doch darum, dafür zu sorgen, dass sie nicht die gleichen Fehler machen wie man selbst.«

Hier gab es eine längere Geschichte, von der sie ziemlich sicher war, dass sie sie nicht erfahren wollte. Also fragte sie stattdessen: »Du wirst es aber nicht bezahlen, oder?«

»Fahr mich einfach nach Hause, Irene. Nein. Warte. Fahr mich zu Wal-Mart.«

Sie zog die Augenbrauen hoch.

»Ich muss einen Gehstock und einen Baseballschäger kaufen«, sagte er.

»Den Gehstock versteh ich.«

»Den Baseballschäger brauch ich, um deinen Bruder damit zu verdreschen.«

»Wir kaufen zwei«, sagte Irene.

14

Frankie

Er hörte Loretta vom Haus aus nach ihm rufen. Irgendwann kam sie auf die Idee, in der Garage nachzusehen.

Der schwarze Metallklotz schmiegte sich in die Motorhaube ihres Autos wie ein Ei in ein weiches Kissen. Durch den Aufprall war auch die Frontscheibe gerissen. Die Tür des Safes jedoch blieb verschlossen. Nach wir vor scheiß-verschlossen.

Sie kam auf ihn zu. Er saß auf einem Klappstuhl neben der vorderen Stoßstange des Autos. Der Boden war bedeckt von einem Beet zerdrückter Budweiser-Dosen – und von Schlössern. Vorhängeschlössern aller Art, nicht eines von ihnen geöffnet.

»Kann ich was für dich tun, Loretta?«

Sie betrachtete die Jogginghose, das Unterhemd, die leere Doritos-Tüte. Sie sah noch einmal auf den Corolla und den schwarzen Safe, dann wieder auf ihn.

»Gehst du heute zur Arbeit?« Ihre Stimme war überraschend sanft.

»Klar«, sagte er. »Wie spät ist es?«

»Nach neun.«

»Ha.« Er rieb sich das Kinn. Normalerweise wäre er schon vor zwei Stunden aufgebrochen. Er hätte wahrscheinlich fahren sollen. Die Arbeit hätte ihn beschäftigt. Hätte ihn von dem abgelenkt, was am Nachmittag auf ihn wartete. *Wer* auf ihn wartete.

»Ich wollte eigentlich einkaufen fahren«, sagte Loretta.

»Okay.«

Sie starrte ihn an.

»Ich glaube, die Milch ist alle«, sagte er.

»Ich wollte wissen, was mit dem Auto ist«, sagte sie.

Er nickte langsam, als sei dies ein guter Einwand.

»Also, fährt es noch?«, fragte sie.

Er schürzte die Lippen. Dachte einen Moment lang nach. »Schwer zu sagen.«

»Ich rufe die Nachbarn an und frage, ob ich ein Auto leihen kann.«

»Ja«, sagte er. »Das ist wahrscheinlich eine gute Idee.«

»Ach, und dein Vater hat angerufen. Er will, dass du ihn zurückrufst. Hat gesagt, es sei wichtig.«

Auf keinen Fall würde er ihn zurückrufen. Teddy war schuld an dem ganzen Schlamassel. Er hatte seinen Vater um Hilfe gebeten, als es mit Bellerophonics schlecht lief, und nach einem Minimum an finanzieller Unterstützung hatte sein Vater ihm den Geldhahn zugedreht. Nein, der große Teddy Telemachus setzte nur auf Karten, nie auf seine eigenen Kinder.

»Hat Matty angerufen?«, fragte er. Das war der Telemachus, den er jetzt brauchte. Doch Loretta war nicht mehr da. Was hatte sie gesagt, wie spät es war? Er hätte besser aufpassen müssen. Er brauchte nicht mehr viele Stunden totzuschlagen, bis er zu seinem Termin bei Nick Pusateri senior musste.

○

Das erste Mal, dass Frankie glaubte, er müsse sterben, war im Jahre 1991, in einem kleinen Raum auf dem untersten Deck der *Alton Belle*, direkt, nachdem man ihm die Nase gebrochen hatte. Der Kerl, dessen Faust den Schaden angerichtet hatte, war ein drahtiger Weißer mit Hasenzähnen und einer Haut, die von der Sonne so rissig war wie ein im Garten vergessener Vinylstuhl. Er war gekleidet wie ein Hausmeister, doch es war nicht klar, ob er der offizielle Schläger des Casinos war oder bloß ein Angestellter, dessen Stellenbeschreibung den Satz »weitere Aufgaben nach Bedarf« enthielt. Jedenfalls machte er eindeutig den Eindruck, als bereite ihm die Aufgabe, Leute zu schlagen, Spaß.

Die beiden anderen Männer im Raum – ein Teamleiter und ein geleckter Mann, der wie der Manager des Casinos aussah – begutachteten die Arbeit des Hausmeisters und befanden sie für gut. »Noch mal«, sagte der Manager. Er war ein nervöser Weißer, dessen ölig-schwarzer, spitz zulaufender Haaransatz ihn aussehen ließ wie einen Eddie Munster mittleren Alters.

Der Teamleiter, ein Schwarzer in einem glänzenden Anzug, der teurer aussah als der des Managers, sagte: »Sagen Sie uns, was Sie mit meinem Tisch gemacht haben.« Das schien alle brennend zu interessieren. In der ersten halben Stunde, die Frankie in diesem Raum festgehalten worden war, hatten die Männer sich die Aufnahme des Ganzen mit einem gewöhnlichen Videorekorder auf einem kleinen Fernseher angesehen. Sie hatten sich geweigert, Frankie die Bilder sehen zu lassen, doch er hatte ihrer Unterhaltung entnommen, dass das Band aus verschiedenen Blickwinkeln zeigte, dass Frankies Hände Zentimeter vom Roulettetisch entfernt waren, als die Kugel, das Rad und die Chips plötzlich durch die Luft flogen.

»Waren es Magnete?«, fragte der Manager.

Frankie war zu sehr damit beschäftigt, schmerzverzerrt nach Luft zu ringen, um es sofort zu leugnen. Er lag auf der Seite und sah zu, wie eine besorgniserregende Menge Blut seine Wange hinab und auf den Boden lief. Magnete?, dachte er. Immer noch diese beschissenen Magnete? Es war die erste und einzige Theorie, die ihnen in den Sinn kam.

Frankie hob eine Hand an seine aufgeplatzte Oberlippe. Er wagte es nicht, seine Nase zu berühren. Seine Finger waren knallrot, als hätte er sie in eine Dose Farbe getaucht. Gott. Wo zur

340

Hölle war Buddy? Wieso hatte er diesen Teil nicht vorhergesehen in seiner Vision von Chips und Reichtum?

Ihm kam ein böser Gedanke. Was, wenn Buddy es *doch* vorhergesehen und sich nur nicht die Mühe gemacht hatte, ihm davon zu erzählen?

»Es waren keine Magnete«, sagte Frankie. »Und wenn doch, dann nicht meine.« Seine Stimme klang in seinen eigenen Ohren weinerlich, wegen der verstopften Nase. Hauptsächlich.

»Für wen arbeitest du?«

»Ich bin –« Er spuckte Blut. »Selbstständig.«

Der Hausmeister beugte sich herab, packte ihn unter beiden Armen und schleppte ihn aus dem Raum und durch einen Flur, der aus unerfindlichen Gründen mit Kunstrasen ausgelegt war. Der Manager eilte voraus und zog eine schwere Tür auf.

Frankie wurde auf ein schmales Seitendeck geschubst, das nicht weit von der schimmernden Wasseroberfläche entfernt war. Links von ihnen wühlte das Schaufelrad das Wasser auf, doch das Geräusch wurde fast von dem Gelächter, dem Stimmengewirr und dem Klingeln übertönt – dem Lärm eines gut besuchten Casinos. Ein rot-weißes Motorboot, behängt mit Lichterketten, lag in einer Wolke von Abgasen. Am Steuer stand ein Mann in weißem Hemd und schwarzer Weste, der aussah, als müsse er eigentlich den Blackjack-Tisch betreuen. *Weitere Aufgaben nach Bedarf.*

»Bringt ihn in die Garage«, sagte der Manager. »Und passt auf, dass euch keiner sieht.«

»Moment, welche Garage?«, fragte Frankie. Sie versetzten ihm einen Stoß, und er stolperte ins Boot, wo er unsanft auf einer Bank landete. Der Hausmeister und der andere Mann stiegen ebenfalls ein. »Wohin bringen Sie mich?«

Der Hausmeister sagte: »Halt's Maul, oder wir stopfen es dir.«

Frankie hielt den Mund. Kälte machte sich in seinem Bauch breit. Er hielt sich an der Sitzbank fest, während das Motorboot um das Schaufelrad des Casinoschiffes herumfuhr und auf das

Ufer zuhielt. Sie steuerten nicht auf den hell erleuchteten Landungsbereich zu, wo er und Buddy an Bord gegangen waren, sondern auf einen Ort südlich davon, wo eine Reihe von sporadischen Straßenlaternen das Ufer des Flusses markierte.

Die bringen mich weg von den Menschen, dachte Frankie. Weg von Zeugen. In dieser »Garage« konnten sie alles mit ihm anstellen. Sein ganzes Leben lang hatte Teddy Geschichten von Gangstern erzählt, die er gekannt hatte, Arschlöchern mit Schlagringen, Schergen mit Knarren, Gangsterbräuten mit Schnappmessern unterm Strumpfband. Kinocharakteren. Teddy war der Held dieser Geschichten gewesen, ein Trickser mit flinken Fingern und einem noch flinkeren Mundwerk. Frankie hatte sich lange danach gesehnt, genau dieser Typ zu sein, der wortgewandte Betrüger, doch als er endlich erwachsen war, wurden solche Filme nicht mehr gedreht. Alles, was blieb, waren Geschichten aus zweiter Hand, Das-hättest-du-sehen-sollen-Geschichten, und schlecht gemachte Zusammenschnitte der Highlights.

Hier saß er also, ein gescheiterter Falschspieler, in einem Boot voll mafiöser Schläger ... und ihm fiel beim besten Willen nicht ein, was er sagen sollte. Er würde sterben, winselnd, in einem Hemd, das mit seinem eigenen Blut beschmiert war.

Das Boot raste auf einen schwach beleuchteten Pier zu. Im letzten Augenblick legte der Bootsführer den Rückwärtsgang ein, riss das Steuer herum und brachte sie mit minimalem Aufprall seitlich an den Holzsteg. Frankie entschied, dass der Mann in erster Linie Bootsführer sein musste und nur im Nebenberuf Blackjack-Dealer.

Der Hausmeister packte Frankie am Nacken und flüsterte ihm ins Ohr. »Jetzt wirst du reden, Arschloch.«

Der Teamleiter kletterte auf den Holzsteg, drehte sich um und zog Frankie hoch. Zwei Scheinwerfer leuchteten auf und verwandelten den Casinoangestellten in eine Silhouette. Eine laute Stimme sagte: »Wir übernehmen, Jungs.«

Eine riesige Gestalt trat ins Licht. Er winkte mit einem Abzeichen in Richtung des Teamleiters und sah dann ins Boot herab.

Der Hausmeister packte Frankies Nacken noch fester.

»Wer zur Hölle sind Sie?«, fragte Frankie.

Der Mann lachte. »Willst du wirklich lieber die als mich?«

Das war ein gutes Argument. Frankie schlug den Arm des Hausmeisters zur Seite und stemmte sich aus dem Boot.

Der große Mann sagte: »Ich bin Agent Destin Smalls«, und streckte ihm die Hand entgegen.

Der Name kam ihm irgendwie bekannt vor. Frankie schüttelte die angebotene Rechte, und schon hatte sich, wie durch Zauberei, eine Handschelle um sein Handgelenk gelegt.

»Du bist verhaftet«, sagte Agent Smalls.

○

Während er zum Haus seines Vaters fuhr, blies ihm die Klimaanlage mit voller Kraft kalte Luft ins Gesicht. »Nimm das Leben an«, sagte er zu sich selbst. Und den Umstand, dass Matty ihn sitzen gelassen hatte, wodurch er gezwungen war, den Einbruch entweder ganz abzuhaken oder allein durchzuziehen. Er musste die zwei Wochen annehmen, die er mit dem Versuch verbracht hatte, Schlösser kraft seiner Gedanken zu öffnen, ohne es auch nur ein einziges Mal zu schaffen. Er musste seine Unfähigkeit annehmen, das Einstellrad des Safes auch nur einen Zentimeter zu bewegen.

Sich zu weigern, die Realität zu akzeptieren, führte nur zu Frust, und Frust führte zu Wut. Und wozu führte Wut? Dazu, dass ein erwachsener Mann einen Safe hochwuchtete, um ihn auf den Boden zu schmettern, bevor sein Rücken ihn im Stich ließ. Wut führte dazu, dass ein Safe in die Motorhaube eines Toyota Corolla krachte, der erst in zwei Jahren abbezahlt sein würde.

Okay, vergessen wir das. Was geschehen ist, ist geschehen. So ist das Leben. Nimm es an.

Doch Frankie wollte noch etwas anderes. Und das musste er Matty unbedingt erklären.

Als er ankam, stand das Garagentor offen, und Teddys Buick war nicht da, Gott sei Dank. Irenes Auto war ebenfalls weg. Frankie marschierte zur Haustür mit dieser lächerlich gefliesten Stufe davor. Ein neuer Feuerlöscher war neben der Tür installiert worden, die Halterung war mit Schrauben direkt an der Mauer befestigt. Wieso brachte man einen Feuerlöscher *außen* an? Wer wusste das schon. Buddy eben. Vielleicht plante er, nach all seinen verrückten Projekten, das Haus niederzubrennen. Wäre dies Frankies Haus gewesen, er hätte seinen Bruder schon vor Monaten rausgeschmissen.

Drinnen war es kühler, aber nur minimal. Teddy, der alte Geizhals, hatte nie in eine zentrale Klimaanlage investiert und nur in einem einzigen Raum ein Fensterklimagerät einbauen lassen: seinem Schlafzimmer. »Matty?«, rief Frankie. Niemand war im Wohnzimmer oder in der Küche. Dann hörte er ein Geräusch aus dem Keller.

Die Tür zum Kellerraum fehlte. Alles war bis auf den Rahmen herausgerissen worden. Innen hingen Metallplatten über den Fenstern, bereit runterzuklappen wie die Panzerung eines Sezessionskriegsschiffs. An der hinteren Wand standen halbfertige Stockbetten, die auf … Besatzungsmitglieder warteten? Gott, wenn Buddy den Garten unter Wasser setzte, konnte er die Seeschlacht zwischen der *Monitor* und der *Merrimac* nachstellen.

Matty jedoch war mit Abbauen beschäftigt. Er kniete neben dem Schreibtisch und rupfte Kabel von der Rückseite des Computermonitors.

»Matty, wir müssen reden«, sagte Frankie.

»Ach! Onkel Frankie. Hallo.« Der Junge sah elend aus.

»Was machst du da?«, fragte Frankie.

»Mom sagt, ich soll ihn abbauen. Sie sagt, sie will ihn nicht mal mehr im Haus haben.«

»Ich dachte, sie liebt das Teil.«

»Ja, na ja, sie ist gerade ziemlich aufgelöst. Heult die ganze Zeit. Sie hat sich von Joshua getrennt.«

»Wer verdammt ist Joshua?«

»Ihr Freund? In Phoenix? Egal, es ist vorbei, und sie erlaubt mir nicht, den Computer zu benutzen.«

»Gehört das zu deinem Arrest wegen dieser Gras-Geschichte?«

Matty verzog das Gesicht. »Hat sie's dir erzählt?«

»Opa Teddy. Und das ist total scheinheilig, wenn du mich fragst. Irene hat in der Highschool ziemlich ordentlich geraucht. Wahrscheinlich, weil Lev im Grunde ein Dealer war.«

»*Was?*«

»Ist auch egal jetzt. Vergiss den Computer. Wir müssen reden, von Mann zu Mann.«

»Onkel Frankie, es tut mir leid, dass ich nicht —«

»Ich bin nicht gekommen, um dich zu überreden, wieder einzusteigen.«

»Nein?«

»Komm.« Frankie führte ihn zur Couch, die in einer Gruppe verbliebener Möbel stand, die Buddy in der Mitte des Raumes zusammengeschoben hatte. »Setz dich zu mir, Matty.«

Der Junge saß gekrümmt auf der Couch und starrte auf seine Füße.

Frankie sagte: »Ich bin gekommen, um mich zu entschuldigen.« Matty wollte protestieren, doch Frankie blockte ab. »Nein, nein. Ich habe dich hängen lassen. Irgendwas ist passiert, das dich dazu gebracht hat, dich von mir abzuwenden, und ich will wissen, was es war – damit ich es wiedergutmachen kann.«

»Du hast gar nichts gemacht.«

»Ist deine Mutter dahintergekommen? Bestraft sie dich für mehr als nur das Gras?«

»Nein! Ich hab ihr gar nichts erzählt. Sie weiß nichts über … unser Ding.«

»Dann bin ich ratlos«, sagte Frankie. »Was ist passiert, dass du deine Meinung geändert hast?«

Matty sagte lange nichts. »Ich denke, ich hab Angst bekommen«, sagte er schließlich.

»Angst wovor?«

Der Junge antwortete nicht.

»Glaubst du, du könntest erwischt werden?«, fragte Frankie.

Matty schien sich von ihm wegzuducken, was Frankie als Nicken interpretierte.

»Das ist unmöglich«, sagte Frankie. »Du machst ja gar nichts. Du schwebst nur durch die Gegend, unsichtbar. Die Arbeit mache ich – und ich bin der, der das Risiko auf sich nimmt.« Junge, war es heiß hier unten. Er schwitzte schon im Sitzen. »Du sollst wissen, dass ich nie, nie, nie jemandem verrate, dass du was damit zu tun hast, selbst wenn man mich schnappt.«

Matty sah erschrocken auf. Scheiße. Diese Möglichkeit war dem Jungen noch gar nicht in den Sinn gekommen.

»Was, wenn es da Leute gibt, die mich sehen können?«, fragte Matty.

»Wer? Was für Leute?«

»Keine Ahnung, vielleicht … die Regierung?«

»Okay, verstehe«, sagte Frankie. »Das ist meine Schuld. Ich hab dir zu viel von Oma Mo und dieser Spionage-Sache erzählt. Aber was hab ich dir gesagt? Der Kalte Krieg ist vorbei. Die Regierung macht solche Sachen nicht mehr.«

»Wirklich?«

»Natürlich nicht. Aber das ist gar nicht das, wovor du Angst hast.«

Matty wartete, was jetzt kommen würde.

»Du hast Angst, deine Kräfte einzusetzen! Du weißt, dass ich recht habe. Du kannst ja nicht mal das Wort aussprechen. K-R-Ä-F—«

Matty starrte wieder auf seine Füße.

»Sag es. Probier es aus.«

»Kräfte«, sagte Matty leise.

»Ganz genau. Du hast *Kräfte*, und du bist mächtig. Wovor solltest du Angst haben? Du kannst nicht voller Furcht durchs Leben gehen, das einzusetzen, was Gott dir gegeben hat. Du willst doch deiner Mom helfen, oder?«

Er antwortete nicht.

Frankie sagte: »Sie arbeitet in diesem Scheißsupermarkt, trägt diese Scheißuniform, verdient scheißwenig Geld. Sie kann sich nicht mal eine eigene Wohnung leisten! Wie zur Hölle willst du mal aufs College gehen? Wie soll sie das bezahlen? Denn du bist schlau, Matty. Du willst aufs College, du musst das machen. Oder auch nicht. Bei deinen Kräften brauchst du das nicht. Aber was du auf keinen Fall willst, ist irgendein Job, der nirgendwohin führt, und einen Haufen Kinder, die du nicht unter Kontrolle hast, und dich zu fragen, was verdammt noch mal aus deinem —«

Frankie wedelte mit der Hand durch die Luft, als würde er eine Tafel wischen. »Vergiss das alles. Fokussier dich.«

»Du willst, dass ich mich fokussiere?«, fragte Matty.

Frankie war sich nicht ganz sicher. Einer von ihnen musste es tun.

»Ich weiß, du willst deiner Mom helfen«, sagte Frankie mit gesenkter Stimme. »Und ich weiß auch, dass du mir helfen willst. Aber du musst auch daran denken, was *dir* helfen wird. Hier geht es nicht nur um — das, weswegen wir geübt haben. Das ist bloß die Gelegenheit, die sich uns momentan bietet. Sieh es als ersten Schritt. Du wirst viele Schritte gehen, Matty, so viele Schritte, dass ich nicht weiß, wo sie dich hinführen werden. Auf die andere Seite des Mondes, vielleicht! *Aber* —« Er legte den Arm um Mattys Schultern. »Du musst bedenken, wer du bist. Du bist ein Telemachus.«

»Ich weiß, aber —«

»Kein Aber. Weißt du, was heute für ein Tag ist?«

»Donnerstag?«

»Der letzte Donnerstag des Monats. Der direkt vor dem letzten Freitag des Monats kommt. Und weißt du, was *dann* ist?«

»Ähm ...«

»Zahltag, Matty. Der große Zahltag. Und durch Umstände, auf die ich keinen Einfluss habe, ist dies das letzte Mal, dass ich – dass *wir* die Gelegenheit haben, an den Inhalt des Safes zu kommen.«

»Was ist denn passiert?«

»Zu kompliziert, um es zu erklären.« Frankie sah auf seine Uhr und stellte fest, dass er am Morgen vergessen hatte, sie anzulegen. Er sprang von der Couch auf. »Ich muss jemanden treffen. Ich melde mich später. Aber während ich weg bin, denk über deine Zukunft nach, Matty. Denk darüber nach, anzunehmen, wer du bist. Du musst das Leben annehmen.«

»Das UltraLife«, sagte Matty leise.

»Ja! Genau! Ich wusste, ich kann auf dich zählen.«

Frankie verbrachte die erste Stunde seiner Haft allein in einem Motelzimmer, wo er versuchte, die Handschellen mit Gedankenkraft zu öffnen. Agent Smalls hatte ihn in den Raum gebracht und gesagt, er müsse dort warten, »bis wir alles vorbereitet haben«. Frankie hatte keine Ahnung, was er damit meinte. Was vorbereiten? Die Folterinstrumente?

Er hockte auf der Kante des Doppelbettes, das der Tür am nächsten war, und starrte auf seine Handgelenke, um die eisernen Fesseln mit schierer Willenskraft zum Aufspringen zu bewegen. Oder die Schlösser dazu, sich zu öffnen. Oder wenigstens zu erzittern. Doch alles, woran er denken konnte, waren Chips, die durch die Gegend flogen, und Arme, die ihn packten. Er bezweifelte, dass er gerade eine Büroklammer bewegen könnte.

Sein Hemd war noch immer feucht, nicht von der Gischt, son-

dern vor Schweiß. Er war sich sicher gewesen, dass die Casinomit-
arbeiter ihn abtransportierten, um ihn zusammenzuschlagen oder
gar umzubringen. Als Destin Smalls aufgetaucht war, war Frankie erleichtert gewesen, doch je länger er die Handschellen tragen
musste, je länger er auf dieser geblümten Tagesdecke saß, die nach
Industriereiniger roch, desto stärker wurde sein Verdacht, dass es
sich bestenfalls um eine Querbewegung handelte: vom Regen in
den Regen.

Die Tür öffnete sich, und Frankie sprang auf. Agent Smalls
füllte den gesamten Türrahmen aus. Er war schon über sechzig,
doch Frankie verschwendete keinen Gedanken daran, sich auf
ihn zu stürzen. Man konnte sich verletzen, wenn man gegen eine
Wand rannte, selbst wenn es sich um eine alte Wand handelte.

»Ich will meinen Anwalt sprechen«, sagte Frankie.

»Klar«, sagte der Agent und packte ihn am Ellbogen.

Es war früh am Morgen und würde bald dämmern, doch draußen war kein Licht zu sehen außer dem gelben SUPER 8-Schild.
Der Parkplatz lag komplett im Dunkeln. Frankie spürte, wie eine
weitere Hoffnung erlosch. Kein Mensch in Sicht, der seine un-
rechtmäßige Inhaftierung bezeugen konnte.

»Du erinnerst dich nicht an mich, oder?«, sagte der Agent. »Ich
war zig Mal bei euch zu Hause, bevor deine Mutter starb.«

»Warum das? Um meinen Vater zu belästigen?«

»Das war ein schöner Nebeneffekt.«

Ihre Reise führte sie ganze anderthalb Meter weit, bis zur
nächsten Motelzimmertür. Smalls öffnete sie und schubste Frankie hinein. »Erinnerst du dich an *ihn?*«, fragte Smalls.

Ein glatzköpfiger Gnom mit Zwirbelbart saß hinter einem
runden, mit elektronischen Gerätschaften beladenen Tisch. Der
gewachste, verschnörkelte Zwirbelbart war irgendwann in den
vergangenen zwanzig Jahren ergraut, doch Frankie erkannte den
Mann sofort.

»Mother*fucker*«, sagte Frankie.

349

»Ich freue mich auch, dich wiederzusehen, Franklin«, sagte der Sagenhafte Archibald. »Bitte, setz dich doch.«

Agent Smalls nahm ihm die Handschellen ab und deutete auf einen Stuhl gegenüber von Archibald. Die Geräte auf dem Tisch summten und surrten. Kabel führten vom Tisch zum Boden und schlängelten sich einem Stapel schwarzer Metallkästen entgegen. Es roch nach Ozon und Aftershave.

G. Randall Archibald hob wie eine Maniküristin eine von Frankies Händen an und begann, mit Gummi überzogene Fingerhüte auf seine Finger zu stecken. Aus jedem dieser Fingerhüte kam ein Bündel Drähte, die mit einer der Maschinen verbunden waren.

»Was ist das?«, fragte Frankie. »Eine Art Lügendetektor?«

»Sozusagen«, sagte Archibald. »Die Geräte vor dir ergeben einen Torsionsfelddetektor, in der mobilen Version. Damit kann ich Psi-Potenziale messen, mit einer Genauigkeit von zwei Komma drei Tau.«

Frankie versuchte, verächtlich zu schnauben, doch es kam als Grunzen heraus. Er hatte keinen blassen Schimmer, was ein Tau war, doch das würde er ganz sicher nicht zugeben.

»Ich versichere dir«, sagte Archibald, »das ist *ziemlich* genau. Natürlich nicht so genau wie die große Version in meinem Labor. Jener erstklassige TFD ist empfindlich genug, um null Komma drei Tau zu messen.« Der Gnom sprach in der abgehackten, präzisen Diktion eines Nerds. »In deinem Fall sollte eine so empfindliche Messung nicht notwendig sein. Soweit ich weiß, warst du heute Nacht schon *recht* aktiv.«

»Was immer diese Typen behaupten, gesehen zu haben, sie lügen.«

»Oder«, sagte Archibald, »sie *wissen* nicht, was sie gesehen haben. Meine Aufgabe ist nun festzustellen, ob es sich tatsächlich um Psi-Aktivitäten handelte oder bloß um den faulen Zauber des Sohnes eines bekannten Betrügers und Falschspielers.«

»Hey! Ich werde nicht hier rumsitzen und —«

Smalls legte zwei große Hände auf seine Schultern und drückte ihn zurück auf den Stuhl. »Sitzen bleiben.«

»Ich dachte, du wärst ein *Skeptiker*«, sagte Frankie, wobei er das letzte Wort förmlich ausspuckte. In seiner Familie gab es nichts Verachtenswerteres.

»Das bin ich ganz sicher«, sagte Archibald.

»Ich hab dich bei Johnny Carson gesehen. Was hast du mit diesem Medium aus Australien gemacht? Du hast sie gedemütigt, wie damals uns. Das war brutal.«

»Ihrer Karriere scheint es nicht geschadet zu haben. Sie hat danach sehr viel Geld verdient.«

»Und die Sache mit dem Wunderheiler, der wusste, welche Krankheit die Leute hatten! Die Menschen haben an ihn geglaubt, und du hast ihn in der Luft zerrissen.«

»Der hatte ein Radio im Ohr, über das er Diagnosen von Gott empfing, der leider ganz genauso klang wie seine eigene Frau. Er war ein Hochstapler. Ein Betrüger. Bist du ein Hochstapler?«

Wenn ich Ja sage, überlegte Frankie, heißt das dann, dass ich mich des versuchten Raubs mehr schuldig mache oder weniger?

Archibald wartete keine Antwort ab. »Ich berate die Regierung darin, durch den Einsatz von Wissenschaft, nicht blinden Vertrauens, die betrügerische Spreu vom begabten Weizen zu trennen. Willst du denn nicht wissen, ob du die Begabung deiner Mutter hast, Franklin?«

»Dazu brauche ich dich und deine Maschinen nicht.«

»Natürlich nicht. Du glaubst an dich selbst! Wie auch deine Mutter an dich geglaubt hat, und diesen Glauben gab sie an dich weiter, so wie alle Religionen innerhalb der Familie weitergeben werden. Allerdings –« Er beugte sich über ein Bedienpult, das mit Anzeigen und Drehrädern gespickt war, »wäre es nicht schön, objektive Beweise, einen *wissenschaftlichen* Nachweis deiner Fähigkeit zu haben? Ein Gütesiegel, sozusagen? Eine Urkunde, die du dir an die Wand hängen kannst?«

Oh, das wollte Frankie tatsächlich. Mehr als alles andere. Er war mit dem Gefühl eines Prinzen im Exil aufgewachsen, dessen gesamter Familie ihr rechtmäßiger Platz verweigert wurde – von Skeptikern, an Gesetze gebundenen Wissenschaftlern und einer Schattenregierung, die sich vor ihren Kräften fürchtete.

»Es wird nicht funktionieren«, sagte Frankie. Die Gummihüte saßen noch immer auf den Fingern seiner linken Hand, und er machte keine Anstalten, sie abzunehmen. »Die wissenschaftliche Methode schränkt unsere Kräfte ein.«

»Das sind die Worte deines Vaters«, sagte Smalls.

»Eine skeptische Grundeinstellung ist wie ein Störsender. So hast du uns dazu gebracht, in der *Mike Douglas Show* zu versagen.«

»*Das* war der Grund?«, sagte Archibald. »Nur, weil ich mit euch auf der Bühne stand, haben eure sämtlichen Tricks nicht mehr funktioniert?«

»Das sind keine Tricks.«

Archibald reichte ihm einen weiteren Fingerhut. »Dann lass es uns beweisen. Ich *will*, dass du es schaffst, Franklin. Agent Smalls will ganz bestimmt, dass du es schaffst. Seit 1974, als deine Mutter starb, steht dein Land ohne seine größte Waffe da.«

Frankie starrte ihn an. »Es ist wahr?«

Smalls kam um den Tisch herum und ging in die Hocke, um auf Augenhöhe mit Frankie zu sein. »Hör mir zu. Maureen Telemachus war die mächtigste Spionin, die es auf der Welt gab.«

Sein ganzes Leben lang hatte Frankie seinen Vater beobachtet und jeden einzelnen Hinweis aufgenommen, den dieser bezüglich der Regierungsarbeit seiner Mutter fallen ließ: ein indirekter Verweis auf den Kalten Krieg, ein Klagen über geheime Programme, einen kryptischen Kommentar über U-Boote und Psychonauten. Frankie baute diese Schnipsel zu einem Science-Fiction-Film zusammen, der in seinem Kopf ablief. James Bond mit Handtasche und geistigen Kräften, in der Hauptrolle: Maureen Telemachus. Er fand es spannend, dass seine Erstaunliche Familie, wenn sie schon nicht berühmt sein konnte, so doch insgeheim Macht besaß. Erst als er älter wurde und Irene ihn darauf aufmerksam machte, dass viele der Geschichten ihres Vaters genau genommen nicht ganz der Wahrheit entsprachen, hatte er sich erlaubt, in Betracht zu ziehen, dass Teddy vielleicht auch in Bezug auf ihre Mutter übertrieben hatte. Jetzt hasste er sich dafür, an ihm gezweifelt zu haben.

»Ich wusste es«, sagte Frankie, dem die Emotionen die Kehle zuschnürten. »Ich wusste, dass sie gut war.«

»Aber jetzt ist sie weg«, sagte Smalls. »Und wir brauchen deine Hilfe.«

Wussten sie nicht, dass er keinerlei hellseherisches Talent besaß? Er bewegte Dinge. *Kleine* Dinge.

Archibald sagte: »Wir sind schon sehr weit gekommen, und jetzt brauchen wir nur fünf Minuten lang deine Mitarbeit.«

Frankie nickte in Richtung der Maschine, dieses Torsionsfelddetektors. »Habt ihr mich damit gefunden?«

»Verzeihung?«, sagte Smalls.

»Habt ihr mich heute damit aufgespürt? Ich meine, ihr hättet mich jederzeit in Chicago finden können, aber ihr seid heute Nacht aufgetaucht, hier draußen, direkt nachdem ich – direkt nach dem Problem im Casino.« Was eine weitere Frage aufwarf: Wie waren sie so schnell hierhergelangt? Sie waren gut vier Autostunden von Chicago entfernt. »Seid ihr aus St. Louis gekommen?«, fragte Frankie. Das war nur eine Dreiviertelstunde entfernt.

Smalls und Archibald verzichteten darauf, einander anzusehen. »Wir beobachten dich schon seit langer Zeit«, sagte Smalls. Was seine Frage in keiner Weise beantwortete.

»Und außerdem, wie habt ihr es geschafft, mitten in der Nacht genau am richtigen Anleger zu sein?«

Archibald sagte: »Wieso bringen wir nicht erst mal die Tests hinter uns, und dann beantworten wir all deine Fragen.«

353

Scheinwerferlicht fiel auf die Vorhänge. Agent Smalls sah aus dem Fenster und runzelte die Stirn. »Hattest du schon beim Chinesen bestellt?«, fragte er Archibald. Der Gnom schüttelte den Kopf.

Smalls griff hinter sich und hatte plötzlich eine Pistole in der Hand.

»Whoa«, sagte Frankie und stand auf.

»Sitzen bleiben«, sagte Smalls noch einmal. Frankie kam sich mehr und mehr vor wie ein Hund. »Und sei still.«

Jemand hämmerte gegen die Tür. »Mach auf, verdammt! Ich weiß, dass du da drin bist, Smalls!« Es war Teddy.

»Er hat eine Waffe, Dad!«, brüllte Frankie.

Teddy schien ihn nicht gehört zu haben, denn er hämmerte weiter. Smalls öffnete die Tür, die Pistole auf den Boden gerichtet.

»Teddy. Wie zur Hölle hast du uns gefunden?«

»Aus dem Weg, du verdammter Kodiak. Ist mein Junge hier?« Teddy kam hereinmarschiert, und er sah trotz der späten Stunde gut aus, in einem Sharkskin-Anzug und einem dazu passenden grauen Hut. Als er sah, wer sich noch im Raum befand, blieb er abrupt stehen. »*Archibald?* Du arbeitest mit *Archibald* zusammen?«

Frankie sprang von seinem Stuhl auf und trat einen Schritt vom Tisch zurück.

Der Sagenhafte Archibald erhob sich, was ihn nur minimal größer machte. »Guten Abend, Teddy.«

»Von dir bin ich so einen Scheiß ja gewohnt«, sagte Teddy zu ihm. »Aber du, Smalls?« Er drehte sich zu dem großen Mann um. »Du hast dein Wort gegeben.«

»Ich habe mein Wort gehalten«, sagte der Agent. »Sie hat gesagt, zieh die Kinder nicht mit rein. Aber sie sind keine Kinder mehr. Frankie ist ein erwachsener Mann, der seine eigenen Entscheidungen treffen kann.«

Teddy zeigte mit dem Finger auf ihn. »Das ist der linkeste,

selbstgerechteste Schwachsinnssatz, den ich je aus deinem Oster-
inselkopf hab kommen hören. Du solltest dich schämen, Destin,
denn eins ist klar – Maureen würde sich für dich schämen.«

Smalls sagte nichts.

»Geh zum Auto, Frankie«, sagte Teddy. »Wir fahren.«

»Die Tests sind noch nicht abgeschlossen«, sagte Archibald.
»Frankie, willst du nicht wissen, wo du stehst?«

»Wo er steht?«, sagte Teddy spöttisch. »Auf meiner Seite steht
er. Jetzt komm.«

Frankie folgte seinem Vater aus dem Zimmer. Der Morgen-
himmel glühte pfirsichfarben, doch die Sonne versteckte sich hinter dem Hotel und wartete darauf, dass die Luft rein war. Sie gingen zu Teddys neuestem Buick, einem türkisen Park Avenue. Die
Beifahrertür war abgeschlossen.

Teddy machte keine Anstalten, einzusteigen oder die Tür zu
öffnen.

»Was zur Hölle hast du mit diesen Blutsaugern zu schaffen? Im
gottverdammten Süden Illinois?«

Frankie zögerte. Wusste sein Vater vom Casino? »Ich weiß
nicht, wie sie mich gefunden haben«, sagte Frankie wahrheitsgemäß. »Smalls hat mich festgenommen, hierhergebracht, und auf
einmal ist da Archibald und klemmt mir Kabel an die Finger.«

»So was wie Zufall gibt es nicht«, sagte Teddy. »Was hast du
gemacht?«

»Moment, wie hast *du* mich gefunden?«

Doch bevor Teddy antworten konnte, kam ein weißes Taxi auf
den Parkplatz gerollt und blieb direkt hinter ihnen stehen. Buddy
stieg hinten aus, und der Fahrer kurbelte sein Fenster herunter.
Buddy griff in seine Hosentasche und holte einen Haufen Casino-
Chips heraus. Er gab sie dem Fahrer. Dann griff er in seine andere
Tasche und wiederholte das Prozedere. Das Taxi fuhr davon.

»Wo zur Hölle warst du?«, fragte Frankie.

Buddy schlenderte mit einem verschlafenen Lächeln im Gesicht auf sie zu. Er stand neben der hinteren Tür des Buicks und wartete geduldig, die Hände in die jetzt leeren Taschen geschoben.

»Mein Gott«, sagte Teddy. »Was bin ich doch gesegnet.«

○

Das Hinterzimmer des Waschsalons roch nach parfümiertem Waschmittel, Bleiche und Motoröl. Nick Pusateri senior stand hinter einem großen Holztisch, vor sich einen Berg Vierteldollarmünzen und neben sich einen Stapel Münzrollen. Auf den ersten Blick dachte Frankie, dass Nick die Münzen einwickelte, doch das Gegenteil war der Fall; er riss die Rollen auf und kippte die Münzen auf den Haufen. Er forderte Frankie mit einem Wink auf, sich in den Plastikstuhl zu setzen, und brach wortlos die nächste Rolle entzwei. Schließlich blickte er ihn an und sagte: »Hast du einen Hitzschlag oder so?«

Frankie gluckste. Es war kein überzeugendes Lachen, doch es war alles, zu dem er imstande war. Hatte er wirklich so ein rotes Gesicht? Er spürte, wie er seine Unterhose durchschwitzte. Wie sollte er seinen Plan umsetzen, wenn ihn sein Körper andauernd im Stich ließ?

Der Plan war simpel: verzögern, um Gnade winseln und seinen Charme spielen lassen. Solange er sich darauf einließ, konnte Frankie alle Bedrohungen aushalten, jeder Strafe zustimmen, sämtliche Rückzahlungsbedingungen akzeptieren, egal wie unverschämt – solange diese erst nach Montag in Kraft traten. Nach dem Labor Day würden Frankies Sorgen vorüber sein, und er könnte Nick mit seinem eigenen gottverdammten Geld auszahlen.

»Nichts Schlimmes«, sagte Frankie. »Ich komm mit der Hitze nicht gut klar.«

Nick schnaubte. »Das ist die Luftfeuchtigkeit.« Er nahm eine weitere Münzrolle, wog sie in der Hand und fluchte. Auch diese riss er auf und ließ den Inhalt auf den Haufen fallen. »Chicago im

August – da krieg ich Lust, gottverdammt noch mal nach Island zu ziehen.« Nicks Schmalztolle war von Grau durchzogen, doch er hielt an seinem Fonz-Look fest. Er hatte sein blassblaues Tommy-Bahama-Hemd so weit aufgeknöpft, dass die Goldkette zu sehen war, die sich in seinem grauen Brusthaar verheddert hatte. Seine Arme waren sehnig, und seine Fingerknöchel sahen unnormal groß aus. Er betrachtete stirnrunzelnd eine weitere Rolle und riss auch diese auf.

Verdammt, was war denn mit diesen Münzen?

»Dein Dad, der konnte Sachen mit Münzen anstellen«, sagte Nick. »Mit Chips genauso. Hat sie sich über die Hände rollen lassen, sie einfach so aus dem Nichts hervorgezaubert. Ein Teufelskerl.«

Frankie setzte an zu fragen, ob mit den Münzrollen irgendwas nicht stimmte, doch dann überlegte er es sich anders. *Verzögern, um Gnade winseln, und vor allem: seinen Charme spielen lassen.*

Nick sagte: »Ich bin überrascht, dass du ihn nicht mitgebracht hast.«

»Wen, meinen Dad? Wieso sollte ich ihn hier mit reinziehen?«

Nick sah auf. »Ihr beiden redet nicht viel miteinander, oder?«

»Wir reden schon«, verteidigte sich Frankie. Während ein anderer Teil seines Gehirns laut zu wissen verlangte: *Was hat Teddy gesagt? Was weiß er hierüber?* »Nur nicht übers Geschäft. Ich lass ihn mit diesen Sachen komplett in Ruhe. Er ist in Rente.«

Pusateri nickte. »Ich habe gehört, er ist inzwischen ziemlich gebrechlich.«

»Kann schon sein, dass er ein bisschen langsamer wird«, sagte Frankie. Als gebrechlich hätte er Teddy nicht beschrieben, aber hey: *Charme spielen lassen.*

»Die Zeit kriegt uns alle«, sagte Nick. Er nahm eine neue Rolle, hielt sie in der Hand und sagte: »Arschlöcher!«

»Was ist denn?«, fragte Frankie. Er konnte nicht anders.

»Diese verfickten Abzocker«, sagte Nick. »Man muss jede einzelne Rolle überprüfen. Manchmal fehlt ein Vierteldollar, oder sie packen ein Fünf-Cent-Stück da rein, oder so'n Scheiß aus Kanada. Alles muss man selber machen.«

»Aber –«

»Aber was?«

Frankie wollte fragen, ob es wirklich seine Zeit wert war, jede einzelne Münzrolle zu prüfen und die Münzen dann selbst neu einzuwickeln. Stattdessen sagte er: »Aber was soll man machen, stimmt's?«

Nick starrte ihn an. »Wer hätte gedacht, dass der kleine Frankie mal hier auf diesem Stuhl sitzt.« Er schloss die Finger um die Rolle.

Frankie stieg Gallenflüssigkeit aus dem Magen in die Kehle. Er riss sich zusammen und zwang sich zur Ruhe. *Verzögern, um Gnade winseln und Charme spielen lassen.* Aus dem Geschäft kam das Brummen riesiger Wäschetrockner. Es waren Kunden da, Kunden, die angerannt kämen, wenn Frankie losschrie. Oder die davonrennen würden, weg von hier. So oder so, es waren mögliche Zeugen, die die Polizei aufspüren könnte, falls Frankie hier ermordet würde.

Endlich gelang es ihm, Luft zu holen. »Ich will als Allererstes sagen, dass es nicht als Respektlosigkeit gegenüber Ihnen oder Ihrer Schwester gemeint war, dass ich meine Zahlungen nicht geleistet habe. Ich weiß, das war falsch, und ich will es ehrlich wiedergutmachen. Außerdem will ich Ihnen versichern, dass ich Ihnen alles zurückzahlen kann, am Montag.«

Nick kniff die Augen zusammen. »Wirklich?«

Frankie nickte.

»Na, das wäre ja toll.« Er legte die Rolle ab und fuhr mit den Fingern durch den Haufen von Münzen. »Woher kommt denn das Geld, wenn nicht von Teddy?«

»Ich habe da ein paar Freunde.«

»Aber hast du auch Vermögenswerte? Das interessiert mich mehr. Erzähl mir was von denen.«

»Vermögenswerte?«

»Der Wagen, mit dem du gekommen bist. Ich denke mal, der ist noch fünfzehntausend wert. Gehört er dir?«

»Ich muss noch sechzehn abbezahlen.«

»Aua. Okay, aber trotzdem. Inventar. Was ist mit eurem Familienauto? Was fahrt ihr?«

»Einen 91er-Toyota Corolla.«

»Gut in Schuss?«

»In der Motorhaube ist eine ziemlich große Delle.«

»Ich kenn einen, der sich mit Dellen auskennt. Sagen wir mal fünf Riesen. Und das Haus?«

Frankie versuchte zu lächeln. »Ich weiß nicht, was das Haus damit zu tun hat. Montag hab ich das Geld.«

Nick machte eine ungeduldige Geste. »Wie viel glaubst du ist es wert?«

»Ah, keine Ahnung.« Ihm gefiel nicht, in welche Richtung das Gespräch sich entwickelte. »Wir haben vor sechs Jahren achtundsechzigtausend bezahlt. Vielleicht siebzig? Fünfundsiebzig, mit ein bisschen Glück?«

»Mit wie viel habt ihr es beliehen?«

»Mr Pusateri –«

»Wie viel?«

Frankie versuchte nachzudenken. Ein Stahlband hatte sich um seine Brust gelegt und drückt sämtliche Poren seines Körpers auf. Er war voller Löcher, aus denen es wie aus einem Rasensprenkler hervorsprudelte. »Lorettas Eltern haben uns fünfundzwanzigtausend für die Anzahlung geliehen, also –«

»Das ist Verwandtschaft. Wie viel schuldet ihr der Bank?«

»Fünfunddreißig? Vielleicht vierunddreißig.«

»Na also. Das Geld ist da.« Nick ging zu einem Metallschreibtisch in der Ecke und griff zum Telefon.

Frankie versuchte zu atmen. Halt die Drohungen aus, sagte er sich. Nur noch vier Tage. Nach Montag, nach dem Labor Day, wird all das bedeutungslos sein.

Nick sagte: »Ich bin's, Lily, gib mir doch mal – nein, mein Gott, nicht Graciella. Stell mich zu Brett durch.« Frankie starrte die Rollen voll Vierteldollarmünzen an. Jede war fünfundzwanzig Dollar wert. War er wirklich so paranoid, dass er jede einzelne überprüfen musste? Oder machte es ihm einfach nur Spaß, mit den Fingern durch die Münzen zu pflügen, wie Smaug oder Dagobert Duck?

»Brett!«, sagte Nick. »Ich brauche mal eine Einschätzung von dir.« Er sah Frankie an. »Wie ist die Adresse?« Frankie gab sie ihm, und Nick sagte ins Telefon: »Okay, Norridge. Zwei Schlafzimmer, Keller. Frankie, ist der Keller ausgebaut?«

Frankie schüttelte den Kopf.

»Nicht ausgebaut. Ein Bad. Ich denke mal, ordentlicher Zustand. Gut. Aber mach schnell.«

Nick drückte sich das Telefon gegen die Brust. Zu Frankie sagte er: »Als mein Sohn den Laden aufgemacht hat, gab's nur Aktenordner, aber jetzt können sie alles im Computer nachsehen. Meine Idee. Nick junior hatte überhaupt keine Ahnung, wie man das macht.«

Frankie dachte, Der ist so einfallsreich, dass er jetzt wegen Mordes vor Gericht steht.

Jetzt war Brett wieder am Telefon. Nick hörte ihm eine Minute lang zu und sagte dann: »Ah, beide sind eingetragen? Okay, trotzdem machbar. Wenn wir's für sechzig bekommen, so wenig wie möglich für Teppichboden und Streichen bezahlen ... hm, ja. Klar. Die üblichen Gebühren. Verstanden.«

Nick legte auf. »Ich habe eine gute und eine schlechte Nachricht«, sagte er. »Du wirst mit einem Schlag dreißigtausend von deinen Schulden zurückzahlen können. Dann schuldest du mir immer noch zwanzig, aber du behältst den Wagen und kannst weiterarbeiten – und mich weiter bezahlen.«

»Sie nehmen mir das Haus weg?«

»Nein, ich kaufe dein Haus. Und den Toyota. Und jetzt kommt die schlechte Nachricht.«

Aus Frankies Brust entwich ein Geräusch, das teils Quieken, teils Schluckauf war. Ein Geräusch, von dem er nicht gewusst hatte, dass sein Körper es hervorbringen konnte.

»Deine Frau ist Miteigentümerin, deshalb müssen wir jetzt zu ihr fahren.«

»Okay, okay«, sagte Frankie. Das Atmen fiel ihm schwer. »Ich kann sie nächste Woche mitbringen, wenn wir –«

»Nein, Frankie. Jetzt.«

»Jetzt sofort? Aber ich kann am Montag –«

»Montag kannst du mir den Rest zurückzahlen, wenn deine *Freunde* das Geld rausgerückt haben.«

»Okay.« Er holte Luft. »Okay.«

»Wieso guckst du zur Tür?«

Er wartete auf Teddy. Auf Agent Smalls. Auf Irene. Darauf, dass irgendjemand kam, um ihm in allerletzter Sekunde den Arsch zu retten.

DER ABGRUND

15
Buddy

Er starrt auf den Wecker und wartet darauf, dass die Lichtrauten sich neu zusammensetzen und den finalen Countdown zum Zap einleiten. Die LEDs bilden Formen – 1, 1, 5, 9 –, die vor Bedeutung erzittern.

Nichts passiert.

Was, wenn er in diesem Moment gefangen ist? Was, wenn sein Bewusstsein gegen sein pendelndes Dasein rebelliert und sich entschieden hat, hier und jetzt zur Ruhe zu kommen, in dieser Sekunde, für alle Zeiten? Es wäre nicht der Moment, den er gewählt hätte – das wäre der 1. September 1991 gewesen, 23:32 Uhr, fast genau vor vier Jahren, in einem Hotelbett –, doch ein Teil von ihm wäre erleichtert, ganz egal, wo er landete. Nicht weitermachen zu müssen, seine Vorbereitungen für die Apokalypse hinter sich zu lassen. Sich nicht mehr kümmern zu müssen. Denn sobald die Uhr auf Mitternacht umspringt, beginnt der Countdown zum Nichts.

Vier Tage bis zum Todestag seiner Mutter. Vier Tage bis zum Zap.

Er kämpft gegen die Panik an. Er kann nicht aufhören, sich zu kümmern, deshalb kann er es sich nicht erlauben, das Jetzt aus den Augen zu verlieren. Es ist noch so viel zu tun. Und doch weigern sich die roten Lämpchen des Weckers, sich zu verändern. Ist es noch immer *jetzt*? Die LEDs erinnern ihn an Elektronen und

Elektronenlöcher, und plötzlich ist es der 14. November 1983. Er ist fünfzehn und hat sich in eine Kabine der öffentlichen Bibliothek von Elmhurst zurückgezogen, um in der *Scientific American* einen Artikel über die Funktionsweise von Leuchtdioden zu lesen. Der entscheidende Schritt ist, wenn ein Elektron in eine Lücke in einem Atomgitter geschoben wird, so, wie wenn eine von Frankies Flipperkugeln in einem *Kickout Hole*. Dieses plötzliche Absacken bringt jedoch keine Bonuspunkte, sondern Energie in Form von Photonen.

Er blättert um, lächelt in sich hinein. Jedes Ins-Loch-Fallen ist ein Quantenereignis. So schön –

Und dann ist er wieder da und starrt den Wecker an. Nicht einmal das Mächtigste Medium der Welt kann wissen, ob ein bestimmtes Elektron in ein bestimmtes Loch fallen wird oder ob es überhaupt in ein Loch fallen wird. Elektronische Geräte verlassen sich vielmehr auf statistische Wahrscheinlichkeiten. Viele Löcher, viele Elektronen. Lege eine ausreichende Spannung an, dann fallen fast sicher *genügend* Elektronen in Löcher, sodass die Diode zu leuchten beginnt.

Nur einer einzigen Person hat Buddy versucht, seine Aufgabe zu erklären. Ihr Name war Cerise. Ist Cerise. *Ich kann nicht alle Details wissen, aber ich kann Trends erkennen*, erklärt er ihr. *Und manchmal helfe ich ein bisschen nach.* Cerise versteht nicht. Wie soll sie auch? Wie kann er ihr erklären, wie es ist, eine Trillion Flipperkugeln im Auge zu behalten, die über eine unendliche Anzahl von Pfaden hüpfen? Alles hängt davon ab, sie in die richtigen Bahnen zu lenken, über die richtigen Bumper, im genau richtigen Augenblick. Gibt es überhaupt eine Metapher – ob nun Elektronen oder Flipper- oder Roulettekugeln –, die erklären könnte, wie viel Stress seine Aufgabe ihm bereitet? »Ach Süßer«, sagt Cerise. »Du bist ja sogar *jetzt* total gestresst.«

Er schüttelt sich und ist wieder zurück im Jahre 1995, in den letzten Sekunden des August.

23:59 Uhr. Der Digitalwecker hat keine Sekundenanzeige. Er kann nicht wissen, ob es jetzt gleich 24:00 Uhr sein wird – oder überhaupt jemals.

Unten öffnet sich die Haustür, und der Klang versichert ihm, dass die Zeit noch nicht stehen geblieben ist. (Es sei denn – ist dies vielleicht nur eine Erinnerung an die sich öffnende Tür?) Der Besucher ist Frankie, mit einer Reisetasche in der Hand. Ein Ausgestoßener, ein Exilant, ein Flüchtling aus seinem häuslichen Heimatland. Irene ist wach (sie schläft zurzeit sogar weniger als Buddy) und fragt Frankie, was zur Hölle passiert ist. Frankie murmelt etwas, doch es macht nichts, dass Buddy seine Worte jetzt nicht hören kann; später werden sie sich unterhalten, und es wird Donuts geben, und Kaffee, obwohl es schon so spät ist. Irene wird ihren Becher heben und sagen –

Nein!

Er darf nicht in die Zukunft springen. Er muss weiter auf der Hut sein. Hier. Jetzt.

Er blickt wieder auf den Wecker. Die Spannung schubst Elektronen in ihre Gräber, und plötzlich ist es –

SEPTEMBER

16
Buddy

– und er geht nach unten, in die Küche, wo seine Schwester und sein Bruder am Tisch sitzen, ohne Donuts. Die Donuts kommen später. Irene versucht, Frankie dazu zu bringen, ihr zu verraten, was passiert ist. Frankie bleibt stumm, ihm fehlen die Worte. Buddy beobachtet sie aus dem Schatten heraus, eine ganze Minute lang, mit schwerem Herzen, bis Irene ihn bemerkt.

»Buddy«, sagt sie. »Geht's dir gut?«

Doch es geht ihm nicht gut. Wem geht es schon gut? In diesem Haus niemandem, so viel steht fest. Frankie starrt ins Leere: ein verlorener Mann. Buddy schlendert zum Tisch. Wackelt, die Handfläche nach oben, mit den Fingern.

Frankie wirft ihm einen kurzen Blick zu, ohne ihn wirklich zu sehen.

»Ich glaube, du blockierst die Einfahrt«, sagt Irene.

Buddy wackelt wieder mit den Fingern. Frankie seufzt – kein gespieltes Seufzen, sondern ein von Herzen kommendes, ein Delta-Blues-Seufzen – und greift in seine Hosentasche.

Buddy geht zur Haustür. Frankies Schlüssel rasseln, und hinter ihm sagt Irene zu ihrem Bruder: »Fang mit Loretta an. Warum hat sie dich rausgeschmissen? Geht's um deine Schulden?«

»Du weißt davon?«, sagt er mit leiser Stimme.

Buddy läuft zur Einfahrt und schließt die Hecktür des Bumblebee-Transporters auf. Er wühlt im Dunkeln, bis er den Karton findet, den zu finden er sich einmal vorgestellt hat, und dann schlitzt er ihn mit einem der Schlüssel auf. Er enthält die erwarteten vier Riesenkanister voll Goji-Go!-Pulver. Er schraubt den Deckel von einem ab. Der Inhalt sieht in diesem Licht schwarz aus, und dann taucht er einen Finger hinein und führt ihn, *Miami Vice*-mäßig, zum Mund. Es schmeckt wie Hustensaft mit Kreide. Er spuckt mehrfach aus, um den Geschmack wieder loszuwerden.

Er hat ein schlechtes Gewissen wegen dem, was er gleich tun wird. Er versucht, niemanden zu verletzen, und meistens erinnert er sich an genug, um zu wissen, dass er sie nicht für alle Zeiten verletzen wird, oder nicht so sehr, wie es zunächst den Anschein hat. Frankie zum Beispiel. Sicher, es war beängstigend für ihn, als die Casino-Angestellten ihn packten, aber eigentlich passierte nichts Schlimmes, und Frankie hatte bereits gelernt, einen Schlag einzustecken. Aber das hier, das ist etwas anderes. Er kann sich nicht erinnern, was nach dem 4. September passiert. Was, wenn das, was er heute Nacht tut, über dieses Datum hinaus weitreichende Auswirkungen nach sich zieht?

Und trotzdem: Er muss so vorgehen, wie seine zukünftige Erinnerung es ihm vorschreibt.

Buddy greift in seine Hosentasche und holt ein Päckchen DUSTED-Insektenpulver hervor. Er schüttet es auf das Goji-Pulver und verrührt das Ganze ein wenig mit dem großen Filzstift, den er mitgebracht hat. Aber nicht zu sehr verrühren. Die erste Portion wird von oben entnommen werden. Dann schraubt er den Deckel wieder auf und schreibt *Nimm das Leben an!* darauf.

Er braucht nur zwanzig Minuten, um es auszuliefern – so spät in der Nacht herrscht nicht viel Verkehr –, und er vergisst auch nicht, bei Dunkin' Donuts anzuhalten. Er bestellt ein Dutzend, vor allem Schokostreusel (er mag Schokostreusel), und nimmt noch eine Bärentatze dazu. Als er mit dem Karton aufs Haus zugeht, fällt ihm ein, dass er zunächst noch etwas erledigen muss. Etwas in der Garage. Ah! Genau.

In der Garage ruht Teddys großer Buick. Buddy öffnet die Beifahrertür und zuckt zusammen, weil das Türpiepen so absurd laut ist. Den Donutkarton auf der Hand balancierend, bückt er sich und sucht unter dem Fahrersitz. Er findet seinen Hauptgewinn, einen Ziploc-Beutel mit zwei Marihuana-Zigaretten, eine davon halb geraucht. Die hält er besser von den Donuts fern. Er steckt sich den Beutel für später in die Tasche.

Frankie und Irene sitzen immer noch am Tisch, doch sie sind verstummt. Frankie hat das Gesicht in den Händen vergraben. Irene starrt auf die Tischplatte, die Arme im Schoß verschränkt. Es ist, als spielten sie eine unsichtbare Partie Schach und hätten den Überblick über die Figuren verloren.

Buddy öffnet den Donutkarton und lässt Frankie als Erstes auswählen. Seinem Bruder entfährt ein leises, überraschtes *Oh*. Er greift nach der Bärentatze. Bärentatzen sind sein Lieblingsgebäck. Waren es schon immer, werden es immer sein.

Es gibt auf der Welt nicht genug Donuts, um wiedergutzumachen, was er seinem Bruder in Alton antut. Es ist ein selbstsüchtiger Akt. Selbstsucht, die aus einer großen Bedürftigkeit entstanden ist, das schon, und aus brennender Neugier, aber trotzdem Selbstsucht.

Er liegt neben Cerise, deren Haar lang und blond und komplett künstlich ist. Doch was ihm in der vergangenen halben Stunde widerfahren ist, ist real, das Realste, was er je erlebt hat. Viele Minuten lang war er voll und ganz in seinem eigenen Körper, im Augenblick. Seine Gedanken schweiften weder durch Vergangenheit noch Zukunft. Er starrte nicht auf die Leuchtanzeige eines Weckers, der bei 23:59 Uhr eingefroren war.

»Geht's dir gut, Süßer?«, fragt sie.

Er sagt: »So gut wie noch nie.«

»Das erkenn ich doch an deinem albernen Grinsen.« Sie kichert, ihre Stimme ist tief und sexy. Sie knabbert an seinem Ohrläppchen, und er stimmt in ihr Lachen mit ein. Ganz nah an seinem Ohr flüstert sie: »Ist das dein erstes Mal mit einem Mädchen wie mir?«

Er spürt seine roten Ohren.

Sie wirft den Kopf in den Nacken und lacht. »Dachte ich's mir doch! Du warst so *enthusiastisch*.«

»Ich habe noch nie jemanden wie dich getroffen«, sagt er. »Und trotzdem ...« Er wartet, bis sie ihn wieder ansieht. Mit sanften Augen. Er sagt: »Ich habe dich schon immer gekannt. Ich habe mein ganzes Leben lang auf dich gewartet.«

»Oh.« Sie küsst ihn auf die Stirn, schiebt sein Haar zurück. »Was bist du süß.«

Er schließt die Augen. »Ich will einfach nur für immer hier liegen bleiben«, sagt er. »Zu Hause muss ich – na ja, mein Job ist ziemlich stressig.«

»Was machst du denn?«

Er will ihr alles erzählen, vom ersten richtig geratenen Baseballergebnis bis zu dem Tag, an dem ihm seine Mutter die Medaille übergab. »Mein Job ist es, die Zukunft vorherzusagen.«

»Aah. Bist du Börsenmakler?«

»So ähnlich. Ich versuche vorauszuahnen, was passieren wird, und den Weg zum bestmöglichen Ergebnis zu finden. Es ist unmöglich, alle Details zu wissen –«

»Wer kann das schon?«, sagt Cerise.

»Genau«, sagt er. Er setzt sich auf. »Aber ich kann Trends erkennen. Und manchmal helfe ich ein bisschen nach.«

»Ah«, sagt sie. »Du bist einer von diesen *Master of the Universe*-Typen, richtig?« Sie neckt ihn. »Betreibst ein bisschen Insiderhandel.«

»So ist es nicht.« Wirklich nicht? Alle anderen befinden sich außerhalb der Maschine, und er ist unter dem Glas und schubst die Flipperkugeln, ohne dabei selbst überrollt zu werden. Das will er ihr erklären. Er will ihr alles erklären, doch sein jahrelanges

Schweigen steht ihm im Wege. Er will ihr erklären, dass gerade auf der anderen Seite der Stadt sein Bruder von einem Schiff auf ein anderes gezerrt wird.

»Ach, Süßer«, sagt Cerise. »Du bist ja sogar *jetzt* total gestresst. Das wollen wir aber nicht.« Sie nimmt seine Hand und legt sie auf ihren Körper. »Du hast alle Zeit der Welt.«

»Das wäre zu schön«, sagt er.

Das will sie nicht hören. »Sei nicht so.« Sie dreht sich in ihn hinein, und er spürt, wie Cerise' Schwanz in seiner Hand hart wird. Obwohl er sich diese Nacht schon seit Jahren ausgemalt hat, erstaunt es ihn jeden Augenblick aufs Neue, wie es sich anfühlt, mit einem anderen Menschen zusammen zu sein. Er dachte, es würde Masturbieren gleichen, bloß etwas besser.

Er hat sich geirrt. So was von geirrt.

Sie sagt: »Was willst du noch ausprobieren, an deinem ersten Tag am Steuer?«

»Alles«, sagt er.

Behutsam bringt sie ihm bei, sie zu befriedigen. Ja, ihre Ausstattung ist ähnlich, doch sie sind nicht gleich. Cerise ist Cerise. Ein Wunder und ein Rätsel.

Er findet sich an einem Küchentisch wieder, mit Karten in der Hand, drei Tage vor dem Zap. Irgendwann sind sie laut genug, dass Matty aufhört, so zu tun, als würde er schlafen, und nach unten kommt. Niemand macht sich Sorgen, dass der Lärm Teddy aufwecken könnte. Er schnarcht wie ein Mann seines doppelten Umfangs, und sein Schlaf ist unerschütterlich.

Irene hat eine Kanne Kaffee gekocht, doch Frankie ist zu Bier übergegangen und Buddy schon bei seinem zweiten großen Glas Milch. Matty schnappt sich den letzten Donut mit Schokoglasur – das ist *seine* Lieblingssorte – und sagt: »Feiern wir 'ne Party?«

»Ich dachte, du hast Stubenarrest«, sagt Frankie.

Matty sieht ihn ängstlich an, doch Irene ist nicht in der Stimmung, Regeln durchzusetzen. »Wir spielen Seven Card Stud«, informiert sie ihren Sohn. »Low-high, fünf Cent Einsatz.«

»Fünf?«, sagt Matty. »Heftig.«

»Deshalb brauchst du einen Job«, sagt sie.

»Um mein Geld beim Pokern an dich zu verlieren?«

»Oder richtig abzusahnen«, sagt Frankie.

Matty wendet verschämt den Blick von ihm ab. Überspielt es, indem er seine kurze Sporthose zurechtzupft und mit rührend lebensüberdrüssiger Stimme sagt: »Man muss wohl Geld aufs Spiel setzen, um Geld zu gewinnen.«

Irene lacht, entzückt von ihrem Jungen, und Matty versteckt seine Freude darüber nicht. Buddy muss daran denken, dass diese beiden jahrelang allein miteinander waren, eine geschlossene Einheit.

In einer Stunde verschwindet Buddy nach oben. Er holt den blauen Umschlag aus dem abschließbaren Kästchen in seinem Zimmer, den mit Mattys Namen darauf. Dann geht er in Mattys Dachzimmer, zieht das Bett des Jungen ab und zieht neue Laken auf. Frankie wird in Mattys Zimmer schlafen müssen, weil die neuen Stockbetten im Keller zu klein für ihn sind. Matty passt jedoch hinein. Buddy geht nach unten, reißt ein Paket Kmart-Laken auf und bezieht eines der Stockbetten damit. In die Federn des Betts darüber steckt er den Umschlag und den Ziploc-Beutel.

Dann geht er nach oben in sein eigenes Zimmer. Er hofft, ein paar Stunden zu schlafen, bevor er mit den Vorbereitungen für das Zap weitermacht, unter anderem den Einbau einer neuen Feuerschutztür zum Keller.

Doch das alles passiert erst in einer Stunde. Jetzt gerade gibt ihm Irene seine Karten. Sie setzen jedoch nicht ihr eigenes Geld aufs Spiel; alle benutzen Münzen aus Teddys Kleingeldglas.

Buddy spielt mehrere Spiele zugleich, in verschiedenen Zeiten.

Seine Mutter fragt, ob er eine Sieben hat. Teddy beugt sich zu ihm herüber, verdeckt mit seinen Händen Buddys winzige Hände und zeigt ihm, wie man beim Geben einen Blick auf die zweite Karte erheischt. Eine vierzehnjährige Irene, die sich beim Babysitten langweilt, legt eine Spider-Patience, und er schaut ihr dabei zu. Frankie sagt: »Dabei oder nicht?«

»Ich habe zwei Siebenen«, sagt Buddy.

»Was?«

Falsche Antwort. Plötzlich ist er zurück im Jahre 1995, drei Tage vor dem Zap. Dem Ende der Geschichte. Er hat keine Erinnerungen an zukünftige Pokerpartien. Dies ist die letzte, die er je spielen wird. Er wird nie wieder eine bessere Hand haben als sein Bruder, oder seine Schwester dabei beobachten, wie sie skeptisch auf ihre Karten guckt. Und er wird Cerise nie wiedersehen.

Irene berührt ihn am Arm. »Buddy?«

Er versucht, sich auf die Karten zu konzentrieren. In seiner Hand gibt es keine Sieben, bloß eine lose miteinander verbundene Reihe von Karten, die niemals eine Straße oder einen Flush ergeben werden, und er weiß, dass es nichts bringt, Irene gegenüber zu bluffen. Er wirft seine Karten auf den Tisch und steigt aus.

Das ist nicht schlimm. Eine Ablenkung weniger. Er kann seiner Familie zusehen, ihnen allen, wie sie über die Jahrzehnte hinweg Karten spielen.

17

Matty

Der blaue Umschlag steckte in den Federn über seinem Stockbett. Er war an ihn adressiert, in einer schwarzen Handschrift, die er nicht kannte. Der Umschlag enthielt ein einziges Blatt, von einem gelben Notizblock. Die Tinte war blass und kratzig.

Lieber Matty,

wir sind uns nie begegnet, und es macht mich sehr traurig, dass wir uns auch nie begegnen werden. Jammerschade, wie meine Oma immer gesagt hat. Das hier ist wohl meine einzige Gelegenheit, einmal wie eine Großmutter zu klingen.
Entschuldige bitte den Stift. Er ist schrecklich, aber ich möchte die Krankenschwester nicht um einen anderen bitten.
Es tut mir leid, dass ich nur so wenig über dich weiß. Ich habe gehört, dass zu ziemlich schlau bist, dass du hart arbeitest und ein großes Herz hast. Ich weiß außerdem, dass du der Sohn meiner Tochter bist und somit von einer brillanten, fürsorglichen, dich mit aller Kraft beschützenden Person großgezogen wurdest, mit der zusammenzuleben die Hölle sein kann. Ich hoffe, sie war nicht zu streng mit dir. Hätte meine Mutter erkennen können, wenn ich log, wäre

ich nie aus dem Haus gekommen, um deinem Großvater zu begegnen.

Ich habe außerdem gehört, dass du in letzter Zeit eine Erfahrung gemacht hast, mit der ich mich ein wenig auskenne. Falls du dir Sorgen machst, wohin deine Begabung dich führen könnte, dann hab keine Angst. Aber einen Rat habe ich für dich.

Zunächst, kann ich dir ein Geheimnis anvertrauen? Ich habe es nur einem anderen Menschen verraten, deinem Großvater. Aber du verdienst, es zu wissen.

Ich habe von 1962 bis 1963 für die Regierung gearbeitet, und noch einmal im letzten Jahr (1974). Meine Aufgabe war die »Fernwahrnehmung«, obwohl diese Bezeichnung nicht passt. Meine Wahrnehmung fand nicht aus der Ferne statt. Ich flog. Am Himmel, tief unter der Erde, in den Ozeanen. Es gab keinen Ort, der mir verschlossen war. Meine Aufgabe war es, die Geheimnisse unserer Feinde herauszufinden. Ich liebte das Fliegen. Du auch? Bestimmt.

All das ist eigentlich »Top Secret«, aber das ist nicht das Geheimnis, das ich dir verraten möchte, sondern dieses: Ich kam fast augenblicklich in Kontakt mit der Gegenseite. Mein sowjetischer Gegenpart, ebenfalls ein Hellseher, hieß Vassili Godunov. Er ist – war? – ein guter Mann, der sein Land genauso liebte wie ich meines. Wir begriffen, dass wir gemeinsam jedes Raketensilo in beiden Ländern lokalisieren, jedes U-Boot finden, jeden Bomber aufspüren konnten. Uns war klar, dass unsere Regierungen, wenn wir ihnen diese Informationen gaben, die Welt zerstören konnten. Ich weiß, es klingt melodramatisch, aber es stimmt. Keine Supermacht darf sich je zu sicher sein. Keine darf je glauben, dass sie zuerst zuschlagen und das Arsenal der anderen auslöschen könnte. (Schlage mal »Gleichgewicht des Schre-

*ckens« nach. Ist die Encyclopaedia Britannica noch da, die
ich gekauft habe?)*

*Also logen wir. Ich log Destin Smalls an, den Mann, für
den ich arbeitete. Vassili log seine Vorgesetzten an. Wir
berichteten sehr konkret von trivialen Sichtungen, damit
sie von unseren Fähigkeiten beeindruckt blieben. Doch für
hochrangige Ziele waren die Details, die wir berichteten, zu
vage, um zu handeln. (Diesen Trick hat mir dein Großvater
beigebracht.) Wir hielten die Welt sicher, indem wir sie
unwissend ließen.*

*Ich erzähle dir all dies nicht, um dir Angst zu machen,
sondern weil du zu erfahren verdienst, was auf dem Spiel
steht, und weil ich der einzige Mensch bin, der es dir verraten kann. Mein Ratschlag ist dieser: Lass dich von den
Bastarden nicht benutzen. Wenn du später sie benutzen
willst, tu das. Teddy würde mir zustimmen. Jetzt besteht
deine einzige Verpflichtung darin, auf dich selbst und auf
deine Familie aufzupassen, und zuzulassen, dass sie auf
dich aufpassen.*

*Ich muss Schluss machen. Ich bin müde und schreibe dies
mit einem billigen Kuli in einem unbequemen Bett, und ich
muss noch einen Brief schreiben, bevor ich einschlafe.*

Sichere Reise,

Ihre Unterschrift war sehr schön: ein berghaftes »M«, ein turmho-
hes »T«, jeweils gefolgt von wunderbar spitzen Buchstaben.

Ganz unten auf der Seite stand dies:

P.S.

*Wie kann ich jemanden lieben, dem ich nie begegnet bin?
Ein Rätsel.*

Außerdem steckte in den Federn ein Plastikbeutel, der die beiden Joints enthielt, die Irene konfisziert hatte: der eine unangetastet, der andere halb geraucht.

Meine Großmutter, dachte Matty, schickt mir Drogen aus dem Jenseits.

Wie konnte sie gewusst haben, was ihm gerade passierte? War sie in der Lage gewesen, in die *Zukunft* zu reisen? Selbst wenn sie es gekonnt hatte, wer war dann der Überbringer dieses mehr als greifbaren Umschlags und des Ziploc-Beutels?

Der Brief und das Gras machten ihm Angst, doch die Botschaft hinter ihrem gleichzeitigen Auftauchen war unmissverständlich: Es war seine Pflicht, Frankie zu helfen.

Eine halbe Stunde später schlich er sich raus in sein Nest hinter Opa Teddys Garage und steckte sich einen der Joints an. Er musste so viel wie möglich davon in seine Lunge ziehen, bevor er nicht mehr in der Lage war zu rauchen. Er dachte: Gesund ist das nicht. Und dann: Die Pflicht ruft.

Er blieb stundenlang außerhalb seines Körpers, seine bislang längste Reise. Er war in Mitzi's Tavern, in Mitzis Büro, praktisch in Mitzis Schatten. Der Freitag, der Zahltag, machte ihr Büro viel interessanter als bei seinen bisherigen Besuchen. Er sah zu, wie sie Gast um Gast empfing, allesamt Männer, die meisten Weiße, die ihr Umschläge voll Bargeld brachten. Mitzi legte sie in die Schublade ihres Schreibtischs, unterhielt sich zehn Sekunden lang und schickte die Männer wieder weg.

Sobald sie den Raum verlassen hatten, legte sie den jeweiligen Umschlag in den Safe. In diesem Augenblick fuhr Matty ganz nah heran, schob seine Geisterbirne dicht an ihre und warf einen kurzen Blick auf das Einstellrad. Doch Mitzi machte es ihm unmöglich, die Kombination zu erkennen. Sie beugte sich, auf dem Stuhl sitzend, über den Safe, ihre Hand verdeckte das Einstellrad, und sie drehte es schnell, fast ohne auf die Zahlen zu sehen. Wie es schien, hatte sie die Kombination seit Jahrzehnten nicht verändert und konnte sie blind eingeben. Nach zwei Stunden *dachte* er, die erste Zahl zu haben – 28 –, doch selbst das war nur geraten, denn nur jede fünfte Markierung war mit einer Ziffer versehen, und es hätte genausogut die 27 oder 29 sein können.

Mitzi verließ den Raum fast nie. Zwischen den Besuchern rauchte sie, aß Erdnüsse aus der Dose, las Zeitung und trank Kaffee. Matty las über ihre Schulter hinweg mit und schlug in Gedanken Lösungen fürs Kreuzworträtsel vor. (Er lag meist daneben; Mitzi war richtig gut im Lösen von Kreuzworträtseln.) Er vertrieb sich die Zeit, indem er durch den Raum schwebte, in jede Ecke und jeden Spalt hineinsah. Wie biegsam war sein Schattenkörper? Konnte er auf Mäusegröße zusammenschrumpfen und sich zwischen den Holzwänden umsehen?

Außerdem verbrachte er Zeit damit, darüber nachzudenken, ob es moralisch vertretbar war, diese alte Frau zu bestehlen, und ob es das war, was Oma Mo meinte, wenn sie davon sprach, seiner Familie zu helfen. Frankie hatte gesagt, Mitzi sei eine Schwerkriminelle, doch für Matty sah sie eher wie eine gelangweilte alte Dame aus, die einer langweiligen Tätigkeit nachging.

Ihre Routine veränderte sich deutlich, als sie einen Krug mit Wasser füllte, um ein Getränk zuzubereiten, das nicht Kaffee war. Sie öffnete einen Kanister Goji Go!, der auf dem Boden stand, und rührte eine große Portion Pulver ins Wasser. Der Kanister war gestern noch nicht da gewesen. »Nimm das Leben an!«, stand mit Filzstift auf den Deckel geschrieben. Frankie konnte das Zeug wirklich jedem andrehen, sogar seinen schlimmsten Feinden.

Ein weiterer Mann kam herein und zahlte. Matty versuchte wieder, an Mitzis Händen vorbeizusehen, und sah wieder nichts. Er spürte, wie sein Körper – sein wirklicher Körper – verkrampfte, weil er schon zu lang in derselben Position saß. Die Wirkung des Grases ließ langsam nach.

Er war froh, Frankie nicht verraten zu haben, dass er es wieder versuchte. Ein weiterer Rückschlag würde den Kerl umbringen. Er hatte letzte Nacht so traurig gewirkt. Loretta war wütend auf ihn und hatte ihn aus dem Haus geworfen. Vor Matty redete er nicht darüber, doch es hatte eindeutig mit seinen Geldproblemen zu tun. Wodurch Matty mit einem noch schlechteren Gewissen ins Bett ging, ihn im Stich gelassen zu haben.

Dann kam der Brief, und mit ihm das Werkzeug, um zu helfen. Was hatte er schon für eine Wahl?

Mitzi verließ ihren Schreibtisch und ging zur Toilette. Zum dritten Mal in einer halben Stunde. Dorthin folgte er ihr nicht, auf gar keinen Fall. Als sie zurückkam, sah sie blass aus. Sie setzte sich an ihren Schreibtisch, und schon kam der nächste Kunde, ein älterer weißer Mann mit grauem Bürstenschnitt, und gab seine Zahlung für die Woche ab. Mitzi schien kaum zuzuhören, während er sprach, und machte sich nicht einmal die Mühe, den Umschlag in die Schublade zu legen. Als er ging, beugte sie sich zum Safe hinunter.

Matty fuhr heran, bereit, etwas Neues auszuprobieren. Er dachte daran, wie sein Körper dünner wurde. Er dehnte sich wie Mr Fantastic, wurde so dünn wie ein Blatt Papier, und schob sein durchsichtiges Selbst zwischen Mitzi und den Safe. Er war keine drei Zentimeter von ihrer Hand entfernt, als diese das Einstellrad berührte.

Sie drehte daran – und hielt inne. Eine solche Pause hatte sie bisher nie eingelegt, aber er würde es nicht hinterfragen. Er zählte die Markierungen und sah, dass die erste Zahl definitiv die 28 war. Der erste Treffer! Dann drehte sie wieder am Rad – und hielt inne. Ihre Hand rutschte ab. Einen Augenblick später spritzte roter Glibber auf die Tür des Safes.

Matty wich vor Schreck zurück. Jetzt sah er den Rest des Raumes. Mitzi war von ihrem Stuhl gerutscht und lag auf dem Boden. Alles war voller Goji-Kotze. Sie hatte aufgehört, sich zu übergeben, doch ihr Mund bewegte sich noch, sie rief etwas, doch er hörte nicht, was sie sagte.

Er fuhr neben sie. »Alles in Ordnung?«, fragte er, doch natürlich konnte sie ihn nicht hören. Er konnte nicht um Hilfe rufen, konnte ihr nicht auf die Beine helfen. Er hatte nichts außer einer Geisterstimme und zwei Geisterhänden. Nutzlos! Er würde in seinen Körper zurückkehren und die 911 wählen müssen. Doch was dann? *Hallo, ich weiß, ich bin ein paar Kilometer entfernt, aber ich weiß auch genau, dass in einer Bar eine alte Frau liegt, der es richtig schlecht geht.*

Die Tür des Büros ging auf. Der Barkeeper, der alte Mann mit dem riesigen, vielkinnigen Gesicht wie Jabba der Hutte, kam herein, bückte sich und half Mitzi auf die Füße. Er brachte sie zur Toilette, und dort warteten er und Matty erst zehn, dann fünfzehn Minuten, bis sie wieder herauskam. Sie sah immer noch schrecklich aus. Schließlich führte der Barkeeper sie durch den Hinterausgang zum Auto, und sie fuhren davon.

Was sollte er jetzt tun? Mitzi war verschwunden, ohne auch nur den letzten Umschlag wegzuschließen. Er kannte genau eine Zahl der Kombination. Die einzige Person, die noch in der Bar war, war die Kellnerin, und er war sich ziemlich sicher, dass sie den Safe nicht öffnen würde.

Er hatte versagt.

Er fand Frankie im Keller, wo er Buddy zu den Schäden befragte, die er dem Haus zufügte. Dann endlich merkte Frankie, dass Matty auf der Treppe stand, und sagte: »Was denn?«

»Es geht um unser Ding«, sagte Matty.

Die Miene seines Onkels erhellte sich, und das ließ Matty innerlich zusammenzucken. Sie gingen in die Küche, außer Buddys Hörweite, und Matty sagte: »Ich habe wieder angefangen. Mit den Besuchen bei Mitzi. Ich war gerade da.«

»Mein Gott! Das ist ja fantastisch! Hast du die Kombination?«

»Das wollte ich dir gerade sagen. Ich hab sie nicht. Und das wird auch nichts mehr. Zahltag ist abgesagt.«

Das Telefon klingelte. Frankie ignorierte es. »Was redest du da?«

»Es gab ein Problem«, sagte Matty. »Mitzi ist krank geworden und gegangen.«

»Krank? *Krank?* Mitzi ist nie krank.«

»Es war ziemlich schlimm. Sehr viel Kotze.« Das Telefon hörte nicht auf zu klingeln. »Vielleicht sollte ich mal rangehen.«

»Lass. Könnte irgendwer sein«, sagte Frankie. »Erzähl mir einfach, was passiert ist.«

Matty wollte ihm nicht verraten, was Mitzi getrunken hatte, als sie sich übergeben musste. Stattdessen sagte er: »Ich glaube nicht, dass sie zurückkommt. Jetzt ist keiner mehr da außer einer Kellnerin.«

»Zahltag fällt niemals aus«, sagte Frankie. »Das wär, als würde man –« Er stotterte, suchte nach dem passenden Wort. »– die *Schwerkraft* ausfallen lassen. Das ist physikalisch unmöglich.«

Buddy tauchte im Eingang zur Küche auf. Er zeigte auf die Haustür.

»*Was ist?*«, sagte Frankie.

Es klingelte an der Tür.

»Mach schon auf, Hirni!«, sagte Frankie.

Buddy schüttelte langsam den Kopf. Frankie stürmte an ihm vorbei zur Tür. Matty nutzte die Ablenkung und ging ans Telefon. Alles war besser, als sich anbrüllen zu lassen. »Hallo?«

Eine Pause, und dann sagte ein Mann: »Ah! Hallo. Ist da Matty?« Matty kannte die Stimme nicht.

»Ja?«

»Freut mich sehr. Deine Mom hat mir viel von dir erzählt.«

»Äh ...«

»Ist sie vielleicht zu Hause?«

»Kann ich ihr sagen, wer dran ist?«

»Joshua. Joshua Lee.«

Der Freund. Oder, wie Matty ihn insgeheim nannte, der Penis von Phoenix. »Sie ist gerade nicht zu Hause. Sie ist bei der Arbeit.«

»Sie ist schwer zu erwischen. Weißt du, wann sie zurückkommt? Oder wann man sie am besten erreicht?«

»Hier ist ziemlich viel los«, sagte Matty.

»Klar. Gut. Ich ruf heute Abend noch mal an.« Er klang verzweifelt. Nein, er klang wie ein verzweifelter Mann, der vorgab, es nicht zu sein. »Wenn du sie siehst, sag ihr – nein, schon gut. Ich versuch's einfach wieder.«

Matty legte auf. Buddy sah ihn an. »Hat er schon öfter angerufen?«, fragte Matty.

Buddy nickte.

»Ist das Malice? Also, Mary Alice?« Er glaubte, ihre Stimme gehört zu haben. Matty trat durch die Haustür, sah Frankie auf dem Rasen stehen und hörte ihn sagen: »Jetzt komm, Loretta. Bitte steig aus!« Malice stand daneben, einen vollgestopften Müllsack in den Armen. Sie sah Matty und kam auf ihn zu.

»Kannst du das nehmen?«, fragte sie. »Er will nicht.«

»Was ist das?«

»Klamotten. Und andere Sachen, die er braucht.«

»Wow, deine Mom ist ja richtig sauer.« Das Auto kam Matty nicht bekannt vor, und auch die Frau am Steuer nicht. Eine Freundin von Loretta, wie es aussah. Loretta saß auf dem Beifahrersitz und starrte nach vorne, das Fenster war geschlossen. »Was ist passiert?«

»Hat er das nicht erzählt? Wir müssen das Haus verkaufen. Also, heute.«

»Was? Das ist ja krass. Warum?«

Malice blickte ihn mit halb geschlossenen Augen an. »Als ob du's nicht wüsstest. Willst du mir erzählen, woran ihr beiden da gearbeitet habt?«

»Ich ... das kann ich nicht.« Es war ihm so peinlich. »Aber ich würde gerne.«

Endlich hatte Loretta das Fenster heruntergekurbelt – jedoch nur, um nach Mary Alice zu rufen.

»Warte«, sagte Matty. Er beugte sich zu Malice vor und senkte seine Stimme zu einem Flüstern. »Hast du, äh, ein bisschen Gras dabei?«

Malice trat einen Schritt zurück. »Willst du mich verarschen?«

»Ich würde ja nicht fragen, aber ich hab nur noch einen halben Joint, und es ist wirklich –«

»Mary Alice!«, brüllte Loretta. »Ins Auto!«

Matty hielt den Stummel eines Joints zwischen Zeigefinger und Daumen, zündete das Feuerzeug und paffte, um den Joint zum Glimmen zu bringen. Sein letzter Rest Raketentreibstoff ...

Er flog zurück zu Mitzi's Tavern, ohne Zeit auf die Reise zu verschwenden. In der Bar war es voller als den ganzen Nachmittag über, doch es war so still, als versuchte jemand, eine Bombe zu entschärfen. Ein dutzend Männer verschiedenen Alters saßen an der Theke oder an den runden, narbenübersäten Tischen und starrten auf ihre Getränke, als gelte es zu entscheiden, das grüne oder das rote Kabel zu durchtrennen.

Matty rutschte am Rand des Raumes entlang, er wollte weg von dort, aber er wusste, dass er Frankie nicht unter die Augen treten konnte, ohne wenigstens herausbekommen zu haben, ob der Zahltag fortgesetzt wurde. Jabba der Barkeeper war wieder da, doch auch er sprach mit niemandem.

Matty spürte, wie sein Körper von zu Hause aus an ihm zog. Er hatte Onkel Frankie versprechen lassen, dass er seine Mom vom Garten fernhielt, wenn sie von der Arbeit nach Hause kam. Erst hatte er gefragt, warum, doch dann plötzlich gesagt: »Mach dir keine Sorgen. Ich regel das. Mach du dein Ding.«

Die Bar deprimierte ihn. Mitzis Tür war geschlossen, und niemand machte Anstalten, ihr Büro zu betreten. Er entschied, kurz einen Blick hineinzuwerfen, nur um sicherzugehen, dass der Safe nicht offen stand, und dann nach Hause zurückzukehren, um sich

Frankies Zorn zu stellen. Er schwebte gerade auf die Tür zu, als der Barkeeper auf einen Kunden zeigte. Der Mann stand auf und ging in Richtung Mitzis Büro. War es doch so, wie Frankie gesagt hatte, und der Zahltag war nicht abgesagt?

Matty flutschte durch die Wand und stellte überrascht fest, dass jemand anderes hinter dem Schreibtisch saß. Der Mann war mindestens so alt wie Mitzi und Opa Teddy, aber er sah aus wie ein übermäßig gebräunter Elvis: graue Schmalztolle, weiße Zähne, Arme wie Dörrfleisch. Auch seine Kleidung passte. Sein kurzärmeliges schwarzes Hemd war mit Flammen bedruckt, als wäre er nicht nur bereit, jeden Moment in einen 57er-Chevy zu springen, sondern selbst einer zu werden.

Der Typ aus der Bar setzte sich nicht. Er gab einen Umschlag ab, und Uralt-Elvis nahm das Geld heraus und zählte nach, wobei er die Scheine fest auf den Tisch knallte, als wüsste er bereits, dass der Typ ihn übers Ohr hauen wollte.

So war Mitzi nicht. Sie beachtete das Geld kaum, ließ nur einen Finger darüberfahren, während es noch im Umschlag steckte, um sich dann höflich mit dem Kunden zu unterhalten. Manchmal waren alle guter Laune. Manchmal war der Kunde gezwungen, sich zu erklären.

Offensichtlich stimmte die Summe. Elvis scheuchte den Kunden davon und drehte sich zum Safe um, bevor der Mann den Raum verlassen hatte. Dann griff er nach einem Zettel und fing an, die Zahlen einzugeben.

Matty fuhr heran.

Elvis öffnete die Tür des Safes, den Zettel noch immer in der Hand. Matty streckte sich, zwang seine unsichtbaren Augäpfel noch näher heran.

28. 11. Und – Daumen. Elvis' dicker, fettig glänzender Daumen verdeckte die Ziffer, die Matty noch fehlte.

»Daumen, Daumen, Daumen …«, rief Matty.

Der Mann drehte den Kopf und sah zur Tür – vielleicht hatte

jemand geklopft? – und ließ den Zettel fallen. Matty tauchte hinab und versuchte die Ziffern zu lesen, doch der Mann hob den Zettel auf.

»Ach, jetzt komm!«, brüllte Matty. Was hätte er jetzt für eine Geistergreifzange gegeben. Alles.

Die Tür ging auf, und Mr Schmalztolle redete mit dem nächsten Klienten. Matty sah verzweifelt auf den Safe – und stellte fest, dass die Tür noch immer offen stand.

Offen.

Matty flog einen Meter nach vorne und drehte sich, bis er die Tür von vorne sehen konnte. Das Einstellrad stand noch immer auf der letzten Zahl:

33.

»Achtundzwanzig, Elf, Dreiunddreißig«, sagte Matty.

Er fuhr herum und hielt seine Geisterhände hoch. »Achtundzwanzig, Elf, Dreiunddreißig!« Schmalztolle und der neue Gast unterhielten sich, nichtsahnend.

Matty zischte durchs Dach und sagte sich die Zahlen immer wieder vor, um sie nicht zu vergessen. Er streckte wie Superman die Arme nach vorne und flog nach Hause. Gott, wie er das Fliegen liebte. Und jetzt wusste er, dass auch Oma Mo es geliebt hatte. Scheiß auf Destin Smalls. Sollten die fiesen Agenten ihn doch holen kommen. Er würde Frankie retten! Seine Mom retten!

Zwei Blocks von zu Hause entfernt ging er auf Höhe der Hausdächer hinunter und flog dicht über eine Reihe parkender Autos. Irgendetwas an einem der Fahrzeuge brachte sein cannabisumnebeltes Gehirn zum Klingeln. Er blieb in der Luft stehen und drehte sich um.

Ein silberner Transporter parkte unter einem Baum. Dann öffnete sich die Fahrertür und ein grauhaariger Schwarzer stieg aus. Cliff Turner. Er stemmte die Hände in die Hüften, sah zum Baum hinauf, drehte sich um – und sah Matty direkt in die Augen.

Turner nickte langsam und grüßte.

389

Vor lauter Panik wurde Matty wie ein Jo-Jo in seinen Körper zurückgerissen. Er schrie und öffnete die Augen und sah –

– Opa Teddy.

Er saß in einem Gartenstuhl, die Beine gekreuzt, den Hut auf dem Knie.

Matty sprang auf. »Opa!«

Sein Großvater hielt eine Hand hoch. »Beruhig dich. Du bist nicht –«

Matty fuhr herum. Der silberne Transporter war so nah. Er konnte jede Minute hier sein.

»Was ist los mit dir?«, fragte Opa Teddy.

Matty versuchte, sich zu beruhigen. »Nichts«, sagte er.

»Du weißt schon, dass Marihuana Paranoia auslösen kann?« Opa Teddy hielt den Stummel des Joints zwischen den Fingern. »Ich musste ihn ausmachen. So was sollte man nicht verschwenden. Es kostet viel Geld.«

»Tut mir leid. Ich weiß!« Es waren keine Sirenen zu hören. Kein Quietschen von Reifen in der Einfahrt. Nur ein leiser Garten, zwei leere Hängematten und sein Großvater. Wie lang hatte er ihn beobachtet? Zumindest lang genug, um sich einen Stuhl zu holen. Gott sei Dank hatte Matty nicht seine ursprüngliche Reisemethode angewendet.

»Ganz ruhig, keine Sorge«, sagte Opa Teddy. »Wie lange machst du das schon?«

»Ich hab es nur ein paarmal probiert.«

Er gluckste. »Ich rede nicht vom Rauchen. Ich hab diesen Blick schon mal gesehen, Matty.«

Diesen Blick. Natürlich wusste Opa Teddy, wie eine Trance aussah. Er war mit der größten Hellseherin und Astralreisenden aller Zeiten verheiratet gewesen. Vielleicht war er es, der den Brief überbracht hatte.

»Du schienst ziemlich weit weg zu sein«, sagte sein Großvater. »Wie weit weg warst du?«

»Nicht weit.« Matty wusste nicht, was er mit seinen Händen tun sollte. Sollte er sich setzen? Sich lässig gegen die Garage lehnen? Nein. Ungezwungen war keine Option. Gezwungen war alles, wozu er gerade imstande war.

Opa Teddy jedoch wirkte absolut entspannt. »Was ist das Weiteste, was du bisher geschafft hast?«

»Ah …« Matty fiel es schwer, sich zu konzentrieren. Waren Turner und Smalls auf dem Weg hierher, jetzt gerade?

»Grob geschätzt«, sagte Opa Teddy.

»Wie weit ist der See?«

»Nicht schlecht.«

»Ja?«

»Verdammt, für einen Dreizehnjährigen ist es absolut erstaunlich.«

Erstaunlich. Er war erstaunlich. Er verzichtete sogar darauf, zu erwähnen, dass er vierzehn war.

»Aber sag mal«, sagte Opa Teddy. »Wieso zitterst du immer noch wie Espenlaub?«

Matty wollte es nicht sagen. Doch er hatte zu viel Angst, um es nicht zu tun. »Die Regierung. Die haben mich entdeckt, jetzt gerade. Als ich, na ja.«

»Die Regierung? Wer denn?«

»Er heißt Clifford Turner. Ein Kollege von Destin Smalls? Er hat mich direkt angesehen. Er hat mich *gesehen*.«

»Ja verdammt. Cliff hat tatsächlich Talent.«

»Du kennst ihn?«

»Oh ja, den kenn ich. Netter Kerl. Dachte bloß nicht, dass er es draufhat.« Opa Teddy wirkte nicht so schockiert, wie er es hätte sein sollen. Aber war er nicht der Meister des Pokerface? »Und woher kennst du ihre Namen? Hat er mit dir gesprochen?«

»Diesmal nicht.«

»*Dies*mal? Das ist schon mal passiert?«

»Nein, nicht so.« Matty erzählte ihm schnell von seinem Treffen mit Smalls und Turner, einige Wochen zuvor, als sie ihn auf der Straße angesprochen hatten. Er sprach eilig, weil er sich vorstellte, dass bereits SWAT-Einheiten auf dem Weg zu ihnen waren.

»Hat Smalls dir gedroht?«, wollte Opa Teddy wissen.

»Nein! Also, nicht mit Gewalt. Er hat nur gesagt, dass er mich abschalten könnte. Meine Kräfte ausschalten könnte. Wie bei einem Lichtschalter, hat er gesagt.«

»Junge«, sagte Teddy. »Die gottverdammte Mikroleptonen-Kanone.«

»Was ist eine Mikro...?«

»Eine Millionen-Dollar-Verschwendung. Kümmer dich nicht drum. Weiß sonst noch jemand von deinen Fähigkeiten?«

»Onkel Frankie.«

»Du bist damit zu Frankie gegangen? Deine Mutter würde ich ja verstehen, aber —«

»Mom könnte ich es nie erzählen. Aber bei Frankie, da wusste ich, dass er ... sich freuen würde.«

Teddy grunzte zustimmend. »Du hast wahrscheinlich auch recht, was deine Mutter angeht.« Er sah auf den Joint in seiner Hand. »Und das hier hilft, richtig?«

Matty nickte.

»Das sollte sich mal jemand genauer ansehen.«

»Was wir machen?«

Teddy grinste. War es das »wir«? Er sagte: »Du bist aufgeflogen, Kleiner. Destin Smalls wird dich als sein Ticket benutzen, um wieder ins Spiel einsteigen zu können.«

»Welches Spiel?«

»Das Einzige, das Männern in meinem Alter etwas bedeutet — Relevanz. Aber keine Sorge. Ich kümmere mich um ihn. Aber erst muss ich bei einer Freundin vorbeischauen.« Er reichte Matty den Joint. »Versteck ihn besser.« Dann stand er auf und strich sich die Falten aus der Hose. »Jetzt geh besser rein und zieh dir was Frisches an — deine Mutter kommt gleich.«

Ah, richtig. Außerdem sollte er besser duschen.

Teddy fuhr mit seinem Auto davon. Matty ging ins Haus und wurde aufgehalten, bevor er es zum Badezimmer schaffte.

»Und?«, sagte Frankie.

»Achtundzwanzig, Elf, Dreiunddreißig«, sagte Matty.

18

Teddy

Irgendwie hatte er, ohne es zu merken, aufgehört, sich jeden Tag in die Liebe zu einer neuen Frau hineinzustürzen. Er hatte seine Angewohnheit vergessen, wie man einen Schirm im Restaurant vergaß und ihn dann nicht vermisste, weil es aufgehört hatte zu regnen. Es war ein absurd später Zeitpunkt – spät im Sommer, spät in seinem Leben –, um zu merken, dass er die Suche nach seiner täglichen Dosis aufgegeben hatte. Und doch war er hier, allein in einem glänzenden Schloss von einer Küche an einem Sonntagmorgen, und fühlte sich, als säße er in der Sonne. Alles wegen einer zufälligen Begegnung mit einer Frau in einem Supermarkt.

Seit Maureen gestorben war, hatte er nie das Bedürfnis verspürt, eine Frau *kennenzulernen*, nur, sich in sie zu verlieben, kurz und intensiv, um dann weiterzuziehen. Und als er das Haus betreten hatte, war ihm klar, dass Graciella, selbst wenn es ihr gelingen sollte, ihn zu lieben, in seiner Bruchbude niemals glücklich würde. Man musste sich bloß einmal diesen Raum ansehen! Ein ganzer Steinbruch voll Granit, nur unterbrochen von Edelstahlkolossen, und darunter schlichte Keramikfliesen. Seine Kaffeetasse stand auf einer Platte aus Teakholz von der Größe einer Zugbrücke. In diesen modernen Villen diente die Küche zugleich als Fabrik und als Ausstellungsraum, wie eine dieser Toyota-Fertigungsstätten voller Roboter. Sogar das Telefon, in das er hineinsprach, fühlte sich teurer an als jede seiner Uhren.

»Das ist mein letztes Angebot«, sagte er. »Ein Test.«

»Ich bringe Archibald mit«, sagte Destin Smalls. »Das steht nicht zur Diskussion.«

Ein Junge kam in die Küche gerannt, brüllte irgendetwas über Batterien und blieb wie angewurzelt stehen, als er Teddy sah. Es war der Jüngste, ungefähr acht Jahre alt, der, den er beim Fußball gesehen hatte. Alex? Nein, Adrian. Teddy hatte die anderen Jungs weder zu Gesicht bekommen noch gehört, seit er das Haus betreten hatte. Er bezweifelte, dass er sie finden könnte, wenn er nach ihnen suchte; das Grundstück erstreckte sich über mehrere Zeitzonen.

»Du bist Teddy«, sagte Adrian.

»Für dich Mr Telemachus. Und ich telefoniere gerade.« Zu Smalls sagte er: »Also, abgemacht?«

Der Agent ließ sich viel Zeit mit seiner Antwort. Witterte er eine Falle? Vielleicht, aber seine Gier war einfach zu groß.

»Abgemacht.«

Teddy legte zufrieden auf. Eine Aufgabe erledigt – oder zumindest vorerst aufgeschoben.

»Mom sagt, Sie können zaubern«, sagte der Junge.

»Ich beherrsche Zauber*tricks*. Das ist ein Unterschied. Aber ich mach das nur gegen Geld.«

»Ich hab kein Geld.«

»Och, du hast schon Geld«, sagte Teddy. »Guck dir mal das Haus an.«

Der Junge konnte ihm nicht folgen. »Können Sie mir nicht was für umsonst zeigen?«

»Tut mir leid. Kein Geld, kein Trick.«

»Das ist gemein.«

»Ja, aber bei dieser Art von gemein lernst du was fürs Leben.«

Graciella kam aus dem Keller zurück, die grüne Lunchbox mit den Zeichentrickfiguren in der Hand. Der Junge drehte sich zu ihr um und sagte: »Er will mir keinen Zaubertrick zeigen.«

»Lass Mr Telemachus in Frieden. Wir fahren jetzt zum Taekwondo. Hol deine Sachen.«

»Was ist da drin?«, fragte der Junge und griff nach der Lunchbox.

Doch Graciella hielt sie höher, sodass er nicht herankam. »Jacke und Gürtel. Los!«

Sie sah ihm nach, als er aus der Küche lief. »Er versteht nicht, was gerade passiert. Ich versuche, alles richtig zu machen, aber ich weiß nie genau, wie viel sie vertragen. Wenn sie älter wären, könnten sie vielleicht damit umgehen.«

»Man hört nie auf, sich Sorgen zu machen«, sagte er. »Eltern bleiben immer Eltern.«

Sie setzte sich geistesabwesend hin, in Gedanken war sie immer noch bei dem Schaden. Ihr so nah zu sein berauschte ihn. Er liebte, wie sie roch. Das Glänzen ihrer gebräunten Beine. Ihre perfekt lackierten Nägel. Er liebte sogar, wie sie die Stirn in Falten legte.

»Mein erwachsener Sohn zum Beispiel«, sagte Teddy, um sie von ihrer Angst abzulenken, »der hat sich in Schwierigkeiten gebracht.«

»Buddy? Der schien mir ein bisschen ...«

Sie wollte den Satz nicht zu Ende sprechen, und Teddy ließ sie vom Haken. »Nein, Buddy ist nur verrückt. Aber Frankie zieht Ärger magnetisch an. Ich hoffe nur, dass seine schlechten Angewohnheiten nicht auf Matty abgefärbt haben.«

»Steckt der auch in Schwierigkeiten?«

»Er hat ein bisschen experimentiert«, sagte Teddy. »Hat sich mit den falschen Leuten eingelassen, die Aufmerksamkeit der Behörden auf sich gezogen.« Dies war vielleicht die beste Nicht-Erklärung, die ihm je gelungen war.

»Ist Irene deshalb so aufgelöst?«

»Irene ist aufgelöst? Hat sie etwas gesagt?« Er hatte seine Tochter aus der Matty-Geschichte komplett herausgehalten. Sie musste sich auf die Nick-Sache konzentrieren, ohne sich auch noch um Spione und Agenten zu kümmern.

»Sie hatte mich seit ihrer Rückkehr nicht angerufen, also habe ich sie angerufen«, sagte Graciella. »Sie hat mich auf den neuesten Stand gebracht, was die Firmenunterlagen und ihre Entdeckungen angeht, aber sie klang so … verletzt.«

»Irene ist empfindlich. Bestimmt nichts Schlimmes.«

Kurz zeigte sich Graciellas Stirnrunzeln, doch es war sofort wieder verschwunden. Er wusste nicht, wie er das zu interpretieren hatte. Wäre dies ein Pokerspiel, hätte es ihm verraten, dass sie eine schlechte Karte erwischt hatte, und er würde gegen sie wetten. Doch im Spiel der Realen Frauen blieb er ein ewiger Anfänger.

Er sagte: »Aber sie hängt sich wirklich in diese Unterlagen rein.«

»Das ist ja auch schon was.« Sie reichte ihm die Lunchbox. »Halt das mal kurz, ich muss die Jungs einfangen.« Sie ging zu einer Sprechanlage und drückte einen Knopf. »Adrian! Luke! Wir fahren zum Taekwondo! Julian, sorg dafür, dass du deine Hausaufgaben fertig hast, wenn ich zurück bin.«

Ein statischer Rülpser, dann sagte eine Stimme: »Es ist langes Wochenende, Mom.« Er klang gelangweilt.

»Fertig vor Sonntagabend, das ist die Regel. Ihr anderen, ich fahre in dreißig Sekunden los. Neunundzwanzig!«

Sie sah Teddy an. »Es ist erst seit einer Woche wieder Schule, und Julian hängt schon hinterher.«

»Er macht das schon. Du hast doch gesagt, die neue Schule sei besser, oder?«

Graciella brachte Teddy zur Tür. Sie sah auf die Lunchbox und zuckte zusammen. »Mir gefällt das nicht, sie ihm zu zeigen.«

»Er glaubt es erst, wenn er sie sieht. Sonst klingt es einfach zu verrückt.«

»Also sagen wir mal, er glaubt es, und er gibt sein Versprechen ab. Wie soll ich *ihm* glauben?«

»Deshalb musst du mir die Verhandlungen überlassen. Ich weiß, wenn er lügt. Ich habe da meine Geheimwaffe.«

»Irene findet es bestimmt ganz toll, dass du so über sie redest.«

»Du musst zugeben, sie ist eine Kanone. Und nicht nur wegen des Gedankenlesens. Das Mädchen ist ein Finanzgenie.«

»Ich brauche sie«, sagte Graciella. »Egal, was Dienstag beim Prozess passiert, das Immobilienunternehmen muss von jetzt an sauber bleiben.«

Die Verteidigung würde stillhalten. Bert, der Deutsche, und mehrere andere hatten Nick junior bereits wegen des Mordes belastet. Wenn Nick junior nicht gegen seinen Vater aussagte – und er hatte nur noch eine letzte Chance dies zu tun, und zwar am Dienstag –, dann ging es mit den Schlussplädoyers weiter. Dann könnte die Jury noch vor Ablauf der Woche ihr Urteil abgeben.

»Nick kommt ins Gefängnis, oder sein Vater«, sagte Graciella. »So oder so, ich geh nicht zu ihm zurück. Ich kann nicht zulassen, dass das Ganze meinen Jungs für den Rest ihres Lebens anhaftet wie ein übler Gestank.«

Teddy war sich nicht sicher, ob ein Enkel von Nick Pusateri senior jemals nach Rosen duften konnte, doch das behielt er für sich. »Du tust das Richtige«, sagte er.

Sie öffnete die Haustür und nickte in Richtung Lunchbox. »Glaubst du, wenn ich die behalte, würde er bei mir einbrechen?«

»Darüber wollen wir uns keine Gedanken machen«, sagte er. Denn Nick senior würde sie sich holen müssen. Er konnte sie nicht einfach im Haus liegen lassen und abwarten, ob Graciella ihre Meinung bezüglich der Bullen nicht vielleicht doch änderte. »Also … wohnt hier noch jemand außer dir?«

»Außer den Jungs? Nein. Aber ich habe eine teure Alarmanlage.«

Er nickte, als machte das irgendeinen Unterschied. Nick seniors Leute hatten schon Menschen in deren eigenen Häusern erschossen. Sie hatten Autos per Fernsteuerung in die Luft gejagt, mitten in den Vororten. Die *Sun-Times* hatte schon während des ganzen Prozesses immer wieder Geschichten über vermutliche Mob-Anschläge gebracht.

Graciella schien zu wissen, was er dachte. »Er würde nie riskieren, seine Enkel zu verletzen«, sagte sie.

»Nein, nein. Aber trotzdem.« Er dachte: Trotzdem bleibst immer noch du.

»Ich will sie da raushalten, Teddy. Keinerlei Kontakt mehr mit den Pusateris und deren Familiengeschäften.«

»Ich verspreche dir, ich regele das.«

Adrian kam die Treppe heruntergestapft, die weiße Baumwolljacke offen und den grünen Gürtel hinter sich her schleifend, gefolgt von einem schlacksigen Bruder, der ein paar Jahre älter war. Das war dann wohl Luke. Seine Uniform war festgezurrt, und seine braune Matte hing ihm vor einem Auge, wie bei einem Covergirl aus den Sechzigern. Adrian sagte: »Das ist er«, als wollte er Teddy verpfeifen. »Er will nicht zaubern.«

»Keine Tricks! Wir sind spät dran«, sagte Graciella.

Teddy winkte den kleineren Jungen zu sich. »Komm her, dein Schuh ist auf.« Adrian trat widerwillig vor und hielt ihm einen abgewetzten, doch noch immer grellen Schuh hin, der mit grünen, mit Schwertern bewaffneten Zeichentrickfiguren bedruckt war, von denen jede ganz sicher besondere Fähigkeiten und eine ausführliche Geschichte aufweisen konnte. Teddy ließ sich auf ein Knie hinab. »Ich kenne Leute, die zaubern können. Wirklich zaubern. Und was haben sie davon? Nichts.« Es fiel ihm schwer, das Schnürband zwischen Zeigefinger und Daumen zu halten. Seine Finger hatten sich in eine rostige Schere verwandelt. Früher einmal – vor Jahrzehnten, vor der Sache mit Nick senior – hatten sie die Karten tanzen lassen. Münzen und Papiere und sogar Verlobungsringe blitzten auf und waren dann verschwunden, seine Berührungen waren so lautlos und schnell wie ein Spiegel, der das Sonnenlicht reflektierte. Er war einmal das Phantom des Kartentischs gewesen. Vielleicht war es an der Zeit, dass das Phantom zurückschlug.

»Echtes Zaubern«, plapperte er weiter wie ein echter Profi, »das macht diese Leute unglücklicher, als wenn sie gar nicht zaubern könnten. Denn es bringt ihnen absolut gar nichts. Aber wenn man einen Zauber*trick* kann, dann wird man bezahlt. Willst du bezahlt werden?«

Adrian nickte.

»Den anderen Schuh. Gut. Und jetzt pass auf.« Graciella stand in der Tür und hörte zu. »Magie ist einfach. Schwierig sind die Tricks. Man muss clever sein, man muss gut vorbereitet sein, und man muss geduldig sein. Manchmal dauert es lange, bis sich ein Trick auszahlt. Vielleicht sogar Jahre. Die meisten Menschen können nicht so lange warten. Sie wollen einfach nur die Magie sehen, auf der Stelle. Zack.«

»Ich bin geduldig.«

»Wir werden sehen.«

»Und wann zeigen Sie mir jetzt den Trick?«

»Besorg dir erst mal einen nagelneuen Eindollarschein, von mir aus kannst du ihn stehlen, und dann reden wir weiter.«

Graciella lachte. »Ins Auto! Sofort!«

Teddy stand mit einem peinlichen Knacken in den Knien auf.

»Du kannst einem Kind nicht sagen, es soll stehlen, Teddy. Aber …«, sie küsste ihn auf die Wange, »ich bin trotzdem froh, dass ich dir damals im Supermarkt begegnet bin.«

»Ich muss dir etwas gestehen«, sagte Teddy. »Es war kein Versehen. Ich habe dich gesehen, mir gedacht, du bist eine hübsche Frau, und dafür gesorgt, dass ich nah genug herankam, um den Gedankenlesetrick zu bringen.«

»Ach, das weiß ich alles.«

»Wirklich?«

»Wie viele Frauen sind schon darauf reingefallen?«

»Ich bekenne, du bist die fünfte, meine Liebe.«

»Gut, aber das war nicht das Wunder. Sondern die Tatsache, dass du überhaupt da warst. Dass du Nick senior kennst und dass du bereit bist zu helfen – und dass auch Irene bereit ist zu helfen. Ihr beiden seid die Asse in meinem Ärmel.«

Sie wusste, dass ihm diese Metapher gefallen würde, und es gefiel ihm, dass er wusste, dass sie es wusste. Er schlenderte zu seinem Auto, summte vor sich hin und schlenkerte dabei den Plastikbehälter mit den Zähnen eines Toten.

◻

Früher war es ihm nicht schwergefallen, Versprechen zu geben. Als er Maureen einen Antrag machte, sagte er: »Du wirst es nie bereuen.« Als ihre Tochter geboren wurde, sagte er: »Ich werde der beste Vater in ganz Illinois sein.« Und als Maureen ihm sagte, dass sie krank sei, sagte er: »Du wirst wieder gesund.«

Es war an einem eiskalten Morgen gegen Ende des Winters gewesen. Er fand sie im Schlafzimmer, und sie hatte diesen besonderen Gesichtsausdruck einer Hellseherin bei der Arbeit: Kopf schräg, Lippen aufeinandergepresst, die Augen zuckend unter geschlossenen Lidern, als würde sie träumen.

»Da ist ein Tumor«, sagte sie.

Sie hatte ihn selbst entdeckt. Sie hatte seit Wochen Bauchschmerzen gehabt und aufgehört zu essen. Dann, auf eine »Intuition« hin, wie sie sagte, hatte sie ihre Aufmerksamkeit auf ihren eigenen Körper gerichtet. Nicht-so-fern-Wahrnehmung.

Er sagte: »Du bist keine Ärztin. Mach nicht so'n Theater.« Er war schon netter gewesen. Es war sieben Uhr morgens, und er war müde, arbeitslos und hatte Schmerzen. Den Großteil der Nacht hatte er im Keller mit Fernsehen und Krankengymnastik zugebracht, was in diesem Fall darin bestanden hatte, mit seinen bandagierten Händen immer wieder eine schwere Flasche zu heben.

»Ich war schon beim Arzt.« Was sie eigentlich meinte war »bei den Ärzten«. Vor Wochen hatte sie erst einen Termin bei ihrem Hausarzt ausgemacht, dann bei ihrem Gynäkologen, dann bei einem Onkologen. Sie sagte: »Ich konnte es dir nicht sagen, bevor ich es nicht sicher wusste.«

»Aber wir können es nicht mit Sicherheit wissen, solange sie keine Biopsie gemacht haben. Haben sie eine Biopsie gemacht?«

»Die ist für nächste Woche angesetzt.«

»Das heißt, es könnte auch gar nichts sein.«

Als die Untersuchungsergebnisse kamen und unbestreitbare Beweise epithelialer Zelltumore lieferten, legte er sich noch mehr ins Zeug: Die Ärzte mussten sich irren, die Tests mussten sich irren, und selbst wenn nicht, konnte jederzeit die Remission einsetzen.

Sie stand mit verschränkten Armen im Kellereingang und kämpfte mit den Tränen. »Wir müssen darüber reden, was wir den Kindern erzählen«, sagte sie.

»Was denn erzählen? Es gibt nichts zu erzählen«, sagte er von der Couch aus. »Wir werden ihn besiegen.«

1974 hatte niemand, den er kannte, den Krebs »besiegt«. Ein halbes Dutzend Freunde hatte die Lungen-Variante erwischt – sie waren eine Generation von Schloten –, und sie waren im Laufe weniger Jahre abgekratzt. Einer starb an Darmkrebs, ein anderer an einer Form von Hautkrebs. Eierstockkrebs, das war eine andere Geschichte. Sie nannten es den »leisen Killer«, weil die frühen Symptome – Bauchschmerzen, Pinkeln müssen, Appetitverlust – sich leicht abtun ließen. Die Tumore wuchsen vor sich hin, und erst wenn die Blutungen anfingen, wusste man, dass da etwas überhaupt nicht stimmte. Dann war es bereits zu spät.

Den gesamten Frühling hindurch und bis in den Sommer hinein vermied er es, das große K anzusprechen. Er mied es, mit Maureen darüber zu sprechen. Ihre dogmatische Überzeugung, dem Tode geweiht zu sein, machte ihn wütend. Es war die reine Kapitulation. Negatives Denken. Er wusste, wenn sie über den Tod sprachen, wenn sie diesbezüglich Pläne machten, würden sie ihm bloß Macht über sich einräumen. Wieso sollten sie das Schreckgespenst in ihr Haus lassen, ihm einen Kaffee anbieten, zulassen, dass es seine knochigen Füße auf ihrer Couch ausstreckte?

Nein. Sie würden den Krebs besiegen, wenn nötig, indem sie schummelten. Teddy hatte sich sein gesamtes Leben lang auf diese Aufgabe vorbereitet.

Doch selbst er konnte vor den Veränderungen ihres Körpers nicht die Augen verschließen. Im Sommer wurde sie immer dünner. Der Altersunterschied zwischen ihnen hatte einmal ans Skandalöse gegrenzt, doch jetzt holte sie zu ihm auf, weil sie dreimal so schnell alterte wie er, und sie schickte sich an, ihn zu überholen. Im August kam sie völlig erschöpft von der Arbeit zurück. Inzwischen hatte Irene das Kochen übernommen, und Maureen saß mit Buddy auf dem Schoß da und blickte aus dem Fenster, als befinde sie sich bereits auf der anderen Seite.

Eines Abends gegen Ende August rackerte sie sich auf, um das Geschirr vom Abendessen abzuwaschen, und er sah zu, wie ihre dürren Arme die Töpfe schrubbten. Das war der Abend, an dem sie sein Versprechen einforderte, den Kindern niemals zu erlauben, für irgendeine Regierung zu arbeiten. Er machte sich über sie lustig, und sie brüllte ihn an und verschwendete so ihre letzte Energie auf ihn. Er fühlte sich schrecklich. Er entschuldigte sich und versprach, alles zu tun, was sie von ihm wolle – ohne sich jedoch den Gedanken zu erlauben, dass er sich jemals ohne sie um die Kinder würde kümmern müssen.

»Ich will, dass du zurückkommst«, sagte sie an diesem Abend. »Zurück ins Schlafzimmer.«

»Bist du sicher?«, fragte er.

»Mein Gott, Teddy.« Entnervt. Sie lehnte sich an ihn, und er legte den Arm um ihre Schultern. Sie wirkte so leicht. Ein kleines Mädchen mit zerbrechlichen Knochen.

Sie gingen ins Schlafzimmer und legten sich nebeneinander

auf den Rücken, als würden sie in einem Grab probeliegen. »Ich muss dir etwas gestehen«, sagte sie.

Ihm wurde kalt ums Herz, so sehr fürchtete er, was sie gleich sagen würde.

»Ich habe etwas Schlimmes getan«, sagte sie.

Er war erleichtert. Es gab nichts, was Maureen tun konnte, das so schlimm war wie das, was er getan hatte, keine Last, die so schwer war wie die, die er auf sie geladen hatte, und jede Bewegung der Waagschalen war ihm willkommen. »Du kannst mir alles erzählen«, sagte er.

Was sie ihm erzählte, konnte er zunächst nicht glauben. Sie musste Teile davon mehrere Male wiederholen.

Als sie fertig war, dachte er eine Minute lang nach und sagte dann: »Du hast die amerikanische Regierung hintergangen.«

»Ja.«

»Und das Geheimdienstnetzwerk unseres Landes sabotiert.«

»Ja.«

»Und was noch? Ach ja – dich mit einem russischen Dissidenten verbündet, um außerdem das sowjetische Psi-Kriegsprogramm lahmzulegen.«

»Hm, ja.«

»Mein Gott, Mo, du bist eine internationale *Kriminelle!*«

»Kann man so sagen«, sagte sie.

Sie lachten gemeinsam, genau wie früher.

»Ich bin so stolz auf dich«, sagte er.

Sie bat ihn, nicht weiterzureden, weil ihr der Bauch weh tat. Nein, er tat ihr wirklich weh. Er drehte sich auf die Seite, um ihr Gesicht anzusehen. So schnell hatte sich ihre Konzentration von ihm wegbewegt, zurück auf die Schmerzen.

Gut eine Minute später sprach sie, ohne die Augen zu öffnen. »Wir müssen darüber reden, was wir den Kindern sagen.«

»Wegen dieser Regierungsgeschichte? Ich hab's dir versprochen – sie werden nie für die Regierung arbeiten.«

»Ich rede von mir«, sagte sie. »Buddy weiß es schon, aber –«
»*Dem* hast du es erzählt?«
»Er wusste es schon. Er hat mein Grab gemalt.«
»Ah.« Er hatte gedacht, das funktionierte bei dem Jungen nicht mehr. Aber vielleicht war doch noch ein bisschen Talent übrig. Der Junge war so verdammt undurchschaubar.

Mo sagte: »Aber Irene und Frankie müssen auch wissen, was passieren wird.«

»Ich helfe dir, es ihnen zu sagen«, sagte er. Er führte eine vernarbte Hand an ihre Wange. »Morgen, versprochen.«

Er war so gut darin, Versprechen zu geben, weil er so viel Übung darin hatte.

Aus dem Keller kam das helle Jaulen einer Bohrmaschine, die mit voller Kraft einen Holzpfosten durchlöcherte. Wollte er überhaupt nachsehen? Seit Wochen vermied er es hinunterzugehen, weil er fürchtete, dass ihm beim Anblick der Schäden eine Arterie platzen könnte. Doch weil der Berg nicht zu Teddy kommen wollte, musste er wohl zum Berg.

Buddy stand am Fuße der Treppe und stemmte sich mit seinem vollen Gewicht gegen die Bohrmaschine, um direkt neben der Kellertür in die Wand zu bohren. Der Türrahmen war aus glänzendem, neuem Stahl, und auch die alte Holztür war durch eine Stahltür ersetzt worden. Eine verdammte Stahltür.

Gott im Himmel.

Zu Buddys Füßen lag ein kaputter Wecker, aus dem Kabel ragten, daneben eine Rolle mit neuem Kabel.

Teddy holte tief Luft, bevor er sprach. »Buddy. Buddy. Hey.« Endlich hatte ihn der große Trampel gehört und nahm den Finger vom Abzug der Bohrmaschine, drehte sich aber nicht um. »Könntest du die mal kurz weglegen?«

Buddy warf einen Blick über seine Schulter, die Bohrmaschine nach oben gerichtet, ein Cowboy, der versprach, nicht zu schießen.

»Ich werde dich nicht fragen, was du da machst«, sagte Teddy. »Ich bin sicher, du hast deine Gründe.« Buddy sagte nichts. Er wartete, dass die Unterbrechung vorüber war.

»Ich brauche nur deinen Rat«, sagte Teddy.

Buddy zuckte zusammen.

»Komm«, sagte Teddy. »Setz dich mal, nur eine gottverdammte Sekunde.«

Buddy legte widerwillig die Bohrmaschine ab, und Teddy führte ihn durch die Stahltür in den Kellerraum. Hier war es dunkel, dunkler, als es hätte sein sollen. Die Fenster auf Höhe des Gartens waren allesamt verhängt.

Teddy schaltete das Licht an. Die Fenster waren mit Metallplatten versiegelt worden.

»Was zur Hölle hast du –« Er unterbrach sich. Er würde keine Kritik äußern. Er würde nichts infrage stellen.

Buddy hatte sich nicht darauf beschränkt, den Raum umzubauen und zu befestigen – er hatte ihn außerdem neu eingerichtet. Ein gebrauchtes Zweiersofa und drei schäbige Sessel in verschiedenen Farben standen um einen 26-Zoll-Fernseher herum, an den irgendein Videospielgerät angeschlossen war. Lampen aus verschiedenen Epochen standen herum, waren aber noch nicht eingestöpselt. Der Schreibtisch, an dem Irene immer gesessen hatte, war an die Seite gerückt worden, ohne den Computer. Und an der hinteren Wand standen vier unlackierte Stockbetten.

»Setz dich«, sagte Teddy. Jeder von ihnen ließ sich in einen der Sessel nieder. »Ich muss heute Nachmittag mit jemandem reden, mit dem ich nicht reden will. Weißt du was darüber?«

Buddy sah zur Seite.

»Falls es schlecht laufen wird, wüsste ich das gerne. Hast du irgendwelche, na ja, Einblicke? So wie früher?«

Buddy weigerte sich, ihm in die Augen zu sehen.

»Okay, gut, du willst nicht reden. Verstehe. Du und ich, wir haben in letzter Zeit nicht viel geredet. Ich weiß, dass ich dich damals sehr unter Druck gesetzt habe. Und ich weiß, das war nicht richtig.«

Buddy schien sich nur dank schierer Willenskraft im Sessel zu halten.

»Aber jetzt habe ich ein echtes Problem, und es steht viel auf dem Spiel«, sagte Teddy. »Also, wie wär's damit?« Er griff in die Tasche seines Jacketts und hielt einen braunen Umschlag in die Luft. »Du brauchst nichts zu sagen. Nick einfach oder schüttel den Kopf, okay? Nicken oder Kopfschütteln.« Er beugte sich vor und musterte das Gesicht seines Sohnes. »Buddy, wird das hier reichen?«

Buddy richtete seinen Blick auf den Umschlag und sofort wieder weg, als wäre es ein allzu helles Licht.

Teddy sagte: »Alles, worum ich dich bitte, ist, dass du nickst oder –«

Buddy sprang auf und rannte aus dem Raum. Teddy hörte, wie er die Stufen hinaufstampfte und die Hintertür hinter sich zuknallte.

»Gottverdammt«, sagte Teddy. Er würde es im Blindflug versuchen müssen.

Er ging nach oben in sein Zimmer, öffnete die Tür zum Schrank und gab die Kombination seines Safes ein. Im oberen Fach stapelten sich Maureens Briefe, zuoberst der, den er einen Monat zuvor geöffnet hatte, als Graciella in der Hängematte lag.

Er hatte sie all die Jahre aufgesogen, wenn sie kamen, jeder Federstrich wie ein Kratzer auf seinem Herzen, der sie lebendig werden ließ und im selben Augenblick von Neuem tötete. Ihre Worte hatten ihn gecoacht und beruhigt und gescholten, hatten ihm jahrelang geholfen, durch das Minenfeld zu navigieren. Hatten ihn zu einem besseren Vater, einem weiseren Mann gemacht. Jeder einzelne Brief war wie ein Ass im Ärmel gewesen.

Doch die Briefe hatten ihm nicht gesagt, was er jetzt tun sollte, und heute war kein neuer Brief gekommen. Er hatte die Reichweite von Maureens Ratschlägen überschritten. Von jetzt an war sein Weg nicht mehr auf der Karte verzeichnet. Er würde sich ins Dunkel wagen müssen, sich an seinem eigenen Licht orientieren. Improvisieren.

Auf dem Boden des Safes stand ein mit schwarzem Samt bezogenes Tablett. Er zog es heraus und stellte es aufs Bett.

Auf dem Samt lagen zwei Sätze goldene Manschettenknöpfe, Maureens Verlobungsring, eine Krawattennadel mit Diamant und vier unterschiedlich wertvolle Uhren: eine Tag Heuer, eine Citizen für werktags, eine Audemars Piguet Royal Oak und die, nach der er suchte. Es war beinahe ein Zwilling der Uhr, die er gerade am Arm trug, eine 1966er »Paul Newman« Daytona Rolex mit einem Diamantziffernblatt, und hätte ein Anfänger seine Sammlung gesehen, hätte er eine zweite vielleicht für überflüssig gehalten. Teddy jedoch hatte die im Safe aus sentimentalen Gründen behalten. Wenn er Nick Pusateri senior traf, dann gab es nur eine Uhr, die er zu dieser Gelegenheit tragen wollte.

Er zog sie auf, stellte die Uhrzeit ein und bemerkte, dass es Zeit war aufzubrechen.

Er machte sich auf die Suche nach Irene, und sie war nicht schwer zu finden. Wenn sie nicht gerade bei der Arbeit war, saß sie am Esszimmertisch. Sie hatte den Raum in ihre Kommandozentrale zur Sezierung sämtlicher Finanzen der NG Group Realty verwandelt. Aktenkartons stapelten sich auf dem Boden, und mitten auf dem Tisch stand ihr neuer Computer, der vermutlich das Holz verkratzte. Frankie jammerte ihr etwas vor, doch ihr Blick war auf den Monitor gerichtet.

»Es wäre nicht bloß eine Spielhalle«, sagte Frankie gerade. »Wir würden auch Essen, Bier und Sportveranstaltugen anbieten.«

»Ich dachte, du wärst durch mit Computern«, sagte Teddy zu Irene.

»Dieser ist nicht mit dem Informations-Superhighway verbunden.«

»Dem was?«

»Dad. Dad«, sagte Frankie. »Sag's Irene. Man muss sein Geld investieren, anstatt es einfach nur herumliegen zu lassen, richtig?« Er redete schnell, das Merkmal eines verzweifelten Mannes. Loretta hatte ihn hinausgeworfen, und Teddy konnte sich gut vorstellen, wieso.

Teddy sagte: »Welches Geld? Du bist doch pleite.«

»Aber was, wenn ich's nicht wäre, hä? Ich rede hier von einer Spielhalle, für die ganze Familie, so wie Chuck E. Cheese, nur ohne die Scheißroboter und die Kostüme.« Frankie hatte immer schon Angst vor kostümierten Leuten gehabt. Hatte nie auf dem Knie des Weihnachtsmanns gesessen, war vor dem Osterhasen in der Mall panisch davongerannt. »Es gibt gutes Essen und gutes Bier, wir spielen gute Musik. Und das Entscheidende – keine Videospiele.«

Jetzt blickte Irene doch vom Monitor auf. »Du willst eine Spielhalle aufmachen«, sagte sie mit tonloser Stimme. »Ohne Videospiele.«

»Es gibt ausschließlich echte Flipperautomaten«, sagte Frankie. »Die sind bereit für ein Comeback. Die Jugendlichen werden sich darum reißen.«

»Du bist ein Idiot.« Sie sah Teddy nicht an. »Weißt du, was diese Familie für dich tun würde? Du würdest alles wegwerfen, und du hast keine Ahnung, was jeder von uns –«

»*Irene*«, unterbrach Teddy sie. »Wir müssen los.«

»Wo wollt ihr hin?«, fragte Frankie.

»Etwas erledigen«, sagte Teddy. »Einem kranken Freund was zu essen bringen. Irene, bist du so weit?«

»Ich hole noch meine Schuhe«, sagte sie. Sie machte etwas mit der Tastatur und stand auf. »Finger weg von meinen Sachen«, sagte sie zu Frankie. »Und kannst du bitte meinen Sohn wecken? Der schläft sonst den ganzen Tag.«

»Lass ihn schlafen«, sagte Frankie. »Er hat es sich verdient.«

»Womit?«

Frankie zögerte. »Weil er ein guter Junge ist, der seine Mutter liebt.«

Sie schnaubte und ging nach oben in ihr Zimmer.

Frankie sagte zu Teddy: »Typisch Irene. Konventionell ohne Ende. Geht kein Risiko ein. Aber du verstehst das, oder? Ich kann nicht auf Dauer als Telefontechniker arbeiten. Wie soll mich Loretta jemals respektieren, wenn ich als *Monteur* arbeite? Was sollen meine Mädchen von mir denken? Ich muss mich selbstständig machen. Ich muss etwas machen, für das ich brenne. Du glaubst gar nicht, was ich für den Laden für Ideen habe. Ich dachte mir, es als echte, altmodische Spielhalle aufzuziehen, so, na ja, mit Erinnerungsstücken aus den Fünfzigern. Du könntest auch mit einsteigen!«

»Mein Sohn, mein Sohn«, sagte Teddy. Er ging mit ausgestreckten Armen auf ihn zu, als wollte er ihn umarmen.

Frankie blickte erwartungsvoll zu ihm auf. »Du könntest mein Partner sein! Stiller Teilhaber, vielleicht, weil du noch nie in einer Spielhalle warst, aber du könntest –«

Teddy packte Frankies Kopf. »Hör auf.« Er wusste nicht, was er mit dem Jungen machen sollte. Hatte es nie gewusst. Dies war der Junge, der alles wollte und nicht wusste, wie er es bekam. Der stundenlang in der Ecke saß und versuchte, Heftklammern schweben zu lassen. »Hör einfach auf.«

Frankie versuchte, trotz seiner zusammengequetschten Wangen zu sprechen.

»Nein«, sagte Teddy. »Ich liebe dich, aber du machst mich fertig. Du machst mich einfach fertig.«

□

Am Morgen, nachdem er Maureen ins Krankenhaus gefahren und die Nacht an ihrem Bett gesessen hatte, fuhr er nach Hause, um zu duschen und ein paar Dinge zu holen, um die sie ihn gebeten hatte. Mrs Klauser, die Nachbarin, hatte bei den Kindern übernachtet und ihnen Pfannkuchen gemacht.

Teddy rief die Kinder ins Wohnzimmer und versuchte, sie dazu zu bringen, ruhig sitzen zu bleiben, doch Frankie hörte nicht auf, von dem Wunder zu erzählen, das sich in ihrer Küche ereignet hatte: »Die besten Pfannkuchen *aller Zeiten*. Mrs Klauser ist die *Beste*. Ich will *jeden Tag* Pfannkuchen.«

Buddy war noch stiller als sonst, auf seinem eigenen Planeten, und kniete über ein Hot-Wheels-Auto gebeugt, das er über den Teppichboden schob.

Nur Irene schien zu begreifen, was los war. Sie war beinahe elf, nur ein Jahr älter als Frankie, doch sie wirkte um zehn Jahre reifer, ein stimmberechtigtes Vollmitglied im Parlament der Ernsthaftigkeit. Teddy war sich ziemlich sicher, dass sie rangmäßig über ihm stand.

»Ist Mom im Krankenhaus?«, fragte sie. Er hatte sich vorgenommen, sich langsam dem »K«-Wort zu nähern, doch Irene übersprang diesen Teil des Skriptes einfach.

»Darüber wollte ich mit euch reden«, sagte Teddy. »Es ging ihr nicht gut, deshalb dachten wir, der Arzt sollte –«

»Wird sie sterben?«, fragte Irene.

Dieser Teil war in Teddys Skript überhaupt nicht enthalten. »Nein, natürlich nicht! Wir lassen nur ein paar Dinge überprüfen und – verdammt.«

Schon liefen die Tränen über Irenes Gesicht. Er hätte es besser wissen müssen.

»Sie ist sehr krank«, sagte Teddy. »Das stimmt. Aber die Medikamente, die es heute gibt, die Geräte, die sie haben – das ist wirklich toll. Die haben eine Maschine, die die bösen Sachen einfach wegmacht. Bamm, wie eine Strahlenkanone.«

»Ich weiß, was Bestrahlung ist«, sagte Irene. »Sie geht schon seit Monaten dahin.«

»Ja, aber –« Verdammt, was wusste Irene eigentlich nicht? »Wir müssen die Medikamente wirken lassen. Wir geben nicht auf, denn so was machen wir nicht. Frankie, hör auf damit.« Der Junge stand vor Buddy und versperrte dem Hot-Wheels-Auto mit seinem Fuß absichtlich den Weg. »Lass Buddy in Ruhe. Hast du gehört, was ich gerade gesagt habe?«

»Mom ist im Krankenhaus«, sagte Frankie.

»Richtig. Also, ich komme später wieder vorbei und hole euch ab. Mrs Klauser wird euch beim Anziehen helfen, und dann fahren wir sie besuchen, okay? Ich will, dass ihr euch die Haare wascht. Alle. Und zieht euch was Schönes an.«

Frankie fragte: »Kannst du Mom was sagen?« Buddy schob sein Auto in die andere Richtung, er hatte ihnen den Rücken zugewandt.

»Klar, sicher«, sagte Teddy. Er ging in die Hocke, um Frankie in die Augen zu schauen. »Was willst du deiner Mutter sagen?«

»Sie soll Blaubeersirup kaufen, wie Mrs Klauser. Der schmeckt wie bei IHOP.«

»Sirup«, sagte Teddy.

»Blaubeer. Kann ich jetzt spielen gehen?«

Irene hatte sich nicht bewegt, nicht einmal, um sich die Tränen aus dem Gesicht zu wischen.

»Ich brauche deine Hilfe«, sagte Teddy zu ihr. Er stand auf und strich sich die Falten aus der Wollhose. »Kannst du helfen, die Jungs fertig zu machen?«

Sie nickte.

»Braves Mädchen. Auf dich konnte ich mich schon immer verlassen.«

Sie war ihm immer noch eine Stütze, jetzt im Wortsinne. Er hinkte mit seiner gerade gekauften dreispitzigen Krücke auf Mitzi's Tavern zu, doch für die Extraportion Drama ließ er Irene eine Hand auf seinen Bizeps legen, als könne er jeden Augenblick umkippen und auf den Asphalt aufschlagen. Er hatte sie gebeten, jederzeit eine Hand an ihm zu haben und nicht zu vergessen, freundlich zu sein.

Wieder ein Samstagnachmittag, wieder war die Bar leer. Barney schloss die Tür hinter ihnen ab. »Damit die Säufer hier nicht reinlatschen«, sagte er. Er nickte in Richtung der aufstehenden Bürotür. Teddy und Irene brauchten eine Weile, um dorthin zu gelangen.

Nick Pusateri senior saß hinter dem Schreibtisch. Anders als Barney, der wie eine Luftmatratze aussah, aus der zu oft die Luft herausgelassen worden war, war Nick im Grunde derselbe Mann wie früher, nur etwas verwittert. Teddy dachte, Gott bewahre uns vor der Langlebikeit der Arschlöcher.

»Schön, dich zu sehen«, sagte Teddy.

Nick kam um den Tisch herum und reichte ihm die Hand. Er drückte besonders fest zu. Teddy musste das Zusammenzucken nicht spielen, und er sah, wie sehr Nick dieses Zeichen von Schwäche freute. Teddy ließ nicht erkennen, dass sein einziger Wunsch darin bestand, ihm den Dreifuß in den Hals zu rammen. Ja, es wäre mehr Arbeit als bei einem gewöhnlichen Gehstock, aber die Mühe wäre es absolut wert.

»Und du musst die kleine Irene sein«, sagte Nick.

Irene setzte ein gezwungenes Lächeln auf. Teddy hoffte, dass es ihr gelingen würde, für die gesamte Dauer dieses Treffens die treusorgende Tochter zu spielen. Sie war von Natur aus ehrlich, genau wie ihre Mutter. Für Täuschungen war Teddy zuständig.

Sie nahmen auf gegenüberliegenden Seiten des Schreibtisches Platz. Nick hatte sechs Bleistifte auf der Kirschholzplatte aufgereiht, allesamt im rechten Winkel zur Tischkante, allesamt auf die exakt gleiche Länge gespitzt. Ach ja, dachte Teddy. Er ist gestresst.

Nicks Zwangsneurose trat immer dann in Erscheinung, wenn er unter Stress stand. Der Prozess musste ihm zusetzen.

Nick sagte: »Du siehst gut aus, Teddy.«

Irenes Griff legte sich noch fester um seinen Arm. Teddy lächelte und hielt den Blick weiter auf Nick gerichtet. »Und deine Frisur – genau wie früher.« Er beugte sich zu Irene. »Im Ernst, die ist exakt so wie früher.«

Irene lächelte unverändert.

»Weil sie nicht echt ist«, sagte Teddy.

»Aha«, sagte sie, ohne die Lippen zu bewegen.

»Ein *Toupee*.«

»Schon verstanden, Dad.«

Nick lachte, als hätte er sich das im Kino bei den Leuten auf der Leinwand abgeschaut.

»Immer noch rotzfrech, nach all den Jahren. Freut mich, dass du noch ein bisschen Arsch in der Hose hast, Teddy.«

Teddy zuckte mit den Schultern. »Ist Mitzi nicht da?«

»Sie fühlt sich nicht gut. Hat sich was eingefangen.«

»Das tut mir leid«, sagte Teddy aufrichtig. »Beim letzten Mal wirkte sie gesund.«

»Die erholt sich wieder. Ist ein zäher Vogel.«

Darauf konnten sie sich einigen. Teddy erzählte die Geschichte, wie Mitzi einmal einem widerspenstigen Säufer mit einem Telefon vor den Kopf geschlagen hatte. »Wie hieß der noch gleich? Es liegt mir auf der Zunge.« Er vollführte mit der einen Hand eine zittrige Geste, spielte den tattrigen alten Mann, den schusseligen Greis. Der Name des Opfers war Ricky Weyerbach, und er war Elektriker im Candlelight Dinner Playhouse gewesen, bevor er sich am Rücken verletzte. »Egal. Großer Kerl, doppelt so groß wie sie, und Zack! Voll vor die Schläfe.«

Nick lachte, und diesmal klang es beinahe menschlich.

»Das war eins dieser Bakelit-Monster, die fünf Kilo wiegen«, erklärte Teddy Irene. »Der Typ musste ins Krankenhaus.«

Das gefiel Nick, wie Teddy sehen konnte. Nick mochte jede Geschichte über die furchteinflößenden Pusateris. Zumindest die Geschichten, die nicht auf der Titelseite der *Sun-Times* zu finden waren.

»Also«, sagte Nick. Er blickte stirnrunzelnd auf einen der Bleistifte und nahm eine mikroskopisch kleine Korrektur vor. »Ich treffe mich mit dir aus Respekt vor unserer gemeinsamen Geschichte.«

»Das weiß ich zu schätzen«, sagte Teddy.

»Aber dein Junge war schon hier, und wir haben einen Zahlungsplan erarbeitet.«

Frankie war allein gekommen? Gottverdammt. Teddy hatte Frankie absichtlich nicht erzählt, was er vorhatte, damit der Junge nichts Dummes anstellte. Und jetzt hatte er trotz allem geschafft, es zu verbocken.

Teddy ließ seine Verärgerung durchblicken. »Ich habe Mitzi gesagt, dass *ich* einen Deal ausarbeiten wollte.«

Nick zuckte mit den Schultern. »Er ist erwachsen. Und falls du hier bist, um das Haus zurückzukriegen, das wird nicht passieren.«

Dies war das erste Mal, dass Teddy von dem Haus hörte. Doch es erklärte vielleicht, wieso Frankie bei ihm eingezogen war.

»Wieso nimmst du einem Mann das Zuhause weg, wenn du kühles, hartes Bargeld haben kannst?«, fragte Teddy. Er griff in seine Jacketttasche – eine Bewegung, die Nick genau verfolgte. Teddys arthritische Finger holten den Umschlag hervor. Teddy legte ihn auf den Schreibtisch, wobei er darauf achtete, keinen der Bleistifte zu berühren. »Das sind fünfzigtausend. Mitzi hat mir die volle Summe genannt, als ich hier war.«

»Die volle Summe?«, sagte Nick. Er klang skeptisch.

»Gibt es ein Problem?«

»Bloß, dass du sie vor über einer Woche getroffen hast.«

»Ah«, machte Teddy. Er tat so, als würde ihm erst jetzt auffallen, dass eine weitere Woche weitere Zinsen bedeutete. »Wie viel?«

»Es ist ja nicht nur die Gebühr«, sagte Nick. »Es hat sich viel verändert. Der Immobilienmarkt, zum Beispiel.«

»Wie läuft es denn da?«

»Der boomt, Teddy. Verdammt, der boomt.«

Irene quetschte Teddys Arm. »Wie viel, damit es passt?«, fragte Teddy. »Das Haus, Frankies restliche Schulden, alles.«

»So viel hast du nicht, Teddy.«

»Das sehen wir dann.«

»Hundert Riesen.«

Teddy ließ seine Gesichtszüge entgleisen.

»Und die Uhr.«

»Was?« Teddys Hand zuckte auf das andere Handgelenk zu, als wolle er sie instinktiv schützen.

Irene sah erschrocken aus. »Was meinen Sie damit, seine Uhr? Das – die ist sein ganzer Stolz.«

»Die schuldet er mir«, sagte Nick. »Er schuldet sie mir schon seit zwanzig Jahren. Ich hätte sie damals nehmen sollen, aber ich hab sie ihm um sein beschissenes Handgelenk gelegt und ihn nach Hause geschickt.«

»Wir gehen«, sagte Irene. »Komm, Dad.«

»Nein.«

Teddy hob den Kopf. Er zog einen zweiten Umschlag aus der Tasche und legte ihn auf den ersten. Dann öffnete er, ohne seine Uhr anzusehen, das Armband und streifte sie ab. Er warf sie mitten auf den Tisch, sodass die Bleistifte davonrollten.

Schnell fing Nick die Stifte auf. Erst, als er sie wieder aufgereiht hatte, nahm er die Uhr. »Junge, ist die schön. Paul Newman hat so eine getragen, wenn er Rennen fuhr.«

»Was Sie nicht sagen«, sagte Irene.

»Die war fünfundzwanzigtausend wert, als dein Papa sie beim Pokern gewonnen hat. Und jetzt? Wer weiß?«

»Klar. Komm, Dad.«

Teddy legte seine Hand auf ihre, damit sie sie nicht von seinem Bizeps wegnahm. »Eine Sache noch«, sagte er.

Nick hob die Augenbrauen.

»Es geht um deinen Sohn«, sagte Teddy. »Und deine Schwiegertochter.«

»Graciella?« Nick wirkte aufrichtig verwirrt.

»Sie will dich nie wiedersehen. Und die Jungs genauso.«

»Was zur Hölle geht dich das an?«

»Ich habe ihr gesagt, dass ich in ihrem Namen mit dir reden würde.«

»Du *redest?* Mit *meiner Familie?*«

»Und sie will, dass du dich aus Nick juniors Immobilienfirma raushältst. Von jetzt an wirst du sie nicht mehr als Fassade nutzen. Keine Geldwäsche mehr.«

Nick schien immer noch nicht zu verstehen. »Und das hat Graciella *dir* gesagt. Einem Fremden.«

»Wir sind keine Fremden. Ich bin ihr im Supermarkt begegnet. Zufällig.« Er hielt eine Hand hoch. »Es spielt keine Rolle. Die Sache ist, sie bietet dir eine Gegenleistung an.«

»Und was zur Hölle soll das sein?«

»Deine Freiheit.« Er nickte Irene zu. Sie öffnete ihre Handtasche und nahm die Lunchbox heraus. Nick schien ungeduldig. Dann holte Irene den Plastikbehälter mit den Zähnen aus der Lunchbox und legte ihn neben die Umschläge voll Bargeld. Sie war so höflich, die Bleistifte nicht zu berühren.

»Die haben mal im Mund von Rick Mazzione residiert«, sagte Teddy. »Bevor du sie rausgeworfen hast. Nick junior sagt, dass ein bisschen von dem Blut daran deins ist, obwohl sich das FBI da nicht auf seine Aussage verlassen müsste. Für solche Sachen haben die ihre Labore.«

Nick nahm den Beutel in die Hand. Er tippte von unten dagegen, als wolle er testen, ob sich die Zähne realistisch bewegten.

»Graciella wird nichts gegen dich unternehmen«, sagte Teddy. »Sie hat nicht mit den Bullen geredet. Alles, was sie will, ist, dass du versprichst, sie – und die Jungs – nie wieder zu kontaktieren.«

Nick konnte den Blick nicht von den Zähnen abwenden.

»Sie will, dass sie mit dem Ganzen nichts zu tun haben«, sagte Teddy.

»Der Idiot hat sie behalten«, sagte Nick wie entrückt. »Wieso hat er das gemacht? Wieso hat er sie verfickt noch mal aufbewahrt?«

»Wieso tun Kinder, was sie tun?«, sagte Teddy. »Sie enttäuschen uns. Die Hälfte der Zeit versuchen sie, uns zu gefallen, den Rest der Zeit wollen sie uns ins Grab bringen.«

Irene grub ihre Fingernägel in seinen Arm. Das war kein Signal, höchstens für »Ich bin sauer auf dich«.

»Also, was sagst du?«, fragte Teddy.

Nick fuhr sich mit der Hand durchs Gesicht. »Wo sind die anderen Zähne?«

»Keine Ahnung«, sagte Teddy. »Ich habe ihr gesagt, sie soll sie an einem sicheren Ort verwahren, nicht in ihrem Haus.«

»Du hast sie, stimmt's?«

»So blöd bin ich nicht«, sagte Teddy.

»Oh doch, das bist du. Du bist ein Idiot, wenn du glaubst, dass du dich zwischen mich und meine Enkel stellen kannst.«

»Das kann schon sein, aber ich hatte das Gefühl, ihr helfen zu müssen. Sie hatte Angst, mit dir zu reden.«

»Wieso sollte sie Angst vor mir haben?«, fragte Nick verstört. »Ich bin *Pop-Pop*. Ich bin der gottverdammte *Pop-Pop*.«

»Alles, was sie will, ist dein Wort«, sagte Teddy. »Wenn du versprichst, deine Anteile an der Immobilienfirma aufzugeben und dass du die Jungs in Ruhe lässt und ihr nichts antust, dann gibt sie dir die restlichen Zähne.«

Nick schüttelte ungläubig den Kopf.

»Nur dein Wort«, sagte Teddy.

Nick beugte sich über den Schreibtisch. Teddy sah, dass sich in seinen Augen Tränen sammelten. Der alte Nick hatte nie geweint. Der alte Nick hatte nicht einmal Tränenkanäle gehabt. Vielleicht hatte Graciella doch recht, und seine Enkel hatten eine Veränderung in dem Teufel ausgelöst. Er hatte Graciella nicht sagen wollen, dass er es für unmöglich hielt, doch er ließ sich gern eines Besseren belehren.

»Ich schwöre beim Grab meiner Mutter«, sagte Nick mit erstickter Stimme. »Ich würde Graciella *niemals* etwas antun. Sie ist wie meine eigene Tochter für mich. Aber wenn sie –« Ihm versagte die Stimme. »Wenn sie nicht will, dass ich die Jungs sehe, wenn sie glaubt, dass es das Beste für sie ist? Dann tu ich's. Ich tu's für sie. Weil ich diese Jungs liebe.«

Irene drückte Teddys Arm fest.

»Ich freue mich so, das zu hören«, sagte Teddy. »Ich werde ihr die guten Neuigkeiten überbringen.«

Nick schüttelte ihnen nicht die Hand, als sie gingen. Er starrte auf den Schreibtisch. Auf sechs Bleistifte, zwei Umschläge und ein paar Souvenirs.

Irene half ihm auf den Beifahrersitz. Keiner von ihnen sagte etwas.

Er hatte die gebrechliche Nummer zwei Wochen zuvor bei ihrem Besuch bei Mitzi eingeführt, um einen Vorwand dafür zu haben, dass Irene ihn zu dem Treffen mit Nick begleitete. Er brauchte sie, sie musste den Mann reden hören. Jedes einzelne Mal, dass sie seinen Arm gedrückt hatte, bedeutete, dass der Bastard log.

Sie waren bereits drei Kilometer von der Bar entfernt, als Teddy endlich den Mund aufmachte. »Und?«

»Er lügt, von Anfang bis Ende«, sagte sie.

Teddy seufzte. Natürlich tat er das. Wie schade, dass er recht behalten hatte.

»Los«, sagte Teddy. »Wir müssen Graciella warnen.«

19

Irene

Am Ende blieb nur ein Ort, an den sie sie bringen konnte. Irene öffnete die Haustür, sah sich kurz um, ob Buddy vielleicht nackt herumlief oder sonst irgendetwas, und sagte zu Graciella: »Zufällig haben wir jede Menge freier Betten.«

Graciella hatte ihr Haus nicht verlassen wollen. Dad jedoch war es gelungen, sie zu überzeugen, ohne sie in Panik zu versetzen. Er hatte ihr eine Übernachtung in seinem Haus als eine Art Abenteuer verkauft, als Spaß für die Kinder, während er ihr gleichzeitig zu verstehen gab, dass Graciellas soziopathischer Schwiegervater tatsächlich in ihr Haus einbrechen, seine Enkel entführen und ihr in den Kopf schießen könnte. Graciella nahm diese implizierte Botschaft besser auf, als Irene erwartet hätte. Die vorherrschende Emotion dieser Frau schien jedoch nicht Furcht zu sein, sondern Wut. Sie war wütend auf Teddy, vielleicht auch wütend auf sich selbst, weil sie bei seinem Plan mitgemacht hatte. Irene wusste genau, wie sie sich fühlte.

Außerdem, wer würde diesen Palast verlassen wollen? Irene hatte gewusst, dass Graciella über einiges Geld verfügte, doch wie reich sie war, begriff sie erst, als sie das Haus sah.

Und jetzt würde Graciella, leider, ihres sehen. Irene bat sie herein. Buddy war nicht zu sehen, doch er hatte mitten im Wohnzimmer einen Sägebock stehen lassen, und alles war von einer Schicht Sägemehl bedeckt.

»Äh, wir renovieren gerade ein bisschen.«

»Ich weiß«, sagte Graciella. »Ich war schon mal hier.«

»Klar. Na, dann komm rein.«

Ihre Söhne sahen sich im Zimmer um, ohne etwas zu sagen. Auch bei ihnen war es nicht leicht gewesen, sie aus ihrem Haus herauszubekommen. Die beiden jüngeren, Adrian und Luke, hatten keine Ahnung, wie man seine Taschen packt, und der Teenager, Julian, schien zu glauben, wenn er sich in seinem Zimmer versteckte, würde man ihn vielleicht vergessen und er könnte bleiben. Zum Glück wussten Graciella und Irene genau, wie man mit männlichen Jungtieren umzugehen hatte.

Und wie man sie herbeizitierte. »Matty«, rief Irene. »Wir haben Besuch!«

Aus dem Keller kam keine Antwort. Schlief er schon wieder? Wie viel Erholung brauchte so ein Teenager eigentlich?

Dad kam durch die Hintertür ins Haus. »Der Kombi ist gut verstaut«, sagte er. Er hatte Graciellas Mercedes vorsichtshalber in der Garage geparkt, wo man ihn nicht sehen konnte. »Ich weiß, es ist albern, wahrscheinlich überhaupt nicht nötig, aber wieso nicht? Es muss ja nicht jeder wissen, dass ihr hier seid.«

Adrian, der Jüngste, hielt Teddy einen Eindollarschein hin. »Können Sie mir *jetzt* den Zaubertrick zeigen?«

Dad nahm ihm den Dollar ab. »Du meinst wohl, du warst geduldig genug, was?«

Der Junge nickte.

»Na gut. Hast du schon mal von der Schuhbank gehört?« Dad setzte sich auf seinen Polsterhocker und zog einen seiner schwarz glänzenden Oxfords aus. »Der erste Schritt, sozusagen, ist die Einzahlung.« Er faltete den Geldschein mit steifen Fingern und steckte ihn in den Schuh. Für einfache Arbeiten reichten auch einfache Werkzeuge. Jedenfalls, um ein Kind täuschen. »Dann warten wir auf die Zinsen. Keine Sorge, Junge, das sind alles Witze, die du eines Tages verstehen wirst, und dann lachst du dich kaputt.« Er schlüpfte wieder in den Schuh und stand auf. »Jetzt kommt der schwierige Teil. Wie gelingt die Überweisung von Schuh zu Schuh?« Er schob den Schuh mit dem Geld nach vorn. »Stell mal deinen Schuh gegen meinen. Nein, den anderen Fuß – rechter Fuß gegen rechten Fuß. Drück die Spitze gegen meine. Auf diese Weise addieren sich unsere Zehen. Nein? Nichts? Okay, jetzt weisen wir das Geld an. Das nennt man Geldanweisung.«

Graciella stöhnte.

»Wie gesagt, irgendwann: sehr witzig. Bist du bereit?« Adrian sah seine Brüder an und nickte. Dad sagte: »Sprich mir nach: Geld! Anweisung!«

»Geldanweisung«, sagte Adrian.

»Überwiesen!«, sagte Dad und trat gegen Adrians Schuhspitze. Der Junge machte einen Hüpfer nach hinten, als hätte man ihm einen Stromschlag versetzt. Dad sagte: »Jetzt wollen wir sehen, ob die Überweisung angekommen ist. Zieh den Schuh aus, Kleiner.«

Adrian ließ sich auf den Hintern fallen und zog den Schuh aus. »Unter der Einlegesohle«, sagte Dad. »Genau so. Zieh sie raus.«

Der Junge nahm die Einlegesohle aus Schaumstoff heraus. Darunter war ein gefalteter Geldschein. »Es hat geklappt!«, schrie Adrian. Er faltete den Geldschein auf. »Und es ist ein Fünfer!«

»Heilige Scheiße«, sagte Graciella.

»Mom!«, sagte Adrian.

Graciella lachte. »Wie hast du das gemacht?«, wollte sie von Dad wissen.

»Das wird er nie verraten«, sagte Irene. Diesen Trick hatte sie noch nicht gesehen. Es war ein ziemlich guter Gag. Er hatte den Schuh des Jungen nicht berührt, nur als er mit seiner Schuhspitze leicht dagegentrat.

»Jetzt kommt der beste Teil«, sagte Dad. »Mögt ihr Videospiele? Wir haben da unten nämlich was aufgebaut.«

»Was für Videospiele?«, fragte Adrian.

»Ein brandneues Wie-auch-immer-die-Dinger-heißen.«

»Ein Super Nintendo?«

»Ganz bestimmt«, sagte Dad. »Da entlang.«

Irene sagte: »Wenn ihr da unten einen Jungen seht, weckt ihn auf.«

Adrian hüpfte mit seinem verbliebenen Schuh am Fuß die Treppe hinab. Die Älteren folgten ihm.

Dad fand das ganze Theater aufregend, trotz der Gefahr. Vielleicht auch gerade deswegen. Irene hatte immer gewusst, dass ihr Vater einmal ein Spieler gewesen war, das, was Frankie euphemistisch »jemand, der Risiken eingeht« nannte. Sie hatte gedacht, er habe all das längst hinter sich gelassen. Nach Moms Tod war er zunächst depressiv und unbeschäftigt gewesen, dann frustriert und unbeschäftigt, und schließlich einfach nur unbeschäftigt. Die ganze Zeit hindurch hatte sie gedacht, dass er keine Kinder mochte, aber vielleicht war es bloß so, dass er *seine* Kinder nicht mochte. Nur ein Publikum von Fremden konnte ihn unterhaltsam finden.

»Was machen wir zum Abendessen?«, fragte er Irene.

»Guck mich nicht an«, sagte sie. »Wo ist Buddy? Oder Frankie?«

»Buddy ist hinterm Haus und macht den Grill sauber. Frankie, keine Ahnung.« Er klatschte in die Hände. »Ich denke, wir bestellen was. Was mögen die Jungs?« Seine Augen leuchteten. »Wie wär's mit Brathähnchen? Jungs lieben alles, was im Eimer serviert wird. Ich besorg es. Ihr Mädchen macht es euch gemütlich. Gib ihr was zu trinken, Irene. Graciella mag Hendrick's.« Und damit war er verschwunden.

»Wow«, sagte Irene.

»Ich glaube, er hat Spaß an der Sache«, sagte Graciella.

»Und ein bisschen Angst, in einem Zimmer mit dir zu sein.«

»Meinst du?«

»Er will dich nicht enttäuschen«, sagte Irene. »Aber keine Sorge, das wird er schon noch, früher oder später.«

Graciella sah sie abschätzend an. »Was ist mit dem Drink?«

Sie saßen am Esszimmertisch, zwischen den Aktenordnern und den Kartons von NG Group Realty. Graciella nahm eine der Angebotslisten, die Irene mit rotem Stift markiert hatte. »Wie schlimm ist es?«

»Könnte schlimmer sein«, sagte Irene. Sie zeigte ihr, was sie in den Akten der letzten zwei Jahre gefunden hatte. Der Großteil der Immobilienverkäufe war einwandfrei. Doch der Geldfluss hatte ein großes Ungleichgewicht zu Gunsten der verdächtigen Hausverkäufe – und fast alle davon waren von einem einzigen Makler abgewickelt worden.

»Wenn du einen sauberen Laden willst«, sagte Irene, »musst du diesen Brett feuern. Und wenn du Geld verdienen willst, müssen die anderen Makler deutlich mehr Häuser verkaufen.«

»Danke, dass du es nicht schönredest.«

»Wer hat denn Zeit für so was?«

»Darauf stoße ich an.«

Das taten sie gemeinsam. »Auf Nick, den Arsch.«

»Junior *und* senior«, sagte Irene.

»Und was ist mit deinem Typen?«, fragte Graciella. »Wie läuft es?«

»Katastrophal«, sagte Irene.

»Ich hatte schon das Gefühl, dass du nach der Reise schlecht drauf warst. Hast du dich von ihm getrennt?«

Getrennt. Bei Lev, ihrem Beinahe-Ehemann, und bei anderen Freunden passte diese Formulierung; sie hatte sie von sich abgetrennt, zurückgelassen wie die verbrauchte Stufe einer Apollo-Rakete. Ohne sie war sie stärker, und sie hatte nie zurückgeblickt. Bei Joshua jedoch war es, als hätte sie einen Teil von sich selbst zurückgelassen. Sie war diejenige, die beschädigt war, nicht mehr komplett, die hilflos dahintrieb. Dazu verdammt, auszukühlen und einsam zu sterben.

Doch sie brauchte eine Geschichte, die sie Graciella erzählen konnte, deshalb beschwor sie ein anderes Schicksal herauf. »Es hätte niemals klappen können«, sagte sie. »Er kann nicht aus Phoenix weg. Er hat eine Tochter, und sie haben gemeinsames Sorgerecht. Er wollte, dass ich dahin ziehe, einen Job in seiner Firma antrete, aber ich habe es nicht mal durchs Bewerbungsgespräch geschafft.«

»Was ist passiert?«

»Ich habe herausgefunden, dass es da eine Uterus-Steuer gibt.«

Graciella lachte. »Ah, so ein Laden.«

»Sagen wir einfach, dass ich für diese Penner niemals arbeiten könnte. Ich hoffe nur, dass Joshua nicht meinetwegen gefeuert wird.«

»Ist er wütend auf dich?«

»Nein! Er hat Schuldgefühle. Sagt, er hätte wissen müssen, was er mir da zumutet. Er findet mich toll, und alle anderen sind es einfach nicht wert.«

»Klingt, als würdest du oben auf dem Podest stehen, wo du hingehörst. Wo liegt das Problem?«

»Das Problem ist, dass er unter Wahnvorstellungen leidet.«

Graciella hielt sich zwei Finger an ihre geschürzten Lippen und beugte sich vor – das Signal, mit dem normale Menschen zeigten, dass sie jetzt ihren Drink vor Lachen ausgeprustet hätten, wären sie Teenager oder Lou Costello gewesen. Irene wusste die Geste zu schätzen. Graciella schluckte und sagte lächelnd: »Erklär mal.«

»Wir kennen uns erst seit zwei Monaten«, sagte Irene. »Wir haben kaum Zeit miteinander verbracht. Er hat nicht mal meine Familie kennengelernt!« Und ich seine ebenso wenig, doch das sagte sie nicht. »Er redet immer davon, dass alles ganz einfach sein wird, ganz wunderbar, ein Garten voller Einhörner. Er hat keine Ahnung, wie es wäre, jeden Tag mit mir zusammenzuleben.«

»Die Psi-Sache?«

»Ah. Teddy hat dir davon erzählt?«

»Er schämt sich kein bisschen dafür.«

»Na ja, ich weiß nur, dass ich es nicht ertragen könnte, wenn er mich anlügt.«

»Du wärst überrascht, was man alles ertragen kann«, sagte Graciella. »Ich wusste genau, wer Nick war, als ich ihn kennenlernte. Das war Teil der Anziehungskraft. Und fast zwanzig Jahre lang war es in Ordnung. Ich musste nicht darüber nachdenken, was er mit seinem Vater anstellte. Ich wusste, dass er immer noch aktiv war, dass er nicht sehr schöne Sachen machte, aber *unserer* Familie ging es gut. Wäre er nicht festgenommen worden, wäre ich immer noch die glückliche Hausfrau.«

»Das muss schön sein«, sagte Irene.

»Glücklich zu sein?«

»So zu leben. Die Lügen nicht zu bemerken.«

»Ach, die hab ich schon bemerkt.«

»Echt?«

»Du warst nie verheiratet, oder?«

»Mir wurde einmal damit gedroht.«

»Hier ist das Geheimnis. Ihr beide müsst manchmal lügen, damit es funktioniert. Er sagt: ›Du siehst toll aus in dem Outfit‹, du sagst ihm, er hat recht, was Clinton angeht. Und wenn er um drei Uhr nachts mit einem verdammten Beutel voller Zähne nach Hause kommt, dann achtest du darauf, ihn nicht zu fragen, wem sie gehören.«

»Gott«, sagte Irene.

Graciella starrte auf ihr Glas. »Stimmt. Das ist schrecklich. Wie konnte ich nur so leben?« Ihre Augen glänzten. Irene hatte Graciella noch nie emotional erlebt.

»Ich wusste, wenn Nick nicht da war, wo er zu sein behauptete«, sagte sie. »Oder wenn er sich irgendeine Geschichte ausdachte, aber eigentlich etwas für seinen Vater erledigte. Und ich hab's einfach ... durchgehen lassen.«

»Du musstest an die Jungs denken«, sagte Irene.

»Ich dachte an mich selbst. An all die Dinge, die ich hatte.«

»Es ist aber auch ein schönes Haus«, sagte Irene.

Graciella zuckte mit den Schultern. »Hat Joshua Geld?«

»Mehr als ich jedenfalls.«

»Und du kennst ihn seit zwei Monaten.«

»Fast drei. Wir haben uns online kennengelernt.«

»Online. Davon versteh ich nichts. Wie lange warst du persönlich mit ihm zusammen?«

Irene versuchte, die Tage zu zählen. »Vielleicht eine Woche? Zehn Tage?«

»Das ist verrückt, Irene! Zehn Tage, und er will, dass du nach Arizona ziehst?«

»Ich weiß. Das sieht mir gar nicht ähnlich.«

Aber *was* sah ihr ähnlich? Zu bleiben und sich um die Jungs zu kümmern, natürlich. Die offizielle Erwachsene im Haus zu sein. Sich selbst hintan zu stellen. Sie sagte: »Ich weiß nur nicht mehr, was für ein Mensch ich eigentlich sein will.«

»Dann bleib«, sagte Graciella. »Arbeite für mich. Kümmere dich um das Geld.«

»Du willst mich als Buchhalterin anstellen?«

»Wir stellen einen bescheuerten Buchhalter an. Ich brauche dich als Leiterin der Finanzabteilung. Als jemand, der weiß, wo die Leichen vergraben sind.«

Irene verzog das Gesicht.

»Ich meine monetäre Leichen«, sagte Graciella.

»Meinst du das ernst?«

»Toternst.« Dann: »Ich muss wirklich versuchen, mich anders auszudrücken.«

»Ich denke darüber nach«, sagte Irene.

»Verstehe. Du bist die Erwachsene. Niemals impulsiv. Lass uns weitertrinken.«

Einige Minuten später schob sich Dads Buick am Panoramafenster vorbei und auf die Einfahrt zu. Irene sagte: »Lass uns die Jungs holen.«

Doch Matty war in keinem der Stockbetten. Irene ging hoch ins Dachgeschoss und klopfte an die Tür zu seinem Zimmer. »Essen, Sohn!« Weil keine Antwort kam, klopfte sie noch einmal. »Matty?«

Sie griff zum Drehknauf. Er ließ sich nicht bewegen – was bedeutete, dass Matty von innen abgeschlossen hatte –, doch die Tür saß nicht richtig im Schloss. Sie drückte sie auf.

Matty lag regungslos im Bett, die Hände unter der Bettdecke. Mein Gott, nicht schon wieder, dachte sie. Sie wollte gerade rückwärts den Raum verlassen, als sie sah, dass seine Augen geöffnet waren.

»Matty?«

Sie wedelte mit der Hand vor seinen Augen herum.

»Matty. Hörst du mich?« Er rührte sich nicht. Sie legte eine Hand an seinen Hals, um sicherzugehen, dass er noch atmete.

»Mein Gott«, sagte sie. Ihr Sohn war ein verdammter Astralreisender.

Auf der Fahrt mit der Limousine zum Friedhof kam ihr der Gedanke: Vielleicht werden wir jetzt normal sein. Als die Beerdigung zu Ende war, begriff sie: Nein. Niemals.

Auf dem Weg dorthin schien Dad in einer Art Trance zu sein. Er saß auf der Rückbank, seinen Hut neben sich, und sah zu, wie die Telefonmasten vorbeirauschten. Irene war es, die Frankie und Buddy im Zaum halten musste. Buddy hatte sich geweigert, auf dem Sitz zu bleiben, und lag unten auf der Fußmatte, wo er mit Buntstiften auf einem großen Malblock malte. Frankie stellte immer wieder seine Füße auf ihn, sagte Dinge wie: »Wow, ist das eine bequeme Fußstütze.« Dann schlug Buddy seine Füße weg, und Irene brüllte sie beide an, und sobald sie einmal kurz nicht hinsah, fing der ganze Prozess wieder von vorne an.

Dad ignorierte sie. Das machte Irene nur noch wütender auf ihn. Sie war wütend, weil er nie aus dem Krankenhaus zurückgekommen war, um sie zu Mom zu bringen. Mrs Klauser hatte sie gebadet und in schicke Kleider gesteckt, als müssten sie sich für einen Auftritt vorbereiten. Dann hatte sie sie gezwungen, im Haus zu bleiben, nicht rauszugehen, weil sie sich dort schmutzig machen konnten. Nach drei Stunden Warten klingelte das Telefon. Mrs Klauser erklärte ihnen, dass sie doch nicht ins Krankenhaus fahren würden. Nur Irene verstand, was das bedeutete.

Dad hätte sie gleich am Morgen mitnehmen sollen. Mom wäre es egal gewesen, wie sie aussahen. Doch weil ihm *Äußerlichkeiten* so wahnsinnig viel bedeuteten, hatte Irene sich nicht von ihrer Mutter verabschieden dürfen. Keiner von ihnen.

Na ja, wenigstens war ihre Nummer jetzt vorbei. Ohne Mom gab es keine Erstaunliche Familie Telemachus mehr. Jetzt konnten sie sein wie alle anderen.

Bei der Zeremonie am Grab war es nicht annähernd so voll wie bei der Totenfeier am Vorabend oder in der Messe am Morgen, doch es waren immer noch mehr als hundert Menschen um den Sarg versammelt. Dad stieg aus der Limousine, ohne sich umzusehen, sodass Irene sich um die Jungs kümmern musste. »Leg das Malbuch ins Auto«, wies sie Buddy an. »Steck dein Hemd in die Hose«, sagte sie zu Frankie.

»Du bist nicht der Boss«, sagte er.

»Hör auf«, zischte Irene ihn an. »Das hier ist Moms *Beerdigung*.«

»Echt? Wusste ich ja gar nicht.« Frankie benahm sich wie ein Arsch, seit sie ihn gezwungen hatten, eine Krawatte anzuziehen.

Der Mitarbeiter des Beerdigungsinstituts führte sie zu einem Zelt über der Grabstelle, und dann ganz nach vorne, direkt neben das Grab. Sie setzten sich auf weiße Klappstühle, während die meisten anderen standen.

Jemand legte Irene eine Hand auf die Schulter. Sie blickte auf und sah, dass es eine rothaarige Frau war, die sie nie zuvor gesehen hatte. »Es tut mir so leid, Schätzchen«, sagte die Frau. »Wenn du irgendetwas brauchst, melde dich einfach.«

»Egal was«, sagte der Mann neben der rothaarigen Frau. Es war Destin Smalls, riesig wie immer.

Später wünschte sich Irene, sie hätte gesagt: »Alles, was ich will, ist, dass Sie unsere Familie in Frieden lassen.« Doch stattdessen sagte sie bloß »Danke« und drehte sich wieder um.

Der Priester sagte etwas, doch Irene konnte nicht zuhören. Was blieb noch zu sagen? Mom war weg, und Irene saß hier fest, sie war jetzt die verantwortliche Erwachsene.

Endlich war es an der Zeit, den Sarg in den Boden hinabzulassen. Irene griff Buddys Hand, für sich selbst genauso wie für ihn. Zwei Helfer in schwarzen Anzügen hockten sich neben das Metallgestell, das den Sarg hielt, und lösten ein paar Verschlüsse. Der Priester redete weiter, während die Männer die dicken Gurte bearbeiteten, die den nickelfarbigen Sarg hielten. Die Kiste senkte sich um einige Zentimeter, dann rührte sie sich nicht mehr.

Die Helfer sahen einander an. Sie lockerten die Gurte noch etwas mehr, doch der Sarg blieb, wo er war. Er schwebte, ungestützt. Ein Raunen ging durch die Menge. Dad schien nicht zu bemerken, dass etwas nicht stimmte. Er kaute auf seiner Lippe herum und blickte in die Ferne.

Irene drehte sich zu Frankie um. Tränen liefen ihm über die Wangen. Er stand steif da, mit geballten Fäusten.

Irene beugte sich zu seinem Ohr hinüber. »Hör auf«, sagte sie.

Frankie schüttelte den Kopf.

»Alles gut«, sagte sie. »Alles gut. Aber … lass sie langsam runter, okay?«

Plötzlich stürzte der Sarg einen halben Meter ab, und das Metallgestell erzitterte. Einer der Gäste quiekte.

»Hör auf, mir zu sagen, was ich *tun* soll!«, brüllte Frankie und rannte zum Auto.

Sie konnte nichts tun, außer die Tür zu schließen und zu warten, bis Matty in seinen Körper zurückkehrte. Graciella sah, dass etwas nicht stimmte. »Alles in Ordnung?«

»Er isst später was«, sagte Irene.

Dad verteilte die Hähnchenteile. »Eine Keule für den Herrn mit den Ninja-Turtles-Schuhen. Ein Stück Brust für den kräftigen jungen Mann gegenüber. Und zwei wunderbare Schenkel für Luke, den Unbeugsamen.«

Irene packte ihn am Arm. »Kannst du mal ganz kurz mit mir rauskommen?«

»Warte, bis du dran bist, meine Liebe, diese Jungs sind –«

»*Sofort*.«

Erst jetzt sah Dad ihr Gesicht und begriff, dass sie es ernst meinte. »Ah, Graciella, könntest du deine Jungs mit dem Wunder von Browns Krautsalat bekannt machen? Nach dieser kurzen Unterbrechung sind wir gleich wieder für Sie da.«

Irene führte ihn in den Garten hinterm Haus. Buddy spulte gerade rotes Kabel ab und legte es auf dem Rasen aus, als wolle er eine Sprinkleranlage installieren. Als er sie bemerkte, ließ er das Kabel fallen und ging in Richtung Garage.

»Halt!«, rief Irene. »Das geht an euch beide. Wusstet ihr von Matty?«

Buddy nahm die Hände hoch und zog sich zurück.

»Komm zurück, Buddy.« Er verschwand durch die Seitentür in der Garage. »Verdammt!«

»Wovon redest du?«, fragte Dad.

»Astralreisen«, sagte Irene. »Fernwahrnehmung. Wie auch immer du es nennen willst – Moms alte Nummer.«

»Du willst sagen, Matty hat Psi-Kräfte?«

»Verarsch mich nicht, Dad.«

»Wovon redest du denn?«, fragte er unschuldig.

»Da, schon wieder!«

Dad sah zum Haus. »Vielleicht sollten wir etwas leiser …? Ich meine – ähm –, lass uns leiser sprechen.«

»Wusstest du davon?«

»Ich habe vor Kurzem erfahren, ja, dass der Junge eine gewisse Begabung hat. Er hat offenbar ein paar Erfahrungen gesammelt.«

»Er ist gerade da oben –«, sie deutete in Richtung des Dachgeschosszimmers und der Luft darüber, »und fliegt in der Gegend herum! Verdammt, wann wolltest du's mir sagen?«

»Bald. Matty meinte, du würdest es nicht gut verkraften. Er hat Frankie um Rat gebeten, und dann habe ich –«

»Er hat es *Frankie* erzählt?« Mit einem Mal ergaben die vielen Übernachtungen Sinn. »Was kommt als Nächstes? Wollt ihr wieder mit der alten Nummer auf Tour?«

Teddy sah sie mit großen Augen an. »Glaubst du, Matty würde das wollen?«

»Nein!«, brüllte Irene. »Es spielt keine Rolle, was er will. Er ist vierzehn!«

»Du warst neun, als wir anfingen. Buddy war erst fünf.«

»Dafür bekommst du keinen Elternpokal.«

Graciella steckte den Kopf aus der Tür heraus. »Das Hähnchen wird kalt.«

»Damit ist die Sache noch nicht erledigt«, sagte Irene zu ihrem Vater. »Noch lange nicht.«

Irene stürmte ins Haus. »Graciella. Ich will am Montagnachmittag anfangen. Denn Montagvormittag zieh ich hier aus.«

»Okay …«, sagte Graciella.

»Montag ist Feiertag«, merkte ihr ältester Sohn, Julian, an.

»Ich arbeite auch an Feiertagen«, sagte Irene.

»Wer zieht aus?«

Matty stand im Eingang zur Küche. Mehrere Köpfe drehten sich um.

»Was?«, fragte er. »Was hab ich verpasst?«

»Du, ich, draußen«, sagte Irene. »Sofort.«

»Kann ich mir erst mal was vom Hähnchen nehmen? Ich verhungere.«

Irene holte tief Luft. »Nur ein Stückchen.«

Irene saß auf der Stufe vorm Haus – der neuen Stufe, mit den zu glatten Fliesen – und wünschte, sie hätte einen der Joints ihres Sohnes.

Mattys Vater hatte gern geraucht. Irene damals auch. Doch das war bloß eine weitere schlechte Angewohnheit, die sie mit Lev Petrovski abgelegt hatte. Sie hatte Matty nie erzählt, wieso sie seinen Vater nicht geheiratet hatte. Vielleicht war es an der Zeit, das nachzuholen.

Sie hatte nur zwei Dinge von diesem Mann erwartet. (*Mann*. Nicht wirklich. Er war damals neunzehn gewesen, zu jung, um Alkohol zu kaufen, außer in Wisconsin.) Das Erste war eine gewisse DNA-Qualität, womit sie ganz normale, gewöhnliche DNA meinte, voller dominanter Gene, die übertrumpfen würden, welche wildgewordenen Eigenschaften auch immer das Kind von seiner Mutter oder Großmutter erben könnte. Sie wollte kein begabtes Kind, keinen *erstaunlichen* Telemachus. Sie wollte ein ganz normales Kind, das nie in die Situation kommen würde, in einer landesweit ausgestrahlten Talkshow zeigen zu sollen, was es konnte.

Das Zweite war Levs Anwesenheit. Seine fortdauernde Anwesenheit. Es schien ihr nicht zu viel verlangt, dass er blieb, bis das Kind geboren war, doch selbst das war zu viel für Lev. In der Nacht, als die Wehen einsetzten, glänzte er durch Abwesenheit. Es war ein Uhr nachts, und er war mit seinen Kumpels unterwegs und nicht zu erreichen. Sie hatte ihn gebeten, sich einen Pager zu besorgen, doch dazu war er natürlich nicht gekommen.

Dad war es, der sie ins Krankenhaus fuhr. In den Kreißsaal wollte er sie jedoch nicht begleiten. »Dafür bin ich nicht gemacht«, sagte er, als könnte der Anblick der Muschi seiner Tochter ihn direkt in den Abgrund des Wahnsinns treiben. Sie ging allein hinein und legte sich allein in einen Raum, der für ihre von der Schwangerschaft sensibilisierte Nase ein einziges Desinfektionsmitteldampfbad war.

Sie hatte ihre Mutter noch nie so sehr vermisst. Es hatte andere Meilensteine gegeben – Geburtstage, den Tod ihrer Katze, ihre erste Periode, ihre Abschlussfeier der achten Klasse –, nach denen sich Irene davonstahl, um das Bild ihrer Mutter anzustarren und einseitige Mutter-Tochter-Gespräche zu führen. Doch in dieser Nacht im Krankenhaus, in der sie ein Kind in die Hände von Fremden presste, vermisste sie sie dermaßen, dass es wehtat. Und als sie endlich ihren Sohn neben sie legten, tat es wieder weh, weil sie ihn ihr nicht zeigen konnte.

Lev tauchte am Morgen wieder auf. Er entschuldigte sich immer wieder. Er bestaunte das Baby. Er sagte all die richtigen Dinge, die man sagen sollte, wenn man all die falschen Dinge getan hatte, doch irgendetwas in ihrem Herzen hatte dichtgemacht. Er war direkt aus einer der Bars gekommen, seine Kleider stanken nach Zigarettenqualm, und sie konnte es kaum ertragen, dass er ihren Sohn hielt. Noch bevor er das Zimmer verlassen hatte, entschied sie, dass er Matty nie wieder halten würde.

Seine Anwesenheit war nicht mehr notwendig. Und vierzehn Jahre später stellte sich heraus, dass Lev auch den DNA-Teil des Tests versemmelt hatte. Die Petrovski-Gene waren der McKinnon-Magie nicht gewachsen gewesen.

Es war Zeit für die Unterhaltung, die sie so gefürchtet hatte. Klapperstorch und Bienen zu erklären war ein Klacks, verglichen mit den Psychos und den Parapsychos. Irene war einunddreißig

Jahre alt, genauso alt, wie ihre Mutter gewesen war, als sie starb, und ein Teil von ihr hatte immer geglaubt, dass sie sterben würde, bevor sie sich diesem Moment würde stellen müssen. Aber nein.

Was war sie für ein Glückspilz.

Sie wollte gerade ins Haus zurückgehen und Matty einfangen, als Frankies gelber Bumblebee-Transporter in die Einfahrt bog und mit einem Quietschen zum Stehen kam. Einen Augenblick später rollte ein sechs Meter langer U-Haul-Umzugswagen heran und blieb vor dem Haus stehen.

Loretta sprang aus dem Transporter und marschierte die Rampe hinauf, finster dreinschauend wie ein Dämon. Die Zwillinge flitzten hinter ihr her.

»Hey, Loretta«, sagte Irene. »Was ist los?«

»Wir ziehen verdammt noch mal hier ein, das ist los. Wir sind gottverdammte Flüchtlinge.«

Irene trat zur Seite, um nicht umgerannt zu werden. Die Zwillinge stürzten sich mit einer vierarmigen Umarmung auf sie. »Tante Reenie! Wir sind aus unserem Haus rausgeworfen worden.«

»Da sind so Typen gekommen und haben unsere ganzen Sachen auf den Rasen gestellt!«

»Dad hat einen Laster besorgt!«

»Wirklich? Na, kommt erst mal rein und nehmt euch Hähnchen, Mädels.«

Mary Alice stieg aus dem Umzugswagen und kam über den Rasen auf sie zu. Frankie folgte ihr. Er sah aus, als hätte er keinen Lastwagen gefahren, sondern wäre von einem erfasst worden.

Mary Alice sah Irene in die Augen, schüttelte den Kopf und ging hinein.

Frankie sah zu ihr auf. »Ein kurzzeitiger Rückschlag«, sagte er.

»Wer hat euch rausgeschmissen?«, fragte Irene.

»Das ist kompliziert. Ist Matty da?«

»Halt dich bloß von Matty fern.«

435

»Was? Wieso denn?«

»Du hast mich schon verstanden. Du bist nicht sein verdammter *Coach*. Du wartest hier. Rühr dich nicht vom Fleck.«

»Du kannst mir nicht sagen, was ich tun soll. Ich bin ein erwachsener –«

Sie knallte die Tür hinter sich zu, bevor er den Satz beenden konnte. Matty stand im Flur und redete leise mit Mary Alice. Er hielt einen weißen Styroporteller in der Hand, der mit einer übergroßen Portion Hähnchen und einem Haufen Kartoffelbrei beladen war.

»Du«, sagte Irene und zeigte auf ihn. »Rauf.«

»Wolltest du nicht mit mir reden?«

Der Junge hatte keine Ahnung, wie ein Vollstreckungsaufschub aussah. »In dein Zimmer!«, sagte sie.

»Darf ich das Essen mitnehmen?«

»Betrachte es als dein letztes Mahl«, sagte sie mit eisiger Stimme.

Matty und Mary Alice wechselten einen finsteren Blick, dann ging er mit seinem überladenen Teller nach oben.

Irene rief: »Dad! Ich brauche dich hier!«

Er kam aus der Küche, noch immer mit jemandem scherzend, den sie nicht sehen konnte. Er sah Irenes Gesicht und runzelte die Stirn.

»Das musst du dir anhören«, sagte sie und ging wieder nach draußen.

Frankie stand jetzt auf der Stufe vorm Haus. »Zieh Dad nicht mit rein«, sagte er. »Ich regele das.«

»Du hast wirklich keine Ahnung«, sagte Irene.

Dad trat aus dem Haus, was Irene und Frankie zwang, ein Stück die Rampe hinunterzugehen. »Was ist los?«, fragte er.

»Nick hat ihm das Haus trotzdem weggenommen«, sagte Irene.

»Na ja, du hast ja gesagt, dass er von vorne bis hinten gelogen hat«, sagte Dad.

Frankie war fassunglos. »Du weißt von Nick?«

Graciella war Teddy aus dem Haus gefolgt. »Welcher Nick?«

»Wir haben ein Problem«, sagte Dad.

»Wir brauchen mehr Hähnchen«, sagte Graciella.

»Mein Gott«, sagte Irene leise. »Ich hab's so satt.«

»Mindestens achtundvierzig Teile«, fügte Graciella hinzu.

»Ich hab diesen Quatsch so was von satt«, sagte Irene.

Endlich schien Dad sie gehört zu haben. »Jetzt beruhigen sich alle erst mal«, sagte er. »Ich regele das.«

»Hier braucht keiner was zu regeln«, sagte Frankie. »Ich hab alles im Griff. Alles!«

Irene ließ einen lauten Schrei los. Alle sahen sie an, als erwarteten sie eine Übersetzung.

Aber das mussten sie doch verstehen: Es war nicht zumutbar, seinen Sohn in diesem Haus großzuziehen, unter diesen Bedingungen. Sie würde dafür sorgen, dass er normal war, verdammt noch mal. Dass er *langweilig* war.

Zu Frankie sagte sie: »Wo hast du den Umzugswagen gemietet?«

20

Frankie

Der Plan war simpel. Sich schlafend stellen. Aus dem Haus schleichen. Mitzis und Nicks Safe ausräumen.

Aus Schritt eins wurde nichts, weil es ihm nicht möglich war, ruhig liegen zu bleiben. Es war nicht nur die Nervosität, sondern die beschissene Luftfeuchtigkeit. Er war auf die Wohnzimmercouch verbannt worden, wo nur die Fenster für Abkühlung sorgten.

Es dauerte ewig, bis alle im Haus zur Ruhe kamen. Die Zwillinge sollten mit Loretta in einem der Dachgeschosszimmer schlafen, doch sie waren zu aufgedreht, weil sie mit all diesen fremden Jungs in Opa Teddys Haus waren. Sie fanden immer neue Vorwände, noch einmal aufzustehen. Erst ging jede von ihnen zur Toilette, dann kamen sie herunter in die Küche, um »kaltes Wasser« zu trinken (weil das Badezimmerwasser zu warm war?), und dann standen sie plötzlich vor seiner Couch und wollten, dass er ihnen »Schokomilch« machte. Die Mädchen brannten darauf, herauszufinden, was die anderen Kinder unten im Keller machten. Irene und Graciella waren um elf unten gewesen, um sie aufzufordern, das Licht auszumachen, doch von hier aus war unmöglich zu erkennen, ob sie der Anweisung gefolgt waren. Buddy hatte eine Art Tresortür eingebaut, und wenn sie geschlossen war, drangen weder Licht noch Geräusche hindurch.

Rund zwanzig Minuten vergingen, ohne dass die Zwillinge

sich meldeten. Er wollte bis Mitternacht warten, was noch eine gute Dreiviertelstunde war. Mitternacht erschien ihm günstig. Niemand außer Matty wusste, was er plante – und der Plan würde umgesetzt werden, verdammt noch mal. Ja, sein Vater hatte mit Nick Pusateri »geredet«. Dad wollte ihm zwar nicht verraten, worüber sie geredet hatten, doch es hatte offensichtlich nicht funktioniert. Typen vom Outfit waren trotzdem bei ihm zu Hause aufgetaucht, hatten seine Familie hinausgeworfen und dann angefangen, ihre Sachen auf den Rasen zu werfen: Möbel, Spielzeug, Töpfe und Pfannen, Berge von Klamotten. Frankie war gerade noch rechtzeitig gekommen, um Loretta von einem der Typen fernzuhalten. Frankie wusste, dass man diese »Umzugshelfer« besser nicht störte oder Streit mit ihnen anfing; sich mit vermutlich bewaffneten Gangstern anzulegen war ein schneller Weg, getötet zu werden. Doch die Wut hatte Loretta furchtlos gemacht. Nur die Anwesenheit ihrer (heulenden, verängstigten) Kinder hatte sie davon abgehalten, die Männer umzubringen. Und ihn. Oh, sie hatte nicht vergessen, dass dies seine Schuld war.

Weitere Minuten krochen vorbei. Seine Augen hatten sich an die Dunkelheit gewöhnt, doch das Zifferblatt konnte er noch immer nicht erkennen. Er lauschte ins Haus hinein und stellte erleichtert fest, dass es in den oberen Schlafzimmern still blieb.

Er setzte sich auf. Sein Hemd klebte feucht an seinem Rücken, obwohl Buddy ein Laken über das Ledersofa gelegt hatte.

»Bist du bereit?«, flüsterte er sich selbst zu. »Es wird Zeit, Frankie. Zeit –«

Beinahe hätte er »das Leben anzunehmen« gesagt. Doch mit dem UltraLife war er fertig. Wenn er noch eine einzige Gojibeere zu sich nehmen müsste, egal in welcher Form, würde er kotzen.

Anhand kaum erkennbarer Schemen suchte er sich tastend Hose, Socken und Schuhe zusammen. Seine Hosentasche enthielt den alles entscheidenden Zettel. In der Hand hielt er die leere

Werkzeugtasche. Es galt nur noch zwei Dinge zu erledigen, bevor er das Haus verließ.

Er stieg die Treppe hinab und stolperte dabei fast über den riesigen Profi-Akkubohrer, den Buddy hatte liegen lassen – obwohl Frankie genau danach Ausschau hielt. Sein Bruder hatte ihn benutzt, um eine Digitaluhr an der Wand neben der Kellertür zu montieren. Warum? Wer zur Hölle wusste das schon. Von einem Schimpansen hätte man mehr Antworten erhalten. Doch zumindest verrieten ihm die roten Ziffern die genaue Zeit: 23:15 Uhr. Gott. Er hatte nicht einmal bis halb zwölf durchgehalten.

Er drückte die Stahltür auf. Sie öffnete sich mit einem Kratzen, das er bei Tag nicht wahrgenommen hätte, doch dessen Nachtlautstärke bis auf elf ausschlug. Die einzige Lichtquelle im Raum dahinter waren die Kontrolllämpchen der Super-Nintendo-Konsole. Irgendwie machte das den Raum noch dunkler.

»Matty?«, flüsterte er. Er trat in den Raum hinein. Die neuen Stockbetten standen an der hinteren Wand, doch in welchem lag sein Neffe? »Hey. Matty.« Sein Fuß verfing sich in einem unsichtbaren Netzkabel, doch er behielt das Gleichgewicht.

»Er ist da drüben«, flüsterte eine winzige Stimme.

»Danke«, antwortete Frankie. Wow, war es hier unten kühl. Hatte Buddy eine Klimaanlage installiert? Warum zur Hölle musste er da oben in der Hitze schmoren?

»Hallo?«, sagte eine vertraute Stimme.

Frankie fuhr herum. »Marco.«

»Polo«, sagte Matty.

Noch immer flüsterten alle. Der Junge schien im unteren Bett zu liegen. Frankie ging in die Hocke und bewegte sich Stück für Stück voran, die Hand hochhaltend, um sich nicht am Holz den Schädel aufzuschlagen.

»Ich brauche dich als Aufsicht«, sagte Frankie.

»Was?«

»Du weißt schon. Dass du auf mich drauf siehst. Von oben.«

»Du willst es immer noch machen?«

»Ja, ich mach's. Natürlich mach ich's. Wir sind doch Telemachusse! Telemachi.«

»Klar, aber –«

»Ich brauche dich, Matty. Du bist mein –« Er versuchte, sich an einen großen Helfer aus der griechischen Mythologie zu erinnern, doch Castor und Pollux waren das einzige dynamische Duo, das ihm einfallen wollte, und Frankie wollte gerade wirklich nicht an seine Töchter denken. »Du bist meine Wache.«

Das Licht ging an. Frankie stand auf und knallte mit dem Hinterkopf gegen das Stockbett. Er kippte nach hinten und wäre fast auf dem Arsch gelandet.

»Was zur Hölle hast du hier zu suchen?« Irene stand in der Tür, in kurzer Hose und T-Shirt, die Hand am Lichtschalter. Der älteste von Graciellas Söhnen setzte sich in seinem oberen Stockbett auf, und der jüngste, der Frankie im Dunkeln geantwortet hatte, zog sich instinktiv die Decke über den Kopf.

»Ich *versuche* gerade«, sagte Frankie, den letzten Rest seiner Würde zusammennehmend, »mich zu *unterhalten*.«

»Das ist nicht der Zeitpunkt dafür«, sagte Irene.

»Ich wollte nur –«

»*Raus.*«

»Schon gut, schon gut«, sagte Frankie. Er versuchte, Matty einen bedeutungsvollen Blick zuzuwerfen, doch der Junge sah nur seine Mutter an. »Ich gehe. Ihr müsst nicht *nach mir sehen.*«

Irene holte ihn ein, als er gerade zur Haustür hinauswollte. »Was ist los mit dir? Wo willst du hin? Und was ist in der Tasche?«

»Nichts. Es ist heiß, Irene. Ich kann nicht schlafen.«

»Ich will mit dir über Matty reden. Gib mir zwei verdammte Sekunden.«

»Ich muss wirklich los.«

»Wohin denn?«, sagte sie entnervt. »Nach draußen?«

Er stöhnte.

»Ich kann nicht zulassen, dass du mit Matty sprichst«, sagte sie. »Nicht, solange ich nicht weiß, was los ist.« Draußen brannte ein Licht, und ihr Gesicht lag halb im Schatten. So sah sie zugleich älter und jünger aus.

»Jetzt komm«, sagte Frankie. »Du weißt genau, was los ist.«

»Nein, tu ich nicht. Aber wenn ich mich endlich mit Matty unterhalten kann und nicht mehr fünfzig Menschen in diesem Haus wohnen –«

»Willst du ihn uns wirklich wegnehmen?«

Irene blinzelte ihn an.

»Und nach Phoenix ziehen?«, fragte er.

»Nein«, sagte sie. »Wahrscheinlich nicht. Aber hier kann ich nicht bleiben. Nicht mit diesem … all dem hier.«

»Genau das ist der Grund, warum Matty nicht mit dir reden kann. Du hasst alles, was unsere Familie betrifft.«

»Das ist doch verrückt. Ich hasse nicht alles.«

»Nur die wesentlichen Teile. Pass auf – Matty wollte mit jemandem reden, der ihm nicht das Gefühl gibt, sich schämen zu müssen, okay? Das ist etwas, auf das man stolz sein kann. Er ist richtig gut in Fernwahrnehmung, vielleicht ist er irgendwann sogar besser als Mom. Aber es macht einem Angst, und als es ihm passiert ist, kam er zu mir, weil er wusste, dass ich es *großartig* finden würde.«

»Und ich bin froh, dass er das getan hat.«

»Was?«

»Ich bin froh, dass er mit dir geredet hat. Er brauchte jemanden, und wenn ich das nicht sein konnte, bin ich froh, dass es jemand aus der Familie war.«

»Okay …« Frankie wusste nicht, was er sagen sollte.

»Aber das ist jetzt vorbei«, sagte Irene. »Jetzt wird ihm der Kopf nicht mehr mit den ruhmreichen Geschichten von übersinnlicher Wahrnehmung gefüllt, bis ich die ganze Geschichte gehört habe – von ihm.«

»Klar. Die ganze Geschichte.«

Irene kniff die Augen zusammen.

»Denn das brauchst du ja!«, sagte Frankie. »Alles. Von Anfang bis Ende.«

»Du hast ihm das Gras gegeben, stimmt's?«

»Setzt du deine Kräfte gegen mich ein, Reenie?«

»Ich weiß nicht, versuchst du mich zu verarschen?«

Er lachte. »Okay, hör zu. Ich habe deinem Sohn *kein* Marihuana gegeben. Hast du mich gehört? Ich war's nicht.«

»Ich hab's gehört.«

»Gut. Wenn du mich jetzt entschuldigen würdest, gehe ich ein wenig die Nachtluft genießen.«

Er trat durch die Tür nach draußen und wäre fast auf den Fliesen ausgerutscht, die von der Luftfeuchtigkeit glatt geworden waren. Die Nachtluft war, wie sich herausstellte, so feucht und schwer wie Sumpfgas. »Junge, diese Feuchtigkeit«, sagte er. »Die ist ... wie sagt man? So süßlich.«

»Wie eine Sally-Struthers-Werbesendung«, sagte sie.

»Genau.« Irene wusste immer etwas Cleveres zu sagen.

»Tut mir leid wegen eurem Haus«, sagte sie.

»Ein kurzzeitiger Rückschlag«, sagte er und stieg in den Transporter.

Diese Irene. Immer die Clevere. Sie war nur ein Jahr älter als er, doch er hatte schon immer das Gefühl gehabt, dass sie Dinge begriff, die ihm verschlossen blieben, in einer Sprache sprach, die er nicht verstand. Der Sprache der Erwachsenen. Der Frauen. Als sie klein waren, brauchten Irene und Mom sich nur anzusehen, und es schien, als würden sie einander Informationen über eine Frequenz zubeamen, über die nur weibliche Exemplare dieser Spezies verfügten. Er war mit zwei Müttern aufgewachsen, und er hatte es keiner von ihnen je recht machen können.

Anders als Buddy. Buddy war ein emotionales Wrack, und

doch wurde er aus irgendeinem Grund geliebt. Vor allem Mom und Buddy teilten etwas, zu dem Frankie keinen Zugang hatte. Wenn Frankie sie miteinander kuscheln, sie einander etwas zuflüstern sah, dann wusste er, dass da für ihn kein Platz war.

Stattdessen richtete er seine Aufmerksamkeit auf Dad. Eine harte Nuss, doch zugleich der Mann, der die Schlüssel zu sämtlichen verschlossenen Räumen hatte. Frankie wollte nicht *wie* sein Vater sein, er wollte *er* sein. Er wollte einen feinen Anzug tragen, sich einen Hut tief ins Gesicht ziehen und ein Bündel Bargeld auf den Tisch legen. Teddy Telemachus war das Gegenteil von unsichtbar. Er zog die Blicke auf sich und lenkte gleichzeitig die Aufmerksamkeit der Betrachter auf das, was er sie sehen lassen wollte – eine leere Hand, eine mit Diamanten besetzte Uhr, die Krempe eines Hutes –, während er seine Magie vollführte.

Irene sagte immer, dass das Einzige, was Dad interessierte, ihre Nummer sei. Doch das hieß nicht, dass ihm die Familie egal war. Die Familie war die Nummer, und die Nummer war die Familie. Doch damals, als sie noch auf Tour gingen, wusste Frankie, tief in seinem Inneren, dass er als Darsteller eine Enttäuschung war, und auch als Sohn. Er konnte keine Büroklammer verbiegen. Er konnte kein Wasserglas schweben lassen. Es hätte niemanden überraschen sollen, als der Sagenhafte Archibald aufdeckte, dass Frankies Fähigkeiten nichts anderes waren als Dads Fuß, der den Tisch zum Leben erweckt hatte. Vom ersten Auftritt an hatte Dad jeden einzelnen von Frankies Tricks übernommen. Irene brauchte keine Hilfe; sie hatte echte Fähigkeiten. Buddy konnte, wenn er nicht gerade einen Zusammenbruch erlitt, jede Drehung des Glücksrades vorhersagen. Und Mom war natürlich die Beste von ihnen allen, ein Talent von Weltrang in einer zweitklassigen Vaudeville-Nummer.

Und Frankie? Frankie war der Falschspieler.

Erst bei Moms Beerdigung bewegte er tatsächlich etwas, doch selbst da konnte er es nicht für sich beanspruchen. Die Kraft schien von außerhalb seiner selbst zu kommen, unaufgefordert, als er sah, wie seine Mutter in den Erdboden hinabgelassen wurde. Dann kam jahrelang nichts mehr, bis er das Flippern für sich entdeckte, und wieder hatte er das Gefühl, als würde er den Automaten nicht kontrollieren, sondern vielmehr mit ihm kommunizieren. Die Verbindung konnte jederzeit abreißen. Seine Macht war nichts, was er besaß, sondern ein launischer Gefährte, den er umwerben musste, damit er kam, und der sofort verschwand, wenn er sich ängstlich zeigte.

Er hätte sein ganzes Leben damit verbracht, nach diesem Gefühl zu suchen, wenn er nicht in diese Bar in der Rush Street spaziert und dort Loretta getroffen hätte. Sie war der erste Mensch gewesen, der ihn für etwas Besonderes hielt. Am Morgen, nachdem sie das erste Mal miteinander geschlafen hatten, wollte er gerade seine Hose anziehen und gehen, doch sie packte ihn am Hosenbund und zog ihn zurück ins Bett. »Vielleicht hast du's noch nicht verstanden«, erklärte sie ihm. »Du bist jetzt mein Mann.«

Er wusste nicht, was er darauf erwidern sollte, und sie sagte: »Das kommt schon noch bei dir an.«

Es kam an. Und er blieb. Loretta war zehn Jahre älter als er, doch indem sie ihn zu ihrem Mann erklärte, hatte sie ihn zum vollwertigen Erwachsenen befördert. Sie wollte, dass er ihr half, ihre Tochter großzuziehen, und sie wollte weitere Babys. Sie wollte, dass ihre Kinder Telemachus-Kinder waren. Und als er ihr erklärte, dass er eine eigene Firma gründen wollte, glaubte sie ihm. Und als er sagte, dass er etwas Großartiges vorhatte, glaubte sie auch das. Sie fiel auf ihn herein.

Das war *ihr* Fehler. Seiner war, dass er selbst auf sich hereingefallen war. Jetzt bestand der einzige Ausweg aus dieser Zwickmühle, dieser Riesenscheiße, die er angerührt hatte, darin, sämtliche Lügen wahr werden zu lassen.

Er musste etwas Großartiges tun.

Doch die Paranoia, die mit einem großartigen Akt einherging, machte ihn fertig. Scheinwerfer schienen ihm zu folgen. Auf der North Avenue war er sich sicher, dass ihm ein Polizeiauto auf den Fersen war, doch als das Fahrzeug ihn überholte, sah er, dass es bloß eine Limousine mit einem Dachgepäckträger war. Einem Dachgepäckträger! Wieso waren diese Dinger überhaupt erlaubt?

Frankie stellte den Wagen am Straßenrand ab, knapp zwanzig Meter von der Gasse entfernt, die zum Hintereingang von Mitzi's Tavern führte. Er parkte außer Sichtweite aller Videokameras, die Mitzi vielleicht installiert hatte, und trotzdem waren es nur hundert Meter bis zur Hintertür. Nicht zu weit, um zu rennen, auch mit einer Tasche voll Geld. Dafür würde seine Werkzeugtasche herhalten.

Bei dem Gedanken an Videokameras erinnerte er sich an seine Verkleidung. Er griff unter seinen Sitz und zog die White-Sox-Baseballkappe hervor, die er in einer Drogerie gekauft hatte. Niemand würde auf den Gedanken kommen, dass ausgerechnet Frankie Telemachus unter der verfickten Sox-Kappe steckte. Er ging seine mentale Checkliste noch einmal durch. Verkleidung, Werkzeugtasche ... und was noch? Richtig. Die Schlüssel zum Königreich. Er schaltete seine von Bumblebee zur Verfügung gestellte Maglite ein und sah auf den Zettel, den er eingesteckt hatte. Darauf standen zwei Zahlengruppen: eine für die Alarmanlage der Tür und eine für den Safe. Matty hatte sie ihm beide besorgt.

Er wandte sich an den Bereich oberhalb des Transporters. »Alles im Blick, Matty?«

Es kam keine Antwort. Und das war, kurz gesagt, das große Manko der Fernwahrnehmung; sie funktionierte nur in eine Richtung. Irgendjemand musste mal ein Mobiltelefon für Hellseher erfinden. Wie wär's mit –

Ein 1960er Chevelle rollte vorbei und bog sehr langsam in die nächste Straße ein.

Zu langsam?

Nein, dachte er. Das war die Paranoia. Sie ließ ihn zaudern. Und schlimmer noch, der Name für den Hellseher-Telefonanbieter war futsch. Ihm hatte ein richtig guter Wortwitz auf der Zunge gelegen, und jetzt war er ihm entfallen. Er saß einen Moment lang da und versuchte, sich zu erinnern. Es war ein Firmenname ...

Verdammt! Er zögerte das Ganze schon wieder hinaus.

»Okay, Matty«, sagte Frankie zum Äther. »Ich gehe rein. Wenn ich in Schwierigkeiten gerate, ruf *nicht* die Bullen! Hol Opa Teddy. Wenn er nicht aufstehen will, hol Onkel Buddy. Und als letzte Option, deine Mom.«

Er hätte das alles wirklich sagen sollen, bevor er aufgebrochen war. Blöde Irene, die musste sich einfach immer in alles einmischen.

Er zog sich die Kappe tief ins Gesicht, griff nach seiner Werkzeugtasche und marschierte mit ausgeschalteter Taschenlampe die Gasse entlang. Hier war es so dunkel, dass er fürchtete, er könnte stolpern und von irgendetwas aufgespießt werden. Schließlich schaltete er die Lampe ein. So hell! Einbrecherhell! Er eilte zur Hintertür der Bar und richtete das Licht auf das Schloss.

Dies war der riskanteste Teil des Plans, der Schritt, vor dem er solche Angst hatte. Er holte tief Luft und packte den Türknauf.

Mitzi zu beklauen erforderte drei Dinge: den Alarmanlagencode, die Kombination zum Safe und eine Lösung für das Hintertürschloss. Als Matty ihm anvertraute, wozu er fähig war, waren die ersten beiden Teile des Rätsels gelöst. Alles, was Frankie tun musste, war, das Türschloss zu knacken.

Er hatte Wochen damit verbracht, in seiner Garage zu üben, genau wie damals vor der *Alton Belle*. Er richtete seine Gedanken auf Vorhängeschlösser, auf das Innenleben von Türschlössern, starrte Türen aller Art in Grund und Boden. Er beschwor alles an psychokinetischer Energie herauf, was sein Körper hergab.

Und scheiterte. Jedes verfickte Mal.

Buddy Telemachus hatte, in dieser einen Nacht im Casino, das letzte Bisschen Selbstvertrauen zerstört, das Frankie geblieben war. Und ohne Selbstvertrauen war er nichts. Doch wenn Buddy ihm das genommen hatte, durfte Frankie auch Buddy etwas wegnehmen.

Er öffnete die Werkzeugtasche und holte die gigantische Bohrmaschine seines Bruders hervor. Der Bohrer sah aus wie ein Artilleriegeschoss aus dem Zweiten Weltkrieg. Er drückte den Abzug, brachte den Metallbohrer auf Maximalgeschwindigkeit, und rammte ihn in das Schloss.

Das Kreischen brachte ihn fast dazu, den Akkubohrer fallen zu lassen und zu flüchten, doch er wusste, wenn er jetzt aufgab, würde sich nie wieder eine solche Gelegenheit ergeben. Er hielt das bebende Gerät mit beiden Händen und stemmte sich dagegen. Mit einem Knall durchdrang der Bohrer die Tür.

Jawoll. Wenn er sich schon nicht auf seine Kräfte verlassen konnte, dann wenigstens auf Black & Decker.

Er griff mit zwei Fingern durch das Loch und zog die Reste des Schließmechanismus heraus. Dann zog er an der Tür.

Sie bewegte sich nicht, und dann plötzlich doch.

Und da war das Bedienpult für die Alarmanlage. Einen halben Meter von der Tür entfernt leuchtete und blinkte das Keypad.

Er stürzte hinein. Die Bar war dunkel, doch er kannte diesen Gang genau. Und der Alarmanlagencode war simpel, so simpel, dass er ihn auswendig kannte. Jedenfalls dachte er, ihn auswendig zu kennen.

Auf dem Bedienpult war ein Countdown zu sehen: 28, 27, …

Verdammt, wo war der Zettel? Der Zettel war weg. Es fing mit einer Vier an, dachte er.

Dann fand er den Zettel in seiner anderen Hosentasche und hielt ihn vor die Taschenlampe. 4-4-4-2. Als er ihn sah, erinnerte er sich wieder.

Er gab die Zahlen ein. Die Kiste prüfte seine Eingabe und

blinkte dann zweimal. Er richtete die Taschenlampe auf die LCD-Anzeige. Der Countdown lief weiter: 18, 17, …

»Scheiße«, sagte er. Er sah wieder auf den Zettel. 4-4-4-2, genau, wie er es eingegeben hatte. Er drückte noch einmal auf die Zahlen, diesmal ganz langsam.

Er starrte auf das Bedienpult, blind vor Panik. Was zur Hölle stimmte denn nicht?

»Mann, Matty!«, sagte er laut. »Hast du das versemmelt? Hast du mich in die Scheiße geritten?« Auf dem Display war die 8 zu sehen, dann die 7. So viele gottverdammte Zahlen!

Dann fiel ihm die Enter-Taste auf.

Er drückte sie.

Der Countdown wurde durch die Worte »Bereit zum Sichern« ersetzt.

Keuchend ließ er sich gegen die Wand sinken. Dann hob er sein Hemd und wischte sich damit den Schweiß vom Gesicht.

»Ich bin drin«, ließ er Vielleicht-Matty wissen. »Tut mir leid, dass ich geflucht habe.«

Er musste sich Matty zuliebe cool geben, doch im tiefsten Herzen wusste er, dass er das hier nie wieder tun würde. Konnte schon sein, dass echte Diebe sich an der Gefahr berauschten. Konnte schon sein, dass sein Vater am Pokertisch saß und den Gangstern in die Augen sah, während er sie beraubte. Doch so war Frankie nicht.

Wenn er abhaute, in dieser Sekunde, käme er noch mal als freier Mann davon. Aber was dann? Wenn er jetzt kniff, würde er sein Haus nie zurückbekommen, und Loretta würde ihm nie verzeihen. Er konnte alles verlieren: seine Ehe, die Zwillinge, und ganz sicher Mary Alice, die ihn eh nicht dahaben wollte. Doch er wollte da sein. Er wollte der Typ sein, der blieb, auch wenn sie wollte, dass er ging, weil er besser sein wollte als ihr nichtsnutziger Vater.

Nein. Der einzige Ausweg bestand darin, es durchzuziehen.

Er steckte die Bohrmaschine in die Tasche und folgte dem Licht seiner Maglite durch den Gang in den Barraum. Das Bud-Light-Schild leuchtete im Fenster und überzog den Tresen mit einem roten Film. Blieben die Zapfhähne wohl über Nacht an? Er sollte zumindest eine Flasche Scotch einstecken, bevor er ging.

Die Tür zu Mitzis Büro war unverschlossen. Er trat um den Schreibtisch herum und richtete den Lichtstrahl auf den schwarzen Safe.

»Okay, Matty«, sagte er. »Jetzt gilt's.« Er hockte sich neben den Safe und hielt den Zettel in den Lichtschein der Taschenlampe. Die zweite Nummernfolge war die Kombination des Safes: 28-11-33. Ihm dröhnten die Ohren.

»Ich entschuldige mich jetzt schon, falls ich fluchen sollte«, sagte er.

Er drehte einmal kräftig am Einstellrad, um neue Zahlen eingeben zu können, dann stellte er jede Zahl einzeln ein, erst links herum, dann rechts, dann wieder links. Es gab keinen Hinweis darauf, dass die Kombination korrekt war. Er drückte den Handgriff nach unten und zog.

Die Tür öffnete sich.

»Dem verfickten Gott sei Dank«, sagte Frankie. Freudiges Fluchen war erlaubt, entschied er. »Und danke dir, Matty.«

Plötzlich fiel ihm der Name des imaginären Telefonanbieters wieder ein: *Astral Travel and Telephony*. AT&T! Ha! Den musste er dem Jungen erzählen.

Er richtete den Lichtstrahl in den Safe. Es fiel ihm schwer, zu verarbeiten, was er da sah. Er nahm das Licht weg, leuchtete wieder hinein, strahlte in jeden Winkel des Safes, als könnte irgendwo ein doppelter Boden sein, ein Spiegel. Aus seiner Kehle drang ein helles Jaulen, das klang, als würde Luft aus einem Luftballon entweichen.

Der Safe war leer. Fast leer: eine Kinderlunchbox lag im oberen Fach. Sie war zu klein, um enthalten zu können, was er brauchte.

Zwei Silben hallten ihm durch den Kopf, immer und immer wieder: KEINGELD KEINGELD KEINGELD ...

Er zog die Lunchbox heraus, ein *Teenage Mutant Ninja Turtles*-Modell aus flexiblem Material. *Geld?*, fragte er die Box. Er riss den Verschluss auf. In der Box war ein Plastikbehälter, der die Reste von Popcorn enthielt, vielleicht auch kleine weiße Kaugummis.

Kein Geld.

Nicht mal ein beschissener Isolierbehälter.

»Verdammt!«, brüllte er. »Lass mich doch einmal Glück haben! Nur ein beschissenes Mal!«

Eines hatte er in diesem Sommer gelernt, während er das Schlösserknacken geübt hatte – und daran gescheitert war: Wenn er wirklich frustriert war, hatte er die Kraft, einen Safe hochzuheben und ihn über den Kopf zu stemmen. Natürlich hatte er auch gelernt, dass er den Safe, wenn er das Gleichgewicht verlor, versehentlich auf das Auto seiner Frau fallen lassen konnte.

Als er diesmal den Safe hochhob – ihn erst auf Hüfthöhe wuchtete, dann an die Brust –, wählte er sein Ziel genau. Er schleuderte das Ding auf Mitzis Schreibtisch, und das explosionsartige Bersten des Holzes klang so befriedigend, dass es ihn beinahe beruhigte.

Dann dachte er: Ich muss hier weg.

Er eilte durch den Gang zur Hintertür. Wieso sollte Mitzi das Geld woanders hingebracht haben? Es war doch schon in einem Safe! Die Stapel von Geld hätten im Safe liegen und auf ihn warten sollen. Er hätte sein Haus zurückkaufen können – nein, sich ein neues Haus kaufen, mit zwei Bädern, und einer Klimaanlage. Und dazu ein neues Auto. Er wäre heimgekehrt wie ein griechischer Held in seinem Toyota-Streitwagen, und die Zwillinge wären ihm entgegengerannt. Selbst Mary Alice hätte gelächelt. Und Loretta – Loretta hätte ihn nicht verlassen.

Die Hintertür ließ sich natürlich nicht mehr schließen. Er zog sie zu, so gut es ging, und lief mit großen Schritten durch die Gasse, noch immer kochend vor Wut. Er musste mit Matty reden. Wann hatten die Pusateris das Bargeld weggebracht, und wieso hatte der Junge sie dabei nicht beobachtet? Vielleicht konnte er in Nicks Haus herumschnüffeln und herausfinden, wo sie das Geld aufbewahrten. Niemals würde der Mafioso so viel Geld zur Bank bringen.

Plötzlich wurde die Wand neben ihm von Scheinwerferlicht erhellt; selbst seine Silhouette wirkte überrascht. Die Bullen! Einen langen Augenblick lang war er gelähmt, weil er Blaulicht und das Jaulen einer Sirene erwartete. Doch es kam nichts, nichts außer dem leisen Scheppern einer sich öffnenden Autotür. Das Geräusch löste die Lähmung seiner Beine. Er rannte wild auf die Straße zu, die Werkzeugtasche klirrend an seiner Seite, und sprang um die Häuserecke herum.

Er erreichte die Fahrertür seines Transporters und knallte beim Stehenbleiben mit dem Ellbogen gegen den großen Außenspiegel. Er riss die Tür auf, warf die Werkzeugtasche und die verfluchte Lunchbox hinein. Wo war der Schlüssel? Er suchte in der einen Tasche, fand ihn nicht. Hatte er ihn verloren? Wo war seine Taschenlampe? Er stieß die Hand in die andere Tasche.

Schlüssel!

Er startete den Motor und sah in die Außenspiegel. Der auf seiner Seite stand schief, doch im anderen war der Schatten eines Riesen zu sehen, der aus der Gasse kam. Der Riese drehte sich um und hob den Arm. Wenn er keine Knarre hatte, dann war es zumindest eine sehr überzeugende Pantomime.

Barney, dachte Frankie. Wie zur Hölle war Barney so schnell hergekommen? Und wieso war er überhaupt hier?

Frankie fuhr mit quietschenden Reifen los, und die gesamte Rückfahrt hindurch dröhnten ihm die immergleichen zwei Silben durch den Kopf:

Kein Geld.

Kein Geld.

Kein Geld.

4. SEPTEMBER

21

BUDDY

Das Mächtigste Medium der Welt steht mit einem Buntstift in der Hand vor dem Kalender. Jedes nummerierte Rechteck ist ein Kästchen, das der Definition nach alles enthält, was in diesen vierundzwanzig Stunden passieren wird. Die Kästchen füllen die gesamte Seite, doch es bringt nichts, zurückzublicken oder vorauszuschauen. Nicht für ihn. Das einzige Rechteck, das zählt, ist das heutige.

Dieses Rechteck ist bereits mit einem pinken Kreis umkringelt. Er hat die Markierung schon vor Monaten gemacht, mit genau diesem Buntstift.

Zap.

Ihm ist schwindlig, als stünde er mit verbundenen Augen am Rand eines Schwimmbeckens. Die endlose Reihe vergangener Tage steht hinter ihm und schubst ihn voran. Ist das Becken voll oder leer? Wenn er fällt (und er wird fallen, so viel weiß er), wird er dann auf den Beton aufschlagen oder wird ihn das weiche Wasser auffangen? Das weiß er nicht. Er weiß es nicht, und das Nichtwissen macht ihm Angst. So muss es für alle anderen sein, jeden einzelnen Tag, und er hat keine Ahnung, wie sie es ertragen.

Es ist 06:30 Uhr am Morgen, und er hat noch so viel zu erledigen, bevor die Zukunft um 12:06 Uhr enden wird. Über einige dieser Dinge denkt er schon seit Jahren nach. Bilder der Ereignisse des Tages hat er wie Schnappschüsse im Portemonnaie aufbewahrt. Manche hat er vor vielen Jahren gemalt, am Küchentisch, ermutigt von seiner Mutter. Doch andere Ereignisse liegen im Schatten. Er hat sie sich nicht allzu genau angesehen, denn wenn er sich ganz klar daran erinnert, macht er aus Möglichkeiten Gewissheiten, und er will nicht, dass alles schon im Voraus feststeht.

Aber oh, wie unheimlich diese Schatten sind. Der Gedanke an Querschläger lässt ihm keine Ruhe.

Er hebt die Hand und ist nicht überrascht, dass sie zittert. Er beruhigt sich, indem er sich auf den Buntstift konzentriert. Es ist seine Lieblingsfarbe, ein ganz spezielles Pink. Als seine Hand aufhört zu zittern, zeichnet er ein X in das Kästchen, das den Tag enthält.

»Du bist früh wach«, sagt Irene.

Er legt den Buntstift zur Seite. Irene ist noch schläfrig, noch müde. Wahrscheinlich hat sie im Dachgeschosszimmer nicht gut geschlafen. Sie musste sich das Bett mit Mary Alice teilen. Irene steckt einen Kaffeefilter in die Mr Coffee-Maschine und greift nach der Dose.

»Ich habe mir gedacht, wir sollten ein Picknick machen«, sagt er. »Hier bei uns. Hot Dogs für die Kinder. Hamburger und Bratwurst für die Erwachsenen.«

Sie sieht ihn an, mit einem komischen Lächeln im Gesicht. »Ja guck an, du redest ja!«

»Ich dachte an zwei Pakete Hot-Dog-Würstchen«, sagte er. »Und drei oder vier Pfund Hackfleisch, aber ... ich weiß es nicht. Ich weiß nicht, wie viele Leute mitessen werden.« Das Picknick wird, wenn es überhaupt dazu kommt, auf der anderen Seite der Geschichte stattfinden.

»Kannst du nicht Moms Lammfrikadellen machen?«, fragt Irene. »Du weißt schon, die mit dem Feta und der Minze?«

»Oh.« Er hatte sich daran erinnert, dass er das Hackfleisch zu flachen, runden Frikadellen formte, war aber davon ausgegangen, dass er daraus Hamburger machen würde. Hah.

»Du musst nicht, wenn du dich schon für Burger entschieden hast«, sagt Irene.

»Nein, kein Problem.« Mom hatte sich ein paar griechische Rezepte beigebracht, hauptsächlich auf Frankies Wunsch hin, und Buddy hatte sie sich eingeprägt. Eine gute Idee, das Rezept an ihrem Todestag zuzubereiten. »Kannst du für mich einkaufen fahren?«

Er schreibt die Zutaten auf und verdreifacht das übliche Rezept für die Anzahl Menschen im Haus. Und dann beginnt er, die Kochanweisungen aufzuschreiben. »Für alle Fälle«, sagt er. »Vielleicht schaff ich es nicht ...« Er spricht den Satz nicht zu Ende.

»Du siehst so nervös aus«, sagt Irene. »Keine Sorge. Das wird schon alles wieder gut.«

»Was hast du gesagt?« Er blickt auf. Ihm kommen die Tränen. Unerwartet, ungebeten. Eine der ersten Überraschungen des Tages.

»Ach, Buddy.« Sie legt ihm eine Hand an den Hals. »Es tut mir leid. Ich weiß, es stresst dich, wenn so viele Leute da sind.«

Er atmet durch. Es gilt so viele Teller in Bewegung zu halten, und einige von ihnen geraten bereits ins Schlingern. »Es ist schon eine Menge zu bewältigen«, sagt er.

MATTY

Er flog über Wasser. Das schieferblaue Wasser erstreckte sich bis zum Horizont, wo die aufgehende Sonne sich golden spiegelte, und er bewegte sich auf der glänzenden, sich kräuselnden Straße des Morgengrauens darauf zu. Er spürte nichts, hörte nichts. Da war keine *Geschwindigkeit.* Vielleicht bewegte er sich überhaupt nicht, sondern schwebte nur an einem Ort, während die Erde sich unter ihm drehte. Und als er an den Planeten dachte, war er da, eine blau-grüne Kugel, die unter seinen Füßen leuchtete. So schön. Er blickte nach oben, ins Schwarz des Weltalls, und sah einen Stern, der ihm zublinkte. Oder war das Mars? Er ging näher heran –

– und wachte jaulend auf.

Ein Traum. Oder doch nicht? Konnte sein Astralselbst sich etwa davonstehlen, während er schlief? Was, wenn es nicht mehr zurückfand? Eine weitere Sache, über die er sich Sorgen machen musste.

Gott, was musste er pinkeln.

Er lag in dem Stockbett und starrte auf die Metallfedern und Latten. Keine neuen Lieferungen, Gottseidank. Der Raum war stockdunkel, bis auf einen schmalen Spalt in Buddys neuen Metallvorhängen. Wie spät war es?

Schließlich drängte ihn seine Blase aus dem Bett. Beim Aussteigen knarrte und schwankte das gesamte Stockbett. Das waren nicht gerade die stabilsten Konstruktionen, die Buddy je gebaut hatte.

»Oh Mann, echt jetzt?«, sagte eine Stimme über ihm.

»Entschuldigung«, sagte Matty.

Julian, der Älteste der Pusateris, schnaubte abschätzig. Er konnte sogar im Dunkeln mit den Augen rollen. Matty hatte am Abend zuvor entschieden, dass er ihn nicht mochte, und das nicht nur, weil der ältere Junge ihm beim Super-Mario-Spielen fertiggemacht hatte. Jedes Mal, wenn Onkel Buddy hereinkam, verzog Julian das Gesicht. Als Malice den Keller betrat, sah er sie skeptisch an und sagte: »Na klar. Ein Grufti.«

Das andere Stockbett, mit den anderen beiden Pusateris, stand rechts von ihm, was bedeutete, dass das Kellerklo links von ihm war. Er ging los.

Julian sagte: »Was geht hier eigentlich ab?«

»Nichts«, sagte Matty, ohne sich umzudrehen. Er hatte gelernt, mit der willkürlichen Aggression älterer Jungs umzugehen. Die Schule war eine Hundewiese, auf der die großen Hunde von der Leine gelassen wurden und die Welpen allein klarkommen mussten, denn Lehrer waren weit weg und nutzlos. Der Trick bestand darin, den Kopf unten zu halten und nicht stehen zu bleiben.

»Ich meine mit euch allen«, sagte Julian.

»*Hey!*« Matty fuhr herum, angetrieben von einer plötzlichen Wut. »Du kennst uns überhaupt nicht.«

»Ich weiß, *was* ihr seid.« Doch es klang nicht so, als sei er sich da besonders sicher. Er schien genauso überrascht zu sein wie Matty, dass jemand Jüngeres und Ärmeres es wagte, ihm zu widersprechen.

»Einen Scheiß weißt du. Wir waren im Fernsehen. Wir sind die Erstaunliche Familie Telemachus.«

»Ja? Na, dann zeig mal was Erstaunliches.« Julian hüpfte vom Bett. »Im Ernst. Mach irgendwas. Jetzt.«

Matty wich nicht zurück. »Frag mich, ob ich einen Fünfer klein machen kann.«

»Was?«

»Frag mich. Und dann gib mir einen Fünfdollarschein.«

»Fick dich.«

Matty zuckte mit den Schultern. »Gut. Vergiss es.«

»Nein, warte.« Er griff in seine Jeanstasche und holte ein Nylonportemonnaie hevor. »Ich hab einen Zehner. Geht das auch?«

Matty gab vor, darüber nachzudenken. »Alles klar. Jetzt frag mich.«

»Können Sie, Schwanzlutscher, mir zehn Dollar klein machen?«

»Natürlich, Herr Arschwichser.« Matty faltete den Zehndollarschein, ließ ihn in seiner Faust verschwinden, und entfaltete einen Zweidollarschein. Er ließ ihn knallen und zeigte ihn Julian.

»Scheiße! Wo sind meine zehn Dollar? Wie hast du das gemacht?«

»Für zwanzig zeig ich's dir«, sagte Matty.

»Okay.«

»Später«, sagte Matty. »Ich muss pinkeln.«

Nach dem Pinkeln ging er nach oben. Onkel Buddy stand am Herd und formte Schnecken aus Zimtteig, die er auf ein Backblech legte. »Die sind in ein paar Minuten fertig«, sagte Buddy. »Deine Mom ist gerade einkaufen.«

»Danke.« Es fühlte sich merkwürdig an, dass Onkel Buddy ihn unaufgefordert ansprach. Merkwürdig, aber nett.

Das Haus war still, weil alle außer Buddy noch in ihren Zimmern waren, und das war gut, denn Matty wollte jetzt ungestört sein. Er ging ins Wohnzimmer, wo ein halbnackter Onkel Frankie auf der Couch lag wie ein Matrose, der sich im Segeltuch verfangen hatte und ertrunken war. Matty ging neben ihm in die Hocke und berührte ihn an der Schulter. Dann stieß er ihn mit dem Finger an.

Frankie öffnete ein Auge. Es dauerte lange, bis der Rest seines Gesichts das Bewusstsein zurückerlangte.

»Und?«, sagte Matty.

»Kein Geld«, krächzte Frankie.

»Was?«

Das zweite Auge klappte auf. »Kein. *Geld*.«

»Aber der Safe —«

»Leer. Jedenfalls …« Er machte die Augen wieder zu. »Nichts Brauchbares.«

»Kein Geld«, sagte Matty ungläubig.

»Wie spät ist es?«, fragte Frankie.

»Weiß ich nicht. Nach acht?«

»*Fuck*.« Dann. »Entschuldigung.« Er setzte sich auf und hustete heftig. Dann sah er Matty in die Augen. »Du hast nicht gesehen, wie sie es weggebracht haben oder so?«

»Nein! Immer, wenn jemand gezahlt hat, hat er es in den Safe gelegt. Ich schwöre.«

Frankie sah zu Boden. Nach einer Weile sagte Matty: »Was machen wir jetzt?«

»Wir machen jetzt gar nichts«, sagte Frankie. »Es gibt nichts, was wir tun können. Wir sind am Arsch.«

Die ganze Arbeit, dachte Matty. Der ganze Ärger, und jetzt stand er mit leeren Händen da? Hatte nichts, was er Mom geben konnte?

Frankie sah über Mattys Schulter hinweg. Matty drehte sich um und sah Malice, die sie anstarrte. Ohne das Make-up sah sie viel jünger aus, viel zerbrechlicher.

»Wer sind diese Typen?«, fragte sie und nickte in Richtung Fenster.

Matty stand auf. Ein silberner Transporter stand in der Einfahrt.

»Lass sie nicht rein!«, wies Matty Malice an. Er rannte nach oben und dachte: *Sie kommen, um mich zu holen!*

TEDDY

Jemand hämmerte gegen seine Schlafzimmertür. »Opa Teddy?«, hörte er Mattys verzweifelte Stimme sagen. »Bist du da drin? Agent Smalls ist da!«

Jetzt schon?, dachte Teddy. Sie hatten neun Uhr abgemacht. »Ich komme runter«, sagte er. Zum Glück hatte er schon geduscht und sich angezogen. Er hatte einen seiner besten Maßanzüge ausgewählt, aus dunkelgrauem Merinostoff mit schwarzen Nadelstreifen, in der Stadt von niemand Geringerem als Frank De-

461

Bartolo von Hand genäht. Die lila Krawatte mit Paisleymuster, die Krawattennadel mit Diamanten besetzt. Die goldenen Manschettenknöpfe waren eine Belohnung für ausgezeichnete Dienste, die er 1958 einem Shriner beim Pokern abgenommen hatte. Nur das letzte Accessoire musste noch von dem schwarzen Samttablett ausgewählt werden. Aber eigentlich stand seine Wahl längst fest.

Er nahm die Daytona Rolex. Es war der Zwilling der Uhr, die Nick Pusateri ihm abgenommen hatte. Das Problem bei Zwillingen war jedoch: sie waren nie wirklich identisch, auch wenn es auf den ersten Blick so aussah. Die eine mochte zwanzig Riesen wert sein, die andere zwanzig Dollar. Es war schwer zu erkennen, wenn man sich mit Uhren nicht auskannte. Nick kannte sich offensichtlich nicht aus. Doch es waren nicht nur die falschen Diamanten, die ihn getäuscht hatten. Der Mann litt an Trophäenblindheit. Alles, was Teddy hatte tun müssen, war, ihm vorzugaukeln, dass es ihm wehtat, die Uhr herzugeben, und schon hatte der Gangster das Gefühl gehabt, etwas Unbezahlbares zu bekommen, weil es seinem Gegner so viel wert war. Er würde niemals auf die Idee kommen, dass es sich um eine Fälschung handeln könnte, denn dann würde er zugeben müssen, dass auch sein Sieg nur eine Täuschung war. Hatte sich ein Mann erst einmal emotional auf den Betrug eingelassen, war es fast unmöglich, ihn zur Objektivität zurückzuzwingen.

Er legte sich die Uhr ums Handgelenk und spürte, wie die Qualität in seinen Arm ausstrahlte. Trophäen konnten einen nicht blind machen, wenn man ganz genau wusste, was sie wert waren.

Er schob das Tablett zurück in den Safe, unter das Fach mit Maureens Briefen.

Unten stand Frankie im Hauseingang und versperrte Destin Smalls den Weg. Matty hielt sich nervös hinter Frankie. »Lass sie rein«, sagte Teddy. »Lass es uns hinter uns bringen.« Er klopfte Matty auf die Schulter. »Keine Sorge. Vertrau mir, in Ordnung?«

Frankie trat zur Seite, und Smalls duckte sich durch die Tür. »Wir brauchen nicht lang«, sagte er.

»Du wusstest, dass Smalls kommt?«, fragte Frankie aufgebracht. »Mit *dem* da?«

Der da war G. Randall Archibald. Der Magier betrat mit einem Metallkoffer im Arm das Haus. Hinter ihm kam Cliff Turner herein, mit weiteren Kisten und einer Kabelschlinge über der Schulter.

Archibald streckte Matty die Hand entgegen. »Freut mich, dich kennenzulernen. Ich versichere dir, der gesamte Prozess ist schmerzlos.«

»Welcher Prozess?«, fragte Matty.

»Ein einfacher Test des psionischen Potenzials«, sagte Archibald. »Wir bauen alles hier bei der Couch auf.«

Buddy kam mit einem Tablett voller Zimtschnecken ins Zimmer, die mit weißem Zuckerguss überzogen waren, genau wie die in der Mall. Er stellte das Tablett auf den Couchtisch und ging ohne ein Wort.

»Wir wär's mit Kaffee?«, fragte Teddy. »Cliff?«

»Sehr gerne, Teddy«, sagte der Mann.

Archibald hob seine buschigen Augenbrauen.

»Okay, du kriegst auch einen«, sagte Teddy. Zu Frankie sagte er: »Sohn, könntest du Buddy bitten, den Jungs hier Kaffee zu bringen und eine Tasse warmes Wasser für Agent Smalls? Außerdem, und das ist nur als Vorschlag gemeint, zieh dir vielleicht mal eine Hose an.« Frankie sah aus, als sei er verkatert. Er hätte es dem Jungen nicht verdenken können, wenn er sich am Abend heftig betrunken hätte.

»Ich geh hoch«, sagte Frankie.

»Gut. Matty, kannst du es Buddy sagen? Und dann warte doch so lange im Keller, bis wir so weit sind.« Der Junge nahm bereitwillig Reißaus. Mary Alice begleitete ihn.

Cliff holte weitere Kisten aus dem Transporter, und Archibald hüpfte im Zimmer herum, steckte Kabel ein, verband Geräte miteinander und ließ bunte Blinklichter aufleuchten, als wäre er ein

Weihnachtself. Teddy nahm Platz, um sich die Vorführung anzusehen. Gott, wie gerne würde er jetzt eine Zigarette rauchen, doch hier gab es zu viele missbilligende Frauen und leicht zu beeinflussende Kinder.

Graciella kam herunter, so zwanglos elegant wie immer, in einem leichten Sommerkleid und mit hochgestecktem Haar. Sie sah sich im Wohnzimmer um und sagte: »Drehen wir einen Dokumentarfilm?«

Teddy machte Graciella mit Cliff bekannt, der nicht wusste, wer sie war, und mit Smalls, der so tat, als wüsste er es nicht. Archibald küsste ihr die Hand.

»Ach, von *Ihnen* habe ich gehört«, sagte Graciella.

»Leider bringt mein mir vorauseilender Ruhm mir jetzt nichts mehr«, sagte der kleine weiße Gnom. »Ich habe mich von der Bühne zurückgezogen. Und doch« – er ließ sein Taschentuch verschwinden und zauberte es dann wieder hervor – »kann ich nicht anders, als etwas darzubieten, wenn mir solche Anmut begegnet.«

»Sie sind schlimmer als Teddy«, sagte Graciella anerkennend. »Lassen Sie meine Söhne das nicht sehen, sonst belästigen die Sie den ganzen Tag lang.«

Sie nahm Teddy beiseite. »Was um Himmels willen machen die hier?«

»Ich habe eine Abmachung getroffen«, sagte er. »Ein Test. Wenn Matty gut abschneidet, kann Destin das Ergebnis weitergeben, und sein Programm läuft weiter, bis Matty achtzehn ist. Dann kann Matty selbst entscheiden.« Er erwähnte nicht, dass er versprochen hatte, die Kinder von Smalls fernzuhalten, denn das hätte weitere Erklärungen dahingegend notwendig gemacht, warum er dieses Versprechen gerade, auch wenn es anders schien, eben nicht brach.

»Ich meine *ausgerechnet heute*«, sagte Graciella. »Wenn Nick hier auftaucht.—«

»Er kann gar nichts machen. Guck dir all die Leute an! So viele

Zeugen! Außerdem, der Mann da?« Er nickte in Richtung von Destin Smalls. »Der arbeitet für die Regierung. Es gibt niemand Besseres, den man im Haus haben könnte, wenn der kriminelle Schwiegervater aufkreuzt.«

Sie sah nicht sehr beruhigt aus.

»Ich verspreche dir«, sagte er. »Es gibt keinen sichereren Ort.«

Während Archibald und sein Team alles aufbauten, kamen nach und nach immer mehr Kinder aus irgendwelchen Löchern, viele von ihnen mit Wasserpistolen in den Händen. Die Kleinen wollten wissen, was die Männer da taten. Teddy dachte sich jedes Mal eine andere Geschichte aus: Insektentöne aufzeichnen, die Zeit anhalten, Karaoke vorbereiten. Die letzte Geschichte war ein Fehler. Die drei kleinen Mädchen drehten vor Begeisterung durch.

Drei?, wunderte sich Teddy.

»Wo ist das Mikro?«, fragte das asiatische Mädchen.

Sie mochte irgendetwas zwischen sieben und zwölf Jahren sein. Teddy ging die Kinder durch, von denen er wusste, dass sie im Haus waren, nach Geschlecht, Alter und Familie sortiert, und war ratlos. Graciella und Irene waren nicht da.

»Und wer bist du?«, fragte Teddy.

»June«, sagte sie.

»Hallo, June.«

»June«, sagte sie, und sprach es minimal anders aus.

»June.«

Es langweilte sie bereits, ihn zu berichtigen. »Das ist gar kein Karaoke, oder?«

»Nein, stimmt«, gab er zu. »Da geht's um hochentwickelte Psychometrie. Wohnst du auch hier in der Gegend?«

Er bekam keine Antwort. Eine der Zwillinge kreischte vor Freude und rannte aus dem Zimmer, und So-was-wie-June lief hinterher.

In diesem Augenblick kam Irene durch die Tür, im Arm zwei Papiertüten voller Einkäufe.

IRENE

»Ach du Scheiße.«

Das Wohnzimmer war in ein Labor verwandelt worden: schwarze Kästen, aus denen Kabel und Drähte ragten; ein halbes Dutzend kleiner Satellitenschüsseln auf Stativen, wie umgedrehte Regenschirme; Steuerkästchen auf dem Couchtisch und auf dem Boden.

Destin Smalls begrüßte sie mit einem fröhlichen Hallo, und G. Randall Archibald – der Sagenhafte Archibald höchstpersönlich – winkte ihr neben der Couch stehend zu.

Teddy schob sie in Richtung Küche. »Kein Grund zur Sorge, Irene. Nur ein bisschen Wissenschaft.«

»Wo ist Matty?«

»Im Keller, spielen. Absolut sicher.«

Sie sah ihn finster an. »Du hast alles im Griff, ja?«

»Es trifft mich, dass du überhaupt fragst. Jetzt geh.«

Buddy kam ihr mit einem Tablett voller Kaffeetassen entgegen. Irene ging mit ihren Einkäufen in die Küche, wo jemand an der Arbeitsplatte stand und Gemüse hackte. Dieser Jemand war Joshua.

Er legte das Messer ab und sprang auf sie zu, gerade rechtzeitig, um eine der Tüten aufzufangen, als diese ihr aus der Hand rutschte.

»Hi«, sagte er.

In ihrem Körper kam es zu einer chemischen Reaktion. Sie wollte sich ihm an den Hals werfen. Sie wollte davonlaufen. Sie wollte, dass *er* davonlief, und dann würde sie ihn einholen, sich auf ihn stürzen und dem Erdboden gleichmachen.

Schließlich gelang es ihrem Mund, Worte hervorzubringen. »Was machst du hier?«

Er stellte die Tüte auf die Arbeitsplatte. »Wusstest du nicht, dass ich komme?«

»Verdammt, woher hätte ich wissen sollen, dass du kommst?« Wut, sogar gespielte Wut, fühlte sich gut an. Es gab ihr etwas, an dem sie sich festhalten konnte.

»Dein Bruder hat uns zu einem Picknick eingeladen«, sagte er.

»Buddy?« Und dann: »Uns?« Plötzlich fiel ihr das fremde Kind wieder ein, das mit den anderen an ihr vorbeigerannt war. »Jun ist hier?«

»Ja. Dieses Wochenende bin ich dran, und ich dachte mir, hey, ein Abenteuer.«

Sie wusste nicht, was sie sagen sollte.

»Er hat dir nichts davon erzählt«, sagte Joshua.

»Nein.«

Er blies die Backen auf und ließ die Luft durch die Lippen entweichen. »Okay. Tut mir leid. Wir gehen.«

»Das geht nicht«, sagte sie. »Ich habe vier Pfund Lammhack im Auto.«

»*Vier Pfund?*«

»Ich dachte, Buddy hätte sich verschätzt, aber anscheinend lag er genau richtig.«

»Stimmt«, sagte er. »Wir und die Karaoke-Typen.«

Er half ihr, die Einkäufe ins Haus zu tragen und die verderblichen Lebensmittel im bereits überfüllten Kühlschrank zu verstauen. Währenddessen versuchte sie zu begreifen, was in ihrem Körper und in ihrem Gehirn vor sich ging.

»Also …«, sagte er.

Sie unterbrach ihn. »Wo ist Buddy?«

»Draußen?«, sagte er.

Sie nahm Joshuas Hand und zog ihn nach draußen. Buddy war im Garten, über dasselbe Gerät gebeugt, an dem er gestern gearbeitet hatte. Davon ab gingen zwei Kabel, eines rot und eines blau, die einige Meter durch den Rasen liefen, bis sie plötzlich verschwanden.

»Buddy«, sagte sie. Er reagierte nicht. »Buddy, guck mich an.«

Er stand widerwillig auf. Das Gerät, an dem er herumgefummelt hatte, war ein orangefarbener Kanister. An der Stelle, an der die Kabel aufeinandertrafen, befand sich ein großer, roter Knopf.

»Was ist das, eine Bombe?«, fragte sie.

Buddys Augen weiteten sich. Dann schüttelte er den Kopf.

»Das war ein Witz«, sagte Irene. »Buddy, ich möchte dir Joshua persönlich vorstellen. Guck mal, er und seine Tochter sind den ganzen Weg aus Arizona hierhergekommen.«

»Wir haben uns schon getroffen«, sagte Joshua. »Er stand an der Straße, als wir ankamen.«

»Ach, wie nett«, sagte sie.

»Sei nicht wütend auf ihn«, flüsterte Joshua ihr ins Ohr.

»Erwartest du noch jemanden, von dem ich wissen sollte?«, fragte sie Buddy. »Kommt noch irgendwer? Also, falls wir noch mehr Lammfleisch brauchen?«

Buddy zog eine Grimasse.

»*Wer?*«, herrschte Irene ihn an.

»Überraschung«, sagte er leise.

»Mein Gott.«

Wieder kamen die Kinder vorbeigerannt. Irgendwie waren sie an Wasserpistolen gekommen, und die älteren hatten riesige Super Soaker im Anschlag, die AK-47 unter den Wasserpistolen. Jun grinste und johlte genau wie alle anderen. Irgendwann würde einer heulen, doch jetzt gerade schienen alle glücklich zu sein. Buddy sah ihnen nach und bedeckte den roten Knopf mit einer Metallkappe, die hörbar einrastete.

»Die Garage«, sagte sie zu Joshua und nahm wieder seine Hand. Es bestand eigentlich kein Grund, ihn körperlich hinter sich her zu zerren. Es war nur so, dass ihr jedes Mal ein Stromschlag durch den Blutkreislauf fuhr, wenn sie ihn berührte.

Graciellas Mercedes-Kombi nahm den Großteil der Garage

ein. Irene öffnete die Heckklappe und gab ihm zu verstehen, sich neben sie zu setzen.

»Schöner Wagen«, sagte Joshua.

»Gehört der Mafia«, sagte sie. »Lange Geschichte.«

Eine halbe Minute lang sagten sie nichts. Die Luft zwischen ihnen wurde wärmer.

»Du bist ein bisschen plötzlich abgereist«, sagte Joshua.

»Ich hoffe, sie haben dich nicht meinetwegen gefeuert«, sagte sie.

»Mich? Nein. Andere schon …«

»Wirklich?«

»Mit dem Gendergap hast du einen wunden Punkt getroffen. Der Manager, mit dem du das Gespräch geführt hast, Bob Sloane? Der ist schon weg. Streng genommen hat er Urlaub, aber nur, bis sie die Unterlagen fertig haben.«

»Wow.«

»Aber ich glaube, sie werden dich trotzdem nicht anstellen«, sagte er.

»Danke, dass du ehrlich bist.«

»Ich versuch's.«

Nicht küssen, dachte sie. Ihn zu küssen würde alles kaputt machen.

»Was machst du hier?«, fragte sie.

»Ich hab versucht anzurufen. Hast du meine Nachrichten bekommen?«

Sie wandte beschämt den Blick ab. »Ein paar.«

»Und online warst du auch nicht. Du hast mir keine andere Wahl gelassen. Ich musste kommen.«

»Ich habe dir gesagt, es ist aus zwischen uns.«

»Aber das war auch alles, was du gesagt hast! Du warst so sauer nach dem Gespräch. Du hast angefangen zu packen und nur gesagt, dass es nicht funktionieren kann, dass wir keine Zukunft haben, und dass du gehen musst.«

»Weil es wahr ist«, sagte sie. »Wir haben uns nur was vorgemacht. Du gehst nicht aus Phoenix weg. Das kannst du nicht. Und das werfe ich dir auch nicht vor.«

»Dann komm zu mir.«

»Ich habe hier einen Job«, sagte sie.

»Bei *Aldi?*«

Es gefiel ihr nicht, wie er das sagte, auch wenn sie selbst den Namen üblicherweise im selben ungläubigen Tonfall aussprach: *Aldi?* »Nein. Ich habe ein Jobangebot bei einem Unternehmen. Als –« Es klang lächerlich, Leiterin der Finanzabteilung zu sagen. »Ich soll mich um die Finanzen kümmern.«

»Echt? Irene, das ist ja toll!«

»Und ich will's machen.«

»Natürlich, ja klar«, sagte er. »Ich meine –« Er holte Luft. »Ich freue mich wirklich für dich.«

Er sagte die Wahrheit. Auch wenn es bedeutete, dass sie den Job ihm gegenüber vorzog.

»Ich will einfach nur, dass du glücklich bist«, sagte er. »Du verdienst, glücklich zu sein.«

Auch das war die Wahrheit. Und sie fühlte sich schrecklich.

»Was wir hatten, war toll«, sagte sie. »Die Nächte im Hotel-Land – die hab ich geliebt. Aber das war nicht das echte Leben. Es war nichts Ernstes.«

»Für mich war es verdammt ernst«, sagte er.

»Du musst jemanden finden, der bei dir und Jun sein kann. Und ich brauche jemanden, der es mit mir und Matty aushält. Das zwischen uns hätte nie funktionieren können.« Sie küsste ihn auf die Wange. »Ich habe jede Minute genossen, aber es ist vorbei.«

»Vorbei?«

»Es tut mir leid«, sagte sie. Sie küsste ihn noch einmal auf die Wange. »So leid.«

470

FRANKIE

Frankie war für seine Frau zu einem Gespenst geworden. Loretta machte sich die Haare, während er redete, schminkte sich. Sie ignorierte ihn, während er sich anzog. Dann ging sie mitten durch ihn hindurch – so gut wie, jedenfalls.

Er folgte ihr nach unten. Sie begrüßte Teddy, fragte, wer die Männer im Wohnzimmer seien (»Ein Radon-Test«, erklärte Teddy). Sie schenkte sich eine Tasse Kaffee ein und ging in den Garten hinaus.

In der ganzen Zeit hatte sie Frankie kein einziges Mal angesehen, obwohl er immer und immer wieder sagte: »Loretta, es tut mir leid.«

Buddy hatte die hintere Terrasse in eine Freiluftküche verwandelt. Dort standen große Edelstahlschüsseln voll Lammhack und ein Teller mit einem Berg frisch zerkleinerter Minze. Gott, er liebte Moms Lammfrikadellen. Buddy stand am Grill und wickelte Kartoffeln in Alufolie ein. Loretta bedankte sich für die Zimtschnecken. Er nickte und machte weiter.

Loretta steckte sich eine Zigarette an – ihre erste, und liebste, des Tages. Frankie stand neben ihr, und sie taten so, als würden sie den Kindern beim Spielen zusehen. Der mittlere Pusateri-Junge hatte seine Super Soaker verloren und war auf einen Baum geklettert, und die jüngeren Kinder versuchten, ihn mit ihren kleineren Wasserpistolen zu erwischen. Zum Glück achteten sie nicht auf den orangenen Kanister, der nur einen Meter vom Baum entfernt im Rasen stand. Bestimmt ein Überbleibsel von einem von Buddys Projekten. Und so, wie er Buddy kannte, konnte er alles Mögliche enthalten, von Pressluft bis Senfgas.

Nach zwei Minuten gab Frankie auf und brach das Schweigen. »Jetzt komm schon, Schatz«, sagte er. »Bitte sag was.«

Wenn sie nur wieder mit ihm reden würde, hätte er eine Chance, sie zurückzugewinnen. Sie war schon früher auf ihn wütend gewesen – oh ja, Hunderte Male –, aber nie so vollständig und grundsätzlich wie jetzt. Doch wenn sie ihm zuhörte, würde er einen Riss in ihrer Wut aufspüren und ein paar Worte hindurchschicken können. Er würde sich mit der Brechstange Zutritt zu ihrem Herzen verschaffen.

Seine größte Angst war immer gewesen, dass sie ihn rausschmeißen könnte. Der Tag, an dem Loretta entschied, dass sie genug hatte und ihn verließ, ihm ihre Liebe entzog, und die Mädchen. Er wusste, dass er für sich allein ein Nichts war. Weniger als nichts: Eine Subtraktion. Ein schwarzes Loch. Ein Nehmer. Wenn all das Nehmen keinem Zweck diente, wenn er sich nicht umdrehen und alles an seine Familie weitergeben konnte, war er verloren.

Er sagte: »Ich hab das für dich getan, das weißt du.«

Das traf einen Nerv. Sie sah ihn an, und ihre Abscheu durchdrang den Qualm.

»Für dich und die Mädchen«, sagte er.

»Du hast das Haus verspielt«, sagte sie. »Für *uns*.«

Sie sprach! Er war bemüht, sich die Erleichterung nicht anmerken zu lassen. »Das stimmt«, sagte er. »Aber der Grund –«

»Deine Kinder sind deinetwegen *obdachlos*.«

»Vorübergehend«, sagte er. »Ich werde es wiedergutmachen.«

Sie schüttelte den Kopf, den Blick ins Leere gerichtet. Zog an ihrer Zigarette. Atmete aus. Er war wieder unsichtbar geworden.

»Loretta ...«

»Niemand würde es mir verdenken, wenn ich ginge«, sagte sie leise. »Als du pleite warst und das Geschäft verloren hast, haben meine Freundinnen gesagt, ich solle gehen. Als du ein Jahr lang so getan hast, als würdest du in unserer Garage ein Casino betreiben, habe ich nichts gesagt. Ich hab sogar den Mund gehalten, als du einen Safe auf mein Auto geworfen hast.«

»Die Casinogeschichte war nur ein paar Monate«, sagte er. »Und die Sache mit dem Safe war ein Unfall.«

»Aber das hier? Du leihst dir Geld vom Mob? Wofür, Frankie? Verdammt, was hast du vor?«

Polly bemerkte sie und kam angerannt, gefolgt von Cassie und einem älteren chinesischen Mädchen. Sie alle hatten grellbunte Wasserpistolen. »Können wir heute Nacht im Keller schlafen? Mit Jun?«

»Jun lebt in der Wüste«, sagte Cassie. »Sie sieht ständig Skorpione.«

»Wann ist das Picknick?«, fragte Polly.

»Habt ihr nicht gerade Zimtschnecken gegessen?«, fragte Loretta.

»Wir wollen Hot Dogs«, sagte Polly.

Der Jüngste der Pusateri-Jungs, der genauso alt zu sein schien wie die Zwillinge, gab den Versuch auf, seinen Bruder abzuschießen, und rannte zu ihnen. »Wann gibt's die Hot Dogs?«

Frankie sagte: »Geht spielen, Kinder. Die Erwachsenen müssen sich unterhalten.« Smalls und der Rest der Familie waren im Haus, und Buddy bewegte sich nicht vom Fleck. Er nickte in Richtung der Garage. »Gib mir zwei Minuten«, sagte er zu Loretta. »Bitte.«

Er betrat die Garage durch den Seiteneingang. Erstaunt stellte er fest, dass ein langer Mercedes-Kombi darin parkte – mit geöffneter Heckklappe.

Loretta schloss die Garagentür. Sie überraschte ihn, indem sie als Erste sprach. »Ich weiß, dass du die Mädchen liebst. Mary Alice genauso wie die Zwillinge.«

»Das stimmt. Und ich liebe dich. Ich werde es wieder hinbiegen. Ich habe Pläne. Ich werde das Haus zurückholen, und alles wird großartig.«

»Für mich muss es gar nicht großartig sein«, sagte Loretta. »Für mich musst *du* nicht großartig sein. Du musst nur *da* sein.«

»Ich bin da! Ich bin für die Familie da!«

»Nein, ich weiß nicht, wo du bist. Und egal, wo das ist, ich geh da nicht mit hin. Ich kann so nicht leben«, sagte sie. »Ich kann das nicht –« Sie beide hörten das Geräusch. Ein animalisches Grunzen.

Loretta sah stirnrunzelnd auf das Seitenfenster des Autos. Frankie drehte sich um. Hinten im Kombi lagen zwei Gestalten. Er beugte sich vor, legte eine Hand an die Scheibe.

Irene und ein chinesischer Typ sahen ihn an. Sie lagen auf der Ladefläche ausgestreckt, und der Anteil der Haut im Verhältnis zur Kleidung war größer, als man hätte erwarten können.

Gottverdammt. Hatte man denn hier nirgendwo seine Ruhe?

Loretta verließ die Garage.

»*Jetzt* lässt du dich flachlegen?«, sagte Frankie. »Gott, Reenie.« Er folgte seiner Frau in den Garten hinaus und hoffte, dass sie noch immer seine Frau sein würde, wenn der Tag zu Ende war.

22

Buddy

Das Mächtigste Medium der Welt wird niemals achtundzwanzig Jahre alt werden. Er fragt sich, ob es der Stress dieses Tages ist, der ihn umbringen wird. Zum Beispiel: die verdammten Fensterläden! Die Fenster auf Gartenhöhe erstrecken sich über die gesamte Terrasse, und schon wieder sind die Metallplatten, die er dort angebracht hat, aufgerissen worden.

Auch diese Lammfrikadellen wird er niemals essen. Mit Joshuas Hilfe hat er es geschafft, den Knoblauch zu hacken, und er selbst hat die vier Pfund Hackfleisch mit der Minz-Feta-Mischung vermengt, doch jetzt hat er fast keine Zeit mehr, und er muss die Masse noch formen. Er bereitet das Essen draußen vor, weil er a) hier genug Platz hat und sich b) daran erinnert, an diesem Morgen hier zu kochen.

Loretta kommt aus der Garage, sie sieht traurig aus, und Frankie folgt ihr, er redet redet redet. Er will ihnen beiden sagen, dass alles gut werden wird, aber eigentlich weiß er das nicht genau. Nach 12:06 Uhr am heutigen Tag werden sie unerforschtes Gebiet betreten.

Er hat Schwierigkeiten, sich zu konzentrieren, je näher die Zeit an Stunde null heranrollt. Und Minute null, Sekunde null. Obwohl es ihm immer ein Rätsel war, welche Sekunde genau das sein wird. Das Wissen, das er hat, ist wahr, aber es ist nicht präzise. Genauigkeit ist nicht seine Stärke.

Er holt die mit Buntstift angelegte Checkliste hervor und geht sie zum dritten Mal in zehn Minuten durch.

- ✓ *Grill reinigen*
- ✓ *Wasserpistolen*
- ✓ *Akkubohrer (Fs Tasche)*
- ✓ *Kompressor*
- ✓ *Fensterläden*
- ✓ *Kartoffeln*
  Lammfrikadellen
  Haustür
  Kartoffelsalat?
  Kellertür
  Hot Dogs
  junger Hund
- ✓ *NOCH MAL Fensterläden*

Ganz unten ergänzt er noch etwas:

FENSTERLÄDEN DICHTMACHEN!!!!

Er sieht auf die Uhr. Die Frikadellen müssen warten. Er geht ins Haus, wäscht sich an der Küchenspüle die Hände und betritt das Wohnzimmer.

Graciella entdeckt Buddy und sagt: »Kann ich wirklich nichts helfen?«

Er winkt ab, doch dann fällt ihm etwas ein. »Wenn jemand klingelt, lass Teddy aufmachen.« Dann nimmt er den Werkzeugkasten aus der Kammer im Flur und holt seinen Akkubohrer aus Frankies Werkzeugtasche.

»Können wir jetzt den Jungen haben?«, fragt Archibald.

»Versuch mal, nicht ganz so unheilvoll zu klingen«, sagt Teddy. Er ruft nach Matty, und der kommt aus dem Keller, frisch geduscht und umgezogen, aber misstrauisch.

»Setz dich hierher«, sagt Archibald. »Weißt du noch, was ich dir über deine Großmutter gesagt habe? Später einmal wirst du diesen Moment als den in Erinnerung behalten, in dem du in ihre Fußstapfen getreten bist.«

»In Mos Fußstapfen? Mit Turnschuhen?«, sagt Teddy, und Graciella lacht ihr tiefes, kehliges Lachen. Teddy liebt es, ein Publikum zu haben.

Archibald klebt Elektroden auf Mattys Handrücken und summt dabei vor sich hin. Matty sitzt ganz still da, wie ein Häftling, der für den elektrischen Stuhl vorbereitet wird. Buddy hat noch viel zu tun, doch diesen Teil will er sehen. Und weil er sich erinnert, ihn zu sehen, weiß er, dass ihm noch genügend Zeit bleibt, bis er in den Keller zum Sicherungskasten gehen muss.

»Jetzt möchte ich dich bitten, dich zu konzentrieren«, sagt Archibald zu Matty. »Richte deine Aufmerksamkeit auf den silbernen Transporter draußen. Kannst du ihn sehen?«

»Ich kann das nicht«, sagt Matty.

»Schließ einfach die Augen und tu, was du normalerweise tust, wenn du Fernwahrnehmung betreibst.«

»Das meine ich ja – ich kann das nicht.« Er sieht Teddy an. »Ich habe ein … Ritual, das ich befolgen muss.«

»Was für ein Ritual?«, fragt Smalls. »Meditation? Einige unserer Agenten –«

»Es ist doch gar nicht nötig, dass er seinen Körper verlässt«, unterbricht ihn Teddy. »Nimm einfach seinen Tau-Ruhezustand auf, und dann kommen wir zur Sache.«

»Liefert uns das, was wir brauchen?«, fragt Smalls Archibald.

»Es gibt nur einen Weg, das herauszufinden«, sagt der kahlköpfige Winzling. Er legt zwei Schalter am Bedienpult um und hält den Finger über einem Knopf. »Die Messung beginnt ... jetzt.«

Er drückt den Knopf. Die Nadel der größten Anzeige schießt in den roten Bereich und bleibt dort. Aus einer der Maschinen kommt ein Fiepen, das immer höher wird.

»Hah«, sagt Archibald.

Aus einem der Geräte schießt ein Blitz. Von unten ist ein lauter Knall zu hören, und sämtliche Lichter im Haus gehen aus.

Buddy eilt in den Keller, wo Mary Alice und Julian, Graciellas ältester Sohn, vor dem jetzt schwarzen Fernsehbildschirm sitzen, mit Videospielcontrollern in den Händen. »Was war das?«, fragt Mary Alice.

Buddy geht zur hinteren Wand, klappt den Sicherungskasten auf und legt den Schutzschalter wieder um. Das Licht geht an, genau wie der Fernseher.

Buddy geht an ihnen vorbei und macht sich mit dem Akkubohrer, den er aus Frankies Werkzeugtasche genommen hat, an die Stahlplatten vor den Fenstern. Jede Platte hat eine dünnere Kante, die am Holz anliegt. Er hat keine Zeit für Feinheiten, deshalb treibt er die Schrauben direkt durch diese Kante ins Holz. Er ärgert sich, sich nicht früher daran erinnert zu haben. Er hätte Hakenverschlüsse anbringen können. (Bloß hätte er keine Haken angebracht, weil er sich nicht daran erinnerte, das zu tun. Er hat es so satt, dass der Zukünftige Buddy ein solcher Idiot ist.)

Als er fertig ist, sagt Julian: »Das war ... laut.«

Buddy verstaut die Bohrmaschine.

Julian sagt: »Und es ist ziemlich dunkel hier drin.«

»Perfekt«, sagt Mary Alice netterweise. »Weniger Lichtreflexe.«

Buddy geht in die Waschküche und holt die Ausrüstung aus dem Regal, die er vor ein paar Wochen gekauft hat. Dazu gehört eine flache Metallschüssel. Er füllt sie am Waschbecken mit Wasser und trägt alles in den großen Kellerraum. Er stellt die Schüssel auf den Boden und reicht Mary Alice die Plastiktüte. Das Mädchen sieht verwirrt aus.

Buddy kann sie verstehen. Dies war lange Zeit die Erinnerung, die ihm am meisten Rätsel aufgab. Doch jetzt leuchtet ihm alles ein. »Ich bin gleich zurück«, sagt er.

Er läuft zu Mrs Klausers Haus und klopft an die Tür. Er kann Miss Poppins aufgeregt bellen hören, und dazu noch ein zweites, noch helleres Geräusch. Das Kläffen wird lauter, als Mrs Klauser die Tür aufmacht.

»Ich habe mich gefragt, ob ich Mr Banks einmal ausleihen dürfte«, sagt er.

Sie lacht. »Nimm ihn bloß mit! Ich weiß gar nicht, wie du mich dazu überreden konntest. Meine Nerven!« Doch sie lächelt. So voller Energie war sie seit Monaten nicht mehr.

Buddy begrüßt Miss Poppins, indem er ihr den Kopf tätschelt, und dann schnappt er sich das weiße Fellknäuel neben ihr. Mr Banks ist kaum zwei Monate alt, besteht nur aus Kopf und Pfoten, und sein Welpenfell ist so weich. Buddy hält sich die kleine Kreatur vor sein Gesicht, und sie schleckt ihn ab. Mr Banks riecht immer noch herrlich nach Welpe.

Er trägt den Hund nach Hause, und sobald er den Garten betritt, hat er die Aufmerksamkeit sämtlicher Kinder. Sie bedrängen ihn. Kreischen.

»Macht ihm keine Angst«, sagt Buddy. »Das ist Mr Banks. Ob ihr wohl vielleicht für mich auf ihn aufpassen könntet, nur für kurze Zeit?«

Das ist eine rhetorische Frage. Sie folgen ihm, als wäre er der Rattenfänger, und er führt sie in den Keller. Selbst Matty, der jetzt von den rauchenden Geräten und der Aufmerksamkeit der Regierungsbeamten befreit ist, hat der Tumult angelockt.

Buddy sagt zu Jun: »Hast du dich schon mal um ein Haustier gekümmert?«

Sie nickt aufgeregt. »Ich habe eine Katze.«

»Dann hast du das Sagen. Pass auf, dass sie ihn nicht zerquetschen.« Er gibt ihr den Welpen auf den Arm.

Er zählt schnell durch: drei Pusateris, die Zwillinge, Mary Alice, Matty und Jun Lee. Acht ist die korrekte Zahl, und das ist eine Erleichterung.

Die Kinder merken es nicht, als er geht, und niemand protestiert, als er die Stahltür hinter sich schließt. Er sieht auf die Uhr. 11:32 Uhr. So wenig Zeit! Er stellt den Timer neben der Tür auf dreißig Minuten und drückt Enter. Das magnetische Schloss schließt mit einem vertrauenerweckenden *Klonk*.

MATTY

Er konnte nicht aufhören zu zittern, seit er das Stromnetz des Hauses zum Durchbrennen gebracht hatte, doch er musste zugeben, dass der Welpe ihm half, sich zu beruhigen. Als die Lichter ausgingen, war Opa Teddy zu ihm geeilt und hatte ihm die Kabel abgenommen, trotz aller Proteste von Destin Smalls. »Ein Test!«, sagte Teddy. »Das war die Abmachung.« Sie stritten weiter, und Matty entkam in den Keller, um mit den anderen Kindern mit dem Hund zu spielen.

Selbst Malice amüsierte sich. Irgendwie war sie in den Besitz einer Plastiktüte voller Hundespielzeug gekommen. In der Tüte war ein echter Knochen, ein Gummiball und eine Auswahl quietschender Spielzeuge in Form kleiner Tiere, von denen man offenbar annahm, dass Mr Banks sie gerne töten würde. Sie verteilte sie an die kleineren Kinder, und die schienen sich mehr darüber zu freuen als der Hund.

Nachdem sie den Weihnachtsmann gespielt hatte, setzte sich

Malice neben ihn. Er merkte, dass ihr Geruch ihn ebenfalls beruhigte.

»Also«, sagte sie, so leise, dass nur er sie hören konnte. »Meine Mom und Frankie lassen sich wahrscheinlich scheiden.«

»Whoa. Echt?«

»Sieht nicht gut aus.«

»Das tut mir leid.«

»Kannst du mir *jetzt* sagen, was du und Frankie geplant habt?«

»Ich weiß nicht, was er ge–«

»Nein. Sag das nicht. Wenn du mich jetzt anlügst, ertrag ich das nicht.«

»Ich will dich nicht anlügen«, sagte er.

»Dann lass es. Sag's mir einfach. Bitte.«

Er würde ihr nichts von ihrem Dad verraten, und der Mafia-Sache. Aber es würde eine solche Erleichterung bedeuten, wenn ein Mensch in seinem Alter wusste, was er gerade durchmachte. Vor allem, wenn dieser Mensch Malice war.

Er sah sich um. Der Raum war voller Kinder, doch sie achteten alle nur auf den Welpen, sogar Julian.

»Er hat mir geholfen«, sagte Matty. »Geholfen, was zu tun.«

Sie wartete darauf, dass er erklärte, was er damit meinte.

»Ich bin wie Oma Mo«, sagte er. »Ich kann meinen Körper verlassen und Dinge sehen.«

»Willst du mich verarschen?« Das hätte, von jemand anderem kommend, barsch klingen können, doch so wie sie es sagte, bedeutete es *Das ist ja megacool.*

»Du glaubst mir?«, fragte er.

Sie rollte mit den Augen. »Gott, Matty. Ich gehör auch zur Familie. Weißt du, was für Scheiße ich gesehen habe?«

Erleichterung durchströmte ihn wie kühles Wasser. Er wusste nicht, was sie mit Scheiße sehen meinte; er hatte *nichts* gesehen, bis plötzlich etwas mit ihm geschehen war. Davor hatte es nur alte Familiengeschichten und Gerüchte gegeben.

»Erst dachte ich, ich werd verrückt«, sagte er. »Aber ich werde langsam besser darin, ich brauche bloß immer noch … Hilfe. Damit es passiert. Psychologisch und, äh, körperlich.«

»Und *da* komm ich ins Spiel«, sagte Malice.

Er spürte, wie er rot wurde.

»Schon okay«, sagte sie. »Das muss dir nicht peinlich sein. Stimmt schon, du bist ein bisschen jung …«

»Findest du?«

»Klar. Aber jetzt versteh ich, warum du so verzweifelt warst. Du musstest high werden.«

Er brauchte einen Augenblick, um es zu verarbeiten. »Genau«, sagte er dann. »An *dem Punkt* kamst du ins Spiel.«

»Aber ich muss sagen, ich hab noch nie jemanden gesehen, der beim Quarzen so'n Ständer bekommen hat.«

Ihm blieb die Luft weg, und er hustete.

»Auf dem Spielplatz?«, sagte sie, seine Notlage nicht bemerkend. »Mann, Janelle und ich haben rübergeguckt und du so, schwing!«

Er verbarg sein Gesicht in den Händen. Sie lehnte sich an ihn. »Kein Problem, Mann. Janelle hält dich eh für pervers, seit dem Abend auf dem Dachboden.« Er war so froh, dass sie leise sprach.

»Das war das erste Mal«, sagte er.

»Das erste Mal, dass du dir einen runtergeholt hast?«

Er nahm die Hände vom Gesicht. »Nein!« Moment, ließ ihn das noch perverser erscheinen, oder weniger? »Das erste Mal, dass ich meinen Körper verlassen habe. Und gereist bin.«

»Echt? Und ich war dabei.«

»Manchmal ist es genau das, was mein Reisen auslöst«, sagte er. Er konnte nicht fassen, dass er ihr das erzählte, doch sie war ihm gegenüber so offen, so unaufgeregt, dass er ihr alles erzählen wollte. »Dann stellen sich bestimmte Emotionen ein, und Zack.«

»Sexuelle Emotionen.«

»Äh ... ja.«

»Also bist du wie der Hulk, nur mit Steifem.«

»Oh Gott.«

»Der Geile Hulk.«

»Hör auf.«

Sie grinste ihn an. »Dafür muss man sich nicht schämen.«

»Du nimmst das alles so cool«, sagte er.

»Ich wollte nur wissen, was da vor sich geht«, sagte sie. »Jetzt musst du mir nur noch erkären, wieso wir aus unserem Haus geworfen wurden, weil Frankie dir geholfen hat.«

Und damit schnappte die Falle zu.

»Leg los«, sagte sie.

TEDDY

Eines musste man Destin Smalls lassen: Er war hartnäckig. Obwohl Archibald und Cliff bereits die Ausrüstung ausstöpselten und abbauten, bestand er immer noch auf einem zweiten Test.

»Den wird es nicht geben«, sagte Teddy. »Nicht heute.«

Es klingelte an der Tür. Graciella sagte zu Teddy. »Ich glaube, das ist für dich.«

»Dann im Laufe der Woche«, sagte Smalls. »Du und der Junge, ihr kommt in mein Büro. Wir brauchen ein Ergebnis, Teddy, einen richtigen Tau-Wert. Diesmal benutzen wir ein Stromsystem auf Industriestandard.«

»Wir werden kommen, versprochen«, sagte Teddy.

»Sie können ihm vertrauen«, sagte Graciella. Ach, was wurde ihm da warm ums Herz. Eine Frau verteidigte seine Ehre. Sie war eine viel bessere Frau, als seine Ehre verdient hatte.

Es klingelte noch einmal an der Tür.

Smalls sagte zu ihr: »Wissen Sie nicht mehr, wie Sie sich begegnet sind? Er hat Sie betrogen. Dieser Mann hier ist Teddy, der Grieche. Der Name bezieht sich auf den *Greek Deal*, seine Spezialität. Er hat seinen Namen erst geändert, als —«

»Das reicht!«, sagte Teddy. Smalls hatte nie den Drang abgelegt, ihn bloßzustellen, ihn blöd dastehen zu lassen. Tja, aber am Ende hatte Teddy das Mädchen bekommen, oder nicht? Alle liebten Maureen, doch er war der Einzige, dessen Liebe sie erwiderte. Das war ein Trumpf, den Destin niemals schlagen konnte.

Teddy öffnete die Tür, und die Luft in seiner Lunge verwandelte sich in Eis.

Es war Nick Pusateri senior.

Er stand auf der gefliesten Stufe und sah verschwitzt aus. Seine Augen funkelten wie die eines Wahnsinnigen. Unter dem Toupee staute sich die Hitze wahrscheinlich wie unter einem Helm aus dem Zweiten Weltkrieg. Hinter ihm stand ein unglücklich aussehender Barney.

Teddy zwang sich zu einem Lächeln. »Was kann ich für euch tun, Jungs?« Nur durch jahrelanges Training gelang es ihm, eine feste Stimme zu bewahren.

»Können wir reinkommen?«, fragte Nick.

»Ich würde euch gerne hereinbitten«, log Teddy verzweifelt. »Aber wir feiern gerade ein Familienfest.«

»Genau deshalb bin ich hier«, sagte Nick. »Familie.« Er drückte Teddy die Handfläche vor die Brust, sodass er nach hinten taumelte. Teddy fing sich, und Nick sagte: »Sieht aus, als könntest du dich wieder ein bisschen besser bewegen.«

Oh Gott, er war im Haus. Bisher hatte der Teufel es nie so weit geschafft. Bei all seinen Versäumnissen in all den Jahren, das hatte Teddy niemals zugelassen.

Smalls und Graciella waren aufgestanden. Archibald beobachtete alles unter seinen dichten Augenbrauen. Barney versuchte zu erfassen, wie viele Leute anwesend waren und wer eine Bedrohung darstellte. Nick jedoch starrte nur Graciella an.

»Was zur Hölle macht die denn hier?«, sagte er. Vor Wut blieb ihm fast die Stimme weg. Teddy hatte ihn noch nie so zornig gesehen, so außer Kontrolle.

»*Die* kann dich sehr gut hören«, sagte Graciella.

»Sie ist mein Gast«, sagte Teddy. Seine Gedanken rasten. Wenn Nick nicht wegen seiner Familie gekommen war, dann hatte er es auf Teddys Familie abgesehen. »Was willst du, Nick?«

»Ich bin hier, um was zurückzugeben«, sagte Nick. Er gab Barney ein Zeichen. Der riesige Barkeeper hob die Hand, und Teddy erstarrte. Doch es war keine Waffe; es war eine große, gelbe Taschenlampe mit einem aufgedruckten Hummel-Logo. Nick sagte: »Kommt dir irgendwie bekannt vor, oder? Sieht der beschissenen Hummel auf Frankies verficktem Wagen verdammt ähnlich.«

Teddy setzte ein verwirrtes Lächeln auf. *Was hatte Frankie getan?* War er in Mitzi's Tavern gelatscht und hatte etwas Dummes gesagt? Mit irgendwas Dummem gedroht?

»Ja, vielen Dank fürs Zurückbringen. Ich wusste nicht, dass er sie verloren hatte, aber er wird sich sicher freuen —«

»Hältst du mich für einen beschissenen Idioten?«, fragte Nick.

Destin Smalls machte einen Schritt nach vorne. Er war der einzige Mensch im Raum, der größer als Nick oder Barney war, und Teddy war froh, dass er da war. Barney und der Agent starrten einander an wie zwei Dampfloks, die auf demselben Gleis aufeinander zurasten.

»Ich weiß nicht, wovon du redest«, sagte Teddy. »Ehrlich.«

»Du glaubst, du kannst einfach in meine Bar einbrechen, und ich weiß nicht, dass du es warst? Dass du deinen bescheuerten Sohn geschickt hast, macht keinen Unterschied.«

»Ich habe Frankie nirgendwohin geschickt. Reg dich ab, Nick, lass uns das Ganze bereden wie —«

485

»Fick dich, Teddy.«

»Gentlemen.« Das Problem war nur, dass Nick kein Gentleman war, sondern ein Soziopath. Mit einer Knarre. Unter seinem Hemd zeichnete sich eine Pistole ab, die er im Hosenbund stecken hatte.

»Es sind Kinder hier«, sagte Teddy, leiser jetzt. »Unter anderem deine Enkelsöhne.«

»Gib sie mir wieder!«, brüllte Nick. Sein Blick sprang wirr im Raum umher, und seine Hand wanderte zu der Wölbung unter seinem Hemd. Was dachte er sich dabei, hier am helllichten Tage aufzukreuzen, bereit zum Losballern? Er drehte langsam durch. Vielleicht war es die nervliche Belastung, immerzu damit rechnen zu müssen, dass das FBI an der Tür klopfte. Die Gefahr, dass sein Geschäft – nein, seine gesamte Art zu leben – sich durch den Schlag eines Richterhammers in Luft auflöste. »Auf der Stelle, verdammt!«

»Was zurückgeben?«, fragte Teddy. »Ich meine das jetzt ernst. Ich weiß nicht, wovon du redest.«

»Die verfickten *Zähne*.«

»Zähne?«, fragte Archibald.

»Das ist eine lange Geschichte«, sagte Graciella. Sie stellte sich vor Nick, und Teddy war stolz, wie ruhig sie aussah. Sie hatte schreckliche Angst vor dem Alten – das hatte sie ihm gesagt –, doch das sah man ihr nicht an.

Sie griff nach ihrer Handtasche und holte einen Plastikbeutel heraus. »Hier. Die andere Hälfte. Jetzt hast du sie alle – alle Beweisstücke. Ich wollte nur, dass meine Söhne aus dem Spiel bleiben.«

»Und jetzt den Rest! Her mir der Lunchbox!«

Teddy sagte: »Das sind alle. Die, die wir dir vorbeigebracht haben, und diese. Das ist alles.«

»Frankie«, sagte Nick. »Bringt ihn her, *sofort*.«

»Das werde ich nicht tun«, sagte Teddy.

Destin Smalls war hinter dem Couchtisch hervorgetreten. »Sie sollten jetzt gehen«, sagte er. »Auf der Stelle.«

»Wer ist das denn?«, fragte Nick.

»Destin Smalls, Regierungsagent«, sagte Smalls. »Ich wiederhole, Sie sollten jetzt –«

»Schnauze«, sagte Nick. Er hob den Arm, und der Knall ließ die Wände erbeben. Smalls krachte rücklings auf den Couchtisch. Cliff brüllte, und Graciella schrie, auch wenn Teddy sie über das Klingeln in seinen Ohren kaum hören konnte.

»Scheiß drauf«, sagte Nick. Er steckte die Pistole nicht weg. »Ich hol ihn selbst.«

IRENE

»Was war das?«, sagte Irene. Teddys Schrei war bis in die Garage zu hören gewesen, gefolgt von einem lauten Knall. Jetzt war noch mehr wütendes Geschrei zu hören, von Männern, deren Stimmen sie nicht erkannte.

»Und gerade lief alles so gut«, sagte Joshua.

Es war tatsächlich gut gelaufen – sehr gut sogar –, zumindest bis Frankie und Loretta sie unterbrochen hatten. Dann war sie plötzlich wieder in der Highschool, in jener Nacht auf dem Rücksitz der Green Machine mit Lev Petrovski, als der Streifenpolizist ans Fenster geklopft hatte. Der Sex mit Joshua jedoch war um Längen besser, als er es mit Lev je gewesen war. Nach der Unterbrechung machten sie da weiter, wo sie aufgehört hatten – es brachte ja nichts, das Rennen abzubrechen, wenn sie dem Ziel so nah waren – und jetzt das. Es klang, als wäre eine Schlägerei ausgebrochen.

Natürlich konnte es so etwas wie ein ganz normales Picknick bei ihrer Familie nicht geben. Wieso sollte sie vernünftiges Verhalten ausgerechnet an dem Tag erwarten, an dem ihr Freund zu Besuch war? Joshua würde nicht in diesen Quatsch hineingezogen werden wollen. Er würde Jun niemals solchen Leuten aussetzen wollen. Er würde Irene verlassen, egal, wie gut der Sex im Auto war.

»Das ändert gar nichts«, sagte Irene. Sie zog ihre Shorts an. Draußen schrie Loretta.

Im Garten herrschte vor allem eines: Wut. Loretta brüllte zwei Männer an, die mit dem Rücken zu Irene standen, und Frankie versuchte, sich zwischen sie zu drängen. Dann begriff sie, wer die Männer waren.

»Heilige Scheiße«, sagte Irene. »Das ist Nick Pusateri.« Bevor sie Joshua erklären konnte, wer das war, wurde die Tür aufgestoßen und weitere Menschen strömten nach draußen: vorneweg ihr Vater, dann Graciella, und, einen Augenblick später, G. Randall Archibald.

Da war etwas in Pusateris Hand. Dann trat er einen Schritt vor und schlug Frankie damit ins Gesicht. Ihr Bruder ging zu Boden.

»Er hat eine Pistole!«, sagte Joshua.

Oh Gott, dachte sie. Wo waren die Kinder? Sie musste dafür sorgen, dass keines der Kinder nach draußen kam.

»Geh ums Haus herum zur Vordertür«, wies Irene Joshua an. Er wollte etwas einwenden, doch sie sagte: »*Hör zu.* Hol Jun und die Mädchen. Scheiße, hol alle Kinder.«

»Klar«, sagte er. Er rannte auf die Lücke zwischen Garage und Haus zu.

Zu spät dachte sie: Und ruf die 911 an!

Nick Pusateri richtete seine Pistole auf Frankie, der auf der Seite lag und sich die blutende Nase hielt.

»Hey!«, brüllte Irene. Sie marschierte über den Rasen. »Pusateri! Guck mich an!«

Nick warf einen Blick über die Schulter. »Gott, nicht die auch noch.«

»Sag mir einfach, was du willst, und wir besorgen es für dich.«

»Ich will, was dieser Hurensohn mir gestohlen hat.« Sie ging weiter langsam auf ihn zu. »Dann passiert niemandem was.«

Es überraschte sie kein bisschen, dass Nick Pusateri auch diesmal log.

FRANKIE

Es war, als hätte ihm jemand einen Eimer Farbe ins Gesicht geschüttet, und der Farbton hieß Greller Schmerz. Er hatte in Krimis davon gelesen, wie jemandem mit der Pistole »eins übergezogen« wurde, und sich nie wirklich vorgestellt, wie es sich anfühlen würde. Ganz sicher hatte er sich nicht vorgestellt, dass es einmal ihm passieren würde.

Was noch mehr schmerzte als der Schlag selbst, war die Ungerechtigkeit des Ganzen. Er hatte Nicks Geld nicht, wie sollte er es also zurückzahlen? Frankie hatte nichts gestohlen, und doch würde ihm alles genommen werden. Er war wieder auf dem Parkplatz des White Elm, nachdem man ihm den Royal Flush entrissen hatte. Nick und Barney waren genau wie Lonnie. Schulhofschläger.

Schlimmer noch, diesmal würden nicht nur seine Schwester und sein Bruder seine Demütigung mitansehen, sondern auch die Frau, die er liebte. Er hoffte nur, dass nicht auch die Mädchen zusahen.

Loretta hockte sich neben ihn und legte die Arme um Frankie. Irene und Nick senior schrien sich an, es ging um irgendwas mit Zähnen. Es ergab keinen Sinn.

Nick brüllte Irene an: »Halt die Fresse!«, dann schüttelte er die Waffe mit neuem Elan in Frankies Richtung. »Wo ist sie?«

»Wo ist was?«, fragte Frankie. Seine Stimme klang dumpf, durch das Blut und die zerstörten Knorpel, doch er versuchte, aufrichtig zu klingen – denn er hatte aufrichtig keine Ahnung, wovon Nick redete.

»Meine Scheiß-Lunchbox!«

Langsam dämmerte es ihm. »Lunchbox?« Es klang wie *Lunbod*, aber Nick verstand, was er meinte.

»Hab ich das nicht gerade gesagt?«

»Legen Sie die Waffe weg«, sagte eine andere Stimme. Es war Archibald. Er hatte seine eigene Pistole gezogen.

Nick sah sie sich an und blinzelte. »Was zur Hölle ist das denn? Ein Spielzeug?« Er warf Barney einen Blick zu, um zu prüfen, ob er dasselbe sah. »So'n Buck-Rogers-Scheiß?«

»Ich versichere Ihnen, das ist kein Spielzeug«, sagte Archibald. »Das, mein Freund, ist eine Mikroleptonen-Kanone.«

Nick sagte: »Was sind denn verfickte Leptonen?«

»Die Mikroleptonen-Kanone«, sagte Archibald im ruhigen Tonfall eines Oberlehrers, »stört Torsionsfelder, das Medium, durch das sich Psi-Energie verbreitet. Richtet man sie auf ein übersinnlich begabtes Individuum, zerstört sie dauerhaft dessen Fähigkeit, solche Felder zu erzeugen. Doch richtet man sie auf jemand Nicht-Psionischen, führt sie zu sofortiger Lähmung und Hirnschlag.«

Nick starrte ihn an. »Ihr Vögel seid total durchgeknallt.«

Da konnte Frankie ihm nicht widersprechen. »Pass auf, ich will die Lunchbox nicht«, sagte er zu Nick. »Du kannst sie haben. Sie ist in meinem Wagen.« Zumindest erinnerte er sich daran, sie dort gesehen zu haben. Er war in der letzten Nacht ziemlich aufgelöst gewesen.

»Ich hole sie«, sagte Buddy. Er war hinter einem Baum hervorgetreten. Frankie hatte gar nicht gewusst, dass er da war.

»Tu das«, sagte Nick Pusateri. An Frankie gewandt sagte er: »Du nicht. Du bleibst, wo du bist. Wenn irgendwas passiert, stirbst du zuerst, du Wichser.«

Und da fing Loretta an, den Mob-Chef der westlichen Vororte anzuschreien.

23

Buddy

Er eilt am Transporter vorbei. Er hat Nick Pusateri senior gesagt, dass er zum Wagen läuft, um die *Teenage Mutant Ninja Turtles*-Lunchbox zu holen, doch das war gelogen. In der Einfahrt liegt eine gelbe Super-Soaker-Wasserpistole. Er hebt sie auf, und sie ist genauso mit Wasser gefüllt, wie er es in Erinnerung hat. Gott sei Dank.

Er hat nicht gedacht, dass das Ende so schwierig sein würde. Vor allem, weil er versucht hat, erst gar nicht daran zu denken. Zum Glück sind diese letzten Augenblicke so hektisch, so vollgestopft mit Details, sodass es ihm unmöglich war, sich zu viele Gedanken zu machen. Zu grübeln. Sogar jetzt hat er noch so viele Dinge zu erledigen, dass in seinem Kopf kaum Platz bleibt, um über das Zap nachzudenken.

Doch jetzt ist es da. Er kann das Geräusch hören, und es ist das Letzte, an das er sich erinnert, bevor die Zukunft schwarz wird. Sein Herz zieht sich vor Verzweiflung zusammen. Die Welt wird ohne ihn weitergehen.

Er sieht auf seine Uhr. 11:55. Elf Minuten noch, vielleicht auch weniger. Er erinnert sich nur an die Position des Minutenzeigers. Wieso hat er bei diesem letzten Augenblick nicht genauer hingesehen? Es wäre *richtig, richtig hilfreich*, die genaue Sekunde zu kennen, in der die Geschichte zu Ende geht.

Vor der Haustür richtet er die Super Soaker auf die Fliesen und drückt immer wieder den Abzug. Er leert den kompletten Tank darauf aus, bis sie glänzen. Das Wasser läuft nicht ab. Er hat die Fläche leicht konkav gefliest, gerade so, dass sich eine flache Pfütze bildet.

Er steigt auf Zehenspitzen über das Wasser und betritt das Wohnzimmer. Clifford Turner hockt gebeugt über Destin Smalls und drückt eine zusammengeknüllte Jacke gegen dessen Schulter. Smalls stöhnt vor Schmerz. Buddy hat ein schlechtes Gewissen seinetwegen. Doch er weiß nicht, wie er es hätte umgehen können — es ist eine Tatsache dieses Tages, die sich unmöglich ändern ließ.

Er geht zum Wandtelefon in der Küche und wählt. Bevor jemand abnimmt, kommt Joshua Lee in den Raum gelaufen. Er ist einmal um das Haus herumgesprintet und durch die Vordertür hereingekommen. »Die Kinder!«, sagt er, fast außer Atem. »Wo sind die Kinder?«

»In Sicherheit«, sagt Buddy, dann hält er einen Finger hoch, um ihn um Ruhe zu bitten. Die Telefonistin sagt: »Neun-eins-eins, welchen Notfall möchten Sie melden?«

Er will sagen: Die Zukunft stirbt gerade. Er will ihr erzählen: Ich werde gleich ausgelöscht.

Stattdessen wiederholt er, woran er sich erinnert: »Es gab eine Schießerei. Der Schütze ist noch da. Bitte schicken Sie die Polizei.«

Joshua sagt: »Wo ist Jun? Wo sind die Kinder?«

»Unten«, sagt Buddy. Tatsächlich kann er eines von ihnen gegen die Kellertür wummern hören. Er reicht Joshua das Telefon. »Sag ihr, was sie wissen muss.«

Er geht in den Garten hinaus und außen um den Kreis wütender Menschen herum, ohne sie anzusehen. Nick Pusateri sagt: »Hey! Wo ist die beschissene Box?«

Buddy ignoriert ihn und marschiert auf den Baum zu. Sein Herz pocht. Endlich erreicht er die Stelle, an die er sich erinnert, neben dem Druckluftkompressor. Er ist jetzt Teil eines besonderen Dreiecks. An einem Eckpunkt steht ein über siebzigjähriger Gangster mit einer .45er Automatic. Am zweiten ein pensionierter Zauberkünstler mit einer Psi-basierten Strahlenwaffe. Und am dritten Eckpunkt des Dreiecks das Mächtigste Medium der Welt und ein Tank voll Luft.

Inmitten dieses Dreiecks stehen Irene, Frankie und Loretta. Loretta droht, dem Mafiaboss der westlichen Vororte die Eier abzuschneiden.

Buddy klappt den Metallschutz des Druckluftschalters auf, sodass der Knopf freigelegt wird, und sieht auf seine Uhr. Es ist 11:57 Uhr, und der Sekundenzeiger rast die rechte Seite des Ziffernblattes hinab.

MATTY

»Die geht nicht auf«, sagte Julian. »Was geht bloß ab in diesem Haus?«

»Halt's Maul, Julian«, sagt Malice. Sie steht an einem der Fenster, das Ohr gegen die Stahlplatte gepresst. Sie alle hatten den Knall von oben gehört. Matty hatte den Älteren erklärt, dass Archibalds Ausrüstung wieder in die Luft gegangen sein musste, doch jetzt war er sich nicht mehr so sicher. Malice sagte: »Da schreien ein paar Leute rum, aber ich kann nicht verstehen, worum es geht.«

»Mach den Kindern keine Angst«, sagte Matty. Doch um die musste er sich keine Sorgen machen. Alle fünf jüngeren Kinder waren von Mr Banks fasziniert – und der Welpe andersrum genauso. Er stand auf Lukes Brust und leckte hartnäckig dessen Gesicht ab, weshalb Adrian und die Jungs sich vor Lachen kugelten. Cassie und Polly kriegten sich kaum noch ein, sie drehten fast durch vor Begeisterung. Ein lebendiges Beanie Baby! Es war ein echtes Labor-Day-Wunder.

Matty drehte den Türknauf und zog, doch die Tür bewegte sich nicht. »Komisch«, sagte er.

»Sag ich doch«, sagte Julian. Er schob Matty zur Seite und versuchte es ein weiteres Mal.

Malice sagte: »Wir müssen hier raus.« Sie sah besorgt aus. So hatte er sie noch nie gesehen. Ihr Standardmodus, außer wenn sie mit ihren Freunden unterwegs war, hieß Tiefes Desinteresse.

»Bestimmt wird uns irgendwann jemand hören«, sagte er.

»Scheiß drauf.« Sie schob ihn in die Waschküche und schloss die Tür hinter ihnen. »Du musst dich umsehen. Da draußen.«

Dann begriff er, was sie meinte. »Das geht nicht so einfach«, sagte er. »Dafür muss ich ... mich vorbereiten.«

»Die tun meinem Dad was an!«

»Okay, okay. Hast du Gras dabei?«

»Dafür haben wir keine Zeit«, sagte sie. »Gib mir deine Hand.« Sie nahm seine Handfläche und presste sie gegen ihre linke Brust.

»Woah!«, machte er.

»Gut so?«, fragte sie. Super, dachte er. Doch das war nicht, was sie meinte.

Sie betrachtete sein Gesicht. »Keine Sorge, ich halte deine Hand.«

»Okay, aber ich kann trotzdem nicht –«

Sie packte ihm in den Schritt.

Er fuhr erschrocken hoch. Sein Körper jedoch hatte sich nicht bewegt. Plötzlich schwebte er einen Meter darüber, seine Psyche vermengt mit einem Regal voller Putzmittel. Malice hatte noch immer die Hand an seinem Schritt. Sein Kinn klappte herunter, und dann fing sein gesamter Körper an, in sich zusammenzusacken. Malice packte ihn um seine rundliche Taille und ließ ihn auf den Boden hinab, sodass sein Rücken gegen die Waschmaschine lehnte.

»Geh nach draußen«, sagte Malice zu seinem Körper. Seine Augen waren verdreht, doch sein Gesicht sah immer noch erstaunt aus.

Er machte in der Luft kehrt und zischte durch den Raum voller Kinder, durch die Stahlplatten und in den Garten hinaus. Seine Familie stand bei einem der Bäume. Mom und Frankie versuchten, Loretta zurückzuhalten, während Buddy nervös hinter ihnen hockte, die Hand auf einer Maschine. Ihnen gegenüber standen zwei Männer: der Barkeeper aus Mitzi's Tavern und der alte Typ mit der Fünfzigerjahrefrisur, der in Mitzis Büro gesessen hatte. Uralt-Elvis. Er wedelte mit einer Pistole herum, und Matty dachte: Er wird Loretta erschießen.

Dann trat Teddy zwischen Loretta und die Männer, und Matty dachte: Nein, Elvis wird meinen Großvater erschießen.

TEDDY

Als er noch jünger und dümmer war, dachte Teddy, dass erschossen zu werden der perfekte Abschluss seiner Karriere sein würde. Die *Sun-Times* würde die Geschichte seines Lebens bringen, und die Welt würde endlich vom besten Kartentrickser ganz Chicagos erfahren. Doch das war, bevor er Maureen begegnete, bevor sie ihm diese Kinder schenkte – die, bedauerlicherweise allesamt beschlossen hatten, sich vor einem Wahnsinnigen zu versammeln.

»Du kannst nicht gewinnen«, sagte Teddy. »Du bist waffentechnisch unterlegen.«

Nick lachte. »Meinst du *den* Typen?«

Archibald hatte immer noch seine Mikroleptonen-Kanone auf Nick gerichtet. Doch die Waffe war mehr als wirkungslos gegen jemanden, der über keinerlei übersinnliche Kräfte verfügte. Er hatte gelogen, als er sagte, dass sie einen Hirnschlag und Lähmung hervorrief. Teddy glaubte an die Macht der Suggestion, doch Nick hatte diese Sphäre längt hinter sich gelassen und befand sich mitten im Reich des Wahns.

»Nein, ich meine –« Ein Blitzen lenkte ihn ab, wie die Reflexion eines Uhrenglases. Es flackerte vom Haus zu einer Stelle direkt vor ihm. Das ergab keinen Sinn, denn Licht musste von etwas reflektieren, damit man es sah, und dieses Irrlicht – war schon wieder weg. Eine optische Täuschung. Oder ein Streich, den ihm sein altes Gehirn spielte.

»Er meint uns«, sagte Irene. »Wir sind die Erstaunliche Familie Telemachus, du Mistkerl. Und du bist am Arsch.«

»Geh weg da«, sagte Nick.

»Keine Chance«, sagte Teddy. Plötzlich stand Graciella neben ihm. Er sagte: »Schatz, lass mich das –«

»*Schatz?!*«, brüllte Nick.

»Geh nach Hause«, sagte Graciella zu Nick.

»Ich geh nach Hause, keine Sorge. Hol die Jungs. Die kommen mit mir.«

»Das wird nicht passieren«, sagte Graciella.

»Wenn du da stehen bleibst, bringe ich dich um«, sagte Nick. »Ich bringe euch alle um.«

Ohne den Kopf zu bewegen sagte Teddy: »Irene?«

Sie legte die Hand auf seine Schulter – und drückte nicht zu. Also kein Bluff. Nick war wirklich so verrückt. Teddy würde an eine höhere Macht appelieren müssen.

»Barney«, sagte er. »Willst du für den Kerl da wirklich auf dem elektrischen Stuhl landen?«

Der Barkeeper seufzte. Dann sagte er: »Komm, Nick. Lass uns gehen.«

Nick fuhr herum und starrte ihn an. »Was hast du gesagt?«

Barney packte die Pistole und riss sie Nick aus der Hand. Es war das Mutigste, was Teddy je gesehen hatte.

»Wir sind hier fertig«, sagte Barney.

»Verdammte Scheiße!«, schrie Nick und stürzte sich auf den Barkeeper.

Beide Männer hatten ihre Hände an der Pistole, Barney eine Hand am Griff, Nick beide Hände um den Lauf. Nick riss sie zur Seite, und einen schrecklichen Augenblick lang zielte die Pistole auf Teddy. Dann, für einen noch schrecklicheren Augenblick, auf Graciella. Teddy zog sie an sich heran –

– und der Boden explodierte unter ihren Füßen.

Ihm blieb nicht einmal genügend Zeit, um zu schreien.

IRENE

Später, als sie Zeit hatte, über alles nachzudenken, konnte sie immer noch nicht sagen, was in welcher Reihenfolge geschehen war: Sie schrie, ihr Vater und Graciella verschwanden, ein Schuss löste sich.

Die Waffe. Nick und Barney kämpften immer noch darum, knurrend wie zwei Bären. Sie konnte nicht erkennen, wer gewann. Aus den Männern war ein Gewirr aus Armen geworden, eine wütende, strauchelnde Masse.

Was zur Hölle war mit ihrem Vater passiert? Plötzlich war ein Loch an der Stelle, wo sie gestanden hatten.

Nein, das Loch war vorher schon da gewesen. Buddy hatte es früher im Sommer ausgehoben. Aber hatte er es nicht wieder aufgefüllt? Irene und Frankie und Loretta standen wie erstarrt da. Ein halber Meter näher dran, und sie wären ebenfalls hineingestürzt. Und Buddy –

Buddy lag hinter ihr im Gras.

Sekundenlang war ihr Körper gelähmt. Dann, ohne sich daran zu erinnern, dass sie sich bewegt hatte, kniete sie plötzlich neben ihm. Buddy lag regunglos da, das Gesicht von ihr abgewandt. Frankie und Loretta hatten nicht bemerkt, dass er zu Boden gegangen war; ihr Blick war fest auf die kämpfenden Männer gerichtet.

Ein zweiter Schuss löste sich, gefolgt von einem weiteren Geräusch. Sie zuckte zusammen und begriff dann, dass das zweite Geräusch das *Ka-link* von Metall auf Metall gewesen war: ein Querschläger.

Buddys Augen waren geöffnet. Er blickte auf den orangenen Kanister. Seine Hand ruhte darauf, als handelte es sich um einen zu tröstenden Hund. Seine andere Hand lag auf seiner Brust.

Sie berührte sein Gesicht. »Alles in Ordnung? Rede mit mir.«

»Ich weiß nicht«, sagte er. »Wurde noch jemand getroffen? Ich konnte mich nicht an alles erinnern. Ich konnte nicht alles sehen. Es tut mir so leid.«

Noch jemand?, dachte Irene. Sie sah seine Hand an, sah, wie er sie gegen sein Hemd drückte.

»Es ist fast so weit«, sagte er.

Sie begriff, dass er nicht auf den Kanister sah, sein Blick war auf seine Uhr gerichtet.

Jemand schrie vor Wut. Sie sah auf. Nick Pusateri hatte die Waffe. Er hielt sie in die Luft wie eine Startpistole. Sein Toupee war ihm vom Kopf gerissen worden, aber immer noch an seinem Hinterkopf befestigt; es hing ihm wie ein Pelz im Nacken.

Barney lag am Boden und hielt sich die Kehle.

»Zur Hölle mit euch allen«, sagte Nick. Der Lauf der Pistole zuckte in seiner unruhigen Hand. Drückte er jetzt ab, konnte er Frankie oder Loretta treffen. Wenige Grad höher und nur der

Baum würde etwas abbekommen. Ein paar Grad tiefer und es könnte Irene und Buddy erwischen.

Irene hatte noch die Zeit zu denken, ja, er sagt die Wahrheit. Wir fahren alle zur Hölle.

FRANKIE

Er konnte den Blick nicht von der Waffe abwenden. Sie zuckte und raste umher, bannte seine Aufmerksamkeit wie eine Flipperkugel. Die Tatsache, dass ein Mann sie hielt, war beinahe nebensächlich.

Buddy lag hinter ihm auf dem Boden, wahrscheinlich von der Kugel getroffen. Irene war bei ihm und redete, auch wenn er nicht hören konnte, was sie sagte. Es gab nichts außer der Waffe.

Als er noch flipperte, hatte es viele Momente gegeben, in denen die Kugel sich zu schnell bewegte, in denen sie frei auf dem Spielfeld herumsprang, nur der Physik von Bumper und Schienen gehorchend. Jedes Spiel, egal wie gut er bis dahin gespielt hatte, endete auf dieselbe Weise: Die Kugel rollte zwischen den Flippern hindurch auf den Drain zu, und er konnte nichts dagegen tun. Das Warten machte ihn beinahe schläfrig.

Er spürte, dass sich Nicks Hand am Abzug anspannte. Er sah, wie die Pistole sich auf ihn richtete. Er empfand es als Erleichterung. Dann bewegte sich der Lauf um einige Zentimeter, und er begriff, dass die Kugel ihn verfehlen würde.

Ein Schuss ging los. Und noch einer, und noch einer. So schnell.

Loretta sagte: »Oh.« Sie sah nach unten und riss die Augen auf.

Ein Klumpen Silber hing wenige Zentimeter vor ihrer Brust in der Luft. Die Kugeln waren miteinander verschmolzen. Sie sah zu, wie sie sich in Quecksilber verwandelten, sich zu einer perfekt runden Kugel formten. Dann setzte die Schwerkraft wieder ein und die Kugel fiel zu Boden.

»Gott verfickte …« Nick trat mit offenem Mund einen Schritt zurück, unfähig, den Fluch zu Ende zu bringen. Er hatte Angst. Genau wie Lonnie damals. Dann drehte er sich um und rannte zum Haus, die Waffe noch immer in der Hand.

Irene sagte: »Frankie.«

Er sah sich um. Irene hockte neben Buddy, der auf dem Boden lag und sich die Brust hielt.

»Die Kinder«, sagte sie.

Oh Gott. Die Kinder waren im Haus.

»Schnapp dir den Wichser«, sagte Loretta.

Nick hatte die Terrasse erreicht. Archibald machte einen Schritt nach vorne, und Nick brüllte und richtete die Pistole auf sein Gesicht. Dann riss er die Tür auf und verschwand im Haus. Einen Augenblick später hörte Frankie einen weiteren Schrei.

»Kümmer dich um Buddy!«, rief Frankie Loretta zu und sprintete aufs Haus zu. Er sprang durch die Tür und musste abrupt abbremsen. Ein dunkelhaariger Mann kniete auf dem Küchenboden und hielt sich seinen blutigen Mund. Es war der Kerl, mit dem Irene im Kombi Sex gehabt hatte.

»Tole«, sagte Irenes Freund.

»Er hat 'ne Pistole. Ich weiß.«

»Nei. *Tole*.« Der Freund hob die Hand. Darin lag Nicks Pistole.

»Wie hast du das denn gemacht?«

»Da lang«, sagte der Typ und zeigte aufs Wohnzimmer.

Nick hatte die Vordertür erreicht. Waren die Kinder vorm Haus? Dann schob Nick die Tür auf – und rutschte aus. Seine Füße flogen in die Luft, und er landete auf dem Rücken.

Früher hatten die Leute oft zu Frankie gesagt: Du siehst aus wie ein Ringer, warst du mal einer? Und Frankie erzählte ihnen dann Geschichten von Kämpfen, wie anders es sei als professionelles Wrestling. Niemand springt von den Seilen auf seinen Gegner hinab. Niemand bringt »Atomic Drops« an. Nein, ein echter Ringer zwingt dich zu Boden und drückt dir die Luft ab.

Frankie war niemals Ringer gewesen, weder ein echter noch sonst irgendeiner. Doch er hatte viel ferngesehen.

Zwei Sekunden später stürzte er sich durch die geöffnete Haustür und landete auf Nick Pusateri, wie der beschissene André the Giant.

24

Buddy

Er versucht, sich trotz aller Ablenkungen zu konzentrieren. Der Schmerz in seiner Brust ist erschreckend, und Irenes tränenüberströmtes Gesicht löst in ihm den Wunsch aus, sie zu trösten, aber dafür ist keine Zeit.

Er schielt auf seine Uhr. Der Sekundenzeiger steigt und steigt. Schließlich erreicht er die Markierung, die für die zwölf steht. Es ist 12:02 Uhr. Er stellt sich das Geräusch vor, mit dem das magnetische Schloss an der Kellertür aufgeht, doch er ist zu weit weg, um es zu hören. Schlimmer noch, er hat keine Erinnerung daran, dass die Kinder sicher aus dem Bunker entkommen, den er für sie gebaut hat. Er kann sich nur an die nächsten sechzig Sekunden erinnern.

Es ist keine interessante Erinnerung. Sie besteht vor allem darin, dass er hier auf dem Boden liegt und Irene ihn beweint. Und er erinnert sich, dass sein Vater um Hilfe ruft.

Bis hierhin hat der Plan funktioniert, sofern man es einen Plan nennen kann, dem Diktat einer lückenhaften Erinnerung zu folgen. Die letzten sieben Monate hat er in einem Stresszustand verbracht, in permanenter Sorge, ein entscheidendes Detail vergessen oder irgendeinen Teil seiner Vision missverstanden zu haben.

Die restliche Zeit über befürchtete er, sich an zu viel zu erinnern, die Zukunft festzuschreiben, während er sie eigentlich stärker im Schatten hätte lassen müssen, dem freien Willen ... freie Bahn lassen müssen. Beides war eine Falle. Als kleiner Junge sah er so viel und änderte nichts. Nichts zum Guten, jedenfalls. Was, wenn er, indem er weniger zu sehen versuchte, alles noch schlimmer machte?

Irene wischt sich die Tränen aus den Augen. »Alles gut«, sagt sie. »Ich bin da.«

»Das ist schön«, sagt er.

Loretta beugt sich mit verlaufener Wimperntusche über ihn und sagt: »Ich rufe die 911.« Er sagt ihr nicht, dass er dort bereits angerufen hat. Es ist gut, wenn sie das Gefühl hat, sich nützlich machen zu können.

Irene legt ihre Hand auf seine. »Ich muss jetzt einmal kurz nachsehen, okay?«

Er erinnert sich an diesen Moment, wie kann er sie also davon abhalten? Bald schon wird sie machen, was immer sie will. Er nimmt seine Hand weg.

Sie sieht das Loch in seinem Hemd. Runzelt die Stirn.

»Es geht schon«, sagt er.

Sie öffnet einen Knopf, dann noch einen. »Was ist das, Buddy?«

»Hat Mom mir gegeben«, sagt er.

Sie nimmt die Medaille von seiner Brust. Er zuckt zusammen, weil der Einschlag ihm eine Prellung zugefügt hat. Dann sieht sie auf seine Haut. Kein Blut.

»Ein beschissener Glückspilz bist du«, sagt sie.

»Nein«, sagt er. »Bin ich nicht.«

MATTY

Er schoss mit einer solchen Wucht in seinen Körper zurück, dass die Waschmaschine wackelte. Er öffnete die Augen, und Malice hockte vor ihm, ihr besorgtes Gesicht nur Zentimeter von seinem entfernt.

»Ich habe Schüsse gehört!«, sagte sie. »Was passiert da draußen?«

Oh Gott, was passierte da draußen *nicht?* »Es gab eine Explosion, und Opa Teddy ist irgendwo reingestürzt, und dann wurde auf deinen Dad geschossen –«

»Was?!«

»Aber eigentlich nicht ganz! Jetzt ist er vorm Haus, und sie kämpfen –«

Julian brüllte: »Die Tür ist auf!«

Malice rannte aus der Waschküche. Matty kämpfte sich auf die Füße, ihm war schwindlig. Die Kinder hatten aufgehört, mit Mr Banks zu spielen. Jun trug ihn auf dem Arm. Die anderen sahen verängstigt aus.

Malice rannte durch die Tür, und Polly und Cassie folgten ihr. »Vors Haus!«, brüllte Malice.

»Geht nicht da raus!«, sagte Matty.

Julian bedachte ihn mit einem verächtlichen Blick und verließ den Kellerraum. Matty drehte sich zu Jun um. »Du hast das Sagen. Lass Luke und Adrian nicht nach oben, okay?«

»Ich bin älter als sie!«, sagte Luke.

Matty rannte die Treppe hinauf und sah, wie Malice, die Zwillinge und Julian auf die vordere Haustür zuliefen. »Stop!«, brüllte er. »Die haben Pistolen!« Sie ignorierten ihn und rannten auf den Rasen vorm Haus hinaus.

Frankie hockte auf Nick Pusateri und schlug auf ihn ein. Nick hatte die Unterarme vor dem Gesicht, um sich zu schützen.

Die Zwillinge kreischten. Frankie warf einen Blick über die Schulter. Sein Gesicht war blutüberströmt, so wie es gewesen war, als Matty ihn im Garten gesehen hatte. Die Mädchen kreischten noch einmal. »Bleibt weg«, sagte Frankie.

Und in diesem Augenblick traf ihn Nick hart am Kinn. Frankie kippte zur Seite. Nick rappelte sich auf. Er sah doppelt so alt aus wie noch vor wenigen Minuten. Das Toupee war verschwunden und hatte einen Schädel freigelegt, der bis auf einen schmalen Streifen an den Schläfen haarlos war.

»Das ist der Kerl, der auf euren Dad geschossen hat«, sagte Matty. Der versucht hat, *auf ihn zu schießen*, hätte er besser sagen sollen. Aber ihm fehlte die Zeit, um genauer zu beschreiben, was er gesehen hatte.

Nick machte einen Schritt auf Frankie zu. Malice brüllte: »Bleiben Sie weg von ihm!« Die Zwillinge nahmen ihr Kindergekreische wieder auf. Nick hob einen gestiefelten Fuß. Dabei rutschte seine Hose hoch und legte die roten Flammen frei, die auf das schwarze Schuhleder gestickt waren.

Hinter Matty sagte Julian: »Pop-Pop?«

Nick sah zur Haustür und senkte den Fuß wieder. Vielleicht war es der Anblick seines Enkels. Vielleicht hatte er gerade die Sirenen gehört. So oder so, er trat schwer atmend einen Schritt zurück. Dann sah er sich um, als müsse er sich orientieren. Er machte kehrt und watschelte auf eine glänzende, mit Heckflossen ausgestattete Limousine zu, die aussah, als wäre sie gerade erst aus einem Plymouth-Showroom des Jahres 1956 gerollt.

Frankie stöhnte und versuchte, sich aufzusetzen. Matty sagte: »Er entkommt.«

Malice wandte sich an die Zwillinge. »Ihr beiden. Guckt mich an.« Cassie und Polly weinten, doch sie hörten ihr zu. »Mädels, ihr wisst doch, was ihr niemals tun sollt, oder?«

Cassie nickte. Polly wischte sich mit der Hand über die Nase. Malice zeigte auf das Auto.

»Echt?«, fragte Polly.

»Los«, sagte Malice.

»Okay«, sagte Cassie.

Nick war noch gut sechs Meter von seinem Plymouth entfernt, als plötzlich die Motorhaube in einer Wolke aus Funken von der Karosserie gesprengt wurde. Sie flog, sich überschlagend, davon. Die Autobatterie brannte. Und dann ging der gesamte Motor in Flammen auf.

Nick blieb stehen. Er starrte sein Auto einige Sekunden lang an, und dann setzte er sich ins Gras.

TEDDY

Erschossen zu werden war das eine. Doch er hätte nie damit gerechnet, in die Luft gesprengt zu werden.

Es machte rumms, und dann öffnete sich der Boden unter ihren Füßen, und er und Graciella stürzten ins Leere. Sie landeten, ineinander verwickelt, und wurden wieder in die Luft geschleudert. Dann schlugen sie ein zweites Mal auf, und ihr Ellbogen knallte in seine Rippen. Dieser Schmerz war es, der ihn davon überzeugte, dass er nicht tot war.

Sie waren auf einem Stapel Matratzen gelandet.

Erde prasselte auf ihre Gesichter. Bevor sie wieder zu Atem kommen konnten, hörten sie Schüsse. Er hatte das Wort »Salve« noch nie zuvor benutzt, doch genau das hatte er gerade erlebt. Dann war Frankie an dem Loch vorbeigerannt. Es war nichts mehr zu hören, außer dem Jaulen von Sirenen in der Ferne.

Sie wischten sich die Erde aus den Gesichtern und kamen wieder zu Atem. Graciella stellte die naheliegende Frage: »Was war das?«

»Buddy«, antwortete Teddy.

»Wir müssen hier raus«, sagte Graciella. »Die Jungs sind da oben.« Selbst voller Erde, selbst rasend vor Sorge um ihre Söhne, war sie wunderschön.

Er sah sich nach einem Ausweg um. Das Loch war nicht einfach ein Loch; es hatte *Struktur*. Die Erdwände waren mit Holzbalken abgestützt, im Abstand von einem halben Meter, und mit Querverbindungen. Oben am Eingang hielt ein hölzerner Rahmen eine Reihe von Hydraulikzylindern. Diese hatten die Tür geschlossen gehalten, und dann ganz plötzlich und brutal nicht mehr.

Es war eine gottverdammte Tigerfalle.

Teddy hatte von dem Loch gewusst, gesehen, wie Buddy es ausgehoben hatte, doch er war davon ausgegangen, dass der Junge es wieder aufgefüllt hatte, nicht bloß eine Falltür mit Rasen bedeckt. Es hätte jemand sterben können!

»Kannst du hochklettern?«, fragte Graciella.

»Hmm«, machte er, als würde er ernsthaft darüber nachdenken. Wäre er jünger gewesen, hätte er vielleicht die Querbalken hinaufklettern können, bis die Klappe im Weg war, um dann einen mannhaften Sprung zu wagen und sich hochzuziehen. Er fragte sich, ob er jemals so jung gewesen war. Oder so mannhaft.

Stattdessen rief er um Hilfe. Und noch einmal. Irgendwann tauchten zwei Köpfe am Rande des Grabes auf: Archibald und Clifford.

»Sind alle gesund?«, fragte Graciella.

»Genau das wollte ich auch gerade fragen«, sagte Archibald.

Clifford sagte: »Die Schießerei ist vorbei. Die Polizei ist da. Destin ist verwundet, aber es geht ihm gut.«

»Den Kindern geht's auch gut«, sagte Archibald.

Graciella sah nicht sehr erleichtert aus. »Holen Sie mich hier raus. Sofort.«

»Gibt es da oben niemanden, der unter siebzig ist?«, fragte Teddy.

»Willst du nun Hilfe oder nicht?«, sagte Archibald.

Teddy verschränkte die Hände und beugte sich vor, damit Graciella hineintreten konnte. Die Männer zogen sie hinauf und aus dem Loch. Du liebe Güte, was hatte sie hübsche Beine. Er bedauerte es fast, dass sie nicht mehr Zeit hier unten verbracht hatten, gefangen wie Bergarbeiter nach einem Grubeneinsturz. Sie hätten sich näherkommen können, während sie darauf warteten, dass jemand an Seilen das Mittagessen herabließ.

Archibald und Cliff mussten sich auf ihre Bäuche legen, um an ihn heranzukommen. »Einen Moment noch«, sagte Teddy. Er schnappte sich den Borsalino, der an der Erdwand zum Liegen gekommen war, klopfte ihn ab und setzte ihn sich auf den Kopf.

»Jetzt«, sagte er. Die Männer zogen ihn an beiden Armen hoch, und er spürte, wie die Nähte des DeBartolo an den Schultern aufplatzten.

Archibald und Cliff zerrten ihn aufs Gras wie einen Delfin aus dem Becken. Bis er sich aufgerichtet hatte, war Graciella bereits im Haus und rief nach ihren Söhnen.

Dann fiel Teddys Blick auf Buddy. Irene saß neben ihm, mit Tränen in den Augen.

Nicht Buddy, dachte Teddy. Er würde es nicht ertragen, wenn Buddy etwas geschehen war. Er war der Unschuldige. Maureens Liebling.

Teddy sah Archibald zornig an. »Hast du nicht gesagt –«

»Ich meinte die kleinen Kinder«, sagte er.

IRENE

Sie sah, wie Dad und Graciella aus dem Loch gezogen wurden, und plötzlich machte es klick. Die Indizien waren überall, im Haus und auf dem Grundstück. Die plötzlich entstandene Grube. Die gegen Querschläger gesicherten Fenster. Die Medaille an seiner Brust.

Sie beugte sich zu ihrem Bruder hinab. »Du warst das, stimmt's? Du hast das alles gesehen.«

»Geht's allen gut?«, fragte er ängstlich.

»Es geht allen gut«, sagte Joshua. Sie blickte auf. Er musterte sie mit verzweifelter, besorgter Miene. Jun stand neben ihm, einen weißen Welpen auf dem Arm. Wo zur Hölle war der hergekommen? Und wieso war Joshua nicht davongelaufen? Dieser ganze Wahnsinn, und er machte sich Sorgen um sie. Er war gekommen, um nach *ihr* zu sehen.

»Was ist mit Dad?«, fragte ihr Bruder.

»Ihm geht's gut, Buddy!«

Wieder brach er in Tränen aus.

»Schon okay, schon okay«, sagte sie und nahm ihn in den Arm. »Das hast du gut gemacht. Guck, da kommt Dad.« Er marschierte stirnrunzelnd auf sie zu. Dads besorgte Miene sah seiner wütenden Miene sehr ähnlich, deshalb war es schwer, seine Laune auszumachen.

»Wenigstens einen von ihnen konnte ich retten«, sagte Buddy.

»Du hast sie alle gerettet, Buddy. Alle –«

Ah. Er meinte einen Elternteil.

»Ich glaube, ich will mich jetzt ausruhen«, sagte er.

»Schlaf jetzt bloß nicht ein.«

»Diese Art von müde meine ich nicht«, sagte er. »Ich kann so nicht weitermachen. Alles zu *wissen*. Ich mache mir immer Sorgen.«

Oh Gott. Immer? Das erklärte vieles über Buddy.

»Es tut mir so leid«, sagte sie. »Ich wusste das nicht. Auf euch alle aufpassen – das sollte doch mein Job sein.«

»Du verstehst mich nicht«, sagte er. »Ich ertrag das nicht mehr.«

Sie hörte die Wahrheit in dem, was er sagte – und schreckte davor zurück. »Ich weiß, es fühlt sich gerade so an«, sagte sie. »Aber bald schon –«

»Ich will nicht wissen, was *bald* passiert. Ich will das alles nicht mehr wissen. Ich will nur, dass es … aufhört. Es gibt etwas, das du jetzt für mich tun wirst, Reenie.«

Dad sagte: »Verdammt, wovon redet er denn?« Er stand über sie gebeugt und verzog das Gesicht. Von Nahem war es eindeutig: Buddy war verzweifelt.

»Tu nicht so, als wüsstest du's nicht«, sagte Archibald.

»Das Ding da«, sagte Irene zum Magier. Sie sah auf seine Hand. »Funktioniert das?«

»Absolut«, sagte Archibald.

»Sie sagen die Wahrheit«, sagte Irene. Sie wollte, dass Buddy es hörte.

Die Pistole, diese Mikroleptonen-Kanone, sah aus wie etwas, das sie als Kind im Ben-Franklin-Dime-Store hätte finden können. Irene streckte die Hand aus. Archibald kniff die Augen zusammen. Dann legte er sie in ihre Hand.

Die Pistole war überraschend schwer. Buddy sah zu, wie sie sie in der Hand wog.

»Das ist unumkehrbar«, sagte Archibald zu Buddy. »Verstehst du das?«

Er blickte wehmütig auf die Waffe, als hätte er ein altes Foto von jemandem gefunden, den er schon halb vergessen hatte. Irene hatte all die Jahre angenommen, dass Buddys Begabung mit Moms Tod verschwunden war. Nach der Beerdigung hatte er nie wieder ein Cubs-Spiel vorausgesagt, nie wieder die Lottozahlen aufgeschrieben. Falls er seinen großen Auftritt am Glücksrad vermisst, wenn ihm der Applaus des Publikums gefehlt hatte, dann sprach er jedenfalls nie darüber. Zwanzig Jahre lang hatte er fast gar nicht mehr gesprochen. Doch das Rad hatte nie aufgehört, sich zu drehen. Er hatte das Wissen für sich behalten, allein, schweigend.

Sie richtete die Pistole auf seinen Kopf, wo, wie sie sich vorstellte, die Kräfte saßen.

Buddy sah auf seine Uhr, dann hielt er einen Finger hoch. »Moment«, sagte er.

FRANKIE

Seine Töchter starrten auf ihn herab, als sei er ein merkwürdiger, am Ufer des Lake Michigan gestrandeter Fisch. Er fragte sich, wie schlimm er aussah. Seine Nase befand sich eindeutig nicht dort, wo sie hingehörte. Mehrere Zähne machten sich gegenseitig die Plätze streitig. Ein Augenlid hatte für die Saison dichtgemacht.

»Du warst so mutig«, sagte Cassie.

»Und so stark!«, sagte Polly.

Rotes und blaues Licht blinkte auf der Außenwand des Hauses. Mary Alice hockte neben seinem Kopf.

»Haben wir ihn erwischt?«, fragte Frankie. Seine Stimme klang überhaupt nicht normal.

»Oh ja, wir haben ihn, Dad«, sagte Mary Alice. »Der Typ von der Regierung hat ihm das Knie in den Rücken gerammt.«

»Das ist gut«, sagte er.

Sie waren immer noch pleite. Hatten immer noch kein Zuhause. Doch Mary Alice hatte ihn Dad genannt. Das war schon mal was. Er fühlte sich wie Odysseus, der endlich zu seiner ihn erwartenden Familie zurückgekehrt war.

Dann fiel es ihm wieder ein.

»Buddy.« Er setzte sich auf – und kippte beinahe wieder um, weil ihm eine Rippe in die Seite stach. »Helft mir auf.«

»Was ist mit Buddy?«, fragte Matty. Der Junge hatte einen Feuerlöscher in der Hand. Er hatte damit in Flammen stehendes Gras und verstreut herumliegende, brennende Autoteile gelöscht.

»Jetzt. Bitte.«

Frankie humpelte, auf Mary Alice und Matty gestützt, durchs Haus. Im Garten stand seine Familie um die Stelle versammelt, an der Buddy lag. »Geht's ihm gut?«, rief Frankie. »Antwortet mir!«

G. Randall Archibald trat einen Schritt zurück, und Frankie sah, dass Irene Buddy die Mikroleptonen-Kanone an die Schläfe hielt.

»Reenie!«, sagte Frankie. »Was zur Hölle hast du vor?«

Irene ignorierte ihn. Buddy sah ihn an und lächelte. »Dir geht's gut«, sagte er.

»Bereit?«, fragte Irene Buddy.

Er sah auf seine Uhr. »Zwölf Uhr sechs«, sagte er. »Perfekt.«

Frankie sagte: »Könnte bitte mal jemand –«

Irene drückte ab. Die Kanone entlud sich mit einem elektrischen Surren und einem Knall:

Zap.

OKTOBER

25

Frankie

Er war umzingelt von Frauen. Mindestens zwei von ihnen, möglicherweise auch alle drei, würden gleich auf ihn wütend sein.

»Ich unterschreibe nicht«, sagte er.

»Was? Ist der Preis zu hoch?«, fragte Irene.

»Nein«, sagte Frankie. »Die Unterlagen sind falsch.«

Graciella beugte sich über den Konferenztisch. »Vertrau mir, das stimmt alles. Die Bankformulare, Versicherung, das ist alles Standard. Wir haben nicht oft einen Abschluss wie diesen, aber es hat alles seine Ordnung.«

Loretta sagte: »Unterschreib einfach, Frankie.«

Er legte den Stift zur Seite. »Nein. Mach ich nicht. Der Name stimmt nicht.«

Graciella runzelte die Stirn. »Franklin Telemachus und Loretta Telemachus. Heißt du nicht Franklin?«

»Er heißt Franklin«, sagte Irene.

»Mein Name soll da gar nicht stehen«, sagte er. »Nur Lorettas.«

»Was redest du denn da?«, fragte Loretta.

»Ich will, dass es dir gehört«, sagte Franklin. »Nur dir. Dieses Haus soll dir niemals wieder jemand wegnehmen können.«

»Na ja, streng genommen«, sagte Irene, »kann das Gericht, wenn man verheiratet ist, in bestimmten Fällen –«

»Sei still, Irene«, sagte Frankie. »Es gehört ihr. Ich will es nicht haben.«

Loretta legte eine Hand auf seine. »Das musst du nicht tun, Frankie.«

»Ich habe mich entschieden.«

Irene sagte: »Und hättest du mir das nicht sagen können, bevor ich die beschissenen Papiere vorbereitet habe?«

»Das war ein Fehler, und es tut mir leid.« Tatsächlich war ihm die Idee erst gekommen, als er ihre beiden Namen auf dem Papier gesehen hatte.

»Klar.« Sie nahm den Dokumentenstapel. »Ich bitte die Sekretärinnen, mir zu helfen. Das dauert ein paar Minuten.«

Graciella sagte: »Wer will Kaffee?«

Sie tranken Kaffee und sprachen über ihre Kinder. Wie sich herausstellte, wollten alle von ihnen einen kleinen Hund. Dann sagte Frankie: »Also sehen wir uns wohl bei Nick seniors Prozess.«

»Ja, irgendwann. So was dauert länger, als man meinen sollte.«

»Tut mir leid wegen Nick junior«, sagte Loretta.

»Man muss immer daran denken, dass dreißig Jahre nicht lebenslänglich sind«, sagte Frankie. »Die haben da drin eine exzellente Gesundheitsversorgung.«

Loretta sagte: »Mein Gott, Frankie«, doch sie lachte.

»Was denn? Stimmt doch!«

»Das Urteil hätte noch schlimmer ausfallen können«, sagte Graciella. »Und zumindest musste er nicht gegen seinen Vater aussagen.«

»Das ist das Schlimmste, was man machen kann«, sagte er. Dann fiel ihm auf, dass seine eigene Aussage gegen Nick senior ihn in Schwierigkeiten bringen könnte. Das Klügste war es, entschied er, nie wieder ein Wort mit jemandem zu wechseln, der zum Outfit gehörte, auch nicht mit Mitzi.

Nach fast zwanzig Minuten kam Irene mit einem neu ausgedruckten Stapel Dokumente zurück. »Jetzt wird kein Wort mehr geändert«, sagte sie.

Es dauerte mehrere Minuten, bis Loretta jede einzelne Seite unterzeichnet und mit ihren Initialen versehen hatte, während Graciella und Irene ihr erklärten, was sie gerade unterschrieb und warum.

»Jetzt der letzte Schritt«, sagte Irene. »Die Bezahlung.«

»Guck mich nicht an«, sagte Frankie. »Das ist jetzt ihre Sache.«

Loretta schüttelte den Kopf und öffnete ihre Handtasche.

Irene sagte: »Normalerweise akzeptieren wir nur beglaubigte Schecks –«

Loretta schob ihr einen fabrikneuen Dollarschein zu.

»Aber in diesem Fall nehmen wir auch Bargeld.«

Die Mädchen erwarteten sie im Foyer, wo die Zwillinge damit beschäftigt waren, Zeitschriften zu zerschneiden. »Malice hat gesagt, wir dürfen!«, sagte Cassie.

»Die hatten noch ein paar alte«, sagte Mary Alice.

»Kommt, wir gucken uns unser neues Haus an«, sagte Frankie.

»Du meinst, unser altes Haus«, sagte Polly.

»Ist dasselbe«, sagte Frankie. Die Bundespolizei hatte ganz kurz davorgestanden, das Haus zu beschlagnahmen. Irene jedoch hatte angedeutet, dass Graciella ihnen ein Kooperationsangebot unterbreitet hatte, die anderen Immobilien betreffend, die die Pusateris durch die Firma geschleust hatten, und somit wurde das Haus schließlich zum Verkauf freigegeben. Jetzt gehörte es ihnen, voll und ganz. Sogar ohne jede Hypothek.

Sie quetschten sich in Irenes Festiva, ein Auto, das den Preis für die größtmögliche ironische Distanz zwischen Modellbezeichnung und Fahrerlebnis verdiente. Nicht, dass er das Irene gegenüber erwähnen durfte; Irene hatte es ihnen nur geliehen, solange sie keinen Ersatz für Lorettas Corolla gefunden hatten, und er wollte einem geschenkten Auto nicht in den Kühlergrill schauen.

Zum Glück war die Familie so guter Dinge, dass die Enge im Auto ihre Laune nicht trüben konnte. Das heißt, bis er von der Roosevelt statt rechts links abbog, und Loretta ihn streng ansah.

»Nur einmal kurz anhalten«, sagte er.

Er rollte auf den Parkplatz, passte auf, den Schlaglöchern auszuweichen, und hielt vor einem Gebäude, das wie eine Lagerhalle aussah. Die Wände waren nominell noch immer weiß, doch die Jahre hatten sie mit Dreck und Rost überpinselt.

»Was machen wir hier, Frankie?«, fragte Loretta.

»Wir wollen nach Hause«, sagte Polly.

»Kommt schon, guckt's euch mal an, Mädels.« Er ging zur Stahltür am Eingang und suchte in seiner Hosentasche nach dem Schlüssel, den Irene ihm gegeben hatte. Die Immobilie gehörte zum Bestand der NG Group.

»Das war mal ein richtig angesagter Laden. In den Fünfzigern kamen die Leute mit Schlips und im Rock. Das White Elm war nicht nur eine Rollschuhbahn, das war *der* Treffpunkt.« Er stieß die Tür auf. Ein muffiger Geruch schlug ihnen entgegen.

»Irgendwas trifft sich immer noch da drin«, sagte Mary Alice.

»Stellt es euch vor«, sagte Frankie. »Die größte, bestausgestattete Flipper-Spielhalle in ganz Chicagoland.«

»Flipper?«, fragte Mary Alice. »Keine Videospiele?«

»Auf keinen Fall.«

»Wenn es keine Videospiele gibt, kommen die jungen Leute nicht.«

»Ich sag dir, Mädchen, Flipper stehen kurz vor dem Comeback.«

»Wir kaufen es nicht«, sagte Loretta.

»Wir gucken es uns erst mal an, und dann können wir darüber reden.«

IRENE

»Irgendwas habe ich vergessen«, sagte sie.

»Dass wir schon vor einer halben Stunde hätten aufbrechen sollen?«, sagte ihr Vater.

»Lustiger Mann mit Hut.«

Graciella und Dad lachten. Sie fanden ihre Zerstreutheit amüsant, vielleicht, weil sie normalerweise die am besten organisierte Person im Haus war. »Reisen macht mich nervös«, sagte Irene.

»Ja genau, das *Reisen*«, sagte Graciella, und wieder lachten die beiden. Sie saßen auf der Couch im Wartezimmer, aneinandergelehnt. Sie waren Irene ein Rätsel. Graciella schwor, dass da nichts Sexuelles lief, doch die beiden gingen gemeinsam essen, ins Kino und, was besonders irritierend war, hingen im Haus ihres Vaters herum, während ihre Kinder es in Beschlag nahmen. Sie freute sich für ihren Dad, doch für Graciella kam es ihr etwas ungesund vor.

»Ich weiß genau, da war noch was«, sagte Irene. Sie hatte ihren Koffer am Morgen in den Kofferraum von Dads Buick gestellt, das war es also nicht. Es musste irgendetwas aus dem Büro sein.

»Ladegerät«, sagte Irene. Sie ging in ihr Büro und stöpselte das Ladegerät aus. Ihr Motorola war ihr in kürzester Zeit unverzichtbar geworden. Natürlich wollte auch Matty eines. Sie sagte ihm, er solle wieder anfangen zu arbeiten und fünfhundert Dollar sparen.

»Du weißt doch, ich habe Termine«, sagte Dad. »Verabredungen.«

»Bin so weit, bin so weit«, sagte Irene.

Graciella umarmte sie zum Abschied und drehte sich dann zu Irenes Vater um. Sie küssten sich. Auf den Mund.

»Danke für deine Hilfe bei Frankie«, sagte Dad.

»Das war doch das Mindeste«, sagte Graciella. Und küsste ihn ein zweites Mal.

»Junge«, sagte Irene. »Ich warte im Wagen.«

Auf der Fahrt sprachen Irene und Dad nicht. Erst zehn Minuten, bevor sie den Flughafen erreichten, sagte Dad: »Du machst wieder diese Sache mit deinem Gesicht.«

»Das ist mein normaler Gesichtsausdruck.«

»Früher hast du so böse geguckt, wenn die Jungs sich danebenbenommen haben. Oder ich. Mach dir keine Sorgen wegen Matty. Ich pass auf, dass er auf dem rechten Weg bleibt. Kein Marihuana oder Kokain, und fast keine Nutten.«

»Ich bin nicht auf dich sauer«, sagte sie.

»Du musst ja nicht zu ihm fliegen«, sagte Dad.

»Doch, ich muss.« Sie hatte das Gefühl, sterben zu müssen, wenn sie es nicht tat. Dies war seit dem Labor Day ihre dritte Reise nach Phoenix.

»Ich meine, er könnte auch hierherkommen. Er ist ein Held! Hat Nick die Pistole einfach aus der Hand genommen.«

»Nick ist in ihn hineingerannt und hat die Pistole verloren.«

»Klar, aber Joshua hat sie sich geschnappt. Das ist der Stoff, aus dem Helden gemacht sind, Kleine. Sag ihm, er soll kommen, dann gehen wir zu viert zu Palmer's.«

»Vergiss es, Dad.« Sie wollte nicht, dass Joshua noch einmal ihr Haus betrat, noch nicht. Falls etwas Unnormales passierte – egal was –, würde er eine dauerhafte PTBS davontragen.

»Gut. Dann zieh zu ihm«, sagte Dad. »Du bist doch jung.«

»Ich liebe meinen Job.«

»Pfff.«

»Ich glaube, ich kann auch nicht *mit* ihm leben. Ein Wochenende kriegen wir hin, aber danach – wachsen die kleinen Lügen zu einem Berg an. Jeden Tag gibt's einen kleinen Ausrutscher, und ich werde immer paranoider.«

»Also musst du ihm jeden Tag vergeben. Was ist daran anders als bei anderen Paaren? Deine Mom? Junge, Junge. Die musste mir noch vor dem Frühstück fünfmal vergeben.«

»Du bist ein tolles Vorbild, Dad.«

Er fuhr rechts ran und beugte sich vor, um den Kofferraum zu öffnen. »Viel Glück da draußen, Kleine.«

»Ich wüsste wirklich gerne, wo das hinführt.«

»Wer weiß das schon?«

»Na ja ...«

»Nicht mal dein Bruder, jetzt nicht mehr.«

Armer Buddy. Irene hoffte, dass er glücklich war, jetzt, da er im Dunkeln tappte wie alle anderen auch. »Hast du was von ihm gehört?«, fragte sie.

»Kein Wort, kein einziges.«

»Ich weiß nicht, ob das ein gutes Zeichen ist oder ein schlechtes.«

»Ich auch nicht.«

Sie nahm ihr Gepäck aus dem Kofferraum und stellte überrascht fest, dass Dad ausgestiegen war. Das tat er nie.

»Es gibt nur eine Sache, die du wissen musst«, sagte er.

»Ja?«

»Wenn dein Mann sagt, dass er dich liebt, sagt er die Wahrheit?«

»Wie tiefgründig, Dad.«

»Beantworte meine Frage. Sagt er die Wahrheit?«

»Jedes Mal«, sagte sie. »Jedes verdammte Mal.«

TEDDY

Neue Liebe kommt und haut dir auf den Hintern, fordert deine Aufmerksamkeit ein, bringt deinen Puls zum Rasen. Alte Liebe liegt auf der Lauer. Sie ist am Abend da, wenn du die Augen zumachst. Sie schlüpft neben dir ins Bett, streicht mit Geisterfingern über dein Haar, flüstert deinen geheimen Namen. Alte Liebe ist immer da.

Diesmal wurde der Umschlag von Mrs Klauser überbracht, seiner Nachbarin. »Buddy hat ihn mir vor einem Monat gegeben«, sagte sie. Sie hatte zwei Hunde an der Leine, einer davon ein Welpe. »Ich musste ihm versprechen, ihn erst heute zu überbringen. Ich hoffe, das ist in Ordnung.«

Verschiedene Handschriften waren zu erkennen – sein Name in zackiger Tinte und das heutige Datum in pinken Buntstift-Großbuchstaben (*Buntstift!*) – beides Jahrzehnte getrennt voneinander geschrieben, vermutete er.

»Ach, und das hier auch noch«, sagte sie. Ein orange-weißes Kästchen, mit demselben Buntstift an Matthias Telemachus adressiert. Teddy ging ins Haus, stellte das Päckchen auf den Tisch und hielt verblüfft inne.

Das Haus war still. Kein Sägen oder Bohren. Keine Grundschülerinnen, die sich kreischend um Stofftiere stritten. Niemand, der sich lautstark darüber beschwerte, dass jemand die Milch ausgetrunken hatte.

Hah.

Es war eine Erleichterung, als er über sich einen Schlag hörte. Er ging hinauf und klopfte an Mattys Tür. »Bereit?«, fragte er.

»Fast«, kam die Antwort.

Teddy ging in sein eigenes Zimmer. Er hielt sich den Umschlag unter die Nase und versuchte, ihren Geruch wahrzunehmen. Nichts. Das Papier war alt. Jeder Geruch, den er jetzt noch aufspürte, wäre die reine Einbildung. Er hielt sich den Umschlag, nach alter Tradition, vorne an den Hut, dann öffnete er ihn.

Liebster Teddy,

Ich hoffe, du bekommst diesen Brief, da draußen in der Zukunft. Buddy sagt, er kann über den September dieses Jahres hinaus nichts sehen, und ich habe solche Angst vor dem, was das bedeutet. Wenn dein Herz jetzt gebrochen ist, so wie meines, dann ist die Welt noch grausamer, als ich befürchtet habe.
Ich bin heimlich nach Hause gefahren, um den Kindern zuzusehen. Es kostet mich viel Kraft, aber das ist es wert. Wie haben wir nur so wunderbare Kinder hinbekommen? Das war unser bester Trick. Es tut mir so leid, dass ich dich mit ihnen alleinlasse. Es gibt keinen Zaubertrick, der uns aus dieser Lage befreien könnte. Ich weiß, dass mein Körper dieses Krankenhaus nicht mehr verlassen wird.
Ich habe keine weiteren Warnungen für dich, mein Ehemann, meine eine große Liebe. Keine weiteren Ratschläge, nur diesen – sei glücklich. Das konntest du immer schon besser als ich.
Ich glaube, ich gehe jetzt schwimmen.

In Liebe,

Mo
P.S.

Früher oder später wirst du den Kindern erzählen müssen, dass sie keine Griechen sind.

»Den Teufel werd ich«, sagte Teddy.

Er versuchte nicht, aufzustehen. Er ließ zu, dass das Gewicht der Jahre ihn überrollte und nach unten drückte.

Er wischte sich Alte-Männer-Tränen von der Wange und räusperte sich. Es galt, Leute zu treffen, Spiele zu beenden. Er öffnete den Safe im Schrank und legte diesen letzten Brief oben auf den Stapel.

Matty wartete im Wohnzimmer auf ihn. Er sah nervös aus.

»Keine Angst, Junge«, sagte Teddy. »Du wirst das schon machen. Du bist ein Telemachus.«

Matty grinste verlegen. »Nachfahre von Halbgöttern.«

»Ja, na ja, glaub nicht alles, was du hörst.«

Er nahm die Route 83, Richtung Mount Prospect. Nach einer Weile sagte er: »Also, Matty, wenn du da oben rumfliegst, hast du da mal jemanden getroffen?«

»Wie meinst du das?«

»Ein anderes Bewusstsein. Geister, vielleicht. Seelen.«

Matty dachte darüber nach. »Du meinst Oma Mo.«

Teddy seufzte. »Vermutlich ja.«

»Tut mir leid«, sagte Matty. »Ich ... ich weiß nicht, ob das so funktioniert.«

»Klar, verstehe.«

»Aber ich seh mich weiter um.«

Teddy lachte. »Tu das. Das wär toll.«

Sie betraten das Gebäude, in dem Destin Smalls ein Büro angemietet hatte. Smalls, dessen Arm noch immer in einer Schlinge steckte, begrüßte sie an der Tür. Er gab ihnen beiden umständlich die Hand, so feierlich wie ein verwundeter Soldat, der seine Kameraden begrüßte. »Ich weiß zu schätzen, dass ihr kommt.«

»Du hast uns nicht wirklich eine Wahl gelassen«, sagte Teddy.

»Für den Jungen ist es besser, wenn er unter unserem Schutz steht«, sagte Smalls, ohne Teddy zu widersprechen. »Ich will nur sein Bestes.«

»Und deins.«

»Das deckt sich zufällig.«

»Gut, gut. Bringen wir es hinter uns.«

G. Randall Archibald wartete im Nebenraum, vor sich brummende Transformatoren und Bedienpulte. Auf den größeren Geräten prangte das bekannte Advanced Telemetry Inc.-Logo.

»Matthias!«, sagte der kleine Glatzkopf. »Schön, dich zu sehen. Wir werden heute statt der tragbaren Ausrüstung unsere großen Detektoren einsetzen. Glaub mir, diesmal besteht keine Gefahr, dass etwas in die Luft fliegt.« Er bat den Jungen, sich vor eine Maschine zu setzen, und begann, genau wie beim letzten Mal Elektroden an ihm anzuschließen. »Wir messen noch einmal die Torsionsfeldstörung. Du weißt ja, es tut überhaupt nicht weh.«

»Klar«, sagte Matty. Der Junge sah nervös aus.

»Lass uns doch mal ein bisschen Außerkörperliche Wahrnehmung probieren, wollen wir?«

Matty schloss die Augen und holte tief Luft. Fast sofort schlug der Detektor nach rechts aus.

Smalls schnappte nach Luft.

»Krieg bloß keinen Ständer«, sagte Teddy. »Das ist mein Enkel.«

Die Nadel blieb dauerhaft im Bereich von fünftausend Tau. »Ja!«, sagte Archibald. »Der höchste je gemessene Wert!«

»Ihr wisst gar nicht, was das für dieses Land bedeutet«, sagte Smalls.

»Jetzt bitte«, sagte Teddy. »Du benutzt ihn doch nur, um neue Gelder für Star Gate zu bekommen.«

»Wir werden dafür sorgen, dass seine Identität geheim bleibt.«

»Genau wie Maureens? Wie viele Leute im Pentagon kennen ihren Namen? Kennen *unseren* Namen?«

Matty saß ganz still da, die Lippen fest aufeinandergepresst. Die Nadel schlug noch weiter aus.

»Wir müssen das Psi-Kriegs-Programm wieder in Gang setzen«, sagte Smalls. »Jetzt, da wir Matt haben, können wir das.«

»Nein, tut mir leid, das kauf ich dir nicht ab«, sagte Teddy. »Ich glaube nicht, dass du jemanden wie ihn wirklich schützen kannst. Jemanden, der so wertvoll ist.«

»Du glaubst, *du* kannst ihn schützen? Besser als der Staat es kann?«

»Ehrlich gesagt, nein.«

Smalls wirkte genervt. »Worüber streiten wir uns dann?«

»Nichts«, sagte Teddy. »Gar nichts. Matty?«

Der Junge öffnete die Augen. Er blickte erschrocken auf die Pistole in Teddys Hand.

Smalls sagte: »Das würdest du nicht tun. Buddy hat sich selbst dazu entschieden, aber Matty hat so viel Potenzial! Das kannst du nicht machen.«

»Ich kann, um sein Leben zu schützen. Es tut mir leid, Matty.« Er drückte ab. Die Mikroleptonen-Kanone heulte auf, heller und heller, und dann entlud sich der Kondensator mit einem lauten Knall. Zu sehen war von dem Störungsstrahl nichts. Teddy fand, das Ding wäre beeindruckender gewesen, wenn es noch eine Art Laser-Effekt gegeben hätte.

Der Effekt auf Matty jedoch war sofort zu erkennen. Der Junge schrie auf und packte sich an den Kopf. Sein Körper begann, sich zu schütteln, als hätte er einen Anfall. Dann kippte plötzlich sein Kopf nach hinten, und er sackte auf seinem Stuhl zusammen.

»Was hast du getan?«, rief Smalls.

Archibald prüfte das Hauptbedienpult. »Es gibt keine Signale mehr. Keinerlei Feld.« Er blickte erstaunt auf. »Er ist inaktiv.«

Teddy kniete sich vor den Jungen. »Matty, sprich mit mir. Alles in Ordnung?«

Matty sah sich benommen um. »Ich fühle mich ... anders«, sagte er.

»Ist dir klar, was du getan hast?«, fragte Smalls.

»Wir fahren nach Hause«, sagte Teddy. »Belästige uns nie wieder.«

MATTY

Er traute sich nicht zu sprechen, bis sie die Interstate erreicht hatten. »Und?«, sagte er schließlich. »Hab ich's übertrieben?«

Opa Teddy lachte. »Du, mein Junge, bist ein geborener Schauspieler. Vor allem das Schütteln hat mir gut gefallen.«

»Das kam mir einfach so, also hab ich's gemacht. Andererseits wusste ich nicht genau, was die Kanone mit Onkel Buddy gemacht hat, und ich hatte Angst, dass –«

»Nein! Nein! Junge, wenn ein Opfer so fest daran glaubt wie Smalls, ist es fast unmöglich, zu viel zu machen. Du hattest ihn in der Hand, mein Junge. Mit Haut und Haaren.«

Mattys Lachen wurde zu einem Kichern. Er musste immerzu an Smalls' Gesichtsausdruck denken, als die Mikroleptonen-Kanone abgefeuert wurde. Als hätte jemand auf *ihn* geschossen.

»Ich finde, du hast dir einen Drink verdient«, sagte Opa Teddy. »Irgendwas Tropisches.« Sie bogen von der 294 ab und auf die Grand Avenue. »Ich hatte mal einen Kumpel, der tropische Drinks liebte. Bin mit ihm aufgewachsen, wir haben beide die Magie geliebt, wollten Blackstone persönlich sein. Wir waren beide die Kleinsten in unseren Klassen, zwei kleine Pimpfe. Jedenfalls ist aus ihm ein ziemlich guter Entfesselungskünstler geworden. Dann hat er angefangen, Tricks für andere zu entwerfen. Ein Magier für Magier, verstehst du? Ein schlauer Kopf, der jeden Trick durchdringen konnte. Jedenfalls mochte er keine harten Sachen, aber mein Gott, wenn du ihm einen hellblauen Drink hingestellt hast, mit einem kleinen Schirmchen, hat er dich unter den Tisch getrunken.« Er hielt vor einer Holzhütte mit einem knallbunten Schild. THE HALA KAHIKI LOUNGE. »Das wird dir gefallen.«

Innen sah es aus wie die Kulisse für ein Dschungelmelodram aus dem WGN-Nachtprogramm: mit Grimassen schneidenden Inselgottheiten behängte Wände, Plastik-Blumenkränze und Papierlampions, und genügend Bambus, um einen indonesischen Flugzeugträger daraus zu bauen. »Keine Sorge, den Pusateris gehört hier nichts.« Bis dahin war Matty gar nicht klar gewesen, dass er sich diese Sorge hätte machen müssen.

Sie wählten einen Tisch am hinteren Ende des Lokals. Die Bedienung, eine rundliche, dunkelhaarige Frau Mitte fünfzig, begrüßte Opa mit einem Kuss auf die Wange. »Patti, das ist mein Enkel, Matty. Wir haben was zu feiern. Wie wär's mit einer Piña Colada? Magst du Kokos, Junge?«

»Virgin?«, fragte Patti ihn.

Er spürte, wie sein Gesicht heiß wurde. »Äh ...«

»Halb-virgin«, sagte Opa. »Nur für den Geschmack. Wie gesagt, ein großer, großer Tag.« Er tippte mit den Fingern auf den Tisch, so voller Energie wie Matty. »Also. Was macht die Schule?«

Die Schule? Er verschwendete kaum einen Gedanken an die Schule, selbst dann nicht, wenn er dort war. Nichts erschien ihm so real wie die Dinge, die ihm in diesem Sommer widerfahren waren. Wenn man Nick Pusateri senior begegnet war, wie sollte man dann noch Angst vor einem Highschool-Schläger haben? Und was konnte ihm ein Mathelehrer schon antun?

»Alles gut«, sagte Matty.

Die Drinks kamen. Mattys war eine Art weißes Slush-Eis mit einem riesigen, auf den Glasrand gesteckten Stück Ananas. Er trank durch den Strohhalm und spürte das Prickeln des einsetzenden Hirnfrosts. Vielleicht war es auch der Alkohol. Matty hatte keine Ahnung, was in dem Drink war oder was es mit ihm anstellen würde. Er hatte bisher nur Gras geraucht.

Opa winkte jemandem zu, der gerade durch die Tür getreten war. »Und da kommt mein Kumpel.«

G. Randall Archibald spazierte durch das Lokal. »Mai Tai,

liebste Patricia! Und einen Teller Calamari!« Er klopfte Matty auf die Schulter. »Was für eine Vorstellung! Wir sollten auf Tournee gehen!«

Matty war völlig verwirrt. Archibald schüttelte Opa Teddy die Hand und ließ sich auf einen der Sitze fallen. »Boah!«

»Also hat Smalls es geschluckt?«, fragte Opa.

»Kann man so sagen. Er will im großen Stil ordern. Als er die Enttäuschung wegen Matty erst einmal verdaut hatte, wurde ihm klar, was das Ganze für die Verteidigung bedeutet. Die Mikroleptonen-Kanone ist die beste Waffe, die es jemals zur Abwehr von Psi-Spionen gab, fremder wie eigener!«

Matty begriff nicht, was hier gerade vor sich ging. Es war, als hätte sich Hitler zu ihnen an den Tisch gesetzt, und als würde Opa ihn nach dem Wetter in Berlin fragen.

»Dann ist er also dabei«, sagte Opa, und konnte sich ein Grinsen nicht verkneifen.

»*Dabei?* Der spricht schon von Ausschreibungen, will die Kanone direkt dem Milität anbieten«, sagte Archibald. »Er ist ganz heiß darauf, uns einen Vertrag zu verschaffen, egal, ob Star Gate eingestellt wird. Die Sicherheit der Vereinigten Staaten hängt davon ab.«

Opa nickte. »Ich habe mir überlegt, dass wir noch eine visuelle Komponente gebrauchen könnten. Die Soundeffekte sind toll, aber so ein Laser-Dings würde es noch überzeugender machen.«

»Moment Moment Moment«, sagte Matty endlich. »Ihr beide *arbeitet* zusammen?«

Die Männer sahen ihn amüsiert an. Er amüsierte sich nicht. Alles, was er über seine Familie wusste, war zwar nicht wirklich falsch, doch um circa sechzig Grad verschoben. Wie die große rote Picasso-Skulptur in der Innenstadt – wenn man sie aus einem anderen Blickwinkel betrachtete, wurde sie zu etwas anderem.

»Wie lange geht das schon so?«, wollte Matty wissen.

»Von Anfang an«, sagte Archibald. »Bevor es überhaupt eine

Familie Telemachus gab.« Seine Zirkuspferdchen-Augenbrauen machten kleine Buckel. »Oder einen Telemachus.«

»Aber Sie haben uns fertiggemacht! Im Fernsehen!«

Der Magier sah ihn bekümmert an. »Das war bedauerlich.«

»Bedauerlich? Sie haben alles zerstört.«

»Das war nicht Archies Schuld«, sagte Opa Teddy. »Er folgte dem Plan. Deine Großmutter sollte herauskommen und ihren großen Trick zeigen. Das Publikum wäre begeistert gewesen. Und dann hätte er —«

»Und dann hätte ich«, schaltete Archibald sich ein, »der bekannteste Entlarver des vermeintlich Übersinnlichen, Kreide gefressen. Und ich hätte dabei gut hörbar, mit offenem Mund gekaut. Mein Siegel der Echtheit, meine Imprimatur, hätte sie sogar über diesen israelischen Betrüger hinwegkatapultiert.«

»Möge er in der Hölle schmoren«, sagte Teddy.

»Aber dazu kam es nie«, sagte Matty.

»Das Schicksal hat es verhindert«, sagte Opa. »Und deine. Großmutter weigerte sich, es noch mal zu versuchen. Ich muss zugeben, eine Zeit lang habe ich darunter gelitten. Aber letztlich war es das Beste so. Was hätte der Ruhm uns schon gebracht?«

»Gefängnis, vielleicht«, sagte Archibald.

»Liebeskummer«, sagte Opa.

»Da nimmt man besser das Geld«, sagte Archibald.

Opa legte Matty eine Hand auf die Schulter. »Die Firma, die Archie und ich gegründet haben – ATI? Die war von Anfang an nur dazu da, so viel Geld aus der Regierungszitze zu melken, wie wir nur konnten. Und diese Zitze drohte langsam auszutrocknen, weil Smalls in den Ruhestand geschickt werden sollte. Aber jetzt, da der alte Junge wieder in Schwung gekommen ist —«

»— sind wir wieder im Geschäft«, sagte Archibald.

»Tut mir leid, dass ich dir nicht sagen konnte, was da läuft«, sagte Opa. »Ich wollte nicht, dass du uns verrätst.«

Patti brachte Archibalds Getränk, ein großes, orangenes Etwas, in dem ein grüner Zweig, ein Stück Ananas und ein pinkes Sonnenschirmchen steckten. Archibald hob das Glas. »Auf ATI!«

»Archibald und Telemachus Incorporated«, erwiderte Opa.

»Okay, aber, aber …« All die Fragen, die Matty in den Kopf kamen, führten zu einer Massenkarambolage. »Ist die Mikroleptonen-Kanone echt oder nicht?«

»Ach, die ist echt«, sagte Archibald.

»Und totaler Schwindel«, sagte Opa.

»Schon mal von einem Placebo gehört?«, fragte Archibald.

Matty nickte, auch wenn er sich nicht ganz sicher war, was das Wort bedeutete.

»Diese Kanone, mein Freund, ist der finstere Cousin des Placebos, der *No*cebo. Wenn ein Placebo eine vorgetäuschte Wirkung herbeiführt, dann richtet ein Nocebo vorgetäuschten Schaden an. Der Schaden, den der Patient erleidet, ist rein psychogen, aber deshalb nicht weniger real.«

»Wenn du daran glaubst«, erklärte Opa, »tut es weh.«

»Wir haben sie bei verschiedenen Parapsychikern getestet«, sagte Archibald. »Sobald wir ihnen erklären, was die Kanone mit dem Torsionsfeld anstellt, verlieren sie ihre Fähigkeiten komplett. Natürlich war die Hälfte dieser Leute eh Betrüger –«

»Unbewusste Betrüger«, warf Opa ein.

»– also haben wir die Betrüger betrogen.«

Matty nahm sich die Zeit, darüber nachzudenken. »Also hat Onkel Buddy …«

»Buddy musste endlich normal sein«, sagte Opa. »Das war ein Gnadenschuss.«

Matty nahm einen Schluck von seinem eiskalten Drink und überlegte. Die beiden Männer fingen an, über die Details von Regierungsverträgen zu sprechen. Als die Calamari kamen, sah Opa ihn an und fragte: »Was ist los, mein Junge?«

»Nichts«, sagte Matty. »Ich habe nur nachgedacht über … mich.«

»Dich?«

»Meine Kräfte sind echt, richtig?«

»Mein Junge«, sagte Opa Teddy. »Nur, weil das Schmuckkästchen jede Menge Glasperlen enthält, heißt das nicht, dass nicht auch ein paar Diamanten dazwischenliegen. Du, Matthias, stammst von wahrer Größe ab.«

»Ich weiß schon, von Halbgöttern.«

Archibald schnaubte.

»Ich meinte Maureen McKinnon«, sagte Opa. »Das Mächtigste Medium der Welt. Ich habe ihr diese Medaille zu Weihnachten geschenkt. Es war ein Witz zwischen uns beiden, aber eigentlich kein Witz, denn ich sag dir was, Matthias, sie war, ohne Zweifel, die einzig Wahre.«

»Auf die schöne Maureen«, sagte Archibald und hob sein Glas ein zweites Mal.

»Auf die Liebe meines Lebens«, sagte Opa.

Matty hob seine Piña Colada. »Auf Oma Mo.«

BUDDY

Er blätterte in einem Zustand schwelender Panik durch die in Plastik eingeschweißten Seiten. Jedes einzelne Bild war verlockender als sämtliche pornografischen Fotos, die er je gesehen hatte: verführerisch gekreuzte Hähnchenstreifen, glänzendes Schmorfleisch, saftige Quesadillas, dampfende Berge Spaghetti. Zu viel Auswahl. Viel zu viel. Der Stell-Dir-Deinen-Burger-Zusammen-Teil verursachte ihm Herzrasen. Jahrelang hatte er immer gewusst, was er bestellen sollte, weil er sich daran erinnerte, es zu bestellen. Es war eine kausale Schleife, die schon vor langer Zeit aufgehört hatte, sich merkwürdig anzufühlen, und die ihn beruhigte: Erinnerte Mahlzeiten waren das beste Futter für die Seele. Doch einer Umgebung ausgesetzt zu werden, in der man nicht nur beinahe alles bestellen, sondern sich, wenn das nicht reichte, etwas aus einer riesigen Anzahl von Zutaten zusammenstellen konnte? Der schiere Wahnsinn.

Dann blätterte er um, und ihm entfuhr ein Krächzen. *Frühstück rund um die Uhr.*

Die Kellnerin kam. Sie war kleiner als Buddy und zehn Jahre älter, mit einem schmalen Kinn und einer Nase, die ein wenig zu groß war für ihr Gesicht. »Haben Sie was gefunden?«, fragte sie.

Einen Augenblick lang konnte Buddy nicht sprechen. Er holte tief Luft und sagte: »Denny's ist die Hölle des uneingeschränkten freien Willens.«

Die Kellnerin lachte. »Hölle kann ich unterschreiben. Darf ich Ihnen erst mal was zu trinken bringen?«

»Nur Eistee, vielen Dank.«

Die Kellnerin lächelte kryptisch und ging davon. Buddy hatte darum gebeten, sich in diesen Teil des Restaurants setzen zu dürfen. Seit vier Wochen lief sein persönliches Experiment in Sachen freie Wahl. Konnte er jetzt tatsächlich alles tun? Überallhin reisen? Mit jedem reden? Er war zu diesem furchtbaren und furchterfüllten Ding geworden: einem freien Akteur. Und doch war es spannend. Er war für niemanden außer sich selbst verantwortlich, und er konnte tun, was immer er wollte. Zumindest, bis ihm das Geld ausging. Er war nach Alton, Illinois, gefahren, dann nach St. Louis, Missouri, und dann, Gerüchten und Hinweisen folgend, in zwei kleinere Städtchen im mittleren Westen. Bei jeder Station hatte ihn die Unmenge an Entscheidungen, die er treffen musste, beinahe gelähmt. Doch er hatte sie getroffen. Er hatte sie getroffen, ohne zu wissen, ob es die richtigen oder die falschen waren. Schließlich war er, abends um halb zehn, in diesem fast leeren Kettenrestaurant in Carbondale, Illinois angekommen.

Er war so nervös.

Um sich zu beruhigen, holte er seinen Buntstift heraus und malte eine Linie quer über das Tischset aus Papier. Er hatte diese Linie auf seiner Reise schon mehrfach gemalt, auf Servietten und dem Briefpapier von Hotels, um sich daran zu erinnern, woher er kam und wohin er unterwegs war. Es war, wenn man so wollte, seine Lebenslinie. Dicht vor dem rechten Ende der Linie hatte er eine Markierung gemacht, die für den 4. September 1995 stand. Bis zu diesem Datum war sein Verstand auf dieser Linie vor- und zurückgesprungen, weil er sich an beide Richtungen erinnern konnte. Doch jetzt war er am Ende der Linie angekommen, die sich Augenblick für Augenblick fortsetzte. Er wusste nicht, wann sie zu Ende sein würde. Er kritzelte vor sich hin, bis die Kellnerin mit einem Becher Tee zurückkam.

»Schöne Farbe«, sagte sie. »Und was passiert da?« Sie nickte in Richtung der Zahlen, die Buddy in Gedanken auf die rechte Seite der Linie gemalt hatte: 2 11 2016.

»Keine Ahnung«, sagte Buddy. Plötzlich schämte er sich. Er musste wie ein kleiner Junge aussehen. »Erinnerst du dich an mich?«

Die Kellnerin sah zu der Frau an der Kasse hinüber. »Ich bin nicht mehr in dem Geschäft tätig.«

»Nein! Das meinte ich nicht. Das tut mir leid. Ich habe mich nur gefragt –«

»Ich habe recherchiert«, sagte sie. »Diese Geschichte, die du mir erzählt hast. Du warst wirklich mal berühmt.«

»Das ging nicht sehr gut aus.«

»Was geht schon gut aus?« Die Frau an der Kasse verschwand in der Küche, und die Kellnerin schien sich zu entspannen. »Also, stellst du mir nach, Buddy?« Dann schob sie schnell hinterher: »Nur ein Witz. Schon okay.«

Doch er hatte ihr wirklich nachgestellt, durch zwei Staaten hindurch, vier Wochen lang. Buddy sagte: »Ich wollte –« Was wollte er? Dieser Moment war ganz anders, als er ihn sich vorgestellt hatte. Er hatte keine Erinnerungen, die ihn leiten konnten. Das Drehbuch war leer.

»Ich wollte mich nur bedanken. Du warst sehr nett zu mir.«

»Und du warst ein süßer Junge.« Sie streckte ihm die Hand entgegen. »Ich bin Carrie.«

»Carrie«, wiederholte Buddy, als wäre er im Verlauf seiner Suche nicht längst auf diesen Namen gestoßen. »Freut mich sehr.«

»Also«, sagte Carrie. »Hast du dich entschieden, was du möchtest?«

MATTY

Das Mächtigste Medium der Welt ist vierzehn Jahre alt. Er sitzt mit geschlossenen Augen auf dem Bett seines Dachbodenzimmers, das orange-weiße Kästchen neben sich. Das Kästchen ist jetzt leer. Das Geschenk, sein Erbstück, hängt um seinen Hals, der Stahl fühlt sich auf der nackten Haut kühl an.

Er ist ein wenig enttäuscht, dass es kein echtes Gold ist. Aber nicht allzu sehr. Er fährt mit den Fingern über die gezackte Delle, die die Pistolenkugel hinterlassen hat, und diese Beule gibt ihm das Gefühl, verletzlicher und zugleich stärker zu sein.

Dieser Geisteszustand erweist sich als sehr praktisch.

Er fährt aus seinem Körper heraus und steigt immer weiter empor. Das Dach bleibt unter ihm zurück. Die Baumwipfel werden zu einer verwischten Masse aus Orange und Rot. Er dreht sich in der Luft, überlegt, wohin er soll. Richtung Süden, entscheidet er. Da ist jemand, nach dem er sehen möchte.

Er kennt sich mit der Geografie von Chicago nicht sonderlich gut aus, doch als er an den Ort denkt, an den er reisen möchte, findet sein Geister-Ich den Weg dorthin. Er schlüpft in das Gebäude hinein und direkt in den Keller.

Princess Pauline steht in ihrem königlichen Stall und kaut mit würdevollem Ernst Heu. Sie achtet nicht auf die Schläuche, die in ihrem Körper stecken, und ignoriert den ungebetenen Gast, der neben ihr in der Luft steht.

Er schwebt hinab, um durch die Plexiglasscheibe in ihrer Seite zu schauen. Im Juni war es schwierig gewesen, das künstliche Herz zu erkennen, das sie antreibt, doch jetzt kann er so nah heran, wie er will. Er schiebt seinen Bewusstseinspunkt Stück für Stück voran, lässt seinen Geisterkopf und seine Geisteraugen durch die Scheibe fahren.

Das Mächtigste Medium der Welt denkt: Das ist das Ekelhafteste, was ich je getan habe. Aber ziemlich cool. Das Herz ist viel größer, als er erwartet hat, ein Plastikbrocken inmitten des Gewebes der Kuh. Ihre Hoheit scheint sich an dem Eindringling nicht zu stören.

Er empfindet eine gewisse professionelle Verbundenheit. Sie ist seine Komplizin in Sachen Transparenz; er ist unsichtbar, sie durchsichtig. »Freut mich, dass es dir gut geht«, sagt er, auch wenn sie natürlich so tut, als würde sie ihn nicht hören.

Er schwebt durch die Schichten von Beton, durch Rohre und Telefonleitungen, bis er den Himmel über Downers Grove erreicht hat. Die Sonne geht gerade unter, und die Wolken leuchten in einem eigentümlichen Pink. Interessant. Er schießt hinauf, um sie sich anzusehen, und dann ist er mitten im Wasserdampf, vom Weiß geblendet.

Also noch höher. Navigation, das hat er gelernt, ist ein Akt der Vorstellung.

Er steigt über die Wolkenschicht. Weit über ihm geht der Himmel von Lila in Schwarz über. Der Mond liegt zu einem Viertel im Schatten. Irgendwo in seiner Oberfläche steckt eine amerikanische Flagge. Er fragt sich, ob sie noch immer aufrecht steht und wie sie aus der Nähe aussehen mag.

Im nächsten Augenblick ist er da.

DANKSAGUNG

Viele Menschen haben die frühen Fassungen dieses Buches gelesen, mir Ratschläge gegeben und mich ermutigt. Mein immerwährender Dank gilt Liza Trombi, James Morrow, Gary Delafield, Matt Sturges, Dave Justus, Andrew Tisbert, Fleetwood Robbins, Nancy Kress und Jack Skillingstead.

Meine Kinder, die heute unerklärlicherweise erwachsen sind, waren auf jeder Seite in meinem Herzen. Danke euch, Emma und Ian Gregory.

Mein Dank gilt auch meinem Lektor, Tim O'Connell, der erkannte, was dieses Buch brauchte – und was nicht. Es sollte verboten sein, bei so harter Arbeit so viel zu lachen. Richard Arcus von Quercus und Kiara Kent von Penguin Random House Canada steuerten wertvolle Anmerkungen zur vorletzten Fassung bei. Mein Agent Seth Fishman sowie das gesamte Team der Gernert Company waren von Anfang an absolut großartig.

Es gibt noch andere, die mir geholfen haben, ohne es zu wissen. Die Chicago Cubs haben mir alles beigebracht, was ich über Schicksal, Vertrauen und Leiden wissen musste. Ihr Bastarde habt meinem Vater Jahr für Jahr das Herz gebrochen – und dann auf einmal nicht mehr. Ich danke den gutgläubigen Kongressabgeordneten, die dem Projekt Star Gate jahrzehntelang die Finanzierung gesichert und damit so viel Material für diesen Roman geliefert haben.

Entschuldigen muss ich mich jedoch bei einem meiner Helden, James Randi, alias The Amazing Randi. Sein lebenslanger Einsatz zur Entlarvung von Parapsychikern, Wunderheilern, Medien und übersinnlichen Betrügern aller Art diente als Inspiration für eine

Geschichte, die dem Feind zugutekommen könnte. Und deshalb, auch wenn es sich lächerlich anfühlt, das im einundzwanzigsten Jahrhundert sagen zu müssen: All das ist nicht real, Leute. Es gibt keine Hellseher, keine Fernwahrnehmung, keine auf Wünschelruten wirkenden Anziehungskräfte, niemanden, der Küchenutensilien Kraft seiner Gedanken verbiegen könnte – außer in der Fiktion. Aber ist das nicht genug?